Wolfgang Hohlbein

Der Ring des Sarazenen

Roman

WILHELM HEYNE VERLAG
MÜNCHEN

Umwelthinweis:
Dieses Buch wurde auf chlor- und
säurefreiem Papier gedruckt.

7. Auflage

Taschenbucherstausgabe 07/2003
Copyright © 2002 by Wolfgang Hohlbein
und Medienagentur Görden
Copyright © dieser Ausgabe 2003 by
Wilhelm Heyne Verlag, München, in der
Verlagsgruppe Random House GmbH
Copyright © 2002 by Wilhelm Heyne Verlag
GmbH & Co. KG, München
Printed in Germany 2007
Umschlaggestaltung: Nele Schütz Design, München
Satz: C. Schaber Datentechnik, Wels
Gesetzt aus der 8,9/11,8 Punkt Trump Mediaeval
Druck und Bindung: GGP Media GmbH, Pößneck

http://www.heyne.de

ISBN 978-3-453-86988-2

1. Kapitel

Robins Welt war größer geworden. Hatte sie früher, ausgehend von dem Dorf, in dem sie geboren war und die ersten anderthalb Jahrzehnte ihres Lebens verbracht hatte, einen guten Tagesmarsch in jede Richtung gemessen, so gab es nun buchstäblich keine Grenzen mehr. Einst war ihr das winzige Dorf, in dem sie aufgewachsen war und dessen Einwohnerzahl der Hundert niemals auch nur nahe kam, geradezu gigantisch vorgekommen, nun kannte sie Städte, deren Bewohner nach Tausenden zählten, wenn nicht nach Zehntausenden. Vor noch nicht einmal allzu langer Zeit waren ihr die flachen Hügel, die ihr Universum an zwei Seiten begrenzten, unüberwindbar erschienen. Doch mittlerweile hatte sie Berge gesehen, die selbst für tollkühne Kletterer unübersteigbar waren und deren Flanken in den Wolken verschwanden, lange bevor sie den halben Weg zum Gipfel erreichten.

Ihr war entsetzlich übel.

Vielleicht war übel auch das falsche Wort. Möglicherweise sollte sie einen neuen Begriff für den Zustand erfinden, in dem sie sich befand. Ihre Welt war ganz sicher größer geworden, und sie hatte Dinge gesehen, von denen das einfache Bauernmädchen, das sie noch vor weniger als zwei Jahren gewesen war, noch nicht einmal zu träumen gewagt hätte. Aber sie hatte auch eine neue Dimension des Leidens kennen gelernt, und auch diese – unwillkommene – Entdeckungsreise in eine unbekannte neue Welt war noch lange nicht zu Ende.

5

Robin seufzte tief, fuhr sich mit zitternden Fingern über das Gesicht und durch das kurz geschnittene dunkelblonde Haar – sie nannte es dunkelblond, Salim bezeichnete den Ton, zumindest wenn sie alleine waren, als *pferdeäpfelfarben*. Sie wusste, dass er das nur tat, um sie zu necken, trotzdem ärgerte sie sich jedes Mal aufs Neue. Und was das Schlimmste war – der Vergleich passte auch noch. Verdammter Sarazene!

Robin ließ den Blick durch das winzige hölzerne Geviert schweifen, das seit einer Woche ihr Zuhause, aber auch ihr Gefängnis war. Ihre *Welt* mochte ja größer geworden sein, aber die Kammer war winzig und so schäbig, dass sie selbst einem Vergleich mit der ärmlichen Hütte nicht Stand gehalten hätte, in der sie aufgewachsen war.

Die Wände waren feucht und mit dunklen Stockflecken übersät. Die Decke der Kabine war so niedrig, dass selbst Salim, der gewiss kein Riese war, nicht aufrecht stehen konnte, ohne mit dem Kopf anzustoßen. Das winzige Fenster zeigte ein Bleiglasbild des heiligen Christophorus von der Art, wie man sie in wohlhabenden Kirchen findet. Glas war geradezu verschwenderisch – verglichen mit dem üblichen geölten Pergamentpapier, das dem Wind und der Kälte eher symbolischen Widerstand entgegensetzte. Der Anblick des Heiligen, der Reisenden sicher über Ströme hinweghalf, hatte nichts Tröstendes für Robin. Das hier war kein Fluss!

Das bunte Glas ließ das Licht in ungleichmäßigen, flirrenden Streifen in die Kammer fallen, und es reichte kaum aus, um auch nur bis zur Türe zu sehen. Doch was brauchte sie Licht in diesem Gefängnis! Selbst wenn sie die Augen schloss, sah sie noch immer vor ihrem *inneren* Auge, wie sich der Boden nicht nur in einem Rhythmus hob und senkte, dass es ihr den Magen umdrehte, sondern sich auch bog, verdrehte und verzerrte ... Und noch dazu in Richtungen, die es gar nicht gab!

Sie hätte diese Aufzählung vermutlich nach Belieben fortsetzen können. Robin war niemals wehleidig gewesen, aber

mit dieser Reise war die Grenze ihrer Leidensfähigkeit endgültig überschritten.

Wie um sie zu verhöhnen, bewegte sich in diesem
Moment der Boden – und damit auch ihre Lagerstatt aus mit
Stroh gefüllten Leinensäcken, auf der sie lag – ein gutes
Stück nach unten und sogleich ruckartig wieder nach oben.
Das war eindeutig zu viel für ihren Magen. Würgend beugte
Robin sich vor in Richtung des henkellosen Eimers, den
Salim für Gelegenheiten wie diese neben ihrem »Bett« abgestellt hatte. In den zurückliegenden Tagen hatte sie ihn
oft und ausgiebig benutzt, aber jetzt kam nicht einmal mehr
bittere Galle über ihre Lippen, nur noch ein gequältes, trockenes Würgen. Es war fünf Tage her, dass sie das letzte Mal
etwas gegessen hatte, und die wenigen Schlucke Wasser, die
Salim sie regelmäßig zu trinken zwang, schien ihr Körper fast
schneller auszuschwitzen, als sie sie herunterschlucken
konnte.

Robin blieb zitternd und nach vorne gebeugt so lange
sitzen, bis sich ihr aufbegehrender Magen wieder halbwegs
beruhigt hatte. Dann stemmte sie sich hoch und kämpfte
ebenso mühsam wie vergebens einige Herzschläge lang
darum, aufrecht sitzen zu bleiben. Schließlich ließ sie sich
erschöpft mit Kopf und Schultern gegen die Wand in ihrem
Rücken sinken. Sie zitterte am ganzen Leib und ihr Herz
raste vor Anstrengung. Dennoch stahl sich ein dünnes,
zufriedenes Lächeln auf ihre Lippen. Seit sie dieses dreimal
verfluchte Schiff betreten und die ganze Bedeutung des Wortes *Seekrankheit* begriffen hatte, hatte sie sich öfter und aus-
giebiger übergeben als während ihres gesamten Lebens zuvor.
Doch zumindest war ihr bislang die Erniedrigung erspart
geblieben, ihre Bettstatt und sich selbst zu besudeln. Und das
würde auch so bleiben, solange sie noch atmete und die Kraft
aufbrachte, sich vorzubeugen.

Die *Sankt Christophorus* legte sich unter dem Anprall
einer weiteren Welle auf die Seite und neigte sich gleich darauf ächzend in die Gegenrichtung. Robin schloss stöhnend

die Augen – was sich als keine gute Idee erwies. Die dunklen Schatten hinter ihren Lidern begannen wieder zu tanzen, und obwohl in ihrem Magen rein gar nichts mehr war, was er hätte von sich geben können, befiel sie erneut eine Übelkeit, schlimmer noch als all die Male zuvor. Sie konnte nicht einmal mehr stöhnen, sondern nur noch gepeinigt die Zähne zusammenbeißen.

Nach einer Weile beruhigte sich ihr Magen wieder, wenn auch zweifellos nur, um Kraft für eine weitere, noch schlimmere Attacke zu sammeln. Robin schaffte es sogar, sich ein wenig weiter aufzusetzen und die Knie an den Leib zu ziehen. Sie fror. Bedachte man, dass sich die *Sankt Christophorus* auf dem Wege nach Outremer und damit in einen Teil der Welt befand, in dem angeblich immer Sommer war, dann sollte es eigentlich mit jedem Tag ihrer Reise wärmer werden. Doch das genaue Gegenteil war der Fall.

Offenbar stand kein guter Stern über ihrer Reise. Schon am ersten Morgen, nachdem sie in Genua in See gestochen waren, war die *Sankt Christophorus* in einen Sturm geraten, wie Robin noch keinen zuvor erlebt hatte. Der Sturm hatte seit jenem Tag nicht mehr wirklich aufgehört. Robin hatte den Eindruck, dass es jedes Mal, wenn sie aus einem von Albträumen und Fieberfantasien geplagten Schlaf erwachte, in der Kabine ein wenig kälter geworden war. Auch wenn es hieß, sie seien auf dem Weg ins Heilige Land, wäre sie nicht einmal überrascht gewesen, hätte sie eines Morgens die Augen aufgeschlagen und Eisblumen auf dem trüben Bleiglas des Fensters erblickt.

Die Tür ging auf. Robin drehte mühsam den Kopf und gewahrte eine hoch gewachsene Gestalt mit schwarzem Gewand und einem bronzefarbenen, edel geschnittenen Gesicht unter einem kunstvoll gewickelten schwarzen Turban. Salim trug eine hölzerne Schale in der linken und ein ordentlich zusammengefaltetes weißes Tuch in der rechten Hand. Während er vollends in den Raum trat und dabei die Tür mit dem Fuß hinter sich zuschob, richtete er sich auf und stieß dabei mit dem Kopf gegen die niedrige Decke. Das tat er jedes Mal, wenn er hereinkam, und Robin fragte sich allmählich, ob es sich dabei vielleicht um irgendein bizarres Zeremoniell handelte, das aus seiner barbarischen Heimat stammte, oder ob er nur einfach nachlässig war. Vielleicht glaubte er auch, dass sie sein vermeintliches Ungeschick amüsierte und er sie auf diese Weise ein wenig aufheitern konnte.

»Du bist wach«, stellte Salim fest, während er näher kam und dabei das Schwanken des Bodens mit einem Geschick ausglich, das Robin vor Neid hätte erblassen lassen, wäre sie nicht sowieso schon so bleich wie die sprichwörtliche Wand gewesen. »Das ist gut. Das erspart mir die Gefahr, dich aufzuwecken.«

»Gefahr?«

»Als ich dich das letzte Mal aufwecken wollte, hast du mir beinahe die Hand abgebissen«, behauptete Salim.

»Ich hatte einen Albtraum und dachte, ein böser schwarzer Mann stünde plötzlich vor mir«, antwortete Robin. Sie beugte sich behutsam vor und versuchte zu erkennen, was sich in der Schale befand, die Salim auf einem kleinen Schemel neben dem Bett abgestellt hatte. Es gelang ihr nicht, aber sie sah immerhin, dass ihr Inhalt heiß sein musste, denn er dampfte.

»Ist das wieder dein selbst gemischtes Hexengebräu?«, fragte sie misstrauisch.

Salim zog sich einen zweiten Schemel heran und ließ sich darauf nieder. »Wenn du von der Fischsuppe sprichst, die du mir schon dreimal vor die Füße gespien hast, kann ich dich beruhigen«, antwortete er. »Bruder Abbé lässt sich nicht davon abbringen, mir jedes Mal wieder eine Schale davon in die Hand zu drücken, wenn ich zu dir gehe, aber ich schütte sie immer gleich über Bord.« Er deutete ein Achselzucken an. »Das macht es einfacher. Obwohl du sie essen solltest. Dann ginge es dir nämlich schon besser.«

»Gleich am ersten Tag an Bord *habe* ich die Fischsuppe gegessen«, erwiderte Robin. »Vielleicht ist das ja der Grund, aus dem es mir so schlecht geht.«

Salim lachte kurz, aber es gelang ihm nicht, die Sorge aus seinem Blick zu verbannen, während er Robin musterte. »Anscheinend geht es dir tatsächlich schon wieder besser. Deine Zunge ist jedenfalls schon wieder so spitz wie eh und je.« Er wies mit dem Kopf auf die dampfende Schale. »Heißes Wasser. Und saubere Tücher habe ich auch mitgebracht.«

»Willst du mir auf diese Weise durch die Blume sagen, dass ich stinke?«, fragte Robin.

Salim schüttelte den Kopf. »Das ist nicht nötig«, antwortete er. »Es gibt niemanden an Bord, der deinem Wohlgeruch entgehen könnte, und wenn der Wind drehen sollte, dürfte die Kunde von unserem Kommen wohl binnen Stundenfrist bis zu Saladins Zelt dringen.«

Robin trat in gespieltem Trotz nach ihm. Salim machte sich nicht die Mühe, den Angriff abzuwehren oder ihm auch nur auszuweichen. Er schien den Treffer kaum wahrzunehmen. Das einzige Ergebnis ihres Tritts waren ein stechender Schmerz, der ihr durch den Knöchel fuhr, und ein neuer Schwindelanfall. Salim wartete geduldig, bis sie aufhörte zu stöhnen und die Augen wieder öffnete.

»Bruder Abbé wünscht deine Anwesenheit an Deck«, sagte er. »Aber vorher würde ich vorschlagen, dass du dich wäschst und deine Rüstung anlegst.«

»Ich gehe erst wieder an Deck, wenn dieser Sturm vorüber ist«, sagte Robin. »Vorher bringt mich keine Macht der Welt hier heraus.«

»Der Sturm«, sagte Salim sanft, »ist seit einer Woche vorüber.«

»Wir sind doch erst seit einer Woche unterwegs.«

»Und es war auch gar kein richtiger Sturm«, fuhr Salim ungerührt fort. »Ein wenig raue See, mehr nicht. Ich würde sagen, du bist nicht unbedingt das, was man als seefest bezeichnen würde.«

»Und du hast eine Woche gebraucht, um das herauszufinden?« Robin angelte nach ihrer Decke, die ihr von den Knien gerutscht war, und zog sie bis zum Kinn hoch. »Geh und richte Bruder Abbé aus, dass ich nach oben komme, sobald das Schiff an Land anlegt. Vorher hätte er nicht besonders viel Freude an mir, fürchte ich. Ich würde ihm vor die Füße speien, noch bevor er ein Vaterunser zu Ende gesprochen hätte.«

Salim nahm eines der Tücher, die er mitgebracht hatte, tauchte einen Zipfel in das heiße Wasser und begann vorsichtig, Robins Gesicht zu säubern. Im ersten Moment drehte sie den Kopf zur Seite, um ihm auszuweichen, aber dann schloss sie die Augen und entspannte sich. Sie genoss Salims Berührungen immer, vielleicht mehr, als er ahnte. Auf jeden Fall aber mehr, als sie sich selbst mit ruhigem Gewissen eingestehen konnte. Diese Berührungen weckten eine Sehnsucht in ihr, die ihr Angst machte. Ein Gefühl, das bis zur Neige zu ergründen sie sich niemals erlauben würde. Und doch: Seit sie die Komturei und damit ihre friesische Heimat verlassen hatten, war er ihr viel zu selten so nah gekommen wie jetzt.

Ganz gleich, wie groß die Welt geworden sein mochte, in der sie nun lebte, ihr persönliches Universum war eindeutig kleiner geworden; um nicht zu sagen, es existierte nicht mehr. Sie waren kaum zwei Dutzend gewesen, als sie die Komturei verlassen hatten, aber ihre Anzahl war beständig gestiegen. In Nürnberg angekommen, wo sie den Winter verbrachten, waren sie bereits mehr als fünfzig. Vier Monate mussten sie warten, bis der Schnee schmolz und die Pässe über die Alpen wieder begehbar wurden. Und ihre Zahl wuchs weiter. Als sie endlich in Genua ankamen und an Bord der kleinen Flotte gingen, die sie nach Outremer bringen sollte, waren sie bereits mehr als dreihundert. So konnte sich Robin kaum mehr erinnern, wann sie das letzte Mal wirklich allein mit Salim gewesen war.

»Ich fürchte, dass Bruder Abbé auf deiner Anwesenheit an Deck besteht«, riss sie Salims Stimme jäh aus ihren Gedanken. »Und es geht hier nicht um eine bloße Laune von ihm.«

Robin öffnete widerwillig die Augen, um den Tuareg mit einem nachdenklichen Blick zu bedenken. In seinen Augen lag plötzlich ein Ernst, der sie alarmierte. Sie sagte nichts, aber allein schon ihre fragende Miene ließ ihn fortfahren.

»Vor einer Stunde ist die *Sankt Gabriel* längsseits gegangen. Bruder Horace hat Abbé und die anderen zu einer Versammlung einberufen. Heute, bei Sonnenuntergang.«

Robin blickte unwillkürlich zum Fenster. Das Licht, das durch das bunte Bleiglas hereinströmte, war schillernd und unstet, sodass es unmöglich war, aus seiner Helligkeit auf den Stand der Sonne zu schließen. Eine Woche Seekrankheit und Fieber hatten Robin jegliches Zeitgefühl genommen. So vermochte sie nicht zu sagen, ob es Morgen, Mittag oder Abend war.

»In etwa zwei Stunden.« Salim hatte ihren Blick richtig gedeutet.

»Eine Versammlung?«, fragte Robin stirnrunzelnd. »Hat er gesagt, warum?«

Salim tauchte den Zipfel erneut in das heiße Wasser und hob zugleich die Schultern. »Vermutlich. Aber schließlich bin ich nur ein Sklave, und ein Heide dazu, den man bestimmt nicht in die Geheimnisse christlicher Politik einweiht.«

»Und außerdem hast du riesige Ohren und kannst es an Geschwätzigkeit und Neugier mit den schlimmsten Waschweibern aufnehmen, die ich kenne«, behauptete Robin ungerührt.

»Neugier vielleicht«, gestand Salim. Er fuhr nun mit dem nassen Tuch beinahe zärtlich über die dünne, aber deutlich sichtbare Narbe, die von Robins erster Begegnung mit dem Tod kündete. »Ich nehme aber an, es geht um unsere morgige Ankunft in Akko.«

»Morgen schon?« Robin war überrascht.

»Wir könnten schon heute dort ankommen, aber Bruder Horace wartet auf weitere Schiffe. Anscheinend hat er vor, mit einer ganzen Flotte in den Hafen von Akko einzulaufen.

Und nun frag mich bitte nicht, warum, kleines Mädchen, denn das weiß ich wirklich nicht.«

»Nenn mich nicht so«, sagte Robin in fast erschrockenem Ton.

»Aber das bist du doch«, erwiderte Salim belustigt. »Jedenfalls warst du es, als ich das letzte Mal nachgesehen habe.«

Robin überging seine Worte ebenso wie den fast anzüglichen Blick, mit dem er sie für einen Moment maß. Natürlich hatte er Recht, aber dass *Bruder* Robin nicht nur der jüngste der zweihundert Tempelritter war, die in Genua in See gestochen waren, sondern eigentlich *Schwester* Robin, das wussten außer Salim und ihr selbst nur zwei Menschen an Bord dieses Schiffes. Und für Robins Geschmack waren das im Grunde schon zwei zu viel. Sie wusste, dass Salim mitunter das Spiel mit dem Feuer liebte, aber ihm schien nicht klar zu sein, welch furchtbares Unheil er diesmal damit beschwor – nicht nur für sein und Robins Leben. Sollten die Falschen erfahren, was für ein Körper sich unter dem weißen Templergewand mit dem roten Tatzenkreuz verbarg, wäre es nicht nur um Salim und sie selbst geschehen – sondern auch um Bruder Abbé.

»Wir gehen also morgen an Land?«, fragte sie – nicht um sich zu vergewissern, dass sie Salim auch richtig verstanden hatte, sondern um die ungute Stimmung zu vertreiben, die mit Salims Bemerkung und ihrer Reaktion darauf Einzug gehalten hatte.

»Akko«, bestätigte Salim. »Es wird dir gefallen.«

»Du warst schon einmal dort?«

»Ich weiß nicht, ob es die prachtvollste Stadt der Welt ist«, sagte Salim – und Robin entging keineswegs, dass er ihre Frage damit ganz eindeutig *nicht* beantwortete –, »aber es ist mit Sicherheit die prachtvollste Stadt, die du jemals erblickt hast.«

Daran zweifelte Robin keinen Augenblick. Sie hatte eine Menge Städte gesehen, seit sie ihre Heimat verlassen hatte, aber keine davon war auch nur im Geringsten *prachtvoll* gewesen. Das Wort Stadt bedeutete für sie vor allem Schmutz und Gestank, Enge und Lärm.

»Und Horace?«

Diesmal antwortete Salim nur mit einem Achselzucken. Sie selbst und Bruder Abbé waren keineswegs die Einzigen, die dem englischen Tempelritter mit Misstrauen begegneten.

Salim stand auf. »Den Rest wirst du wohl selbst schaffen. Ich bringe dir gleich saubere Kleider – und deine Rüstung.«

Um ein Haar hätte Robin laut aufgestöhnt. Ihre Rüstung? Der klebrige eiserne Topfhelm, das fast knöchellange fein-maschige Kettenhemd, die eisernen Handschuhe und die ebenfalls mit Eisen verstärkten Stiefel wogen zusammen fast mehr als sie, und dazu kamen noch Schild und Schwert. Vielleicht schaffte sie es noch, sich alleine anzuziehen – doch die kurze Treppe an Deck erschien ihr angesichts der bleischweren Rüstung als unüberwindliches Hindernis. Ganz zu schweigen davon, dass sie sich wohl kaum auf dem hin und her schwankenden Schiff würde auf den Beinen halten können.

»Und beeil dich besser«, sagte Salim im Hinausgehen. »Bruder Abbé möchte noch mit dir speisen, bevor ihr auf die *Sankt Gabriel* überwechselt. Er hat den Schiffskoch die letz-ten Vorräte plündern lassen, um ein festliches Mahl aufzu-tischen ... Ich glaube, es gibt einen schönen fetten Schweins-braten.«

Salim zog die Tür hinter sich zu, und Robin, die schon die Hand nach der Wasserschale ausgestreckt hatte, hielt mitten in der Bewegung inne und beugte sich würgend über den Eimer.

Die *Sankt Christophorus* war ein richtiges Kreuzfahrerschiff. Mit ihren mehr als hundert Fuß Länge, nur einem Mast und den weit überragenden Bug- und Achterkastellen wirkte sie träge, beinahe schon schwerfällig. Aber Robin musste nur einen Blick über die niedrige Reling werfen, um zu sehen, mit welcher Geschwindigkeit das scheinbar so behäbige Schiff durch die Wellen pflügte.

Sie hütete sich allerdings, dies zu tun. Irgendwie hatte sie es geschafft, sich zum ersten Mal seit einer Woche wieder einigermaßen gründlich zu waschen und die Kleidung eines Tempelritters anzulegen. Abbés Wunsch, sie möge in voller Rüstung erscheinen, hatte sie allerdings nur zum Teil entsprechen können. Zwar hatte sie Kettenhemd, Waffenrock und Stiefel angelegt, dafür aber sowohl den schweren Helm als auch Schild und Schwertgurt in ihrer Kabine zurückgelassen.

Dass es ihr danach noch gelungen war, aus eigener Kraft hier herauf an Deck zu gelangen, erschien ihr fast unglaublich. Obwohl sich ihr revoltierender Magen mittlerweile einigermaßen beruhigt hatte, war sie nicht gewillt, ihr Glück und ihre ausgezehrten Kräfte weiter auf die Probe zu stellen. Denn in ihren Eingeweiden rumorte es noch immer, und sie war so wackelig auf den Beinen, dass sie sich mit beiden Händen an der Reling in ihrem Rücken festklammern musste. Immerhin hatte sich Salims Ankündigung eines fetttriefenden Schweinebratens nur als derber Scherz herausgestellt, den sie ihm nichtsdestotrotz heimzuzahlen gedachte.

Bruder Horace, der die in geringem Abstand neben ihnen herfahrende *Sankt Gabriel* befehligte und in der Rangordnung des Ordens deutlich höher stand als Abbé, mochte so viel Wert auf Äußerlichkeiten legen, wie er wollte – letzten Endes hatte er sie zu einer Besprechung eingeladen, nicht zu einer Schlacht. Sollte er doch so missbilligend die Stirn runzeln, wie es ihm beliebte; für Robin gab es keinen Grund, in voller Bewaffnung vor ihm zu erscheinen. Vor allem, wenn diese Bewaffnung so viel wog, dass sie sich unter ihrem Gewicht nicht auf den Beinen hätte halten können.

Der Wind frischte auf. Eine Welle zerbarst am Rumpf der *Sankt Christophorus* und überschüttete Robin mit einem Sprühregen aus winzigen Wassertröpfchen und weißem Schaum. Das eiskalte Wasser lief ihr den Hals hinab und sickerte in das grobe Wollhemd ein, das sie unter dem strahlend weißen Waffenrock, dem dick gepolsterten ledernen Gambeson und dem Kettenhemd trug. Ein kalter Schauer lief ihr über die Haut. Sie spürte, wie sich ihre Brustwarzen aufrichteten und sich an dem groben Wollstoff rieben. Gottlob bestand keine Gefahr, dass man ihre Weiblichkeit durch all die Kleidungsschichten hindurch bemerken würde.

Obwohl sie jedes Mal, wenn das plumpe Schiff eine Welle durchpflügte, von einer Gischtwolke eingehüllt wurde, behielt sie trotzig ihren Platz an der Reling bei. Etwas anderes hätte sie sowieso nicht tun können. Nach Salims Worten zu urteilen erwartete Bruder Abbé sie und die anderen an Deck, aber sie konnte ihn weder in der Nähe noch auf dem Vorder- oder Achterkastell entdecken. Vermutlich steckte er irgendwo unter ihr, im bauchigen Mittelteil der Kogge. Sie hatte weiß Gott keine Lust, ihm dorthin zu folgen – nicht einmal, wenn sie sich körperlich dazu in der Lage gefühlt hätte. Gleich nach ihrer Ankunft an Bord und kurz bevor die Seekrankheit sie erwischte, war sie ein einziges Mal unten in den Frachträumen gewesen und dieser eine kurze Besuch hatte ihr die Lust auf jede Wiederholung gründlich vergällt.

Obwohl das Schiff durchaus groß war, herrschte unter Deck drückende Enge, denn die *Sankt Christophorus* war zwar für den Transport von bis zu hundert Mann ausgelegt, beherbergte im Moment aber nahezu die doppelte Anzahl, und darüber hinaus noch ein Dutzend Pferde und eine ganze Wagenladung Waffen, Rüstungsteile und andere Ausrüstung. Von den Vorräten, die eine so große Mannschaft für eine einwöchige Überfahrt benötigte, ganz zu schweigen.

Dort unten herrschten nicht nur drückende Enge und Dunkelheit, sondern auch Gestank, Hitze und jene bis zum Siedepunkt gereizte Stimmung, die unausweichlich war, wenn zu viele Menschen zu lange auf zu engem Raum zusammengepfercht sind. Und die hygienischen Verhältnisse stanken buchstäblich zum Himmel.

Während Robin in verkrampfter Haltung an die Reling gelehnt dastand und die verdreckten, stoppelbärtigen und graugesichtigen Gestalten betrachtete, die sich auf dem überfüllten Deck drängten, in kleinen Gruppen beieinander standen oder einfach dasaßen und aus trüben Augen ins Leere starrten, verzieh sie Abbé, sie eine Woche lang in die winzige Kajüte eingesperrt zu haben. Sie hatte geglaubt, eine Woche lang in der Hölle gewesen zu sein, aber je länger sie sich auf dem Deck umsah, desto mehr kam sie zu dem Schluss, dass es nicht einmal das Fegefeuer gewesen war. Abbé und die anderen hatten ihr einen Gefallen getan, auch wenn er vermutlich nicht halb so uneigennützig war, wie er ihr in diesem Moment vorkam.

Eine weitere Woge erschütterte das Schiff und durchtränkte Robin mit salziger Nässe. Dennoch blieb sie weiterhin an der Reling stehen, denn nach den endlosen Tagen, die sie in ihrem eigenen Gestank dagelegen hatte, erschien ihr die eisige Seeluft wie eine Labsal. Auch wenn sie vor Kälte buchstäblich mit den Zähnen klapperte, erlangte sie allmählich eine lang vermisste Klarheit über ihre Situation, und selbst ihr rumorender Magen beruhigte sich zusehends. Vielleicht hätte sie Salims Rat doch befolgen und sich schon früher zwingen sollen, an Deck zu gehen. Aber vielleicht hätte sie auch schon vor einem Jahr auf die Stimme der Vernunft hören und erst gar nicht zu diesem Kreuzzug aufbrechen sollen.

»Bruder Robin! Hier oben!«

Robin sah sich einen Moment lang hilflos auf dem überfüllten Deck um, bevor die Stimme zum zweiten Mal erscholl und sie Bruder Abbé entdeckte. Erst einen weiteren Moment später erkannte sie auch den Besitzer der Stimme, der hinter der niedrigen Reling des Achterkastells stand und ihr aufgeregt mit dem linken Arm zuwinkte. Unter den rechten Arm hatte er den plumpen eisernen Helm geklemmt, der seine Rüstung vervollständigte. Das kostbare Bastardschwert, seine Lieblingswaffe, baumelte an einem silberbeschlagenen Wehrgehänge an seiner Seite. Über seine Brust lief ein breiter Lederriemen, mit dessen Hilfe er seinen wuchtigen dreieckigen Schild auf den Rücken geschnallt tragen konnte.

Als Robin sich von ihrem Platz an der Reling löste und sich durch das Gedränge an Deck ihren Weg nach achtern bahnte, bemerkte sie die anderen Tempelritter auf dem erhöhten Achteraufbau. Unter ihnen befanden sich Heinrich, Xavier und der greise Tobias. Alle, die von jener Schar noch übrig geblieben waren, mit der sie einst die kleine friesische Komturei verlassen hatte. Sie waren ausnahmslos in Rüstung und Waffen. Vielleicht hätte sie Abbés Aufforderung doch etwas mehr beherzigen sollen. Aber nun war es zu spät.

Zumindest Abbé schien keinen Anstoß an ihrem unvollständigen Aufzug zu nehmen. Als sie mühsam die kurze, steile Treppe zum Achterdeck hinaufstieg, streckte er ihr hilfreich die Hand entgegen, und Robin nahm das Angebot dankbar an. Obgleich Abbé vermutlich mindestens dreimal so alt wie sie selbst war, war sein Griff so fest, dass er sie mehr zu sich heraufhob, als dass sie aus eigener Kraft ging. Robin verzog schmerzhaft die Lippen. Abbé zwinkerte ihr kurz zu. Mit seiner kurzbeinigen Statur, dem ansehnlichen Schmerbauch und den Stummelfingern hätte er vermutlich wie die typische Witzfigur des dicken Mönchleins ausgesehen, den beim heiligen Abendmahl vor allem der Messwein interessierte, wären da nicht der strahlende Waffenrock des Templerritters gewesen und eine Härte in seinen Zügen, die verriet, dass er in seinem Leben mehr gesehen hatte, als sich ein einfacher Mönch in seinen kühnsten Albträumen auszumalen vermochte.

Ohne ein überflüssiges Wort zu verlieren, ließ er ihre Hand los, trat einen halben Schritt zurück und legte ihr dann die flache Hand auf die Stirn. »Euer Fieber scheint vorbei zu sein«, sagte er laut. »Ich bin froh, dass es Euch besser geht.«

»Fieber?« Robin blinzelte verständnislos. »Aber ich hatte kein ...«

Sie brach ab, als sie Abbés warnenden Blick auffing, und schalt sich in Gedanken eine Närrin. Bruder Abbé wusste sehr wohl, dass sie kein Fieber gehabt hatte, sondern ihr nur die Seekrankheit zu schaffen machte. Aber sie waren nicht allein auf dem Achterdeck, und die Worte galten auch gar nicht ihr, sondern dem knappen Dutzend anderer Tempelritter, die sich in unmittelbarer Hörweite befanden und von denen außer Heinrich, Tobias und Xavier keiner wusste, wer sie wirklich war.

»Ah ja, die Jugend«, seufzte Abbé, während er ihr erneut einen warnenden Blick zuwarf. »Ich vermute, dass ich früher auch so war, auch wenn es so lange her ist, dass ich mich kaum noch erinnere. Ihr seid ein tapferer junger Ritter, Bruder Robin, aber lasst Euch sagen, dass es kein Zeichen mangelnden Mutes ist zuzugeben, dass einen das Fieber niedergeworfen hat. Gott wird in seiner unendlichen Weisheit einen Grund gehabt haben, es Euch zu schicken.«

Robin signalisierte ihm auf die gleiche lautlose Art, dass sie seine Botschaft verstanden hatte. Sie wusste nicht, was Gott in seiner unendlichen Weisheit dazu bewogen haben mochte, ihr eine Woche lang die Innereien nach außen zu stülpen und sie sich so elend fühlen zu lassen, dass sie sich mehr als einmal den Tod gewünscht hatte. Aber mit einem Mal wurde ihr klar, was sich hinter Abbés ausdrücklichem Wunsch verbarg, sie in die Kapitänskajüte zu sperren und dort eine geschlagene Woche lang zu isolieren. Es hatte nichts mit ihrer Seekrankheit zu tun. Sie war weiß Gott nicht die Einzige, die darunter litt, auch wenn es sie möglicherweise am schlimmsten erwischt hatte. Abbé hätte darauf vermutlich gar keine Rücksicht genommen. Ihm war es einzig und allein darum gegangen, sie von der restlichen Besatzung der *Sankt Christophorus* zu trennen. Und ihr Schwächeanfall hatte ihm dazu den besten Vorwand geliefert, den er sich nur wünschen konnte. Krank oder gesund, eine Woche lang auf engstem Raum mit nahezu zweihundert Männern eingesperrt, hätte sie ihr Geheimnis nie und nimmer für sich behalten können.

Demütig senkte sie das Haupt. »Verzeiht, Bruder«, sagte sie, gerade so laut, dass alle anderen hier oben ihre Worte hören konnten, wenn sie es wollten. »Es war nicht meine Absicht, hochmütig zu klingen.«

Abbé lächelte. »Das ist wohl noch ein Vorrecht der Jugend, dass man ihr das Ungestüm in der Wahl ihrer Worte nachsieht«, sagte er. Zugleich drohte er ihr spielerisch mit dem Zeigefinger. »Aber gewöhnt Euch nicht zu sehr daran. Die Zeit der Jugend ist schneller vorbei, als Ihr ahnt.«

»Vor allem ist *unsere* Zeit bald vorbei, wenn wir sie weiter mit unnützen Reden vertun«, mischte sich einer der anderen Ritter ein. Robin kannte seinen Namen nicht. Abbé hatte ihn ihr genannt, als der Templer zusammen mit etlichen anderen Rittern kurz hinter Nürnberg zu ihnen gestoßen war, aber sie hatte sich nicht die Mühe gemacht, ihn sich zu merken. Obwohl sie jetzt seit vielen Monaten gemeinsam unterwegs waren, hielt sie sich nach Möglichkeit von den anderen Rittern fern und hatte praktisch nur Kontakt zu Abbé, den drei weiteren Friesen – und natürlich zu Salim.

»Aber ich bitte Euch, Bruder Dariusz«, sagte Abbé mit sanftem Tadel. »Bruder Robin hat eine schwere Woche hinter sich. Ein paar aufmunternde Worte werden ihm gut tun und uns nicht schaden.«

Der Templer mit dem fremdartig klingenden Namen kam näher und maß zuerst Abbé, dann Robin mit einem langen Blick, wobei sie nicht sagen konnte, wen von ihnen er verächtlicher musterte. Er war ein großer, frühzeitig ergrauter Mann Mitte vierzig, der vielleicht sogar sympathisch gewirkt hätte, wären seine Augen nicht kalt und bar jeder Menschlichkeit gewesen.

»Ich hoffe, wir werden nicht bald alle mit diesem Fieber danniederliegen«, grollte er. »Es ist ja allgemein bekannt, dass Euch eine Menge an diesem jungen Ritter liegt, Bruder Abbé. Wie auch immer, das ist Eure Sache, solange Ihr uns damit nicht in Gefahr bringt.«

»Bruder Robin ist auf ausdrücklichen Wunsch von Bruder Horace hier«, antwortete Abbé kühl. »Solltet Ihr eine Beschwerde haben, so habt Ihr in Kürze Gelegenheit, sie persönlich bei ihm vorzubringen.«

Dariusz' Lippen wurden schmal, und für einen winzigen Moment erschien doch der Ausdruck eines Gefühles in seinen Augen: ein lodernder Zorn, der gewiss nicht nur diesem kurzen Disput zwischen Abbé und ihm entsprang, sondern ältere und viel tiefer gehende Wurzeln hatte und sich in diesem Moment Bahn brach. Dann aber beherrschte er sich wieder, trat einen halben Schritt zurück und straffte die Schultern.

»Verzeiht, Abbé«, sagte er. »Ich wollte Euch nicht tadeln. Es erschien mir nur gefährlich, bei einer Reise von solcher Wichtigkeit jemanden dabei zu haben, der an einem unbekannten Fieber leidet und uns womöglich alle ansteckt.«

»Ich habe Euch gesagt, dass es nicht ansteckend ist«, mischte sich Tobias ein.

»Ihr habt auch gesagt, dass Ihr nicht genau wisst, an welcher Krankheit er leidet«, antwortete Dariusz trotzig. »Wie könnt Ihr da wissen, dass sie nicht ansteckend ist?«

»Zum einen, weil er lebendig vor uns steht ...«, antwortete Tobias.

»Und zum anderen?«, fragte Dariusz lauernd.

»Das ist genug!« Abbé erstickte den drohenden Streit im Keim, wenn auch um den Preis, dass er sich damit Dariusz' Zorn zuzog. Bevor der Ritter jedoch etwas vorbringen konnte, hob einer der anderen Templer den Arm und deutete auf die *Sankt Gabriel*. Abgesehen von Tobias, der einfach weiter dastand und Dariusz aus seinen faltenumsäumten Augen herausfordernd anblitzte, wandten sich alle um und sahen zum Schwesterschiff der *Sankt Christophorus* hinüber. Die Kogge hatte den Kurs gewechselt und mehr Fahrt aufgenommen. Robin, die von der Seefahrt ungefähr so viel verstand wie vom Lautenspiel, war es schon immer ein Rätsel gewesen, wie zwei Schiffe gleicher Größe und identischer Bauart

21

unterschiedlich schnell fahren konnten, aber die *Sankt Gabriel* holte rasch auf.

Nach nur wenigen Minuten ging das Kreuzfahrerschiff längsseits. Männer auf beiden Schiffen warfen einander Seile zu. Netze, prall gefüllt mit altem Segeltuch, wurden über die Reling gehängt, damit die bauchigen Schiffsrümpfe der Koggen im starken Seegang nicht gegeneinander schlugen. Als beide Segler fest miteinander vertäut waren, legten die Seeleute eine schmale Planke aus, über die man von einem Schiff zum anderen wechseln konnte. Allein bei ihrem Anblick kroch Robins Magen schon wieder ein gutes Stück ihren Hals empor. Die Planke war kaum so breit wie zwei nebeneinander gelegte Hände und bog sich unter dem Gewicht der Männer durch wie ein Seil, auf dem Gaukler ihre Kunststücke aufführten. Trotzdem stiegen Abbé und die anderen ohne zu zögern hinauf, um zur *Sankt Gabriel* überzuwechseln.

Schließlich war die Reihe an Robin. Sie war die Letzte, die sich noch auf dem Achterdeck befand, abgesehen von Tobias, der aber keine Anstalten machte, auf das andere Schiff überzuwechseln, sondern ihr nur verschmitzt zublinzelte – wobei er sich nicht einmal die Mühe machte, seine Schadenfreude zu verhehlen. Robin lächelte gequält zurück, nahm all ihren Mut zusammen und trat auf die schmale Planke hinaus.

Es waren nur wenige Schritte, aber sie starb tausend Tode, ehe sie endlich den Fuß auf das Deck der *Sankt Gabriel* setzte. Die beiden Schiffe lagen dicht nebeneinander, und dennoch schwankten sie gegenläufig im Rhythmus der Wellen, sodass ein einziger Fehltritt den Tod bedeuten konnte. Entweder würde sie zwischen den dicht beieinander liegenden Schiffsrümpfen buchstäblich zermahlen werden, oder aber, wenn sie ins Wasser stürzte, von ihrem schweren Kettenhemd in die Tiefe gezogen. Robin hatte Wasser – außer in einem Becken oder in einem Badezuber – noch nie besonders gemocht. Sie atmete erleichtert auf, als sie endlich wieder Schiffsplanken unter den Füßen spürte.

Das Nächste, was sie bemerkte, war Abbés spöttischer Blick. Er gab sich so wenig Mühe wie zuvor Tobias, seine Schadenfreude zu verhehlen, wirkte zugleich aber auch besorgt, wobei Robin nicht ganz sicher war, ob diese Sorge tatsächlich nur ihrem Gesundheitszustand galt. Abbé drehte sich jedoch um, bevor sie eine entsprechende Frage stellen oder ihm einen fragenden Blick zuwerfen konnte, und Robin wandte sich ihrerseits um, als sie ein Geräusch hinter sich vernahm, das fast wie ein leiser Ruf klang.

Sie erwartete, Salim auf dem Achterdeck der *Sankt Christophorus* stehen zu sehen, im Begriff ihr zu folgen. Tatsächlich erblickte sie ihn sofort, doch statt zu ihr auf die *Sankt Gabriel* zu wechseln, blieb der Tuareg reglos und hoch aufgerichtet auf dem Achterkastell des anderen Schiffes stehen. Das Geräusch, das sie gehört hatte, war das Klappern, mit dem die Planke zwischen den beiden Schiffen eingezogen wurde, und kein Ruf. Salim würde ihr nicht folgen und er machte auch keine Anstalten, ihr ein erklärendes Wort zuzurufen.

Das versetzte ihrem Herzen einen scharfen Stich. Es dauerte zwei, drei verwirrte Sekunden, bis ihr bewusst wurde, dass er gar nicht anders konnte. Salim war nicht nur ein Tuareg, sondern auch ein strenggläubiger Moslem und damit ein Heide. Dass Bruder Horace ihn überhaupt in dieser Reisegesellschaft duldete, grenzte an ein Wunder. Salim auf seinem Schiff und noch dazu im Kreise seiner engsten Vertrauten ... nein, das war unvorstellbar. Es war naiv von ihr gewesen, auch nur anzunehmen, dass er sie auf die *Sankt Gabriel* begleiten würde – oder dass er ihr in aller Öffentlichkeit einen Abschiedsgruß zurufen würde.

Was nichts daran änderte, dass sie sich noch hilfloser und verlorener fühlte als bisher, während sie Abbé und den anderen zum Hauptdeck hinabfolgte.

Die *Sankt Gabriel* war mindestens so überfüllt wie die *Sankt Christophorus*. Die meisten Männer an Deck waren Ritter, die jedoch anders als die Besatzung der *Sankt Chris-*

tophorus ausnahmslos Kettenhemden, Wappenröcke und zum größten Teil sogar schwere eiserne Helme trugen. Robin hatte Bruder Abbé mehr als einmal bittere Klage darüber führen hören, dass Horace seine Männer über die Maßen hinaus drillte. Disziplin und ein nach außen geschlossenes Erscheinungsbild waren sicher einer der Grundpfeiler, auf denen die Macht des Templerordens beruhte, aber es war eine Sache, die Männer zu drillen und ständig in Form zu halten, und eine ganz andere, sie bis zum Umfallen zu schinden und ihre Kräfte damit zu verschwenden, sie hier auf offener See unnötiger Weise die bleischweren Rüstungen tragen zu lassen.

Die Krieger wichen respektvoll zur Seite, während sie sich der kurzen Treppe nach unten näherten. Da die beiden Schiffe vollkommen baugleich waren, musste niemand Robin erklären, dass sie sich auf dem Weg zur Kapitänskajüte befanden, die Bruder Horace als ranghöchster Ritter an Bord selbstverständlich für sich reklamiert hatte. Sie war eher überrascht, wie winzig ihr der Raum im Vergleich zu ihrem eigenen Quartier an Bord der *Sankt Christophorus* vorkam, als sie gebückt als Letzte durch die niedrige Tür trat. Horace hatte das Bett hinaus- und an seiner Stelle einen gewaltigen rechteckigen Tisch hereinschaffen lassen, der das Zimmer zu mehr als der Hälfte ausfüllte. Der verbliebene Platz reichte nicht mehr, um Stühle aufzustellen, sodass die Gäste mit niedrigen dreibeinigen Schemeln Vorlieb nehmen und so dicht nebeneinander sitzen mussten, dass sich ihre Schultern berührten. Bruder Horace hockte am Kopfende des Tisches. Er hatte sein Schwert abgeschnallt und quer vor sich auf den Tisch gelegt, ansonsten war die dicke hölzerne Platte leer. Bruder Horace hatte anscheinend nicht vor, seine Gäste zu bewirten.

»Bruder Abbé.« Horace machte sich nicht die Mühe, aufzustehen, sondern begrüßte Abbé und die anderen lediglich mit einem angedeuteten Kopfnicken und einer Geste, Platz zu nehmen. Lediglich auf Robins Gesicht blieb sein Blick eine kurze Weile haften und einen Moment lang glaubte sie ein Interesse in seinen harten Augen aufblitzen zu sehen, das ihr einen kalten Schauer über den Rücken jagte. Er sagte jedoch nichts, sondern wartete nur mit deutlich zur Schau gestellter Ungeduld darauf, dass sich alle setzten und endlich wieder Ruhe einkehrte.

»Ich begrüße Euch, Brüder«, begann er. »Jetzt, wo wir alle vollzählig sind ...«, er ließ seinen Blick über die Versammlung schweifen, als müsste er sich davon überzeugen, dass seine Behauptung auch der Wahrheit entsprach, »... können wir ja beginnen.«

Abbé, der die Spitze keineswegs überhört hatte, lächelte Horace nur milde zu, aber Dariusz hob rasch die Hand und fiel Horace ins Wort. »Verzeiht, Bruder«, sagte er.

Horaces linke Augenbraue rutschte ein Stück nach oben. Er war kein Mann, der es gewohnt war, unterbrochen zu werden. Aber er sagte kein Wort, sondern forderte Dariusz nur mit einer entsprechenden Geste auf fortzufahren.

»Wir sollten noch nicht beginnen«, sagte Dariusz. »Verzeiht mir meine Offenheit, aber es ist einer unter uns, der nicht hierher gehört.«

»Niemand hat Euch gezwungen mitzukommen, Dariusz«, sagte Abbé. Zwei, drei der anderen Ritter lachten leise, aber Horace sorgte mit einer unwilligen Geste für Ruhe und bedeutete Dariusz mit einem Nicken fortzufahren.

»Ich rede von diesem Knaben. Bruder *Robin*.« So, wie er den Namen aussprach, kam es fast einer Beleidigung gleich. Robins Herz begann zu klopfen.

Horace sah den grauhaarigen Tempelritter einen Moment lang stirnrunzelnd an, ehe er sich mit einer demonstrativen Bewegung direkt zu Robin herumdrehte. »Wie geht es dir, Bruder Robin?«, fragte er. »Ich habe gehört, du seiest krank?«

»Das war ich«, antwortete Robin. Eigentlich war sie es noch. Sie fühlte sich hundeelend, wenn auch auf eine vollkommen andere Art als bislang. Dennoch zwang sie sich zu einem Lächeln und sagte: »Es geht mir schon wieder besser.

Ich hatte Fieber, und der Seegang hat wohl noch ein Übriges getan.«

»Bald werdet Ihr wieder festen Boden unter den Füßen haben, wie wir alle.« Horace gönnte Robin eines seiner seltenen Lächeln und wandte sich dann wieder Dariusz zu. »Bruder Tobias hat mir versichert, dass es sich bei Robins Fieber nicht um eine ansteckende Krankheit handelt.«

»Davon rede ich nicht.« Dariusz schüttelte heftig den Kopf und sah Robin kurz und auf eine Art an, die seine nachfolgende Behauptung Lügen strafte. »Es geht nicht gegen Euch persönlich, Robin, bitte versteht mich nicht falsch. Aber ...«, er wandte sich wieder an Horace, und sein Ton wurde härter, »... wir alle wissen, warum wir hier zusammengekommen sind. Unsere Mission ist von großer Wichtigkeit. Nicht nur unser Schicksal steht auf dem Spiel, sondern vielleicht das des gesamten Ordens, ja, möglicherweise das des gesamten Königreichs Jerusalem.«

»Worauf wollt Ihr hinaus, Dariusz?«, fragte Abbé spröde. »Traut Ihr Robin nicht? Wenn Ihr Anlass habt, an seiner Loyalität zu zweifeln, dann teilt uns Eure Gründe mit.«

»Darum geht es doch gar nicht!«, verteidigte sich Dariusz.

»Ich für meinen Teil vertraue Bruder Robin voll und ganz«, sagte Horace – nicht nur zu Robins Überraschung. »Er hat mir das Leben gerettet und dabei das seine und das seiner Brüder riskiert.«

»Das ist mir bekannt«, antwortete Dariusz. Er klang jetzt eher trotzig und nicht mehr so herausfordernd wie noch vor einem Augenblick. Anscheinend war er verstört, sich so urplötzlich in die Defensive gedrängt zu sehen. Robin war jedoch nicht sicher, ob ihr diese Entwicklung gefiel. Sie hatte schon oft und schmerzhaft erfahren müssen, wie leicht es war, sich Feinde zu machen. »Bei allem Respekt, Bruder Horace – Robin ist kaum mehr als ein Kind. Glaubt Ihr wirklich, er sollte einen Platz in unserer Runde haben?«

Horace blieb äußerlich ruhig, aber nicht nur Robin kannte den hochrangigen Templer gut genug, um zu wissen, dass er Dariusz' Frage als offenen Schlag ins Gesicht werten würde.

»Bruder Robin ist annähernd sechzehn Jahre alt«, antwortete er. »Ein Alter, in dem viele unserer Brüder bereits ihre erste Schlacht hinter sich haben und in dem andere auf dem Königsthron sitzen.« Er hob die Hand, als Dariusz widersprechen wollte, und fuhr mit etwas lauterer Stimme fort: »Darüber hinaus hat Robin mehr als ein Jahr in der Komturei Abbés und seiner Brüder gelebt, Dariusz. Es ist eine sehr kleine Komturei. Auf jeden Fall zu klein, um ein Geheimnis innerhalb seiner Mauern zu wahren. Ihr habt es gerade selbst gesagt, Dariusz. Robin ist jung. Und es ist nun einmal das Vorrecht der Jugend, neugierig zu sein. Es wäre naiv anzunehmen, dass er nicht das eine oder andere Gespräch mitgehört und das eine oder andere Wort aufgeschnappt hätte. Halbes Wissen ist oft gefährlicher als vollständiges. Ich hielt es für sicherer, ihn mit auf diese Mission zu nehmen, statt ihn allein zurückzulassen. Und ich bin überzeugt, dass Ihr tief in Eurem Herzen derselben Meinung seid, Bruder. Das stimmt doch, oder?«

Dariusz war ganz und gar *nicht* dieser Auffassung und er gab sich auch gar nicht erst die Mühe, seine wirklichen Gefühle zu verhehlen. Aber er wagte es nicht, Horace offen zu widersprechen. Noch nicht, dachte Robin. Sie wusste nicht genau, wie weit Dariusz in der verschlungenen Hierarchie des Templerordens unter Horace stand, aber es konnte nicht allzu weit sein. Es ging hier gar nicht wirklich um sie oder gar darum, dass Dariusz tatsächlich fürchtete, sich mit ihrem angeblichen Fieber anzustecken. Was sie beobachtete, das war ein Machtkampf zwischen zwei Rittern, der noch schwelte, bald aber ganz offen ausbrechen könnte.

Dieser Augenblick war offensichtlich noch nicht gekommen, denn nach kurzem Zögern senkte Dariusz demütig das Haupt. »Selbstverständlich.«

»Dann können wir ja jetzt zum eigentlichen Grund dieser Zusammenkunft kommen«, sagte Horace. Er seufzte hörbar.

»Wie ihr alle wisst, nähern wir uns der Küste. In den letzten Tagen war uns der Wind günstig gesinnt, wodurch wir etliches von der verlorenen Zeit wieder wettmachen konnten. Dennoch müssen wir unsere Pläne womöglich ändern.«

»Inwiefern?«, fragte Heinrich.

Horace schenkte ihm einen kurzen, ärgerlichen Blick. »Ich habe Befehl gegeben, den Kurs zu ändern und wieder ein Stück weit nach Norden zu segeln«, sagte er.

Seine Worte blieben nicht ohne Wirkung. Die Gesichter der Ritter verdüsterten sich, und hier und da wurde Murren laut. Robin war offensichtlich nicht die Einzige, die die Aussicht, endlich wieder festen Boden unter den Füßen zu bekommen, begrüßt hatte.

»Ich kann Eure Enttäuschung verstehen, Brüder«, fuhr Horace fort. »Aber es ist nur ein kleiner Umweg. Noch in dieser Nacht werden wir auf vier weitere Schiffe unseres Ordens treffen, mit denen wir uns vereinigen.«

»Vier?« Abbé runzelte die Stirn und tauschte einen fragenden Blick mit Xavier, auf den er aber nur ein hilfloses Achselzucken erntete. Er wandte sich wieder Horace zu. »Darf ich fragen, warum?«

»Auf direkten Befehl Odon von Saint-Amands hin«, antwortete Horace. Sein Gesicht verfinsterte sich. »Der frühe Wintereinbruch des vergangenen Jahres hat unsere Pläne unglückseligerweise gefährlich beeinträchtigt. Die Lage in Outremer ist bedrohlicher denn je, und nicht einmal der Großmeister selbst vermag im Moment zu beurteilen, was in Jerusalem geschieht. Aus diesem Grund ist Odo von Saint-Amand der Meinung – genau wie ich selbst im Übrigen –, dass wir gut daran täten, eine gewisse ... Stärke zu demonstrieren.«

»Stärke?«, fragte Dariusz. »Wem gegenüber?«

»Auch in Akko gibt es Kräfte, die dem Orden nicht wohl gesinnt sind«, antwortete Horace. »Es wäre nicht opportun, mit zwei heruntergekommenen Schiffen voller halb toter Männer in den Hafen von Akko einzulaufen.«

»Sondern vielmehr mit einer Flotte, die eine kleine Armee transportiert?« Abbé wiegte zweifelnd den Kopf. »Ihr spracht von Kräften, die dem Orden nicht wohl gesinnt sind, Bruder Horace. Wir alle hier wissen, wen Ihr damit meint. Aber wir wissen auch, dass die Ankunft einer kampfstarken Flotte – noch dazu bei der angespannten politischen Lage – die Situation eher noch verschärfen könnte. Es gibt mehr als einen Baron am Hofe in Jerusalem, dem der Orden schon jetzt militärisch zu mächtig ist. Ganz zu schweigen von den Johannitern ... Die massierte Ankunft einer so kampfstarken Truppe könnte als Bedrohung aufgefasst werden, wenn nicht als Provokation.«

Und ganz genau das soll sie auch, besagte Horaces Blick. Er antwortete jedoch nicht gleich, sondern sah Abbé für die Dauer von drei oder vier Atemzügen fast nachdenklich an, ehe er sagte: »Es war schon immer die Politik unseres Ordens, Stärke zu zeigen, nicht Schwäche. Es ist diese Stärke, die uns zu dem gemacht hat, was wir sind, nicht Diplomatie und politische Ränkespiele, Bruder Abbé. Und es ist diese Stärke, die uns am Ende zum Sieg verhelfen wird. Sie und Gottes Hilfe.« Er zeigte ein dünnes Lächeln. »Darüber hinaus habe ich einen direkten Befehl des Großmeisters erhalten, den zu kritisieren keinem von uns zusteht. Dass ich zufällig derselben Meinung bin, bedeutet gar nichts. Wir werden wahrscheinlich heute Nacht auf die anderen Schiffe treffen, spätestens jedoch morgen bei Sonnenaufgang. Auf dem Weg nach Akko stoßen dann noch zwei weitere Schiffe zu uns.«

»Acht also«, stellte Abbé besorgt fest. »Wie viele Männer?«

»Mehr als tausend«, antwortete Horace.

Abbé ächzte. »Mehr als tausend Kämpfer in Rüstung und Waffen? In Gottes Namen, Bruder Horace, was habt Ihr vor? Wollt Ihr Akko im Sturmangriff nehmen?«

»Wenn es sein muss, ja«, erwiderte Horace ruhig. »Doch so weit wird es nicht kommen. Schließlich kämpfen wir alle für die gleiche Sache, und unter dem Zeichen des Kreuzes.«

Robin hörte kaum noch hin. Selbst wenn sie das Gespräch interessiert hätte, wäre es ihr schwer gefallen, ihm zu folgen. Sie verstand wenig von Politik und wusste sehr viel weniger von Horaces großem Geheimnis, als dieser zu glauben schien. In der begrenzten Welt ärmlicher Verhältnisse, in denen die meisten Menschen lebten und aus der auch sie stammte, spielte es keine Rolle, wer in Jerusalem herrschte, welcher Adelige durch welches Ränkespiel an die Macht kam und wessen Fahne über welcher Stadt wehte. Die allermeisten wussten nicht einmal, dass es eine Stadt namens Akko gab, und die, die es wussten ...

»Bruder Robin?«

Die Stimme drang unangenehm scharf in ihre Gedanken, aber es vergingen noch einige Herzschläge, bis Robin wirklich begriff, dass sie niemand anderem als Horace gehörte und dass die Schärfe darin nicht eingebildet war. Sie suchte den Blick des Tempelritters und nahm erst jetzt wahr, dass Horace sich wie alle anderen erhoben hatte. Oder anders ausgedrückt: Sie war die Einzige, die noch saß. Sie stand so hastig auf, dass ihr Schemel umgefallen wäre, hätte der Platz zwischen der Kajütenwand und ihren Beinen dazu ausgereicht.

»Bruder Horace. Verzeiht, ich war ...«

»In Gedanken, das ist mir aufgefallen«, unterbrach sie Horace. Es klang unwillig. »Wie mir scheint, interessiert Euch unser Gespräch nicht sonderlich.«

»Das ... das ist es nicht«, stammelte Robin. »Ich war nur ...«

Horace unterbrach sie erneut, diesmal mit einer eindeutig unwilligen Geste. »Wir reden später darüber. Es gibt ohnehin ein paar Dinge, die ich mit Abbé und Euch besprechen muss. Jetzt lasst uns beten und Gott dafür danken, dass er uns sicher und unversehrt bis hierher geleitet hat.«

Während Robin wie alle anderen die Hände faltete und demütig das Haupt senkte, versuchte sie, aus den Augenwinkeln den Blick von Abbé einzufangen. Es gelang ihr nicht, aber dafür entging ihr keineswegs das hämische Glitzern in Dariusz' Augen. Was ging hier vor? In diesem Moment hätte sie ihre rechte Hand für einen Blick hinter Horaces Stirn gegeben, aber sie wagte es nicht, auch nur aufzusehen. Obwohl Horace seinerzeit tatsächlich darauf bestanden hatte, den vermeintlichen *Bruder Robin* mit auf diesen Kreuzzug zu nehmen, schien er doch auf dem langen Weg von der Komturei in Friesland bis zu dieser Seereise jedes Interesse an ihr verloren zu haben. Und nun forderte er sie auf, sich für ein Gespräch bereitzuhalten? Robin war beunruhigt.

Sie bemühte sich jedoch, sich nichts von ihren wahren Gefühlen anmerken zu lassen, und wiederholte mit klarer, fester Stimme die Worte, die der Tempelritter vorgab. Das Gebet wurde auf Latein gesprochen, wie alle gemeinsamen Gebete. Robin war dieser Sprache nicht mächtig, aber sie hatte beizeiten gelernt, die ihr unbekannten Worte so schnell und flüssig nachzusprechen, dass selbst Bruder Abbé sie schon mehr als einmal argwöhnisch angeblickt und die eine oder andere entsprechende Bemerkung gemacht hatte.

Noch bevor das Gebet zur Hälfte gesprochen war, ging die Tür auf, und ein Mann der Schiffsbesatzung trat ein. Sein Schritt stockte für einen Moment, als ihm klar wurde, dass er im unpassenden Augenblick hereingeplatzt war, dann ging er aber dennoch weiter und drängelte sich mit einiger Mühe zwischen den Rittern und der Kabinenwand hindurch, bis er neben Horace angekommen war. Seine Unverschämtheit ging nicht so weit, den Tempelherrn in seinem Gebet zu unterbrechen, was ihm mindestens einen scharfen Verweis, viel wahrscheinlicher aber eine weitaus schlimmere Strafe eingebracht hätte. Doch es gelang ihm nicht, seine Nervosität zu verbergen. Horace blickte ihn zwei- oder dreimal ärgerlich an, aber er führte das Gebet bis zur letzten Silbe zu Ende, ehe er sich bekreuzigte und sich erst dann stirnrunzelnd zu dem Matrosen umwandte.

»Ja?«

Der Seemann trat unbehaglich von einem Fuß auf den anderen, ehe er sich vorbeugte und Horace einige Worte zuraunte. Robin konnte nicht verstehen, was er sagte, aber das Stirnrunzeln des Tempelritters vertiefte sich und ein Ausdruck zwischen Überraschung und Sorge erschien auf seinem Gesicht. Der Matrose schien keine guten Neuigkeiten zu überbringen.

»Schon jetzt?«, fragte Horace schließlich. Er entließ den Seemann mit einer unwilligen Handbewegung, wartete, bis er den Raum verlassen hatte, bevor er sich an die versammelten Ritter wandte. »Der Ausguck hat zwei Schiffe gesichtet, die sich uns von Süden nähern«, sagte er. »Sie sind noch zu weit entfernt, um sie eindeutig zu identifizieren, aber es könnten die sein, auf die wir warten.«

»Doch Ihr bezweifelt das«, vermutete Dariusz.

»Es sind nur zwei, und sie scheinen absichtlich so weit wegzubleiben, dass wir ihre Zugehörigkeit nicht zweifelsfrei klären können«, antwortete Horace. »Es *könnten* unsere Brüder sein, ebenso gut aber auch Kriegsschiffe Saladins oder harmlose Kauffahrer, die zufällig unseren Weg kreuzen.« Er hob die Schultern. »Wir werden uns Klarheit verschaffen, sobald die Schiffe nahe genug heran sind. Vielleicht werden sie ja auch einfach wieder hinter dem Horizont verschwinden. Kehrt jetzt auf eure Posten zurück.«

Das war eine sehr ungewöhnliche Verabschiedung, fand Robin, vor allem für einen Mann wie Horace, der normalerweise kein Zusammentreffen unbeendet ließ, ohne seinen Weggefährten Gottes Beistand zu versichern. Der Tempelritter schien in größerer Sorge zu sein, als er zugeben wollte.

Da Robin als Letzte hereingekommen war, konnte sie jetzt als Erste den Raum verlassen und die kurze Treppe hinaufeilen. Draußen dämmerte es bereits, und auf dem überfüllten Deck herrschte hektische, wenn auch reichlich ziellose Aktivität. Robin versuchte nach Süden zu spähen, um einen Blick auf die beiden Schiffe zu erhaschen, von denen Horace gesprochen hatte – mit dem einzigen Ergebnis allerdings, dass sie gegen einen Matrosen prallte und um ein Haar von den nachfolgenden Männern über den Haufen gerannt worden wäre. Mehr von Abbé und den anderen geschoben als aus freiem Willen, stolperte sie über das Deck und die Treppe zum Achterkastell hinauf und auf die schmale Planke zu, die zwei Seeleute gerade wieder über die Reling zur *Sankt Christophorus* hinüberschoben.

Die anderen Ritter wechselten leichtfüßig auf ihr Schiff hinüber, und Robin blieb nichts anders übrig, als es ihnen gleichzutun. Mein Gott, wie sie die Seefahrt hasste! Voller Widerwillen und entsprechend unsicher setzte sie einen Fuß auf die Planke. Eine Welle hob die Schiffe schwankend an, und einen Augenblick lang fürchtete sie, die Balance zu verlieren und zwischen die Schiffe zu stürzen.

Doch dann gab sie sich einen Ruck und eilte mit wenigen Schritten und ohne hinunterzusehen auf die andere Seite. Als sie endlich aufs Deck sprang, hätte sie vor lauter Erleichterung beinahe laut aufgeschrien.

Doch ihre Freude war verfrüht. Die *Sankt Christophorus* legte sich auf die Seite, wodurch sie ihr gerade wiedergewonnenes Gleichgewicht verlor und hilflos mit den Armen rudernd davonschlitterte. Ein Matrose sprang ihr lachend aus dem Weg und gab dabei den Blick auf Dariusz frei, der sich umdrehte und ihr finster entgegenstarrte.

Das hatte ihr gerade noch gefehlt! Ein Zusammenprall schien unvermeidlich, als sich im buchstäblich allerletzten Augenblick eine Hand um ihren Arm schloss und sie mit eisernem Griff festhielt. Ein dunkelhäutiges Gesicht blickte besorgt auf sie herab – oder vielmehr der schmale Ausschnitt über Nasenwurzel und Augen, der zwischen Turban und schwarzblauem Gesichtstuch erkennbar war.

Stirnrunzelnd wandte sich Dariusz ab und war mit ein paar Schritten ihrem Blickfeld entschwunden.

»Danke«, seufzte Robin erleichtert. »Fast wäre ich in meinen Busenfreund hineingeschlittert. Du hast mich vor dem schlimmsten Zusammenstoß meines Lebens bewahrt.«

»Stets zu Diensten«, antwortete Salim in seiner gutmütig-herablassenden Art, die sie ebenso an ihm liebte, wie sie sie oft genug in Rage brachte. Er ließ ihren Arm nicht los, sondern hielt sie im Gegenteil so fest, dass es beinahe wehtat.

»Das ist ja auch deine Aufgabe«, antwortete sie spitz. »Ich meine: Immerhin bist du mein Leibwächter, oder?«

»Und das mit großem Vergnügen«, bestätigte Salim anzüglich. »Tatsächlich habe ich niemals lieber auf einen Leib aufgepasst als auf deinen.«

»Und wie es aussieht, wirst du dazu bald reichlich Gelegenheit bekommen.« Bruder Abbé trat stirnrunzelnd zwischen sie und brachte Salim so dazu, Robins Arm loszulassen. Er lächelte, als habe er gerade einen besonders gelungenen Scherz zum Besten gegeben, aber als er weitersprach, senkte er die Stimme beinahe zu einem Flüstern, und in seinen Augen erschien ein warnender Ausdruck.

»Sprecht nicht so laut, Dummköpfe«, sagte er. »Wir sind nicht allein. Dariusz und ein paar der anderen sind ohnehin schon misstrauisch.«

»Was ist mit diesen Schiffen?«, fragte Robin rasch, bevor Salim widersprechen und Abbé damit womöglich noch weiter reizen konnte. »Horace schien über ihr Auftauchen äußerst besorgt zu sein.«

»Mit Recht«, antwortete Abbé. »Das Meer ist zu groß, als dass ich wirklich an einen Zufall glauben könnte. Und wenn es nicht unsere Schiffe sind ...« Er hob die Schultern und ließ den Satz unbeendet, was den Ernst der Lage noch unterstrich. Nach einem abermaligen Seufzen wandte er sich ab und starrte eine Weile wortlos und sehr konzentriert nach Süden, in die Richtung, in der die beiden Schiffe gesichtet worden waren. Robin konnte dort nichts Außergewöhnliches ausmachen, aber das bedeutete nichts – das Tageslicht schwand rasch, und eine Woche Seekrankheit hatten ihre Sehkraft auch nicht unbedingt gestärkt.

»Ich kann nichts erkennen«, seufzte Abbé schließlich. »Ich will nicht mit dem Schicksal hadern, aber manchmal wünschte ich mir doch, zwanzig Jahre jünger zu sein und noch bessere Augen zu haben.«

»Die Schiffe sind da«, sagte Salim leise. Er machte eine Kopfbewegung zum Mast hinauf. »Ich war im Ausguck. Es sind drei, nicht zwei. Mindestens.«

Abbé sah ihn mit ausdruckslosem Blick an. »Unsere?«

Salim schüttelte den Kopf. Er sagte nichts. Abbé blickte ihn noch eine Weile ebenso besorgt wie nachdenklich an, dann seufzte er erneut und sehr tief und drehte sich mit einer Bewegung herum, die unendlich müde wirkte und ihn um mindestens zehn Jahre älter aussehen ließ.

»Bring Robin zurück in ihr Quartier«, sagte er leise. »Was immer passiert, du weichst nicht von ihrer Seite.«

Salim nickte, aber Robin trat demonstrativ einen Schritt zurück und reckte trotzig das Kinn vor. »Was soll das? Habt Ihr nicht selbst gesagt, dass ich kein Kind mehr bin? Also behandelt mich auch nicht so!«

»Wenn du aufhörst, dich wie eines zu benehmen, gerne«, antwortete Abbé müde. »Was hast du vor, wenn wir wirklich angegriffen werden? Dich wie ein Ritter in die Schlacht zu werfen? Mach dich nicht lächerlich.«

»Ich kann so gut mit dem Schwert umgehen wie alle anderen hier«, beharrte Robin. »Salim hat mich gut ausgebildet.«

»Hat er dich auch unverwundbar gemacht?«, fragte Abbé. Er schüttelte, mit einem Mal erzürnt, den Kopf. »Was, wenn du verletzt wirst, du dummes Kind? Vielleicht so schwer, dass du verbunden werden musst und jemand sieht, was sich unter deinem Kettenhemd verbirgt, *Bruder Robin?*«

»Warum bin ich dann überhaupt hier?«, entgegnete Robin wütend. Allerdings galt diese Wut zu einem Gutteil ihr selbst, nicht Abbé. Natürlich hatte er Recht. Aber das führte auch nur dazu, dass sie sich noch hilfloser fühlte und noch wütender wurde. Dennoch fuhr sie fort: »Wozu hat Salim mich reiten gelehrt und Bogen schießen und fechten?«

»Um dich deiner Feinde zu erwehren«, antwortete Abbé scharf. »Und dafür zu sorgen, dass du eben *nicht* verletzt wirst, denn das wäre unser aller Ende. Und jetzt geh! Ich lasse dich rufen, wenn ich deine Unterstützung brauche, Bruder Robin.«

2. Kapitel

Zu ihrer eigenen Überraschung fand Robin in dieser Nacht doch noch Schlaf, auch wenn er alles andere als ruhig oder gar erfrischend war. Sie erwachte zwei- oder dreimal, das letzte Mal mit hämmernden Kopfschmerzen, einem schalen Geschmack im Mund und dem sicheren Gefühl einer nahenden Katastrophe.

Umständlich richtete sie sich auf den mit Stroh gefüllten Leinensäcken auf und fuhr sich mit der Hand über die Augen, um die Benommenheit wegzuwischen, die noch immer ihren Blick verschleierte. Es war nicht mehr vollkommen dunkel in der Kabine, aber auch noch nicht wirklich hell. Fleckiges Zwielicht sickerte durch das bunte Bleiglasfenster herein und unterstrich die unwirkliche Stimmung. Sie vernahm ein Durcheinander von Geräuschen, die sie einzeln nicht ausmachen konnte, die in ihrer Gesamtheit jedoch ihre Beunruhigung noch steigerten. Sie blieb einen Moment lang reglos sitzen, lauschte auf das Hämmern ihres Herzens und versuchte, sich an die zurückliegende Nacht zu erinnern. Sie hatte geträumt und das flüchtige Gefühl zurückbehalten, dass ihr etwas Schreckliches widerfahren würde.

Die Tür flog auf, und Salim stürmte herein. Für einen Sekundenbruchteil stockte sein Schritt, anscheinend war er überrascht, sie schon wach vorzufinden, dann aber warf er die Tür hinter sich zu und war mit zwei weit ausgreifenden Schritten neben ihrem Bett. »Die Verfolger«, sagte er knapp.

Robin blinzelte ihn verständnislos an. »Was?«

»Es sind keine Piraten und auch keine Kreuzfahrer«, sagte Salim. Er machte eine unwillige Geste. »Vier Schiffe, vielleicht mehr! Sie kommen näher. Piraten würden sich niemals an einem mit Rittern überfüllten Ordensschiff vergreifen, das einen harten Kampf, aber kaum Beute verspricht. Es müssen Schiffe aus Saladins kleiner Flotte sein!«

»Aber das ...«

»... kann kein Zufall sein, ich weiß«, fiel ihr Salim ins Wort. »Abbé hatte Recht. Wir sind verraten worden. Sie werden angreifen, sobald es hell geworden ist.«

»Schiffe Saladins?«, murmelte Robin verständnislos. Ihre Gedanken wirbelten wild durcheinander. Sie war noch immer schlaftrunken und hatte alle Mühe, Salims Worten irgendeinen Sinn abzugewinnen. Vielleicht wollte sie es auch gar nicht.

»Vier Schiffe«, bestätigte Salim grimmig. »Sie beginnen, uns einzukreisen. Bei gutem Wind sind ihre Schiffe langsamer als wir, aber dieser Narr Horace denkt ja nicht daran, ihnen einfach davonzusegeln, solange wir noch können.«

Robin blinzelte nervös. »Was meinst du denn damit?«

»Sieh dich doch um! Der Wind hat jetzt schon nachgelassen und es würde mich nicht wundern, wenn wir geradewegs in eine Flaute hineinlaufen würden. Dieser ahnungslose Trottel scheint sich auf einen Kampf geradezu zu freuen!«

»Es sind zu wenige«, murmelte Robin benommen.

»Zu *wenige*?«, ächzte Salim. »Was bei Allah soll das heißen – zu wenige?«

»Wären es sechs, würde Horace vielleicht die Möglichkeit in Betracht ziehen, dem Kampf auszuweichen«, antwortete Robin. Sie setzte sich vollends auf, fuhr sich erneut und diesmal mit beiden Händen durch das Gesicht und unterdrückte mit Mühe ein Gähnen. In einer Situation wie dieser wäre es ihr unangemessen vorgekommen. »Ich dachte, du dienst Abbé schon viel länger als ich.«

»Das stimmt, aber ...«

»Dann solltest du eigentlich wissen, dass Tempelritter einem Kampf nur ausweichen dürfen, wenn der Feind ihnen mindestens um das Dreifache überlegen ist«, unterbrach ihn Robin. »Und erspar mir deine Meinung über diese Regel. Ich finde sie genauso verrückt wie du!« Sie schwang die Beine vom Bett, wankte einen Moment bedrohlich und streckte die Hand in Salims Richtung aus, damit er ihr beim Aufstehen half. Salim rührte sich nicht.

»Worauf wartest du?«

»Die Frage ist eher: Worauf wartest *du?*«, antwortete Salim.

»Dass du mir hilfst, aufzustehen und meine Rüstung anzulegen«, antwortete Robin. »Ich dachte, du wärst deshalb gekommen.«

»Das war wohl ein Irrtum«, grollte Salim. »Ich glaube fast, Dariusz hat Recht, weißt du? Du benimmst dich wie ein dummes Kind.«

»Was soll das heißen?«, fragte Robin scharf.

»Dass du ganz bestimmt nicht dein Kettenhemd und diesen albernen Helm anziehen und den Ritter spielen wirst«, antwortete Salim bestimmt. »Ganz im Gegenteil. Du wirst dich ankleiden und dich unter deiner Decke verkriechen, bis das alles hier vorbei ist!«

»Und warum, wenn ich fragen darf?«

»Weil unser ach so geliebter Bruder Horace ein kompletter Narr ist!«, antwortete Salim laut. Er schrie fast. War das Panik, was sie in seinen Augen erblickte? »Was für ein Irrsinn! Auf dem flachen Land kann er sich vielleicht mit einer doppelten Übermacht messen, aber nicht hier!«

»Wo ist der Unterschied?«, fragte Robin.

»Der Unterschied ist, dass ich diese Männer kenne«, sagte Salim. »Saladin besitzt nur wenige Schiffe, deshalb kann er es sich nicht leisten, dass auf ihnen durchschnittliche Mannschaften dienen. Wenn sie geschickt wurden, um Horace und die anderen abzufangen, dann werden sie in der Lage sein, diese Aufgabe zu erfüllen. Auf den Schiffen werden sich Faris befinden, die Elitekämpfer des Sultans. Sie stehen euch christlichen Ordensrittern weder in Ausbildung noch in Fanatismus nach. Wenn es wirklich zu einem Kampf kommt, dann werden wir ihn verlieren.«

Robin sagte nichts darauf, sondern sah den Tuareg nur erschrocken an. Salims Worte jagten ihr einen eisigen Schauer über den Rücken, aber zugleich bezweifelte sie auch, dass die Lage tatsächlich so schlimm war, wie Salim anzunehmen schien. Sie wusste nichts über Faris oder überhaupt irgendwelche Ritter des Sultans. Außerdem hatte sie Abbé und die anderen Tempelritter im Kampf erlebt und gesehen, wozu diese Männer fähig waren. Wer immer die Angreifer waren – wenn sie glaubten, es mit einer Hand voll naiver Kreuzzügler zu tun zu haben, die Dreschflegel und Sicheln gegen Schwert und Schild getauscht hatten, um ahnungslos in ihr Verderben zu segeln, dann würden sie eine tödliche Überraschung erleben.

»Und was genau willst *du* mir damit sagen, Heide?«, fragte sie.

»Du wirst dich nicht aus diesem Raum rühren, ganz egal, was passiert«, antwortete Salim ernst und ohne auf ihre Beleidigung einzugehen. »Wenn es wirklich zum Kampf kommt, bist du ohnehin nicht von Nutzen. Und wenn nicht, umso besser.« Er machte eine herrische Geste, mit der er jeden Widerspruch im Keim erstickte, und zog in der gleichen Bewegung etwas Kleines, Glitzerndes aus der Tasche. »Hier. Nimm.«

Automatisch streckte Robin zwar die Hand aus und blickte dann reichlich verständnislos auf den schmalen goldenen Ring hinab, den Salim in ihre Handfläche fallen ließ. »Soll das ein Antrag sein?«

Salim blieb ernst. Er musste nicht aussprechen, dass dies seiner Meinung nach nicht der passende Augenblick für Scherze war. »Wenn es zum Kampf kommt und wir unterliegen sollten«, sagte er, »dann wird dich niemand anrühren, solange du diesen Ring trägst.«

40

Verwirrt nahm Robin den Ring zwischen Daumen und Zeigefinger und hielt ihn ins Licht. Im ersten Moment war er ihr schmucklos vorgekommen, doch als sie genauer hinsah, gewahrte sie verschlungene arabische Schriftzeichen, die in das Gold eingraviert waren. Sie sah Salim fragend an, erkannte aber schon an seinem Blick, dass er ihr nicht antworten würde. Nach einer kleinen Ewigkeit hob sie resignierend die Schultern und schob dann den Ring auf den Mittelfinger ihrer linken Hand. Er passte so perfekt, als wäre er eigens für sie gefertigt worden.

»Zufrieden?«, fragte sie spöttisch.

»Zufrieden bin ich, wenn du mir dein Wort gibst, nichts Dummes zu tun«, antwortete Salim ernst. »Ich würde bei dir bleiben, um dich zu beschützen, aber ich fürchte, ich werde oben an Deck gebraucht. Gibst du mir dein Wort, dein Bett ...«, er räusperte sich verlegen, »ich meine natürlich diese Kammer, nicht zu verlassen?«

»Ich schwöre es bei Allah«, antwortete Robin.

»Robin!«

»Also gut«, seufzte Robin. »Ich ... verspreche es dir. Ich bleibe hier und rühre mich nicht von der Stelle, ganz egal, was passiert.« Sie hob die linke Hand und hielt den Ring abermals ins Licht, sodass das polierte Gold hell aufblitzte. »Wenn ich an die zurückliegenden Monate denke, dann hätte er mir eigentlich schon viel eher zugestanden.«

»Er bedeutet nicht das, was du vielleicht glaubst«, sagte Salim. Noch ein letzter, durchdringender Blick, dann trat er demonstrativ einen Schritt zurück – und bückte sich nach Robins Schwert, das an der Wand neben ihrem Bett lehnte.

»Wenn du dein Versprechen ernst gemeint hast, dann brauchst du das ja nicht«, stellte er fest.

Robin starrte ihn finster an, aber sie war klug genug, auf eine Antwort zu verzichten. Stattdessen hielt sie abermals die linke Hand in die staubflirrenden Lichtstreifen, die durch das Fenster hereinfielen, und ließ das Gold aufblitzen. Diese Geste schien Salim zu beruhigen. Er sah sie nur noch einen

Moment lang betont grimmig an, dann drehte er sich mit einem Ruck herum und stürmte hinaus.

Robin dachte nicht im Traum daran, das Wort zu halten, das sie Salim gegeben hatte. Ihrer Meinung nach galt es ohnehin nicht, denn ein Versprechen, das unter Druck erpresst worden war, war kein wirkliches Versprechen. Außerdem hatte ihr Abbé einmal erklärt, dass ein Eid, den ein Christ einem Heiden leistete, nicht verbindlich war.

Kaum hatte Salim die Tür hinter sich zugezogen, stand sie auf, bückte sich nach ihrem Kettenhemd und schlüpfte hinein; anschließend legte sie Wappenrock, Schwertgurt und die schweren Stiefel an und befestigte den fast mannsgroßen weißen Schild mit dem roten Tatzenkreuz des Templerordens an ihrem linken Arm. Den klobigen Helm setzte sie sich nicht auf, sonder klemmte ihn sich unter die Achsel. Nur wenige Minuten nach Salim trat sie auf das Deck der *Sankt Christophorus* hinaus.

Was Robin erwartete, war ein Hexenkessel. Die surrende Nervosität, die in der Luft lag, hätte sie schon in ihrer Kajüte warnen sollen. Beim Anblick des überfüllten Decks fühlte sie sich verloren, ja, völlig bedeutungslos. Die *Sankt Christophorus* transportierte fast zweihundert Ordenskrieger, und Robin war ziemlich sicher, dass sich im Moment jeder Einzelne dieser Kämpfer an Deck befand. Sie hatte Mühe, die enge Stiege zum Hauptdeck hinaufzugelangen, und das Achterkastell zu erreichen erwies sich als nahezu unmöglich. Sie wurde so oft angerempelt, geschubst und gestoßen, dass sie grün und blau geschlagen war, so als habe sie ihre Schlacht schon ausgefochten, als sie endlich neben Abbé und den anderen ankam.

Das Gedränge auf dem Achterkastell war kaum weniger schlimm als unten an Deck. Die Männer standen dicht an dicht, sodass Robin sich fragte, was sie eigentlich *tun* wollten, sollten sie tatsächlich angegriffen werden. Der Platz schien ihr kaum ausreichend, um auch nur ein Schwert zu ziehen, geschweige denn zu kämpfen.

Irgendwie gelang es ihr, sich zu Abbé durchzudrängen, der neben Heinrich und Salim an der Reling stand und nach Süden blickte. Nicht, dass dort irgendetwas Außergewöhnliches zu sehen gewesen wäre. Genau genommen war überhaupt nichts zu sehen, außer der zerfaserten grauen Wand, die das Schiff von allen Seiten fest umschloss. So dicht war der Nebel, dass die *Sankt Gabriel*, obwohl sie kaum einen Steinwurf entfernt neben ihnen fuhr, bereits zu einem undeutlichen Schemen verwischt war.

Das graue Licht hatte die sichtbare Welt auf einen Umkreis von weniger als fünfzig Schritt schrumpfen lassen und alles mit klammer Nässe durchtränkt. Obwohl die Decks von Menschen überfüllt waren, herrschte beklommene Stille. Die Seefahrer hassten und fürchteten den Nebel aus gutem Grund. In ihrer gegenwärtigen Lage konnte er sich als tödlich erweisen. Die Segel hingen schlaff und schwer vor Feuchtigkeit von den Rahen. Beide Kreuzfahrerschiffe machten kaum noch Fahrt, was nichts anderes hieß, als dass sie auf unbestimmte Zeit hier festsaßen.

»Ist das … gut?«, fragte sie.

»Der Nebel? Ich wüsste nicht, wozu.« Abbé schüttelte den Kopf, riss sich vom Anblick der unheimlichen grauen Wand los und sah stirnrunzelnd auf sie herab. »Was tust du hier?«, fragte er. »Hat Salim dir nicht gesagt …«

»… dass ich im Bett bleiben und mir die Decke über die Nase ziehen soll, bis alles vorbei ist, ja«, fiel ihm Robin ins Wort. »Aber wenn wir wirklich angegriffen werden, dann bin ich dort unten auch nicht sicherer als hier.« Sie streckte herausfordernd die Hand in Salims Richtung aus. »Mein Schwert.«

»Verdammt, Robin, das hier ist kein Spiel!«, sagte Salim wütend. Er rührte keinen Finger, um ihr die Waffe auszuhändigen. Auch in Abbés Augen blitzte es wütend auf. Dann aber entspannte er sich plötzlich.

»Also gut, bleib in Gottes Namen hier«, seufzte er resigniert. »So können wir wenigstens auf dich Acht geben.

Gib Bruder Robin das Schwert, Salim.« Er wartete, bis Salim seinem Befehl nachgekommen war, und fügte mit finsterem Gesicht hinzu: »Aber sollte es zum Kampf kommen, dann verschwindest du sofort unter Deck, hast du mich verstanden?«

»Eure Sorge um Bruder Robin ehrt Euch, Abbé«, sagte eine Stimme hinter ihr. »Aber bemerktet Ihr nicht erst gestern, dass er kein Kind mehr ist?«

Robin drehte sich herum und starrte in Dariusz' Gesicht. Sie hatte nicht gemerkt, dass der grauhaarige Ritter hinter sie getreten war, was auf dem überfüllten Achterkastell aber nicht weiter verwunderlich war. Dariusz hatte seinen Helm mit dem Kinnriemen am Gürtel festgeschnallt. Dort steckte statt eines Schwertes ein dreikugeliger Morgenstern, was Robin zu einem flüchtigen Stirnrunzeln veranlasste. Sie verachtete diese Waffe, denn statt Schnelligkeit und Geschick zählte beim Umgang mit ihr vor allem brutale Kraft. Bei einer Auseinandersetzung in so drangvoller Enge, wie sie augenblicklich auf der Kogge herrschte, würde er vermutlich eher seine eigenen Brüder als sarazenische Angreifer verletzen.

»Ihr braucht Euch nicht um Euren Protegé zu sorgen, Bruder Abbé«, fuhr Dariusz spöttisch fort. »Es wird nicht zu einem Kampf kommen, glaubt mir.«

»Weil sie sich vor Euch fürchten?«, spottete Salim.

»Weil der Nebel sie genauso blind macht wie uns«, antwortete Dariusz. Erstaunlicherweise ging er nicht auf Salims vorlaute Bemerkung ein, sondern lächelte sogar. »Und selbst wenn es nicht so wäre: Sobald dieses Heidenpack das Banner mit dem Ordenskreuz sieht, wird es den Schwanz einkneifen und abdrehen.« Er setzte eine Miene des Bedauerns auf und streichelte über die schweren Eisenkugeln des Morgensterns.

Salim verzichtete klugerweise auf eine Antwort auf diese Provokation, aber Abbé wiegte zweifelnd den Kopf. »Sie sind in der Überzahl«, gab er zu bedenken. »Und sie kennen sich in diesen Gewässern aus.«

»Ja, vermutlich werden sie uns einen Hinterhalt legen«, sagte Dariusz spöttisch. »Ich nehme an, sie werden sich hinter einem Wellenkamm auf die Lauer legen und warten, bis wir ahnungslos um die Ecke biegen.«

»Sie werden kommen, verlasst Euch darauf«, sagte Salim ernst. »Ich kenne diese Männer, Dariusz. Das sind keine Piraten, das wisst Ihr genauso gut wie ich. Das sind Kriegsschiffe, die uns folgen! Und die Männer darauf werden zu allem entschlossen sein. Sie glauben, wenn sie im Kampf gegen Euch sterben, werden sie direkt ins Himmelreich gelangen. Und dort warten auf jeden von ihnen hundert Jungfrauen. Davon abgesehen ... In einem Punkt ähneln sie Euch sogar, Dariusz.«

»So?«, fragte Dariusz. Er lächelte noch immer, doch in seiner Stimme schwang ein bedrohlicher Unterton. »In welchem?«

»Es gibt nicht viel, wovor sie sich fürchten«, antwortete Salim. »Sie sind irgendwo dort draußen im Nebel. Vermutlich näher, als wir ahnen. Sie wissen, dass wir hier sind und ihnen nicht entfliehen können. Sie werden kommen, verlasst Euch darauf.«

»Dann werden sie den Tod finden«, antwortete Dariusz. Er legte den Kopf auf die Seite und sah Salim durchdringend an. »Ich frage mich seit gestern, woher unsere Verfolger wissen konnten, dass sie uns hier finden würden. Zumal wir auch noch unseren Kurs geändert haben.«

»Was wollt Ihr damit sagen?«, fragte Salim. Seine Hand legte sich wie zufällig auf den Griff des Krummsäbels an seiner Seite.

»Nichts«, behauptete Dariusz. »Ich fand es nur von Anfang an etwas ... befremdlich, einen Muselmanen in unserer Begleitung zu sehen. Und nun lauern uns Schiffe voller Muselmanen auf, obwohl sie doch eigentlich gar nicht wissen können, dass wir hier sind.«

Salims Hand schloss sich um den Schwertgriff, und Robin zuckte unwillkürlich zusammen als sie bemerkte, wie sich

45

die Muskeln des Tuareg unter dem schwarzblauen Umhang spannten. Doch ehe aus der Auseinandersetzung tödlicher Ernst werden konnte, trat Abbé mit einem raschen Schritt zwischen die beiden Streithähne.

»Genug jetzt!«, sagte er scharf und er musste sich dazu zwingen, nicht zu schreien. »Salim, nimm die Hand vom Schwert, auf der Stelle! Und Ihr, Ritter Dariusz ...« Er senkte die Stimme nicht, als er sich zu dem Templer herumdrehte, und seine Augen funkelten vor mühsam beherrschter Wut. »Überlegt Euch, was Ihr redet! Das ist nicht der Moment, haltlose Anschuldigungen vorzubringen!«

»Sind sie denn haltlos?«, fragte Dariusz ruhig.

»Genug, sage ich!« Diesmal schrie Abbé wirklich. »Wenn Ihr etwas vorzubringen habt, dann werdet Ihr reichlich Gelegenheit dazu bekommen, sobald das alles hier vorüber ist. Jetzt schweigt!«

»Oder redet wenigstens etwas leiser«, mischte sich Heinrich ein, wobei seine Worte wohl eher Abbé als Dariusz galten. »In diesem Nebel sieht man vielleicht nicht viel, aber man hört dafür umso besser. Euer Geschrei ist ja bis Damaskus zu vernehmen!«

»Und? Habt Ihr etwa Angst vor einem Häufchen Ungläubiger?« Dariusz klopfte auf den Griff des Morgensterns in seinem Gürtel und er entblödete sich nicht, dabei Salim herausfordernd anzusehen.

»Noch bestehen gute Aussichten, einem Kampf auszuweichen«, entgegnete Heinrich, ohne sich von der Drohgebärde beeindrucken zu lassen. »Solange der Nebel und damit die Flaute anhalten, sind uns die Sarazenen auf ihren Galeeren überlegen. Wenn wir aber Ruhe an Deck halten, mag es geschehen, dass sie weniger als einen halben Pfeilschuss weit an uns herankommen, ohne uns zu bemerken.«

Dariusz schüttelte empört den Kopf, und Robin begann allmählich an seinem Verstand zu zweifeln. Dass Dariusz nicht gerade zum intimen Freundeskreis Abbés zählte, war niemals ein Geheimnis gewesen, und sie hatte damit gerech-

46

net, dass die seit Anfang ihrer Reise schwelende Feindschaft irgendwann einmal offen zutage treten würde. Aber Dariusz hatte sich den wohl unpassendsten aller nur denkbaren Augenblicke dafür ausgesucht.

»Ich muss mich doch sehr wundern«, bemerkte der Ordensritter herablassend. »Ich kenne die Komturei nicht, in der Ihr bisher gelebt habt, aber dort, wo ich herkomme, hat man mich nicht gelehrt, vor einem Feind davonzulaufen.«

»Weil Ihr nur mit dem Morgenstern denkt, hat Bruder Horace es wohl vorgezogen, mir das Kommando über die *Sankt Christophorus* zu übertragen, und nicht Euch«, erwiderte Abbé gepresst. »Wir sind nicht hergekommen, um unser Blut in sinnlosen Schlachten auf hoher See zu vergießen. Wir haben eine Mission, Dariusz, muss ich Euch daran erinnern? Und ich werde nichts tun, was den Erfolg dieser Mission gefährden könnte.« Er schüttelte müde den Kopf. »Im Übrigen hat Heinrich Recht, fürchte ich. Der Nebel trägt jeden Laut meilenweit. Lasst den Befehl weitergeben, dass an Deck nicht mehr gesprochen werden darf.«

Dariusz funkelte Abbé noch einen Herzschlag lang herausfordernd an. Dann drehte er sich mit einem Ruck um und drängte sich zwischen den Rittern hindurch, um zum Hauptdeck hinabzusteigen und Abbés Befehl weiterzugeben. Auf dem Achterkastell war dies nicht mehr nötig, denn jedermann hatte hier oben dem Streit zwischen ihm und Abbé mit angehaltenem Atem gelauscht.

Robin drängte sich unmittelbar neben Salim an die Reling. Das Holz war nass, wie alles hier an Deck. Nach und nach wurde es ruhig auf dem Schiff. Die Männer befolgten Abbés Befehl gehorsam, aber die Stille, die sich nun auf dem Schiff ausbreitete, hatte etwas Beklemmendes. Vielleicht, weil es keine wirkliche Stille war. Die Geräusche, die die Menschen an Bord verursachten, verstummten fast ausnahmslos, aber es gab andere Laute: das regelmäßige Klatschen, mit dem sich die Wellen am Rumpf des Schiffes brachen, das leise Knarren der Takelage und das behäbige Flappen der nassen

47

Segel. Manchmal erklang auch ein leises Scharren von eisenbeschlagenen Stiefeln oder ein unterdrücktes Husten.

Auch aus dem Nebel drangen Geräusche zu ihnen: das Rauschen des Meeres, auf unheimliche Weise verzerrt und aller hellen Töne beraubt, sodass es zu etwas anderem, Bedrohlichem zu werden schien. Und dann, zunächst fast unhörbar, ein rhythmisches Klatschen. Ruder, die ins Wasser tauchten? Da waren auch andere, noch unheimlichere Laute, die Robins Herz schneller schlagen ließen. Sie strengte ihre Augen an und versuchte, die träge wallenden Dunstschleier mit Blicken zu durchdringen. Vergebens! Der Nebel gaukelte ihr Bewegung und Schatten vor, wo keine waren, und ihre überreizten Nerven taten ein Übriges, sodass sie sich bald von einem halben Dutzend Kriegsgaleeren umzingelt wähnte.

Das Einzige, was ihr ein wenig Mut machte, war Salims Nähe. Sie wusste, wie kampfstark der schlanke Tuareg war. Und auch wenn es ein unsinniger Gedanke sein sollte angesichts dessen, was ihnen möglicherweise bald bevorstand: Sie hatte das Gefühl, dass ihr nichts geschehen konnte, solange nur Salim bei ihr war. Absurderweise ertappte sie sich sogar bei dem Wunsch, näher an den Tuareg heranzurücken und ihren Kopf an seine starke Schulter zu lehnen.

Erschrocken rutschte sie ein kleines Stück von ihm weg und straffte demonstrativ die Schultern. Das Resultat daraus war ein missbilligender Blick Salims und ein Stirnrunzeln, das alle weiteren Worte überflüssig machte.

»Du hast mir nie gesagt, warum du wirklich hier bist«, flüsterte sie unvermittelt, ohne Salim dabei anzusehen und vielleicht selbst am meisten überrascht über ihre allzu offene Frage.

»Um auf dich aufzupassen, Dummkopf«, antwortete Salim ebenso leise.

Das stimmte nicht. Es war *ein* Grund, aber nicht *der* Grund, aus dem Abbé den Tuareg mit auf diese Mission genommen hatte. Dariusz' Worte hatten mehr Wahrheit enthalten, als Robin sich bis zu diesem Moment eingestanden hatte. Dariusz war nicht der Einzige an Bord, der sich fragte, was Salim inmitten eines Heeres von Tempelrittern verloren hatte. Auch wenn Robin eine nur ganz vage Vorstellung vom Zweck dieser Mission hatte, so hätte sie doch blind und taub sein müssen, um nicht mitzubekommen, dass es sich hier um mehr als nur um einen weiteren Feldzug ins Heilige Land handelte. An Bord der beiden Schiffe befanden sich zu viele Würdenträger des Ordens. Und es gab Gerüchte, das noch mehr und noch viel wichtigere Persönlichkeiten in Akko und auf ihrem Weg nach Jerusalem zu ihnen stoßen würden. Vielleicht hatte Abbé nicht einmal übertrieben, als er behauptet hatte, das Schicksal des gesamten Ordens stünde auf dem Spiel.

3. Kapitel

Robin schrak aus ihren Gedanken hoch, als sie spürte, wie sich Salim neben ihr straffte. »Was?«, fragte sie.

Salim bedeutete ihr mit einer knappen Geste, still zu sein. Seine Hände schlossen sich so fest um die Reling, dass die Sehnen wie dünne Stricke durch die Haut stachen. Auf seinem Gesicht erschien ein Ausdruck höchster Konzentration.

Robin wartete einen Moment lang vergeblich darauf, dass Salim etwas sagte, dann starrte auch sie wieder in den Nebel. Hinter der grauen Wand schienen sich Schatten zu bewegen, Schatten, die zu Dingen werden wollten ...

Salim zog sein Schwert. Das Geräusch schnitt durch die unheimliche Stille, die sich über dem Schiff ausgebreitet hatte, wie eine Messerklinge durch Fleisch. »Sie sind da«, sagte er.

Keinen Herzschlag später begriff sie, was er damit meinte.

In einem Augenblick war der Nebel noch grau und von substanzloser Bewegung erfüllt, im nächsten ballte sich die Dunkelheit zu einem gewaltigen schwarzen Umriss zusammen, einem riesigen dreieckigen Ding, einem gewaltigen bizarren Ungeheuer, das aus den tiefsten Tiefen der Hölle emporgestiegen war, um sie alle ins Verderben zu reißen.

Da kam die Angst. Eine Angst, die binnen eines einzigen Augenblickes in blanke Panik umschlug und es Robin unmöglich machte, noch einen klaren Gedanken zu fassen. Das Sarazenenschiff sprang regelrecht aus dem Nebel heraus. Es war groß, viel größer, als sie erwartet hatte. Ein flaches, aber sehr langes Boot, das sich, von Dutzenden von Rudern bewegt, pfeilschnell näherte, einem riesigen bizarren Käfer gleich, der über das Wasser rannte, statt darauf zu schwimmen. Sein Bug erschien wie ein bronzener Schnabel, bereit, sich in seine Beute zu graben. Hinter dem ersten Schiff tauchte ein zweites auf, aber der Angriff begann bereits, noch ehe der Nebel das zweite Boot vollends ausgespien hatte.

Robin hörte einen bedrohlichen, vielstimmig sirrenden Laut, den ihr Verstand in der Panik, in der er gefangen war, nicht einordnen konnte. Instinktiv duckte sie sich hinter die niedrige Holzwand der Reling. Als die ersten Pfeile rings um sie herum einschlugen, wurde ihr klar, dass sie bereits ihren ersten, vielleicht bereits tödlichen Fehler begangen hatte, noch bevor die Schlacht begann: Ihr Schutz gegen Pfeile und andere anfliegende Geschosse, ihr Schild, hing, durch das dichte Gedränge unerreichbar, auf ihrem Rücken. Robin krümmte sich zusammen und wartete auf den Tod.

Er kam nicht. Ringsumher schlugen Pfeile ein, prallten von Schilden und Helmen ab oder fanden ihre ersten Opfer. Eines der schlanken tödlichen Geschosse riss einen mehr als handlangen Splitter aus der Reling, unmittelbar vor ihrem Gesicht. Aber sie wurde nicht getroffen. Stattdessen griff eine starke Hand – Salim! – nach ihr, zerrte sie auf die Füße und zerrte sie in den Schutz seines eigenen Körpers. Weitere Pfeile regneten auf das Deck herab, scheinbar ziellos, aber bei der furchtbaren Enge auf dem Schiff war es beinahe unmöglich, einen der Ordensritter zu verfehlen.

»Unter Deck!«, schrie Salim. »Verschwinde!«

Er versetzte ihr einen Stoß, der sie gegen einen der Männer prallen ließ, und brachte irgendwie zugleich das Kunststück fertig, den Schild von ihrem Rücken zu lösen und ihren linken Arm in die ledernen Schlaufen zu schieben.

Robin stolperte weiter, stieß gegen Männer und Schilde und endlich gegen die deckseitige Reling des Achterkastells. Noch immer prasselten Pfeile auf das Schiff herab. Nur die wenigsten richteten unter den schwer gepanzerten Männern wirklich Schaden an, aber einige eben doch. Ein schreiender Mann stürzte mit wild rudernden Armen und Beinen aus der Takelage ins Wasser und wurde vom Gewicht seiner Rüstung auf der Stelle in die Tiefe gezogen. Unmittelbar vor Robin fällte ein Pfeil einen ungeschützten Matrosen. Sie sah einen gewaltigen Schatten aus den Augenwinkeln, der auf das Schiff zuraste, als hätte das Meer selbst sich aufgetürmt, um die *Sankt Christophorus* zu verschlingen. Auf dem Schiff gellten Kampf-, aber auch Schmerzensschreie, und augenblicklich drohte alles im Chaos zu versinken.

Als sie die Treppe zum Hauptdeck hinabgestiegen war, fand sich Robin hoffnungslos eingekeilt zwischen Dutzenden gepanzerten Gestalten, die ihrerseits versuchten, sich von der Stelle zu bewegen und ihre Waffen zu ziehen. Es stank nach Blut und Schweiß, und als sie verzweifelt weiterstolperte, trat sie zu ihrem Entsetzen auf einen reglosen Körper. Sie hatte Angst, nur noch Angst. Das war kein Abenteuer, keine spannende Episode, die das Einerlei ihrer selbstgewählten Gefangenschaft unterbrach. Sie brachte es nicht einmal mehr fertig zu schreien.

Der Pfeilhagel hörte auf, aber das bedeutete keineswegs das Ende des Kampfes. Die Atempause währte nicht einmal eine Sekunde, dann erscholl ein beängstigendes Krachen. Das ganze Schiff erbebte wie unter einem Faustschlag, als die Galeere mit eingezogenen Rudern längsseits ging und die schweren Schiffsrümpfe aneinander schlugen.

Noch vor wenigen Augenblicken hatte Robin geglaubt, nichts und niemanden in der Welt fürchten zu müssen; schließlich hatte Salim sie länger als ein Jahr in Reiten, Fechten und all den anderen Kampfkünsten ausgebildet, und sie war besser als so mancher Mann in der Lage, sich ihrer Haut zu wehren. Tatsächlich hatte sie bereits zwei Kämpfe mit-

52

erlebt – die Belagerung der Komturei und den Hinterhalt, in den Horace und seine Begleiter geraten waren. Aber nichts davon war mit dem hier zu vergleichen.

Es war kein ritterlicher Kampf, keine Schlacht, wie sie sie sich vorgestellt hätte. Die Angreifer ergossen sich gleich einer brüllenden Woge aus Fleisch und Stahl auf das Deck der *Sankt Christophorus*, kletterten über die Reling, schwangen an Seilen herüber oder ließen sich aus der Takelage fallen. Es gab keine Zweikämpfe, keine ritterlichen Duelle, stattdessen ein einziges wütendes Stechen und Hauen, in dem jeder gegen jeden zu kämpfen schien.

Robin war viel zu weit von der Reling entfernt, um Einzelheiten zu erkennen, aber sie sah dennoch, dass die Sarazenen einen gewaltigen Blutzoll für ihren tollkühnen Angriff zahlten. Von der ersten Angriffswelle überlebte kaum einer. Die Männer wurden von den vorgereckten Schwertern der Tempelritter aufgespießt, über Bord gestoßen oder einfach niedergetrampelt, soweit sie überhaupt an Bord gelangten. Aber der ersten Angriffswelle folgte unmittelbar eine zweite; Dutzende von Männern in schwarzen und blauen Kaftanen, mit Turbanen, Krummsäbeln und lederbespannten runden Schilden, die brüllend über die Leichen ihrer gefallenen Kameraden kletterten und mit solcher Wucht heranstürmten, dass die Reihen der Tempelritter wankten und womöglich gebrochen wären – hätte es nur Platz für sie gegeben zurückzuweichen. Die Templer standen Schulter an Schulter. Selbst die Getroffen hatten nicht genug Platz, um umzufallen, sodass ihre leblosen Körper zwischen ihren Kameraden hin und her gestoßen wurden. Der Kampf hätte jetzt entschieden werden können, hätte es nur diese eine Sarazenengaleere gegeben.

Aber sie war nicht alleine.

Über das Wasser wehte dumpfes Krachen und weiteres Kampfgeschrei zu ihnen herüber, als das zweite Schiff die *Sankt Gabriel* auf die gleiche Weise attackierte, und plötzlich tauchte auf der anderen Seite ein dritter Schatten auf, der auf die *Sankt Christophorus* zuschoss. Robin keuchte vor Entsetzen, als sie sah, dass das Boot nicht versuchte, längsseits zu gehen – die Ruder tauchten ein letztes Mal ins Wasser, um die Galeere noch weiter zu beschleunigen, dann traf der bronzebeschlagene Bug die Flanke der *Sankt Christophorus* wie ein Axthieb.

Ein ungeheures Bersten und Splittern erscholl. Das Schiff neigte sich zur Seite und richtete sich bebend wieder auf, so als sei es ein lebendiges Wesen. Dieser Augenblick, den das Deck aus dem Gleichgewicht geriet, genügte, um die Phalanx der Verteidiger zu zerbrechen. Nahezu jedermann an Deck wurde von den Füßen gerissen. Mindestens ein Dutzend Männer in Rüstungen stürzte über Bord und verschwand mit gurgelnden Schreien in den dunklen Fluten.

Auch Robin wurde zu Boden geschleudert. Sie verlor den Helm, den sie bisher vollkommen nutzlos unter den linken Arm geklemmt hatte, bekam einen Fußtritt ins Gesicht, zwei, drei weitere in den Leib und in die Seite. Trotz des schützenden Kettenhemdes wurde ihr die Luft aus den Lungen getrieben und einen Moment lang kämpfte sie japsend darum, nicht ohnmächtig zu werden.

Als sie wieder auf die Füße kam, hatte sich das Deck endgültig in einen Hexenkessel verwandelt. Die *Sankt Christophorus* war nicht in zwei Teile zerbrochen, wie Robin es im ersten Moment befürchtet hatte, aber die beindicke Rah war vom Mast gestürzt und hatte etliche Verteidiger unter Segeltuch und Holzsplittern begraben. Auch vom Deck des neuen Angreifers stürmten jetzt Männer auf die *Sankt Christophorus*, um mit der gleichen verbissenen Wut wie ihre Kameraden anzugreifen.

Bevor sie überhaupt begriff, wie ihr geschah, jagte einer der Männer auf sie zu. Einen ganz flüchtigen Moment nur begegneten sich ihre Blicke. Der Mann hatte sich eindeutig sie als Gegner ausgesucht, das konnte sie in seinen hasserfüllten Augen lesen, als er das rote Tatzenkreuz auf ihrem Gewand erkannte.

Ihre Hand fuhr wie von selbst zum Schwertgriff. Doch noch bevor sie die Klinge ziehen konnte, tauchte eine riesenhafte Gestalt in einem blutbesudelten weißen Wappenrock hinter dem angreifenden Sarazenen auf und streckte ihn mit einem einzigen Schwerthieb nieder.

»Verschwinde, Junge!«, keuchte ihr Ordensbruder. »Geh runter ...«

Er brach mitten im Satz ab. Seine Augen wurden groß, und plötzlich quoll dunkelrotes zähes Blut über seine Lippen. Er ließ das Schwert fallen, brach in die Knie und stürzte auf die Seite. Aus seinem Rücken ragten drei Pfeile.

Einen Herzschlag lang starrte Robin den Toten entsetzt an, dann fuhr sie herum und blickte zum heftig umkämpften Achterkastell hinauf. Sie sah Abbé und zu ihrer nicht geringen Überraschung Dariusz Rücken an Rücken dastehen und sich einer immer größer werdenden Übermacht erwehren. Irgendwo zwischen den schwarz, braun oder erdfarben gekleideten Angreifern glaubte sie auch Salim zu erkennen, dessen Krummsäbel mindestens ebenso erbarmungslos unter seinen Glaubensbrüdern wütete wie die Breitschwerter der Tempelritter. Am liebsten wäre sie jetzt dort oben gewesen, trotz des blanken Entsetzens, mit dem sie der Anblick erfüllte, aber sie wusste, dass sie es nie bis dort hinauf schaffen würde; und selbst wenn, wäre sie nur eine weitere Belastung für Salim und die anderen gewesen. Ebenso wenig konnte sie zurück in die Kapitänskajüte, denn vor dem Abstieg war das Deck gedrängt voll mit Kämpfern. Verzweifelt sah sie sich nach einer Deckung um, einem möglichen Versteck, aber es gab keines.

Und sie würde auch keines mehr brauchen, wenn sie noch länger hier herumstand. Sie stürmte los, jedoch weder zum Achterkastell noch auf die Tür zur Kapitänskajüte zu, sondern rannte auf die Galeere zu, dorthin, wo sich ihr Rammsporn in die Flanke der *Sankt Christophorus* gegraben hatte. Auch dort wurde gekämpft wie überall an Deck, aber wie durch ein Wunder Gottes griff sie kein weiterer Sarazene an, obwohl sie das Wappen der Tempelritter überdeutlich auf Schild, Brust und Rücken trug. Wurde sie verschont, weil sie ihr Schwert noch immer nicht gezogen hatte, oder hatte sie einfach nur Glück?

Unbehelligt erreichte sie die Stelle, an der die Decksplanken geborsten waren, half mit einem gezielten Fußtritt nach, um die Lücke zu erweitern, und quetschte sich mit den Füßen voran hindurch. Zersplittertes Holz schrammte über ihre Hände und ihr Gesicht. Es zerriss ihr den Wappenrock und ohne das schwere Kettenhemd darunter hätte sie sich gewiss blutige Schrammen zugezogen. Endlich stürzte sie durch die schmale Lücke und schlug so schwer auf das darunter liegende Deck, dass sie einen Moment lang benommen liegen blieb.

Als sie die Augen aufschlug, war sie keineswegs in Sicherheit, sondern nur von einem Gemetzel in das nächste geraten. Sie befand sich in einem der Laderäume, die für die Überfahrt kurzerhand in Mannschaftsquartiere umgewandelt worden waren, und auch hier unten wurde gekämpft. Nicht weit vor ihr verteidigten sich zwei Templer gegen vier oder fünf Sarazenen. Ihre zahlenmäßig unterlegenen Gegner hätten sie längst schon niedergerungen, wären die Ritter nicht durch ihre schweren Panzer vor den meisten Hieben und Stichen geschützt gewesen.

Dennoch bestand am Ausgang des Kampfes nicht der geringste Zweifel, denn was die Ritter ihren Gegnern an Schutz voraus hatten, das machten diese mit Beweglichkeit und Schnelligkeit wieder wett. Über kurz oder lang musste einer der Schwerthiebe ihre Kettenhemden durchdringen. Robin wurde bewusst, dass ihr jetzt nichts anders mehr blieb, als ihren Ordensbrüdern zu Hilfe zu eilen. Ihre Hand senkte sich unwillkürlich auf das Schwert und aus den Augenwinkeln taxierte sie die Sarazenen. Sie versuchte einzuschätzen, welchen der Gegner sie am ehesten überwältigen konnte.

Aber sie zog die Waffe nicht.

Sie konnte nicht. Ihre zitternden Hände verweigerten ihr schlichtweg den Dienst.

Nach einem schier ewig währenden Augenblick hilflosen Starrens wandte sie sich ab. Neben dem Rammsporn, der auf mehr als Armeslänge in den Frachtraum hineinragte, drang Wasser ein und überspülte die Leichen von ein paar Matrosen, die hier vergeblich Schutz gesucht hatten. Die braune Brühe stand bereits knöchelhoch und stieg beängstigend schnell an.

Nach einem letzten, gequälten Blick auf die zwei Ritter, die noch immer verzweifelt um ihr Überleben kämpften, drehte sich Robin um und watete auf den hinteren Teil des Laderaumes zu. Jenseits der Trennwand gab es einen zweiten, nicht minder großen Raum, in dem die zwei Dutzend Pferde der Templer untergebracht waren. Vielleicht war er ja noch unversehrt und sie konnte sich dort irgendwo verstecken – falls das Schiff nicht bereits unterging und sie mit in die Tiefe reißen würde ...

Ihre Gedanken überschlugen sich. Sie hatte panische Angst, mehr, als sie sich je hätte vorstellen können. Es war nicht nur die nackte Todesfurcht, viel schlimmer noch wog das Entsetzen über ihre erbärmliche Feigheit, die es ihr unmöglich machte, in Bedrängnis geratenen Kameraden zu Hilfe zu eilen. In die Abscheu vor sich selber mischte sich Ekel über das barbarische Abschlachten, den Blutrausch, der ihre ganze Umgebung erfasst zu haben schien.

Sie öffnete die Tür, stolperte hindurch und hatte im ersten Moment Mühe, überhaupt etwas in der hier herrschenden Dunkelheit zu erkennen. Nur durch ein paar Ritzen in der Decke sickerte Licht, das gerade ausreichte, sie einige Schemen und die Andeutung von Bewegung erkennen zu lassen. Es stank nach Pferdemist und nassem Stroh.

Auf dem Deck über ihr tobte die Schlacht weiter. Der Kampflärm klang hier merkwürdig dumpf und dennoch erschien er ihr fast ebenso intensiv wie oben. Aber das, was sie am meisten erschreckte, war das Wasser, das auch hier herein bereits seinen Weg gefunden hatte.

Aber wenigstens waren hier keine Sarazenen. Die Bewegung, die sie wahrgenommen hatte, stammte von den Pferden, die den Schlachtenlärm hörten und das Blut und die Todesangst der Menschen witterten. Fast wahnsinnig vor Furcht zerrten sie an ihren Fesseln. Auch Shalima und Wirbelwind, Salims und ihr Pferd, waren unter ihnen. Möglicherweise die einzigen lebenden Freunde auf dieser Welt, die ihr noch geblieben waren.

Sie kam nicht bis zu ihnen durch. Noch bevor sie einen weiteren Schritt in den Raum hinein machen konnte, traf ein neuerlicher, noch gewaltigerer Schlag die *Sankt Christophorus*. Robin wurde von den Füßen gerissen, segelte hilflos durch die Luft und spürte, während sie mit grausamer Wucht gegen ein Hindernis prallte, wie irgendetwas Großes tief im Rumpf des Schiffes barst. Grelle Lichtpunkte tanzten vor ihren Augen und Dunkelheit griff nach ihrem Verstand. Benommen stellte sie fest, dass sie mit dem Gesicht voran in das mittlerweile fast knietiefe Wasser fiel, das den Boden bedeckte. Erst nach endlosen Sekunden fand Robin die Kraft, die Schwärze in ihren Gedanken zurückzudrängen und sich zitternd hochzustemmen. Sie spuckte Wasser und rang qualvoll nach Atem, während sie instinktiv versuchte, das brennende Salz aus ihren Augen wegzublinzeln. Neben ihr tobten die Pferde, zerrten wie von Sinnen an ihren Fesseln und schlugen in kopfloser Panik mit den Vorder- und Hinterhufen aus. Möglicherweise hatte ihr der Sturz das Leben gerettet, denn hätte sie sich in ihrer Panik zwischen die Tiere geflüchtet, dann wäre sie unweigerlich zu Tode getrampelt worden.

Doch auch so befand sie sich in höchster Lebensgefahr. Das Schiff hatte spürbar Schlagseite bekommen. Durch die Tür, die durch die Wucht des neuerlichen Treffers aus den Angeln gerissen worden war, schoss Wasser in Sturzbächen in den Frachtraum. Robin hatte kaum noch die Kraft, sich auf

Händen und Knien zu halten. Die *Sankt Christophorus* würde innerhalb kürzester Zeit sinken. Ganz egal, wie der Kampf über ihr ausging, der Laderaum, den sie sich als Versteck ausgesucht hatte, drohte zur Todesfalle zu werden.

Es war wohl nur dieser Gedanke, der ihr diesmal Kraft gab. Sie stemmte sich weiter hoch, spuckte erneut salziges Meerwasser aus und nestelte den Schild vom linken Arm. Als sie sich vollends auf die Beine gearbeitet hatte, stürmte einer der Sarazenen herein, die sie gerade draußen im Kampf mit den beiden Tempelrittern beobachtet hatte. Robin erstarrte. Sie hatte sich an die Hoffnung geklammert, dass die Sarazenen viel zu sehr mit ihren Gegnern beschäftigt gewesen waren, um sie überhaupt zu bemerken. Doch der Krieger hatte sie so wenig übersehen, wie er im Kampf gegen die Templer gefallen war. Er blutete aus einer tiefen Schnittwunde im Gesicht und auch die Klinge seines Krummsäbels schimmerte in der gleichen Farbe wie das Tatzenkreuz auf Robins Brust. In seinen Augen loderte derselbe unheimliche Hass, den sie schon in den Augen des Sarazenenkriegers an Deck bemerkt hatte. Er warf nur einen einzigen Blick in die Runde, um sich zu überzeugen, dass sie allein waren, dann riss er seinen Säbel in die Höhe und stürzte sich auf sie. Wahrscheinlich glaubte er, leichtes Spiel mit dem einzelnen und vollkommen verängstigten Gegner zu haben, dem er sich gegenübersah.

Obwohl Robins Verstand sich der Gefahr durchaus bewusst war, in der sie jetzt schwebte, stand sie einfach nur da und starrte dem Angreifer entgegen, unfähig, sich zu bewegen oder auch nur einen Muskel zu rühren. Erst im buchstäblich allerletzten Moment gewannen ihre antrainierten Kampfreflexe die Oberhand.

Als die Klinge des Sarazenen herabsauste, warf sie sich zur Seite und zog den Kopf zwischen die Schultern. Der Krummsäbel verfehlte sie um Haaresbreite und prallte gegen die Bordwand. Robin verlor durch den Schwung ihrer eigenen Bewegung das Gleichgewicht und stürzte.

Aber auch der Sarazene glitt aus und fiel mit einem gewaltigen Platschen ins Wasser. Diesmal reagierte Robin, wie es sich für eine Kriegerin gehörte. Es war nicht einmal nötig, dass sie sich in Gedanken eine Kampfstrategie zurechtlegte – ihr Körper schien ganz von selbst zu wissen, was zu tun war, als hätte er seinen eigenen, zähen und von ihrem Verstand unabhängigen Überlebenswillen.

Im Fallen nutzte Robin den Schwung ihres Sturzes, um sofort wieder auf die Beine zu kommen und dabei gleichzeitig ihr Schwert zu ziehen. Als sich der Sarazene keuchend erhob und nach dem Krummsäbel griff, den er bei seinem Sturz verloren hatte, war sie bereits wieder auf den Füßen und drei, vier Schritte von ihm entfernt.

Als ihr Gegner mit einem wütenden Knurren auf sie losging, reagierte sie genau, wie Salim es ihr gezeigt hatte: Sie fing den Schwerthieb mit ihrer eigenen hochgerissenen Klinge ab. Der Sarazene taumelte zurück, offensichtlich vollkommen überrascht, dass sich sein vermeintlich wehrloses Opfer nicht einfach abschlachten lassen wollte. Diesmal würde sie ihre Chance nutzen. Sie packte ihr Breitschwert mit beiden Händen, wohl wissend, dass sie den Überraschungsmoment nutzen musste, bevor der Sarazene seine überlegene Kraft ausspielen konnte. Aus der Parade heraus vollführte sie eine schnelle Drehung um ihre eigene Achse und schlug zu. Im letzten Augenblick gelang es ihrem Gegner, seinen Säbel zwischen sich und ihr Schwert zu bringen, aber in Robins Hieb lag die ganze Kraft ihrer Drehung. Der Krummsäbel wurde dem Krieger aus der Hand geschlagen und sauste davon, während Robins Schwert durch die Luft schnitt und sich in die Hüfte ihres Gegners bohrte. Der Sarazene taumelte zurück, fiel mit einem gequälten Schrei rücklings ins Wasser. Sofort setzte ihm Robin nach und senkte die Schwertspitze auf seine Kehle.

Aber sie stach nicht zu.

Die Spitze des Breitschwertes ritzte die Haut des Mannes. Ein winziger Blutstropfen quoll hervor und wurde vom Wasser davongespült. Es wäre so leicht gewesen. Sie wusste, wie scharf die Schwertklinge war. Ein einziger schneller Stoß, der nicht einmal nennenswerter Kraft bedurfte, und es war vorbei.

Sie konnte es nicht. Sie sah die Angst in den Augen des Mannes, seinen Schmerz, aber auch den noch immer hell lodernden Hass. Sie wusste, dass der Sarazene sie ohne Gnade und ohne einen Augenblick des Zögerns getötet hätte, wäre er an ihrer Stelle gewesen.

Sie hatte gar keine Wahl. Ihr Verstand sagte ihr, dass sie ihn einfach töten musste, wollte sie hier lebendig herauskommen. Etwas Dunkles in ihr flüsterte, dass er ohnehin dem Tod geweiht war. Aber da war noch eine andere Stimme. Eine Stimme, die an einen schwer verletzten, leidenden Mann, einen Menschen, in dessen Augen die nackte Todesangst geschrieben stand, gemahnte. Einen Gegner, gewiss, doch einen Gegner, der Schmerzen litt, die sie ihm zugefügt hatte. Sie konnte ihn nicht töten.

Robin hob das Schwert und trat einen halben Schritt zurück. Sie zitterte am ganzen Leib und in ihrem Mund war plötzlich ein bitter-metallischer Geschmack, wie von Blut. Sie ahnte, dass sie möglicherweise einen tödlichen Fehler beging, und dennoch konnte sie nicht anders.

Der Sarazene hingegen zauderte nicht lange. Für die Dauer eines Herzschlags starrte er fassungslos zu ihr hoch, verwirrt, vielleicht auf eine Falle wartend, dann sprang er in die Höhe, warf sich mit einem gewaltigen Satz nach seinem Säbel und kam mit einer Rolle vollends auf die Füße. Die Wunde, die Robin ihm beigebracht hatte, blutete stark und ließ ihn beinahe straucheln, als er sich auf die Beine kämpfte. Humpelnd kam er auf sie zu, doch der Ausdruck auf seinem Gesicht war entschlossener denn je. Robin wusste, dass sie keine Gnade von ihm zu erwarten hatte.

Und er hatte aus ihrem ersten Zusammenstoß gelernt. Vielleicht hatte er sie für leichte Beute gehalten, aber diesen Fehler beging er kein zweites Mal. Statt ungestüm auf sie einzuschlagen, attackierte er sie mit ebenso großer Schnelligkeit wie Geschick. Er wusste, dass Robin ihm an körperlicher Kraft nicht annähernd gewachsen war, und dieses Wissen machte er sich in seiner Taktik nun zunutze. Schon nach den ersten Hieben, die sie nur mit Mühe und Not parieren konnte, war Robin klar, dass sie diesen Mann kein zweites Mal besiegen würde. Und wenn sie auch die ersten Sekunden des ungleichen Kampfes überlebte, so war dies der tiefen Wunde, die sie dem Mann beigebracht hatte, zuzuschreiben. Aber das würde sie nicht retten. Mochte der Sarazene hier unten ebenfalls sein Leben lassen, aber zuvor würde er sie mit in den Tod reißen.

Schritt für Schritt wich Robin vor dem tobenden Krieger zurück. Sie nahm all ihre Kraft zusammen, um ihr Schwert bei jedem Angriff erneut hochzureißen und seine Hiebe abzuwehren oder ihnen wenigstens so viel Kraft zu nehmen, dass sie ihr Kettenhemd nicht durchdringen konnten. Aber das Schwert schien mit jedem Atemzug schwerer zu werden und die Wucht der Hiebe, die ununterbrochen auf sie niederprasselten, zermürbten sie. Früher oder später würde sein Schwert ihr Kettenhemd durchdringen oder sie an einer ungeschützten Stelle treffen.

Als es so weit war, war sie dennoch überrascht. Sie parierte einen wuchtigen Angriff, als ihre Hände plötzlich nicht mehr die Kraft hatten, ihre eigene Waffe zu halten. Das Schwert wurde ihr aus der Hand geschlagen und flog davon. Die Kraft des Angriffs ließ sie rücklings gegen die Wand prallen und in die Knie brechen. Panik ergriff sie, doch sie hatte nicht einmal mehr die Kraft, die Arme über das Gesicht zu reißen, als der Sarazene zum letzten Hieb ausholte. Sie hockte einfach reglos auf den Knien und wartete auf den Tod.

Das helle, reißende Sirren hörte sie kaum. Es war ein Geräusch wie Seide, die zerriss. Plötzlich erstarrte ihr Gegner mitten in der Bewegung. Die tödliche Waffe entglitt seinen Händen. Er hatte keinen Kopf mehr.

Für einen scheinbar endlosen Moment stand der enthauptete Torso vollkommen reglos und aufrecht vor ihr, dann brach er zusammen und hinter ihm wuchs eine zweite Gestalt, ebenfalls in fast schwarzes Blau gekleidet, in die Höhe.

»Sa...lim?«, murmelte Robin ungläubig. »Du? Aber was ... wo kommst du denn ...?«

»Wenn ich ungelegen komme, gehe ich wieder«, knurrte Salim. Er klang wütend, aber seine Augen waren erfüllt von Sorge. »Wie geht es dir? Bist du verletzt?«

»Nein«, entgegnete sie benommen. »Jedenfalls ... nicht schlimm.« Sie versuchte aufzustehen, aber es gelang ihr erst, als Salim ihr half. Sein Griff war nicht besonders sanft.

»Du hast wohl einen Schlag auf den Kopf bekommen«, sagte er wütend. »Oder wie sonst wäre zu erklären, dass du anscheinend alles vergessen hast, was ich dir beigebracht habe?«

»Was ... wovon sprichst du?«, fragte Robin verständnislos.

Diesmal war der Ausdruck auf Salims Gesicht eindeutig Wut. »Verdammt, Robin, was sollte denn das? Wolltest du vielleicht warten, bis er verblutet ist? Du hattest ihn bereits am Boden!«

»Woher weißt du das?«

»Weil ich dir gefolgt bin«, knurrte Salim. »Ich habe gesehen, wie du in die Frachträume geflüchtet bist, und dachte mir, dass du vielleicht Hilfe brauchen könntest.«

»Und warum hast du dann so lange damit gewartet?«, fragte Robin ärgerlich – auch wenn dieses Gefühl in Wahrheit mehr ihrem absurden Trotz und dem schlechten Gewissen Salim gegenüber entsprang.

»Ich war beschäftigt«, antwortete Salim mit einer Kopfbewegung zur Tür. Robins Blick folgte seiner Geste und sie fuhr leicht zusammen, als sie den reglosen Körper eines weiteren Sarazenen entdeckte, der dort im Wasser lag.

»Oh«, sagte sie. »Das ...«

»... spielt jetzt keine Rolle«, unterbrach sie Salim. »Zieh dich aus.«

Robin blinzelte. »Was?«

»Das Kettenhemd!«, antwortete Salim. »Du musst das Kettenhemd ausziehen. Schnell.«

»Aber wieso denn?«, fragte Robin verständnislos.

»Weil es sich schlecht schwimmt mit einem Zentner Eisen am Leib«, antwortete Salim, plötzlich sehr ungeduldig. »Wir müssen das Schiff verlassen.«

»Ist die Schlacht verloren?«, hauchte Robin.

Salim hob die Schultern. »Das steht noch nicht fest. Es wäre gut möglich, dass deine ach so gottesfürchtigen Brüder am Ende doch noch siegen, doch was uns und dieses Schiff angeht, ist sie auf jeden Fall vorbei. Die *Sankt Christophorus* sinkt bereits. Wir müssen schwimmen.«

Robin starrte den Tuareg noch einen weiteren kostbaren Moment lang entsetzt an, dann gewann ihre Vernunft endlich die Oberhand. Hastig löste sie den Waffengurt, streifte das Gewand über den Kopf und schlüpfte schließlich, mit sehr viel weniger Geschick, aber dafür mit Salims Hilfe, aus dem schweren Kettenhemd. Sie atmete erleichtert auf, als der bleischwere Panzerrock mit einem Platschen neben ihr im Wasser versank.

»Schnell jetzt!«, sagte Salim. »Wir müssen hier raus!«

Damit hatte er zweifellos Recht. Die *Sankt Christophorus* hatte mittlerweile eine so starke Schlagseite, dass Robin mit gespreizten Beinen dastehen musste, um überhaupt noch die Balance zu halten. Das Wasser reichte ihr jetzt bis weit über die Knie. Trotzdem schüttelte sie den Kopf. »Die Pferde«, sagte sie. »Sie werden ertrinken!«

»Ich weiß«, antwortete Salim düster, »aber das ist ...«

»Shalima und Wirbelwind«, unterbrach ihn Robin. Sie schüttelte energisch den Kopf. »Sie sind auch hier. Ich gehe nicht ohne sie.«

Einen Moment lang glaubte sie, Wut in Salims Augen zu entdecken, doch dann wich der aufflackernde Zorn einem

64

anderen, unbekannten Ausdruck. Es hätte sie nicht überrascht, hätte Salim sie in diesem Moment geschlagen. Dann
schloss der Tuareg einfach nur die Augen und seufzte tief.

»Also gut«, sagte er resignierend. »Ich versuche, sie los-
zubinden. Mehr kann ich nicht tun. Vielleicht schaffen sie es
ja ins Freie, wenn das Schiff entzweibricht.«

Vielleicht aber auch nicht, dachte Robin. Aber sie widersprach nicht. Mehr als dieses Zugeständnis würde sie von
Salim nicht bekommen, und sie machte sich voller schlechtem Gewissen klar, dass das, was sie von ihrem Freund verlangte, lebensgefährlich war. Die Pferde waren vollkommen
in Panik. Es war nicht ratsam, sich ihnen zu nähern, wollte
man nicht zu Tode getrampelt werden.

»Raus jetzt!«, befahl Salim. Er machte eine Geste zur Tür.
»Aber geh nicht an Deck! Warte auf mich!«

Robin zögerte. Ihre eigenen Worte taten ihr bereits wieder
Leid. Sie hatte kein Recht, sein Leben aufs Spiel zu setzen,
nur um das eines Pferdes zu retten, ganz egal, wie sehr sie
an dem Tier hing. Doch bevor sie etwas erwidern konnte,
drehte Salim sich um und verschwand mit raschen Schritten.
Robin blickte ihm einen Moment lang unentschlossen nach,
dann hob sie ihren Wappenrock auf und streifte ihn über.
Sie konnte sich schließlich nicht entblößt an Deck blicken
lassen, ebenso wenig wie sie unbekleidet zur *Sankt Gabriel*
hinüberschwimmen konnte, um an Deck des Schiffes zu
klettern und Horace um ein neues Gewand für *Bruder* Robin
zu bitten.

Ohne zu zögern wandte sie sich zur Tür, wobei sie einen
großen Bogen um den Körper des erschlagenen Sarazenen
machte, der dort kopflos in der hereinschäumenden Flut
trieb. Sein Fuß hatte sich irgendwo verhakt, und seine Arme
pendelten in der Strömung. Es sah aus, als versuchte er,
unbeholfene Schwimmbewegungen zu machen; oder als
wollte er nach ihr greifen.

Draußen fand sie noch mehr Tote, die sie zuvor nicht
bemerkt hatte. Zumeist waren es Sarazenen, aber auch etli-

65

che Ritter waren darunter, die von ihren Feinden hier heruntergetrieben worden waren oder sie verfolgt hatten, um selbst den Tod zu finden.

Dem Lärm über ihrem Kopf nach zu schließen hielt die Schlacht noch immer mit unveränderter Wucht an. Die klaffende Bresche im Rumpf der *Sankt Christophorus* war weiter aufgebrochen, und das Wasser strömte mit solcher Wucht herein, dass Robin all ihre Kraft aufbieten musste, um dagegen anzukämpfen. Mühsam watete sie zu der gewaltigen Wunde im Rumpf des Schiffes, klammerte sich irgendwo fest und sah in die Richtung zurück, aus der sie gekommen war. Wo blieb Salim?

Sie fand weder eine Antwort auf diese Frage, noch hatte sie den Mut, zurückzugehen und nach ihm zu suchen. Stattdessen versuchte sie, einen Blick auf das Meer hinaus zu werfen, bedauerte diesen Entschluss im nächsten Moment wieder. Der Nebel hatte sich immer noch nicht gelichtet, sondern schien im Gegenteil noch dichter geworden zu sein, so als verberge die Sonne ihr Antlitz, um nicht mit ansehen zu müssen, was Menschen unter ihrem Licht einander antaten. Nur undeutlich machte sie reglose Körper aus, zerfetzte Kleidungsstücke und Trümmer verschiedenster Art, die in der See trieben.

Von der *Sankt Gabriel* war keine Spur zu entdecken. Wenn die Schiffe ihre Position zueinander einigermaßen beibehalten hatten, dann befand sie sich auf der anderen Seite, mindestens zwei- oder dreihundert Meter entfernt. Robin war nicht sicher, ob sie diese Distanz schwimmend zurücklegen konnte. Sie war nie eine gute Schwimmerin gewesen, und noch dazu war sie vollkommen erschöpft. Sie würde auf Salim warten, um sich zusammen mit ihm auf den Weg zu machen.

Doch es sollte noch lange dauern, bis sie ihn wiedersah.

Robin gewahrte eine Bewegung aus den Augenwinkeln und drehte sich um, weil sie dachte, Salim käme vielleicht aus einer anderen Richtung, als sie es erwartet hatte. Stattdessen

66

blickte sie in ein bärtiges Gesicht mit Augen voller Hass und sie sah das Metall eines Krummdolches aufblitzen, der nach ihrer Kehle zielte. Unwillkürlich riss sie die Arme hoch und machte einen Schritt zurück. Sie entging dem Dolchstoß, aber verlor das Gleichgewicht, fiel nach hinten und prallte mit Hinterkopf und Nacken gegen steinhartes Holz.

Dann stürzte sie weiter nach hinten und hinab in eine schier endlose Tiefe. Sie verlor das Bewusstsein, noch bevor sie ins Wasser fiel und wie ein Stein sank.

4. Kapitel

Sie war nicht ertrunken, das schloss sie allein aus der Tatsache, dass sie diesen Gedanken denken konnte, als sie das nächste Mal die Augen aufschlug. Und sie befand sich auch nicht mehr auf einem Schiff, denn der Boden, auf dem sie lag, bewegte sich nicht, und es war wunderbar warm und trocken. Das war aber auch schon alles, was sie über sich selbst und ihre Situation wusste.

Robin blinzelte in das sonderbar bräunliche Licht, das sie umgab, schloss die Augen wieder und versuchte sich zu erinnern. Aber die Serie von Bildern in ihrem Kopf hörte mit dem auf sie zusausenden Krummdolch auf, irgendeinen Sinn zu ergeben. Danach folgte keine wirkliche Schwärze, aber ein solches Durcheinander von Gefühlen und aufblitzenden Visionen, dass ihr wirkliches Vergessen beinahe lieber gewesen wäre. Sie musste wieder zu sich gekommen sein, nachdem sie aus dem Schiff gestürzt war, vielleicht durch die Kälte des Wassers oder die Atemnot oder auch beides geweckt. Doch der Funke von Bewusstsein, der sie vor dem Ertrinken bewahrt hatte, war nicht hell genug aufgelodert, als dass sie sich hätte klar an die Zeit danach erinnern können. Instinktiv hatte sie Schwimmbewegungen gemacht, um sich an die Wasseroberfläche zu kämpfen, und sich danach an dem erstbesten Gegenstand festgeklammert, den ihre Hände fanden. Vielleicht ein Trümmerstück, vielleicht auch eine Leiche, von denen Dutzende im Wasser trieben. Alles, was sie noch wusste, war, dass Zeit vergangen war, sehr viel Zeit, in der sie ein paar Mal das Bewusstsein verloren und endlose Ewigkeiten in dem schmalen Zwischenreich zwischen Schlaf und Wachsein verbracht hatte. Irgendwann waren da Stimmen, aufgeregte Rufe und Hände, die nach ihr griffen und sie aus dem Wasser zogen; wer, warum und wohin, vermochte sie nicht zu sagen.

Dennoch war Robin mit dem Ergebnis ihrer Überlegungen zufrieden. Sie war nicht tot und im Himmelreich, sondern höchst lebendig und anscheinend nicht einmal schwer verletzt. Jemand hatte sie aus dem Wasser gezogen und hierher gebracht, und auch wenn sie nicht wusste, wo dieses *hier* war – es befand sich an Land, und das war im Moment das Allerwichtigste. Nie wieder würde sie ein Schiff betreten, das schwor sie sich, und wenn sie zu Fuß zurück in die Heimat marschieren musste!

Robin lauschte noch einen Moment lang in sich hinein, konnte aber weder einen Quell größerer Schmerzen noch ein anderes Zeichen lokalisieren, das ihr Anlass zur Besorgnis hätte geben können. So schlug sie die Augen erneut auf und musterte neugierig ihre Umgebung.

Sie konnte nicht besonders viel sehen, und das lag vermutlich an dem seltsamen Licht, das sehr blass und bräunlich gefärbt war. Es war warm. Von irgendwoher drangen Geräusche an ihr Ohr, die sie nicht einordnen konnte, die aber auch nichts Bedrohliches hatten. Zumindest war die Schlacht vorbei.

Robin drehte den Kopf nach rechts und erkannte endlich, wo sie sich befand. Die seltsame Farbe des Lichts rührte von der groben braunen Zeltplane her, durch die es gefiltert wurde. Es war ein längliches Zelt, das fast vollständig leer war. Sie selbst lag auf einem weichen Wollteppich und war mit einer grob gewebten Decke zugedeckt. Der grobe Stoff der Decke kratzte sie am Rücken und an den nackten Beinen. Sie musste nicht erst mit ihren Händen über ihren Leib tasten, um zu wissen, dass sie völlig nackt war. Sie spürte, wie ihr das Blut heiß in die Wangen schoss. Jemand hatte ihr das

Templergewand ausgezogen und sie dann in diese Decke gewickelt. War das ein Grund zur Besorgnis?

Sie hoffte, dass es das nicht war. Und doch blieb ein ungutes Gefühl zurück. Jemand hatte sie nackt gesehen. Das konnte sie das Leben kosten. Doch hätten die Templer sie aus dem Wasser gefischt, dann befände sie sich jetzt vermutlich wieder auf einem Schiff. Und wären es die Sarazenen gewesen, wäre sie jetzt wahrscheinlich tot, zumindest aber gefesselt und gut bewacht. Wer aber hatte sie dann aus dem Meer gezogen?

Robin dachte eine Weile angestrengt über diese Frage nach, kam aber zu keinem Ergebnis. Und sie würde sie sicher auch nicht lösen, wenn sie weiter hier herumlag und die Zeltplane über ihrem Kopf anstarrte.

Mit einer entschlossenen Bewegung schlug sie die Decke zurück, erhob sich auf die Knie und bekam prompt einen heftigen Schwindelanfall. Intuitiv spürte sie, dass sie sehr lange hier gelegen hatte, und dennoch war ihr Körper noch vollkommen geschwächt. Womöglich würde es weitere Tage dauern, bis sie sich auch nur halbwegs erholt hatte.

Robin wartete, bis die Dunkelheit hinter ihrer Stirn aufhörte, sich wie wild im Kreis zu drehen, dann öffnete sie erneut die Augen und erhob sich vorsichtig. Beunruhigt unterzog sie ihren Körper einer eingehenden Untersuchung, so weit das bei dem schwachen Licht hier drinnen möglich war. Sie hatte jede Menge Schrammen und Kratzer, schien jedoch nicht ernsthaft verletzt zu sein. So wie es aussah, hatte man ihr hier Ruhe gönnen wollen, bis sie von selbst wieder zu sich kam. Jetzt war sie nahezu sicher, nicht in die Hände ihrer Feinde gefallen zu sein.

Bei der Erinnerung an die letzten Minuten auf der sinkenden *Sankt Christophorus* verdüsterte sich Robins Gesicht. Sie sorgte sich um Salim, und sie machte sich schwere Vorwürfe dafür, ihn mit ihrer kindischen Forderung so unnötig in Gefahr gebracht zu haben. Außerdem saß das Wissen um ihr eigenes Versagen während des Kampfes mit dem Sarazenen wie ein schmerzender Stachel in ihrer Seele.

Sie verscheuchte die unguten Gedanken, hob die Decke auf und wickelte sich hinein, bevor sie zum Ausgang ging. Sie war nicht gefesselt, es gab keine Wächter, und ihr Gefängnis bestand nur aus einer dünnen Zeltplane, also würde vermutlich auch niemand etwas dagegen haben, dass sie es verließ. Sie musste einfach wissen, wo sie war und wer die Menschen waren, deren Stimmen sie undeutlich und gedämpft bis ins Zeltinnere hören konnte. Robin zögerte noch einen kurzen Moment, ehe sie mit einer entschlossenen Geste die Zeltplane zurückschlug und hinaustrat.

Ihre Augen waren so sehr an das blasse Dämmerlicht im Inneren des Zeltes gewöhnt, dass sie im ersten Moment praktisch gar nichts sah. Sie blinzelte, hob die linke Hand vor das Gesicht und wartete ungeduldig darauf, dass sich ihre Augen ans gleißende Sonnenlicht gewöhnten.

Die Stimmen in ihrer Umgebung veränderten sich, verstummten für einen Moment und klangen dann aufgeregter; man hatte also bemerkt, dass sie aufgestanden und ins Freie getreten war.

Die Schatten gerannen zu Umrissen, leicht verschwommen zunächst, doch dann nahmen sie an Schärfe zu. Das Zelt, in dem sie erwacht war, lag hinter einem Haus aus verwitterten Steinen. Daneben stand ein fremdartiger Baum mit weit ausgreifenden Ästen.

Erst jetzt drang das leise Rauschen des Meeres in Robins Bewusstsein. Noch immer blinzelnd drehte sie sich um. Sie war in einem kleinen Dorf. Zwei Dutzend Häuser und ein paar Zelte, das war alles. Undeutlich erkannte sie längliche Schatten ... Menschen! Es mussten zwanzig oder mehr sein. Noch immer verschwammen die Bilder vor Robins Augen, und dennoch spürte sie, dass sich die allgemeine Aufmerksamkeit auf sie konzentrierte. Eine der immer noch nebelhaft wirkenden Gestalten löste sich von der Gruppe und kam mit schnellen und seltsam aufgeregt wirkenden Schritten auf sie zu. Es schien allerdings keine freudige Erregung zu sein.

Robin versuchte die Tränen wegzublinzeln, die ihr das grelle Sonnenlicht in die Augen getrieben hatte. Vom tagelangen Schlafen waren ihre Lider ganz verklebt. Sie hob die linke Hand, um sich über die Augen zu wischen, und bemerkte erst im letzten Moment, dass sie Gefahr lief, die Decke fallen zu lassen, in die sie sich gewickelt hatte. Sie fing sie auf, aber der grobe Stoff rutschte von ihren Schultern und aus den aufgeregten wurden eindeutig erschrockene, wenn nicht entsetzte Rufe.

Als die Gestalt, die sich ihr näherte, mit den Armen fuchtelte, wich Robin wieder ins Innere des Zeltes zurück und hielt die Decke vor ihrer Brust mit beiden Händen fest. Dennoch wurde sie von einer groben Hand an der Schulter ergriffen und derb noch weiter ins Zelt zurückgestoßen, dass sie um ein Haar das Gleichgewicht verloren hätte.

Nachdem sich ihre Augen gerade halbwegs an die Helligkeit draußen gewöhnt hatten, sah sie hier drinnen wieder nichts als Schatten. Immerhin erkannte sie, dass sie einem bärtigen Mann schwer zu bestimmenden, aber fortgeschrittenen Alters gegenüberstand. Er fuchtelte noch immer aufgeregt mit beiden Armen herum und überschüttete sie mit einem Schwall unverständlicher Worte.

Robin wich vorsichtshalber noch einen weiteren Schritt vor dem Fremden zurück. Ihr Herz begann zu klopfen. Sie hatte nicht wirklich Angst, aber abgesehen von Salim und den Sarazenen auf dem Schiff hatte sie noch nie einen Muselmanen gesehen, und nur sehr wenig von dem, was sie über dieses Volk gehört hatte, war angenehmer Natur gewesen.

Der Fremde musterte sie wutschnaubend. Eine dicke Zornesader lief längs über seine zerfurchte Stirn. Robin hatte im Verlauf des vergangenen Jahres zwar einige Brocken Arabisch von Salim gelernt, aber sie verstand kein Wort von dem, was der Fremde hervorsprudelte. Schließlich deutete sie übertrieben gestikulierend auf ihr Ohr, machte ein fragendes Gesicht und legte den Kopf auf die Seite.

Der Redeschwall des Arabers wurde noch lauter und sein Ton zorniger. Er gestikulierte immer wieder in ihre Richtung und seine Worte klangen wie grobe Beleidigungen. Robin blickte ihn vollkommen verständnislos an und hätte das vermutlich auch noch eine geraume Weile getan, wäre in diesem Moment nicht eine zweite Gestalt hereingekommen. Es war eine Frau, die ein langärmeliges, dunkles Kleid trug. Robin konnte nur ihre Augen erkennen, denn der Rest ihres Gesichts war verschleiert, aber es waren sehr freundliche Augen, die sie mit fast mütterlicher Sorge ansahen. Ihre Bewegung war von fließender Anmut. Sie war ohne Zweifel erheblich jünger als der Bärtige. Ohne viel Federlesens schob sie den Mann aus dem Weg, trat auf Robin zu und zog die Decke, in die sie sich gewickelt hatte, bis weit über ihre Schultern hoch.

Und endlich begriff Robin. Sie hatte sich nichts bei ihrem Aufzug gedacht, schließlich war sie fast vollständig in die Decke gewickelt. Nur ihre Schultern und ihr Hals waren zu erkennen, aber schon die Zurschaustellung von so wenig nackter Haut schien den Mann in helle Aufregung zu versetzen. Er wirkte auch jetzt, da Robin wieder züchtig bedeckt war, nicht wirklich zufrieden, sondern starrte sie weiter finster an. Doch zumindest hatte er aufgehört, wie besessen mit den Händen in der Luft herumzufuchteln und zornig auf sie einzureden.

»Es ... es tut mir Leid«, sagte Robin zögernd. »Ich wollte niemanden beleidigen.« Natürlich war ihr klar, dass weder der Mann noch die Frau sie verstehen konnten, doch hoffte sie, dass sie zumindest ihren versöhnlichen Tonfall und das dazugehörige Lächeln verstanden. Der Mann antwortete in finsterem Tonfall, aber die verschleierte Frau kam Robin abermals zu Hilfe. Sie stellte sich schützend zwischen sie und ihn, antwortete mit leisem, aber sehr bestimmtem Tonfall und gestikulierte schließlich zum Ausgang hin.

Es folgte ein kurzes Streitgespräch, das die Frau offensichtlich für sich entschied, denn nach nur wenigen Augenblicken drehte sich der Bärtige herum und verließ das Zelt. Robin atmete innerlich auf. Obwohl sie zu spüren glaubte, dass ihr von diesen Menschen keine unmittelbare Gefahr drohte, hatte ihr der kleine Zwischenfall gerade gezeigt, wie leicht es war, einen Fehler zu begehen, der möglicherweise gefährliche Folgen haben konnte.

»Danke«, sagte Robin. »Ich weiß, dass du mich nicht verstehst, aber ich möchte dir trotzdem danken.«

Es war schwer, in dem fast vollkommen verschleierten Gesicht irgendeine Regung zu erkennen, aber der Blick der dunklen Augen wurde deutlich wärmer. Die Fremde betrachtete sie wortlos und mit einer Mischung aus Zuneigung und freundlicher Neugier, und Robin wurde es für einen Moment warm ums Herz. Sie wusste nichts über diese Frau, nicht einmal ihren Namen, doch nach den zurückliegenden Schrecknissen war es ein wundervolles Gefühl, sich einem Menschen gegenüber zu wissen, der es einfach nur gut mit ihr meinte.

Das Gefühl verging so rasch, wie es gekommen war, und zurück blieb eine noch größere Leere und ein vager Schmerz, der irgendwo am Rand ihres Bewusstseins bohrte, wie ein pochender Zahn, der einen nicht wirklich quälte, aber auch nicht in Vergessenheit geriet. Obwohl sie mit aller Macht dagegen ankämpfte, begannen ihre Hände zu zittern, und ihre Augen füllten sich mit heißen Tränen. Es gelang ihr zwar, sie zurückzuhalten, und dennoch entging ihr Zustand der verschleierten Frau nicht. Sie lächelte, hob die Hand und strich Robin kurz mit den Fingerspitzen über die Wange, ehe sie sich herumdrehte und mit schnellen Schritten das Zelt verließ.

Instinktiv machte Robin eine Bewegung, um sie zurückzuhalten, doch dann verharrte sie mitten im Schritt. Nach dem, was sie gerade erlebt hatte, erschien es ihr wenig ratsam, das Zelt noch einmal zu verlassen; nicht, bevor sie nicht wusste, wo sie überhaupt war und wer diese Menschen waren und welche Absichten sie verfolgten. Und selbst wenn sie niemand daran hindern sollte, dieses Zelt und sogar das Dorf zu verlassen: Wohin hätte sie schon gehen können, vollkommen allein, in einem Land, dessen Menschen sie nicht kannte, dessen Sprache sie nicht verstand, und dann noch obendrein mit nichts am Leib als einer einfachen Decke?

Robin seufzte tief und starrte trübsinnig die geschlossene Plane vor dem Eingang an. Schließlich ließ sie sich im Schneidersitz an derselben Stelle nieder, wo sie vorhin erwacht war. So, wie die Dinge lagen, blieb ihr im Moment nichts anderes übrig, als zu warten. Worauf und wie lange auch immer.

Sie musste sich nicht lange gedulden, auch wenn es ihr, während sie auf die Rückkehr ihrer Wohltäterin wartete, so vorkam, als wäre die Zeit stehen geblieben. In Wahrheit verging jedoch weit weniger als eine Viertelstunde, bis die Plane vor dem Eingang wieder zurückgeschlagen wurde und die verschleierte Frau erneut eintrat.

Sie war nicht allein und sie kam nicht mit leeren Händen. Hinter ihr trat eine zweite, auf die gleiche Weise gekleidete und ebenfalls verschleierte Frau herein und hinter dieser ein Mädchen von vielleicht sieben, allerhöchstens acht Jahren, das nur ein zerschlissenes dünnes Hemdchen trug und sehr mager war. Es hatte schulterlanges ebenholzschwarzes Haar und Augen, die Robin mit großer Neugier und ohne die geringste Scheu musterten. Das Mädchen trug ein Kleidungsstück über den Armen, das an die Kleider der beiden Frauen erinnerte, während diese Schalen mit frischem Wasser, Brot und gebratenem Fisch hereinbrachten. Schon der bloße Anblick der Speisen ließ Robin das Wasser im Munde zusammenlaufen. Ihr Magen knurrte hörbar und gemahnte sie daran, dass sie seit mindestens einem Tag nichts mehr gegessen hatte, wenn nicht länger. Als sie nach einem Stück Brot greifen wollte, schüttelte ihre Wohltäterin jedoch den Kopf und schlug ihr spielerisch auf die Finger. Mit der ande-

75

ren Hand deutete sie zu Boden und gestikulierte auffordernd, sich zu setzen. Robin gehorchte. Sie war sehr hungrig, aber wenn sie das Vertrauen dieser Menschen gewinnen wollte, dann musste sie sich in Geduld fassen.

Die beiden Frauen luden ihre Last ab und setzten sich ihr gegenüber, während das Mädchen wieder zum Ausgang ging und sorgfältig die Plane verschloss, bevor es sich ebenfalls zu ihnen setzte. Die hölzerne Schale mit Brot und Fisch wurde ein Stück zur Seite geschoben. Robins Blicke folgten ihr sehnsüchtig, doch verzichtete sie auf eine entsprechende Bemerkung, sondern straffte nur die Schultern und sah die beiden Frauen abwechselnd erwartungsvoll an.

Einen Moment lang hielten sie ihrem Blick stand; dann hob die jüngere der beiden Frauen – die zuvor schon in Begleitung des Mannes hereingekommen war – die Hände und löste den Schleier, den sie vor dem Gesicht trug. Darunter kam eine Frau zum Vorschein, die noch deutlich jünger war, als Robin angenommen hatte, und dem dunkeläugigen Mädchen so ähnelte, dass sie einfach nur Mutter und Tochter sein konnten. Auch ihre Begleiterin legte den Schleier ab und offenbarte sich damit als Vertreterin der älteren Generation derselben Familie. Robin nahm an, dass der Mann, der sie vorhin so aufgeregt hier hereingeschubst hatte, ihr Ehemann war und somit Vater und Großvater der jüngeren Frau und des Mädchens.

Sie sah die beiden Frauen eine Weile unschlüssig an – sie schienen irgendetwas von ihr zu erwarten, aber sie wusste nicht, was. Schließlich legte sie die flache Hand auf die Brust und sagte laut und betont: »Robin.«

Die junge Frau legte den Kopf auf die Seite und lächelte scheu. Robin wiederholte ihre Geste, sagte noch einmal: »Robin«, und machte dann eine fragende Handbewegung auf ihr Gegenüber. Es vergingen einige Herzschläge, dann nickte die junge Frau, ahmte Robins Bewegung nach und sagte: »Saila.«

Robin mühte sich, den fremdartigen Namen so gut wie möglich zu wiederholen, und wurde mit heftigem Nicken und einem erfreuten Gesichtsausdruck belohnt. Dann stellte Saila das Mädchen als Nemeth vor. Der Name der alten Frau jedoch war so kompliziert, dass Robin ihn nicht verstand, geschweige denn ihn wiederholen konnte. Sie fragte nicht nach, sondern beschloss, sie in Gedanken Großmutter zu nennen. Für die kurze Zeit, die sie ohnehin nur bei diesen Menschen bleiben würde, reichte das sicherlich.

Indem sie sich vorgestellt hatten, schien der Bann gebrochen zu sein. Sowohl die beiden Frauen als auch Nemeth begannen aufgeregt – und natürlich alle zugleich – auf sie einzureden und zu gestikulieren, bis Robin schließlich lachend die Hände hob und den Kopf schüttelte. Saila und die alte Frau verstummten, nur Nemeth plapperte fröhlich weiter, bis ihre Mutter sie mit einem scharfen Befehl ebenfalls zum Schweigen brachte.

Saila griff nach der Decke, die Robin sich um die Schultern geschlungen hatte, und zupfte daran. Nach dem, was gerade geschehen war, hielt Robin die Decke fast erschrocken und mit beiden Händen fest. Darauf lächelte Saila beruhigend und deutete mit der Hand zu der Plane vor dem sicher verschlossenen Zelteingang. Als Saila erneut nach der Decke griff, ließ Robin es zu, dass die junge Frau sie entblößte. Während der grobe Stoff bis zu ihren Hüften hinabglitt, legte die Templerin schützend ihre Arme vor die Brust, aber nur für einen Moment, bis ihr klar wurde, dass sie Saila mit dieser Geste aus irgendeinem Grund zu verletzen schien. Vielleicht war Nacktheit bei diesen Menschen etwas ganz Selbstverständliches, sobald sie unter sich waren; möglicherweise sogar so etwas wie ein Vertrauensbeweis. Saila und die beiden anderen jedenfalls musterten sie eingehend und ohne jede Scheu.

Auch Robin verlor schon nach einem Augenblick jedes Gefühl der Peinlichkeit. Es waren mehr als zwei Jahre vergangen, seit sie sich das letzte Mal nackt vor anderen Frauen gezeigt hatte. Ihr Körper war noch immer schlank und mädchenhaft, ihre Brüste kaum gereift. Salim hatte oft gespottet, dass eine Frau, die unbedingt das Kriegshandwerk der Männer erlernen wollte, keinen weiblichen Körper entwickeln konnte.

Saila und ihre Mutter schienen sich darüber keine Gedanken zu machen. Vielleicht hielten sie sie ja auch für jünger, als sie tatsächlich war. Stattdessen musterten sie mit erschrockenen Gesichtern ihre zahlreichen Verletzungen. Während die alte Frau einen Stoffzipfel ins Wasser tunkte und die Kratzer, Schrammen, Prellungen und andere mehr oder weniger tiefen Wunden auf Robins Körper zu säubern begann, trug Saila selbst eine Salbe auf ihre schlimmsten Blessuren auf, die nicht gerade gut roch, aber angenehm kühl auf der Haut war.

Die Verrichtungen der beiden Frauen waren unangenehm oder taten sogar weh, doch wenn Robin im Verlaufe des zurückliegenden Jahres eines gelernt hatte, dann dies: Schmerzen zu ertragen.

Als die beiden Frauen schließlich fertig waren, fühlte sie sich so gut wie schon lange nicht mehr. Sie war noch immer erschöpft und spürte eine permanente Benommenheit, ein Gefühl, wie man es manchmal hatte, wenn man unvermittelt aus tiefstem Schlaf gerissen wurde, nur dass diese Müdigkeit einfach nicht mehr weichen wollte. Es zwickte und schmerzte überall, aber es war das erste Mal seit langer Zeit, dass ihr weibliche Wesen eine fast mütterliche Fürsorge angedeihen ließen – Frauen, die es allem Anschein nach gut mit ihr meinten –, und dieses Gefühl glich alle körperliche Unbill aus.

Als Saila ihr bedeutete, dass sie fertig war, wollte Robin die Decke wieder hochziehen, aber die Araberin schüttelte den Kopf und wies auf das Kleidungsstück, das Nemeth mitgebracht hatte. Offensichtlich wollte sie, dass Robin es anzog, und Robin hatte nichts dagegen. Nur in eine Decke gewickelt herumzulaufen erschien ihr würdelos und außerdem war der Stoff grob und scheuerte auf ihrer geschundenen Haut. Sie nickte, und das Mädchen legte das Kleid mit einer fast feierlichen Bewegung neben ihr auf den Boden. Statt sich wieder zurückzuziehen, blieb sie neben Robin stehen und deutete auf die dünne Narbe an ihrem Hals. Sie begleitete die Geste mit einer Frage.

Robin hob unwillkürlich die Hand an die Kehle. Nemeths Frage – und vor allem der gleichermaßen erschrockene wie ungläubige Ton, in dem sie sie stellte – war ihr unangenehm. Im Laufe der Monate war die Narbe gut verheilt und mittlerweile auf den ersten Blick kaum noch zu sehen, aber sie war da, und manchmal, vor allem bei einem Wetterumschwung oder bevor es schneite, meldete sie sich mit einem heftigen Jucken und erinnerte Robin daran, wie nahe sie dem Tod schon einmal gewesen war. Es war nicht dieses Jucken, das Robin Unbehagen bereitete, wohl aber die Erinnerung, die damit einherging. Die Tage, die sie auf Leben und Tod dagelegen hatte, zählten zu den schlimmsten ihres Lebens.

Saila hatte ihre Geste bemerkt und scheuchte ihre Tochter mit scharfen Worten davon, aber Robin hielt sie mit einer raschen Handbewegung zurück. »Lass sie«, sagte sie. »Sie ist nur neugierig. Wahrscheinlich sieht man so etwas nicht alle Tage.« Sie wandte sich direkt an Nemeth. »Menschen tun einander manchmal schlimme Dinge an, weißt du? Das hier war eines von diesen schlimmen Dingen. Ich hoffe für dich, dass dir so etwas nie zustößt.«

Natürlich begriff Nemeth die Erklärung nicht, aber sie verstand sehr wohl Robins versöhnlichen Ton, denn sie lächelte plötzlich schüchtern und kam wieder näher. Robin erwiderte ihr Lächeln, wandte sich noch einmal mit einem entsprechenden Blick an Saila und sah schließlich auf das Kleid herab, das neben ihr lag. In dem schwachen Licht hier drinnen konnte sie nicht sagen, ob es schwarz oder dunkelblau war. Der Stoff fühlte sich weicher und angenehmer an, als sie erwartet hatte. Ärmel und Saum des Kleides waren mit dünnen, vom Tragen zerfaserten Schmuckborten besetzt. Das Kleid war weitaus prächtiger als die Gewänder der beiden Frauen, und Robin hatte das unbestimmte Gefühl, dass Saila ihr das eigene Festtagsgewand auslieh.

Die beiden Frauen sahen diskret zu Boden, als Robin die Decke ganz abstreifte und aufstand, um sich das Kleid überzuziehen. Nur Nemeth maß sie mit unverhohlener Neugier und sagte etwas, das ihre Mutter zu einem weiteren scharfen Verweis veranlasste. Nemeth verstummte, doch wirkte sie nicht sonderlich eingeschüchtert. Robin musste ein Lächeln unterdrücken. Anscheinend waren Kinder in einem gewissen Alter überall gleich, ganz egal bei welchem Volk und wo auch immer auf der Welt.

Nachdem sie fertig angezogen war, räusperte sie sich. Saila sah zu ihr hoch und maß sie mit einem langen, kritischen Blick. Schließlich schien sie mit dem Sitz des Kleides durchaus zufrieden zu sein, denn sie nickte lächelnd und deutete nun endlich auf die Schale mit dem verführerischen Essen. Das ließ sich Robin nicht zweimal sagen. Ihr Magen hatte wiederholt hörbar geknurrt, während sich die beiden Frauen um ihre Verletzungen gekümmert hatten.

Die ersten Bissen schlang sie geradezu hinunter, und auch wenn es nur einfaches Fladenbrot und gesalzener Fisch war, so schien es ihr in diesem Moment doch das Köstlichste zu sein, was sie jemals gegessen hatte. Wahrscheinlich hätte sie alles binnen weniger Augenblicke heruntergeschlungen, hätte ihr Saila nicht schließlich die Hand auf den Unterarm gelegt und ihr mit einem milden Lächeln bedeutet, langsamer zu essen. Robin gehorchte, auch wenn es ihr schwer fiel. Gewiss hatte die Araberin Recht: Ihr würde nur übel werden, wenn sie weiter das Essen so in sich hineinstopfte, und dann würde sie am Ende die ganzen Köstlichkeiten wieder von sich geben. Flüchtig dachte sie an die Schiffsreise. Nein, sie würde vorsichtig sein!

Dennoch dauerte es nicht lange, bis sie die Schale bis auf ein paar Krümel Brot und ein kleines Stückchen Fisch geleert hatte. Als sie aufsah, bemerkte sie Nemeth, die wieder näher gekommen war. Diesmal galt ihre Aufmerksamkeit nicht ihr, sondern der Schale. Sie gab sich alle Mühe, sich nichts anmerken zu lassen, aber Robin sah sehr deutlich, dass ihr buchstäblich das Wasser im Mund zusammenlief.

Sie hatte immer noch Hunger, doch statt auch noch das letzte Stück Fisch zu verzehren, schob sie mit einer auffordernden Geste Nemeth die Schale hin. Das Mädchen wollte schon danach greifen, doch Saila hielt es mit einem scharfen Befehl zurück.

»Lass nur«, sagte Robin. »Sie hat Hunger, und ich kann ja später noch etwas essen. Wahrscheinlich wird mir sowieso nur schlecht, wenn ich jetzt zu viel esse.« Abermals forderte sie Nemeth mit einer Geste auf. »Nimm ruhig.«

Das Mädchen warf noch einen fragenden Blick in Richtung seiner Mutter, dann griff es schnell nach dem Stück Fisch, drehte sich auf dem Absatz um und rannte aus dem Zelt; dabei presste es seine Beute wie einen Schatz an die Brust. Robin sah kopfschüttelnd hinterher und wandte sich dann wieder an Saila.

»Sei ihr nicht böse«, sagte sie. »Kinder haben doch immer Hunger, oder?« Sie atmete hörbar ein. »Ich weiß, ihr könnt mich nicht verstehen, aber ich möchte euch trotzdem sagen, wie dankbar ich euch bin. Ihr habt mir das Leben gerettet. Und nicht nur, weil ihr mich aus dem Wasser gezogen habt.«

Sailas Antwort bestand aus einem fragenden Hochziehen der Augenbrauen, womit Robin gerechnet hatte, aber sie schien zumindest ihren Tonfall richtig zu deuten, denn ein warmer Ausdruck trat in ihre Augen. Zugleich meinte Robin auch so etwas wie Mitleid zu spüren und sie fragte sich, ob es noch einen anderen Grund als ihre Verletzungen dafür geben mochte. Beurteilte sie ihre eigene Situation vielleicht zu optimistisch? War sie wirklich gerettet?

Unsinn! Sie hatte so viel durchgemacht, dass sie sich wohl schon nicht mehr vorstellen konnte, dass es Menschen gab, die es ganz ohne Vorbehalt und Hintergedanken einfach nur gut mit ihr meinten. Es wurde Zeit, sich daran zu erinnern, dass nicht alle Fremden automatisch auch ihre Feinde waren.

Sie verscheuchte den Gedanken an Verrat. Das war absurd. »Ich würde mich gerne draußen umsehen«, sagte sie. »Natürlich nur, wenn ihr nichts dagegen habt.«

Da sie wusste, dass Saila und ihre Mutter sie nicht verstehen konnten, begleitete sie ihre Worte mit erklärenden Gesten, aber entweder missverstanden die beiden Frauen sie völlig, oder ihr Ansinnen war nicht ganz so harmlos, wie es ihr erschien. Zwischen Saila und ihrer Mutter entbrannte jedenfalls ein kurzer Disput, den die ältere Frau schließlich mit einer energischen Handbewegung beendete. Sie schien nicht begeistert von Robins Idee zu sein, das Zelt zu verlassen.

Robin dachte jedoch nicht daran, sich wie eine Gefangene behandeln zu lassen. »Ich laufe bestimmt nicht weg. Ich möchte nur wissen, wo ich bin und was aus den anderen geworden ist. Ich war nicht allein auf dem Schiff. Habt ihr noch andere wie mich dort draußen im Meer gefunden?«

Sie versuchte, ihre Frage mit entsprechenden Gebärden zu verdeutlichen, aber diesmal erntete sie nur einen verständnislosen Blick. Nach einem Moment gab sie es auf, erhob sich und machte einen Schritt in Richtung Ausgang.

Sie war nicht überrascht, als Saila sie am Gewand festhielt und heftig den Kopf schüttelte.

»Bitte, Saila«, sagte Robin. Sie zögerte einen Moment, denn sie fürchtete, eine Grenze zu überschreiten, aber dann fasste sie nach Sailas Hand und löste sich aus ihrem Griff.

»Du brauchst keine Angst zu haben«, sagte sie. »Ich will nicht weglaufen oder so etwas.«

Saila zögerte. Sie sah so erschrocken aus, dass sich Robin einen Moment lang fragte, ob sie möglicherweise nicht besser beraten war, auf die Araberin zu hören. Aber dann verscheuchte sie diesen Gedanken und machte einen weiteren Schritt in Richtung des Zelteingangs.

Sie kam auch diesmal nicht bis zur Plane. Sailas Mutter war unerwartet behände aufgestanden und trat ihr in den Weg. Sie begann laut, fast schon schreiend, auf Robin einzureden und gestikulierte dabei heftig mit beiden Händen. Offensichtlich würde sie den Weg nicht freigeben, es sei denn, Robin wandte Gewalt an.

Doch so weit würde Robin nicht gehen. Und es war auch nicht nötig. Auch Saila erhob sich nun, trat mit einem raschen Schritt zwischen sie und die alte Frau. Mit ruhigen Worten besänftigte sie ihre Mutter, bevor sie sich wieder zu Robin umdrehte. Robin verstand jetzt so wenig wie zuvor, aber ihr besorgter, fast schon beschwörender Tonfall war deutlich genug. Ohne Robins Antwort abzuwarten, streifte sie ihr ein Tuch in der Farbe ihres Gewandes über Kopf und Schultern. Dann zog sie einen Zipfel des Tuchs hoch, sodass er Mund und Nase bedeckte, und steckte ihn seitlich am Kopftuch fest.

Unwillkürlich hob Robin die Hand, um den störenden Schleier vor dem Gesicht wegzureißen. Doch dann verharrte sie mitten in der Bewegung. Saila und ihre Mutter waren beim Hereinkommen verschleiert gewesen und sie wusste von Salim, dass die Frauen in diesem Teil der Welt oftmals ihre Gesichter verhüllten. Bis jetzt hatte sie sich niemals vorzustellen versucht, wie es wäre, einen Schleier zu tragen. Irgendwie fand sie es entwürdigend, ihr Antlitz vor dem Licht der Sonne zu verbergen. Doch was hätte sie in diesem Moment auch anderes tun können? Schließlich wusste sie weder etwas über diese Menschen und ihre Sitten und Gebräuche, noch hatte sie hier irgendetwas zu fordern.

Sie ließ die Hand wieder sinken und bedeutete Saila mit einem Nicken, dass sie bereit war. Saila befestigte mit einer geübten Bewegung ihren eigenen Schleier vor dem Gesicht, dann drehte sie sich um und schlug die Zeltplane vor dem Eingang zurück. Sailas Mutter ließ ihr Gesicht unbedeckt, aber sie machte auch keine Bewegung, um das Zelt zu verlassen, sondern sah Robin nur missbilligend an. Ein seltsames Gefühl beschlich Robin, als sie Saila folgte.

Es dauerte diesmal nur einen Moment, bis sich ihre Augen an die Helligkeit gewöhnt hatten. Die Sonne war weiter gewandert und blendete sie nicht mehr so sehr wie zuvor, außerdem dämpfte der Schleier das Licht.

Rasch trat sie aus dem Zelt hinaus und wandte sich nach links, der dem Meer abgewandten Seite zu, um sich das Dorf eingehend anzusehen.

Sie hatte bisher angenommen, sich in einem Zeltlager zu befinden, am Rande eines Dorfes. Doch das war ein Irrtum. Vielleicht lag es daran, dass Salim ihr so viel von den Zeltlagern – den wandernden Städten der Beduinen – erzählt hatte. Tatsächlich gab es hier nur eine Hand voll Zelte. Sie standen vereinzelt hinter den wenigen Häusern, die auf einem steinigen Abhang dicht am Meer gebaut waren. Die Häuser hatten flache Dächer und waren aus hellem Stein gebaut, der so verwittert wirkte, als hätten diese Fischerhütten schon ungezählte Jahrhunderte vorüberziehen sehen. Unten am Strand lag ein großes, bunt gestrichenes Boot, das halb mit einem schmutzigen Segeltuch zugedeckt war. Selbst auf die Entfernung konnte Robin ein großes Auge erkennen, das vorne auf den Bug des Bootes gemalt war und es wie ein gestrandetes Seeungeheuer aussehen ließ.

Wenn sie sich nach Westen drehte, blickte sie jenseits des Hügelkamms in die grauen Rücken mächtiger Berge. Das verwirrte sie auf äußerste, denn mit dem Bild, das Salim mit seinen blumenreichen Erzählungen von diesen Gefilden gemalt hatte, hatte das alles erschreckend wenig zu tun. Er hatte von paradiesischen Gärten an Oasen und Flussläufen geschwärmt und von glutheißen Wüsten erzählt, die den größten Teil des Landes ausmachten. Hier gab es weder Wüsten noch Gärten.

Hinter Robin wurde eine aufgeregte Stimme laut. Sie wandte sich um und sah denselben Mann wie vorhin auf sich zukommen, auch jetzt aufgeregt mit den Armen fuchtelnd und augenscheinlich noch wütender als zuvor. Robin streckte kampflustig das Kinn vor und setzte einen möglichst grimmigen Gesichtsausdruck auf, ehe ihr klar wurde, dass der Araber ihr Gesicht hinter dem Schleier gar nicht erkennen konnte.

Sie musste sich auch nicht selbst verteidigen. Saila trat dem Bärtigen mit einem entschlossenen Schritt entgegen. Sie brachte ihn nicht zum Schweigen, doch lenkte sie seinen Zorn, der eigentlich Robin galt, auf sich, was Robins schlechtes Gewissen weckte, sie zugleich aber auch alarmierte. Niemand konnte unter dem lose fallenden Gewand sehen, dass sie unwillkürlich ihre Muskeln anspannte. Sie wusste nicht, wie weit der Bärtige gehen würde, aber sie würde nicht zulassen, dass er Saila ihretwegen schlug.

Wie sich zeigte, war ihre Sorge unbegründet. Saila und der Bärtige stritten eine geraume Weile, aber schließlich gab der Araber nach und drehte sich mit einer wütenden Bewegung um.

»Danke«, sagte Robin, als Saila zu ihr zurückkehrte. »Ich hoffe nur, du bekommst meinetwegen keinen Ärger.«

Die junge Frau nickte, so als hätte sie die Worte verstanden, und machte eine verstohlene, aber eindeutig wegwerfende Geste. Einige Dinge waren offenbar überall auf der Welt gleich. Sie überzeugte sich mit einem langen Blick, der keinerlei Erklärung bedurfte, davon, dass der Bärtige auch tatsächlich ging, dann erst gab sie Robin mit einem weiteren Nicken zu verstehen, dass sie ihren Weg fortsetzen konnten.

Schon nach wenigen Schritten war Robin gar nicht mehr so sicher, ob es wirklich klug gewesen war, auf diesem Ausflug zu bestehen. Wieder spürte sie, wie schwach sie war, und die Übelkeit und der Schwindel, mit denen sie aufgewacht war, kehrten zurück. Einen Moment lang hatte sie sogar das Gefühl, ihre Beine würden jeden Augenblick unter ihr wegknicken. Wäre sie nicht zu stolz gewesen, ihren Fehler vor

85

Saila einzugestehen, hätte sie schon nach dem ersten Dutzend Schritte kehrtgemacht, um ins Zelt zurückzugehen. So
aber biss sie die Zähne zusammen und folgte ihrer neuen
Freundin, die vorausging, um ihr den Ort zu zeigen.

Viel gab es ohnehin nicht zu sehen. Das Dorf – wenn es
diesen Namen überhaupt verdiente – bestand aus vielleicht
zwanzig Steinhäusern und es konnte kaum mehr als hundert
Einwohner zählen. Robin sah erstaunlich wenig Tiere. Ein
magerer Hund beäugte sie aus sicherer Entfernung. Mit ein-
gezogenem Schwanz schien er nur darauf zu warten, dass sie
ihm mit einer unbedachten Bewegung einen Grund gab, die
Flucht zu ergreifen. Ein junges Zicklein wurde von einem
halbwüchsigen Mädchen gehütet und zupfte missmutig an
verdorrtem Dünengras.

Es gab keine Pferde und erst recht keine Wagen. Auch Felder konnte sie weder in Strandnähe noch auf den steinigen
Hängen landeinwärts entdecken. Doch vielleicht lagen
Salims paradiesische Gärten ja auf der anderen Seite des
Hügels, abgewandt vom rauen Seewind. Möglicherweise
setzte sich dort auch dieses trostlose Dorf fort. Aber Robin
war zu müde, um das heute herauszufinden. Vorhin, als sie
auf Sailas Rückkehr gewartet hatte, war ihr kurz durch den
Kopf geschossen, sich bei ihren Wohltätern zu bedanken und
noch heute zu gehen, um sich auf die Suche nach anderen
Überlebenden zu machen. Aber jetzt, nach weniger als hundert Schritten, war ihr klar, wie lächerlich dieser Gedanke
war. Sie nahm sich vor, sich nur noch einen kurzen Überblick zu verschaffen und dann zum Zelt zurückzukehren.

Es war nicht nur die körperliche Schwäche, die ihr zu
schaffen machte. Die Menschen hier waren nicht alle so
freundlich wie Saila und ihre Mutter. Die meisten Männer,
denen sie begegneten, blickten sie finster, ja fast feindselig
an. Die Frauen aber senkten ausnahmslos den Blick oder
sahen rasch weg, wenn sie ihren Weg kreuzten. Vielleicht
hatten diese Menschen hier Angst vor Fremden. Und womöglich hatten sie ja auch einen Grund dafür.

»Ich glaube, ich ... möchte jetzt doch lieber zurück«, sagte sie zögernd. Saila schien die Worte zumindest dem Sinn nach zu verstehen, denn sie nickte erleichtert und machte auf der Stelle kehrt. Robin hatte es plötzlich sehr eilig, ihr zu folgen.

5. Kapitel

Am nächsten Morgen erwachte sie nicht nur erstaunlich ausgeruht und frisch, sondern zum ersten Mal seit viel zu langer Zeit, ohne dass ihr irgendetwas wehtat, sie sich schlecht fühlte oder einfach Angst vor dem neuen Tag hatte. Es war noch nicht ganz hell. Das Licht der Sonne hatte kaum die Kraft, den dicken Stoff der Zeltbahn zu durchdringen. Durch einen Riss im Zelttuch stach ein schmaler Lichtstrahl wie eine spitze Messerklinge durch das Halbdunkel. Es war das Kribbeln dieses kleinen Sonnenflecks auf ihrem Gesicht gewesen, das sie geweckt hatte.

Sie war nicht allein. Als sie sich vorsichtig aufsetzte, hörte sie regelmäßige, flache Atemzüge neben sich und erkannte gleich darauf einen schmalen Körper, der sich im Schlaf zu einem Ball zusammengerollt hatte.

Obwohl man in dem Zwielicht kaum mehr als vage Schemen erkennen konnte, wusste Robin, dass es Nemeth war. Man hatte ihr das Kind als Aufpasserin ins Zelt geschickt, während die Erwachsenen im Haus übernachteten. Ein sanftes Lächeln stahl sich auf Robins Lippen, als sie das schlafende Mädchen betrachtete. Zugleich fühlte sie sich von einer seltsamen Melancholie ergriffen, die sie sich selbst nicht ganz erklären konnte.

Seit sie ihr heimatliches Dorf verlassen hatte, um mit Salim und den anderen Rittern der Komturei nach Süden zu ziehen, hatte sie niemanden mehr getroffen oder gar gesprochen, der nicht mindestens doppelt so alt gewesen wäre wie sie; von Salim selbst vielleicht einmal abgesehen. Der Anblick des schlafenden Mädchens machte ihr klar, wie viel seither geschehen war, und wie gewaltig die Kluft war, die zwischen ihnen klaffte. Sie selbst war ja nicht sehr viel älter als dieses Beduinenkind – fünf, allerhöchstens sechs Jahre –, aber es waren unglaublich wichtige Jahre. Die kostbare letzte Spanne im Leben, die ein Kind vom Erwachsensein trennte. Robin konnte das Gefühl nicht erklären: Während sie so dasaß und das friedlich schlafende Mädchen betrachtete, spürte sie, dass ihr etwas gestohlen worden war; nicht von jemand Bestimmtem, nicht mit Absicht, aber etwas war ihr genommen worden, etwas unglaublich Wertvolles und Unwiederbringliches.

Sie streckte die Hand aus, um Nemeth durch das Haar zu streicheln, doch dann hielt sie in der Bewegung inne. Ärgerlich über sich selbst verscheuchte sie die melancholischen Gedanken. Sie sollte froh sein, noch am Leben und bei freundlichen Menschen zu sein, statt mit dem Schicksal zu hadern und Dingen nachzutrauern, die unwiderruflich verloren waren. Sie hatte wahrlich genug andere Probleme.

Robin überlegte einen Moment lang, Nemeth zu wecken, entschied sich aber dann dagegen. Auch das war etwas, was ihr erst jetzt wirklich klar wurde: So lange ein Leben auch dauern mochte, es gab viel zu wenige Nächte, in denen man in Frieden Schlaf fand, und jede Einzelne davon war unendlich kostbar. Sie hatte nicht das Recht, diesem Kind auch nur eine Stunde unschuldigen Schlafes zu rauben. Statt Nehmet allein aus dem eigensüchtigen Bedürfnis nach Gesellschaft zu wecken, erhob sich Robin und war mit ein paar Schritten am Ausgang. Schon fast an der herabgeschlagenen Zeltplane machte sie noch einmal kehrt, um das Tuch aufzuheben, das sie vor dem Schlafengehen abgelegt hatte. Nicht annähernd so geschickt und kunstvoll wie Saila am Tag zuvor, legte sie es an und befestigte den Schleier vor dem Gesicht, bevor sie das Zelt endgültig verließ.

Draußen war der Tag noch nicht wirklich angebrochen, aber in dem kleinen Dorf herrschte bereits reges Treiben. Mehrere Fackeln brannten und aus verschiedenen Richtungen hallten die Geräusche von Glocken und Hufen sowie Worte in einer unverständlichen Sprache an ihr Ohr. Sie blieb einen Moment stehen und versuchte, wenigstens etwas davon zu verstehen, doch es gelang ihr nicht. Wohl hatte Salim ihr einige Brocken Arabisch beigebracht, aber offensichtlich gab es in diesem Landstrich mehr als eine Sprache.

Salim ... Der Gedanke an ihn erfüllte sie mit Traurigkeit. Tief in ihrem Inneren spürte sie, dass er noch am Leben war, und sei es nur, weil der bloße Gedanke, es könnte anders sein, einfach unvorstellbar gewesen wäre. Aber wo mochte er jetzt sein? Und wie war es ihm ergangen? Befand er sich in Freiheit oder war er nach der Seeschlacht in Gefangenschaft geraten? War er verletzt oder unversehrt? Vielleicht gar auf einer verzweifelten Flucht oder aber bereits auf der Suche nach ihr? Gestern hatte ihr letzter Gedanke vor dem Einschlafen Salim gegolten und der Frage, wie es jetzt mit ihr weitergehen sollte. Es bedrückte sie, dass es für sie keine Möglichkeit gab, sich für die Hilfe der Fischer erkenntlich zu zeigen. Ganz im Gegenteil, sie würde sogar noch mehr Unterstützung brauchen. Kleidung, Nahrungsmittel, ein Pferd und vielleicht jemanden, der sie in die nächste Stadt brachte oder zumindest zu einem Menschen, der ihre Sprache sprach und ihr weiterhelfen konnte.

Mit einem Male wurde Robin klar, wie aussichtslos ihre Lage war. Ihr Blick glitt über das Meer, das schier unendlich und unbeschreiblich trostlos vor ihr lag, so als wäre es nur zu dem Zweck erschaffen worden, ihr und allen anderen Menschen vor Augen zu führen, wie winzig und unwichtig sie waren.

Bedrückt wandte sie sich von der bleiernen Meeresfläche ab. Flüchtig glitt ihr Blick zu den flachen Dünen und wanderte dann über den kargen Hügel, an dessen Flanke das

Fischerdorf lag. Dann wanderte er weiter zu den Bergen, hinter denen blutrot die Sonne aufging. Der Anblick dieser gewaltigen Felsbarriere verwirrte sie noch immer. Salim hatte ihr von einem Ozean aus Sand und Steinen erzählt, auf dem keine Schiffe fuhren und durch den keine Straßen führten. Wüsten, so weit und so tödlich wie das Meer. Er hatte so viele interessante Dinge von Outremer, dem christlichen Königreich im Heiligen Land, zu berichten gewusst. Seine Worte hatten Bilder in ihr entstehen lassen, die ihr bis in ihre Träume folgten. Akko, Jerusalem, Genezareth, der Tempelberg, all das war ihr verheißen gewesen und nun in unerreichbare Ferne gerückt. Ihre Welt war nicht nur größer, womöglich war sie vielleicht zu groß geworden.

Robin hörte ein Geräusch hinter sich, und als sie sich umdrehte, erkannte sie Nemeth, die ebenfalls aus dem Zelt geschlüpft war und sich verschlafen die Augen rieb, während sie ungeniert gähnte. Im schwachen Licht der Dämmerung wirkte sie älter, als sie vermutlich war, und ernster, als ein Kind es sein sollte. Nachdem sie aufgehört hatte, sich die Augen zu reiben, blinzelte sie zu Robin hoch und sagte etwas Unverständliches in ihrer Muttersprache, und ohne sie zu verstehen antwortete Robin ihr: »Ich wollte dich nicht wecken. Es tut mir Leid.«

Nemeth entgegnete etwas, schneller und in einer Tonlage, als hätte sie ihre Worte tatsächlich verstanden. Statt zu antworten, beschrieb Robin mit der linken Hand kreisförmige Bewegungen über ihrem Magen und deutete mit den Fingern der anderen auf ihren Mund. »Ich bin hungrig. Glaubst du, dass ich noch ein Stück von diesem köstlichen Fladenbrot bekommen könnte, und vielleicht einen Schluck Wasser?«

Diesmal bedurfte es keiner Übersetzung. Nemeth lachte erfreut, wenn auch noch ein bisschen müde, ging mit schnellen Schritten an ihr vorbei und bedeutete Robin dabei, ihr zu folgen. Das Mädchen ging schnurstracks auf das Haus hinter dem Zelt zu. Drinnen brannte kein Licht, und die Morgendämmerung war noch so schwach, dass Robin nur grobe Umrisse ausmachte.

Das Gebäude war überraschend groß. Es schien zum Teil in den Hang hineingebaut zu sein. Nehmet verschwand hinter der Tür in der Dunkelheit. Robin folgte ihr vorsichtig und in der Erwartung, Saila und ihre Mutter anzutreffen, vielleicht auch den bärtigen Mann. Aber als sich ihre Augen an das schwache Licht hier drinnen gewöhnt hatten, stellte sie fest, dass sie mit Nemeth allein war. Das Mädchen hantierte an einer gemauerten Feuerstelle mit einigen tönernen Vorratstöpfen. Der Boden bestand aus gestampftem Lehm. In einer Ecke erkannte Robin undeutlich mehrere Teppiche und lange, kunstvoll bestickte Kissen, die an der Wand lehnten. Auf einem runden Tablett standen die Reste eines Frühstücks. Fladenbrot, eine flache Schüssel mit Oliven und etwas Obst. Ein sonderbarer Geruch hing in der Luft, fremdartig, aber nicht unangenehm.

Nemeth sagte etwas, wartete einen Moment vergebens auf eine Reaktion und begleitete ihre Worte mit einem ungeduldigen Armwedeln, als sie sie wiederholte. Robin sah sie einen kurzen Moment lang verständnislos an, dann zuckte sie mit den Schultern und setzte sich im Schneidersitz auf einen der Teppiche. Nemeth hantierte eine Zeit lang im Halbdunkel herum, kam dann zurück und drückte ihr ein Fladenbrot in die Hand. Nichts von dem köstlichen Fisch, den sie am Vortag bekommen hatte, aber Robin gab sich damit zufrieden.

Das Mädchen verschwand nach draußen, blieb einen Augenblick fort und kehrte dann mit einer flachen Holzschale zurück, die sie vorsichtig mit beiden Händen vor sich her balancierte. Obwohl die Schale randvoll war, gelang es ihr, sie vor Robin abzusetzen, ohne auch nur einen einzigen Tropfen von ihrem Inhalt zu verschütten. Robin kaute tapfer an ihrem Fladenbrot. Es war ein Stück des gleichen Brotes, von dem sie am Tag zuvor bekommen hatte, aber jetzt schmeckte es trocken und zäh. Schließlich legte Robin es in ihren Schoß und griff mit beiden Händen nach der Schale. Sie enthielt eine helle Flüssigkeit, die wie Milch aussah und zweifellos auch Milch war, doch sie schmeckte anders als jede Milch, die sie je zuvor zu sich genommen hatte. Vielleicht nicht einmal schlecht, aber doch so unerwartet fremd, dass Robin den Schluck um ein Haar wieder ausgespien hätte. Vielleicht war es das stolze Leuchten in Nemeths Augen, als sie ihr beim Trinken zusah, das sie davon abhielt. Was immer das Mädchen ihr gebracht hatte, schien zumindest für sie etwas ganz Besonderes zu sein.

Robin schluckte tapfer, zögerte einen Moment und setzte die Schale erneut an. Diesmal kam ihr der Geschmack schon nicht mehr ganz so fremdartig vor. Vielleicht würde sie sich ja daran gewöhnen? Dennoch trank sie nur gerade genug, um das Brot herunterzuspülen und ihren ärgsten Durst zu löschen. Nachdem sie fertig gegessen hatte, sah sie Nemeth erwartungsvoll an, aber das Mädchen erwiderte ihren Blick nur lächelnd und machte keine Anstalten, ihr mehr zu bringen. Vielleicht hätte Robin sich mit Gesten verständlich machen können, doch das wäre ihr unhöflich erschienen. Ihr schlimmster Hunger war ja auch gestillt, und bestimmt würde sie später mehr bekommen, wenn sie Saila oder deren Mutter traf.

Sie wollte aufstehen und die Hütte verlassen, aber Nemeth forderte sie mit temperamentvollen Gesten zum Weitertrinken auf. Robin war nicht begeistert von der Vorstellung, aber sie spürte auch, dass sie Nemeth verletzen würde, würde sie ihr großmütiges Geschenk ausschlagen. Also setzte sie die Schale an und leerte sie in einem Zug bis auf den letzten Tropfen. Nemeth wirkte sehr zufrieden.

»Das hat wirklich gut getan«, log Robin. »Aber was war es eigentlich?«

Das Mädchen zog die Augenbrauen zusammen und sah sie fragend an, also wiederholte Robin ihre Worte und begleitete sie diesmal mit entsprechenden Gesten, um sich auf diese Weise verständlich zu machen. Nemeth runzelte nur weiter fragend die Stirn, aber plötzlich hellte sich ihr Gesicht auf; offensichtlich hatte sie verstanden, was Robin meinte. Sie sprang hoch, war wie ein Wirbelwind aus der Tür und wartete erst einige Schritte vom Haus entfernt auf Robin. Als diese ihr folgte und neben ihr angekommen war, deutete sie den Hang hinauf und winkte ihr mit der anderen Hand mitzukommen.

Es gab einen Weg, doch der war voller Steine, sodass das Gehen mit nackten Füßen eine Tortur war. Schon die wenigen Schritte zum Hügelkamm machten Robin klar, wie naiv ihre gestrige Idee gewesen war, das Dorf sofort zu verlassen und sich auf die Suche nach Salim und den anderen zu machen. Sie würde noch eine Weile brauchen, um sich halbwegs zu erholen, und dann benötigte sie Ausrüstung, vernünftiges Schuhwerk und ein Reittier. Sie seufzte. Vielleicht würde sie auch warten müssen, bis Reisende durch diese Gegend zogen, denen sie sich anschließen konnte.

Oben auf dem Hügel angekommen, beschleunigte Nemeth ihre Schritte, um die jenseitige Böschung in einem geradezu atemberaubenden Tempo hinabzusausen. Robin folgte ihr nicht, sondern blieb stehen und warf einen langen Blick in die Landschaft. Es gab nicht besonders viel zu sehen. Vor ihr lag karges Hügelland. Ein gutes Stück entfernt zog sich eine schmale Linie von Grün durch das Graubraun aus ausgedorrter Erde und Felsen. Vermutlich ein kleiner Bach, der irgendwo südlich des Dorfes ins Meer mündete. Zu den Bergen am Horizont hin stieg das Land langsam an. Am Fuß des Hügels lief ein ausgetretener Pfad, der sich in Schlangenlinien in der Ferne verlor.

Vielleicht würde sie doch nicht so lange warten müssen, bis hier Reisende vorbeikamen, dachte Robin und schlang sich fröstelnd die Arme um den Leib. Die schneidende Kälte überraschte sie. Nach allem, was sie von Salim über dieses Land gehört hatte, sollte es nur aus Sand und Hitze bestehen. Aber der Wind, der ihr ins Gesicht schlug, war eisig, und er biss ohne den geringsten Widerstand durch ihr Kleid.

Frierend rieb sie sich die Oberarme und dachte ernsthaft darüber nach, wieder zum Zelt zurückzugehen und dort abzuwarten, bis die Sonne höher stieg und die Kälte vertreiben würde. Sie wollte schon wieder aufbrechen, als sie ein Geräusch hinter sich hörte. Als sie sich umdrehte, fuhr sie entsetzt und mit einem halblauten, spitzen Schrei ein paar Schritte zurück. Vor ihr stand die bizarrste Kreatur, die sie jemals gesehen hatte! Im Halbdunkeln und aus einem Dutzend Schritten Entfernung hätte man sie vielleicht für ein Pferd halten können, aber das Tier war viel größer als jedes Ross, das sie je zu Gesicht bekommen hatte, und unvorstellbar hässlich. Es hatte lange, dürre Beine mit übergroßen, plumpen Fußballen und dicken, wie geschwollen aussehenden Kniegelenken. Sein Fell war struppig und ungepflegt. Der kurze Schwanz peitschte nervös hin und her. Auf seinem Rücken befand sich so etwas wie ein Buckel und am Ende des langen, biegsamen Halses saß ein abgrundtief hässlicher Schädel mit einem breiten, schlabbernden Maul und riesigen Augen, die Robin – wie es ihr schien – voller tückischer Bosheit musterten. Es hatte riesige stumpfe Zähne, die ununterbrochen mahlten, und es stank wortwörtlich zum Himmel.

Hinter dieser grässlichsten Kreatur unter den Geschöpfen Gottes erscholl helles Kinderlachen. Robin wandte nervös den Blick und begegnete Nemeths breitem und eindeutig schadenfrohem Grinsen. Robin sah zu dem Ungeheuer hoch und dann wieder in das Gesicht des Mädchens. Plötzlich kam sie sich ziemlich albern vor. Nachdem sie ihren ersten Schrecken überwunden hatte – und vor allem in Anbetracht der Tatsache, dass dieses Kind ganz eindeutig keine Angst vor dem Monster zu haben schien –, begann ihr Verstand ganz allmählich wieder zu arbeiten. Jetzt erinnerte sie sich auch daran, dass Salim ihr von genau diesen Tieren berichtet hatte: Kamele hatte er sie genannt, manchmal auch Dromedare, was ein Unterschied zu sein schien, auch wenn er Robin nicht ganz klar war. Er hatte ihr erzählt, dass sie in seinem Land sozusagen die Stelle von Pferden einnähmen und diesen, was Ausdauer und auch Schnelligkeit anging, sogar überlegen seien. Zumindest, dachte Robin, übertrafen sie auch den jämmerlichsten Klepper, den sie je gesehen hatte, was Hässlichkeit anging.

Um Nemeth – und vor allem sich selbst – zu beweisen, dass sie keine Angst vor dieser Kreatur hatte, machte sie einen Schritt auf das Kamel zu und blieb erschrocken wieder stehen, als das Tier seinerseits näher kam, den riesigen Kopf senkte und seine Nüstern so dicht an ihr Gesicht brachte, dass Robin von dem Gestank beinahe übel wurde. Sie schloss angewidert die Augen, blieb aber tapfer stehen, selbst als das Monster begann, ihr mit einer langen, schlabbernden Zunge das Gesicht abzulecken.

Nemeth lachte kichernd, kam mit ein paar schnellen Schritten näher und klatschte in die Hände. Das Kamel zuckte erschrocken zurück, sah das Mädchen einen Moment lang fast vorwurfsvoll an, drehte sich dann behäbig um und trottete davon. Jetzt erst bemerkte Robin verwundert die ledernen Fesseln an den Vorderbeinen des Tieres, die ihm lediglich erlaubten, sich mit ungelenken, trippelnden Schritten zu bewegen.

Robin sah dem grotesken Geschöpf stirnrunzelnd nach. Salims Behauptung über die angebliche Schnelligkeit dieser Tiere war wahrscheinlich nicht ganz ernst gemeint gewesen. Zumindest *dieses* Kamel schien alle Mühe zu haben, sich überhaupt auf den Beinen zu halten, denn abgesehen von den Fesseln schaukelte es auch noch bei jedem Schritt so gefährlich nach rechts oder links, dass Robin sich nicht gewundert hätte, wäre es auf die Nase gefallen. Nemeth zupfte an ihrem Kleid und machte eine Geste, deren Bedeutung Robin nicht verstand. Sie strahlte über das ganze Gesicht.

»Ich weiß, du wolltest mir dein Tier zeigen«, sagte Robin. »Anscheinend bist du auch noch stolz auf dieses hässliche Vieh.«

Nemeth nickte heftig, wiederholte ihre Geste ... und dann begriff Robin auch, was sie ihr sagen wollte.

»Die ... die Milch?«, fragte sie. Ihre Stimme wurde ein wenig schrill. »Du willst mir sagen, ich habe Milch von diesem ... diesem Ding getrunken?« Sie verstand Nemeths Antwort zwar nicht, aber an der Bedeutung ihres Nickens gab es keinen Zweifel.

»Oh«, sagte Robin. »Ja, das war ... ganz köstlich. Ich danke dir noch einmal, aber ich glaube, in Zukunft werde ich doch lieber Wasser trinken.«

Nemeth deutete aufgeregt gestikulierend zum Pfad am Fuß des Hügels hinab, aber Robin war für den Augenblick nicht nach weiteren Abenteuern zumute. Sie schüttelte sanft, doch entschlossen den Kopf, drehte sich wieder herum und sah auf das Dorf hinab. Ihr war ebenso wenig danach, wieder ins Zelt zurückzugehen und tatenlos abzuwarten, was das Schicksal als Nächstes mit ihr vorhatte. Da sie ja schließlich keine Gefangene hier war, konnte sie die Gelegenheit ebenso gut nutzen und sich einen Überblick über das Dorf und seine Bewohner verschaffen.

Vom Kamm des Hügels herab konnte sie das gesamte Dorf überblicken. Ihre Einschätzung von gestern schien richtig gewesen zu sein, auch wenn sie noch ein paar weitere Häuser entdeckte. Dennoch lebten also an diesem Ort kaum mehr als hundert Menschen, vermutlich waren es eher weniger. Kaum eines der Häuser schien wesentlich größer zu sein als jenes, in dem Nemeth mit ihrer Familie lebte.

Neben und zwischen etlichen Gebäuden waren große Gestelle aufgebaut, auf denen Netze unterschiedlicher Größe und Machart trockneten. Bei einigen Häusern gab es Pferche mit Zäunen aus ausgeblichenem Treibholz. Sie waren jedoch alle leer. Vielleicht hielten die Dorfbewohner dort Schafe und Ziegen oder auch Tiere, von denen sie noch nie zuvor etwas gehört hatte.

Unten am Ufer, nahe dem Boot, machte sie eine Bewegung aus. Vielleicht würde sie ja Saila dort treffen. Ohne auf Nemeth zu achten, die unentwegt weiter an ihrem Gewand zupfte und ihr anscheinend etwas auf der anderen Seite des

Hügels zeigen wollte, lief sie wieder den Pfad hinab. Wenn es sich bei den Bewohnern dieses Dorfes wirklich um Fischer handelte, dann machten sie sich jetzt vermutlich bereit, um mit dem ersten Licht des Tages auszulaufen und auf Fischfang zu gehen.

Sie kam an einigen Häusern vorbei, die allesamt verlassen waren. Die Stille hier war unheimlich. Vielleicht waren die Fischerboote auch schon ausgelaufen, beruhigte Robin sich in Gedanken. Als sie den Strand erreichte, war auch dort niemand zu sehen. Nur ganz weit draußen auf dem bleigrauen Meer entdeckte sie zwei winzige dreieckige Segel. Die Bewegung nahe dem Boot rührte vom Segeltuch her, mit dem es abgedeckt war. Träge flatterte der schmutzige Stoff im Morgenwind. Nach den zurückliegenden Tagen auf See interessierte sich Robin für alles, nur nicht für Schiffe. Dennoch fragte sie sich, warum man das Boot wohl abgedeckt hatte. Die Reling des langen Fischerkahns war recht hoch und man konnte nicht ohne Weiteres ins Innere des Bootes sehen. Dicke Schmeißfliegen krochen über das Segeltuch. Es stank nach Fisch, Tang und noch etwas anderem, Süßlichem. Robin zögerte noch einen Augenblick, dann griff sie nach der Reling. Nemeth, die ihr gefolgt war, stieß einen ängstlichen Schrei aus und zerrte heftig am Saum ihres Kleides.

»Keine Angst«, sagte Robin. »Ich habe nicht vor, das Boot ins Wasser zu schieben und damit davonzurudern.« Sie musste sich auf die Zehenspitzen stellen, um einen Blick über die niedrige Bordwand zu werfen. Und dann wünschte sie sich, sie hätte auf Nemeth gehört.

Das Boot war nicht leer. Direkt vor ihr lag der Leichnam eines Mannes. Es war kein Muselmane, sondern die übel zugerichtete Leiche eines Tempelritters. Sein Gesicht war von einer schrecklichen Wunde entstellt und von eingetrocknetem Blut bedeckt, sodass sich Robins Magen beim Anblick des Toten zu einem harten Klumpen zusammenballte, der mit aller Macht versuchte, ihren Hals emporzuklettern. Ihr Herz begann zu pochen. Der Schrecken ließ eisige Schauer über ihren Rücken laufen und ihre Knie wurden weich. Und dennoch zwang sie sich, zweimal tief ein- und auszuatmen und dann die Augen wieder zu öffnen und dem furchtbaren Anblick Stand zu halten.

Das Bild, das sich ihr bot, wurde auch beim zweiten Anblick nicht besser, aber sie war plötzlich sicher, dass es sehr, sehr wichtig für sie sein könnte, den Inhalt dieses Bootes genauer in Augenschein zu nehmen. Es gab nur diesen einen Leichnam. Darüber hinaus war das Boot so gefüllt mit Schwertern, Dolchen, Kleidungsstücken, Helmen, Schilden, Rüstungsteilen, Bögen und anderem Strandgut, dass sich Robin fragte, wie es bei diesem Gewicht überhaupt noch hatte schwimmen können. Allein die Waffen, die der Fischerkahn geladen hatte, mussten ausreichen, um eine kleine Armee auszustatten. Und es waren längst nicht nur die Krummsäbel und Rundschilde der Muselmanen. Da waren auch Breitschwerter, Morgensterne und Streitkolben – und mindestens ein Dutzend weißer Wappenröcke mit dem roten Tatzenkreuz der Tempelritter.

Während Robin das Boot weiter durchsuchte, wurde ihr nur allmählich klar, was geschehen war und auch wie sie hierher gekommen war. In dem dichten Nebel am vergangenen Tag hatte es keiner von ihnen bemerkt, aber die Schlacht gegen die Sarazenen musste in unmittelbarer Nähe des Ufers stattgefunden haben. Möglicherweise waren die Fischer hier sogar von seinem Lärm angelockt worden. Vielleicht hatte sie auch nur eine Laune des Schicksals mitten auf das maritime Schlachtfeld geführt. So oder so – sie mussten sich in unmittelbarer Nähe befunden haben, als Robin über Bord gegangen war. Doch allem Anschein nach war ihnen weniger daran gelegen gewesen, Überlebende der Schlacht zu finden und möglicherweise sogar vor dem Ertrinken zu retten, als vielmehr möglichst viel Beute zu machen.

Warum sie den toten Templer aus dem Wasser gezogen und mitgebracht hatten, blieb Robin ein Rätsel, aber sie verspürte ein neuerliches, noch kälteres Schaudern, als ihr klar

99

wurde, dass Salim ihr in mehr als einer Beziehung das Leben gerettet hatte, als er darauf bestand, dass sie das schwere Kettenhemd auszog und sich ihrer Waffen entledigte. Hätten die Fischer sie im Wasser treibend gefunden und nicht praktisch auf Anhieb gesehen, dass sich unter dem weißen Wappenrock kein Mann verbarg, hätten sie sie zweifellos ertrinken lassen – oder ihr vielleicht auch kurzerhand die Kehle durchgeschnitten.

Hinter ihr wurde plötzlich eine erboste Stimme laut. Robin verstand zwar die Worte nicht, aber ihr Sinn war ihr klar, noch bevor sie sich herumdrehte und ins Gesicht des bärtigen Mannes blickte, den sie schon am Tag zuvor kennen gelernt hatte. Er war nicht allein, sondern in Begleitung von fünf oder sechs anderen Arabern gekommen, die kein bisschen weniger aufgeregt und wütend zu sein schienen als er.

Robin wich unwillkürlich zwei Schritte vom Boot zurück. Sie konnte verstehen, dass der Bärtige nicht begeistert war, sie schon wieder – und noch dazu allein, denn Nemeth war offensichtlich davongelaufen – hier draußen zu erblicken. Die Mischung aus rasender Wut und eindeutigem Schrecken in seinen Augen blieb ihr aber ein Rätsel. Noch immer wütend auf sie einbrüllend und mit den Armen fuchtelnd, kam der Bärtige weiter auf sie zu.

Robin hob instinktiv die Arme vor das Gesicht; nicht aus Angst, dass er sie schlagen könnte, sondern einfach aus einem Reflex heraus. Der Bärtige deutete die Bewegung aber ganz offensichtlich falsch. Er packte sie grob mit der linken Hand an der Schulter – so fest, dass der Schmerz Robin die Tränen in die Augen trieb – und holte mit der anderen aus, um sie nun tatsächlich zu schlagen. Das war zu viel. Ganz so, wie Salim es ihr unzählige Male gezeigt hatte, griff sie nach seiner Hand, versuchte jedoch nicht, seinen Schlag abzufangen, sondern zerrte noch zusätzlich an seinem Arm und drehte sich dabei blitzartig halb um ihre eigene Achse. Der Bärtige ächzte vor Überraschung, als er plötzlich nach vorne gerissen wurde und das Gleichgewicht verlor. Er stolperte an

100

ihr vorbei und prallte mit großer Wucht gegen das Boot. Mit einem ächzenden Wimmern brach er in die Knie. Robin wich rasch ein Stück zurück und spannte sich, um auf einen neuen Angriff vorbereitet zu sein.

Aber es kam keine weitere Attacke. Der Bärtige krümmte sich, presste die Arme gegen den schmerzenden Leib und rang japsend nach Luft. Für einen Augenblick legte sich eine fast schon geisterhafte Stille über den Strand. Dann begann einer der Männer zu lachen. Einen Moment später stimmte ein Zweiter ein, und dann hallte das ganze Dorf vom grölenden Hohngelächter der Männer wider; nur Robin lachte nicht. Ganz im Gegenteil: Sie verfluchte sich in Gedanken dafür, den Schlag nicht einfach hingenommen zu haben. Wer immer diese Männer waren, mittlerweile war Robin klar, dass die Situation viel komplizierter war, als sie bisher angenommen hatte, und sie nicht automatisch davon ausgehen konnte, unter Freunden zu sein. Und indem sie den Bärtigen um eines billigen Triumphes willen zu Boden geworfen hatte, hatte sie sich vielleicht des einzigen Vorteils beraubt, den sie überhaupt besaß. Ein zweites Mal würde sie ihn wohl kaum überrumpeln können.

Mühsam rappelte sich der Bärtige wieder auf, wobei er sich mit der rechten Hand am Bootsrumpf festhalten musste und die andere immer noch gegen die Rippen presste. Sein Gesicht zuckte vor Schmerz, aber seine Augen loderten vor Wut. Hätte er in diesem Moment die Kraft dafür gehabt, dann hätte er sich zweifellos auf sie gestürzt, um sie niederzuschlagen. Aber auch so war Robin klar, dass die Sache damit ganz und gar nicht erledigt war.

Sie zog sich einen weiteren Schritt zurück, und blieb dann aber wieder stehen, als sie spürte, dass die Männer hinter ihr nicht zur Seite wichen. Einige von ihnen lachten noch immer, aber auf den Gesichtern der meisten hatte sich eine Mischung aus Überraschung und Unmut breit gemacht. Und da war vielleicht auch noch etwas anderes, etwas, das sie nicht genau deuten konnte. Ja, dachte sie noch einmal, es war

101

bestimmt ein Fehler gewesen, den Bärtigen niederzuwerfen. Doch es war nun einmal geschehen und ließ sich nicht mehr rückgängig machen.

Der Mann kam torkelnd auf die Füße und tat einen Schritt auf sie zu. Er streckte den Arm nach ihr aus, aber Robin spürte genau, dass er nicht noch einmal versuchen würde, sie zu schlagen. Gestikulierend kam er näher und es war nicht nötig, dass sie die Worte verstand, die in einem wahren Schwall auf sie niederprasselten. Sie nickte ein paar Mal, zum Zeichen, dass sie nun tun würde, was er von ihr verlangte. Der Bärtige deutete herrisch in die Richtung, in der sich das Zelt befand. Robin senkte den Blick, schlang das Tuch enger um Kopf und Schultern und hielt demütig den Blick gesenkt, als sie sich auf einen unmissverständlichen Befehl des Bärtigen hin gehorsam in Bewegung setzte.

Die anderen Männer wichen zur Seite, um ihr Platz zu machen. Zu ihrer Erleichterung sah sie, dass Nemeth nicht weit entfernt vor ihr herlief. Zumindest würde sie so den Weg finden und nicht etwa versehentlich die falsche Richtung einschlagen, was den Bärtigen womöglich noch wütender gemacht hätte.

Robin bedauerte immer mehr ihre übereilte Reaktion. Sie hatte sich geschworen, sich nie wieder verprügeln zu lassen, und Salim hatte über ein Jahr voller Geduld und Langmut aufgewendet, ihr beizubringen, wie man sich verteidigte. Dennoch hätte sie jetzt alles darum gegeben, sich dieses eine Mal nicht gewehrt zu haben. Sie wusste nicht viel über dieses Volk, aber ihre Erfahrungen mit Salim hatten ihr gezeigt, wie stolz diese Menschen waren. Durch ihre unbedachte Handlung hatte der Bärtige sein Gesicht verloren, und wie immer er zuvor auch zu ihr gestanden haben mochte: Von diesem Moment an musste er sie einfach hassen.

Er rührte sie nicht noch einmal an, während sie zum Zelt zurückgingen. Dafür folgte er ihr so dichtauf und gestikulierte und schrie so wild, dass sie ein paar Mal stolperte, als hätte er sie tatsächlich gestoßen. Als sie das Zelt erreicht hat-

102

te und hineintrat, riss er sie an der Schulter herum und stieß sie in der gleichen Bewegung brutal zu Boden.

Robin rollte sich instinktiv ab und war wieder auf den Füßen, noch bevor der Bärtige richtig begriff, was geschehen war. Es wäre ihr in diesem Moment vermutlich ein Leichtes gewesen, ihn ihrerseits zu packen und nicht nur zu Boden zu werfen, sondern ihm einen solchen Denkzettel zu verpassen, dass er nie wieder die Hand gegen eine vermeintlich wehrlose Frau erheben würde, aber sie beherrschte sich. Es wäre ein tödlicher Triumph. Sie mochte sich gar nicht ausmalen, was die anderen Männer im Dorf mit einer Frau anstellen würden, die sich nachhaltig wehrte. Und gegen alle konnte sie nichts ausrichten.

Robin hätte am liebsten laut aufgeschrien. Noch vor wenigen Augenblicken hatte sie geglaubt, in Sicherheit zu sein, unter Freunden, zumindest aber bei Menschen, die nicht ihre Feinde waren. Ihre Neugier und ihre Unbeherrschtheit hatten all das zunichte gemacht.

Sie wich so weit vor dem Bärtigen zurück, wie es in der Enge des Zeltes überhaupt möglich war, und hob schützend die Arme vors Gesicht. Dabei achtete sie ganz bewusst darauf, dass die Bewegung nicht aggressiv wirkte, sondern eher übertrieben ängstlich. Ihre Rechnung ging auf. Der Bärtige schrie und gestikulierte weiter, kam ihr aber nicht so nahe, dass er sie zu einer Reaktion gezwungen hätte. Nach einer Weile begann er sich auch wieder zu beruhigen.

Nemeth war ihnen ins Zelt gefolgt. Sie wagte es nicht, irgendetwas zu sagen, sondern blickte weiter aus angstvoll aufgerissenen Augen zu dem Mann auf, der vielleicht ihr Vater, oder aber auch ihr Großvater war. Vielleicht war es einzig ihre Gegenwart, die den Bärtigen davon abhielt, mehr zu tun, als Robin anzubrüllen und wütend mit den Armen zu gestikulieren.

Robin war sich nicht sicher, ob die Situation nicht dennoch ein böses Ende genommen hätte, wäre nicht plötzlich Saila unter dem Eingang aufgetaucht – zweifellos angelockt vom

Gebrüll des Bärtigen. Sie schien die Situation mit einem einzigen Blick zu erfassen, denn sie trat sofort und ohne zu zögern zwischen Robin und den Muselmanen und zog – wie schon am Tag zuvor – seinen Zorn für einen Moment auf sich, ja, er schien sogar noch wütender zu werden. Zu Robins Erleichterung ließ er seinen Zorn nicht an Saila aus, sondern wandte sich plötzlich um und stürmte dann erbost aus dem Zelt.

»Danke«, sagte Robin. »Es tut mir wirklich Leid. Ich ... ich wollte nicht, dass du meinetwegen Ärger bekommst. Bitte glaub mir das.«

Saila antwortete etwas, das Robin wie üblich nicht verstand, aber ihr Ton war sehr ernst, vielleicht auch erbost.

»Ich verstehe, dass du zornig auf mich bist«, bekannte Robin. »Ich verspreche dir, dass es nicht noch einmal vorkommt.« Sie war nicht sicher, ob sie dieses Versprechen wirklich würde halten können. Es war nicht das erste Mal, dass ihre Gefühle mit ihr durchgegangen waren und sie Dinge tun ließen, die sie fast sofort bedauerte. Sie durfte nicht vergessen, dass sie hier fremd war. Eine Fremde in einer Welt, die so vollkommen anders und unverständlich war als alles, was sie jemals erlebt hatte, sodass sie eigentlich *nur* Fehler machen konnte. Das war in Ordnung, solange diese Fehler nur sie betrafen, aber wenn sie damit andere in Schwierigkeiten oder gar in Gefahr brachte, dann ging das eindeutig zu weit.

»Ich verspreche, dass es nicht noch einmal vorkommen wird«, sagte sie in ernstem, fast feierlichem Ton, und Saila schien die Bedeutung ihrer Worte zu erraten, denn sie nickte ein paar Mal und der Ärger verschwand rasch von ihrem Gesicht. Sie bedeutete Robin noch einmal mit einer Geste, das Zelt nicht zu verlassen, dann drehte sie sich ebenfalls um und folgte dem Bärtigen.

Nemeth, die mit ihnen hereingekommen war, sah Robin noch einen Augenblick lang eindeutig erschrocken an. Dann zog auch sie sich zurück und Robin blieb allein mit sich und ihren Gedanken.

Es waren keine sehr angenehmen Gesellschafter. Ganz egal, was sie noch am Morgen gedacht haben mochte: Sie hatte sich zumindest einen Feind in diesem Dorf gemacht, und es war besser, wenn sie in Zukunft auf der Hut war. Sie ging zum Ausgang, wagte aber nicht, das Zelt zu verlassen, sondern blickte nur stumm hinaus. Niemand war in ihrer Nähe. Augenscheinlich war sie keine Gefangene, und doch waren die unsichtbaren Ketten, die sie hielten, so stabil, als wären sie aus dem härtesten Eisen geschmiedet. Sie sah eine geraume Weile in das allmählich heller werdende Licht des neuen Tages hinaus. Schließlich wandte sie sich traurig ab, ging zu dem kleinen Teppich in der Mitte des Raumes zurück, auf dem sie geschlafen hatte, und ließ sich darauf nieder. Sie dachte wieder an Salim, aber nicht einmal dieser Gedanke brachte ihr jetzt noch Trost.

Der Tag, der ihr letzter in diesem Fischerdorf werden sollte, verging quälend langsam. Gegen Mittag kamen Nemeth und ihre Großmutter in Robins Zelt, um ihr Brot, Fisch und eine Schale Kamelmilch zu bringen. Robin nahm das Essen dankbar an, bedeutete der alten Frau aber mit Gesten, dass sie lieber Wasser trinken würde, und bekam es auch. Ihre Versuche, ein Gespräch in Gang zu bringen, scheiterten diesmal nicht nur daran, dass sie verschiedene Sprachen sprachen. Es wäre ihr durchaus möglich gewesen, sich zumindest, was das Wesentliche betraf, mit Gesten zu verständigen, aber es wurde bald klar, dass der alten Frau nicht an Unterhaltung gelegen war, und ihre bloße Gegenwart hinderte wohl auch das Mädchen daran, es zu versuchen. Nachdem sie fertig gegessen hatte, nahm die Alte die geleerten Schalen wieder an sich, stand auf und befahl Nemeth mit barschen Worten, ihr zu folgen. Und wieder vergingen endlose, quälend langsam verrinnende Stunden, in denen Robin vollkommen allein in ihrem Zelt blieb.

Erst am späten Nachmittag kehrten die Fischerboote von der See zurück. Robin konnte die Stelle, an der sie an Land gingen, von ihrem Zelt aus nicht sehen, aber sie hörte aufgeregte Stimmen, Rufe und Schritte sowie eine allgemeine Unruhe, die sich in dem kleinen Dorf ausbreitete. Kurze Zeit darauf kehrten Saila, Nemeth und der Bärtige zurück. In ihrer Begleitung befand sich ein weiterer Muselmane, den Robin bisher noch nicht gesehen hatte. Dennoch war ihr sofort klar, dass dieser Mann weder ein Fischer war, noch aus dem Dorf stammte.

Er war sehr groß und – soweit man das unter dem lose fallenden Kaftan beurteilen konnte – von schlanker, fast athletischer Statur. An seiner Seite hing ein Krummsäbel, und Robins Herz begann unwillkürlich schneller zu klopfen, als sie seinem Blick begegnete. Der harte Glanz in seinen Augen erinnerte sie an den Mann, gegen den sie auf der sinkenden *Sankt Christophorus* gekämpft hatte. Vielleicht war er einer jener Sarazenen, denen sie mit Müh und Not entkommen war. Und vielleicht war er hierher gekommen, weil sich die Kunde von der Christenfrau, die das Meer ausgespien hatte, bereits im Land verbreitete und er zu Ende bringen wollte, was seine Kameraden vor zwei Tagen begonnen hatten.

Sein Blick war jedoch nicht wirklich feindselig. Er musterte sie alles andere als freundlich oder gar wohlgesinnt, aber sie las auch keinen Hass in seinen Augen. Seine linke Hand lag auf dem Schwert, jedoch auf eine Art, als läge sie einfach immer dort. Eine ganze Weile sprach er mit dem Bärtigen und etwas kürzer mit Saila – ohne sie in dieser Zeit auch nur einmal aus den Augen zu lassen –, dann trat er einen Schritt auf Robin zu und sprach sie auf Arabisch an: »Wer bist du? Wo kommst du her?«

Robin hätte vor Erleichterung fast gejauchzt. Diese einfachen Worte verstand Robin, als sie sich mit einiger Mühe in Erinnerung rief, was Salim ihr im Laufe des zurückliegenden Jahres beigebracht hatte. Es war gerade so viel, sich notdürftig zu verständigen, keinesfalls aber reichte es aus, um eine richtige Unterhaltung zu führen. Und dennoch hatte sie das Gefühl, einem Menschen gegenüberzustehen, mit dem

106

man sich nicht bloß mit Händen und Füßen verständigen konnte und der ihr womöglich sogar helfen würde. Vielleicht war er über den Pfad gekommen, der in die Hügel führte. Ein reisender Händler, der sie zur nächsten christlichen Stadt mitnehmen würde.

»Robin«, sagte sie. »Mein Name ist Robin. Und ich komme von ...« Fast hätte ihre Erleichterung sie dazu gebracht, etwas sehr Dummes zu sagen. Im buchstäblich allerletzten Moment hielt sie jedoch eine innere Stimme zurück. Statt sich um Kopf und Kragen zu reden, machte sie eine vage Bewegung in Richtung des Meeres und sagte: »Von weit her. Aus dem Abendland.«

Ein Schatten huschte über das Gesicht des Fremden, als sie das Wort »Abendland« erwähnte, aber er sagte nichts, und Robin fuhr radebrechend und in dem vermutlich schlechtesten Arabisch fort, das ihr Gegenüber jemals gehört hatte: »Ich war auf einem Schiff. Wir sind überfallen worden. Und ich bin über Bord gefallen. Könnt Ihr mir helfen?«

Sie bekam auch diesmal keine Antwort, obwohl sie ziemlich sicher war, dass der Araber sie verstanden hatte. Er sah sie einfach nur weiter an, auf eine Art, die ihr mit jeder Sekunde weniger gefiel. Plötzlich drehte er sich mit einem Ruck herum und begann nun wieder, in dem Robin unverständlichen Dialekt der Fischer mit dem Bärtigen zu reden. Soweit sie der Unterhaltung folgen konnte, waren die beiden nicht unbedingt einer Meinung, sondern stritten einen Moment hitzig. Schließlich aber nickte der Bärtige, und sie besiegelten, was immer sie ausgemacht hatten, mit einem Handschlag. Ohne sie noch eines weiteren Blickes zu würdigen, verließ der Fremde das Zelt.

Auch Saila, Nemeth und der Bärtige gingen, doch bevor sie sie allein ließen, bedachte Saila Robin noch einmal mit einem sehr sonderbaren Blick. Diesmal war sie sicher, Schmerz darin zu lesen und ein so tief empfundenes Mitleid, dass ihr ein kalter Schauer über den Rücken lief. Etwas stimmte hier nicht. Dieser Fremde war nicht gekommen, um ihr zu helfen. Robin glaubte zwar nicht mehr, dass er zu den Sarazenen auf den Schiffen gehörte, denn wäre es so gewesen, hätte er sie zweifellos auf der Stelle getötet, dennoch war sie sich sicher, dass dieser Mann keinesfalls in freundlicher Absicht gekommen war.

Verwirrt und weitaus mehr beunruhigt, als sie selbst zugeben wollte, ging sie wieder zu ihrem Teppich zurück und ließ sich darauf nieder. Sie musste sich innerlich zur Ruhe zwingen. Nach allem, was sie gerade erlebt hatte, wäre sie am liebsten auf der Stelle aus dem Zelt gestürmt und davongelaufen. Aber ihre Vernunft sagte ihr, dass sie wahrlich genug Fehler begangen hatte. Vor allem aber war sie noch immer nicht in der Lage, einen möglicherweise tagelangen, strapaziösen Fußmarsch zu bewältigen. Sie würde hier bleiben; zumindest noch für den Rest des Tages und die darauf folgende Nacht, und sich morgen früh entscheiden.

Es vergingen nur wenige Minuten, bis Saila und ihre Mutter zurückkehrten. Saila betrat das Zelt mit gesenktem Blick, während die ältere Frau Robin auf eine Weise musterte, die ihr abermals einen kalten Schauer über den Rücken laufen ließ. Irgendetwas war geschehen. Das Gespräch zwischen dem Bärtigen und dem hoch gewachsenen Fremden schien tatsächlich nicht so harmloser Natur gewesen zu sein, wie sie sich gerade einzureden versucht hatte. »Ich hoffe, ich habe euch nicht schon wieder Ärger bereitet«, sagte sie. »Ich wollte wirklich nicht ...«

Die Alte brachte sie mit einer herrischen Geste zum Schweigen, zugleich warf sie ihr ein Bündel vor die Füße und sagte etwas, das eindeutig den Tonfall eines Befehls hatte.

Robin versuchte vergeblich, einen Blick aus Sailas Augen aufzufangen, sah dann einen Moment verständnislos ihre Mutter an, um dann ziemlich beunruhigt das Bündel anzustarren, das die Alte mitgebracht hatte. Zögernd bückte sie sich danach, faltete es auseinander und stellte fest, dass es sich um ein schwarzes Kleid handelte, in Schnitt und Farbe ähnlich dem, das sie trug, aber aus deutlich gröbrem Stoff gewoben. Auch Kopftuch und Schleier waren viel schwerer und schmucklos. Zusätzlich fand sie in dem Bündel ein Paar grob gefertigte, stabil aussehende Sandalen. Offensichtlich erwartete die Alte von ihr, dass sie die Kleider, die sie trug, gegen diese hier austauschte. Vielleicht war ihre Sorge doch übertrieben gewesen. Es waren eindeutig Kleidungsstücke, die für eine lange Reise gedacht waren.

Sie zögerte noch einen letzten Moment, aber dann hob sie gehorsam die Schultern und zog sich um, so rasch sie konnte. Saila sah sie immer noch nicht an, sondern starrte mit unbewegtem Gesicht zu Boden, und es war gerade diese bemühte Beherrschtheit, die aus dem unguten Gefühl in Robin allmählich Furcht werden ließ. Irgendetwas stimmte hier nicht. Ihr war mittlerweile klar geworden, dass dieser Fremde sie mitnehmen würde, doch jetzt war sie ganz und gar nicht mehr sicher, ob sie das tatsächlich wollte.

Sie streifte das Gewand über, das man ihr hingeworfen hatte. Es war viel schwerer als das Kleid, das sie bisher getragen hatte, und so grob, dass es sogleich auf der Haut zu scheuern begann. Mit dem schweren Stoff am Leib klebend durch die glühende Mittagssonne zu reiten würde eine reine Qual werden. In diesem unbequemen knöchellangen Kleid auf ein Pferd zu steigen erschien ihr so gut wie unmöglich. Vermutlich erwartete man von ihr, dass sie im Damensitz reiten würde.

Robin drehte sich zu Saila herum, legte sich das Tuch über Kopf und Schultern und bat sie mit Gesten, ihr dabei zu helfen, auch den Schleier anzulegen. Die junge Frau entsprach ihrer Bitte, wich jedoch ihrem Blick weiter aus und Robin glaubte für einen Moment, nicht nur Schmerz, sondern das feuchte Schimmern von Tränen in ihren Augen zu sehen. Sie war nicht sicher, aber allein der Gedanke, dass es so sein könnte, ließ sie vor Furcht innerlich erschauern. Sie verfluchte sich noch einmal für ihre Unbeherrschtheit gegenüber dem bärtigen Fischer. Hätte sie sich nicht dazu hinreißen lassen, ihn niederzuschlagen, dann hätten ihre Aus-

109

sichten für eine Flucht jetzt eindeutig besser gestanden. Aber was nutzte es jetzt noch, sich mit Worten wie »hätte«, »wenn« und »wäre« abzugeben? Vielleicht sah sie die Dinge ja auch einfach zu schwarz.

»Also gut«, sagte sie, »gehen wir.« Sie begleitete ihre Worte mit einer entsprechenden Geste, woraufhin sich Saila herumdrehte und so schnell aus dem Zelt lief, dass es schon fast einer Flucht gleichkam. Hätte Robin jetzt noch im Leisesten daran gezweifelt, dass hier irgendetwas ganz und gar nicht in Ordnung war, dann hätte die Haltung der Alten diese Zweifel endgültig zerstreut. Sie verzog keine Miene, als Robin hinter Saila das Zelt verließ, und folgte ihr dann in so dichtem Abstand, dass sie nur die Hand auszustrecken brauchte, um sie zu ergreifen. Es war sinnlos, sich noch etwas vorzumachen, dachte Robin. Spätestens seit dem Moment, in dem der Fremde ihr Zelt betreten hatte, war sie nicht mehr Gast in diesem Dorf, sondern Gefangene.

Sie wurde zu dem Platz in der Ortsmitte geführt. Von dort aus hatte sie freien Blick auf das Boot am Strand. Einige Männer und Frauen aus dem Dorf waren damit beschäftigt, die Beutestücke zu sortieren und zu handlichen Bündeln zusammenzuschnüren. Andere trugen diese Pakete dann den Hügel hinauf und verschwanden mit ihrer Last auf der anderen Seite. Der Fremde, der vorhin in ihr Zelt gekommen war, beaufsichtigte die Arbeit zusammen mit zwei weiteren Männern, die ähnlich wie er gekleidet waren und ebenfalls Waffen trugen. Robin wurde zu ihnen gebracht, aber Sailas Mutter ergriff sie am Arm und hielt sie mit einem groben Ruck fest, als sie sich den Männern auf fünf Schritte genähert hatten.

Robin widerstand nur mit Mühe dem Impuls, sich mit einem Ruck frei zu machen. Vielleicht hatte sie ja Glück, und der Bärtige verschwieg dem Fremden in seinem Stolz, dass Robin nicht das wehrlose Kind war, für das er sie möglicherweise hielt. Sie beging auch nicht den Fehler, dem Krieger direkt in die Augen zu blicken und ihn damit viel-

110

leicht herauszufordern, sondern starrte wortlos zu Boden und versuchte, ihn und die anderen aus den Augenwinkeln zu beobachten. Was sie sah, rundete das Bild ab, das sie sich bereits auf dem Weg hierher von der Situation gemacht hatte.

Die Fremden waren offensichtlich Händler, denen die Fischer ihre Beute verkauften, und offensichtlich gehörte auch sie zu dieser Beute. Der Gedanke war so erschreckend, dass sie ihn im ersten Moment einfach von sich wies. Aber er war unglückseligerweise auch der einzige, der Sinn machte. Plötzlich verstand sie die Trauer in Sailas Blick. Und ebenso plötzlich wurde ihr klar, dass das, was sie für Schmerz gehalten hatte, vielleicht viel mehr ein Ausdruck von schlechtem Gewissen gewesen war. Aber noch immer mochte sie nicht glauben, dass die Fischer sie nicht aus purem Mitleid und Menschlichkeit aus dem Wasser gezogen hatten, vielmehr weil sie ihr wertvollstes Beutestück gewesen war.

Genau in diesem Moment, fast als hätte er ihre Gedanken gelesen und wollte nun auch ihren letzten Zweifel zerstreuen, deutete der Bärtige mit einer fordernden Geste in ihre Richtung und streckte gleichzeitig die andere Hand nach dem Krieger aus. Dieser antwortete mit einem ärgerlichen Kopfschütteln, aber der Bärtige wiederholte seine Bewegung und bekräftigte sie mit entschieden klingenden Worten. Schließlich griff der Krieger unter seinen Umhang und zog einen Beutel hervor, aus dem er sieben kleine, golden schimmernde Münzen auf die ausgestreckte Hand des Bärtigen abzählte. Die Finger des Fischers schlossen sich so schnell darum wie die Fänge einer zuschnappenden Tarantel. Nach einem letzten, eindeutig boshaften Blick in Robins Richtung drehte er sich herum und ging davon.

Gemächlich wandte sich der Krieger um, kam auf Robin zu, legte die Hand unter ihr Kinn, und schob ihr Gesicht nach oben. Mit der anderen löste er den Schleier, den sie vor dem Gesicht trug. Robin versteifte sich und spannte die Nackenmuskeln an, so sehr sie nur konnte, aber der Krieger drehte ihr Gesicht mühelos zur Seite. Dann zwang er ihr sogar mit Daumen und Zeigefinger die Lippen auseinander, um ihre Zähne zu begutachten, als wäre sie ein Pferd, das er gerade auf dem Markt erstanden hatte.

Dieser Gedanke war zu viel. So unvernünftig es sein mochte – Robin schlug mit einer blitzschnellen Bewegung seinen Arm zur Seite und wich gleichzeitig einen Schritt zurück. Ein Ausdruck von Verblüffung machte sich auf dem Gesicht des Kriegers breit, und sie wäre nicht überrascht gewesen, hätte er sie auf der Stelle niedergeschlagen. Stattdessen aber schüttelte er nur den Kopf und begann plötzlich zu lachen. Er lachte nicht sehr lange, und es war auch kein Lachen, das Robin gefallen hätte, aber wenigstens schlug er sie nicht.

Mit einer herrischen Geste befahl er ihr, zu ihm zu kommen. Robin schüttelte heftig den Kopf und trat im Gegenteil einen weiteren Schritt zurück. Daraufhin verdüsterte sich das Gesicht des Kriegers wieder. Ohne noch etwas zu sagen, ging er auf sie zu, packte sie mit der linken Hand hart an der Schulter und streckte die andere nach ihrem Gesicht aus. Robin war davon überzeugt, dass er sie nun schlagen würde, doch befestigte er nur wieder den Schleier, ehe er ihr erneut befahl: »Komm mit mir«, sagte er.

»Nein«, erwiderte Robin, ebenso entschieden wie er, und auf Arabisch.

»Dann werde ich dir wehtun«, sagte der Krieger. »Willst du das?« In seiner Stimme war nicht einmal ein Hauch einer Drohung. Aber es war gerade die Gelassenheit, die Robin begreifen ließ, wie bitter ernst seine Worte gemeint waren. Sie hatte von diesem Mann kein Mitleid zu erwarten.

»Nein«, antwortete sie. »Aber rühr mich nicht noch einmal an.«

Der Krieger verzichtete auf eine Antwort. Er machte nur noch einmal eine – diesmal einladend wirkende – Geste, und diesmal siegte Robins Verstand über ihren Stolz. Sie trat

112

an seine Seite und folgte dann den Dörflern, die die Waffen-
bündel den steinigen Hang hinauftrugen.

Robin war nicht überrascht, auf der anderen Seite des
Hügels eine stattliche Anzahl weiterer Fremder vorzufinden, die den Fischern ihre Lasten abnahmen und dann auf
Maultiere und Kamele verluden, die in langer Reihe auf dem
Pfad am Fuß des Abhangs aufgereiht standen. Aus ihrer
Besorgnis war mittlerweile pure Angst geworden, obwohl sie
noch beharrlich gegen dieses Gefühl ankämpfte. Inzwischen
klopfte ihr Herz bis in den Hals und sie war mit einem Mal
froh, das grobe Gewand zu tragen, denn darunter konnte
man das Zittern ihrer Hände und Knie wenigstens nicht sehen. »Wohin ... bringt Ihr mich?«, fragte sie.

Ihr Begleiter sah sie auf eine Art an, als wäre er überrascht,
dass sie es überhaupt wagte, ihn anzusprechen. »Das geht
dich nichts an«, antwortete er. »Geh weiter!«

»Bin ich ... bin ich Eure Gefangene?«, fragte Robin.

Die Frage schien den Krieger im ersten Moment ehrlich
zu verblüffen. Er zog die Augenbrauen zusammen und maß
sie mit einem schwer zu deutenden Blick, dann spielte ein
abfälliges Lächeln um seine Lippen. »Das liegt ganz bei dir«,
antwortete er. »Wenn du keine Schwierigkeiten machst, wird
die Reise einigermaßen bequem für dich verlaufen. Wenn
nicht ...« Er ließ den Satz unbeendet und hob viel sagend
die Schultern, aber das Schweigen nach seinen Worten war
Antwort genug.

Auch wenn Robin das Arabisch des Fremden wenigstens etwas verstand, im Vergleich zu dem Kauderwelsch der
Fischer, so war sie sich keineswegs sicher, ob sie für ihre Frage die richtigen Worte gewählt hatte. Seine Blicke jedoch,
sein Gesichtsausdruck und seine Gesten waren in diesem
Moment Antwort genug. Als Robin den Missmut in seinen
Augen gewahrte, ging sie rasch weiter und nutzte die Gelegenheit, die kleine Karawane noch einmal genauer in
Augenschein zu nehmen. Sie bestand aus fünfzehn bis zwanzig Tieren und ungefähr genauso vielen Männern, von denen

einige den Fischern beim Beladen der Kamele und Maultiere
halfen. Die meisten jedoch standen nur tatenlos herum und
begnügten sich damit, bedrohlich auszusehen. Robin war oft
genug Menschen begegnet, die Angst hatten, um die Bewegungen und die Blicke der Fischer richtig zu deuten. Mochten sie auch Handel mit diesen Männern treiben – so waren
sie ganz gewiss nicht ihre Freunde. Außer den Tieren gab es
noch zwei große Karren mit kastenförmigen Aufbauten. Hinter den Wagen schienen noch weitere Begleiter der Karawane zu stehen, doch waren sie durch die Karren so weit verdeckt, dass Robin ihre Anzahl nicht ausmachen konnte. Es
kam ihr jedoch so vor, als seien sie merkwürdig dicht
zusammengedrängt.

Am Fuße des Hügels angekommen, blieb sie stehen und
sah ihren Begleiter unschlüssig an. Er deutete nach rechts,
und Robin ging ein Stück weiter, doch dann stockte ihr
Schritt. Es war weder Neugier noch Erschöpfung, was sie am
Weitergehen hinderte, sondern der pure Schrecken: Die Menschen hinter dem Wagen waren keine Wachen oder Lasten-
träger, sondern Sklaven. Die meisten waren junge Männer,
aber es gab auch ein paar Frauen und etliche Kinder darunter,
und alle waren mit groben Stricken an den Händen aneinander gebunden.

»Großer Gott!«, flüsterte sie entsetzt.

»Dein Christengott wird dir hier nicht helfen«, verhöhn-
te sie der Krieger. »Er hat keine Macht in diesem Land. Du
weißt doch: Hier ist sogar sein Sohn gestorben.«

Robin sah ihn entsetzt an, wagte es jedoch nicht, zu antworten; stattdessen drehte sie sich wieder herum und blickte zu den aneinander gebundenen Sklaven. Erst jetzt konnte
sie sehen, wie viele es wirklich waren: Es mussten fünfzig
oder mehr sein, und kaum einer von ihnen befand sich in
einem guten Zustand. Viele sahen aus, als hätten sie einen
tagelangen Marsch und schreckliche Entbehrungen hinter
sich. Einige schienen kaum noch die Kraft zu haben, sich auf
den Beinen zu halten.

»Ihr ... Ihr seid Sklavenhändler?«, murmelte sie. Die Frage war reichlich überflüssig und dennoch ließ der Krieger sich zu einer Antwort herab.

»Ja. Aber mach dir keine Sorgen. Wenn du vernünftig bist und tust, was ich dir sage, dann wirst du deutlich bequemer reisen.« Statt seine Worte näher zu erläutern, packte er sie grob am Arm und stieß sie eilig vor sich her, sodass sie laufen musste und ein paar Mal fast aus dem Tritt gekommen und gestürzt wäre. Schließlich erreichten sie das Ende der langen Kette aus aneinander gebundenen, ausgemergelten Menschen, von denen die meisten zu schwach waren, um überhaupt Notiz von ihr zu nehmen.

Der Anblick jagte Robin einen kalten Schauer nach dem anderen über den Rücken. Ihr Herz schien sich zusammenzuziehen, bis es schwer wie ein Stein in ihrer Brust lag. Obwohl sie mit jedem Moment neue Schrecknisse und noch mehr Leid sah, war es ihr zugleich auch unmöglich, den Blick von den aneinander gebundenen Sklaven zu wenden. Noch vor drei Tagen, während des Kampfes gegen die Sarazenen, war sie fest davon überzeugt gewesen, das Schlimmste mitzuerleben, was Menschen einander antun konnten. Jetzt wusste sie, dass das nicht stimmte. Dies hier war unendlich grausamer.

Am Ende der langen Kette aus Menschenleibern warteten zwei weitere Kamele und ein dritter, von zwei kräftigen Pferden gezogener Karren auf sie. Ihr Begleiter zerrte sie zum hinteren Ende des Wagens und hielt Robin dabei mit der linken Hand mit eisernem Griff fest, während er mit der anderen den schweren Riegel zurückschob, mit dem die Tür des Wagens gesichert war. Dahinter war es so dunkel, dass Robin nur ein schwarzes Rechteck wahrnahm. Bei diesem Anblick erwachte sie aus ihrer Lethargie und stemmte sich mit aller Kraft gegen den Griff des Sklavenhändlers. Vergebens! Es bereitete ihm nicht die geringste Mühe, sie in den Karren hineinzustoßen. Als sie heftig auf den hölzernen Boden der Kutsche aufschlug schürfte sie sich die Knie und die Handflächen an den rauen Brettern auf. Mit einem gepeinigten Keuchen rollte sie sich auf die Seite.

Dann biss sie die Zähne zusammen, um den Schmerz zu überwinden und sich wieder hochzustemmen. Abwehrbereit hob sie die Arme, fest davon überzeugt, dass der Sklavenhändler hinter ihr in den Wagen steigen und unverzüglich über sie herfallen würde. Der blieb jedoch reglos an der Tür stehen und sah sie mit einer Mischung aus Überraschung, aber auch widerwilliger Bewunderung an.

»Was willst du von mir?«, fragte Robin keuchend. »Ich bin nichts wert. Niemand wird ein Lösegeld für mich bezahlen.«

Der Sklavenhändler schürzte abfällig die Lippen. »Das wird sich zeigen«, antwortete er. »Wir brechen auf, sobald die Kamele beladen sind. Wenn wir unser Nachtlager aufschlagen, komme ich wieder. Bis dahin kannst du überlegen, ob du vernünftig sein und die Reise bequem zurücklegen oder lieber zusammen mit den anderen zu Fuß gehen willst. Aber überleg es dir gut. Der Weg ist weit.« Er deutete mit einer geringschätzigen Geste in Richtung der Sklaven. »Ein Drittel von ihnen wird das Ziel nicht erreichen.«

»Wohin bringt Ihr mich?« Auf diese Frage bekam sie keine Antwort mehr. Die Tür wurde geschlossen. Dunkelheit schlug wie eine Woge über ihr zusammen und sie hörte das scharrende Geräusch des Riegels, der vorgeschoben wurde.

6. Kapitel

Kaum war der Sklavenhändler gegangen, als sich der Wagen auch schon in Bewegung setzte. Er hielt erst wieder an, als es schon längst dunkel geworden war und die Karawane ihr Nachtlager aufschlug. Robin konnte nicht sagen, wie viele Stunden sie unterwegs gewesen waren. Ihr Zeitgefühl war so gründlich durcheinander geraten wie ihr gesamtes Leben. Wahrscheinlich hatte ihre erste Wegetappe nur wenige Stunden gedauert. Schließlich waren sie erst am späten Nachmittag aufgebrochen und nach allem, was sie von Salim erfahren hatte, schlugen Karawanen spätestens drei Stunden nach Einbruch der Dunkelheit ihr Lager auf. Dennoch kam es Robin so vor, als wären Ewigkeiten vergangen.

Im Inneren des Wagens war es nicht ganz so dunkel, wie es ihr im ersten Moment erschienen war. Obwohl der Aufbau des Karrens aus stabilen Brettern gezimmert und rundherum geschlossen war, gab es genug Ritzen und Spalten, durch die Sonnenlicht hereinsickerte. So ließ sich zumindest feststellen, ob draußen noch Tag war oder bereits Dämmerung herrschte.

Schon nach kurzer Zeit war es in dem fensterlosen Verschlag unerträglich warm geworden und bis zum Abend hatte sich ihr Durst zu schier unerträglicher Qual gesteigert. Robin hatte eine Zeit lang mit den Fäusten gegen die geschlossene Tür gehämmert, geschrien und sogar versucht, das Schloss aufzutreten, aber das einzige Ergebnis ihrer Bemühungen waren neue, blutige Schrammen an ihren Händen und eine schmerzende Kehle. Lange bevor die Karawane wieder anhielt, lag sie zusammengekrümmt in einer Ecke des kleinen Verschlages und ihr Widerstand war an Durst, Fieber und Schüttelfrost gebrochen, die einander abwechselten.

Zuletzt fühlte sie sich elender als an dem Morgen, an dem sie in dem Zelt am Strand erwacht war. Sie war so geschwächt, dass sie im ersten Moment nicht einmal bemerkte, dass die Tür ihres Gefängnisses geöffnet wurde. Erst als ein frischer Windhauch über ihr Gesicht strich und ihre glühende Stirn kühlte, öffnete sie die Augen und blinzelte in das schwach erhellte Rechteck der Tür. Sie sah einen vagen Schemen, hinter dem ein einzelner heller Stern am Nachthimmel glühte. Sie hatte das unbestimmte Gefühl, ihn eigentlich erkennen zu müssen, aber ihre Gedanken bewegten sich nur träge. Es dauerte noch einige Augenblicke, bis sie den Umriss des Mannes erkannte, der sie hierher gebracht hatte.

»Wasser.«

Dieses eine Wort von den Lippen ihres Peinigers reichte aus, um Robins letzte Kräfte zu wecken. Mühsam richtete sie sich auf, kroch auf Händen und Knien zur Tür und wollte nach der Schale greifen, die er ihr hinhielt. Doch der Sklavenhändler zog die Hand rasch zurück und schüttelte den Kopf.

»Wirst du vernünftig sein?«, fragte er ruhig.

Robin war so durstig, dass sie ihm ohne zu zögern für einen einzigen Schluck Wasser ihre Seele versprochen hätte. Dennoch antwortete sie nicht gleich, sondern sah ihn nur verständnislos an, während sie sich mit der Zunge über die trockenen, rissigen Lippen fuhr. Es nutzte nichts. Auch ihre Zunge war so trocken wie das öde Hügelland, das sich hinter dem Schatten des Kriegers abzeichnete. Schließlich nickte sie.

Der Sklavenhändler sah sie noch einen Moment lang durchdringend und auf eine Art an, als wäre er nicht vollends von Robins Ehrlichkeit überzeugt, aber dann hielt er ihr die Schale hin. Sie riss sie ihm regelrecht aus den Händen und stürzte das Wasser mit großen, gierigen Schlucken herunter. Es war warm und hatte einen sonderbar bitteren Beigeschmack, aber in diesem Moment kam es ihr wie das Köstlichste vor, das sie jemals getrunken hatte. Sie leerte die Schale vollkommen und leckte auch noch den winzigsten Tropfen von ihrem Boden auf, ehe sie sie ihrem Gegenüber hinhielt. »Mehr«, verlangte sie mit rauer Stimme.

Er nahm die Holzschale entgegen, schüttelte aber den Kopf. »Das wäre nicht gut«, sagte er. »Du bekommst mehr, aber nicht sofort. Wenn du zu schnell trinkst, wird dir nur schlecht. Hast du Hunger?«

Robin nickte wortlos. Sie war enttäuscht. Sie hatte immer noch furchtbaren Durst, aber vermutlich hatte er Recht mit seiner Warnung. Mühsam kletterte sie aus dem Wagen und hielt sich einen Moment lang mit der Hand am Türrahmen fest, bis sie sich sicher war, dass sie aus eigener Kraft stehen konnte. Die Nachtluft, die ihr gerade so herrlich erfrischend vorgekommen war, erschien ihr nun eisig. Zitternd schlang sie die Arme um den Leib. Die Nachmittagsstunden über hatten in dem Wagen Temperaturen wie im Inneren eines Backofens geherrscht. Die Hitze hatte Robin alle Kraft geraubt, die sie in den letzten anderthalb Tagen zurückgewonnen hatte. Einen Gutteil der Zeit, die sie eingesperrt gewesen war, hatte sie damit zugebracht, die verschiedensten Fluchtpläne zu schmieden, aber schon der erste Schritt, den sie nun tat, machte ihr klar, dass eine Flucht jetzt noch weniger möglich war als während ihrer Zeit im Fischerdorf. Es gelang ihr nur unter Aufbietung all ihrer Willenskraft, mit ihrem Begleiter Schritt zu halten, obwohl dieser sehr langsam ging und sogar ein paar Mal stehen blieb, um ihr Gelegenheit zu geben, wieder zu ihm aufzuholen.

Das Verhalten des Arabers irritierte sie. Er hatte keinen Zweifel daran gelassen – weder mit Worten noch mit Taten –, dass er in ihr nichts anderes als seinen Besitz sah.

Etwas, das er gekauft hatte und mit dem er nach Gutdünken verfahren konnte. Und doch erschien er ihr rätselhaft. Bisweilen behandelte er sie grob wie ein Tier und dann war er wieder rücksichtsvoller als mancher so genannte Edelmann in ihrer Heimat.

Der Sarazene führte sie zu einem Feuer, das in der Mitte des in einer tiefen Senke aufgeschlagenen Lagers brannte, und wies ihr mit einer flüchtigen Geste einen Platz zu. Robin gehorchte wortlos. Sie sah nur einen Teil der Männer, die sie am Nachmittag gezählt hatte; vielleicht fünf oder sechs. Sie saßen in weitem Kreis um das Feuer herum und beobachteten sie mit teils interessierten, teils aber auch lüsternen Blicken. Robins Arabisch reichte nicht aus, um die halblauten Worte zu verstehen, die sie austauschten. Aber sie begriff sehr wohl die Bedeutung des rauen Lachens und der Gesten, die diese Worte begleiteten. Fast angstvoll sah sie sich nach dem Sklavenhändler um. Nicht, dass er sie gut behandelt hätte, aber zumindest hatte er ihr nichts angetan. Sie glaubte zu wissen, dass er ihr auch weiterhin nichts tun würde, wenn auch vielleicht aus anderen Gründen, als ihr lieb sein konnte.

Der Krieger hatte sich kurz entfernt, jetzt kam er zurück und reichte ihr eine weitere Schale mit Wasser sowie etwas Obst und trockenes Fladenbrot. Eingedenk seiner Warnung trank sie nur wenige Schlucke, obwohl sich ihre Kehle noch immer ausgedörrt anfühlte und sie die Schale am liebsten in einem Zug geleert hätte. Dann begann sie zu essen. Schon nach dem ersten Bissen bemerkte sie, wie hungrig sie war. Wie zuvor mit dem Wasser, so musste sie sich jetzt beherrschen, das Obst nicht hinunterzuschlingen und die wertvolle Nahrung mit beiden Händen in sich hineinzustopfen. Selbst als sie ihr Mahl beendet hatte, wollte ihr Hunger nicht weichen. Ihr Magen knurrte hörbar, was den Sklavenhändler zu einem flüchtigen Lächeln veranlasste. Sie sah ihn bittend an, erntete jedoch nur das erwartete Kopfschütteln. Sie war nicht wirklich enttäuscht. Sie hatte oft genug in ihrem Leben

120

gehungert, um zu wissen, dass sich das Sättigungsgefühl erst nach einer Weile einstellen würde. Die Früchte, die er ihr gegeben hatte, waren Robin zum größten Teil unbekannt. Sie waren so süß und köstlich, dass sie sich fragte, ob sie wohl aus den paradiesischen Gärten stammten, von denen ihr Salim so gerne erzählt hatte.

»Du bekommst morgen mehr, bevor wir weiterziehen«, sagte er. Plötzlich lächelte er. »Entschuldige, doch in dieser rauen Gesellschaft hier haben meine Manieren gelitten.« Er deutete eine knappe Verbeugung an. »Mein Name ist Omar Khalid ben Hadschi Mustapha Khalid.«

Robin entschied, dass sie jetzt nicht in der Verfassung war, sich den ellenlangen blumigen Namen eines Heiden zu merken. »Wohin ... bringt Ihr mich?«

Omars Gesicht verdüsterte sich für einen Moment, als hätte sie eine Frage gestellt, die ihr nicht zustand. Dann aber schüttelte er den Kopf und sagte: »Nach Hama.« Er deutete auf die dunklen Schatten der Berge. »Eine Stadt im Osten, jenseits des Djebel el-Alawia. Wenn alles gut geht, erreichen wir sie in vier Tagen. Hinter den Bergen erwartet uns noch ein Wüstenstreifen. Wir werden ihn im Licht der Sterne durchqueren und dann im Morgengrauen die Gärten von Hama erreichen.«

Robin hatte diese Namen noch nie gehört. Aber was bedeutete das schon? Sie kannte nur die Namen weniger großer Städte in diesem Teil der Welt, und sah man vielleicht von Jerusalem, Akko und Damaskus ab, so wusste sie außer den Namen nichts von diesen Orten.

»Wie heißt du?«, fragte der Sklavenhändler.

»Robin«, antwortete sie knapp.

»Und wie alt bist du?«

Mit der Antwort auf diese Frage tat sich Robin schwer. Sie hatte nicht gelernt, auf Arabisch zu zählen, und so nahm sie nach kurzem Überlegen die Finger zu Hilfe und bedeutete ihm, dass sie sechzehn war – was möglicherweise der Wahrheit entsprach. Tatsache war, dass sie es selbst nicht ganz genau wusste. In dem Dorf, in dem sie aufgewachsen war, zählte man die Jahre nicht so genau, denn Zeit spielte dort kaum eine Rolle, allerhöchstens der Wechsel der Jahreszeiten.

»Dann bist du kein Kind mehr«, stellte Omar fest. Ein dünnes Lächeln erschien auf seinen Lippen. »Nach dem, was ich im Dorf gehört habe, habe ich das sowieso nicht angenommen.«

»Was habt Ihr denn gehört?«, entfuhr es Robin. Noch ehe sie zu Ende gesprochen hatte, bereute sie die Worte auch schon, denn sie hatte zumindest eines begriffen, nämlich dass es ihr in der Rolle, in der sie sich nun befand, nicht zustand, von sich aus das Wort zu ergreifen oder gar Fragen zu stellen. Ihr Gegenüber schien ihr diese kleine Verfehlung jedoch nicht übel zu nehmen, denn er lächelte plötzlich noch breiter und antwortete: »Dass du eine richtige kleine Wildkatze bist, die sich ihrer Haut zu wehren weiß.«

»Das war ...«, begann Robin, wurde aber sofort und mit einer herrischen Geste unterbrochen.

»Du solltest Allah danken, dass wir dich mitgenommen haben«, sagte der Sklavenhändler. »Muhamed ist kein Mann, der verzeiht. Vor allem keine Schmach.«

»Muhamed?«

»Der Fischer, den du niedergeschlagen hast. Mir scheint, dir ist gar nicht klar, was du da getan hast.«

Robin hob die Schultern. Sie war sich bewusst, dass sie einen Fehler gemacht hatte, doch Omars Worte ließen vermuten, dass er noch größer gewesen war, als sie bisher angenommen hatte.

»Von einer Frau in aller Öffentlichkeit niedergeschlagen zu werden ...« Der Sklavenhändler schüttelte den Kopf. Er gab sich Mühe, ernst zu blicken, aber das Lächeln hatte sich unwillkürlich in seinem Mundwinkel eingenistet und verriet, wie sehr ihn die Vorstellung im Stillen amüsierte. »Du hast ihn der Lächerlichkeit preisgegeben, und das wird er niemals verzeihen. Glaub mir, Robin, er hätte dich bei der ersten

Gelegenheit getötet. Wahrscheinlich hätte er es bereits heute Morgen getan, wäret ihr allein gewesen. Er hatte wohl nur Angst, sich den Zorn der anderen zuzuziehen.«

»Warum?«, fragte Robin.

»Weil du zu wertvoll bist, als dass er dich nur aus verletztem Stolz heraus hätte töten können«, antwortete Omar.

»Wertvoll?«

»Du warst ihr kostbarster Besitz«, erwiderte der Sklavenhändler. Jetzt lächelte er wieder ganz offen, aber seine Amüsiertheit hatte einen anderen Grund. »Du glaubst doch nicht, dass sie dich aus reiner Nächstenliebe gerettet haben?« Er schüttelte heftig den Kopf. »Ich habe mehr für dich bezahlt als für den ganzen anderen Plunder, den sie aus dem Wasser gefischt haben.«

»Oh«, murmelte Robin. Zugleich fragte sie sich, warum sie diese Worte eigentlich so erschreckten. Jetzt, im Nachhinein betrachtet, ergab alles einen Sinn: die Blicke, mit denen der Fischer sie gemustert hatte, die Fürsorge, mit der man sich um sie gekümmert hatte – eine Fremde und noch dazu Angehörige eines Volkes, das mit den Bewohnern dieses Landes verfeindet war; und doch: Die Worte taten weh. Für einige wenige Stunden hatte sie geglaubt, dass es tatsächlich noch so etwas wie Menschlichkeit und Nächstenliebe in der Welt gab. Aber das war offensichtlich ein Irrtum gewesen.

Sie wollte eine weitere Frage stellen, aber in diesem Moment vernahm sie von der anderen Seite des Lagers aufgeregte Stimmen, wütende Rufe, trappelnde Schritte. Robin drehte den Kopf und spähte in die Richtung, aus der die Geräusche kamen, konnte aber in der Dunkelheit jenseits der Feuerstelle nichts erkennen. Auch der Sklavenhändler blickte auf. Mit einem Mal wirkte er angespannt. Er erhob sich jedoch nicht, um nach der Ursache des Lärms zu sehen, sondern machte nur eine befehlende Geste zu einem der Männer auf der anderen Seite des Feuers. Wortlos stand der Mann auf und eilte davon.

123

Omar wandte sich mit ernster Miene an Robin. »Es ist Zeit, dass du zurück in den Wagen gehst. Muss ich dich fesseln oder versprichst du mir, vernünftig zu sein?«

»Ihr meint, ob ich nicht versuche zu fliehen?« Robin schüttelte den Kopf. »Wohin sollte ich denn gehen?«

»In den Tod«, antwortete er. »Selbst wenn du entkämst, wäre es dein sicheres Ende. Es gibt hier in der Nähe zwar einen Fluss, aber ich werde dir nicht verraten, in welcher Richtung du ihn findest. Wohin wolltest du auch gehen? Zurück ins Fischerdorf?« Bei den letzten Worten spielte ein grausames Lächeln um seine Lippen. »Komm jetzt! Die Nacht ist kurz, und wir brechen noch vor Sonnenaufgang wieder auf.«

Der Lärm auf der anderen Seite des Lagers schwoll an, während sie zum Wagen zurückkehrten. Robin drehte ein paar Mal den Kopf und sah neugierig in die entsprechende Richtung, aber die Nacht war zu dunkel, um irgendetwas zu erkennen, das weiter als fünf oder sechs Schritte entfernt war. Sie hörte jetzt eindeutig aufgeregte Rufe. Es waren die Stimmen von drei oder vier Männern, die wütend durcheinander schrien, und eine weibliche Stimme. Oder war es die eines Kindes?

Plötzlich blieb Robin wie vom Schlag gerührt stehen. Obwohl sie ganz genau wusste, wie unmöglich es war: Sie hatte ihren Namen rufen gehört. Gleichermaßen überrascht wie berührt drehte sie sich um und wollte zurück, aber der Sklavenhändler versetzte ihr einen so derben Stoß, dass sie rückwärts taumelte und beinahe gestürzt wäre.

»Weiter!«, herrschte er sie an.

Wieder musste sich Robin mit aller Macht beherrschen, um sich nicht zu widersetzen oder seine Hand einfach zur Seite zu schlagen. Sie drängte den Impuls zurück, blieb jedoch noch einen Moment lang stehen und versuchte, die Dunkelheit mit Blicken zu durchdringen. Die Schreie und der Lärm hielten an. Aber jetzt hörte sie nur noch wütende Männerstimmen und niemanden mehr, der nach ihr rief. Hatte sie sich das vielleicht nur eingebildet? Außer ihr und

124

dem Sklavenhändler konnte hier niemand ihren Namen kennen. Vielleicht lag es an ihrer Schwäche und Müdigkeit ...

»Los jetzt!«, befahl der Sklavenhändler. »Stell meine Geduld nicht zu sehr auf die Probe.«

Robin blickte erschrocken auf. Viel mehr als seine Worte warnte sie das zornige Beben seiner Stimme. Es fehlte nicht mehr viel und er würde sie schlagen oder ihr Schlimmeres antun.

Rasch wandte sie sich um und ging weiter; diesmal so schnell, dass *er* Mühe hatte, mit ihr Schritt zu halten.

Hama war eine große, lärmende Stadt voller Menschen und brodelndem Leben – jedenfalls nahm Robin das an. Doch das Erste, was sie von der Stadt sah, war ein weiter, an allen Seiten von doppelt mannshohen, braunen Sandsteinmauern umgebener Innenhof, in dem der Wagen zum Stillstand gekommen war.

Selbst den Hof nahm Robin nur schemenhaft wahr, wie durch einen Schleier aus klarem Wasser, der sich vor ihren Augen bewegte. Es war vier Tage her, dass sie das letzte Mal wirklich Sonnenlicht gesehen hatte, denn sie hatte die gesamte Reise im Inneren des fensterlosen Wagens zugebracht. Nur abends hatte man sie für kurze Zeit aus ihrem Gefängnis befreit, damit sie essen und ihren körperlichen Bedürfnissen nachkommen konnte. Sie war nicht einmal sicher, ob es tatsächlich vier oder vielleicht auch mehr Tage gewesen waren. Irgendwann war ihr Zeitgefühl vollkommen erloschen und ihr Leben hatte nur darin bestanden, auf dem harten Boden in eine halbwegs erträgliche Lage zu rutschen und dem immer wiederkehrenden Fieber und dem ständigen Durst zu trotzen. Die Hitze, die sich tagsüber in dem kleinen Wagen staute, war schier unerträglich gewesen. Und obwohl sie gut verpflegt worden war, hatte sie weiter deutlich an Gewicht verloren.

Robin hob schützend die Hand über das Gesicht, denn das ungewohnte Sonnenlicht stach wie mit winzigen glühenden

Nadeln in ihre Augen. Vorsichtig trat sie einen Schritt von dem Wagen zurück und drehte sich herum, als hinter ihr eine ärgerliche Stimme laut wurde. Es war nicht der Sklavenhändler selbst – von dem war weit und breit nichts zu sehen –, sondern einer der Männer, die sie abends am Lagerfeuer gesehen hatte. Robin verstand nicht, was er von ihr wollte, während er heftig mit beiden Händen gestikulierte und sehr verärgert wirkte. Hilflos hob sie die Schultern, und diese Geste war offenbar über alle Sprachbarrieren hinweg verständlich.

Der Araber trat wütend auf sie zu und packte sie so derb am Oberarm, dass Robin erschrocken die Luft einsog. Ihre Sammlung blauer Flecken, Schrammen und Hautabschürfungen hatte sich vermutlich gerade um ein weiteres Exemplar vergrößert. Mit der freien Hand streifte er ihr das Kopftuch über, das Robin in der Abgeschiedenheit des Wagens natürlich nicht getragen und auch jetzt nur lose über die Schultern gelegt hatte. Dann versuchte er, den Schleier vor ihrem Gesicht zu befestigen. Dabei stellte er sich ziemlich ungeschickt an. Seine groben Finger streiften ihre Wange und sie spürte seine raue und sonnenverbrannte Haut. Ein säuerlicher und zugleich scharfer Geruch entströmte ihr, und Robin musste gegen Übelkeit ankämpfen.

Angewidert drehte sie den Kopf zur Seite, machte einen halben Schritt zurück und beeilte sich, den Schleier selbst zu befestigen. Seinem Blick nach zu urteilen war das Ergebnis nicht das, was er sich vorgestellt hatte, aber er schien sich dennoch damit zufrieden zu geben, denn er beließ es dabei, ungeduldig mit den Händen zu fuchteln und auf eine Tür hinter ihrem Rücken zu deuten. Robin drehte sich gehorsam herum, und nutzte die Gelegenheit, um noch einen raschen Blick in die Runde zu werfen.

Viel gab es indes nicht zu sehen. Der Hof war an drei Seiten von hohen, grob verputzten Mauern umschlossen. Der einzige Weg hinaus in die Gassen der Stadt war ein breites, aus soliden Balken gefertigtes Holztor, das sich hinter der kleinen Karawane bereits wieder geschlossen hatte. Die

vierte Seite des Hofes wurde von einer Hauswand einge-
nommen. Zu ebener Erde gab es hier nur den einen niedrigen
Eingang, auf den ihr Bewacher gedeutet hatte. Hinter der offenen Tür konnte sie nichts als Dunkelheit ausmachen. Die
beiden oberen Geschosse des dreistöckigen Hauses besaßen
zahlreiche vergitterte Fenster, aber diese waren so schmal,
dass sie eher an Schießscharten erinnerten.

Kein unbedingt einladender Ort.

Die Stimme hinter ihr wurde nun lauter und deutlich
ungeduldiger. Robin beeilte sich, zur Tür zu kommen,
obwohl alles in ihr danach schrie, herumzufahren und davonzulaufen, ganz egal, wie aussichtslos ein Fluchtversuch auch
sein mochte. Der Araber gab ihr ohnehin nicht die geringste
Gelegenheit dazu; unsanft stieß er sie vorwärts und in einen
dunklen Gang hinein, dann schlug er hinter ihrem Rücken
die Tür zu. Robin hörte das ihr inzwischen vertraute Geräusch eines schweren Riegels, der vorgelegt wurde.

Von außen. Sie war wieder in einem Gefängnis.

Sogleich drang das ferne Plätschern von Wasser und leise, fremdartige Musik an ihr Ohr; außerdem war es so angenehm kühl im Haus, dass sie sich schon beinahe wohl zu fühlen begann. Allerdings nur so lange, bis sie das Knarren einer
Tür am anderen Ende des Ganges hörte und gespannt darauf
wartete, welche Art Peiniger sie nun hier erwartete.

Doch statt eines weiteren übel aufgelegten Gehilfen des
Sklavenhändlers betrat eine alte, barhäuptige Frau den Korridor. Sie kam nicht näher, sondern blieb unter der Tür stehen und bedachte Robin mit einem Blick, der ihr gar nicht
gefiel. Er war nicht einmal unfreundlich, doch die durchdringende, prüfende Art, mit der sie Robin musterte, ließ ihr
einen kalten Schauer über den Rücken laufen. Die Alte sah
sie an, wie man einen neu erworbenen, kostbaren Besitz
betrachten mochte, vielleicht auch ein edles Pferd, das man
zu zähmen gedenkt. Schon dieser eine Blick reichte Robin,
um zu wissen, dass sie von dieser Frau kein Mitleid oder gar
Beistand erwarten konnte.

127

Die alte Frau war ein Stück kleiner als Robin und hatte strähniges, bis auf die Schultern fallendes graues Haar, das so dünn geworden war, dass hier und da schon ihre Kopfhaut durchschimmerte. Ihre Hände waren schmal und knochig, und Robin musste unwillkürlich an ein Skelett denken. Die Alte trat einen Schritt zurück und wieder durch die Tür hindurch, unter der sie gerade erschienen war. Dann winkte sie Robin, ihr zu folgen. »Komm«, befahl sie, mit einer Stimme, die trotz ihres stolzen Alters voller Kraft war.

Da Robin es sich nicht gleich im ersten Moment mit ihr verderben wollte, beschleunigte sie ihre Schritte und stieg gehorsam die Steintreppe hinauf, auf die die Alte gedeutet hatte. Sie führte an zwei Fenstern vorbei, die mit bunt bestickten Tüchern verhängt waren, sodass Robin nicht sagen konnte, ob sie auf die Straße oder nur in einen weiteren Hof hinausgingen. Ein sonderbarer Geruch hing in der Luft: nicht unangenehm, aber fremdartig. Es duftete nach Gewürzen, Kräutern und anderen Dingen, die sie nicht zu benennen vermochte. Von ganz weit her glaubte sie Stimmen zu hören. Ein leises Wehklagen etwa? Aber Robin war sich nicht ganz sicher.

Auch im obersten Stockwerk gab es einen Flur mit zwei Türen. Robin wartete und lauschte auf den schlurfenden Schritt der Alten. Wortlos ging ihre Führerin an ihr vorbei und wählte die Tür auf der linken Seite. Sie schob den Riegel zurück und bedeutete Robin mit einer eindeutigen Gebärde einzutreten.

Robin hatte sich zwar fest vorgenommen, auf keinen Fall etwas Unüberlegtes zu tun, und doch ... Die Gelegenheit war günstig. Ein altes Weib zu überwältigen sollte keine Mühe machen. Aber was dann? Wohin sollte sie sich wenden? Nein, es war klüger, sich zunächst in ihr Schicksal zu fügen. So trat sie schweren Herzens in die Kammer, die man ihr aufgeschlossen hatte, und erlebte eine Überraschung. Das Zimmer war kein Kerker, nein, es war das prächtigste Gemach, das sie jemals gesehen hatte. Ein Quartier, das eines Königs würdig gewesen wäre.

Der Raum war sehr groß und so hell, dass sie im ersten Moment blinzeln musste und ihre Augen zwei oder drei Herzschläge brauchten, um sich an das Licht zu gewöhnen. Der Boden bestand nicht mehr aus schlichten Steinplatten, sondern aus einem prächtigen schwarzweißen Mosaik. Die Wände waren mit wunderbaren Fresken bedeckt, die eine Jagd und Szenen im Garten eines Fürstenhofes darstellten.

Allein das mit goldschimmernden Vorhängen gesäumte Nachtlager war so groß wie die Hütte, in der Robin aufgewachsen war. Daneben lagen farbenfrohe Teppiche. Es gab auch ein hüfthohes Wasserbecken, das aus makellos weißem Stein geschnitten war und aussah wie eine große Muschel, die von Weinreben getragen wurde. Auf einem kleinen, achteckigen Tisch neben dem Bett lag ein versilberter Handspiegel und daneben standen bunte Tiegel mit seltsamen Pasten und ein kostbar geschnitzter Holzkasten, in dem feine Pinsel und Holzstäbchen aufgereiht lagen.

Doch mehr als all dieser Luxus beeindruckten Robin die großen Fensternischen, die an drei Seiten des Zimmers lagen. Es waren die ersten unvergitterten Fenster, die sie in diesem Haus sah. Bemüht unauffällig schlenderte sie zum nächstgelegenen Fenster. Von dort blickte man auf einen kleinen, gepflasterten Innenhof mit einem Brunnen. Er musste mindestens sieben Meter tief sein. Dieses Fenster brauchte keine Gitter! Wer dort hinuntersprang, würde sich die Beine brechen.

Enttäuscht drehte sich Robin um und begegnete dem spöttischen Lächeln der Alten. Ihre Kerkerwärterin schien ihre Gedanken erraten zu haben.

Robin ignorierte die Häme und deutete mit weit ausholender Geste auf die Einrichtung. »Das muss ein Irrtum sein«, sagte sie. »Das ist das Gemach einer Königin, nicht einer Sklavin.«

Versehentlich hatte sie nicht Arabisch, sondern in ihrer Muttersprache geredet, und natürlich verstand die alte Frau sie nicht. Sie wedelte unwillig mit beiden Händen und sagte etwas, das Robin ihrerseits nun nicht verstand. Sie überlegte kurz, dann wiederholte sie ihre Worte – so gut sie es eben konnte – auf Arabisch.

Die Antwort bestand diesmal aus einem Kopfschütteln und einer unwirschen Geste. Gleichzeitig deutete die Alte auf das Bett und einen dahinter stehenden Wandschirm.

»Ich verstehe nicht«, sagte Robin, die allmählich in Verzweiflung geriet.

Der Ausdruck von Ungeduld auf dem Gesicht der alten Frau verstärkte sich. Sie schloss die Tür hinter sich, trat dann mit zwei energischen Schritten auf Robin zu und zerrte an ihrem Gewand. Mit der anderen Hand deutete sie auf den Wandschirm.

»Ich soll mich ausziehen?«, vermutete Robin.

Die Alte nickte. Zumindest das hatte sie verstanden.

Robin sah sich suchend im Zimmer um. Die Pracht und der verschwenderische Überfluss lähmten ihre Gedanken, ihren Augen konnte sie jedoch sehr wohl trauen. »Aber hier sind keine anderen Kleider«, stellte sie fest.

Anscheinend hatte sie die Geduld ihrer Wärterin überschätzt. Die alte Frau antwortete nicht mehr, sondern riss ihr mit einer einzigen groben Bewegung Schleier und Tuch vom Kopf, warf beides zu Boden und funkelte sie herausfordernd an.

Robin hielt ihrem Blick stand. Mochte ihre Vernunft ihr auch einflüstern, dass sie sich äußerst unklug verhielt, so verlangten ihr Stolz und ihre Selbstachtung doch, dass sie nicht jede Demütigung einfach hinnahm. Sie brauchte diese alte Frau nicht zu fürchten. Dieses Mütterchen war ihr in keiner Beziehung gewachsen. Sie sollte es sein, die sich besser vorsah! Robin hatte zu oft um ihre Freiheit kämpfen müssen, um sie jetzt einfach wortlos aufzugeben und über Nacht eine fügsame Sklavin zu werden.

Und tatsächlich schien irgendetwas in ihrem Blick zu sein, eine Stärke und Entschlossenheit, die die Alte verunsicherte, ja vielleicht sogar erschreckte, denn nach nur einem

Augenblick war sie es, die den stummen Zweikampf aufgab. Mit einem Ruck drehte sie sich herum und stürmte aus dem Zimmer. Robin hörte das Scharren des Riegels, der außen vorgelegt wurde, und dann schnelle Schritte, die sich entfernten.

Eine Zeit lang blieb sie noch stehen und blickte die geschlossene Tür an, halbwegs darauf gefasst, die alte Frau in Begleitung des Arabers zurückkommen zu sehen, um ihren Willen nun mit Gewalt durchzusetzen. Als alles still blieb, wandte sich Robin um und trat an das größte der Fenster ihres goldenen Käfigs.

Der Ausblick ließ sie alles vergessen, was sie noch vor einem Augenblick gedacht und gefühlt hatte. Sie befand sich in der zweiten Etage des Gebäudes, und das Fenster führte auf eine Stadt hinaus, die so gewaltig und so fremdartig war, dass Robin zunächst meinte, sie befände sich inmitten eines Märchens.

Mehr als ein halbes Dutzend schlanke, hohe Türme erhob sich über das Labyrinth aus Gassen. Sie waren mit bunten Kacheln verkleidet, die strahlend im Sonnenlicht glänzten. Einer der Türme schien ein Dach aus gleißendem Gold zu haben. Direkt daneben wölbte sich eine hohe, ebenfalls golden glänzende Kuppel, die zu einem Gebäude mit einem großen Innenhof gehörte.

Mitten durch die Stadt zog sich ein breiter, blaugrüner Fluss, den zwei weite Brücken überspannten. Bis zum Wasser waren es von Robins Gefängnis aus keine fünfzig Schritt. Entlang des Ufers drehten sich riesige hölzerne Wasserräder. Verwundert beobachtete Robin, wie die Räder Wasser zu hohen Brücken hinauf hoben, auf denen sich schmale Bäche stadtauswärts ergossen. Eine dieser Brücken erhob sich keine vier Schritt entfernt auf der anderen Seite der Gasse, an die ihr Gefängnis angrenzte. Den Boden der Gasse konnte sie von ihrem Fenster aus nicht sehen, denn zwischen den Hauswänden und den Pfeilern dieser seltsamen Wasserbrücke waren bunte Sonnensegel aufgespannt. Deutlich drang

131

von dort das vielstimmige Gemurmel eines Marktplatzes hinauf und die Luft war schwer vom Duft fremdartiger Gewürze.

Etwas seitlich vom Markt, an einer weniger belebten Straße, lag ein prächtiges Haus, dessen Fassade aus Reihen von rotem und weißem Stein gefügt war. In seinem Hinterhof erhoben sich prächtige Bäume, auf deren ausladenden Ästen etliche weiße Tauben saßen.

Robins Blick glitt weiter zu der wuchtigen Zitadelle, die sich an die Stadtmauer anschloss. Dort konnte sie die türkisfarbenen Kuppeln eines Palastes erkennen. Jenseits der Stadtmauer erstreckten sich Palmgärten und Weizenfelder bis zum Horizont.

Robin hätte hinterher nicht sagen können, wie lange sie so dagestanden hatte, vollkommen versunken in das friedliche Bild der geschäftigen Stadt. Es musste wohl eine geraume Weile gewesen sein und sie hätte gewiss noch viel länger beim Betrachten des bunten Treibens verweilt, hätte das Geräusch des Riegels, unmittelbar gefolgt vom Scharren der unsanft aufgezerrten Tür, sie nicht aus ihren Gedanken gerissen. Erschrocken und seltsamerweise ein wenig schuldbewusst wandte sie sich um und sah sich wieder der Alten gegenüber. Robin hätte in ihrer Begleitung einen der Krieger erwartet und war deshalb umso verblüffter, als sie nun Omar Khalid, den Sklavenhändler höchstselbst, erblickte. Mit energischen Schritten trat er in den Raum, wedelte unwillig mit der Hand und starrte Robin ausdruckslos an, bis die Alte seinem stummen Befehl Folge geleistet und das Zimmer wieder verlassen hatte.

»Warum machst du dir selbst Schwierigkeiten?«, fragte er barsch.

»Ich mache keine ...«, begann Robin, wurde aber sofort mit einer herrischen Geste unterbrochen.

»Naida sagte mir, dass du dich weigerst, ihr zu gehorchen.«

»Ich wollte nur nicht ...«

132

Wieder unterbrach er sie, in ungeduldigerem Ton, in dem auch eine Drohung mitschwang. »Niemand will dir etwas antun, wenn es das ist, was du fürchtest, du dummes Kind.« Er schüttelte heftig den Kopf. »Dazu bist du viel zu kostbar. Du wirst diese Fetzen ausziehen und zulassen, dass man dich wäscht und einen Menschen aus dir macht, hast du das verstanden?«

Robin hatte vielleicht nicht alle Worte verstanden, sehr wohl aber den Sinn dessen, was er ihr sagen wollte. Sie nickte wortlos und diese Geste der Demut schien dem Sklavenhändler zu gefallen. Jedenfalls verflog sein Zorn. »Wirst du vernünftig sein?«

Wieder nickte Robin, doch diese »Antwort« schien ihm nicht zu genügen. Ärgerlich zog er die Augenbrauen zusammen. Plötzlich drehte er sich mit einem Ruck herum und bedeutete ihr mitzukommen. »Ich bin nicht ganz sicher, was in deinem Kopf vor sich geht und ob du wirklich begriffen hast, in was für einer Lage du dich befindest«, begann er. »Deshalb möchte ich dir etwas zeigen. Folge mir.«

Sie verließen das Zimmer und stiegen die Treppen hinab bis ins Untergeschoss. Die alte Frau, die draußen vor der Tür gewartet hatte, folgte ihnen nicht. Beunruhigt hatte Robin ihr triumphierendes Lächeln registriert.

Omar schien sich der Folgsamkeit seiner Sklavin völlig sicher zu sein, denn er warf nicht einmal einen Blick über die Schulter zurück, um sich davon zu überzeugen, dass Robin ihm nachkam. Statt das Gebäude zu verlassen, wie Robin bereits erwartet hatte, brachte er sie zu einer Tür am anderen Ende der großen Halle. Dort führte eine steile Treppe in von rotem Fackellicht und erstickendem Gestank erfüllte Tiefen. Der Sklavenhändler machte nun eine herrische Geste, bedeutete ihr damit vorauszugehen, und folgte Robin dann so dichtauf, dass sie seine Atemzüge im Nacken spürte. Es war ein beklemmendes Gefühl, das ihr einen kalten Schauer über den Rücken jagte. Fast immer wenn Menschen ihr zu nahe gekommen waren, war das mit Bedrohung und

Gefahr einhergegangen, und für diesen rätselhaften Mann schien das ganz besonders zu gelten.

Robin schien es, als schleppte Omar sie geradewegs in die Hölle. Die Treppe führte in einen großen, von deckenhohen Gitterwänden in mehrere Zellen unterteilte Keller. Ein Dutzend Fackeln brannten und verbreiteten nicht nur rötliches, flackerndes Licht, sondern auch erstickende Wärme und einen beißenden Qualm, der in der Kehle brannte und Robin die Tränen in die Augen trieb.

Vor den Zellen standen zwei bewaffnete Posten, die hastig Haltung annahmen, als sie sahen, wer hinter Robin die Treppe herabstieg. Hinter den Gitterstäben drängten sich Dutzende von bemitleidenswerten Gestalten. Robin erkannte einige von ihnen wieder; es waren die Sklaven, die sie schon bei der Karawane draußen in der Wüste gesehen hatte. Sie wirkten noch ausgemergelter und waren in einem Zustand, der Robin daran zweifeln ließ, dass alle den nächsten Morgen erleben würden. Einige waren mit Ketten aneinander gefesselt, was Robin bei der bejammernswerten körperlichen Verfassung dieser Menschen geradezu absurd erschien. Etliche lagen auf dem nackten Boden und rührten sich nicht, als hätten sie nicht einmal mehr die Kraft, den Kopf zu heben, oder wären bereits tot. Der Anblick ließ Robins Herz schmerzlich verkrampfen, und er machte sie zugleich ängstlich und zornig. Mit einer wütenden Bewegung drehte sie sich herum und fuhr den Sklavenhändler an: »Warum tut Ihr das? Warum tut Ihr das diesen Menschen an?«

»Weil ich es kann«, antwortete er mitleidlos. »Sie sind mein Besitz. Genau wie du.«

»Dann solltet Ihr besser auf Euren Besitz Acht geben«, antwortete Robin. »Sie werden sterben, wenn Ihr sie weiter so schlecht behandelt.«

»Einige, ja«, antwortete der Sklavenhändler ungerührt. »Der Marsch durch die Wüste hat die Schwachen von den Starken getrennt. Diejenigen, die auch noch die nächsten

paar Tage hier unten durchstehen, die werden alles überleben, was ein Sklavenschicksal in den nächsten Jahren für
sie bereithalten wird. Schon bald werden die Ersten auf dem
Sklavenmarkt verkauft. Für die anderen lohnt die Mühe
sowieso nicht.«

Robin war erschüttert. Nicht nur über die Worte allein,
sondern viel mehr noch über die Kälte in seiner Stimme. Für
Omar waren die Männer, Frauen und Kinder auf der anderen
Seite der Gitterstäbe tatsächlich keine Menschen, sondern
nur eine Ware, um die er sich nur insofern Sorgen machte,
als dass sie seinen Gewinn schmälern würden, wenn er zu
viele davon verlor. Sie fragte sich, wie sie jemals auch nur
einen Hauch von Sympathie für diesen Mann hatte empfinden können. Er war kein Mensch, er war ein Ungeheuer.

Es waren Zorn und Wut, die ihr die Tränen in die Augen
trieben, aber sie wusste, dass er sie falsch deuten würde, und
drehte sich deshalb mit einem Ruck herum und zwang sich,
den Blick noch einmal auf die bejammernswerten Gestalten
jenseits der Gitterstäbe zu richten. Viele von ihnen starrten
sie und ihren Begleiter an. In manchen Augen gewahrte sie
ein stummes Flehen oder eine verzweifelte Hoffnung, in den
allermeisten aber nur noch Resignation.

»Warum zeigt Ihr mir das?«, fragte sie.

»Weil ich glaube, dass du trotz allem ein vernünftiger
Mensch bist«, entgegnete er. »Du hast die Wahl: Entweder
wirst du Naidas Anweisungen gehorchen und dich fügen
oder deine luxuriöse Unterkunft mit dem hier tauschen. Entscheide dich jetzt.«

»Sagtet Ihr nicht, dass ich wertvoll für Euch bin?«, fragte
Robin bitter.

»Das stimmt«, sagte er. »Aber überschätze deinen Wert
nicht. Du bist ein hübscher Bonus, das ist wahr. Aber so kostbar nun auch wieder nicht. Widersetzt du dich noch einmal
oder machst du anderweitig Schwierigkeiten, wirst du hier
heruntergebracht und in einem Monat auf dem Sklavenmarkt verkauft – falls du dann noch lebst.«

Seine Worte klangen nicht nach einer bloßen Drohung, und gerade das war es, was Robins Herz erneut mit Furcht erfüllte. Er sagte das nicht nur, um sie einzuschüchtern. Er meinte es bitter ernst. Sie antwortete nicht laut, sondern nickte nur, und ihm schien es zu genügen, denn er seufzte zufrieden. Als Robin zu ihm hochsah, winkte er ihr mit der Hand, dass sie ihm folgen sollte. Sie drehte sich gehorsam herum und trat hinter ihn, doch gerade, als sie schon gehen wollten, erscholl im hinteren Teil des Verlieses ein schriller Schrei, und diesmal war Robin sicher, dass sie ihren Namen hörte.

Und sie wusste sogar, wer es war, der ihn rief.

So schnell, dass sie den erschrockenen Wachen zuvorkam, die sie aufzuhalten versuchten, fuhr sie herum und rannte den schmalen Gang zwischen den Gitterstäben entlang. Der Schrei ertönte abermals, fast ein Kreischen jetzt, und Robin rannte so schnell, dass sie auf den letzten Schritten ins Stolpern kam und vor der Tür des hintersten Verschlages auf die Knie fiel.

Sie hatte sich nicht getäuscht. Und dennoch verstand sie nicht, was sie sah. Sie versuchte nicht einmal, es zu begreifen. Dort in dem Kerker war Nemeth. Das Mädchen stand auf der anderen Seite des Gitters, hatte die Hände um die rauen Stäbe geschlossen und blickte sie mit einer Mischung aus Verzweiflung und Hoffnungslosigkeit an, die Robin erneut die Tränen in die Augen steigen ließ. Die Kleine war so abgemagert und blass wie alle anderen hier, und ihre Haut starrte vor Schmutz. Ihr Kleid war zerrissen und ihr ehemals hübsches Gesicht von der Sonne verbrannt und an vielen Stellen verschorft. Sie rief ununterbrochen Robins Namen und rüttelte dabei mit aller Kraft an den Gitterstäben. Dann war eine der Wachen heran, riss Robin mit einer derben Bewegung an der Schulter zurück und schlug zugleich Nehmet so fest mit der Faust auf die Finger, dass das Mädchen mit einem gellenden Schmerzensschrei zurücksprang.

Mit einer wütenden Bewegung fuhr Robin herum, schlug die Hand des Wachpostens zur Seite und funkelte den Sklavenhändler an, der ihr gefolgt war.

»Warum habt Ihr das getan?«, fragte sie. Das drohende Glitzern in den Augen ihres Gegenübers entging ihr nicht, aber sie konnte sich nicht mehr beherrschen.

Plötzlich war es ihr gleichgültig, was mit ihr geschehen mochte. Nur noch mit Mühe konnte sie sich davon zurückhalten, sich auf den Sklavenhändler zu stürzen und so lange mit den Fäusten auf ihn einzuschlagen, bis er wusste, wie sich seine hilflosen Gefangenen fühlen mochten. »Wieso habt Ihr sie mitgenommen? Dieses Mädchen ist keine Sklavin!«

»Jetzt schon«, antwortete er ruhig. »Ihre Familie wollte mich betrügen.«

»Und da habt Ihr ...« Robin verstummte mitten im Satz, drehte sich wieder herum und ließ ihren Blick erneut über die Gesichter auf der anderen Seite der Gitterstäbe wandern. Im ersten Moment war sie nicht ganz sicher – für sie sahen die meisten Muselmanen so fremdartig aus, dass es ihr schwer fiel, sie zu unterscheiden –, aber dann entdeckte sie ein Gesicht, das sie nur zu gut kannte.

»Saila!«, entfuhr es ihr.

Die Angesprochene sah hoch, aber auch in ihrem Blick waren nur noch Verzweiflung und Hoffnungslosigkeit. Einen Augenblick lang sah sie Robin wortlos an, dann erhob sie sich auf Hände und Knie, kroch zu Nemeth hinüber und schloss das weinende Kind in die Arme.

»Ihr ... Ihr habt sie alle mitgenommen?«, murmelte Robin. »Das ganze Dorf?«

»Ich schätze es nicht, betrogen zu werden«, antwortete der Sklavenhändler kalt. »Ich habe ihnen einen fairen Preis geboten und wir waren uns einig. Aber sie haben versucht, mich zu hintergehen, und so musste ich mir nehmen, was mir von Rechts wegen zusteht.«

»Zusteht?«, flüsterte Robin. »Ihr ...«

Sie sprach nicht weiter, nicht aus Furcht. Das Entsetzen über das, was sie sah und gerade erfahren hatte, schnürte ihr einfach die Kehle zu. Vielleicht hatten Abbé, Horace und die anderen Ritter ja Recht, dachte sie. Vielleicht waren die Menschen in diesem Teil der Welt ja tatsächlich die Ungeheuer, als die sie sie so oft beschrieben hatten. Barbaren, die sich hinter prachtvollen Gewändern und in Städten voller unvorstellbarem Luxus versteckten, die tief im Inneren aber nicht besser waren als wilde Tiere.

Robin achtete nicht auf die ungeduldige Gebärde des Sklavenhändlers und trat wieder dichter an das Gitter heran. Zum zweiten Mal ließ sie sich auf die Knie sinken und streckte den Arm durch die Stäbe nach Nemeth aus.

Das Mädchen starrte sie nur angsterfüllt an. Es weinte lautlos und auch über das Gesicht ihrer Mutter liefen Tränen. Nach ein paar Augenblicken machte Nemeth eine Bewegung, als wollte sie sich aus den Armen ihrer Mutter lösen und zu ihr kommen, aber Saila umklammerte sie nur noch fester, und schließlich zog Robin enttäuscht den Arm zurück und stand auf.

»Ich werde dir helfen«, sagte sie. »Das verspreche ich.«

»Du solltest nichts versprechen, was du nicht halten kannst, dummes Kind«, sagte der Sklavenhändler. »Weißt du nicht, dass falsche Hoffnungen das Schlimmste sind, was man einem Menschen antun kann? Und jetzt komm. Strapazier meine Geduld nicht über die Maßen.«

Ich werde dir helfen. Robin wagte es nicht, die Worte laut auszusprechen, aber sie dachte sie mit solcher Intensität, dass sich etwas davon wohl in ihrem Blick spiegeln musste, denn das Letzte, was sie in Nemeths Augen las, bevor sie sich herumdrehte, war eine neu aufkeimende, jähe Hoffnung und ein so verzweifeltes Flehen, dass ihr der Anblick schier das Herz brach. Sie würde sich jetzt nicht weiter widersetzen, aber in Gedanken wiederholte sie ihr lautloses Versprechen noch einmal, als sie die Treppe hinaufstiegen, um wieder in ihren goldenen Käfig zurückzukehren, und es war gewiss keine leere Versprechung. Jetzt hatte sie noch einen Grund mehr, einen Ausweg aus diesem Albtraum hier zu finden.

Robin leistete keinen Widerstand mehr und war innerlich auf das Schlimmste vorbereitet, nachdem man sie auf ihr Zimmer zurückgebracht hatte. Es mochte seitdem eine Stunde vergangen sein, bis Naida in Begleitung zweier jüngerer Frauen wiederkam.

Was konnte man ihr schon noch antun, dachte Robin verbittert, was ihr nicht bereits angetan worden war? Hätte sie ehrlich über diese Frage nachgedacht, dann hätte die Antwort vermutlich gelautet: eine ganze Menge. Man konnte sie töten. Man konnte sie foltern. Man konnte sie weiter erniedrigen. Trotzdem hatte sie das Gefühl, bereits so tief gestürzt zu sein, wie es nur ging. Es gab nichts, was man ihr noch wegnehmen, keinen Schrecken, mit dem man sie noch ängstigen konnte. Sie würde schweigend alles erdulden, was immer das Schicksal noch für sie bereithielt, und währenddessen still auf ihre Gelegenheit warten.

Zunächst jedoch widerfuhr ihr nichts Schlimmeres, als dass Naida ihr mit groben Gesten befahl, sich zu entkleiden. Robin gehorchte, woraufhin eine der beiden jüngeren Sklavinnen ihr Gewand nahm und damit das Zimmer verließ. Die andere brachte eine Schale mit frischem Wasser, weiche Tücher und ein Stück wohlriechender Seife, mit der sie Robin von Kopf bis Fuß wusch, als wäre sie ein kleines Kind, das nicht allein dazu in der Lage war. Naida stand die ganze Zeit schweigend dabei und sah mit verdrießlichem Gesicht zu. Offensichtlich war sie mit dem Ergebnis der Bemühungen nicht zufrieden, denn sie sagte ein paar grobe Worte, und die Sklavin begann erneut mit ihrer Prozedur. Es sollte nicht mehr lange dauern, bis Robin herausfand, dass alles, was Naida sagte, irgendwie grob klang, jedoch längst nicht immer so gemeint war.

Die Seife roch köstlich und fühlte sich so wunderbar auf der Haut an, dass Robin noch stundenlang dieses Gefühl hätte genießen wollen. Aber schließlich war das Wasser eiskalt, und als Naida endlich zufrieden gestellt war und dies mit einem angedeuteten Nicken kundtat, da zitterte sie am ganzen Leib und sah sich suchend nach einer Decke um, in die sie sich wickeln konnte. Naida verzog spöttisch das Gesicht und klatschte in die Hände. Die Sklavin nahm die Wasserschale und ging damit hinaus, und nur einen Augenblick später kehrte die andere Frau zurück. Über dem Arm trug sie ordentlich zusammengefaltete Kleider, in der rechten Hand hielt sie ein Paar zierlicher mit Perlen bestickter Pantoffeln, die aus dünnen goldfarbenen Schnüren geflochten waren, und in der anderen einen zusammengeschnürten Leinensack. Naida nahm ihr beides ab, warf die Kleider und Schuhe achtlos aufs Bett und schnürte den Beutel auf. Robin beobachtete misstrauisch ihr Tun, doch die Alte zog keine Folterwerkzeuge hervor, sondern nur einige weitere, kleinere Beutel und Säckchen sowie schmale Streifen eines weißen Tuches.

Sie winkte Robin heran, befahl ihr, sich herumzudrehen. Dann begutachtete sie ausführlich ihre auf dem ganzen Körper verteilten Kratzer und Verletzungen. Die meisten davon waren harmlos, aber Robin mutmaßte, dass zwei oder drei der Wunden tief genug waren, um hässlich zu vernarben. Naida untersuchte all ihre Verletzungen gründlich, kratzte hier und da mit dem Fingernagel ein wenig Schorf ab. Es tat weh, aber Robin biss tapfer die Zähne zusammen und gab nicht den mindesten Laut von sich. Schließlich begann die Alte, die unterschiedlichsten Tinkturen und Salben aus ihren Beutelchen hervorzuholen und auf die Verletzungen aufzutragen. Manches brannte wie Feuer, das meiste aber war kühl und tat gut. Robin ließ es gerne mit sich geschehen, dass Naida ihr zwei neue Verbände anlegte.

Als sie endlich fertig war, schielte Robin verlangend nach den Kleidern, die auf dem Bett lagen. Sie fror so erbärmlich, dass sie mittlerweile am ganzen Leib zitterte, obwohl die Sonne mit großer Kraft durch das Fenster hereinschien und es im Zimmer eher zu warm als zu kalt war. Offensichtlich hatte sie immer noch ein wenig Fieber, und ihr Körper protestierte mit Nachdruck gegen die grobe Behandlung, die sie ihm seit Wochen zuteil werden ließ. Doch Naida schüttelte nur den Kopf, schob sie am ausgestreckten Arm ein Stück von sich weg und begutachtete sie von Kopf bis Fuß, so wie ein Maler, der gerade ein Bild fertig gestellt hatte, aber nicht ganz zufrieden mit seiner Arbeit war.

Die Alte deutete auf die Narbe an Robins Kehle, sagte etwas, das sich wenig freundlich anhörte, und griff dann nach Robins Arm. Ihr Daumen grub sich so derb in Robins Oberarm, dass sie schmerzerfüllt die Luft einsog. Robin brauchte ihre Worte gar nicht zu verstehen, denn die Miene der alten Frau ließ ihre Missbilligung deutlich erkennen. Es war nicht schwer zu erraten, was sie sagen wollte. Körperlich hatte sich Robin im Verlauf des zurückliegenden Jahres endgültig vom Mädchen zur Frau entwickelt und mit ihrem Gesicht und ihrer Figur konnte sie sich ohne Weiteres mit den allermeisten anderen Frauen messen, denen sie begegnet war – auch wenn ihre Rundungen weniger üppig ausfielen als bei den meisten ihrer Geschlechtsgenossinnen. Schlimm stand es jedoch um ihre Frisur, die gewiss praktisch war, wenn man einen schweren Topfhelm trug, doch nüchtern betrachtet alles andere als damenhaft aussah.

Schließlich war sie auch nicht zur Hofdame erzogen worden! Stattdessen hatte sie Reiten, Bogenschießen und Schwertkämpfen gelernt. Salim hatte sie gnadenlos geschunden, weil er ahnte, was ihnen bevorstehen würde, und das Ergebnis seiner Bemühungen war nicht zu übersehen. Unter ihrer glatten, seidenweichen Haut hatte Robin Muskeln, die so stark wie die eines Mannes waren, und ganz offensichtlich gefiel dieser Umstand Naida nicht besonders. Eine Weile murmelte sie kopfschüttelnd und verdrießlich vor sich hin, dann drehte sie sich herum und gestikulierte mit der Hand. Sogleich begann die Sklavin, ihr zu helfen, die fremdartigen Kleider richtig anzulegen. Als Letztes schlüpfte Robin in die Sandalen.

141

Die Kleider bestanden aus wenig mehr als nichts. Wenn sie im Sonnenlicht stand, mussten sie beinahe durchsichtig sein, sodass man den Umriss ihres Körpers darunter in allen Einzelheiten erkennen konnte, und auch die flachen Schuhe dienten deutlich mehr der Zierde als dem Schutz. Die Sohlen waren so dünn, dass sie die Kälte des Bodens darunter spüren konnte. Trotzdem war das Zittern verschwunden. Sie hatte sogar das Gefühl, nicht mehr ganz so schrecklich zu frieren wie noch vor einem Augenblick, auch wenn ihr natürlich klar war, dass das nur Einbildung sein konnte.

Sie sah an sich herab und strich bewundernd mit den Fingern über den glatten, seidenweichen Stoff des Gewandes. Naida nahm sie bei der Schulter und führte sie zur anderen Seite des Zimmers, wo sie in dem kleinen Wasserbecken ihr Spiegelbild bewundern konnte.

Fassungslos starrte Robin das Bild an, das sich ihr bot.

Seit sie Salim kennen gelernt hatte, war der junge Tuareg nicht müde geworden, ihr immer wieder zu versichern, dass sie eine der schönsten Frauen sei, denen er jemals begegnet war, aber natürlich hatte sie das für Schmeichelei gehalten. Worte, die Männer Frauen eben sagten, um das zu bekommen, was Männer im Allgemeinen von Frauen haben wollen. Jetzt aber, als sie vor dem Becken stand und sich selbst betrachtete, fragte sie sich zum ersten Mal, ob er vielleicht Recht hatte. Ihr Gesicht wirkte noch immer ein wenig blass und kränklich, und ihr Haar hatte mehr als nur eine Wäsche nötig, um seinen früheren Glanz zurückzuerlangen, und dennoch weckte ihr Spiegelbild in ihr den Eindruck, einer Fremden gegenüberzustehen.

Man hatte ihr eine Hose angelegt! Das männlichste aller Kleidungsstücke. Und doch war diese Hose anders als die, welche sie kannte. Der Stoff war zart wie ein Windhauch und durchscheinend. Man hatte ihn mit stilisierten goldenen Rosenblüten und Blättern bestickt. Die Hosenbeine waren weit und warfen im Schritt so viele Falten, dass vor neugierigem Blick verborgen blieb, was verborgen bleiben sollte.

Dennoch fühlte sich Robin zunächst unwohl in diesem Kleidungsstück, denn sie hatte das Gefühl, nackt zu sein. Ihre Brüste waren unter einem eigenartigen kurzen Wams aus Brokatstoff verborgen, das nicht einmal bis zu ihrem Rippenbogen reichte. Darüber trug sie einen offenen, durchscheinenden Kaftan, der aus ähnlichem Stoff wie die Hose gefertigt war. Ihre Taille blieb auf diese Weise nackt, was in der Hitze dieses Wüstenlandes jedoch nicht unangenehm sein mochte.

Um das Bild zu vervollkommnen, hatte man ihr einen schweren Gürtel aus silbernen Münzen angelegt und einen dünnen Seidenschal um den Hals geschlungen, der ihre Narbe verbarg. Je länger Robin ihr Spiegelbild betrachtete, desto besser gefiel es ihr. Zum ersten Mal seit weit über einem Jahr durfte sie wieder eine Frau sein.

Der Silbergürtel lag schwer auf ihren Hüften, fast als hielten sie dort sanfte Männerhände umschlungen. Ein warmes, wohliges Gefühl nistete sich in ihrem Bauch ein. Sie konnte kaum fassen, dass wirklich sie das Mädchen sein sollte, das sie dort im Becken sah, und sie ertappte sich bei dem heimlichen Wunsch, dass Salim sie einmal in diesen Gewändern zu sehen bekam.

Die alte Araberin ließ ihr hinlänglich Zeit, ihr Spiegelbild im Becken zu bewundern. Es dauerte eine ganze Weile, bis sie entschied, dass es genug war. Dann ergriff sie Robin am Handgelenk, um sie zurückzuziehen. Mitten in der Bewegung fuhr sie erschrocken zusammen. So stand sie einen Augenblick wie vom Blitz gerührt. Schließlich hob sie Robins Hand und führte sie dicht vor die Augen, so als könne sie nicht glauben, was sie gesehen hatte.

»Was hast du?«, fragte Robin.

Die Alte reagierte nicht. Stattdessen betrachtete sie stirnrunzelnd und mit einem Ausdruck höchster Konzentration auf dem Gesicht den Ring, den Salim Robin angesteckt hatte. Was immer sie darin sah, es schien ihr ganz und gar nicht zu gefallen. Schließlich versuchte sie, Robin den Ring abzustreifen, aber diese ballte die Rechte zur Faust, riss sich los und machte zwei Schritte rückwärts.

»Nein!«, stieß sie hervor. »Der gehört mir.«

Naida schien erbost über ihren Widerspruch. Erneut ergriff sie Robins Handgelenk, aber Robin schüttelte nur noch heftiger den Kopf, riss sich abermals los und rief noch einmal: »Nein! Eher lasse ich mir die Hand abhacken!«

»Das wird wohl nicht nötig sein.«

Robin fuhr erschrocken herum und blickte ins Gesicht des Sklavenhändlers. Er war hereingekommen, ohne dass sie es auch nur bemerkt hatte, und sie fragte sich ganz automatisch, wie lange er schon dastand und sie beobachtete. Sein Gesicht hatte den gewohnten finsteren Ausdruck, aber zumindest der Zorn, den sie vorhin im Kerker darauf gelesen hatte, war verflogen.

»Hat dein Ring Naida erschreckt?«, fragte er.

Robin wich einen weiteren Schritt zurück und presste die Hand mit dem Ring schützend an die Brust, der Araber indessen ließ sich davon nicht beirren. Mit einem einzigen Schritt war er bei ihr, packte sie grob am Unterarm und riss sie zu sich heran. Dann zwang er ihre Finger auseinander und zog ihr das unscheinbare Schmuckstück ab. Robin wollte danach greifen, aber ein einziger drohender Blick aus seinen schwarzen Augen sorgte, dass sie mitten in der Bewegung erstarrte.

»Das ist ein einzigartiges Stück«, sagte er, nachdem er den Ring eine Weile interessiert, jedoch ohne den besorgten Ausdruck, den sie bei Naida bemerkt hatte, betrachtet hatte. »Woher hast du ihn?«

»Er gehört mir!«, sagte Robin.

»Das habe ich nicht gefragt«, antwortete der Sklavenhändler. »Ich will wissen, woher du ihn hast!«

»Von einem Freund«, antwortete Robin. »Bitte gebt ihn mir zurück. Er ist völlig wertlos. Nur ein Andenken, aber das Letzte, das ich an ihn habe.«

»Nur ein Andenken, so?« Der Sklavenhändler verzog spöttisch die Lippen. »Es muss ein sehr guter Freund gewesen

144

sein, wenn er dir ein so kostbares Andenken schenkt. Es ist pures Gold.«

»Ich möchte ihn behalten«, sagte Robin. »Bitte.«

Das letzte Wort kam ihr so schwer über die Lippen, dass es wohl selbst dem Sklavenhändler auffiel, denn er hörte auf, den Ring in den Fingern zu drehen, und sah sie einen Moment lang mit auf die Seite gelegtem Kopf an. Sie wusste, dass sie von diesem Mann keine Gnade und schon gar kein ritterliches Verhalten zu erwarten hatte. Wenn er ihr den Ring wegnehmen wollte, dann würde er das tun, und alles Bitten und Flehen würden ihr nicht helfen. Wahrscheinlich würde er ihn schon allein deshalb behalten, weil sie ihn darum gebeten hatte. Robin verfluchte sich in Gedanken dafür, es überhaupt getan zu haben.

Omar sah sie noch immer nachdenklich an, dann schloss er die Faust um den schmalen Goldring und wandte sich mit einer Frage an Naida. Die alte Araberin antwortete, woraufhin der Sklavenhändler die Schultern hob und die Hand wieder öffnete, um den Ring erneut zu betrachten. Naida wandte sich von ihrem Herrn ab. Sie streifte Robin mit einem Blick, der ihr einen kalten Schauer über den Rücken laufen ließ. Die Templerin wusste nicht, woher das Gefühl kam, aber irgendwie ahnte sie, dass Naida ihrem Herrn nicht die Wahrheit gesagt hatte, was diesen Ring anging.

»Ein Andenken an einen Freund also«, sagte der Sklavenhändler nachdenklich. »Gut, dann magst du ihn behalten, solange du tust, was man von dir verlangt.«

Robin musste sich mit aller Gewalt beherrschen, um den Ring nicht an sich zu reißen, als er ihr die Hand entgegenstreckte. So ruhig, wie es ihr möglich war, nahm sie den Ring, streifte ihn wieder über den Finger und schloss schützend die Faust darum. Der Sklavenhändler sah ihr wortlos zu. Sein Gesicht blieb unbewegt, aber Robin meinte ein sonderbares Glitzern in seinen Augen wahrzunehmen, wobei sie nicht sicher war, ob es sich um einen Ausdruck von Spott oder Herablassung handelte.

»Danke«, sagte sie.

»Du wirst gleich zu essen bekommen«, erklärte Omar, ohne noch weiter auf den Ring einzugehen. »Für den Rest des Tages magst du dich ausruhen, aber schon morgen früh wirst du anfangen, unsere Sprache besser zu lernen.« Er deutete auf die alte Frau. »Naida ist eine ausgezeichnete Lehrerin, wenn auch manchmal etwas ungeduldig. Tu, was sie von dir verlangt, und es wird dir gut gehen. Wenn sich erweist, dass du es wert bist, wird noch ein weiterer Lehrer kommen, der dich in die Dinge unterweist, die eine Frau wissen sollte.« Der Sklavenhändler lächelte anzüglich. »Im Übrigen werde ich nach einem Heilkundigen schicken, der sich deine Wunden ansehen soll. Du siehst ja aus, als sei eine Herde wilder Pferde über dich hinweggetrampelt.«

»Zu gütig«, murmelte sie leise.

»Versteh mich nicht falsch. Ich habe einen Namen zu verlieren und kann es mir nicht leisten, dass man mir nachsagt, ich hätte meine Kunden mit schadhafter Ware oder schlimmer noch ... Gütern aus zweiter Hand beliefert.« Damit drehte er sich herum und wollte das Zimmer verlassen, aber Robin rief ihn noch einmal zurück. »Herr?«

Der Sklavenhändler blieb stehen, drehte sich widerwillig herum und warf ihr einen ungeduldigen Blick zu. »Was ist denn noch?«

Robins Herz begann zu pochen. Eine innere Stimme sagte ihr, dass sie dabei war, einen schweren Fehler zu begehen. Nach den Ereignissen der vergangenen Tage hätte sie jetzt ebenso gut gefesselt und halb verhungert bei den anderen Sklaven unten im Keller sein können. Sie war vermutlich gut beraten, wenn sie den Bogen nicht überspannte und das Schicksal, das es so unerwartet gut mit ihr gemeint hatte, nicht noch zusätzlich auf die Probe stellte. Dennoch fuhr sie mit leiser, fast unterwürfiger Stimme fort: »Darf ich noch eine Bitte äußern?«

Auf dem Gesicht ihres Gegenübers war deutlich abzulesen, wie sehr Robin seine Geduld strapazierte. Dennoch nickte er knapp und Robin fuhr fort: »Nemeth. Das ... das Mädchen aus dem Fischerdorf. Erinnert Ihr euch? Ihr habt sie mitgenommen.«

»Und?«

»Ich ... würde sie gerne besuchen«, sagte Robin. »Vielleicht nur ... ab und zu.«

Der Sklavenhändler dachte einen Moment über ihre Bitte nach, dann machte er eine Bewegung, von der sie nicht ganz sicher war, ob sie ein Nicken oder ein Kopfschütteln darstellte. »Wenn deine Pflichten es zulassen«, sagte er.

Und damit ging er endgültig.

7. Kapitel

Robin sollte bereits am nächsten Morgen herausfinden, wie diese Worte gemeint waren. Nach der Ankündigung des Sklavenhändlers hatte sie erwartet, ihre Tage in diesem luxuriösen Gefängnis mit nichts anderem als einigen Stunden Sprachunterricht und sehr vielen Stunden Langeweile zu verbringen, aber das Gegenteil war der Fall. Trotz des Sturms von Gefühlen, der in ihr tobte, und all der unzähligen Ängste und Befürchtungen, mit denen sie sich quälte, hatte sie ausgezeichnet und sehr tief geschlafen.

Noch nie hatte sie in einem solchen Bett gelegen, und zum ersten Mal seit Wochen schlief sie ein, ohne dass ihr übel war, ihr etwas wehtat, der Boden unter ihr bedrohlich schwankte und sie fürchten musste, sich durch eine unbedachte Bemerkung oder auch nur eine falsche Bewegung zu verraten. Sie erwachte erst, als die Sonne bereits hoch am Himmel stand. Das Klappern der großen silbernen Teller, auf denen die beiden Sklavinnen eine Schale mit Wasser zum Waschen und ein reichhaltiges Frühstück hereinbrachten, hatte Robin geweckt. Obwohl unvermittelt aus dem tiefsten Schlaf gerissen, war sie sofort hellwach und versuchte, die beiden Frauen in ein Gespräch zu verwickeln. Ihr Arabisch war aber entweder zu schlecht, um sich mit den beiden Frauen zu verständigen, oder sie hatten Befehl, nicht mit ihr zu reden, denn ihre Antworten bestanden nur aus einem freundlichen Lächeln oder Gesten des Nichtverstehens.

Kaum hatte Robin ihr Frühstück beendet und sich angekleidet, da erschien auch schon Naida, und ihr Unterricht begann. Ganz, wie Omar es behauptet hatte, erwies sich die alte Frau als ausgezeichnete Lehrerin, die manchmal etwas unwirsch wirkte, doch dort, wo Geduld angebracht war, genug davon aufbrachte. Auch verzieh sie Robin so manchen Fehler, für den Bruder Abbé oder Heinrich sie heftig gescholten hätten.

Der Unterricht ging bis zur Mittagsstunde und Naida gab ihr gerade genug Zeit, etwas zu essen und sich ein wenig frisch zu machen, bevor sie auch schon fortfuhr. Robin erwies sich als gelehrige Schülerin und Naida als eine Lehrerin, die sehr viel besser war, als Salim es jemals hätte sein können. Schon nach wenigen Tagen bereitete es der Templerin keine Schwierigkeiten mehr, sich fließend mit der alten Sklavin zu verständigen, und noch ehe die erste Woche zu Ende war, ertappte sie sich manchmal dabei, schon auf Arabisch zu denken. Zwar beherrschte sie längst nicht alle Feinheiten dieser überaus blumigen und facettenreichen Sprache, doch konnte sie bereits ohne Mühe ihre Wünsche und Bedürfnisse artikulieren oder eine kurze Unterhaltung führen, ohne sich zu blamieren und ihren Gesprächspartner unwillentlich zum Lachen zu reizen.

Darüber hinaus aber unterwies Naida sie auch in vielerlei anderen Dingen. Sie zeigte ihr, wie man die ungewohnten Kleider richtig anlegte, auf welche Art man die fremdartigen Speisen aß und welche Gesten man in Gegenwart eines Fremden besser unterließ. Auch lehrte die Alte sie, wann es angezeigt war, den Blick zu senken, und wann sie reden durfte, ohne dazu aufgefordert zu sein. Zunächst hatte Robin nicht darüber nachgedacht – aber langsam begriff sie, dass sie keine Behandlung erfuhr wie eine Sklavin, die in weniger als zwei Wochen auf dem Markt verkauft werden sollte. Nachdem sie ihr anfängliches Misstrauen überwunden hatte und diese Behandlung nicht länger als einen grausamen Scherz empfand, indem ihr neuer Besitzer sie anschließend in noch tiefere Verzweiflung stürzen wollte, fragte sie sich, warum man ihr solche Aufmerksamkeit angedeihen ließ.

Zwar hatte sie von Salim erfahren, dass hellhäutige Frauen mit »pferdeäpfelfarbenem« Haar in den Harems so mancher Sultane seiner Heimat ganz besonders geschätzt wurden, aber das allein konnte nicht der Grund sein. Sicher, sie war gefangen. Sie durfte ihren Raum nicht verlassen, und auch wenn Naida auf ihre bärbeißige Art im Grunde freundlich zu ihr war, so ließ die alte Frau doch keinen Zweifel daran aufkommen, dass Robin ihr zu gehorchen hatte, ganz egal, was auch immer sie von ihr verlangte.

Manchmal schrie Naida sie an und einmal hatte sie Robin sogar geschlagen, als sie sich zu unbeholfen dabei angestellt hatte, ein festliches Gewand anzulegen. Davon abgesehen jedoch wurde sie behandelt wie eine Königin. Warum auch immer, der Sklavenhändler schien etwas ganz Besonderes in ihr zu sehen; eine Investition, die sich für ihn überaus lohnen musste, denn sonst hätte er sich wohl kaum solche Mühe mit ihr gegeben.

Vielleicht hätte sie sogar ganz vergessen, was sie in Wahrheit war, wären da nicht ihre regelmäßigen Besuche bei Nemeth gewesen.

Es hatte drei Tage gedauert, bis sie zum ersten Mal Gelegenheit bekam, das Versprechen einzulösen, das sie dem Fischermädchen und vor allem sich selbst gegeben hatte. Naidas Unterrichtsstunden dauerten stets bis zum Sonnenuntergang, und Robin war anschließend so müde, dass sie auf der Stelle einschlief und sogar das Nachtmahl hätte ausfallen lassen, hätte Naida es ihr gestattet. Erst am vierten Tag nach ihrer Ankunft in Hama bat sie die alte Frau, sie hinunter in den Keller zu führen, wo die anderen Sklaven untergebracht waren.

Naida zeigte sich davon nicht begeistert. Sie tat sogar so, als hätte sie Robins Bitte nicht verstanden, aber Robin beherrschte das Arabische mittlerweile so gut, dass sie durchaus in der Lage war, ihrer Forderung Nachdruck zu verleihen. Schließlich stimmte Naida widerwillig zu, machte aber eine rüde Geste, als Robin zusammen mit ihr das Zimmer verlassen wollte, und ließ sie für eine geraume Weile allein. Als sie zurückkam, befand sich ein hoch gewachsener Krieger in einem schwarzen Gewand in ihrer Begleitung, der ihr und vor allem Robin so lautlos wie ein Schatten und auch ebenso beharrlich folgte.

Robin fand nie heraus, ob er zu ihrem Schutz oder zu ihrer Bewachung da war, obgleich er in den nächsten Tagen tatsächlich zu so etwas wie ihrem persönlichen Schatten wurde, denn er begleitete sie auf Schritt und Tritt, wann immer sie ihr Gemach verließ. Als sie jedoch das Kellergewölbe betrat und der Sklavenkäfige ansichtig wurde, vergaß sie den Krieger.

Obwohl sie schon einmal hier gewesen war, traf sie der Anblick wie ein Schlag. Das Verlies kam ihr dunkler vor als beim ersten Mal, die Zellen jenseits der Gitter noch winziger, schmutziger, und der Gestank war so schlimm, dass er ihr im wahrsten Sinne des Wortes den Atem raubte. Sie vernahm ein leises Weinen, hier und da ein Stöhnen oder Schluchzen, das Rascheln von Stoff und ein allgemeines Wehklagen und Jammern, das die Luft durchtränkte und sich wie eine unsichtbare, glühende Messerklinge in ihre Brust bohrte.

Naida sagte etwas, das sie diesmal nicht verstehen wollte, und legte ihr sanft die Hand auf die Schulter. Robin schüttelte sie ab, riss sich los und ging mit schnellen Schritten zum anderen Ende des schmalen, von Gitterstäben gebildeten Ganges, der den großen Kellerraum in zwei Hälften teilte. Sie versuchte, den Blick von den bemitleidenswerten Gestalten zu wenden, aber es gelang ihr nicht. Sie hätte wissen müssen, was sie erwartete, schließlich war sie nicht das erste Mal hier, aber es kam ihr plötzlich hundertmal schlimmer vor. Hätte sie genauer hingesehen, dann wäre ihr aufgefallen, dass die Zahl der Sklaven abgenommen hatte. Ganz, wie der Sklavenhändler vorhergesagt hatte, waren die

Schwächsten den Strapazen erlegen, die sie auf dem Weg hierher hatten erleiden müssen. Diejenigen, die noch am Leben waren, begannen sich ganz allmählich zu erholen, auch wenn zweifellos noch einige von ihnen sterben würden. Robin aber kam es vor, als wäre das Leid hundertmal schlimmer geworden.

Als sie die Zelle erreichte, in der Nemeth und ihre Mutter sowie ein Dutzend weiterer Sklaven untergebracht waren, konnte sie die Tränen kaum noch zurückhalten.

Nemeth starrte sie mit weit aufgerissenen Augen an. Sie machte keine Anstalten, zu ihrer selbst ernannten Retterin zu kommen, sondern klammerte sich weiter so fest an ihre Mutter, als befürchtete sie, sie im nächsten Moment zu verlieren. Das Gesicht des Mädchens blieb völlig unbewegt – so weit das unter der Kruste aus Schmutz und eingetrockneten Tränen überhaupt erkennbar war –, und in seinen Augen war ein Ausdruck, der Robin erneut einen eisigen Schauer über den Rücken jagte. Mit aller Kraft kämpfte Robin die Tränen nieder und versuchte, wenigstens die Andeutung eines Lächelns auf ihr Gesicht zu zwingen. Weder das eine noch das andere hatte etwas mit Stolz oder vorgetäuschtem Mitleid zu tun. Wie sollte sie den Menschen auf der anderen Seite der Gitter Mut zusprechen, wenn diese ihre Verzweiflung bemerkten und begriffen, dass sie selbst kurz vor dem Zusammenbruch stand?

Sie hörte ein Rascheln hinter sich und wusste, ohne sich umblicken zu müssen, dass es Naida war. Die alte Araberin sagte etwas, das Robin nicht verstand, sich aber ungewohnt mitfühlend und sanft anhörte. Robin beachtete sie nicht weiter, ließ sich in die Hocke sinken und zog ein Stück Fladenbrot und eine Hand voll Datteln unter ihrem Gewand hervor. Beides hatte sie während ihres Abendessens beiseite geschafft und versteckt. Bis vor einem Augenblick war es ihre größte Sorge gewesen, wie sie Nemeth unbemerkt das Essen zustecken konnte; jetzt war es ihr egal. Wenn Naida auch nur den Ansatz machen sollte, dem Mädchen diese kümmerliche

Mahlzeit vorzuenthalten, dann würde sie ihr die Augen auskratzen.

Keiner der Gefangenen rührte sich. Auch Nemeth starrte vollkommen reglos auf das Brot und die Früchte in Robins Hand. Doch jetzt füllten sich die Augen des Mädchens mit Tränen, und als hätte es damit eine Schranke durchbrochen, verzog sich sein Gesicht vor Leid, Hunger und Angst. Der Anblick war so schrecklich, dass Robin meinte, ein glühender Dolch grabe sich in ihre Brust.

»Bitte nimm es«, sagte sie. »Mehr habe ich nicht. Aber ich verspreche, dass ich dir wieder etwas bringe.«

»Versprich nichts, was du nicht halten kannst«, sagte Naida hinter ihr. Abermals beachtete Robin sie nicht.

In Nemeths Augen stand ein Ausdruck von Verwirrung, als begriffe sie erst allmählich, dass Robin diesmal mehr als nur undeutlich gestammelte arabische Worte über die Lippen gekommen waren. Auch Saila hob verwundert den Kopf und starrte in ihre Richtung. Robin erschrak erneut, als sie sah, in welch jämmerlichem Zustand sich die junge Frau befand, die vor kaum einer Woche noch so schön und anmutig gewesen war. Jetzt war sie kaum mehr als ein Zerrbild ihrer selbst; das Gesicht eingefallen und grau, nicht nur vor Schmutz, sondern auch vor Schwäche, die Augen trüb über tiefen, dunklen Augenringen und das Haar fleckig wie dreckiges Stroh.

Saila schwieg ebenfalls und sah Robin nur auf die gleiche, ebenso verwirrte wie ungewollt vorwurfsvolle Art an wie ihre Tochter. Schließlich hob sie die Hand, löste Nemeths Arme mit sanfter Gewalt von ihren Schultern und schob das Kind ein ganz kleines Stück in Robins Richtung, und endlich fiel der Bann von dem Mädchen ab. Mit einem einzigen Satz war sie am Gitter bei Robin und riss ihr Brot und Früchte so ungestüm aus der Hand, dass ihre Fingernägel zwei dünne Kratzer auf Robins Handrücken hinterließen. Augenblicklich sprang sie wieder zurück, das erbeutete Stück Brot und die drei Datteln wie einen Schatz an sich gepresst und am ganzen Leib zitternd. Doch sie machte keine Anstalten, etwas davon in den Mund zu stecken.

»Iss«, sagte Robin. »Bitte.«

Nemeth zögerte noch einmal, dann schlang sie das Brot regelrecht herunter, und Robin hatte plötzlich nicht mehr die Kraft, ihr dabei zuzusehen. Sie konnte die Tränen nicht länger zurückhalten. Doch sie wollte nicht, dass Nemeth bemerkte, dass sie weinte. All diese Menschen so zu sehen tat ihr unendlich weh. Sie waren gewiss nicht ihre Freunde gewesen, Saila und ihre Tochter vielleicht einmal ausgenommen, aber sie hatten auch nichts getan, wodurch sie dieses Schicksal verdienten. Und das Allerschlimmste war: Es war nicht nur Mitleid, das die Tränen plötzlich ungehemmt über Robins Gesicht laufen ließ. Sie fühlte sich schuldig. Sie stand hier, als gehörte sie in eine ganz andere Welt, bekleidet wie eine Prinzessin, wohlgenährt und frei. Sosehr ihr Verstand auch versuchte, ihr klar zu machen, dass es nicht ihre Schuld war, so sehr sprach ihr Herz eine andere Sprache. Sie hatte das Gefühl, ihren Wohlstand all diesen Menschen zu verdanken – vor allem aber Nemeth und ihrer Mutter.

»Warum ... tut ihr das?«, schluchzte sie. Die Worte galten Naida, die Robin noch immer keines Blickes würdigte.

»Es ist Allahs Wille, die Starken überleben zu lassen«, sagte die alte Sklavin hinter ihr.

»Allah?« Robin wollte lachen, aber der Laut, der aus ihrer Kehle kam, klang eher wie ein verzweifelter Schrei. »Du meinst wohl Omar, nicht wahr? Ich glaube nicht, dass euer Gott die Menschen geschaffen hat, damit sie so gequält werden.«

»Schweig!«, sagte Naida scharf. »Es steht dir nicht zu, Allahs Namen in den Mund zu nehmen, Christin! Tu es noch einmal und ich lasse dich auspeitschen!«

»Das glaube ich nicht«, murmelte Robin. Vielleicht hatte Naida die Macht, sie bestrafen zu lassen, vielleicht auch nicht, aber welche Rolle spielte das jetzt noch?

154

»Wir müssen gehen«, sagte Naida scharf.

Robin nahm alle Kraft zusammen, hob den Blick und sah Naida fest in die Augen. Sie schüttelte den Kopf. »Ich will zu deinem Herrn«, verlangte sie. »Ich will mit Omar sprechen, auf der Stelle!«

Die alte Sklavin zeigte sich nicht beeindruckt. Der Blick, mit dem sie Robin maß, war eher mitleidig. »Wenn unser Herr dich zu sehen wünscht, wirst du es schon früh genug erfahren«, antwortete sie. Dann schüttelte sie den Kopf. »Er weilt nicht im Haus.«

»Ich nehme an, er ist auf dem Markt, um Sklaven zu ver-kaufen«, sagte Robin böse. »Dann beeilt er sich besser. Wenn er seinen wertvollen Besitz weiter so behandelt, wird er bald niemanden mehr verkaufen können.«

Diesmal blitzte es ärgerlich in Naidas Augen auf, und Robin begriff, dass sie zu weit gegangen war. Sie mahnte sich selbst in Gedanken, vorsichtiger zu sein. Noch vor einem Augenblick war ihr ihr eigenes Schicksal gleich gewe-sen, aber jetzt dachte sie an das Stück Brot, das Nemeth so gierig heruntergeschlungen hatte, und ihr wurde klar, dass sie weder Nemeth noch ihrer Mutter oder irgendeinem hier hel-fen konnte, wenn sie es sich endgültig mit Naida verdarb.

»Unser Herr ist nicht einmal in der Stadt«, sagte Naida verächtlich. »Was für ein Glück für dich!«

»Dein Herr ist ein Dummkopf«, sagte Robin, langsam und so ruhig, dass aus diesen Worten eine Feststellung wur-de, keine Beleidigung. Naida sah sie nur fragend an, aber der hünenhafte Krieger, der wie ein Schatten hinter der alten Frau stand, runzelte viel sagend die Stirn, und Robin spürte, wie sich seine Muskeln unter dem schwarzen Gewand spannten. Sie fragte sich, wie weit Naidas Macht über diesen Mann reichte, ob sie ihm Befehle erteilen oder ihrerseits Befehle von ihm annehmen würde und ob sie in der Lage oder auch nur willens war, sie zu beschützen, sollte der Krieger zu dem Schluss kommen, dass die Christensklavin sich zu sehr im Ton vergriffen habe.

155

In ruhigem und sachlichem Tonfall fuhr sie deshalb fort: »Tote Sklaven bringen keinen Gewinn auf dem Markt, und halb verhungerte und kranke wohl auch nicht.«

Zu ihrer Überraschung verwies Naida sie nicht in ihre Schranken, sondern sah sie auf eine Weise an, die Robin im ersten Moment nicht deuten konnte. Als die alte Frau schließlich antwortete, tat sie es beinahe im Tonfall einer Verteidigung. »Ich selbst bin für die Sklaven verantwortlich, solange unser Herr nicht in der Stadt weilt. Aber meine Befugnisse haben Grenzen.«

»Ich habe nicht verlangt, dass du sie frei lassen sollst«, antwortete Robin.

»Mir stehen nur begrenzte Mittel zur Verfügung, um Nahrung für die Sklaven zu kaufen«, entgegnete Naida. »Was soll ich tun? Diesem Mädchen und ihrer Mutter eine Extraration geben und einen anderen dafür verhungern lassen?«

»Nein«, antwortete Robin. »Aber es würde nichts kosten, ihnen Wasser zu geben, um sich zu waschen, und frisches Stroh, damit sie nicht in ihrem eigenen Schmutz schlafen müssen. Und es würde nichts kosten, wenn du ihnen erlaubtest, ihre Zellen zu reinigen. Viele von ihnen sind krank.«

»Und werden sterben«, sagte Naida. »Ich weiß.«

»Aber einige vielleicht nicht, wenn du sie nicht weiter in diesem Dreck verrotten lässt!«, erwiderte Robin. »Ich bitte dich, Naida! Sei barmherzig! Oder lass wenigstens deine Vernunft walten! Ihr würdet euer Vieh nicht in einem so schmutzigen Stall unterbringen, warum also tut ihr es mit Sklaven, die doch angeblich ein so wertvoller Besitz sind?«

Dem Krieger war nun noch deutlicher sein Missfallen über diesen Wortwechsel anzusehen. Oder war es Verwunderung, die sich in seinen Zügen spiegelte? Die alte Sklavin schwieg eine geraume Weile, und Robin glaubte schon, sie hätte den Bogen endgültig überspannt.

Dann aber nickte Naida plötzlich. »Also gut«, sagte sie. »Sie bekommen Wasser, und sie dürfen ihre Zellen reinigen.

Wenn unser Herr danach fragt, dann wirst du ihm sagen, dass es meine Idee war, weil der Gestank das ganze Haus verpestet hat.« Sie drehte sich herum und sah den schwarz gekleideten Krieger hinter sich durchdringend an. »Und dasselbe gilt für dich, Faruk. Hast du mich verstanden?«

Der Krieger antwortete nicht, er nickte nur und trat, fast demütig und mit halb gesenktem Haupt, einen Schritt zurück. Naida war also mächtig genug, selbst diesem Mann Befehle zu erteilen. Robin fragte sich, wie eine einfache Sklavin so weit aufsteigen konnte, noch dazu in einer Welt, in der Frauen ganz offensichtlich noch sehr viel weniger zu sagen hatten als in Robins Heimat.

»Du musst jetzt gehen«, sagte Naida, nachdem sie sich wieder zu ihr herumgedreht hatte. »Verabschiede dich von deiner Freundin. Dies hier war dein letzter Besuch.«

Irgendetwas in Naidas Blick und Stimme warnte Robin. Sie hatte sehr viel mehr erreicht, als sie eigentlich hätte erwarten dürfen, aber nun spürte sie plötzlich, wie dünn das Eis war, auf dem sie sich bewegte. Sie kannte Naida viel zu wenig, um beurteilen zu können, ob die alte Sklavin tatsächlich über ein gutes Herz verfügte, das sich nur unter einer vorgetäuschten Schale aus Härte und Unnahbarkeit verbarg, oder ob sie einfach nur einen glücklichen Moment erwischt hatte. So oder so war Robin klar, dass der Zwischenfall dem Sklavenhändler nicht verborgen bleiben würde.

Robin wollte Naida keine Schwierigkeiten bereiten. So nickte sie nur, drehte sich noch einmal zu der Wand aus Gitterstäben herum und ging in die Hocke, um auf einer Höhe mit Nemeths Gesicht zu sein.

Das Mädchen hatte Brot und Datteln mittlerweile bis auf den letzten Krümel verzehrt und sich wieder Schutz suchend in die Arme ihrer Mutter geflüchtet. Sie sah Robin weiter auf diese stumme, eindringliche Art an, die vermutlich gar nicht vorwurfsvoll gemeint war. Wieder musste Robin gegen die Tränen ankämpfen, die ihr in die Augen schießen wollten.

157

»Ich werde wiederkommen«, versprach sie. »Und dir wird nichts passieren, darauf gebe ich dir mein Wort.«

Nemeth reagierte nicht, aber ihre Mutter hob den Blick. In ihren rot entzündeten Augen mischte sich Verzweiflung mit einer jäh aufflammenden Hoffnung. Ihre Worte taten Robin bereits wieder Leid. Tief in sich spürte sie, dass sie vielleicht nicht in der Lage sein würde, dieses Versprechen zu halten, ganz egal, wie sehr sie es auch wollte – und genau dieses Gefühl schien Saila zu teilen. Trotzdem klammerte sie sich mit der verzweifelten Kraft einer Mutter, die um das Leben ihres Kindes kämpft, an diese so vorschnell und leichtfertig ausgesprochenen Worte. Und vielleicht gaben sie ihr ja Kraft. Vielleicht erfüllte dieses Versprechen, das Robin möglicherweise nicht würde halten können, doch seinen Zweck, indem es Saila und ihrer Tochter das entscheidende Quäntchen Mut und Hoffnung gab, das über Leben oder Tod entscheiden mochte.

Mit einem Ruck stand Robin auf, drehte sich herum und lief so schnell die Treppe hinauf, dass der Krieger ihr hinterhereilen und sie festhalten musste, damit Naida wieder zu ihnen aufschließen konnte.

Am nächsten Morgen erwachte sie noch vor Sonnenaufgang von den feierlichen Rufen der Muezzine, die von den zahlreichen Minaretten der Moscheen erklangen. Die Nacht hatte Robin einen von Albträumen und wirren Fantasien geplagten Schlaf beschert, der ihr eher Kraft geraubt als Erholung gebracht hatte. Vom Hof her drangen vielfältige Geräusche in ihr Zimmer, und als sie den Kopf wandte und zum Fenster hinsah, erblickte sie den rötlichen Schein mehrerer Fackeln. Sie fühlte sich nicht gut. Sie war in Schweiß gebadet, ihre Haut fühlte sich klebrig und schmutzig an. Das war verwunderlich. Denn so heiß die Tage in diesem Teil der Welt auch sein mochten, so eisig waren meist die Nächte. Unsicher setzte sie sich auf der Bettkante auf, klaubte die dünne Decke, die sie im Schlaf abgestreift hatte, vom Boden auf und schlang sie sich um die Schultern, ehe sie aufstand und ans Fenster trat.

Über Hama mit all seinen unzähligen Türmen, Kuppeldächern und Minaretten war die Sonne noch nicht aufgegangen, aber im Osten zeigte sich bereits ein rötlicher Schimmer am Horizont. Der ummauerte Innenhof unter ihr war von einem Dutzend Fackeln hell erleuchtet. Robin blinzelte ein paar Mal und fuhr sich schließlich mit dem Handrücken über die Augen, um den Schlaf endgültig fortzuwischen und halbwegs klar sehen zu können. Das ungewohnte Bild ließ sie einen winzigen Moment lang zweifeln, ob sie tatsächlich schon wach war oder noch träumte, zugleich aber stahl sich ein mattes Lächeln auf ihr Gesicht, als sie begriff, dass Naida tatsächlich Wort gehalten hatte.

Von dem mehr als einem Dutzend Gestalten, das sie unter sich auf dem Hof erblickte, war sicherlich ein Drittel bewaffnet und gehörte zu den Wachen, die in Omars Dienst standen, aber die anderen waren eindeutig die Sklaven, die sie am vergangenen Abend unten im Kerker gesehen hatte. Im flackernden Licht der Fackeln und aus der Höhe ihres Zimmers herab betrachtet, wirkten sie beinahe noch bemitleidenswerter und zerlumpter als am Tag zuvor. Immerhin waren sie zum ersten Mal seit einer Woche nicht in Ketten oder eingepfercht in winzige, licht- und luftlose Zellen, sondern bewegten sich frei auf dem Hof. Einige standen reglos da – den Kopf in den Nacken gelegt – und starrten vollkommen fassungslos in den sternenübersäten Himmel über sich, als hätten sie nicht geglaubt, diesen Anblick noch einmal zu erleben; die meisten aber bildeten eine lange Schlange vor dem steinernen Trog, der auf der anderen Seite des Hofes stand. Normalerweise diente er zum Tränken der Pferde und Robin bezweifelte, dass sich die Wächter die Mühe gemacht hatten, das Wasser auszutauschen. Dennoch schien diese Brühe für die Sklaven ein ungeheurer Luxus zu sein; diejenigen, die an der Reihe waren, wuschen sich mehr als ausgiebig, und manche ließen sogar alle Scham fallen und rissen sich die besudelten

Kleider gänzlich vom Leib, um sich von Kopf bis Fuß mit dem sicherlich kalten Wasser zu säubern. Robin hörte ein allgemeines Wehklagen und Seufzen, aber auch Laute der Erleichterung, ja, des Glücks, die ihr vollkommen unangemessen erschienen. Sie hatte schon wieder einen bitteren Kloß im Hals, als sie auf die gequälten Kreaturen hinabsah, die frierend und halb nackt in der Kälte standen und für die ein Trog voll schmutzigen Wassers das höchste Glück zu sein schien. Zugleich empfand sie ein Gefühl tiefer Dankbarkeit Naida gegenüber, deren Herz vielleicht doch nicht so versteinert war, wie sie gerne vorgab.

Unwillkürlich hielt sie nach Nemeth und ihrer Mutter Ausschau, aber die beiden befanden sich nicht unter den Sklaven im Hof. Überhaupt war dort höchstens ein Viertel der Gefangenen, die sie gestern Abend im Kerker gesehen hatte. Vermutlich ließ man die Sklaven in kleinen Gruppen nach oben, schon damit sie in ihrer Verzweiflung nicht etwa auf den Gedanken kamen, sich gegen ihre Folterer zu erheben und einen Fluchtversuch zu wagen.

Sie stand lange am Fenster und blickte in den Hof hinab. Zu ihrer Enttäuschung tauchte Nemeth nicht auf. Unter den Kindern, die frierend vor dem Wassertrog standen und darauf warteten, vorgelassen zu werden, fiel Robin ein vielleicht zehnjähriger Junge auf, an den sie sich flüchtig erinnerte. Sie hatte ihn nur einmal im Fischerdorf gesehen und er hatte eine gewisse Ähnlichkeit mit Nemeth; vermutlich war in dieser kleinen Gemeinschaft jeder mit jedem verwandt. Er war ebenso schmutzig, bot einen ebenso jämmerlichen Anblick und wirkte genauso entkräftet wie Nemeth. Obwohl er sich so eng wie möglich an seine Mutter drängte, zitterte er am ganzen Leib und schien kaum die Kraft zu haben, sich auf den Beinen zu halten. Robin war fast froh, sein Gesicht nicht deutlicher erkennen zu können.

Die Tür hinter ihr glitt auf. Robin drehte sich um und erblickte Naida, die überrascht im Schritt innehielt, als sie sah, dass Robin bereits wach war und am Fenster stand. Ihr

Gesicht verfinsterte sich. Aber sie sagte nichts, sondern trat vollends ins Zimmer und schob die Tür hinter sich zu.

»Wolltest du dich überzeugen, dass ich mein Wort halte?«, fragte sie. In ihrer Stimme war eine Feindseligkeit, die Robin nicht ganz verstand. Vielleicht war am vergangenen Abend etwas vorgefallen, von dem sie nichts wusste.

»Ich habe nicht daran gezweifelt«, entgegnete Robin ruhig. »Schließlich bist du eine kluge Frau.«

Naida verzog abfällig das Gesicht und kam mit kleinen schnellen Schritten näher. Eine geraume Weile blieb sie unmittelbar neben Robin stehen und blickte schweigend auf das Treiben im Hof hinab, dann schüttelte sie den Kopf. »Was für eine Verschwendung«, murmelte sie.

Robin war nicht klar, wie diese Worte gemeint waren; ihr Gefühl warnte sie davor, eine entsprechende Frage zu stellen. Sie schwieg.

»Wenn du auf deine Freundin wartest, dann verschwendest du deine Zeit«, sagte Naida nach einer Weile. Sie trat vom Fenster zurück, sah sich kurz und suchend im Zimmer um und ging dann zu dem kleinen Tischchen neben der Tür, um die darauf stehende Öllampe zu entzünden. Die kleine, ruhig brennende gelbe Flamme erhellte kaum das Zimmer, sondern schien das graublaue Zwielicht eher noch zu betonen.

»Wie meinst du das?«, fragte Robin beunruhigt.

»Sie ist bereits wieder in ihrer Zelle«, antwortete Naida. »Sie und ihre Mutter waren die Ersten, die auf den Hof durften.«

»Warum hast du gesagt, dass ich sie nicht wieder sehen werde?«, fragte Robin.

»Sie ist ein hübsches Mädchen«, sagte Naida, ohne ihre Frage zu beantworten. »Ich kann verstehen, dass du sie ins Herz geschlossen hast. Mach dir keine Sorgen um sie. Sie ist stark. Sie wird es schaffen.«

»Du hast meine Frage noch nicht beantwortet«, beharrte Robin.

161

»Weil es die Wahrheit ist«, erwiderte Naida, ohne sie anzusehen. »Du wirst sie nicht wieder sehen. Und du wirst ihr auch kein Essen mehr bringen.«

»Warum nicht?«, fragte Robin. »Ein Stück Brot und einige Datteln werden deinen Herrn nicht ruinieren, oder?«

Naida drehte sich zu ihr herum und sah ihr fest in die Augen. »Du willst weiter zu ihr gehen, ihr Mut zusprechen und ihr zu essen bringen?«, fragte sie. »Wozu? Willst du Hoffnungen in ihr wecken, die sich nicht erfüllen werden? Ihr ein Stück Brot zustecken, das ihren Hunger nicht stillt, ihr aber den Hass der anderen Gefangenen einbringt?«

»Aber ...«

»Ich werde auf sie achten, soweit es in meiner Macht steht«, fiel ihr Naida ins Wort. »Aber überschätze diese Macht nicht. Und überschätze dich nicht, Kind. Wenn du diesem Mädchen wirklich helfen willst, dann vergiss es.«

Robin spürte, wie sich ihre Augen erneut mit Tränen füllen wollten, diesmal waren es Tränen der Wut und des Zorns. Sie war empört über Naida und vor allem über Omar, dessen Stimme und Hand die alte Frau war, und sie haderte mit einem Schicksal, das ihr unnötig grausam und ungerecht erschien. Dabei war ihr klar, dass die alte Sklavin Recht hatte. Es gab nichts, was sie für Nemeth oder ihre Mutter tun konnte. Ganz im Gegenteil: Wenn dem Sklavenhändler zugetragen wurde, wie viel Robin dieses Mädchen bedeutete, würde er dieses Wissen zweifellos als Druckmittel einsetzen – worunter wahrscheinlich alle Beteiligten leiden würden.

»Dann schick wenigstens nach einem Heilkundigen«, verlangte sie.

Naida riss die Augen auf und starrte sie an, als zweifelte sie an ihrem Verstand. Robin drehte sich halb herum und deutete auf das Fenster zum Hof. »Diese Menschen sind krank. Sieh dir den Jungen dort unten an. Es ist ein Wunder, dass er noch lebt. Willst du warten, bis er stirbt und sich der Gewinn deines Herrn erneut schmälert?«

Naida schüttelte den Kopf und schürzte nur verächtlich die Lippen. Sie sagte nichts, als sie mit zwei schnellen Schritten wieder neben Robin trat. Einen Moment lang blickte sie auf den Knaben hinab, der zitternd vor Schwäche gegen seine Mutter gelehnt dastand und offenbar nicht einmal mehr die Kraft hatte, alleine zu gehen. Naida schüttelte erneut den Kopf. »Er wird ohnehin sterben«, murmelte sie. »Allah hat beschlossen, den Knaben schon bald zu sich zu nehmen.« Sie maß Robin mit einem verächtlichen Blick. »Ist es nicht auch bei euch Christen Sitte, die letzte Entscheidung über Leben und Tod in Gottes Hand zu legen? Und betrachtet ihr es nicht als Sünde, sich gegen den Willen eures Gottes aufzulehnen?«

»Wir glauben, dass es im Sinne Gottes ist, dass die Starken den Schwachen helfen«, widersprach Robin.

Wieder schüttelte Naida den Kopf, entschiedener diesmal. »Ich werde nicht mit einer Ungläubigen über Allahs Willen streiten«, sagte sie. »Und hüte dich, mir schon wieder zu sagen, dass ich Omar nur einen Dienst erweise, wenn ich sein Eigentum schütze. Diese Worte nutzen sich im Laufe der Zeit ab.«

»Aber ...«

»Genug!«, unterbrach Naida sie scharf. Sie trat einen Schritt vom Fenster zurück und drehte sich energisch herum, um nicht mehr in Richtung des Jungen zu blicken. »Ein Heilkundiger kostet Geld, und das habe ich nicht. Nicht für Sklaven.«

Robin funkelte sie einen Moment wütend an, dann riss sie so ungestüm den Arm nach oben, dass Naida zusammenfuhr und sich spannte, als erwarte sie einen tätlichen Angriff. Stattdessen aber streifte Robin einen der goldenen Armreife ab, mit denen die Sklavinnen sie geschmückt hatten. »Geht es nur um ein paar jämmerliche Münzen?«, fragte sie verächtlich. »Dann nimm das hier. Das wird reichen, um einen Medicus zu bezahlen.« Sie musste sich beherrschen, um Naida den Armreif nicht vor die Füße zu werfen. Ihre Augen blitzten vor Zorn und ihre Stimme bebte.

163

Naidas Antwort bestand aus einem spöttisch herablassenden Verziehen der Lippen. »Du Närrin«, sagte sie. »Nichts von dem, was du am Leibe trägst, gehört dir. Dieser Armreif ist ebenso Omars Besitz, wie ich es bin, oder du, wie einfach alles hier. Du besitzt nichts! Du hast nicht das Geringste zu bieten, um einen Heiler zu entlohnen.« Sie lächelte böse. »Nicht einmal dein eigener Körper gehört mehr dir!«

Robin starrte die alte Frau einen Moment lang hasserfüllt an. Sie musste sich beherrschen, um sich nicht doch noch auf sie zu stürzen und auf sie einzuprügeln. Dabei hatte sie nur das ausgesprochen, was sie selbst schon längst insgeheim gewusst hatte. Es war die gleichermaßen kalte wie resignierte Art, mit der die alte Sklavin ihr die Wahrheit entgegengeschleudert hatte, die ihr Gefühl zum Überbrodeln brachte, die Gewissheit, dass sie trotz all des Prunks um sie herum nicht mehr Rechte als ein wildes Tier hatte. Das Gefühl der Hilflosigkeit und Ohnmacht wurde für einen Moment so übermächtig, dass Robin das Bedürfnis verspürte, laut loszuschreien oder etwas zu zerstören – oder irgendjemandem wehzutun.

Sie tat nichts dergleichen, sondern drehte sich mit einem wütenden Ruck abermals herum, um in den Hof hinabzublicken. Die Szene hatte sich scheinbar nicht verändert, doch fiel Robin auf, dass der Knabe, den sie zuvor beobachtet hatte, auf die Knie gesunken war und versuchte, sich ebenso tapfer wie vergeblich aus eigener Kraft wieder aufzurichten. Vermutlich hatte Naida Recht, dachte sie bitter. Dieser Junge würde sterben, ganz gleich, ob ihm ein Heilkundiger half oder nicht. Vermutlich würde er sein Leben ausgehaucht haben, noch ehe dieser Tag zu Ende ging.

Robin hatte in ihrem kurzen Leben bereits genügend Schicksalsschläge aller Art erfahren, um zu wissen, dass an dieser Tatsache nicht mehr zu rütteln war. Aber was nutzte ihr diese Einsicht, wenn sie nur die Augen zu schließen brauchte, um Nemeths Gesicht und den Ausdruck stummen

164

Vorwurfes in ihrem Blick vor sich zu sehen und den Schmerz vom vorigen Abend wieder zu spüren, die absurde Gewissheit, dass dies alles hier irgendwie ihre Schuld war? Und vielleicht stimmte das sogar. Wäre sie nicht auf der *Sankt Christophorus* gewesen, hätten diese Menschen sie – aus welchen Gründen auch immer – nicht aus dem Wasser gezogen und damit vor dem sicheren Tod bewahrt. Dann wäre es vielleicht auch nie zu der verhängnisvollen Auseinandersetzung mit dem Sklavenhändler gekommen, in deren Verlauf die ganze Dorfbevölkerung in Gefangenschaft geraten war. Niemand hätte sterben müssen, niemand wäre in Ketten gelegt worden, und dieser Knabe würde jetzt nicht dort unten stehen und vielleicht zum letzten Mal im Leben die Sonne aufgehen sehen. Wenn es doch nur etwas gäbe, was sie tun konnte!

Ein erster, verirrter Sonnenstrahl brach sich auf dem goldenen Ring an ihrer Hand. Ganz instinktiv schloss Robin die Finger zur Faust, um ihn zu verbergen, so, wie sie es in den letzten Tagen stets getan hatte, meist ohne sich der Geste richtig bewusst zu sein. Und dennoch konnte sie das helle Funkeln so wenig aus ihrem Bewusstsein verdrängen wie die Erinnerung, die es hervorrief. Salim hatte ihr diesen Ring gegeben, damit sie ihn nicht vergaß, und er war das Einzige und Letzte, was sie noch von ihm hatte; vielleicht alles, was sie für den Rest ihres Lebens an den Tuareg erinnern würde. Aber was war dieses Leben noch wert, wenn sie es mit der Zukunft eines unschuldigen Kindes erkaufte?

Mit plötzlicher Entschlossenheit zog sie den Ring vom Finger und streckte ihn Naida entgegen. »Nimm«, sagte sie.

Die alte Sklavin blinzelte verdutzt. »Was ...?«

»Dieser Ring gehört mir«, sagte Robin. »Er ist *mein* Eigentum, nicht das Omars oder irgendeines anderen. Er ist aus Gold. Nimm ihn. Sein Wert reicht mit Sicherheit, um einen Heiler zu bezahlen.«

Naida rührte keinen Finger, um den Ring entgegenzunehmen; sie blickte ihn erschrocken, ja beinahe entsetzt an – auf die gleiche Weise wie sie ihn schon einmal betrachtet hatte. Als sie sich schließlich bewegte, tat sie es nicht, um Robin den Ring abzunehmen; sie wich im Gegenteil einen Schritt zurück, als wäre es kein Schmuckstück, das Robin ihr hinhielt, sondern ein giftiger Skorpion, dessen Stachel sie fürchtete.

»Worauf wartest du?«, fragte Robin. »Er ist echt. Er wird reichen, um zehn Heiler zu bezahlen.«

Naida wirkte völlig verstört. Vielleicht fürchtete sie eine Hinterlist, vielleicht war sie aber auch nur sprachlos, weil Robin noch immer Anspruch auf den Ring erhob, obwohl er doch genauso wie sie selbst längst in den Besitz Omars übergegangen war. Plötzlich überkamen Robin Zweifel. Etwas in ihr schrie bei der bloßen Vorstellung entsetzt auf, Salims Geschenk ohne eigene Not wegzugeben, aber eine andere, stärkere Stimme erklärte ihr, dass es das Beste war, was sie jetzt tun konnte. Solange ihr Omar den Ring noch ließ, sollte sie sehen, dass sie ihn gegen einen vernünftigen Gegenwert eintauschte – das war sicherlich auch in Salims Sinne.

»Also?«

Endlich erwachte Naida aus ihrer Starre. Mit sichtlicher Mühe riss sie ihren Blick von Robins Hand und dem Ring zwischen ihren Fingern los und sah sie aus großen Augen an. »Du musst ... den Verstand verloren haben«, murmelte sie fassungslos.

Das scheint mir auch so, dachte Robin. Laut sagte sie: »Vielleicht. Aber nicht mein Herz. Deines scheint ja aus Stein zu sein, wenn du dieses Kind sterben lässt, um deinem Herrn ein paar Münzen zu ersparen.«

Sie sah Naida an, dass sie eine Menge darauf hätte erwidern können, aber schließlich hob die Alte nur die Schultern, streckte behutsam die Hand aus und nahm Robin den Ring ab. Sie verbarg ihn weder in ihrem Gewand, noch schloss sie die Finger darum, sondern ließ ihn auf ihrer ausgestreckten Handfläche liegen und hielt den Arm so weit von sich fort, wie sie konnte. Es schien beinahe, als fürchte sie diesen

166

Ring, als könnte er sie vergiften oder ihr irgendein anderes Leid antun.

»Wenn das wirklich dein Wunsch ist ...«

»Das ist es«, sagte Robin. »Und jetzt geh. Verkauf den Ring auf dem Markt oder wo immer du magst und schick einen Medicus, der sich um die Sklaven kümmert. Und sollte von dem Erlös noch etwas übrig sein, dann besorge etwas zu essen für sie.«

Naida machte sich nicht die Mühe, darauf zu antworten. Vielleicht hatte sie vor, den Heiler mit einem Teil des kleinen Vermögens zu bezahlen, den der Ring sicherlich wert war, und den Rest selber in die Tasche zu stecken. Es war Robin gleich. Ihre Augen brannten, und ein Teil von ihr wollte noch immer nichts lieber tun, als der Sklavin den Ring wieder abzunehmen und ihn wie einen unendlich wertvollen Schatz zu verteidigen. Zugleich aber fühlte sie sich unsagbar erleichtert. Ihr war, als hätte sie sich mit dem Opfer, das sie erbracht hatte, von einer Schuld freigekauft, die ihr ohne ihr Zutun auferlegt worden war. Es spielte keine Rolle, ob sie den Ring besaß oder nicht. Salim hatte ihn ihr gegeben, und ob sie ihn weiter am Finger trug oder aber nur in ihrem Herzen – er würde immer da sein.

»Ganz, wie du meinst«, sagte Naida schließlich und in verändertem Tonfall. »Und nun zieh dich an. Harun wird gleich hier sein.«

»Harun?«

»Du wirst tun, was er von dir verlangt, so als hätte ich es selbst angeordnet«, erwiderte Naida, ohne Robins Frage zu beantworten. Sie sah noch einmal auf den Ring auf ihrer Handfläche hinab und ging dann langsam, fast zögerlich, zur Tür und zog sie auf.

Wie üblich stand Faruk vor Robins Gemach, der hünenhafte schwarz gekleidete Krieger, den Omar offensichtlich zu ihrer persönlichen Bewachung abgestellt hatte. Er wandte den Kopf und sah unbeteiligt auf die alte Sklavin hinab, die gedankenverloren einen Moment im Türrahmen stehen blieb. Plötzlich aber fuhr er zusammen und starrte aus aufgerissenen Augen auf den goldenen Ring in Naidas Handfläche.

Naida schloss die schwere Tür hinter sich. Einen Augenblick konnte Robin Stimmen hören. Dann war alles ruhig. Der Krieger hatte überrascht, ja sogar erschrocken gewirkt. Doch warum?

Robin verscheuchte den Gedanken mit einem Kopfschütteln und wandte sich wieder dem Treiben auf dem Hof zu. Die Schlange vor der Pferdetränke war inzwischen weitergerückt. Der Junge und seine Mutter hatten den Trog erreicht und der Knabe war davor auf die Knie gesunken. Robin konnte sehen, wie er das schmutzige Wasser mit großen, gierigen Schlucken trank, bis seine Mutter ihn sanft zurückzog, einen Teil ihres Schleiers löste und den Zipfel ins Wasser tauchte. Mit einer Zärtlichkeit, deren bloßer Anblick Robin wie ein Messerstich in die Brust traf, begann sie, sein Gesicht zu waschen. Der Junge wehrte sich. Das Wasser war kalt und vermutlich hatte er Schmerzen, aber die Araberin hielt ihn fest und fuhr fort, ihn zu säubern. Vermutlich wusste sie, dass das Kind diesen Tag kaum überleben würde, allerhöchstens noch den folgenden, und dennoch kümmerte sie sich so liebevoll und zärtlich um den Knaben, als säßen sie zu Hause in ihrem Dorf und bereiteten sich auf ein Fest vor. Warum war Gott so grausam? dachte Robin. Grausam zu diesen Menschen dort unten, grausam auch zu ihr. Warum erlegte er ihr eine solch schreckliche Prüfung auf? Was hatte sie getan? Wodurch hatte sie das Schicksal herausgefordert, dass es so hart zurückschlug?

Ihre Gedanken verwirrten sie. Wieso dachte sie plötzlich über Gott nach? Auch wenn sie das letzte Jahr unter Rittern des Templerordens verbracht und unter ihrer Fahne geritten war, so glaubte sie doch nicht wirklich an ihn. Nicht so, wie es Abbé, Heinrich, Dariusz und all die anderen taten. Wenn es überhaupt einen Gott gab, dann war es gewiss nicht der grausame und rachsüchtige Gott, den Abbé und seine Brüder in ihrer Kirche anbeteten, und ebenso wenig der, vor dem Salim, Omar und all die anderen Muselmanen das Haupt beugten, wenn sie ihre Gebetsteppiche ausrollten. Robin hatte es niemals laut ausgesprochen – nicht einmal Salim gegenüber, obwohl ihr klar war, dass er ihre wahren Gefühle kennen musste –, aber sie weigerte sich zu glauben, dass es einen allmächtigen Gott von solcher Grausamkeit gab. Wenn über dem Himmel noch eine weitere Macht war, dann eine von solcher Gleichgültigkeit, dass sie sich geschämt hätte, sie anzubeten.

Sie hörte schwere Schritte draußen auf dem Flur, etwas klirrte und Robin konnte sich gerade noch umdrehen, bevor die Tür zu ihrem Gemach geradezu aufgerissen wurde. Es war jedoch nicht Naida, die zurückkam, es waren auch nicht die beiden Sklavinnen, die allmorgendlich erschienen, um ihr beim Ankleiden zu helfen und ihr das Frühstück zu bringen. Stattdessen trat eine Gestalt von solch groteskem Aussehen in das Zimmer, dass Robin nicht anders konnte, als ungläubig die Augen aufzureißen und sie anzustarren.

Es war ein Mann. Das war im ersten Moment aber auch schon alles, dessen sich Robin sicher war, und das nur, weil er einen Bart trug und sein Gesicht nicht verschleiert war.

Es war der dickste und zugleich größte alte Mann, den Robin jemals zu Gesicht bekommen hatte. Selbst Bruder Abbé mit seinem gewaltigen Bauch hätte neben ihm wie ein schlanker Knabe gewirkt. Er war dunkelhäutiger als Omar, was durch seinen makellos weißen bis auf die Brust reichenden Bart noch betont wurde. Die Enden seines Bartes waren zu einem halben Dutzend alberner Zöpfchen geflochten.

Irgendwie sah er wie ein an Fettleibigkeit leidender Pfau aus, und Robin dachte, er müsse entweder farbenblind sein oder einem Volk entstammen, das sich unter Geschmack etwas völlig anderes vorstellte als alle anderen Menschen, die Robin je kennen gelernt hatte. Auf seinem Haupt thronte ein riesiger schwarzer Turban, der mit silbernen Nadeln und Perlen verziert war, dazu trug er einen schreiend grünen, goldbestickten Kaftan, darunter ein rotes Hemd. Seine weite, bersteinfarbene Hose wurde von einer schwarz-goldenen Bauchbinde gehalten, die Robin auseinander gefaltet vermutlich gut als Zelt hätte nutzen können, und er trug sonderbare rote Schuhe, deren Spitzen so weit nach oben gebogen waren, dass sie fast einen Dreiviertelkreis bildeten.

Das Gesicht des Kolosses war, in Anbetracht seiner Leibesfülle, überraschend kantig und wirkte trotz des albernen Bartes energisch. Ja, man hätte es sogar Ehrfurcht gebietend nennen können, hätte sich der Alte die Augen nicht wie eine billige Hure mit dicken schwarzen Lidstrichen umrandet. Sein Antlitz war mit feinen Schweißtröpfchen bedeckt und er keuchte, als hätte er den ganzen Weg hier herauf um sein Leben rennen müssen. Robin war darüber nicht erstaunt. Sie zweifelte daran, dass es ihr selbst gelungen wäre, die beiden Treppen bis hier herauf zu bewältigen, müsste sie eine solche Körperfülle mit sich herumschleppen.

Der Alte stellte sich mit einer überraschend eleganten Verbeugung vor, trat einen weiteren Schritt in den Raum hinein und machte auf diese Weise für seine Begleiterin Platz; eine tief verschleierte Frau in einem weiten schwarzen Umhang, unter dessen halb durchsichtigem Schleier es golden aufblitzte. So schreiend bunt der Alte gekleidet war, so nachtschwarz und einfach war das Gewand der Frau. Das einzig Auffällige an ihr waren die roten Schuhe, die mit Goldstickereien verziert waren und dieselben sonderbaren Spitzen aufwiesen wie die des Alten.

»Wer ... seid Ihr?«, murmelte Robin verstört. Sie wusste nicht, was sie von diesen sonderbaren Besuchern halten sollte. Der dicke Pfau, wie sie ihn für sich nannte, wirkte so komisch, dass wohl jedermann bei seinem bloßen Anblick Mühe gehabt hätte, ein Grinsen zu unterdrücken, aber zugleich ging auch etwas von ihm aus, das Robin beunruhigte.

170

Statt auf ihre Frage einzugehen, kam der Alte mit trippelnden Schritten näher; sein gewaltiger Körper und seine absurde Kleidung ließen die Bewegung wie das Rollen eines aus bunten Stoffresten genähten Balles wirken. Gerade, als sich Robin fragte, ob er sie überrollen wolle, blieb er stehen, wiederholte seine überzogene Verbeugung und sagte mit einer dünnen Fistelstimme: »Ich bin Harun al Dhin. Hat Naida mein Kommen nicht angekündigt?«

Robin nickte schwach. Das war Harun? Was um alles in der Welt ...?

Harun richtete sich ächzend wieder auf, trippelte zwei Schritte weiter zum Fenster und starrte in den Hof hinab. Sein gewaltiger Bauch war ihm dabei so sehr im Weg, dass er sich gefährlich weit vorbeugen musste, um überhaupt über die Brüstung zu blicken. Was er sah, schien ihn zufrieden zu stellen, denn als er sich schnaufend wieder in Robins Richtung herumdrehte, teilte ein zufriedenes, breites Grinsen seinen Bart.

»Und was willst du hier?«, fragte Robin. Sie warf einen Hilfe suchenden Blick in das verschleierte Gesicht von Haruns Begleiterin, aber die schwarzen Augen hinter dem Tuch schienen direkt durch sie hindurchzusehen.

Harun deutete gelassen aus dem Fenster. An seinen Fingern funkelten etliche goldene Ringe.

»Das. Omars Ware zu veredeln ist meine Aufgabe, nur dass ich mich nicht mit den jämmerlichen, ungewaschenen Geschöpfen dort unten herumschlagen muss.«

»Omars Ware? Ich verstehe nicht ...«

Harun seufzte. Oder japste er auch nur vor Anstrengung nach Luft? fragte sich Robin. »Dafür beginne ich zu verstehen, was Naida gemeint hat«, murmelte er.

»Naida?«

»Sie wird dir doch gesagt haben, dass ich komme?« Harun blinzelte. Er klang überrascht – und ein wenig ungeduldig.

»Sie hat Euch angekündigt, ja«, antwortete Robin. »Aber ...«

Harun brachte sie mit einer wedelnden Handbewegung zum Verstummen, machte zwei halbe Schritte zurück und maß sie mit einem langen, taxierenden Blick vom Scheitel bis zur Sohle. Was er sah, schien ihm zu gleichen Teilen zu gefallen, wie auch seinen Unmut zu erregen. »Allahs Wege sind manchmal wirklich sonderbar«, murmelte er.

»Wenn Ihr mich zum Islam bekehren wollt ...«, begann Robin, sprach den Satz aber nicht zu Ende, als sie das spöttische Glitzern in Haruns Augen gewahrte. Wer immer dieser Mann auch war, er war gewiss kein Imam oder wie auch immer die Kirchengelehrten in diesem Teil der Welt genannt wurden.

»Oh, Ungläubige.« Harun seufzte mit einem Blick wie ein Meisterkoch, der voller Entsetzen eine hoffnungslos verunglückte Mahlzeit betrachtet, die sein schlechtester Schüler zubereitet hat. »Naida hatte Recht. Du bist wie ein ungeschliffener Edelstein, aber mir scheint, dass du noch viel mehr Kanten und Unebenheiten hast, als sie behauptet hat. Und sie war nicht wählerisch in ihren Worten.«

»Was wollt Ihr von mir?«, fragte Robin. Mittlerweile war sie zu dem Schluss gekommen, dass sie diesen Mann nicht fürchten musste – niemand auf der Welt musste das vermutlich – und in die Mischung aus Belustigung und Verwirrung, die sein Anblick in ihr auslöste, mischte sich Zorn. Wenn Naida ihr einen Hofnarren geschickt hatte, um sie aufzuheitern, dann hatte sie den denkbar schlechtesten Moment dafür gewählt.

»Ich werde aus dir ein Schmuckstück machen«, antwortete Harun. Er rollte begeistert mit den Augen und klatschte schließlich in die Hände. »Bis zu den fernen Ufern des Nils werden die Männer sich nach deiner Schönheit verzehren, wenn ich erst einmal mit dir fertig bin. Neben dir werden alle anderen Frauen aussehen wie vertrocknete Disteln neben einer frisch erblühten Rose.«

»Aha«, sagte Robin.

Harun ließ sich davon nicht irritieren. Ganz im Gegenteil: Der Ausdruck von Enttäuschung, den Robin für einen

Moment in seinen Augen gelesen hatte, war vollkommen verschwunden und machte dem einer Begeisterung Platz, die sie allmählich als beunruhigend empfand.

»Oh, du wirst mein absolutes Meisterstück«, schwärmte er. »Ich muss Allah danken und Naida Abbitte tun. Zweifellos hat sie nach mir geschickt, weil sie glaubte, ich würde an dir scheitern, dieses listige alte Weib. Aber Harun al Dhin erkennt einen Edelstein, wenn er ihn sieht – selbst wenn er sich in einem Haufen Kameldung verbirgt.«

»Oh, vielen Dank.«

Harun ging auch auf diese Bemerkung nicht ein. Robin war sich mittlerweile sicher, dass er ihr überhaupt nicht zuhörte.

»Es wird ein schweres Stück Arbeit, mein Kind, aber du bist zweifellos der Aufmerksamkeit eines Meisters wert. Wenn deine Ausbildung beendet ist, wird man dich die Blume des Abendlandes heißen, und selbst Könige und Kaiser werden ins Schwärmen geraten, wenn von dir die Rede ist.«

»Ich würde schon ins Schwärmen geraten, wenn Ihr mir endlich verraten würdet, *was* Ihr mich lehren wollt«, antwortete Robin.

Harun lachte. »Nun, du hast die Frage zum Teil gerade selbst beantwortet, mein Kind. Beginnen wir mit deiner Sprache.«

»Ich habe einen Sprachlehrer«, sagte Robin ärgerlich. »Naida ist sehr gut darin.«

»Die Worte einer Sprache zu können heißt nicht, sie auch zu beherrschen, mein liebes Kind«, sagte Harun liebenswürdig. »Mir scheint, dass deine Schönheit nicht unbedingt auf deine Herkunft zurückzuführen ist.« Robin wollte ihn unterbrechen, aber Harun machte eine wedelnde Handbewegung, mit der er ihr das Wort abschnitt und zugleich seine Begleiterin zu sich heranwinkte. Die Frau bewegte sich so lautlos und elegant, dass der Gegensatz zu Haruns tollpatschigen Gesten nicht krasser hätte sein können.

173

»Nun erzähl mir von deinen besonderen Talenten«, verlangte Harun.

»Talente?«

Haruns Lächeln wurde etwas gequält. »Ein jeder Mensch hat irgendein Talent«, antwortete er. »Die meisten wissen es nur nicht. Überlege einfach. Es muss etwas geben, was du besonders gut kannst. Etwas, für das andere dich bewundern oder gar beneiden. Was ist es?«

Robin sah den schwitzenden alten Mann nachdenklich an. Sie überlegte, was ihn wohl mehr beeindrucken würde: ihre Fähigkeit im Lanzenreiten und Schwertfechten oder ihr Geschick, eine Ente auf fünfzig Schritte mit einem Pfeil im Flug treffen zu können, und das aus dem Sattel eines galoppierenden Pferdes. Wahrscheinlich wäre diese Antwort nicht besonders klug, auch wenn sie der Wahrheit entsprach. Sie zuckte nur mit den Schultern.

Harun quittierte ihr Schweigen mit einem tiefen, enttäuschten Seufzer. »Also gut«, sagte er. »Dann geh zur Tür.«

»Wie bitte?«

»Geh einfach zur Tür«, antwortete Harun. »Nur hin – und wieder zurück, wenn es nicht zu viel Mühe bereitet …«

Robin sah ihn verblüfft an, hob abermals die Schultern und tat schließlich, was er von ihr verlangte.

Sie war noch nicht ganz bei der Tür und im Umdrehen begriffen, als Harun hinter ihr zu lamentieren begann. »Siehst du das, Aisha?«, fragte er mit schriller Stimme. »Beim Barte des Propheten! Dieses Weib watschelt mit der Eleganz eines gichtkranken Erpels, der sich Blasen unter den Schwimmhäuten gelaufen hat!«

Robin drehte sich beleidigt herum. »Was mache ich denn falsch?«

Harun verdrehte die Augen. »Aisha«, seufzte er. »Zeig dieser Tochter einer fußkranken Bäuerin, wie eine Frau geht.«

Aisha nickte gehorsam, drehte sich wortlos um und ging zur Tür und wieder zurück zum Fenster. Wobei *gehen* nicht das richtige Wort war. Robin hatte schon Frauen gesehen, die sich durchaus anmutig zu bewegen imstande waren, aber ihr war noch niemand begegnet, der diese einfache Bewegung so perfekt beherrschte wie die Frau in dem schwarzen Kleid. Sie ging nicht wirklich, nein, sie schien zu schweben – und das mit einer solchen Natürlichkeit und Grazie, dass Robin ein flüchtiges Gefühl von Neid empfand. Gleichzeitig jedoch erweckte dieses Gefühl in ihr Trotz.

»Siehst du, Ungläubige, so bewegt sich eine Frau«, sagte Harun. In seiner Stimme lag ein triumphierender Ton, als hätte er ihr gerade das Geheimnis verraten, mit dem man Blei in Gold verwandelte.

Robin zuckte betont beiläufig mit den Schultern. »Ich bin bis jetzt immer noch ohne zu stolpern von einem Fleck zum anderen gekommen.«

»Und du hast etwas gegen Verbesserungen?«, erkundigte sich Harun spitz.

Die Antwort, die ihr auf der Zunge lag, schluckte Robin lieber herunter. Sie hatte sich immer noch keine endgültige Meinung über Harun gebildet – vielleicht war sein albernes Äußeres ebenso wie seine sonderbare Art zu reden nichts anderes als eine Maskerade, hinter der er seine wahren Absichten verbarg. Es hatte keinen Sinn, ihn noch weiter zu verärgern, als sie es vermutlich ohnehin schon getan hatte. Wenn dieser fette Pfau sich tatsächlich einbildete, er könnte eine Dame aus ihr machen, dann würde er noch früh genug begreifen, dass er sich die Zähne ausbiss.

Harun wartete einen Moment vergeblich auf eine Antwort. Schließlich seufzte er wieder tief, drehte sich schnaubend zu seiner Begleiterin um und machte eine knappe, wedelnde Handbewegung. Daraufhin legte Aisha so geschickt den Schleier sowie das schwarze Gewand ab – als wäre es nur eine einzelne, fließende Bewegung. Darunter war sie ganz ähnlich gekleidet wie Robin – in eine weite, halb durchsichtige Hose, dazu ein Oberteil, das ihren Bauch bis dicht unter die Brüste frei ließ. Schmale goldene Fußkettchen mit winzigen Glöckchen umschmeichelten ihre Fesseln und klingelten bei jedem ihrer Schritte leise. Robin konnte ihr Gesicht noch immer nicht erkennen, denn unter dem schwarzen Schleier trug sie einen Gesichtsschmuck aus Hunderten hauchzarter Goldplättchen, die auf ein Seidentuch genäht waren, das ihr Antlitz vollständig verhüllte. Man sah lediglich ihre großen, dunklen Augen, die jetzt von einer sinnlichen Glut erfüllt waren, die in Robin abermals ein absurdes Gefühl von Neid aufsteigen ließ.

»Zeig es ihr noch einmal, Aisha«, sagte Harun kopfschüttelnd.

Das Gefühl des Neides verstärkte sich noch, als sich die Araberin erneut bewegte. Ihr sanfter, wiegender Hüftschwung rief in Robin die Erinnerung an die viel zu seltenen und viel zu lange zurückliegenden Stunden mit Salim wach, an die einzige Zeit in ihrem Leben, in der sie wirklich glücklich gewesen war. Die Füße der Araberin schienen kaum den Boden zu berühren, und sie strahlte eine beinahe beunruhigende Sinnlichkeit aus.

»So, so«, sagte Harun herablassend. »Herumzustehen wie eine vom Sturmwind gebeugte Dattelpalme, das ist also deine natürliche Haltung, wie? Oder hast du erst üben müssen, um solch ein jämmerliches Bild abzugeben?« Er wartete vergeblich auf eine Antwort. Robin war ganz darin vertieft, Aisha anzustarren. Schließlich fügte er hinzu: »Wenn ich mit dir fertig bin, wirst du genauso einherschreiten wie sie.«

Harun klatschte in die Hände, woraufhin die Tür aufgerissen wurde. Einer von Omars Kriegern trat ein – nicht Faruk, der schwarz gekleidete Riese, der normalerweise dort Wache hielt – und Harun befahl ihm mit unangebrachter Schärfe in der Stimme, einige Tonkrüge mit Wasser heraufzuschaffen.

»Wasser?« Robin sah den dunkelhäutigen Araber misstrauisch an. »Wollt Ihr mir jetzt auch noch erzählen, dass ich stinke?«

Diesmal enthielt sich Harun einer Antwort.

Robin hatte ein ungutes Gefühl. Etwas an diesem sonderbaren alten Mann, der sich alle Mühe zu geben schien, auch bestimmt von *niemandem* ernst genommen zu werden, erregte ihr Misstrauen. Sie konnte nicht sagen, was es war. Vielleicht war es nur die Art, wie Aisha ihn manchmal ansah, vielleicht auch eine unsichtbare Aura, die ihn umgab und sein scheinbar so harmloses Auftreten und lächerliches Äußeres Lügen zu strafen schien. Robin verzichtete darauf, ihre Frage zu wiederholen. Sie maß Harun mit einem Blick, von dem sie hoffte, dass er einigermaßen selbstbewusst und herausfordernd wirkte. Doch selbst damit entlockte sie dem Alten nur ein schwer zu deutendes Stirnrunzeln. Schließlich drehte sich Robin herum, trat wieder ans Fenster und blickte erneut in den Hof hinab.

Die Sonne war immer noch nicht ganz aufgegangen, aber in wenigen Minuten würde der Tag vollends anbrechen. Über dem Hof lag ein wunderbares goldenes Licht, wie sie es in diesem Teil der Welt schon öfter hatte bewundern können. Dennoch galt ihr Blick nicht der prächtigen Stadt, die sich entlang der Ufer des Orontes erstreckte, sondern dem kranken Jungen. Sie wusste nicht, warum, aber sie hatte mehr und mehr das Gefühl, dass sein Schicksal ganz allein in ihrer Hand lag.

Es verging einige Zeit, in der Robin stur aus dem Fenster blickte und Harun demonstrativ den Rücken zukehrte. Auch er sprach sie nicht an, sondern unterhielt sich mit gedämpfter Stimme und in einem Robin nicht geläufigen Dialekt mit seiner Begleiterin. Schließlich wurde an die Tür geklopft, und nachdem Aisha sie geöffnet hatte, betraten gleich fünf von Omars Kriegern den Raum. Jeder von ihnen trug zwei große Tonkrüge, die, wenn sie tatsächlich mit Wasser gefüllt waren, sicherlich je zwanzig Pfund wiegen mussten.

Harun gestikulierte wild mit seinen goldberingten Händen, woraufhin die Männer die Krüge in einer Reihe an der

Wand neben der Tür abstellten. Robin gefielen diese Vorbereitungen nicht, zumal ihr einer der Krieger beim Hinausgehen einen Blick zuwarf, der zwischen Spott und Mitleid lag. Harun wartete, bis der letzte der Männer den Raum verlassen und die Tür hinter sich geschlossen hatte, dann klatschte er in die Hände, und die schwarzhaarige Schönheit in seiner Begleitung nahm einen der Krüge auf, setzte ihn sich auf den Kopf und begann, langsam damit im Zimmer auf und ab zu schreiten. Während der ersten Schritte stützte sie den Krug noch mit einer Hand, aber schon nach wenigen Augenblicken hatte sie so weit ihre Balance gefunden, dass sie sich freihändig und nicht einmal besonders langsam bewegte, ohne dass das klobige Gefäß auf ihrem Haupt auch nur wackelte; ganz zu schweigen davon, dass sie etwas von seinem Inhalt verschüttet hätte. Robin sah ihr mit großen Augen dabei zu, blickte dann wieder Harun an und runzelte die Stirn, als sie dessen hämisches Grinsen bemerkte.

»Und?«, fragte sie.

»*So* bewegt sich eine Frau«, erwiderte Harun in einem ganz genau bemessenen, halb abfälligen, halb spöttischen Ton. »Leichtfüßig wie eine Gazelle und dennoch fest wie ein Felsen im Sturm.«

»Aha.«

»Auch du wirst es noch lernen, Christenmädchen«, versprach Harun. Er sah geduldig zu, wie Aisha sechs oder sieben Mal das Zimmer durchmaß, dann bedeutete er ihr mit einem wortlosen Nicken, dass es genug sei. Die dunkeläugige Araberin blieb stehen, nahm das Tongefäß vom Kopf und reichte es Robin.

Robin starrte den Krug völlig verständnislos an. Sollte das ein Witz sein?

»Worauf wartest du?«, fragte Harun. »Es ist nicht so schwer, wie es aussieht.«

Robin blickte erst ihn, dann den Wasserkrug an, aber schließlich griff sie nach dem Gefäß und hätte es um ein

178

Haar fallen gelassen, als Aisha die Hände zurückzog und Robin feststellen musste, wie schwer der Krug war. Ihre vorsichtige Schätzung wurde von dem wirklichen Gewicht anscheinend noch übertroffen.

»Das ist nicht Euer Ernst?«, sagte sie.

»O doch«, erwiderte Harun. Er lächelte noch immer. Aber dieses Lächeln war nicht echt. In seinen Augen war etwas, das Robin einen kalten Schauer über den Rücken laufen ließ. Er wich zwei Schritte zurück, machte eine ungeduldige Handbewegung, und noch bevor Robin wirklich wusste, wie ihr geschah, trat Aisha hinter sie, nahm ihr den Krug wieder aus der Hand und setzte ihn reichlich unsanft auf ihrem Scheitel ab. Robin griff unwillkürlich nach dem Gefäß, jedoch vergeblich: Kaum hatte Aisha den Krug losgelassen, da kippte er auch schon und zerbarst mit einem gewaltigen Klirren neben ihren Füßen. Das eisige Wasser überschwemmte den Fußboden, sodass Robin erschrocken die Luft zwischen den Zähnen einsog und ein Stück zurückwich.

»Ja, so ungefähr habe ich mir das gedacht«, seufzte Harun. Er verdrehte die Augen und starrte gegen die Zimmerdecke. »Was habe ich getan, o Allah?«

Das wusste Robin nicht, aber sie wusste ziemlich genau, was sie in diesem Augenblick gern getan hätte. Verärgert besah sie sich ihre nassen Füße und dann die Überschwemmung auf dem Boden. Das Wasser war nicht nur eiskalt, der gefliese Boden war nun mit kleinen, scharfkantigen Tonscherben übersät, sodass sie aufpassen musste, wo sie hintrat, um sich nicht zu verletzen.

»Worauf wartest du?«, fragte Harun. »Versuch es erneut!«

Robin starrte missmutig die Reihe aus noch neun gefüllten Tonkrügen an. Aisha bewegte sich leichtfüßig an ihr vorbei, nahm einen weiteren Krug auf und streckte ihn auffordernd in ihre Richtung, aber Robin verschränkte nur demonstrativ die Arme vor der Brust und wich einen Schritt zurück; weiter konnte sie nicht, denn sie stand jetzt bereits mit dem Rücken an der Wand. »Fällt mir nicht ein«, beharrte sie.

179

Harun seufzte. »Mach es mir doch nicht so schwer, Kind«, murmelte er. »Und vor allem nicht dir.«

»Das mache ich nicht«, sagte Robin mit dem unschuldigsten Blick, den sie zustande brachte. »Ihr braucht Euch nur zurückzuziehen, so leicht ist das.«

Harun antwortete nicht; er gab Aisha einen kaum wahrnehmbaren Wink, woraufhin die junge Frau Robin grob an der Schulter packte und mit nur einer Hand den zweiten Tonkrug auf ihren Kopf platzierte. Diesmal fiel die Berührung noch unsanfter aus. Es tat wirklich weh und wieder kam Robins instinktiver Griff nach oben zu spät; der Krug kippte und prallte schmerzhaft auf ihrer Schulter auf, ehe er zu Boden fiel. Das eisige Wasser ergoss sich über ihren ganzen Körper, bevor auch das zweite Gefäß zerbarst

»Fass mich nicht noch einmal an«, herrschte Robin sie an. Sie hatte nicht besonders laut gesprochen, aber ihre Augen blitzten wütend auf, und sie musste wohl eine Haltung angenommen haben, die Aisha erschreckte. Rasch wich die junge Frau zwei Schritte vor ihr zurück, aber dann klatschte Harun erneut in die Hände, und Aisha wandte sich – wenn auch nach einem merklichen Zögern – herum und nahm den dritten Krug auf.

Und so ging es weiter. Im Laufe der folgenden halben Stunde zerbrach Robin neun der zehn Krüge, sodass ihr Zimmer regelrecht überschwemmt wurde und sie sich mehr als einen blutigen Schnitt an den Füßen zuzog. Immerhin gelang es ihr, den vorletzten dieser Krüge fast vollständig durch das Zimmer zu tragen, bevor er ihr aus den Händen glitt und die Katastrophe auf dem Fußboden noch vergrößerte.

Harun kommentierte ihre Ungeschicklichkeit mit teils hämischen, teils ärgerlichen Worten und Aisha behandelte sie so grob, dass Robin sich beherrschen musste, um ihr gegenüber nicht handgreiflich zu werden. Schließlich wollte sie sich nach dem zehnten und letzten Krug bücken, als Harun hörbar seufzte, den Kopf schüttelte und mit weinerlicher Stimme sagte: »Ich fürchte, du bist Allahs Antwort auf die Gebete eines armen Töpfers, der schon seit einer Woche keine Krüge mehr verkauft hat, du Tochter einer krummbeinigen Ziege.«

Robin spießte ihn mit Blicken regelrecht auf, warf zornig den Kopf in den Nacken und ließ sich in die Hocke sinken, um den letzten Krug aufzuheben, bevor Aisha etwa auf die Idee kam, ihn auf Geheiß ihres Herrn hin auf ihrem Kopf zu zerschlagen. Da ging Harun unerwartet schnell auf den Krug zu, holte aus und versetzte ihm einen Tritt, der ihn gegen die Wand prallen und bersten ließ. »So geht es schneller. Bei Allah, mir scheint, du wirst nicht nur zu meiner größten Herausforderung, sondern auch zu meiner schlimmsten Prüfung.«

»Ich könnte es noch einmal versuchen«, schlug Robin vor. »Ich habe nicht viel Übung im Umgang mit Wasserkrügen, bitte verzeiht. Allerdings ... wenn Ihr ein Messer hättet ...?«

Harun legte den Kopf schief.

»Dann könnte ich versuchen, Euren Kopf auf meinem zu balancieren«, erklärte Robin. »Nur, fürchte ich, müssten wir ihn vorher von Eurem Hals schneiden.«

In Haruns Augen blitzte es amüsiert auf, aber sein Gesicht blieb starr, und nach einigen Augenblicken zog er einen Schmollmund und drehte sich um. »Wir machen morgen weiter«, sagte er. »Dann bringe ich besser gleich zwanzig Krüge mit.«

Kaum hatten Harun al Dhin und seine Begleiterin Robins Zimmer verlassen, da wurde die Tür auch schon wieder unsanft aufgestoßen und Naida trat ein. Robin glaubte nicht, dass es sich dabei um einen Zufall handelte; vielmehr war sie ziemlich sicher, dass Naida die ganze Zeit über draußen auf dem Flur gestanden und an der Tür gelauscht hatte. Dennoch schien sie die Details des Unterrichts nicht mitbekommen zu haben, denn auf ihrem Gesicht spiegelten sich rasch hintereinander die unterschiedlichsten Emotionen:

Überraschung, Verwirrung, dann Unmut und schließlich blanker Ärger, als sie der Sintflut aus Wasser und Tonscherben ansichtig wurde, die den Fußboden bedeckte. Ganz kurz streifte ihr Blick Robins nackte, blutende Füße und in den Ärger auf ihren Zügen mischte sich ein leicht besorgtes Stirnrunzeln – wenngleich Robin ziemlich sicher war, dass Naidas Sorge weniger ihrer Gesundheit galt als vielmehr der Frage, was Omar dazu sagen würde, dass sein wertvollster Besitz beschädigt worden war.

Naida schien aus irgendeinem Grund sehr zornig auf sie zu sein und es entsprach ganz ihrer Art, diesen Zorn direkt und ohne Hehl an ihr auszulassen. Sie fuhr Robin in barschem Ton an, wie ungeschickt und unwillig sie sich doch angestellt habe, und befahl ihr, in ihrem Zimmer wieder für Sauberkeit und Ordnung zu sorgen, falls sie an diesem Tag noch etwas zu essen haben wollte. Robin hütete sich, ihr zu widersprechen. Zum einen war sie völlig überrascht von der so offen zur Schau getragenen Feindseligkeit der alten Sklavin, zum anderen spürte sie, dass sich in der Zwischenzeit etwas ereignet haben musste, das sie über die Maßen erregt hatte. So bat sie nur knapp um einen Reisigbesen und wenn möglich trockene Kleider.

Naida verschwand wortlos und kehrte nach wenigen Augenblicken in Begleitung der beiden anderen Sklavinnen zurück, die Robin einen Besen, einen Tonkrug, einen geflochtenen Korb für die Scherben und ausreichend Lumpenfetzen brachten, um den Inhalt der zehn Wasserkrüge aufzuwischen.

Die beiden Sklavinnen grinsten, während sie Robin dabei zusahen, wie sie auf dem mit Scherben übersäten Boden herumkroch. Naida hingegen hatte die Arme vor der Brust verschränkt und beaufsichtigte sie mit versteinerter Miene. Jedes Mal wenn Robin Korb oder Krug gefüllt hatte, verschwand eine der jungen Frauen für einige Augenblicke mit dem Behältnis, um es anschließend geleert zurückzubringen. Darüber hinaus rührte keine von ihnen auch nur einen Finger, um Robin zu helfen.

Die Sonne stand bereits hoch am Himmel, als sie endlich fertig war. Sie war nun endgültig bis auf die letzte Faser durchnässt und hatte sich noch etliche kleinere Schnittwunden an Händen, Knien und Füßen zugezogen. Ihre Finger waren wie taub von der Anstrengung, die groben Tücher auszuwringen.

Nachdem das Zimmer endlich wieder halbwegs in dem Zustand war, in dem es sich vor Haruns Erscheinen befunden hatte, ließ sich Robin erschöpft aufs Bett sinken. Die beiden Sklavinnen verließen den Raum – die eine mit dem Wasserkrug beladen, die andere den Arm voller durchnässter schwerer Tücher –, und auch Naida ging. Schon binnen weniger Augenblicke kehrte sie wieder zurück.

Robin hob müde den Kopf, als sie eintrat, und starrte dann mit einer Mischung aus Staunen und Erschrecken auf die Lumpen, die die Sklavin in den Armen trug. Es waren die gleichen, zerrissenen und immer noch vor Schmutz starrenden Kleider, die sie auf ihrer mörderischen Reise nach Hama getragen hatte.

»Hier«, sagte Naida verächtlich, während sie das Lumpenbündel neben Robins Bett auf den Boden warf. »Zieh dir etwas Trockenes an, damit du am Ende nicht krank wirst und Omar mich bestraft.«

Robin fühlte sich zerschlagen und müde und sie bedurfte fast ihrer ganzen Kraft, um sich auf die Ellbogen hochzustemmen und mühsam die Beine vom Bett zu schwingen. Ihre Waden waren verkrampft und zwei oder drei der tiefsten Schnitte bluteten noch immer. Sie begriff nicht, warum die Sklavin ihr ausgerechnet ihre alten, zerschlissenen Kleider gebracht hatte, aber sie hütete sich, eine entsprechende Frage zu stellen. Stattdessen bedankte sie sich artig, hob das Bündel umständlich auf und schlurfte mit hängenden Schultern hinter den Wandschirm, um sich umzuziehen. Selbst diese kleinen Bewegungen bereiteten ihr Mühe, und sie stellte sich so ungeschickt an, dass es Naida schließlich zu viel wurde und sie mit energischen Schritten ebenfalls hinter den Wandschirm trat. In ihren Augen blitzte eine Mischung

183

aus Zorn und Verachtung, als sie Robin von Kopf bis Fuß musterte.

»Ja«, sagte sie. »Vielleicht stehen dir diese Kleider besser als die feine Seide und das Gold, das du bisher hier getragen hast.«

Robin sah sie nur traurig an und blickte an sich herab. Zunächst war sie nur erleichtert gewesen, wieder etwas Trockenes am Leib zu tragen und nicht vor Kälte zittern zu müssen, aber Naidas Worte schienen ihr die Schäbigkeit des groben schwarzen Umhanges vor Augen zu führen. Mit einem Male wurde ihr bewusst, wie sehr der Stoff auf der Haut scheuerte, wie schmutzig er war, und wie übel riechend.

»Warum tust du das?«, fragte sie.

»Wenn dir so an deinen Sklavenfreunden gelegen ist, dann ist es doch nur gerecht, dass du dich wie sie kleidest«, erwiderte Naida. Ihre Stimme zitterte leicht; ob vor Zorn oder aus einem anderen Grund, vermochte Robin nicht zu beurteilen. Das sonderbare Betragen der alten Frau beunruhigte sie zunehmend und das, obwohl – oder vielleicht gerade weil – sie es nicht verstand.

»Aber ...«

»Du bist so dumm«, unterbrach sie Naida. »Glaubst du, du bist das erste Christenmädchen, das man hierher bringt? Und glaubst du vielleicht, du wärst die erste Christin, mit der er für eine Woche oder zwei sein Bett teilt, bis er ihrer überdrüssig geworden ist und sie auf dem Sklavenmarkt verkauft?« Sie schüttelte heftig den Kopf. »Aber du bist die Erste, die er *so* behandelt, auch wenn ich einfach nicht verstehe, warum. Allah wird dir kein zweites Mal die Gelegenheit geben, dem Schicksal einer Dirne zu entrinnen, die die Männer für eine kleine Münze mit in ihre Zelte nehmen – und dein Christengott auch nicht.«

»Aber was habe ich denn getan?«, fragte Robin. Mit einer Geste der Hilflosigkeit breitete sie die Hände aus. »Ich hatte doch nur Mitleid mit einem Kind.«

»Mitleid?« So, wie Naida das Wort aussprach, klang es wie ein Fluch. Sie lachte hart und humorlos. »Mitleid ist etwas, was du von einem Mann nicht erwarten kannst, dummes Mädchen. Und Gerechtigkeit schon gar nicht.« Plötzlich streckte sie die Hand aus, und als Robin den Blick senkte, erkannte sie zu ihrer maßlosen Überraschung den winzigen, goldglitzernden Ring, den Salim ihr geschenkt hatte.

»Aber du hast versprochen ...«

»Und ich werde mein Versprechen halten«, fiel ihr Naida ins Wort. Sie machte eine auffordernde, herrische Geste. »Nimm ihn. Heute Abend bei Sonnenuntergang wird ein Arzt kommen, der sich um deine Sklavenfreunde kümmert – wenn es bis dahin immer noch dein Wunsch ist. So lange gebe ich dir Zeit, deine Entscheidung zu überdenken. Aber wäge gut ab! Du verschenkst vielleicht dein Leben, bestimmt aber deine Zukunft. Und erwarte nicht, dass es dir irgendjemand dankt. Auch die nicht, um derentwillen du dieses Opfer bringst.«

Robin verstand nicht, was Naida ihr damit sagen wollte – sie wollte es in diesem Moment auch gar nicht. Sie starrte die alte Frau noch eine Weile lang unsicher an, streckte dann die Hand aus, nahm ihr den Ring ab und schob ihn wieder auf den Mittelfinger ihrer linken Hand. Einen Herzschlag lang fühlte er sich dort wie ein Fremdkörper an, aber dann durchströmte sie ein warmes, viel zu lange vermisstes Gefühl, als wäre es nicht dieser schlichte Ring, der zu ihr zurückgekehrt war, sondern Salim selbst. Womöglich hatte Naida Recht. Sie hatte sich eingeredet, dass sie diesen Ring nicht brauchte, um an Salim zu denken, aber vielleicht stimmte das nicht. Möglicherweise war er tatsächlich das Einzige, das sie noch davor bewahrte, ihn eines Tages wirklich zu vergessen. Sie schloss die Hand zur Faust und presste sie gegen die Brust, um den Arm hastig wieder zu senken, als sie das spöttische Glitzern in Naidas Augen gewahrte.

»Danke«, sagte sie.

»Du willst ihn also lieber behalten?«

Robin schüttelte den Kopf. »Nein«, antwortete sie. »Aber ich danke dir, dass du ihn mir noch für einige Stunden lässt.«

»Nicht viele«, antwortete Naida. »Ein Tag ist schnell vorbei, wenn es vielleicht der letzte ist, der dich vor einem grausamen Schicksal bewahrt. Mach dir die Entscheidung also nicht zu leicht.«

8. Kapitel

Es wurde der bisher längste Tag ihres Leben. Naida kehrte nicht noch einmal zurück und es vergingen auch noch mehrere lange quälende Stunden, bis ihr die beiden Sklavinnen endlich eine Mahlzeit brachten. Sie bestand nur aus einer Schale Wasser und einem Stück Fladenbrot, das so hart war, dass sie sich beinahe die Zähne daran ausbiss. Zweifellos war auch dies ein Teil der Bestrafung, die Naida ihr für ihren Ungehorsam zugedacht hatte, und vermutlich auch so etwas wie eine Warnung, die Robin sehr gut verstand. Doch auch ohne die schmutzigen Kleider, die sie tragen musste, und ohne die ärmliche Mahlzeit, mit der Naida ihr zu verstehen geben versuchte, welches Schicksal ihr möglicherweise bevorstand, litt Robin an diesem Tag Höllenqualen.

Es war nicht nur die schreckliche Versuchung, der Naida sie ausgesetzt hatte, indem sie ihr den Ring zurückbrachte. Es verging kaum ein Augenblick an diesem Tag, an dem sie nicht an Salim dachte. Aber anders als bisher brachten diese Gedanken keinen Trost; das Bild seines Gesichtes, die Erinnerung an sein Lächeln, der Schauer, der ihr über den Rücken lief, wenn sie an die seltenen, scheinbar zufälligen Berührungen seiner Hände dachte. Das Gefühl von Geborgenheit, das sie empfunden hatte, wenn er sie in seine starken Armen schloss, wollte sich nicht mehr einstellen, im Gegenteil schien die Erinnerung an all das ihren Schmerz noch zu vertiefen. Vielleicht, weil ihr die alte Sklavin endgültig klar gemacht hatte, dass sie Salim niemals wieder sehen würde. Selbst wenn er die Seeschlacht überlebt hatte – wie sollte er sie finden? Dieses Land war groß, unendlich groß, und er war nur ein einfacher Krieger, noch dazu einer, der in den Diensten der Christen gestanden hatte und somit auf wenig Freundschaft oder gar Unterstützung von Seiten seiner Landsleute hoffen konnte. Selbst wenn er sie fand – was sollte er tun? Sie ganz allein aus Omars Gewalt befreien? Er war ein tapferer Krieger, der selbst den meisten Tempelrittern, die sie kannte, Respekt einflößte, aber er war ganz auf sich alleine gestellt, während Omar über eine kleine Armee gebot.

Und da war eine Stimme, ganz tief in ihrem Inneren, leise, flüsternd und verlockend, die sie einfach nicht zum Verstummen bringen konnte und die darauf beharrte, dass Naida Recht hatte. Welches Opfer auch immer sie für Saila und all die anderen Sklaven brachte, sie würde keinen Dank dafür erhalten. Ganz gleich, was sie tat, um das Los dieser Menschen zu mildern, sie würde nichts zurückbekommen. Robin schämte sich ihrer Gedanken, aber sie waren da und sie konnte sie nicht einfach verdrängen.

Als die Sonne unterging, brachten ihr die beiden Sklavinnen eine weitere Mahlzeit, die ebenso kärglich ausfiel wie die erste. Kaum hatte sie sie verzehrt, ging die Tür auf und einer von Omars Kriegern trat ein und forderte sie mit einer wortlosen Geste auf, ihm zu folgen. Es war nicht der schwarz gekleidete Riese, der sie in den letzten Tagen auf Schritt und Tritt begleitet hatte, und Robin fragte sich erneut, was aus Faruk geworden war. Seit ihr Leibwächter am Morgen so seltsam auf den Ring in Naidas Hand reagiert hatte, war er verschwunden. Robin verzichtete aber darauf, ihrem neuen Bewacher eine entsprechende Frage zu stellen, und beeilte sich, seiner Aufforderung Folge zu leisten.

Der Krieger führte Robin auf den rückwärtigen Hof des Hauses, in dessen Mitte ein kleiner Springbrunnen stand. Es war die Stunde der Dämmerung. Das Licht wurde allmählich schwächer, aber über der Stadt lag noch immer die gleiche trockene Hitze, die Robin bereits bei ihrer erbärmlichen Anreise zu schaffen gemacht hatte. Der Brunnen sorgte jedoch für Linderung und das regelmäßige helle Plätschern des Wassers weckte Erinnerungen in Robin, die sie schon fast vergessen zu haben glaubte.

Naida stand unmittelbar neben dem Brunnen und hatte trotz der Wärme, die Robin noch immer als unangenehm empfand, eine schwere Wolldecke um ihre Schultern geschlungen. Als sie auf sie aufmerksam wurde, wandte sie den Kopf, machte eine knappe, befehlende Geste, auf die hin der Mann mitten im Schritt kehrtmachte und wieder im Haus verschwand, und bedeutete Robin, zur ihr zu kommen. Erneut wurde ihr klar, über welche Macht diese alte und zerbrechlich wirkende Frau in diesem Haus verfügte. Sie ging unwillkürlich schneller, hielt dann aber einen kurzen Moment inne, als sie das Lager aus Decken und bunt bestickten Kissen bemerkte, vor dem Naida stand. Auf dem improvisierten Bett lag eine schmale, in Lumpen gekleidete Gestalt, die Robin erst auf den zweiten Blick als den kranken Jungen aus dem Fischerdorf erkannte, den sie am Morgen vom Fenster aus beobachtet hatte. Er hatte sich auf die Seite gedreht und die Beine an den Körper gezogen.

Als Robin weiterging, verspürte sie wieder den gleichen, schmerzhaften Stich wie am Morgen. Aus der Nähe betrachtet wirkte der Junge noch bemitleidenswerter und verlorener als auf dem Hof. Er war vielleicht zehn Jahre alt, sehr mager, und hatte kurze schwarze Locken. Die geschlossenen Lider zuckten unruhig, als durchlitte er einen Albtraum, und seine Lippen waren vom Fieber ausgedörrt und so rissig, dass sein Mund wie eine verschorfte, blutige Wunde in seinem Gesicht wirkte.

»Du hattest Zeit, deine Entscheidung zu treffen«, sagte Naida. »Ich hoffe, du hast sie gut genutzt.«

Robin sagte nichts, sondern ging wortlos an der Sklavin vorbei und ließ sich neben dem improvisierten Lager auf die

Knie sinken. Zitternd streckte sie die Hand aus – die linke Hand, die den Ring trug –, zögerte noch einen Moment und berührte dann die Stirn des Jungen. Sie erschrak, als sie spürte, wie heiß sie war. Die Haut des Knaben schien zu glühen und fühlte sich so trocken und rissig wie Felsgestein in einer Wüste an. Obwohl sie nur seine Stirn und nicht seinen Hals berührte, konnte sie deutlich fühlen, wie sein Herz jagte. Er roch schlecht, nach saurem Schweiß und Schmutz, aber auch nach Krankheit; einer Krankheit, die seinen Körper von innen verbrannte, so wie das Fieber seine Haut glühen ließ.

»Sein Name ist Rustan«, sagte Naida. »Er ist zehn Jahre alt. Ein hübscher Junge, nicht wahr?«

Robin hob den Kopf und sah fragend zu der Sklavin hoch. Sie erwiderte nichts.

»Vielleicht rettest du ihm das Leben«, fuhr Naida fort und schüttelte gleichzeitig den Kopf. »Vermutlich aber nicht. Und wenn, dann wird er vielleicht in zwei Jahren zu Tode gepeitscht, weil er seinem Herrn einen Krug Wasser über das Gewand geschüttet oder einen verbotenen Blick durch das Fenster eines Harems geworfen hat. Vielleicht begegnet ihr euch aber auch in zehn Jahren wieder, und er bezahlt ein Kupferstück dafür, dich für eine Nacht mit in eine schmutzige Kammer zu nehmen.«

Robin sagte auch dazu nichts. Selbst die flüsternde Stimme tief in ihrem Inneren schwieg. Und dieses Schweigen tat weh, denn es war ein Schweigen der Zustimmung.

»Warum quälst du mich so?«, fragte Robin leise.

Naida verzog die Lippen und stieß verächtlich die Luft aus. »Ich wollte, dass du siehst, wofür du deine einzige persönliche Habe hergibst – und vielleicht dein Leben. Ist es immer noch dein Wunsch, diesem Sklaven zu helfen?«

Robin nickte wortlos. Naida sah sie noch eine kleine Ewigkeit lang durchdringend und mit undeutbarem Blick an, dann aber drehte sie sich mit einer so abrupten Bewegung herum, dass die Decke von ihrer Schulter rutschte und zu

190

Boden glitt. Sie hob die Arme und klatschte zweimal in die Hände.

Noch bevor das Echo des zweiten Klatschens verklungen war, öffnete sich die Tür und ein mittelgroßer, schlanker Mann in hellen orientalischen Gewändern trat auf den Hof heraus. Im Unterschied zu den meisten anderen Männern, denen Robin bisher in diesem Land begegnet war, trug er weder einen Turban noch eine andere Kopfbedeckung. Hellblondes Haar reichte ihm bis zu den Schultern und sein Gesicht war nicht das eines Orientalen. Er näherte sich mit schnellen Schritten, blieb unmittelbar vor Naida stehen und deutete ein Kopfnicken an. Die alte Frau trat ebenfalls wortlos zur Seite und deutete mit einer knappen Geste in Richtung des kranken Jungen.

»Seid gegrüßt, ehrwürdige Damen«, begann der Fremde zu Robins gelinder Überraschung nicht auf Arabisch, sondern in ihrer Muttersprache. Eine Tatsache, die Naida sogleich mit einem bösen Blick und einem unfreundlichen Grunzen quittierte.

Doch der Fremde beachtete sie nicht. Er lächelte, wenngleich sein Blick Robin verriet, dass ihre Anwesenheit an diesem Ort ihn mindestens so sehr verwunderte wie seine sie selbst. Als sie sich vom Krankenlager aufrichtete, machte er einen halben Schritt zurück und verbeugte sich noch einmal, tiefer, und wie es ihr schien, förmlicher.

»Ihr seid ...?«

»Mein Name ist Ribauld de Melk«, sagte der Fremde, »und Ihr müsst das wunderschöne Christenmädchen sein, von dem ganz Hama spricht.«

»Ganz Hama?«, entfuhr es Robin überrascht.

Ribauld lächelte flüchtig. »Nun, vielleicht nicht ganz Hama, aber doch ungefähr die Hälfte seiner Bewohner. Die männliche.«

Robin fiel es schwer, bei diesen Worten ein Lächeln zu unterdrücken. Es war wunderbar, endlich wieder einem Menschen zu begegnen, von dem sie nicht beschimpft wurde.

»Tu deine Arbeit, Christ«, sagte Naida.

Ribauld warf der Sklavin nur einen raschen Blick aus den Augenwinkeln zu und konzentrierte sich dann wieder ganz auf Robin. »Ich sehe, was man von Eurer Schönheit erzählt, ist nicht übertrieben.«

»Aber Ihr seid nicht nur hierher gekommen, um mir Komplimente zu machen«, vermutete Robin.

»Eure Sklavin hat nach mir geschickt«, antwortete Ribauld. »Es hieß, Ihr bräuchtet einen Medicus.«

»Seid Ihr denn ein Heilkundiger?«

»Ich genieße das Vertrauen Eures Herrn Omar, seit ich ihn in Damaskus von einem schweren Fieber geheilt habe, das niemand sonst zu besiegen vermochte.«

Das war zugleich eine Antwort wie auch nicht, aber Robin beschloss, es dabei bewenden zu lassen. Immerhin war dieser sonderbare Ribauld von Melk zumindest ein Landsmann, und so, wie sich Naida heute benommen hatte, konnte sie vermutlich froh sein, dass sie keinen tanzenden Derwisch hatte kommen lassen, der irgendwelche obskuren Rituale vollzog, die den Jungen von Dämonen befreien sollten. »Ihr habt Omar behandelt und seid noch am Leben?«, sagte sie. »Dann müsst Ihr gut sein.«

Ribauld lächelte knapp, aber Robin konnte spüren, dass sie weitere Scherze dieser Art nun besser vermied. Anscheinend war sie der Wahrheit näher gekommen, als sie ahnte.

Für einen Moment trat ein unbehagliches Schweigen ein, dann räusperte sich Ribauld, sah einen Herzschlag lang interessiert auf den fiebernd daliegenden Jungen hinab und fragte dann: »Was kann ich also für Euch tun?«

»Für mich nichts«, antwortete Robin. »Aber dieser Junge hier braucht Eure Hilfe. Er ist sehr krank.«

»Ich sehe es«, sagte Ribauld. Mehr nicht. Er stellte keine weitere Frage. Er tat auch nichts, um den Jungen genauer in Augenschein zu nehmen.

»Worauf wartet Ihr?«, erkundigte sich Robin.

Der Medicus machte ein zerknirschtes Gesicht und druckste einen Moment herum. »Entschuldigt, verehrte Dame, wenn ich mit einem so kleinmütig anmutenden Anliegen wie der Frage nach meiner Bezahlung beginne. Doch zahlreiche hungrige Nächte sind mir eine schmerzhafte Lehre dafür, wie schnell Kunstfertigkeit und Mühen des Heilers vergessen sind, geht es dem Kranken erst wieder besser.«

Robin nickte stumm. Sie sah nicht in Naidas Richtung, aber sie konnte die Blicke der alten Sklavin spüren, als wären sie eine Berührung, während sie auf den Ring an ihrem Finger starrte. Langsam führte sie die Hand zum Mund, berührte das kühle Gold zum letzten Mal mit den Lippen und dachte an Salim. Er würde es verstehen. Und er würde ihr verzeihen.

Schnell, fast hastig, als hätte sie Angst, es sich im allerletzten Moment doch noch einmal zu überlegen, streifte sie den Ring ab und hielt ihn Ribauld hin. Es war wie am Morgen, als sie den Ring schon einmal weggegeben hatte. Da hatte sie geglaubt, das Letzte zu verlieren, was sie noch mit ihrer Vergangenheit verband, und doch war es jetzt ganz anders. Jetzt wusste sie es.

Der Medicus nahm den Ring entgegen, sah sie dabei aber auf sonderbare Weise an, bevor er das kleine Schmuckstück in der Hand verbarg und einen Moment später in der Tasche verschwinden ließ. Er konnte nicht wissen, was ihr dieser Ring bedeutete, doch vielleicht ahnte er es. Bevor er an Robin vorbeiging und sich neben Rustans Lager in die Hocke sinken ließ, um den Jungen zu untersuchen, streifte er sie noch einmal mit einem kurzen, fast mitleidigen Blick. Naida zog die Augenbrauen zusammen, schüttelte den Kopf und wandte sich mit einem Ruck ab. Seltsamerweise wirkte sie zugleich erleichtert wie auch erschrocken.

Robin änderte ihre Meinung über den sonderbaren Medicus rasch, während sie ihm dabei zusah, wie er den Sklavenjungen untersuchte. Geschickt tastete er seinen Körper ab,

193

hielt seine Handgelenke eine Weile und schien dabei mit geschlossenen Augen in sich hineinzulauschen, dann legte er dem Jungen die Hand auf die Stirn und hob mit dem Daumen seine Lider an, um die Augen zu untersuchen. Schließlich zwang er seinen Mund auseinander und roch daran. Als er sich nach einer Weile wieder aufrichtete, wirkte er ernst und angespannt, aber nicht wirklich besorgt.

»Wie steht es mit der Ernährung dieses Jungen? Seinem Stuhlgang, seinem allgemeinen Befinden?«

Robin hob die Schultern. »Das kann Naida besser beantworten, fürchte ich.«

Der Medicus wandte sich gar nicht erst zu der alten Sklavin um, sondern verzog nur die Lippen zu einer flüchtigen Grimasse. Offenbar hatte Robin seine Frage bereits hinlänglich beantwortet.

»Was fehlt ihm?«

»Nichts Ernstes«, erwiderte Ribauld. »Die Sklavenkrankheit, wie ich sie für mich nenne. Der Knabe leidet an den Strapazen der Reise und der Unterernährung, und er hat sich wohl ein leichtes Fieber gefangen, wodurch die Säfte seines Körpers ungleich erhitzt werden. Gebt ihm ausreichend zu essen, frisches Brot, Gemüse, vielleicht eine kräftige Fleischbrühe, und sorgt dafür, dass ihm mit kaltem Wasser angefeuchtete Tücher auf die Stirn gelegt und um die Waden gewickelt werden. Alles andere wird die Natur schon richten.«

»Und das ist wirklich alles?«, fragte Robin. Dafür hatte sie ihre Zukunft geopfert?

Ribauld wirkte leicht beleidigt. »Ihr könnt gerne einen anderen Medicus zurate ziehen, wenn Ihr mir nicht traut«, sagte er. »Aber auch der wird Euch nichts anderes sagen. Wenn es Euch beruhigt, dann kehre ich morgen Abend zurück, um mich von den Fortschritten bei der Heilung des Jungen zu überzeugen.« Er zuckte mit den Schultern, schien sich umwenden zu wollen, fuhr aber dann leiser und in versöhnlicherem Ton fort: »Ihr braucht Euch wirklich keine Sorgen um den Jungen zu machen. Er hat nichts, was einige

194

gute Mahlzeiten und ein wenig Ruhe nicht wieder heilen könnten.«

»Ich danke Euch«, sagte Robin. »Das ist wirklich ...«

»Das ist genug«, mischte sich Naida ein. »Ihr könnt jetzt gehen, Ribauld. Ich lasse nach Euch schicken, wenn wir Eure Hilfe noch einmal benötigen.«

Man sah Ribauld an, dass er Naida gerne etwas entgegnet hätte, aber Robin warf ihm einen raschen, warnenden Blick zu, und der Medicus beließ es bei einem Achselzucken und einem enttäuschten Seufzen. Mit einer gestelzten Bewegung drehte er sich zu Naida herum, verbeugte sich steif und schritt dann mit schnellen Schritten davon.

»Nun, bist du zufrieden?«, fragte Naida verächtlich.

»Warum hast du ihn fortgeschickt?«, fragte Robin. Sie hätte gern noch ein paar Worte mit dem Heiler gewechselt, nicht nur um sich genauer über den Gesundheitszustand des Jungen zu vergewissern, sondern auch, weil ihr das kurze Gespräch vor Augen geführt hatte, wie schmerzlich sie ihre Muttersprache und irgendeine Kunde von ihrer Heimat vermisste. Aber sie drängte Naida nicht weiter. Die Alte war nicht in der Stimmung, Großmut zu zeigen.

»Geh auf dein Zimmer«, fuhr die Sklavin fort. »Es geziemt sich nicht, dass du mit fremden Männern sprichst. Schon gar nicht in einer Sprache, die ich nicht verstehe. Morgen wird unser Herr zurückkehren. Er wird über dein Verhalten nicht erfreut sein, aber ich werde sehen, was ich tun kann, damit sich sein Zorn nicht nur auf dich entlädt.«

»Was ist mit den anderen Sklaven?«, fragte Robin. »Du hast gesagt, dass der Heiler sich auch um sie kümmern wird.«

»Er würde nichts anderes sagen als über diesen Jungen«, erwiderte Naida. Sie ergriff Robin unnötig grob am Arm und schob sie vor sich her ins Haus. »Etwas essen, etwas Ruhe, und sauberes Wasser, und sie werden wieder zu Kräften kommen. Zumindest die, die Allah nicht genug liebt, um sie schon jetzt zu sich zu rufen.«

Ungewohnter Lärm ließ Robin mitten in der Nacht aus dem Schlaf schrecken. Sie hatte noch lange wach gelegen und mit klopfendem Herzen die Decke über ihrem Gesicht angestarrt. In ihrem Inneren herrschte ein Chaos an Gefühlen, das es ihr fast unmöglich machte, auch nur einen klaren Gedanken zu fassen. Sie war trotz allem froh, dem Jungen geholfen zu haben, aber sie hatte zugleich auch das Gefühl, einen schrecklichen Fehler begangen zu haben. Mindestens bis Mitternacht hatte sie grübelnd wach gelegen, bis sie in einen unruhigen, von Albträumen geplagten Schlaf sank, der kaum länger als eine oder zwei Stunden gedauert haben konnte. Sie erwachte wieder mit klopfendem Herzen, in Schweiß gebadet und mit einem tauben Gefühl auf den Lippen. Im ersten Moment schienen all die Geräusche und die Aufregung, die vom Hof heraufdrangen, keinen Sinn zu ergeben. Erst nachdem sie sich aufgesetzt hatte und sich müde mit den Händen über das Gesicht fuhr, nahm sie Hufschlag, aufgeregte Rufe und schnelle Schritte wahr. Irgendetwas war geschehen.

Robin fuhr sich ein zweites Mal mit der Hand über die Augen, versuchte die Müdigkeit mit einem Kopfschütteln zu verscheuchen und stand unsicher auf, um schlaftrunken zum Fenster zu wanken. Sie kam gerade zurecht, um zu erkennen, wie zwei mit Fackeln ausgerüstete Sklaven den schweren Riegel zur Seite schoben und das Tor des Sklavenhofes öffneten. Keinen Moment zu früh. Ein ganz in Schwarz gekleideter Reiter auf einem ebenfalls schwarzen Ross sprengte herein, riss sein Tier im allerletzten Moment herum und ließ sich aus dem Sattel gleiten, noch bevor das Pferd ganz zum Stehen gekommen war. Der Mann, ein wahrer Riese, war über und über mit Staub bedeckt. Robin konnte das Gesicht im unstet flackernden Licht der Fackeln nicht richtig erkennen. Deutlich sah sie jedoch, dass es vor Schweiß glänzte, als wäre der Krieger das ganze Stück hierher gerannt und nicht geritten. Weißer Schaum troff von den Nüstern seines Pferdes, und die beiden Sklaven, die herbeieilten und das Tier einzufangen versuchten, hatten alle Mühe, es zu bändigen, ohne sich dabei einen Tritt einzufangen.

Der Riese mit dem schwarzen Turban machte einen unsicheren Schritt, wankte vor Erschöpfung und blieb stehen. Jetzt erst erkannte Robin ihn. Es war niemand anders als Faruk, der Krieger, der die letzten Tage vor ihrer Tür verbracht und sie auf Schritt und Tritt begleitet hatte.

Entschlossen, herauszufinden, was dort unten vor sich ging, trat sie vom Fenster zurück, nahm die Decke von ihrem Bett und schlang sie sich um die Schultern, um sich vor der Kälte der Nacht zu schützen, und ging zur Tür. Wie immer war sie verriegelt, aber sie musste nur zweimal dagegen klopfen, bis von außen geöffnet wurde und ihr das verschlafene Gesicht des Kriegers entgegenblinzelte, der seine Nachtwache draußen auf dem Flur verdöst hatte.

»Ich muss nach unten«, sagte Robin. »Naida wünscht mich zu sehen.«

Das war natürlich eine glatte Lüge, normalerweise jedoch reichte die bloße Erwähnung der alten Sklavin, um jeden Widerspruch der Wachen im Keim zu ersticken. Diesmal allerdings nicht. Der Krieger blinzelte sie nur verständnislos an. Im ersten Moment vermutete Robin, dass sie ihn tatsächlich geweckt hatte und er noch zu schlaftrunken war, um sie überhaupt zu verstehen, dann aber wurde ihr klar, dass sie in ihrer Aufregung nicht Arabisch sondern in ihrer Muttersprache geredet hatte. Sie wiederholte ihr Anliegen auf Arabisch, doch die Reaktion des Wachtpostens fiel auch diesmal anders aus, als sie gehofft hatte. Er schien tatsächlich ein oder zwei Sekunden lang über ihre Forderung nachzudenken, dann aber schüttelte er entschlossen den Kopf.

»Aber ich muss zu ihr!«, verlangte Robin.

Der Krieger wiederholte sein Kopfschütteln – und schlug ihr dann die Tür vor der Nase zu. Noch während Robin verdutzt die geschlossene Tür anstarrte, hörte sie, wie draußen der Riegel vorgelegt wurde.

Im ersten Moment war sie wie vor den Kopf geschlagen, dann aber begann sie, wütend mit den Fäusten gegen die Tür zu trommeln. »Aufmachen!«, befahl sie. »Was fällt dir ein? Ich muss zu Naida!«

Sie bekam keine Antwort, und das Geräusch des sich bewegenden Riegels, auf das sie wartete, blieb aus. Robin schlug noch zwei oder drei Mal mit der Faust gegen die Tür, versetzte ihr abschließend noch einen Tritt und kehrte dann wieder zum Fenster zurück. Der Mann hatte sie verstanden, daran bestand kein Zweifel. Aber anscheinend hatte er Befehl, sie unter keinen Umständen herauszulassen. Vielleicht hatte sie Naida doch nachdrücklicher verärgert, als ihr bisher klar gewesen war.

Die Szene unten auf dem Hof hatte sich verändert. Noch mehr Fackeln brannten und tauchten das gemauerte Geviert in helles, rotes Licht. Ein gutes Dutzend weiterer Sklaven sowie bewaffneter Krieger waren aus dem Haus getreten. Robin konnte keine Einzelheiten erkennen, aber es herrschte eine Stimmung allgemeiner, bedrohlicher Aufregung. Einmal hob ihr Leibwächter den Kopf und blickte direkt zu ihr herauf, und obwohl es im Zimmer dunkel und Robin somit sicher sein konnte, dass sie nicht zu erkennen war, hielt sie doch erschrocken den Atem an. Instinktiv trat sie einen halben Schritt zurück, bevor sie sich selbst in Gedanken eine ängstliche Närrin schalt und ihre ursprüngliche Position wieder einnahm.

In diesem Moment wurde die Tür unter ihr aufgerissen und Naida stürmte auf den Hof hinaus. Der schwarz gekleidete Krieger fuhr mit einer so zornigen Bewegung herum, dass Robin sich nicht gewundert hätte, wenn er sich im nächsten Moment auf die alte Sklavin gestürzt hätte, aber Naida ließ ihn gar nicht zu Wort kommen, sondern überschüttete ihn mit einem wahren Redeschwall. Robin konnte nicht verstehen, was sie sagte, aber ihr schriller, fast hysterischer Tonfall verriet genug. Der Krieger antwortete, ebenso laut und ebenso unverständlich und gleichermaßen erregt, und für einen Moment konnte man die Spannung zwischen den beiden fast mit Händen greifen. Die übrigen Sklaven und Posten wichen erschrocken ein Stück zurück, sodass sich die beiden ungleichen Gegner gegenüberstanden wie zwei Gladiatoren in einer Arena, dann spie der schwarze Hüne ein einzelnes verächtliches Wort in Naidas Richtung. Die Alte antwortete, nicht mehr so laut und keifend wie zuvor, aber scharf, und diesmal konnte Robin verstehen, was sie sagte – zumindest die Worte, wenn auch nicht ihren Sinn: »Du Narr! Du tötest deinen Herrn durch diesen Verrat!«

Der schwarz gekleidete Hüne fuhr herum und hob die Hand, wie um Naida zu schlagen, und vielleicht hätte er es sogar getan, hätte nicht genau in diesem Moment das Geräusch dumpfer, trommelnder Hufschläge den Hof erreicht. Der Mann erstarrte mitten in der Bewegung und fuhr zum Tor herum. Das Hufgetrappel schwoll rasch an; was gerade noch ein entferntes Dröhnen war, wurde nun zum hallenden Echo zahlreicher beschlagener Pferdehufe, die durch die schmalen Gassen der nächtlichen Stadt hetzten. Robin sah überrascht und beunruhigt zugleich zum Himmel empor. Die Nacht war so klar wie fast alle Nächte in diesem Teil der Welt. Wenn sie den Stand des Mondes richtig deutete, dann musste es ungefähr zwei Stunden nach Mitternacht sein. Hama war eine Stadt, die niemals wirklich ganz zur Ruhe kam, und Rücksicht gehörte nicht unbedingt zu den vornehmsten Wesenszügen der Muselmanen – wenigstens nicht der, die sie bisher kennen gelernt hatte. Aber ein ganzer Trupp Reiter, der zu dieser Stunde mitten durch die Stadt jagte, gehörte auch hier nicht zum Alltag. Irgendetwas musste geschehen sein. Und sie hatte das Gefühl, dass es mit ihr zu tun hatte. Die wenigen Augenblicke, die vergingen, bevor der erste Reiter das Tor erreichte, dehnten sich zu einer Ewigkeit. Robins Herz klopfte und ihre Finger schlossen sich so fest um die marmorne Fensterbrüstung, dass es wehtat. Sie merkte es nicht einmal.

Schließlich ritt der erste Reiter in den Hof. Anders als Robins Leibwächter zügelte er sein Pferd in einen raschen Trab, ehe er es durch das Tor lenkte. Dann sprang er ebenso wie dieser aus dem Sattel, noch bevor das Tier völlig zum Stehen gekommen war. Auch er war staubbedeckt und von den Flanken seines Pferdes tropfte Schweiß. Dem ersten Reiter folgten in dichtem Abstand ein zweiter, dritter, vierter und schließlich ein fünfter, alles bewaffnete Männer mit schwarzen Turbanen, langen, wehenden Mänteln und den typischen Rundschilden muslimischer Krieger.

Schließlich, in kurzem Abstand gefolgt von einem weiteren halben Dutzend Bewaffneter, ritt Omar selbst auf den Hof. Der Sklavenhändler brachte sein Pferd mit einem brutalen Ruck am Zügel zum Stehen, stieg mit einer energischen Bewegung ab und drehte sich auf dem Absatz herum. Die fackeltragenden Sklaven bildeten ein Spalier vor ihm, aber er schien es gar nicht zur Kenntnis zu nehmen. Sein Blick irrte über den Hof, blieb einen kurzen Moment an der Gestalt des hoch gewachsenen schwarzen Riesen haften, und wanderten dann weiter. Unwillkürlich zog Robin sich abermals einen halben Schritt weit vom Fenster zurück, sodass sie nun sicher sein konnte, von der Dunkelheit in ihrem Zimmer verborgen zu werden; im selben Moment legte Omar den Kopf in den Nacken und starrte zu ihr hoch. Es war kein flüchtiger Blick wie der des Kriegers zuvor. Er stand wohl eine halbe Minute da und starrte in ihre Richtung, und auch wenn es im Grunde völlig ausgeschlossen war, so war Robin, als bohrte sich der Blick seiner dunklen, mitleidlosen Augen direkt in ihre.

Es war einer der Sklaven, der den Bann brach. Er eilte auf seinen Herrn zu, eine Schale mit frischem Wasser in beiden Händen und ein sauberes Tuch über dem linken Arm. Omar riss sich von Robins Fenster los, starrte den Mann einen halben Herzschlag lang an – und versetzte ihm einen Hieb, der ihn zurücktaumeln und haltlos zu Boden stürzen ließ. Dann drehte er sich herum und ging mit großen Schritten auf Naida zu.

»Was hast du getan, du verfluchtes Weib?«, schrie er sie an.

Naida duckte sich unter seinen Worten wie unter einem Hieb, wich aber weder zurück, noch senkte sie den Blick. In ihrer Stimme schwang tiefe Angst mit, als sie antwortete, und dennoch war sie laut und fest. »Das einzig Richtige«, erwiderte sie. »Der Ring ist verflucht, Herr. Er wird großes Unglück über uns alle bringen. Ich habe es im Traum gesehen. Er wird unser aller Verderben sein. Was ich tat, tat ich, um Euch und Euer Haus zu schützen.«

»Verdammte Närrin!«, brüllte Omar. »Hat das Alter schon so sehr deine Sinne vernebelt, dass du dich von Träumen lenken lässt?«

»Es war nicht nur ein Traum, Herr«, beharrte Naida. »Allah hat mir eine Warnung geschickt, die ...«

In diesem Augenblick schlug Omar zu. Es war kein Fausthieb, wie der, mit dem er den Sklaven niedergestreckt hatte, sondern ein Schlag mit dem Rücken der Linken, aber er war kräftig genug, um den Kopf der alten Frau in den Nacken zu schleudern und sie mit einem keuchenden Schrei rücklings zusammenbrechen zu lassen.

»Närrin!«, wiederholte Omar. »Bei Allah, ich habe dir vertraut, wie man sonst nur seiner Mutter traut! Ich habe dir alles gegeben, was du wolltest! Alle Freiheiten, die sich eine Sklavin nur erträumen kann! Wie konntest du dich nur so schamlos gegen mich wenden? Ich sollte dich auf der Stelle töten lassen!«

Er holte mit dem Fuß aus, wie um seine Drohung auf der Stelle in die Tat umzusetzen, dann besann er sich eines Besseren und trat mit einer unwirschen Geste zurück. Zornig deutete er auf Naida. Zwei der Männer aus seinem Gefolge eilten herbei und hoben die alte Sklavin auf. Naida war bei Bewusstsein, aber ihr Gesicht war blutüberströmt und sie konnte sich aus eigener Kraft nicht mehr auf den Füßen halten. Als die Männer sie losließen, wäre sie gestürzt, hätten sie sie nicht sofort wieder aufgefangen.

»Bringt sie ins Haus!«, befahl Omar unwirsch. »Ich werde später entscheiden, wie ihre Strafe aussieht. Und jetzt bringt diesen verfluchten Christenhund zu mir!«

Die Reihe der sonderbaren, unheimlichen Ereignisse der Nacht setzte sich am nächsten Morgen fort. Überrascht stellte Robin fest, dass sie in dieser Nacht doch noch Schlaf gefunden hatte, der noch dazu einigermaßen erholsam gewesen war und weder von Albträumen noch schrecklichen Vorahnungen unterbrochen. Umso schlimmer empfand sie es, dass es wieder Lärm auf dem Hof war, der sie hochschrecken ließ – diesmal aber erst nach Sonnenaufgang.

Sie widerstand der Verlockung, sofort aufzuspringen und zum Fenster zu eilen. Ihre Begeisterung über den freien Blick in den Hof hatte durch die Ereignisse der letzten Tage einen deutlichen Dämpfer erhalten. Anfangs hatte der Ausblick aus dem Fenster sie erfreut, vermittelte er ihr doch eine Illusion von Freiheit. Mittlerweile jedoch fürchtete sie sich beinahe davor, aus dem Fenster zu schauen.

Sie legte nur den halben Weg zum Fenster zurück, dann blieb sie mit klopfendem Herzen stehen und presste die linke Hand gegen die Brust – eine Bewegung, die sie in den zurückliegenden Tagen und Wochen so oft ausgeführt hatte, dass sie sich ihrer schon gar nicht mehr bewusst war.

An diesem Morgen war es anders. Der Mittelfinger ihrer linken Hand war leer, und die gleiche, schreckliche Leere schien in ihrer Brust zu herrschen. Salims Ring war nicht mehr da und wie so oft im Leben spürte sie erst jetzt, als er unwiederbringlich verloren war, wie unendlich viel er ihr bedeutet hatte. Gestern hatte sie noch geglaubt, darüber hinwegzukommen, das Verbindungsstück zu dem einzigen wichtigen Menschen auf dieser Welt, weggegeben zu haben. Aber es stimmte nicht. Die Erinnerung an diesen Menschen konnte sie sich nicht einfach aus dem Herzen reißen. Keine Logik und keine Vernunft kommen gegen dieses Gefühl an: Weil Liebe tausendmal schwerer wog als jedes Argument.

Das Geräusch des Türriegels riss sie aus ihren Gedanken. Robin ließ die Hand sinken und fuhr hastig herum, darauf gefasst, Naida zu sehen oder vielleicht auch Omar, der kam, um sie für ihre unverschämte Dreistigkeit zur Rechenschaft zu ziehen. Doch es waren nur die beiden Sklavinnen, die ihr Wasser zum Waschen, frische Kleider und ihre Morgenmahlzeit brachten.

Statt der schmutzstarrenden Fetzen, in die sie gekleidet war, brachten die beiden jungen Frauen ihr die seidenen Gewänder und den Gold- und Silberschmuck, an die sie sich im Laufe der wenigen zurückliegenden Tage schon so sehr gewöhnt hatte. Und statt eines Stücks harten Fladenbrotes luden sie frisches Gebäck, Honig, Obst und dünne Scheiben einer dunklen, scharf gewürzten Wurst auf den Tisch neben ihrem Bett ab.

Sofort bestürmte Robin die beiden mit Fragen nach Naida und zu den Ereignissen der vergangenen Nacht und wie üblich antworteten sie nicht. Seit Robin hierher gekommen war, hatte keine der beiden Frauen auch nur ein einziges Wort mit ihr gewechselt, obwohl sie sehr sicher war, dass sie sie verstanden. Wahrscheinlich hatte man ihnen verboten, mit ihr zu reden. Robin hatte die Schweigsamkeit der beiden Frauen bisher geachtet, vor allem, um sie nicht in Schwierigkeiten zu bringen. Aber jetzt war die Situation eine andere. Sie musste unbedingt in Erfahrung bringen, was in der vergangenen Nacht geschehen war und vor allem, wie es Naida ging. Noch vor wenigen Tagen hatte sie geglaubt, die alte Sklavin ohne Skrupel und ohne das mindeste Zögern töten zu können, sollte dies nötig werden, aber plötzlich empfand sie ganz anders. Was Naida widerfahren war, war eindeutig *Robins* Schuld, und wenn die alte Frau nicht nur diesen einen Schlag, sondern eine womöglich sehr viel schlimmere Strafe zu gewärtigen hatte, dann wäre es für Robin genauso gewesen, als hätte sie diese Strafe mit eigener Hand ausgeführt.

Die beiden Frauen tauschten einen sonderbaren Blick und wandten sich dann ab, um das Zimmer wieder zu verlassen, aber Robin vertrat ihnen mit einem raschen Schritt den Weg.

»Ich will wissen, was das alles zu bedeuten hat«, sagte sie auf Arabisch, langsam und so betont, dass die beiden sie einfach verstehen mussten.

Das taten sie auch. Robin las den Schrecken einer tief sitzenden Furcht in ihren Augen. Das stimmte sie allerdings nicht friedlicher, ganz im Gegenteil: Eine Entschlossenheit und ein Zorn ergriffen von ihr Besitz, der zwar nicht diesen beiden Frauen galt, sich im Moment aber in Ermangelung eines anderen Zieles auf sie entlud. Als die beiden – wie auf ein gemeinsames Kommando hin – im selben Moment im Begriff waren, sie einfach zur Seite zu schieben, kam ihnen Robin zuvor; sie stieß ihrerseits eine der Frauen aus dem Zimmer und ergriff die andere blitzschnell am Oberarm. Ihr Griff war so fest, dass sich das Gesicht der jungen Frau vor Schmerz verzog.

»Rede!«, verlangte Robin.

Sie bekam keine Antwort, außer einem dünnen, schmerzerfüllten Wimmern. Sie hatte nicht das Recht, diese Frau, die eine Sklavin wie sie war und der es mit Sicherheit nicht annähernd so gut erging wie ihr, zu quälen. Das schlechte Gewissen, das sie Naida gegenüber empfand, wog jedoch mehr als der kleine Schmerz, den sie diesem Mädchen zufügte. Statt loszulassen, drückte sie noch fester zu. Die Sklavin versuchte sich loszureißen, aber Robin war stärker. Sie stieß die junge Frau grob vor sich her durchs Zimmer und aufs Bett. Dann war sie mit einer blitzartigen Bewegung über ihr und nagelte ihre Oberarme mit den Knien fest. Die Sklavin bäumte sich auf und versuchte, sie abzuschütteln. Robin versetzte ihr eine schallende Ohrfeige.

»Ich will dir nicht wehtun«, sagte sie und wurde sich im selben Augenblick des Zynismus ihrer Worte bewusst. »Aber du kommst hier nicht raus, bevor du mir nicht gesagt hast, was gestern Abend geschehen ist. Warum war Omar so wütend? Was hat er Naida angetan?«

Immer noch keine Antwort. Robin sah sich plötzlich als Gefangene ihrer eigenen Rolle. Sie wollte und konnte diese Frau nicht noch weiter quälen, auf der anderen Seite war sie aber schon zu weit gegangen, um jetzt einen Rückzieher zu machen und so zu tun, als wäre gar nichts geschehen. Drohend hob sie die Hand, wie um die junge Frau noch einmal zu schlagen. Dann aber besann sie sich anders, stand auf und riss sie grob in die Höhe. Dabei packte sie sie erneut am Oberarm und drückte mit den Fingern so fest wie möglich zu. Robin wusste aus eigener Erfahrung, wie sehr das schmerzte.

Doch auch diesmal erhielt sie keine Antwort. Die Sklavin krümmte sich, hob schützend die freie Hand vors Gesicht und begann zu weinen. Entsetzt darüber, wie sehr sie sich hatte gehen lassen, ließ Robin los und wich zwei Schritte weit zurück.

Sie hatte die beiden Frauen bislang kaum beachtet. Nie hatte sie ihre Stimmen gehört, und sie hatte nie wirklich auf ihre Münder geachtet; aber nun, als die Sklavin gekrümmt vor ihr stand, die Tränen nicht mehr zurückhalten konnte und lauthals schluchzte, hatte sie die Lippen geöffnet, und Robin erkannte voller Grauen, warum sie niemals auch nur eine einzige Silbe mit ihr gewechselt hatte.

Sie konnte es nicht.

Ihre Zunge war herausgeschnitten.

»Gott im Himmel«, flüsterte Robin. »Das ... das wusste ich nicht!« Plötzlich füllten sich ihre Augen mit Tränen. Sie kam sich schäbig vor, gemein und durch und durch niederträchtig, und in diesem Moment hätte sie alles getan, um ihre Grausamkeit wieder rückgängig zu machen.

»Bitte verzeih mir«, sagte sie noch einmal. »Ich wusste nicht, dass ... dass du nicht reden kannst. Wer hat dir das angetan?«

Natürlich bekam sie auch auf diese Frage keine Antwort, wie auch? Aber es war auch nicht nötig. Sie kannte die Antwort bereits.

»Omar«, sagte sie. »Dieses Ungeheuer! Aber warum?«

Die Sklavin hatte aufgehört zu schluchzen und richtete sich vorsichtig auf. Sie hielt sich die Hand noch immer schützend vor das Gesicht, als hätte sie Angst, dass Robin sie noch einmal schlagen würde.

Dann sah Robin, was sie mit ihrer ungestümen Kraft angerichtet hatte, mit Händen, die ein Jahr lang täglich ein Schwert geführt hatten. Nie zuvor war sie sich dessen so bewusst geworden wie in diesem Augenblick! Ihre Finger hatten deutlich sichtbare Striemen auf dem schmalen Gesicht der jungen Frau hinterlassen und die Haut an ihrem Arm hatte sich bereits blaurot verfärbt. Diese Prellung würde der Sklavin noch tagelang bei jeder Bewegung Schmerzen bereiten.

»Es tut mir Leid«, sagte sie noch einmal. »Bitte glaub mir, das wusste ich nicht ...«

Die Tränen der jungen Frau versiegten. In ihren Augen stand noch blanke Angst, aber ihre Furcht schien jetzt nicht mehr Robin zu gelten. Plötzlich tat sie etwas, das Robin im ersten Moment vollkommen überrumpelte: Sie trat auf sie zu, schloss sie in die Arme und drückte sie mit solcher Kraft an sich, dass Robin fast die Luft wegblieb. Sie versuchte nicht, sich aus der Umarmung der Sklavin zu befreien, sondern erwiderte sie, bis die Sklavin erschrocken zurücktrat, sich noch einmal mit dem Handrücken über das Gesicht fuhr, um die Tränen fortzuwischen, und dann mit einem Ruck herumfuhr und aus dem Zimmer stürmte. Diesmal war Robin fast erleichtert, das Geräusch des Riegels zu hören, der von außen vorgelegt wurde.

Omar! Der Sturm von einander widersprechenden Gefühlen, der sie seit dem gestrigen Morgen geplagt hatte, war plötzlich erloschen und in Robin war nur noch Raum für eine einzige Empfindung. Zorn. Ein kalter Zorn, der Omar galt. Sie würde Omar töten. Wenn er Naida etwas angetan hatte, wenn er Nemeth, deren Mutter oder irgendeinem der Sklaven dort unten etwas antat, wenn er auch nur die Hand

206

gegen sie selbst hob, würde sie ihn töten – auch wenn sie dafür mit dem eigenen Leben würde bezahlen müssen. In diesem Moment erschien es ihr als ein guter Tausch. Das Leben einer Sklavin, der im Grunde genau die Zukunft bevorstand, die Naida ihr gestern prophezeit hatte, gegen das eines Ungeheuers in Menschengestalt, das vielleicht schon hundert Leben und tausend Schicksale zerstört hatte. Vielleicht hatte Gott sie ja nur aus diesem einen Grund hierher geschickt: Um diese Bestie aufzuhalten.

Langsam wandte sie sich um, ging zu dem niedrigen Tisch und ließ sich auf den weichen Teppich daneben sinken. Der Anblick der köstlichen Mahlzeit stieß sie ab. Gestern hatte Naida ihr nicht nur die Kleider, sondern auch das Essen eines gewöhnlichen Sklaven gebracht, und vermutlich war es immer noch besser gewesen als das verdorbene Zeug, mit dem Nemeth und die anderen Kerkerinsassen abgespeist wurden. Heute durfte sie wieder wie eine Fürstin speisen, aber sie brachte es nicht über sich, auch nur einen Bissen davon herunterzuwürgen. All die Köstlichkeiten auf dem Tisch – stahl sie sie im Grunde genommen nicht den hungernden Sklaven? Womöglich war bereits einer der unglücklichen Männer und Frauen dort unten im Keller verkauft worden – für die Kosten ihrer Mahlzeiten sowie ihrer luxuriösen Ausstattung. Aus irgendeinem Grund hielt Omar sie für etwas ganz Besonderes, ein Juwel in seiner ohnehin gut gefüllten Schatztruhe. Vielleicht würde er die Freude an seinem Juwel ja verlieren, wenn sie so abgemagert und blass wie die übrigen Sklaven war.

Das war zunächst ein verlockender Gedanke, aber Robin wusste gleichzeitig sehr wohl, wie albern diese Vorstellung war. Omar würde es nicht zulassen, und sie selbst würde es nicht lange aushalten. Einer von Salims Lieblingssätzen fiel ihr ein, etwas, das er oft gesagt hatte: Stolz schmeckt nicht besonders gut, und er macht nicht satt.

Dennoch ließ sie das Essen unberührt, stand auf und ging wieder zum Fenster.

Auf dem Hof herrschte hektische Betriebsamkeit. Die Pferde waren fortgebracht worden und eine Anzahl von Arbeitern hatte damit begonnen, aus den eingelagerten Balken ein hölzernes Podest zu zimmern. Auf den ersten Blick ähnelte es dem Brettergerüst unter dem Galgen, den sie gesehen hatte, als Bruder Abbé sie zu einer Hinrichtung mitgenommen hatte. Robin gestattete es sich nicht, den Gedanken, der diesem Vergleich folgte, zu Ende zu denken. Stattdessen sah sie den Arbeitern eine Weile konzentriert bei ihrem Tun zu; nicht, weil es sie wirklich interessierte, sondern einfach, um überhaupt irgendetwas zu tun und ihre Gedanken abzulenken. Als einer der Männer zu ihrem Fenster hinaufsah, hob sie die Hand und winkte ihm zu, eine kleine Geste der Freundlichkeit einem völlig Fremden gegenüber, die ihr plötzlich ungemein wichtig vorkam. Der Arbeiter verhielt sich jedoch völlig anders, als sie erwartet hätte. Er winkte weder zurück, noch sah er freudig überrascht oder irritiert aus, sondern fuhr erschrocken zusammen und wandte sich mit einer hastigen Bewegung ab.

Für eine Weile machte sich eine sonderbare Unruhe unter den Männern dort unten breit. Niemand sah in ihre Richtung. Ohne dass Robin genau sagen konnte, wieso, spürte sie ganz deutlich, dass die Männer ganz bewusst nicht zu ihrem Fenster hinaufsahen, ja nicht einmal auch nur ungefähr in ihre Richtung blickten. Als wäre sie plötzlich keine gewöhnliche Sklavin mehr, sondern vielmehr eine Hexe, deren bloßer Anblick schlimmes Unheil oder gar den Tod versprach.

Als Robin die Tür hinter sich aufgleiten hörte, fuhr sie herum. Zunächst erwartete sie, die beiden Sklavinnen zurückkehren zu sehen, ein wenig war sie auch von der widersinnigen Hoffnung erfüllt, Naida zu erblicken. Aber ihre Angst, dass der alten Sklavin etwas wirklich Schlimmes zugestoßen sein könnte, wurde nicht besänftigt. Stattdessen betrat Omar den Raum.

Robin erstarrte mitten in der Bewegung. Der Sklavenhändler trug noch immer dieselben Kleider wie in der Nacht und sein Gesicht wirkte bleich und ein wenig kränklich. Unter seinen Augen lagen dunkle Schatten und als er die Tür hinter sich schloss, fiel ihr auf, dass seine Hände zitterten. Sie vermutete, dass er in der zurückliegenden Nacht keinen Schlaf gefunden hatte, und wappnete sich innerlich dagegen, nunmehr zur Zielscheibe des gleichen rasenden Zornes zu werden, der sich auf Naida entladen hatte.

Zunächst verdüsterte sich Omars Gesicht für einen Moment, als er sich ihr zuwandte und sie mit schräg gehaltenem Kopf aufmerksam musterte. Dann gab er sich einen sichtbaren Ruck, trat zwei Schritte näher, und auf seinen sonnengebräunten Zügen erstrahlte ein mildes und durch und durch erfreut wirkendes Lächeln.

»Mein Herz erblüht, nun, da ich dich unversehrt sehe, Robin«, sagte er. »Man hat mir berichtet, dass du nach Meister Ribauld geschickt hast? Du bist doch nicht etwa krank?«

Die Frage kam Robin nicht geheuchelt vor – obwohl er zweifellos ganz genau wusste, was sich am vorigen Abend zugetragen hatte. Überhaupt verwirrte sie nicht allein Omars Betragen, sondern viel mehr noch ihre eigene Reaktion darauf. Wie immer, wenn sie dem Sklavenhändler gegenüberstand, erfüllte sie sein Anblick mit einer Mischung aus Zorn, Furcht und Abscheu, aber immer war da auch noch etwas anderes; ein Gefühl, dessen sie sich fast schämte: Sie war nahezu erleichtert, ihn unversehrt vor sich zu sehen. Nach dem, was sie vor wenigen Stunden vom Fenster aus beobachtet hatte, hätte sie keinen Herzschlag zögern sollen, Omar eigenhändig zu töten. Und dennoch: Dieser Mann, der dort vor ihr stand, sah nicht wie ein grausamer Schlächter aus; vielmehr ähnelte er dem kleinen Jungen, den Ribauld gestern behandelt hatte. Omar wirkte erschöpft, fast hilflos. Und seine Sorge um sie war nicht geheuchelt. Hatten er und seine Männer deshalb letzte Nacht ihre Pferde fast zuschanden geritten?

Hastig verscheuchte Robin diese Gedanken und zwang sich ebenfalls zu einem Lächeln – einem verunglückten, wie sie befürchtete. Die Frage nach Naidas Zustand lag ihr auf der Zunge, aber nach kurzem Zögern entschied sie sich dafür, dieses Thema besser nicht anzuschneiden. Noch wusste sie nicht, was Omar von ihr wollte, sicherlich war er nicht gekommen, um sich mit ihr zu unterhalten. Deswegen deutete sie zum Fenster hin und fragte: »Was wird dort unten gebaut?«

»Nichts, was dich interessieren müsste«, antwortete Omar, während er gemächlich ans Fenster ging und dann einen scheinbar desinteressierten Blick auf den Hof hinaus warf. »In einem so großen Haus wie diesem wird ständig irgendetwas gebaut oder repariert.«

»Warum haben die Männer dort unten dann Angst vor mir?«

Omar wandte den Kopf. Ein amüsiertes Funkeln glomm in seinen Augen. »Angst?«, fragte er lächelnd, als redete sie von etwas völlig Absurdem.

»Anscheinend haben sie zumindest Angst, mich anzusehen«, erklärte Robin.

»Vielleicht fürchten sie, dass der Anblick deiner Schönheit sie blind macht«, antwortete Omar. Das Funkeln in seinen Augen wurde heller. »Oder ihnen zumindest den Seelenfrieden raubt.«

»Man hat mich vor euch Arabern gewarnt«, antwortete Robin mit einem Nicken. »Anscheinend zu Recht.«

Omar zog fragend die Augenbrauen hoch, als Robin fortfuhr: »Es heißt, ihr wärt die größten Schmeichler, die es auf Gottes Erde gibt.«

Omar lachte. »Das mag sein. Weißt du, Mädchen, unsere Legenden und Märchen sind voll von Geschichten über arme Diebe, die sich in die Töchter oder die Lieblings-Haremsdamen eines Sultans verliebt haben. Für gewöhnlich müssen die verliebten Dummköpfe etliche Räuber besiegen, einen Schatz finden, einen Dschinn zum Freund gewinnen oder einen Drachen erschlagen, und am Ende befreien sie dann die Schöne und werden Kalif von Bagdad. So ist es in den Märchen ...« Er lächelte weiter, aber das Funkeln in seinen Augen

210

erlosch, und seine Stimme nahm einen veränderten Tonfall an. »In Wahrheit kann ein Mann dafür getötet werden, wenn er eine der Schönen des Harems auch nur ansieht. Es ist doch sicher auch bei den Herrschern deines Landes so, dass sie ihren kostbarsten Besitz eifersüchtig hüten, oder?« Omar wartete einen Moment vergeblich auf eine Antwort, dann blickte er wieder aus dem Fenster und seine Stimme wurde deutlich kühler, als er fortfuhr: »Es war der Junge dort unten, der in dem gestreiften Kaftan, der zu dir hochgesehen hat, nicht wahr? Man könnte sagen, dass du diesen einfältigen Narren zu einem tödlichen Abenteuer verführt hast.«

Robin hütete sich zu antworten. Sie hatte keine Ahnung, ob Omar seine Worte ernst meinte oder ihr nur einen Schrecken einjagen wollte. Auch das war etwas, was sie an dem Sklavenhändler mindestens ebenso faszinierte wie erschreckte. Sie wusste einfach nicht, was sie von ihm halten sollte. Vorsichtshalber wich sie zusätzlich ein paar Schritte vom Fenster zurück, wie um zu verhindern, dass irgendeiner der unglückseligen Männer dort unten auch nur versehentlich einen Blick zu ihr hinaufwarf und damit möglicherweise sein Augenlicht oder gar sein Leben riskierte.

Omar folgte ihr und blieb dann plötzlich stehen. Er beugte sich zu dem niedrigen Tischchen neben ihrem Bett hinab, auf dem ihr Frühstück stand. Mit einem sonderbaren Blick in ihre Richtung griff er wortlos unter seinen Mantel, zog etwas Kleines hervor und legte es neben der Schale mit den Datteln auf den Tisch. Als er die Hand wieder zurückzog, erkannte Robin Salims Ring.

Sie konnte einen Freudenschrei nicht unterdrücken. Sie riss den Ring an sich, streifte ihn über und presste beide Hände schützend gegen die Brust. Salims Ring! Er war wie durch Zauberei zu ihr zurückgekehrt. Wenn das kein Wink des Schicksals war!

Omar betrachtete sie eine Zeit lang amüsiert, dann schüttelte er den Kopf und ein ernster Ausdruck trat in seine Augen. »Ich sehe, ich habe mich nicht getäuscht.«

»Getäuscht? Worin?«

»Ich dachte mir, dass du ihn gerne zurückhättest«, antwortete Omar. Er schüttelte den Kopf. »Wie konntest du nur so dumm sein, ihn so leichtfertig wegzugeben? Hast du selbst mir nicht erst vor wenigen Tagen erzählt, er sei das Letzte, was dir noch geblieben ist? Die Erinnerung an einen sehr guten Freund?«

»Das ist wahr.«

»Erinnerungen, Robin«, sagte Omar ernst, »sind der einzige Besitz eines Menschen, den ihm niemand nehmen kann, ganz egal, wie mächtig er auch sein mag. Man sollte sie nicht ohne Not verschenken.«

»Ich habe es nicht für mich getan.« Robin presste den Ring weiter wie einen Schatz an die Brust und beinahe schien es ihr, als ginge eine Woge wohltuender Wärme und Kraft von dem schmalen Goldring aus, die ihren Körper durchströmte und ihr neue Zuversicht gab.

»Warum dann?«

Warum fragte er das? Er musste doch genau wissen, was sich zugetragen hatte. Immerhin hatte er sich den Ring von Ribauld de Melk zurückgeholt, und der Medicus hatte ihm bestimmt die ganze Geschichte erzählt. Falls er noch dazu gekommen war. »Ihr habt Ribauld de Melk doch nichts ...?«

Omar unterbrach sie mit einem Lachen. »Angetan?« Er schüttelte den Kopf und maß sie mit einem Blick, als hätte sie eine unglaublich dumme Frage gestellt. »Wofür hältst du mich?« Er hob rasch die Hand. »Nein, ich glaube, das will ich gar nicht wissen. Auf jeden Fall bin ich kein Dummkopf. Meister Ribauld mag ein Ungläubiger sein, der vor Allahs Augen keine Gnade findet, aber er versteht mehr von der Heilkunst als jeder andere Quacksalber zwischen hier und Damaskus. Ich habe ihm kein Haar gekrümmt. Und er hat mir auch erzählt, was geschehen ist. Das mag edel von dir gewesen sein, aber Edelmut und Dummheit gehen nur zu oft Hand in Hand. Gib diesen Ring nie wieder leichtfertig fort.

Wer weiß, vielleicht wird er dich vor einem grausamen Schicksal bewahren.«

»Der Junge wäre gestorben, wenn ihm niemand geholfen hätte.«

»Und er wird vielleicht auch so sterben«, sagte Omar ungerührt. »Du bist ein seltsames Mädchen, Robin. Wo bist du aufgewachsen? In einem Kloster oder bei einem Eremiten, der dir nichts über die Welt erzählt hat? So ist es nun einmal, sowohl bei uns als auch bei euch: Die einen müssen sterben, damit die anderen leben können.«

»Da, wo ich herkomme, nicht«, beharrte Robin stur. Irgendwie hatte sie das Gefühl, sich damit lächerlich zu machen.

Omar gab sich nicht die Mühe, darauf zu antworten, sondern wechselte übergangslos das Thema. »Ich habe mit Harun gesprochen«, sagte er. »Er sagt, du machst Fortschritte. Nicht so schnelle, wie er es sich wünschen würde, aber das hat bei Harun nicht viel zu sagen.«

»Wenn Ihr wisst, warum ich den Ring weggegeben habe«, sagte Robin, »warum habt Ihr Naida dann bestraft?«

Als Omar sie fragend ansah, wies Robin mit einer Geste zum Fenster. »Ich habe alles gesehen.«

»Vielleicht sollte ich das Fenster zumauern lassen«, überlegte Omar laut, »oder dir ein anderes Zimmer geben.«

»Damit ich nicht mehr sehe, wie grausam und ungerecht Ihr seid?«

Omar schüttelte mit einem tiefen Seufzen den Kopf. »Selbst, wenn alles genauso gewesen ist, wie du sagst – Naida hätte niemals zustimmen dürfen. Sie weiß, wie wertvoll dieser Ring ist und was er bedeutet, sowohl für dich als auch für mich.«

»Was bedeutet er denn?«

Omar überging auch diese Frage. »Du hast Naida als Sklavin kennen gelernt«, sagte er. »Vielleicht glaubst du, sie wäre nur eine Art Aufseherin oder das, was man bei euch wohl als Hausdame bezeichnet. Doch sie ist mehr.«

»Dann ist sie keine Sklavin?«

»Doch«, sagte Omar. »Sie war schon Sklavin in diesem Haus, als ich noch gar nicht auf der Welt war. Ich glaube, sie hat schon meinem Großvater gedient, zumindest aber meinem Vater.« Er lächelte flüchtig. »Ohne sie wäre dieser Ort nur ein Haus und kein Zuhause, fürchte ich. Ich kenne sie mein Leben lang und ich habe sie geliebt wie meine eigene Mutter. Vielleicht ist sie der einzige Mensch in dieser ganzen Stadt, dem ich wirklich trauen kann.«

»Und trotzdem habt Ihr sie fast umgebracht.«

»Sie hat mich enttäuscht«, antwortete Omar, plötzlich wieder mit harter Stimme.

»Ist ein Mann wie Ihr das nicht gewohnt?«, fragte Robin böse.

Der Sklavenhändler sah sie einen Herzschlag lang auf sonderbare Weise an. Er wirkte nicht zornig, eher traurig, und sie begriff, dass ihre Frage ihm wirklich wehgetan hatte. Sonderbarerweise empfand sie keine Freude bei dieser Erkenntnis. »Ja«, antwortete er schließlich. »Hintergangen zu werden ist niemals schön. Aber es ist umso schlimmer, je mehr du dem Betrüger zuvor vertraut hast.«

»Aber es ist doch nur ein Ring!«

Wieder schüttelte Omar den Kopf. »Das ist er nicht«, erklärte er. Er sah ein wenig überrascht aus. »Ich glaube fast, du hast die Wahrheit gesagt, als du behauptet hast, du wüsstest nicht, was dieser Ring bedeutet. Für dich ist er tatsächlich nur ein Andenken, nicht wahr?«

»Ist er denn mehr?«

»Hast du je von den Ismailiten gehört?«

Robin schüttelte den Kopf.

»Nun, dieser Ring gehört einem Ismailiten, ganz ohne Zweifel, und wie es aussieht, keinem gewöhnlichen Krieger oder Kaufmann. Du zusammen mit dem Ring bist die kostbarste Ware, die ich je besessen habe.«

Ismailiten? Salim hatte ihr erklärt, er sei ein Tuareg, und er wusste so viel über dieses stolze Wüstenvolk zu erzählen, dass ihr niemals auch nur der leiseste Zweifel am Wahrheitsgehalt seiner Behauptung gekommen war. Aber auf der andern Seite hätte er ihr ebenso gut erzählen können, er stamme vom Mond, und sie hätte es vermutlich auch geglaubt. »Was sind Ismailiten?«

»Du wirst sie kennen lernen«, erwiderte Omar, während er wieder zum Fenster schlenderte und hinaussah. Er fuhr fort, ohne sich zu ihr herumzudrehen: »Ich war in den vergangenen Tagen unterwegs, um deine Freunde zu benachrichtigen. Darüber hinaus hat auch Al-Malik al Mustafa Omar, der Herrscher über diese Stadt, Interesse an der wunderschönen weißen Sklavin bekundet, von der er gehört hat. Ich bin noch nicht sicher, wem ich den Zuschlag geben werde. Die Ismailiten sind mächtig und einflussreich und niemand möchte sie zum Feind haben, aber Al-Malik ist nicht nur der Herrscher über diese Stadt, er ist auch ein Neffe Sultan Saladins.« Omar drehte sich nun doch zu ihr herum und sah sie nachdenklich an. »Wer weiß, vielleicht schicke ich auch noch einen Boten in die mächtige Burg deiner Freunde nahe Hama, um die *Prinzessin*, die man in einem Rittergewand aus dem Meer gefischt hat, zum Verkauf anzubieten.«

In seiner Stimme war plötzlich etwas Lauerndes, ein Unterton, der Robin warnte und sie davor bewahrte, die unbedachte Antwort zu geben, die Omar zweifellos hatte provozieren wollen. Schweigend hielt sie seinem Blick stand, schließlich zuckte Omar mit den Schultern, stieß sich von der Wand neben dem Fenster ab und ging mit langsamen Schritten zur Tür.

»Harun al Dhin wird später wieder zu dir kommen«, sagte er. »Ich rate dir, seinen Lektionen aufmerksam zu folgen, denn wenn der Neffe Saladins dich ersteigern sollte, dann wäre es besser für dich, wenn du mehr als blasse Haut und goldfarbenes Haar zu bieten hättest. Das Leben einer Haremsdame, deren Herr das Interesse an ihr verloren hat, kann sehr unerfreulich sein.«

215

»So wie das Leben einer Sklavin, deren Ziehsohn sein Interesse an ihr verloren hat?«, fragte Robin.

Omar blieb mitten im Schritt stehen und drehte sich zu ihr herum. In seinen Augen blitzte es auf. Für einen Atemzug verdüsterte Wut sein Antlitz, und Robin wäre nicht überrascht gewesen, hätte er sie geschlagen. Dann aber entspannte er sich wieder und sagte: »Gegen die, die man am meisten liebt, muss man manchmal am grausamsten vorgehen, wenn man als gerechter Herr gelten will. Naida hat mich beschämt und gedemütigt. Glaube mir, dass der Schlag, den ich ihr versetzt habe, mich mehr schmerzt als sie. Aber wenn ich sie ungestraft davonkommen lasse, wird vielleicht ein anderer Sklave herauszufinden versuchen, wo seine Grenzen sind. Und ihn müsste ich dann töten lassen.« Er deutete zum Fenster. »Du solltest dich nicht zu oft dort zeigen. Und wenn, dann verschleiere dich. Es sei denn, du willst mit ansehen, wie ich diesem leichtsinnigen Trottel dort unten die Augen ausstechen lasse.«

9. Kapitel

Der Tag neigte sich dem Ende zu. Robin war müde, sie hatte Kopfschmerzen, jeder Muskel in ihrem Leib tat weh und sie hatte sowohl Omar als auch Naida, ja selbst das Geheimnis um ihren Ring, vergessen, denn sie war seit mehr als zwei Stunden voll und ganz damit beschäftigt, sich Haruns Beschimpfungen und Vorwürfe anzuhören. Außerdem musste sie erdulden, dass Aisha den Forderungen ihres Herrn mit unnötiger Härte Nachdruck verschaffte. Sie wusste nicht, ob es an ihrem Ungeschick lag oder ob Omar ihrem Tanz- und Anstandslehrer entsprechende Anweisungen gegeben hatte; jedenfalls kam ihr Harun al Dhin an diesem Tag weit weniger geduldig und auch nicht annähernd so großherzig vor wie bei ihrem ersten Zusammentreffen. »O Allah, was habe ich nur getan, dass du mich so hart strafst?«, wimmerte er gerade. »Eher bringe ich einem dreibeinigen Kamel das Tanzen bei als dieser Ungläubigen!«

Schnaufend und wie ein Berg aus Fleisch, dessen Fundament langsam unter seinem eigenen Gewicht nachgibt, ließ sich Harun auf einem Stapel Kissen nieder. Aisha, die bislang unmittelbar hinter Robin gestanden hatte, um sie mit wachsendem Vergnügen herumzuschubsen, zu kneifen oder ihr auch schon mal einen Schlag zu versetzen, wenn sie nicht schnell genug reagierte, eilte an seine Seite und begann, ihm mit einem Fächer aus bunten Federn Luft zuzufächeln. Harun japste, als stünde er kurz vor dem Erstickungstod, und legte den Kopf in den Nacken.

»Komm her zu mir, meine Heimsuchung«, keuchte Harun und winkte Robin zu sich. Sie wartete lange genug, um sicher zu sein, dass er sich über ihr Zögern ärgerte, dann trat sie gehorsam näher.

»So schwer kann es doch nicht sein, zwei Schellen im Takt deiner Tanzschritte zu schlagen«, sagte Harun mit weinerlicher Stimme. »Obwohl ... wenn ich es mir recht überlege, war es ja vielleicht im Takt deiner Schritte.«

Robin erwiderte vorsichtshalber nichts. Vermutlich hatte Harun Recht. Die Schellen, von denen er sprach, waren etwas mehr als münzgroße, nach innen gewölbte Silberplättchen, die mittels kleiner Lederschlaufen an ihren Daumen und Mittelfingern befestigt waren, sodass sie klingelnde Töne abgaben, wenn sie die Finger aneinander schlug. Robin kam sich ziemlich albern dabei vor, aber das galt ja nahezu für alles, was Harun al Dhin von ihr verlangte.

Auf ihr Schweigen hin seufzte Harun abermals tief, scheuchte Aisha mit einer unwilligen Geste davon und schlug mit der anderen Hand auf das Kissen neben sich. »Setz dich zu mir, Kind. Ich werde dir zeigen, wie man die Schellen benutzt. Sieh genau hin.«

Robin zögerte erneut – nicht ganz so lange diesmal –, dann ließ sie sich widerwillig neben ihrem Lehrer auf den Boden sinken, jedoch nicht auf das Kissen. Harun registrierte auch diesen kleinen Akt des Ungehorsams sehr wohl, beließ es jedoch bei einem ärgerlichen Zusammenziehen der Augenbrauen. »Deine Hände«, verlangte er.

Robin streckte gehorsam die Arme aus.

Harun machte sich einen Moment an ihren Händen zu schaffen. Es war ein sehr unangenehmes Gefühl. Seine Haut war verschwitzt und fühlte sich klebrig an. Plötzlich beugte er sich weiter vor und verdrehte Robins Hände mit einem Ruck so, dass er ihre Handflächen betrachten konnte. Er tat es ziemlich lange und aufmerksam und schüttelte mehrmals verwundert den Kopf.

»Sieh dir das an, Aisha«, sagte er.

Aisha folgte der Aufforderung und Harun fuhr in aufgeregtem Ton fort: »Ihre rechte Hand ist auf der Innenseite voller Schwielen. An der linken Hand sieht man jedoch nichts dergleichen.« Er ließ Robins Arme los. »Was für Arbeiten hast du verrichtet, Weib?«

Robin druckste einen Augenblick verlegen herum und beschimpfte sich selbst in Gedanken dafür, nicht auf diese Frage vorbereitet gewesen zu sein. Schließlich war es nicht das erste Mal, dass Harun sich mehr oder weniger verwundert darüber äußerte, dass sie sich eher wie ein Mann bewegte. Sie schwieg. Sie hatte es sich zur Gewohnheit werden lassen, kaum mehr als die Hälfte von Haruns Fragen zu beantworten, und von dieser Hälfte wiederum nur einen geringen Teil zu seiner Zufriedenheit. Vermutlich hielt er ihr Schweigen auch jetzt nur für Verstocktheit, was ihr nur recht sein konnte.

»Das ist wirklich seltsam«, sagte Harun. »Wärst du ein Mann, dann würde ich sagen, das ist die Hand eines Kriegers, der lange Zeit täglich mit dem Schwert geübt hat, während er um den linken Arm einen Schild geschnallt hat.« Er starrte Robin so durchdringend an, dass sie sich ertappt fühlte. Verzweifelt überlegte sie, wie sie sich herausreden konnte, aber Harun nahm ihr die Mühe ab, denn plötzlich warf er den Kopf in den Nacken und fing lauthals an zu lachen.

»Aber wer hätte je von einem Weib gehört, das im Schwertkampf unterrichtet wurde? Das hieße, den Willen Allahs und den des Propheten zu verhöhnen.«

»Allah ist nicht mein Gott«, sagte Robin. »Und von Eurem Propheten habe ich noch nie gehört.« Gleichzeitig fragte sie sich, ob sie eigentlich verrückt war. Irgendein Teil von ihr schien es darauf anzulegen, sich selbst um Kopf und Kragen zu reden.

Harun schüttelte aber nur weiter lachend den Kopf. »Ihr mögt den Propheten nicht kennen und Allah unter einem anderen Namen anbeten, aber auch bei euch ist ein Mann ein Mann und eine Frau eine Frau. Es wäre wider die Natur der

Frauen. Eher bringe ich selbst einem plattfüßigen Trampel wie dir das Tanzen und einen damenhaften Gang bei, als dass man ein Weib zu einem Schwertkämpfer machen könnte.«

Robin atmete auf und biss sich auf die Zunge, um nicht noch mehr zu verraten.

Harun schien jedes weitere Interesse an dem Thema verloren zu haben, denn er schüttelte nur noch einmal den Kopf und griff erneut nach Robins Händen, diesmal aber nicht, um sie nach Schwielen oder anderen verräterischen Spuren zu untersuchen, sondern um die Schellen von ihren Fingern zu lösen.

»Die Stunde des abendlichen Gebetes ist nicht mehr fern«, sagte er. »Für heute wird meine Seele Frieden suchen und ich werde meine Augen an Weibern weiden, die mehr Talent als du haben, Ungläubige. Übe heute Abend die Tanzschritte, die Aisha dir gezeigt hat. Ich erwarte, morgen Fortschritte zu sehen.« Er stand auf und deutete auf die so gut wie nie fehlende Reihe mit wassergefüllten Krügen, die Omars Diener hereingeschafft und an der Wand neben der Tür aufgereiht hatte. »Versuche dich auch weiterhin im Gehen mit den Krügen. Wenn du es schaffst, mit einem Wasserkrug auf dem Haupt einherzuschreiten, ohne eine Hand zu gebrauchen, mit der du den Krug abstützt, dann hast du es geschafft, dir einen Gang anzueignen, der deinen zukünftigen Herrn erfreuen wird. Und nur dann kannst du gewiss sein, dass er dich nicht mit einem weißen Kamel verwechselt, wenn er dich gehen sieht.«

Robin schluckte die spitze Bemerkung herunter, die ihr auf der Zunge lag. Stattdessen sah sie schweigend zu, wie Aisha den Fächer, ihren Umhang, die Schellen und die kleine Handtrommel, die sie zuvor im Takt zu Robins unbeholfenen Tanzschritten geschlagen hatte, zusammenraffte und ihrem Herrn zur Tür folgte. Wie durch Zufall stieß sie dabei gegen einen der Krüge, der auch prompt umkippte. Ohne zu zerbrechen, vergoss er seinen Inhalt über den gefliesten Boden, und Robin presste ärgerlich die Lippen aufeinander.

Natürlich wusste Aisha, dass Robin die Überschwemmung selbst würde fortwischen müssen, und natürlich war sie nicht zufällig gegen den Krug gestoßen. Aber vermutlich konnte sie noch von Glück sagen, dass das Gefäß nicht zerbrochen war. Sie streifte Aisha mit einem Funken sprühenden Blick, den die Sklavin völlig ausdruckslos erwiderte.

Aisha war wirklich eine sonderbare Frau. Obwohl sie sich als zunehmend rücksichtslos erwies und Robins unbeholfenen Anstrengungen höchst unsanft nachhalf oder sie sogar untergrub, spiegelte sich niemals Zorn, Eifersucht oder gar Hass in ihren Augen. Ihr Blick schien völlig teilnahmslos zu sein, als wäre die Seele hinter diesen wunderschönen dunklen Augen vor langer Zeit schon gestorben.

»Bete zu Allah, oder meinetwegen auch zu deinem Gott, dass er ein Wunder geschehen lässt«, säuselte Harun im Hinausgehen. »Ich jedenfalls bin mit meinen Künsten fast am Ende, und es sind nur noch wenige Tage bis zum Sklavenmarkt.«

»Wartet!«, rief Robin.

Harun blieb tatsächlich stehen und drehte sich unter der Tür noch einmal herum. Nicht zum ersten Mal verspürte Robin angesichts seiner Eleganz ein Gefühl von Bewunderung. Obwohl dieser Koloss von einem Mann – der so massig war, dass er sich ohne fremde Hilfe scheinbar kaum zu erheben vermochte – bei jedem Schritt vor Anstrengung keuchte, hatte er doch einen schönen, fast schwebenden Gang, der sie sein Gewicht fast vergessen ließ. Seine Bewegungen hatten, bei allen körperlichen Unterschieden, etwas von der katzenhaften Eleganz, die sie auch an Aisha so bewunderte. »Was ist denn noch?«, fragte Harun unwillig.

Robin ging auf ihn zu, wobei sie einen übertrieben ausladenden Schritt über die Wasserpfütze machte, die sich langsam vor ihren Füßen auf dem Boden ausbreitete. Harun zog es vor, so zu tun, als begreife er nicht, was sie ihm damit sagen wollte. »Da ist etwas, was ich Euch fragen wollte«, sagte sie leise.

»Ja?«

Robin hob die linke Hand, um ihm den Ring zu zeigen, dann ließ sie den Arm schnell wieder sinken. Sie ekelte
sich davor, wieder von Haruns plumpen Fingern betatscht zu
werden, und außerdem hätte sie das Gefühl gehabt, den Ring
zu besudeln, wenn er ihn berührte. »Was sind Ismailiten?«,
fragte sie.

Haruns Reaktion war interessant. Er hatte sich fast sofort wieder in der Gewalt, aber für einen winzigen Moment
glaubte sie, einen abgrundtiefen Schrecken in seinen Augen zu erblicken. Vergleichbar vielleicht mit dem Blick eines
besonders gottesfürchtigen Mönchs, wenn jemand den
Namen des Teufels erwähnte.

»Woher hast du das?«, fragte er.

»Aufgeschnappt«, log Robin. »Aber ich hatte das Gefühl,
dass es ...«

»Die Assassinen«, unterbrach sie Harun. Er schüttelte
den Kopf. »Niemand, den du kennen lernen möchtest. Glaube mir. Und niemand, über den man redet. Am besten, du
vergisst dieses Wort sofort wieder.« Und damit drehte er
sich auf dem Absatz herum und ging.

Robin blieb verwirrt zurück. Schon die bloße Erwähnung
der geheimnisvollen Ismailiten hatte Harun al Dhin sichtbar
bis ins Mark erschreckt, und angesichts seiner Reaktion
erschien auch Omars Bemerkung zu diesem Thema in neuem Licht. Ismailiten. Assassinen. Robin ließ die Worte ein
paar Mal in Gedanken nachhallen, aber es war nichts Vertrautes in ihrem Klang, nichts, was sie jemals gehört hätte –
auch nicht von Salim.

Auf der anderen Seite musste sie sich eingestehen, dass sie
kaum etwas über Salim wusste. Er war der einzige Mensch –
abgesehen von ihrer Mutter vielleicht –, für den sie jemals
uneingeschränkte Zuneigung empfunden hatte. Er war
sicherlich derjenige auf der Welt, dem sie am allermeisten
vertraute, und dennoch hatte er niemals viel über sich
erzählt. Über sein Volk, ja. Über seine Herkunft, das Land, in

dem er aufgewachsen war, die unendlichen Weiten der Wüste, die Schönheit seiner Welt, die mit einer ebenso großen Härte und Unerbittlichkeit einherging. Aber über sich selbst hatte er so gut wie nichts offenbart. Dabei hatte sie ihn auch niemals mit Fragen behelligt, weil sie gespürt hatte, wie unangenehm ihm dies war, und weil sie seine Gefühle respektierte.

Robin machte einen weiteren Schritt auf die Tür zu, um sie hinter Harun und Aisha zu schließen, wobei sie nun doch in eine Pfütze aus eiskaltem Wasser trat und ärgerlich die Lippen verzog. Sie hatte bereits den Arm gehoben, als ihr klar wurde, wie ungewohnt diese Bewegung im Grunde für sie war. Die Tür hatte sie noch niemals von eigener Hand schließen müssen, seit sie in dieses Haus gekommen war. Es war stets jemand da gewesen, der diese Aufgabe für sie übernahm – schon, um zu verhindern, dass sie auf dumme Gedanken kam.

Jetzt war der Korridor vor ihrem Zimmer leer. Der Wächter, der so sehr zu einem Bestandteil ihres Lebens geworden war, dass sie ihn die meiste Zeit schon gar nicht mehr wirklich zur Kenntnis nahm, war verschwunden.

Robin zögerte einen Moment, ehe sie einen vorsichtigen Schritt auf den Flur hinaus machte, um sich rasch nach rechts und links umzusehen. In ihrem Zimmer herrschte noch das graue Zwielicht der späten Dämmerung, aber hier draußen auf dem fensterlosen Flur hatte die Nacht mit ihren Schatten und gedämpften Farben bereits Einzug gehalten. Sie spähte angestrengt nach vorne, um sich davon zu überzeugen, ob der schwarz gekleidete Krieger nicht ein Stück weiter unten Posten bezogen hatte. Aber sie konnte ihn auch im weiteren Verlauf des Korridors nicht erkennen.

Robin war überrascht. Eine Nachlässigkeit dieser Art sah dem Sklavenhändler nicht gleich, ebenso wenig wie seinen Kriegern, denn wie sie Omar kannte, würden sie ein solches Versäumnis zweifellos mit dem Leben bezahlen. Eine Falle? Robin dachte kurz über diese Frage nach, beantwortete sie

sich dann aber mit einem Kopfschütteln. Eine solche Heim-
tücke hätte sie Omar durchaus zugetraut, aber sie machte
überhaupt keinen Sinn. Wenn er ihr etwas antun wollte,
brauchte er sich nicht erst die Mühe zu machen, einen Vorwand dafür zu finden.

Robin blieb noch einige Augenblicke lang mit klopfendem Herzen unter der Tür stehen, dann wandte sie sich um
und kehrte in ihr Zimmer zurück. Sie würde, nein, sie musste diese Gelegenheit nutzen, um ihr Gefängnis zu erkunden.
Und wenn die Jungfrau Maria, Gott und die Heiligen auf
ihrer Seite waren, dann hatte sie jetzt vielleicht sogar die
Gelegenheit, sich in den Keller zu Nehmet hinunterzu-
schleichen. Und das war ihr wichtiger denn je, denn Naida
hatte ihre Drohung wahr gemacht: Robin hatte das Mädchen
seit ihrer ersten Begegnung im Keller nicht mehr zu Gesicht
bekommen und die alte Obersklavin hatte ihre Nachfragen
und ihr Drängen nur mit einem unerbittlichen Schweigen
quittiert.

Noch wagte Robin nicht, in die Dunkelheit zu schleichen. Vielleicht war der Krieger ja nur für einen Moment fort-
gegangen, um irgendeinen Befehl auszuführen oder einem
menschlichen Bedürfnis nachzukommen, und da waren auch
noch Haruns Worte, wonach es Zeit für das abendliche Gebet war.

Unter der Abeiya, dem schwarzen Umhang, der zu ihrer
Kleidung gehörte, und dem Schleier würde zwar niemand
ihr Gesicht erkennen, aber sie hatte über die Stellung der
Frauen in diesem Teil der Welt mittlerweile genug gelernt,
um zu wissen, dass sie sich nicht einfach frei durch dieses
Haus bewegen und davon ausgehen konnte, dass niemand sie
ansprach. Wenn sie die Gelegenheit nutzen wollte, die das
Schicksal ihr so unverhofft bot, würde sie abwarten müssen,
bis es vollkommen dunkel war.

Was hierzulande gottlob nicht lange dauerte. Dennoch
schien die Zeit kein Ende zu nehmen. Mehr als einmal glaubte Robin, draußen auf dem Gang die Schritte des Wächters zu

hören, der zurückkam, um seinen Posten wieder einzunehmen. Doch es war nur ihr eigener Herzschlag, der sie erschrocken aufhorchen ließ.

Endlich senkte sich die Dunkelheit über die Stadt. Robin trat noch einmal zum Fenster und sah hinaus. Der Innenhof war leer, und es brannte nur eine einzelne Fackel. Robin entzündete die beiden Öllampen, die auf dem Tischchen neben der Tür standen, nur für den Fall, dass Omar oder ihr persönlicher Wächter unten auf dem Hof entlanggehen und sich wundern würden, wieso hinter ihrem Fenster kein Licht brannte.

Rasch legte sie Schleier und Abeiya an, verließ ihr Zimmer und schlich auf den Gang, der zur Treppe führte. Es war so dunkel, dass Robins Augen nur vage Schatten wahrnahmen. Im Haus herrschte vollkommene Stille. Irgendwo in der Stadt begann ein Muezzin das Abendgebet vom Minarett herabzurufen. Bald fielen noch weitere Sänger in den seltsam klagenden Ruf des Vorbeters ein. Robin lauschte ihnen einen Moment, um herauszufinden, wie lange ihre Gnadenfrist währen würde. Doch leider hatte sie sich niemals weit genug für den Glauben der Muselmanen interessiert, um aus dem Gebet in einer ihr schwer verständlichen Sprache die richtigen Rückschlüsse ziehen zu können. Immerhin wusste sie, dass die Muslime mehrmals am Tag beteten, dafür aber nicht sehr lange.

Ihr blieb also nicht viel Zeit, wenn sie ins Sklavenverlies hinunter und zu Nemeth gelangen wollte. Über den Rückweg machte sie sich keine Gedanken. Sie hoffte, dass ihr nicht viel geschehen würde, selbst wenn man sie ertappte. Mit dem, was Omar ihr am Morgen verraten hatte, hatte er vielleicht die Absicht verbunden, sie aufzumuntern und ihr jeden Grund für eine ebenso riskante wie aussichtslose Flucht zu nehmen, aber er hatte ihr damit auch indirekt mitgeteilt, dass sie praktisch Narrenfreiheit hatte. Omar würde sich hüten, seinem nach seinen eigenen Worten wertvollsten Besitz einen Schaden zuzufügen.

225

Als sie weitergehen wollte, hörte sie Schritte.

Robin geriet nicht in Panik; wie zur Salzsäule erstarrt blieb sie einen Moment mit angehaltenem Atem stehen und lauschte. Ihr Herz klopfte so laut, dass es ihr für zwei oder drei Atemzüge schwer fiel, sich auf das andere Geräusch zu konzentrieren. Die Schritte waren jedoch unüberhörbar. Sie kamen von unten und näherten sich – nicht sehr schnell, aber unaufhaltsam. Robin wich einen Schritt in den Flur zurück und sah sich gehetzt um. Ihr würde mehr als genug Zeit bleiben, um in ihr Zimmer zurückzugehen und die Tür hinter sich zu schließen, aber sie bekam vielleicht nie wieder eine Gelegenheit wie diese. Wie Harun gesagt hatte, waren es nur noch zwei Tage bis zum Sklavenmarkt. Wenn sie tatsächlich eine Flucht wagen wollte, dann musste es in dieser oder spätestens in der darauf folgenden Nacht geschehen.

Robin zögerte noch einen kurzen Moment, dann steuerte sie die erstbeste Tür an. Vermutlich war der dahinterliegende Raum leer. Schlimmstenfalls würde sie dort eine Schicksalsgefährtin vorfinden, die sie hoffentlich nicht sofort verraten würde. Vorsichtig öffnete sie die Tür, huschte lautlos durch den Spalt und drückte sie ebenso vorsichtig hinter sich wieder ins Schloss.

Das Zimmer, in dem sie sich befand, war ebenso prächtig eingerichtet wie ihr eigenes, nur ein gutes Stück größer. Es lag fast völlig im Dunkeln, aber Robin konnte immerhin erkennen, dass das Fenster an der gegenüberliegenden Wand vergittert war. Nur neben dem Bett, einem gewaltigen hölzernen Gestell mit einem weit ausladenden Stoffhimmel aus halb durchsichtigen Seidenschleiern, glomm der kurze Docht einer Öllampe. Sie hatte das Gefühl, hinter den dünnen Seidentüchern ein schweres, röchelndes Atmen zu hören, war sich jedoch nicht ganz sicher, ob es nicht nur ihre überreizte Fantasie war, die ihr einen Streich spielte.

Zumindest schien niemand von ihrem Eintreten Notiz genommen zu haben. Nun, wo sie einmal so weit gekommen war, konnte sie den Raum ebenso gut auch genauer in Augenschein nehmen. Ihre Augen gewöhnten sich rasch an das graublaue Dämmerlicht, das hier drinnen herrschte. Obwohl sie auch jetzt kaum mehr als Schemen wahrnahm, hatte sie das vage Gefühl, dass dieser Raum persönlicher eingerichtet war als der ihre, so als habe sein Bewohner die Möbel und Stoffe über Jahre sorgfältig ausgesucht und zusammengetragen. Auf einem niedrigen Tischchen neben dem Bett entdeckte sie eine Ansammlung kleiner Tiegel, Pinsel, flacher Holzspatel und anderer Schminkutensilien sowie einige Schmuckstücke, auf denen sich das Licht der Öllampe brach.

Ihre erste Einschätzung schien richtig gewesen zu sein: Sie befand sich im Zimmer einer Frau, sicher einer anderen Sklavin. Vorsichtig löste sie sich von ihrem Platz an der Tür und schlich auf das Bett zu. In Gedanken tat sie Harun und Aisha Abbitte für alles, was sie in den letzten Tagen über sie gedacht und nur zu oft auch laut gesagt hatte. Harun würde niemals eine Tempeltänzerin aus ihr machen, doch kam ihr der Unterricht nun zustatten, denn sie vermochte sich spürbar leichtfüßiger und damit auch lautloser zu bewegen. Ohne auch nur das mindeste Geräusch zu verursachen, huschte sie zum Bett, verharrte noch einmal mit angehaltenem Atem, um eine Sekunde lang zu lauschen, und zog dann behutsam den Vorhang auseinander.

Um ein Haar hätte sie aufgeschrien.

Bleich wie das Antlitz einer Toten, von kaltem Schweiß bedeckt und mit eingefallenen Wangen blickte ihr im fahlen Licht der Öllampe Naidas Gesicht entgegen. Es wirkte um Jahre gealtert. Das flackernde Licht des fast heruntergebrannten Dochtes ließ die unzähligen Falten in ihrer Haut wie tiefe Messerschnitte erscheinen, und obwohl sie Robin aus weit aufgerissenen Augen anstarrte, schien sie sie nicht wirklich zu sehen. Ihr linkes Auge war nahezu zugeschwollen, die Haut darunter aufgeplatzt, und wie man es oft bei alten Leuten beobachten konnte, wollte sich die Wunde offenbar nicht schließen. Der fingerlange Riss von dem

Schlag, den Omar ihr tags zuvor versetzt hatte, nässte noch immer und in der Kruste aus Schorf schimmerten winzige frische Blutströpfchen.

»Naida!«, hauchte Robin erschrocken. »Aber was ...?«

Naidas trübe Augen flackerten. »Bist du hier, um dich an meinem Schmerz zu ergötzen?«, murmelte die Alte mit heiserer Stimme. Das Sprechen bereitete ihr sichtlich Mühe, nicht nur aufgrund ihrer Schwäche, sondern auch weil ihr Mund geschwollen und die Lippen auf der linken Seite aufgeplatzt und erst halb verschorft waren.

Robin hörte ihre Worte kaum. »Was ... wer hat dir das angetan?«

Was für eine dumme Frage. Sie hatte doch gesehen, wer es gewesen war. Dennoch weigerte sie sich im ersten Moment, ihren Augen zu trauen. Sie hatte gesehen, dass Omar Naida geschlagen hatte. Ein Hieb, hart, aber doch nur mit der flachen Hand ausgeführt. Sie hatte genug solcher Schläge selbst zu spüren bekommen, um zu wissen, welchen Schaden sie anrichteten. Doch bisher war ihr nicht in den Sinn gekommen, dass ein Schlag, der sie selbst schmerzen und sie allenfalls wütend machen würde, einen Menschen in Naidas Alter und von ihrer Gebrechlichkeit durchaus umbringen konnte.

Die alte Sklavin verzog die Lippen, doch statt zu einem Lächeln geriet es ihr zu einer Grimasse. »Er hat mich bestraft«, antwortete sie. »Und er hat Recht daran getan.«

»Wie bitte?«, keuchte Robin.

»Ich habe sein Vertrauen missbraucht – wie hätte er anders handeln sollen«, murmelte Naida. Mit fast brechender Stimme fügte sie hinzu: »Aber auch ich hatte keine Wahl. Mein dummer Junge. Er ist blind für das Unheil, das du über sein Haus bringen wirst.« Sie verdrehte die Augen. Ihr Atem ging schwerer, und Robin hatte für einen Moment Angst, dass Naida gleich sterben würde. Das Gesicht der alten Frau wirkte wie aus gelbem Wachs geformt, und ihr Schweiß roch nach Krankheit und Verfall.

228

»Ich ... ich werde dir helfen«, versprach Robin. Sie kam sich beinahe lächerlich vor bei diesen Worten. Helfen? Es gab absolut nichts, was sie für Naida tun konnte. Im Gegenteil: Mit jedem Moment, den sie länger hier war, brachte sie auch die alte Sklavin in größere Gefahr. Ganz egal, was Omar am Morgen behauptet hatte – sie wagte sich nicht einmal vorzustellen, was er täte, wenn er Robin hier vorfinden würde. Hilflos und nur noch mit Mühe die Tränen zurückhaltend, streckte sie die Hand aus und berührte die Wange der alten Frau. Sie fühlte sich heiß und trocken an; sie konnte mit den Fingerspitzen fühlen, wie Naidas Puls raste. »Dieses Ungeheuer«, flüsterte sie. »Er hat mir erzählt, dass er dich liebt.«

Die Sklavin öffnete die Augen und suchte Robins Blick. »Aber das tut er«, murmelte sie. »Er hatte keine Wahl, glaub mir. Er ...« Sie stockte. Robin spürte, wie sie unter ihrer Berührung zusammenfuhr und zog fast erschrocken die Hand zurück. Mit einer schier unglaublichen Kraftanstrengung setzte Naida sich auf, sog mit einem qualvollen Seufzen die Luft zwischen den Zähnen ein und griff so hart nach Robins Handgelenk, dass es schmerzte.

»Der Ring!«, keuchte sie. Ihre Augen weiteten sich, als sie den Blick auf das blasse Schimmern richtete, mit dem sich das Licht auf dem schmalen Goldring an Robins Mittelfinger brach. »Er hat ihn dir zurückgebracht!«

»Ribauld de Melk ist nichts geschehen«, sagte Robin hastig. Sie verzichtete darauf hinzuzufügen, dass sie es wenigstens hoffte. Naidas Griff umspannte ihr Handgelenk noch fester, aber Robin biss tapfer die Zähne zusammen und gab weder einen Laut von sich, noch versuchte sie, ihre Hand loszureißen.

»Er ist wieder da«, stammelte Naida. »Wir sind verloren! Jetzt werden die Schatten über uns kommen! Wir alle werden sterben!«

»Was bedeutet das?«, fragte Robin. »Wovon sprichst du?«

»Allah hat seinen Segen von uns genommen«, stammelte Naida. »Die Kinder Ismaels werden über uns kommen.«

»Die Kinder Ismaels?« Behutsam nahm Robin die freie Hand, um Naidas knochige Finger von ihrem Gelenk zu lösen, während die alte Sklavin weiter wie gebannt den Ring anstarrte. »Wer sind die Kinder Ismaels?«

»Die Hashashin«, antwortete Naida. »Deine Freunde.«

Es war Robin endlich gelungen, Naidas Griff zu lösen, und kaum hatte sie es getan, da schien alle Kraft die alte Frau zu verlassen. Keuchend sank sie zurück in ihre Kissen und schloss die Augen. Ihre Brust hob und senkte sich so schnell, als wäre sie die Treppen hinaufgehastet.

»Was hat dieser Ring zu bedeuten?«, flehte Robin sie an.

»Den Tod.« Naidas Augen starrten blicklos an ihr vorbei in eine Leere, die von einem Schrecken erfüllt zu sein schien, den Robin noch nicht sehen, sehr wohl aber bereits erahnen konnte. »O Omar, spürst du denn nicht, wie der Schatten Azraels auf dich fällt? Man feilscht nicht mit dem Tod!«

Robin massierte unbewusst ihr Handgelenk. Naidas Griff war so hart gewesen, dass er ihr das Blut abgeschnürt hatte. Ihre linke Hand prickelte. Naidas Worte verwirrten sie immer mehr, aber sie konnte nicht sagen, ob etwas dran war oder ob es sich einfach nur um Fiebergerede handelte.

»Flieh«, murmelte Naida plötzlich.

»Fliehen?« Robin riss verblüfft die Augen auf. Fieberwahn oder nicht, dieser Vorschlag war so ziemlich das Letzte, was sie von Naida erwartet hätte. Ausgerechnet von Naida.

»Du musst fliehen, Kind«, murmelte Naida. »Lauf weg. Noch heute. Nur so kannst du dein Leben retten, und nur so kannst du dieses Haus retten, und die Leben aller, die darin sind. Fort von hier. Wende den Fluch von uns, den Omar auf unser aller Häupter herabgerufen hat. Die Haschisch-Anbeter werden uns töten. Wir werden alle sterben. Du musst gehen!«

»Bitte, Naida, ich verstehe nicht, was du meinst«, sagte Robin. »Was dir angetan wurde, tut mir unendlich Leid. Ich würde den Schmerz von dir nehmen, wenn ich es könnte. Aber jetzt ...«

230

Sie hörte ein Geräusch von der Tür her, und diesmal waren es nicht Haruns Lehrstunden, die ihr zugute kamen, sondern die Reflexe der Kriegerin, zu der sie in den vergangenen beiden Jahren geworden war. Sie ließ sich blitzschnell zur Seite fallen, federte ihren Sturz mit den Fingerspitzen ab, sodass sie praktisch kein Geräusch dabei verursachte, und rollte sich in der gleichen Bewegung auf den Rücken. Praktisch im selben Moment wurde die Tür geöffnet und Omar trat ein.

Robin war kurz davor, in Panik zu geraten. Sie lag völlig deckungs- und wehrlos auf dem Boden, Omar musste sie einfach sehen. Gleich würde er einen zornigen Schrei ausstoßen und sich auf sie stürzen, um sie zu schlagen. Was er Naida für dieses neuerliche Vergehen antun würde, für das sie ebenso wenig konnte wie für das vermeintliche Verbrechen zuvor, daran wagte sie erst gar nicht zu denken.

Der Sklavenhändler blieb für einen Moment unter der Tür stehen, dann trat er vollends in den Raum, wandte sich um und schloss die Tür hinter sich!

Robin konnte gerade noch ein erleichtertes Aufatmen unterdrücken. So unglaublich es schien, Omar hatte sie nicht bemerkt. Der schwarze Umhang und der Schleier, der einen Großteil ihres Gesichtes verbarg, schützten sie. Schließlich war auch sie im ersten Moment fast blind gewesen, als sie hereingekommen war. Das Licht der Öllampe war mittlerweile noch weiter heruntergebrannt und jetzt kaum mehr als ein rötliches Glimmen am Ende des Dochtes. Sie hörte, wie Omar sich abermals herumdrehte und mit langsamen Schritten näher kam. Selbst wenn er sie nicht sah, würde er gleich auf sie treten. Als Omar noch zwei Schritte von ihr entfernt war, glitt sie so leise sie konnte in das naheliegendste Versteck: unter das Bett.

Keinen Augenblick zu früh. Omars Stiefel tauchten genau dort vor ihrem Gesicht auf, wo sie gerade noch gelegen hatte. Selbst wenn sich seine Augen nicht so schnell an die Dunkelheit gewöhnten wie ihre gerade, würde sein Gehör dafür

231

umso schärfer sein. Robin schloss für einen Moment die Augen und konzentrierte sich darauf, flach und möglichst lautlos zu atmen.

Über ihr bewegte sich Naida unruhig in ihrem Bett. »Du ... du kannst dich nicht verbergen«, stammelte sie. Robins Herz machte einen erschrockenen Sprung.

»Ruhig, Nana. Ich bin bei dir.« Omars Stimme klang weicher und zärtlicher, als Robin sie jemals gehört hatte. »Ich bin hier, keine Angst. Niemand wird dir etwas zuleide tun.« Robin hörte, wie eine Flüssigkeit von einem Gefäß in ein anderes gegossen wurde. »Ich bringe dir einen Schlaftrunk, den der Franke für dich bereitet hat. Er wird dir die Schmerzen nehmen.«

Der Sklavenhändler kniete neben dem Bett nieder. Robin hätte ihn in diesem Moment mit der ausgestreckten Hand berühren können, doch nicht das war ihr Problem: Ihr Herz hämmerte so laut, dass Omar es eigentlich kaum überhören konnte.

»Lass sie gehen«, stammelte Naida. »Das Christenmädchen ... lass sie ... gehen. Die Haschisch-Anbeter werden über uns kommen! Du musst sie fortschicken.«

»Arme Nana«, sagte Omar. »Du hast Fieber. Trink das. Das wird die Dämonen vertreiben, die dich quälen.« Wieder wechselte er seine Position. Robin vermutete, dass er sich auf die Bettkante gesetzt hatte, um Naida in den Arm zu nehmen und ihr den Schlaftrunk einzuflößen. Für eine kleine Weile wurde seine Stimme so leise, dass Robin die Worte nicht verstehen konnte, aber sie klang jetzt so sanft und besorgt wie die eines Sohnes, der am Bett seiner sterbenskranken Mutter sitzt. Schließlich beugte sich Omar vor und stellte einen schlanken silbernen Becher auf den Boden direkt neben dem Bett. »Du musst jetzt schlafen, Nana«, sagte er.

»Nein«, stammelte Naida. »Dummer Junge. Du weißt nicht, was du ... was du tust. Du musst nach dem Imam schicken. Er soll die heiligsten Suren des Korans und den Namen

232

des Propheten auf Papierstreifen schreiben. Du musst sie an allen Türen und Fenstern befestigen, Junge ...«, Naidas Stimme wurde schwächer, »... dann werden die Schatten nicht ...« Ihre Stimme wurde leiser und verebbte schließlich vollends, und nur einen Augenblick später beruhigten sich auch ihre keuchenden Atemzüge. Robin hoffte, dass sie eingeschlafen war.

Sie schickte ein Stoßgebet zum Himmel, dass Omar nun ebenfalls aufstehen und gehen würde, doch der Sklavenhändler blieb noch eine schiere Ewigkeit reglos sitzen. Schließlich beugte er sich im Sitzen vor. Seine Finger tasteten über den Boden, näherten sich Robins Gesicht bis auf wenige Zoll und fanden endlich den Silberbecher, nach dem sie gesucht hatten. Robin zitterte am ganzen Leib. Endlich erhob sich Omar und schritt gemächlich auf die Tür zu.

Er verließ den Raum jedoch nicht sofort, sondern blieb noch einmal stehen und wandte sich ganz langsam um. Trotz der Dunkelheit konnte Robin aus ihrem Versteck heraus deutlich sein Gesicht erkennen. Gerne hätte sie den Ausdruck, der darauf lag, als Berechnung gedeutet, als Herablassung oder Gnadenlosigkeit, aber alles, was sie in den Zügen des schlanken Arabers las, war tiefste Qual und unendliches Mitleid, und das im wortwörtlichen Sinne. Was Omar sah, bereitete ihm mindestens so große Qual wie Fieber und Schmerzen der alten Sklavin. Robin verstand diesen Mann nicht mehr. Seine Worte waren nicht gelogen gewesen, weder die, die er am Morgen zu ihr gesagt hatte, noch die soeben gesprochenen. Aber war es denn möglich, dass ein Mensch gleichzeitig so grausam und gnadenlos wie ein Teufel und so sanftmütig und zärtlich wie ein liebender Sohn sein konnte?

Endlich drehte sich Omar ruckartig um und verließ den Raum. Robin wartete einen Moment mit angehaltenem Atem und hämmerndem Herzen auf das Geräusch eines von außen vorgelegten Riegels, doch zu ihrer Erleichterung vernahm sie nichts anderes als Omars sich rasch entfernende

233

Schritte. Trotzdem blieb sie noch geraume Zeit in ihrem Versteck unter dem Bett liegen.

Endlich richtete sie sich auf und beugte sich noch einmal über Naida. Die Sklavin war eingeschlafen. Ihre Lippen bebten und ihre Hände, die über der dünnen seidenen Bettdecke lagen, mit der Omar sie sorgsam zugedeckt hatte, zitterten sichtbar. Immerhin ließ der Trank sie schlafen und ersparte ihr wenigstens für einige wenige, kostbare Stunden die schlimmste Qual. Dennoch zog sich Robins Herz in ihrer Brust zusammen, als sie in Naidas eingefallenes Gesicht hinabsah. Wieder glomm der Gedanke, Omar zu töten, in ihr auf. Und gleichzeitig verspürte sie den Wunsch, die sonderbaren Gefühle, die sie dem Sklavenhändler plötzlich entgegenbrachte, niederzukämpfen.

Lautlos trat sie vom Bett zurück, huschte zur Tür und öffnete sie einen Spalt breit. Der Gang draußen war so dunkel und leer wie vorhin. Omar war gegangen, und auch der Wächter war nicht zurückgekehrt.

Du musst fliehen!, hatte Naida gesagt. Und das würde sie, jedoch nicht heute Nacht. Sie hatte mehr Glück als Verstand gehabt, unbehelligt so weit gekommen zu sein, und sie würde das Schicksal nicht noch weiter herausfordern.

Nicht heute. Aber bald.

Am nächsten Nachmittag, noch bevor Harun al Dhin zum Unterricht erschien, erhielt Robin ein Geschenk. Die beiden schweigsamen Sklavinnen, die sonst ihr Essen brachten, trugen ein mit feinstem Linnen abgedecktes, sehr großen, aber offensichtlich nicht sehr schweren Gegenstand herein. Ihnen folgte ein Angehöriger der Wache, der ein niedriges Tischchen mit einer kostbaren Intarsienplatte vor sich her balancierte, das er an der Wand unmittelbar neben dem Fenster abstellte. Robin verzichtete darauf, die Sklavinnen oder den Krieger irgendetwas zu fragen. Die einen konnten nicht antworten, der andere würde es ganz bestimmt nicht tun. Sie platzte innerlich fast vor Neugierde, beherrschte sich aber und wartete, bis die beiden jungen Frauen ihre Last auf dem Tischchen abgeladen hatten und die Kammer wieder verließen. Der Krieger blieb beim Hinausgehen noch einmal unter der Tür stehen und maß sie mit einem sonderbaren Blick.

»Was habt Ihr?«, fragte Robin.

»Mein Herr, Omar Khalid ben Hadschi Mustapha Khalid schickt Euch das zum Geschenk.« Der Krieger sprach schleppend und in so gebrochenem Arabisch, dass Robin alle Mühe hatte, ihn zu verstehen. »Ich soll Euch ausrichten, dass er hofft, Euch damit die langen Stunden des Alleinseins ein wenig zu versüßen.«

Robin warf einen verwirrten Blick auf den mit Leinentüchern abgedeckten Gegenstand, dann in das Gesicht des Wächters. Sie hatte das sichere Gefühl, dass er noch mehr sagen wollte, dann aber wandte er sich plötzlich um und verließ rasch den Raum. Als er die Tür hinter sich zuzog, konnte sie das Geräusch des Riegels hören, der von außen vorgelegt wurde. Der Laut versetzte ihr einen durchdringenden Stich, denn er schien gleichsam auch einen Riegel vor alle Fluchtpläne zu schieben, über die sie im Laufe der vergangenen Nacht gebrütet hatte. Aber was hatte sie eigentlich erwartet? Haruns Nachlässigkeit vom vergangenen Abend würde ganz bestimmt nicht zur Gewohnheit werden.

Sie verscheuchte den Gedanken, wandte sich ihrem *Geschenk* zu und musterte es einige Herzschläge lang misstrauisch. *Omar Khalid ben Hadschi Mustapha Khalid.* Robin musste lächeln. Was für ein Name! Was das anging, schienen die Araber nicht anders zu sein als ihre Erzfeinde, die Christen: Je höher der Rang eines Mannes war oder je wichtiger er sich selbst nahm, desto umständlicher und komplizierter schien sein Name zu werden. Warum aber sollte Omar ihr Geschenke schicken?

Vielleicht würde sich diese Frage von selbst beantworten, wenn sie erst einmal wusste, worum es sich bei dem Geschenk überhaupt handelte. Sie wollte schon hinübergehen, besann sich dann aber im letzten Moment auf Omars

235

Warnung und machte noch einmal kehrt, um den Schleier anzulegen, ehe sie ans Fenster trat und das Leinentuch mit beiden Händen wegzog.

Darunter kam ein halb mannshoher, kunstvoll aus hellem Holz geflochtener Vogelkäfig zum Vorschein. Auf Robins Lippen erschien unwillkürlich ein Lächeln, als sie die beiden kleinen Vögel gewahrte, die nebeneinander auf einer Stange saßen und sie einen kurzen Moment aus ihren winzigen Äuglein scheinbar erschrocken anblickten, ehe sie das Sonnenlicht spürten und ein helles Tschilpen anstimmten.

Es waren Vögel von einer Art, wie Robin sie noch nie zuvor gesehen hatte. Sie hatten ein gelblichweißes Brustgefieder und ihre Flügel waren von schlichter graubrauner Farbe. Als Robin die Finger durch das engmaschige Holzgeflecht schob und bewegte, kamen sie zutraulich näher und zwitscherten und pfiffen noch aufgeregter mit ihren wohltönenden Stimmen. Fast schien es, als diskutierten sie heftig miteinander, was sie von ihrer neuen Umgebung und vor allem ihrer neuen Herrin zu halten hatten.

Ihr Zusammenspiel war erstaunlich. Sie blieben stets dicht beieinander, und wenn der eine mit den Flügeln schlug, ahmte der andere die Bewegung sogleich nach, ebenso wie keiner ein Zwitschern anstimmen konnte, ohne dass der andere es unverzüglich beantwortete.

Sosehr der Anblick der possierlichen kleinen Tierchen Robin auch erfreute, so fragte sie sich doch, warum der Sklavenhändler sie ihr zum Geschenk gemacht hatte. Es gab für Omar keinen Anlass, ihr eine Freude zu machen, ganz im Gegenteil. Und wenn sie eines von diesem Mann zu wissen glaubte, dann, dass er nichts ohne Grund tat.

In das Zwitschern der beiden Vögel mischten sich vom Hof her aufgeregte Rufe und dann ein zorniger Schrei. Robin drehte den Kopf und sah in das ummauerte Geviert hinab, in dem das Lärmen und Hämmern auch den ganzen Vormittag über angehalten hatte. Sie war nicht ein einziges Mal ans Fenster getreten, um nicht aus Versehen noch mehr Schaden anzurichten, als es vielleicht bereits geschehen war. So war sie ein wenig überrascht, dass die Zimmerleute ihre Bauarbeiten offensichtlich schon vollendet hatten. Direkt neben dem Eingang zum Haus war ein solides, mehr als einen Meter hohes Podest aus hölzernen Balken errichtet, und daneben hatte man etliche Bänke aufgestellt. Im Moment waren Sklaven damit beschäftigt, ein Sonnendach aus weißem Segeltuch auf dem Podest zu errichten und aus zurechtgesägten Brettern eine Treppe auf der Türseite zu zimmern. Das Ganze erinnerte Robin an die Bühne für ein Weihnachtsspiel, das sie im vergangenen Winter in Nürnberg gesehen hatte.

Die aufgeregten Rufe und das wütende Geschrei hielten an, aber Robin konnte ihre Ursache ebenso wenig ausmachen wie ihre Verursacher. Der Hof war voller Männer und Frauen – Omars Diener und Wachposten, zum größten Teil jedoch Sklaven, die hektisch mit den letzten Vorbereitungen für was auch immer beschäftigt waren. Robin beugte sich ein wenig weiter vor, von der vagen Hoffnung erfüllt, Nemeth oder ihre Mutter, möglicherweise gar Naida zu sehen, aber sie erblickte nur ein paar Gesichter, die ihr vage bekannt vorkamen. Es waren Bewohner des Fischerdorfes, die sie nur ein- oder zweimal gesehen hatte. Dann fiel ihr doch eine bekannte Gestalt auf, und als hätte der Mann, der ihr bisher den Rücken zugewandt hatte, ihren Blick gespürt, drehte er sich herum, legte den Kopf in den Nacken und starrte zu ihr hoch.

Ganz instinktiv wich Robin einen halben Schritt vom Fenster zurück, so weit, dass sie gerade noch ins Gesicht des Sklaven blicken konnte. Es war Mustafa, Sailas Mann, der Fischer, den sie niedergeschlagen hatte und der deshalb vor den anderen Bewohnern des Dorfes das Gesicht verloren hatte. Robin spürte, dass er trotz des Schleiers vor ihrem Gesicht ganz genau wusste, wen er vor sich hatte. Und sie spürte auch seinen Hass. Er hatte die Schmach, die sie ihm zugefügt hatte, nicht vergessen, und vermutlich gab er ihr auch die Schuld an dem Schicksal, das ihn, seine Familie und sein ganzes Dorf getroffen hatte. Robin hatte nicht die Kraft, seinem Blick noch länger Stand zu halten. Sie wich zwei weitere Schritte in ihr Zimmer zurück, und wartete eine ganze Weile, ehe sie es erneut wagte, neben den Vogelkäfig ans Fenster zu treten.

Der Fischer war nun nicht mehr zu sehen. Die Sklaven waren damit beschäftigt, ein großes Sonnensegel über den Hof zu spannen, sodass die Bänke im Schatten lagen. Andere trugen Teppiche und Kissen herbei, um die unbequemen Sitzflächen der Holzbänke zu polstern. Auch die beiden Zimmerleute, die hastig eine Treppe zur Bühne hinauf bauten, waren mit ihrer Arbeit fast fertig. Nur auf der anderen Seite, zwischen dem Podest und der äußeren Mauer des Hofes, lehnten noch einige lange Balken an der Wand.

Die Hektik unten auf dem Hof hielt noch eine ganze Weile an, aber schließlich schienen alle Vorbereitungen getroffen, denn die Sklaven und Arbeiter zogen sich rasch zurück und nur einige bewaffnete Posten blieben. Robin stand jetzt wieder nahe am Fenster und blickte hinab, aber niemand sah auch nur in ihre Richtung. Mit Ausnahme des Fischers schien jedermann in diesem Haus zu wissen, welches Schicksal ihm bevorstand, wenn er Omars wertvollsten Besitz auch nur mit einem flüchtigen Blick streifte.

Auf diese Weise verging sicherlich eine halbe Stunde, wenn nicht mehr. Robin vertrieb sich die Zeit damit, den Vögeln zuzusehen, die nicht müde wurden, in ihrem Käfig von einer Stange auf die andere zu hüpfen, dem hellen Tag draußen vor dem Fenster zuzuzwitschern oder nach ihrem Futter zu picken, das in einer kleinen goldenen Schale auf dem Boden des Käfigs stand. Sosehr sie der Anblick auch erfreute, so sehr schnürte es ihr auch die Kehle zusammen, jedes Mal, wenn einer der Vögel mit den Flügeln schlug und von dem feinmaschigen Holzgeflecht daran gehindert wurde, sie wirklich zu gebrauchen. Robin hatte niemals, schon als Kind nicht, verstanden, warum man Vögel in Käfigen hielt. Sie begriff durchaus, dass Menschen sich an ihrem Anblick und besonders an ihrem Gesang erfreuen konnten, aber das gab niemandem das Recht, einem Vogel das Fliegen zu verbieten. Ebenso gut konnte man einem edlen Rennpferd die Beine brechen, damit man es besser im Stall beobachten konnte.

War das vielleicht der wirkliche Grund für Omars Geschenk? Robin ertappte sich dabei, dass etwas in ihr geradezu krampfhaft nach einer versteckten Bosheit suchte, die sie dem Sklavenhändler anlasten konnte. Und entsprach es nicht tatsächlich der Wahrheit? Omar hatte ihr nicht wirklich eine Freude machen wollen. Das Schicksal dieser Vögel war ihr eigenes. Der Käfig, in dem sie gefangen war, hatte keine Gitterstäbe, und wenn, so würden sie aus Gold sein, und die Ketten, die sie hielten, mit Edelsteinen besetzt. Hatte er ihr nicht bereits die Flügel gebrochen?

Geräusche vom Tor her rissen sie aus ihren Gedanken. Robin wandte sich vorsichtig und von der Seite her wieder ganz dem Fenster zu. Das große Sonnensegel, das quer über den Hof gespannt war, nahm ihr teilweise die Sicht, aber sie erkannte, dass das zweiflügelige Tor geöffnet worden war. Einen Moment später trat der Sklavenhändler in Begleitung des ganz in Schwarz gekleideten Kriegers ein, der bisher Robins Zimmer bewacht hatte.

Sie waren nicht allein. Nach und nach füllte sich der Hof mit sicher zwei Dutzend Männern, wenn nicht mehr. Robin konnte sie jeweils nur kurz beobachten, bevor sie unter dem Sonnensegel verschwanden, um auf den Bänken Platz zu nehmen. Es handelte sich offensichtlich um Kaufleute und andere einflussreiche Männer. Fast alle waren in kostbare Gewänder gehüllt und die meisten wurden von einem oder sogar mehreren bewaffneten Kriegern begleitet. Robin hatte ein ungutes Gefühl. Sie begann zu ahnen, was sich dort unten auf dem Hof gleich abspielen würde.

Es verging eine geraume Weile, bis auch der letzte Gast eingetroffen und das Tor hinter ihm geschlossen worden war. Auf einen Befehl Omars hin – Robin konnte ihn so wenig sehen wie die meisten anderen, aber sie erkannte seine Stimme – brachten Sklavinnen silberne Becher mit Wasser und Platten mit Weintrauben, Datteln und frischem Fladenbrot, mit denen sie unter dem Segeltuch verschwanden.

Schließlich klatschte jemand laut und befehlend in die Hände und die gemurmelten Gespräche unter dem Sonnendach verstummten. Robins Herz begann ein wenig schneller zu schlagen. Während sie die rechte Hand auf den Vogelkäfig stützte, als wäre die Nähe der beiden winzigen Lebewesen darin das Einzige, was ihr überhaupt noch den Mut gab, hier zu stehen, beugte sie sich vorsichtig weiter vor, um einen Blick auf das Podest neben der Tür zu werfen.

Genau in diesem Moment brachten zwei von Omars Kriegern eine junge, nur in ein langes weißes Leinentuch gehüllte Frau aus dem Haus und zerrten sie auf die Bühne. Sie wehrte sich nicht, aber sie wirkte unsicher und so verängstigt, dass sie auf den drei Stufen nach oben fast gestürzt wäre. Die beiden Wachen stießen sie grob vor sich her und von der anderen Seite her sprang ein weiterer Mann auf das Podest – ein hagerer Kerl mit einem dunkelblauen, mit weißen Stickereien geschmückten Kaftan. Er war Robin auf den ersten Blick unsympathisch. Dem spitzen Gesicht mit dem stoppeligen Bart und den funkelnden Augen haftete etwas an, das sie an eine Ratte erinnerte.

Sie hörte das Geräusch der Tür hinter sich und erkannte allein am Klang der Schritte, dass es Harun und Aisha waren, die zur täglichen Unterrichtsstunde kamen. Sie drehte sich jedoch nicht zu den beiden um, sondern beobachtete zugleich gebannt und angewidert weiter das Geschehen auf dem Hof. Ihr war längst klar, was dort vor sich ging, aber irgendetwas in ihr weigerte sich immer noch, die Tatsachen anzuerkennen. Es war eine Sache, etwas zu wissen, selbst jenseits allen Zweifels, und eine völlig andere, es mit eigenen Augen zu sehen.

»Christenmädchen! Was gibt es aus dem Fenster zu gaffen? So etwas gehört sich nicht für eine Dame!«, erscholl

240

Haruns Stimme hinter ihr. Ihr Klang war ungewohnt scharf, aber Robin machte sich nicht einmal die Mühe, ihm etwas zu entgegnen.

Der rattengesichtige Mann hatte sich bisher geduldet und darauf gewartet, dass die beiden Krieger das Sklavenmädchen zu ihm brachten. Nun aber machte er eine herrische Geste, woraufhin einer der Krieger der jungen Frau einen so derben Stoß versetzte, dass sie die letzten beiden Schritte auf ihn zustolperte und auf die Knie fiel. Das Gesicht des Arabers umwölkte sich. Er trug eine kleine Peitsche in der Hand, die viel zu zierlich schien, um mehr als symbolischen Charakter zu haben. Grob, fast schon brutal, zerrte er die Sklavin in die Höhe und zwang sie, sich aufzurichten, dann packte der Krieger, der das Mädchen gerade zu Boden gestoßen hatte, so fest bei den Oberarmen, dass es einen Schmerzlaut ausstieß.

Robin fuhr heftig zusammen, so als spürte sie den harten Griff des Mannes selbst. Sie war nur noch einen Deut davon entfernt, herumzufahren und aus dem Zimmer zu stürmen, um hinunter auf den Hof zu laufen und diesen brutalen Mistkerl in seine Schranken zu verweisen. Doch selbst ohne Harun und Aisha in ihrem Rücken und selbst wenn die Tür offen und der Hof nicht voller Krieger gewesen wäre, hätte ein solches Unternehmen an Selbstmord gegrenzt. Auf jeden Fall würden durch eine solche Dummheit ihre ohnehin verzweifelten Fluchtpläne endgültig vereitelt. Robins Finger schlossen sich so fest um die Gitterstäbe des Vogelkäfigs, dass das feine Holzgeflecht hörbar knirschte, und vielleicht zum ersten Mal war sie dankbar für den Schleier vor ihrem Gesicht, der ihre wahren Gefühle verbarg. Harun war nahezu lautlos neben sie getreten; eher spürte sie seine gewaltige Körpermasse, als dass sie seine Schritte hörte.

Unten auf dem Hof ließ der hagere Araber noch einige Augenblicke verstreichen, dann scheuchte er den Krieger mit einer nachlässigen Bewegung seiner Spielzeugpeitsche fort. Er trat zu dem zitternden Mädchen und legte ihm die Hand unter das Kinn, um ihren Kopf auf diese Weise in die

Höhe zu zwingen, damit alle Anwesenden ihr Gesicht betrachten konnten. Robin fuhr erneut zusammen, als sie die junge Frau erkannte. Es war eine der Sklavinnen, die sie unten im Verlies gesehen hatte, eine der Frauen aus dem Fischerdorf.

»Es ist nicht deine Schuld, Robin«, sagte Harun neben ihr, als hätte er ihre Gedanken gelesen. Jede Spur von Spott, alle Überheblichkeit und jede gespielte Verzweiflung waren aus seiner Stimme gewichen. Sie klang plötzlich so mitfühlend und sanft, wie Robin sie noch nie von ihm gehört hatte. Aber seine Worte brachten keinen Trost; er sprach nur aus, was auch die Stimme der Vernunft ihr zu sagen versuchte. Sie war einfach nicht in der Lage, mit dem Gefühl von Schuld fertig zu werden, das dieser unwürdige Anblick in ihr auslöste, und auch Harun konnte ihr diese Last nicht abnehmen.

Der Sklavenhändler auf dem Podest begann mit einer wohlklingenden, klaren Stimme zu sprechen: »Dieses junge, kräftige Weibsstück kommt aus einem Fischerdorf an der Küste. Sie hat starke Hände und ist harte Arbeit gewöhnt. Ihr fügsames Wesen macht sie zu einer guten Dienerin in Haus und Küche. Sie ist gesund, hat kein Ungeziefer in den Haaren und besitzt noch fast alle Zähne.«

Mit einer überraschenden Bewegung riss er der jungen Frau das Leinentuch vom Leib. Die Sklavin stieß einen Schrei aus und versuchte, mit den Händen ihre Blöße zu bedecken. Aber ihr Peiniger lachte nur, trat mit einem Schritt hinter sie und hielt ihre Arme mit nur einer Hand auf dem Rücken zusammen. In hämischem Ton fuhr er fort, ihren kräftigen Körper anzupreisen, wie ein Viehhändler auf dem Markt eine gut gewachsene Kuh anbieten würde. Robins Augen füllten sich mit Tränen der Wut, als sie hörte, wie er als erstes Gebot zwanzig Dinar einforderte.

Harun neben ihr sagte irgendetwas, aber sie verstand die Worte nicht mehr. Für einen Moment schien sich alles um sie herum zu drehen. Ihre Knie zitterten und das Herz hämmerte ihr bis in den Hals. Die Welt ringsum schien zu erlöschen, und es gab nur noch diesen winzigen Hof voller gieriger alter Männer, die das hilflose Mädchen auf dem Podest anstarrten. Erschüttert und von einer hilflosen Wut erfüllt, die fast körperlich schmerzte, musste sie mit ansehen, wie verschiedene Kaufinteressenten auf die Bühne hinaufstiegen und die junge Frau eingehend untersuchten. Sie zwangen ihre Lippen mit dem Daumen auseinander, um ihre Zähne zu begutachten, kniffen in Oberarme und Schenkel, um die Festigkeit ihrer Muskeln zu prüfen, und schließlich brachten die Wachen unterschiedlich schwere Säcke und gefüllte Wasserkrüge herbei, die sie hochheben musste, um ihre Kraft unter Beweis zu stellen.

Robin war unbeschreiblich angewidert von der Szene und sie machte ihr mit jedem Moment mehr Angst. Vor ihrem inneren Auge erschien Omars lächelndes Gesicht, aber sie *hörte* die Worte, die er ihr bei seinem letzten Besuch gesagt hatte. In zwei Tagen – oder vielleicht schon morgen – würde sie vielleicht selbst dort unten stehen, um gedemütigt zu werden und sich von feisten alten Männern begrapschen zu lassen.

Aber das würde nicht geschehen. Sie würde fliehen, noch heute, und wenn es ihr nicht gelang, dann würde sie sich eher das Leben nehmen, bevor sie zuließ, dass man auch sie auf das Holzgerüst dort unten zerrte.

Harun legte ihr sanft die Hand auf die Schulter. Robin fuhr erschrocken zusammen, und für einen Moment musste sie gegen den Impuls ankämpfen, herumzufahren und seine Hand beiseite zu schlagen. Dann wurde ihr bewusst, dass Harun sie plötzlich auf eine völlig andere Art berührte als zuvor. Er wollte sie trösten, wollte durch diese Geste ausdrücken, was Worte nicht sagen konnten.

»Warum tust du dir das an, Kind?«, fragte Harun. »Komm vom Fenster weg. Quäle dich nicht.«

Robin drehte sich nun doch herum und streifte seine Hand ab, aber sie tat es langsam, fast sanft, und Harun nahm ihr die Bewegung nicht übel. In seinen Augen erschien für einen kurzen Moment ein ungeahnter Ausdruck von Wärme. Trotzdem zitterte ihre Stimme vor unterdrücktem Zorn und Schmerz, als sie antwortete: »Warum nicht? Schließlich werde ich spätestens morgen wohl selbst dort unten stehen, nicht wahr?«

»Unsinn!«, widersprach Harun. Er machte eine Kopfbewegung zum Fenster. »Das da ist für einfache Sklaven. Du bist ...«

»... ein wertvolleres Gut?«, unterbrach ihn Robin zornig. Plötzlich konnte sie die Tränen nicht mehr zurückhalten, aber es waren nicht Tränen des Schmerzes, sondern der Wut. »Wahrscheinlich bin ich zu kostbar, um mich zu verärgern, wie? Was habt Ihr mit mir vor? Wollt Ihr mich auf ein Podest aus Gold stellen und mein Verkäufer wird eine mit Diamanten besetzte Peitsche tragen?« Ihre Stimme war voller Bitterkeit, aber Harun zeigte sich von ihren Worten nicht beeindruckt. Er schüttelte den Kopf und antwortete mit milder, väterlich klingender Stimme: »Ich kann dich verstehen, Robin, aber es ist nicht so, wie du denkst.«

»Ach? Was denke ich denn? Was glaubst du wohl, was ich denke, Harun al Dhin? Dass alle Moslems Barbaren und gottlose Unmenschen sind? Dass ihr Menschen wie Vieh behandelt, wie etwas, das man benutzt und wegwirft, wenn man es nicht mehr braucht? Wenn du glaubst, dass es das ist, was ich denke, dann hast du Recht. Aber ich denke noch mehr, weißt du! Ich wünsche mir, dass die Templer, die Johanniter und der König von Jerusalem mit Feuer und Schwert über all eure Städte herfallen und sie niederbrennen.«

»Hüte deine Zunge, Christenmädchen!«, sagte Harun verärgert und wich einen Schritt zurück. »Du bist erregt und du hast Angst. Was für mich Entschuldigung genug für diese Worte ist. Aber sollten sie an die falschen Ohren dringen, dann wären sie allein Grund für deinen Tod.«

Robin lachte bitter. »Willst du mir drohen? Spar dir deinen Atem, alter Mann. Was könnte schlimmer sein als das, was ich gerade dort unten gesehen habe?«

»Eine Menge«, sagte Harun düster. »Mehr, als du dir vorstellen willst, Kind, glaub mir.«

Robin wurde immer wütender. Sie wollte Harun verletzen. Sie wollte ihm wehtun, obwohl sie wusste, dass er von allen hier im Haus gewiss am wenigsten für das konnte, was sich gerade unten im Hof abspielte. »Das glaube ich dir sogar!«, stieß sie zornig hervor. »Man hat mir gesagt, Ihr hättet eine hohe Kultur. Dass Ihr uns in mancherlei Beziehung ebenbürtig, wenn nicht gar überlegen wärt. Was Grausamkeiten angeht, seid Ihr es ganz sicher, das bezweifle ich nicht!«

Harun schüttelte mit einem tiefen Seufzen den Kopf. »Ich weiß, dass das nicht deine wahre Meinung ist«, beharrte er. »Der Schmerz verschleiert dir die Sinne. Nehmt Ihr Christen etwa keine Sklaven?«

»Nein!«, behauptete Robin bestimmt. Aber ganz sicher war sie nicht.

Das Lächeln, das für einen Moment auf Haruns Lippen erschien, war so sanftmütig und verzeihend, dass Robin an sich halten musste, um ihm nicht mit der Faust ins Gesicht zu schlagen. »Nun, darüber sollten wir ein andermal sprechen«, sagte er. »Aber wenn schon nicht an deine Gefühle, dann lass mich wenigstens an deine Vernunft appellieren, Christenmädchen. Was du gerade gesehen hast, ist nicht schön. Und doch: Einem Sklaven im Haus eines guten Herrn wird es hundertmal besser gehen als einem armen Fischer in einem heruntergekommenen Dorf, wo der Hunger täglich zu Gast ist, meinst du nicht auch?«

»Lieber würde ich hungern, als unfrei zu sein!«

»So kann nur jemand reden, der noch niemals wirkliche Not gelitten hat«, sagte Harun milde. Seine Sanftmütigkeit machte Robin schier rasend. Sie zitterte am ganzen Leib. Sie wusste nicht, wie lange sie sich noch würde beherrschen können. »Ich selbst habe etliche Sklaven«, fuhr Harun fort, »und sie führen ein gutes Leben bei mir. Glaube mir, nicht einer von ihnen würde mich verlassen. Es ist mit einem

Sklaven wie mit einem guten Pferd, und ein kluger Herr weiß das. Gehst du sorgsam mit ihnen um, dann sind sie treu und dankbar und leisten gute Arbeit.« Er lachte leise. »Und wenn man ein so weiches Herz hat wie ich, dann tanzen sie einem auch schon einmal gehörig auf der Nase herum.«

Robin starrte ihn aus flammenden Augen an. Dann drehte sie sich bewusst langsam herum, trat an den Vogelkäfig heran und öffnete ihn.

Harun sog hörbar die Luft zwischen den Zähnen ein, tat jedoch nichts, um Robin aufzuhalten, und auch Aisha machte nur einen erschrockenen halben Schritt und blieb mitten in der Bewegung wieder stehen, als ihr Herr eine rasche Geste mit der Hand machte.

Vielleicht war es auch nicht nötig, dass einer von beiden etwas tat, um Robin zurückzuhalten. Die beiden Vögel hatten aufgehört zu singen und von einer Stange auf die andere zu hüpfen. Sie starrten wie verdutzt auf die plötzlich offene Tür. Eines der Tiere hatte sich geduckt, als hätte es Angst. Robin blickte sie ihrerseits einen Moment lang völlig verdattert an, dann schlug sie wütend zwei-, dreimal mit der flachen Hand so hart an den Käfig, dass er von seinem Tisch zu stürzen drohte. Die beiden Vögel flogen erschrocken auf, flatterten durch die offen stehende Tür und durch das Fenster davon und waren verschwunden.

»Oh, Robin«, seufzte Harun. »Du hast ihnen damit keinen Gefallen getan.«

»Sie sind frei, oder?«

»Diese Tiere sind nicht aus diesem Teil des Landes«, antwortete Harun. »Sie werden es schwer haben. Wahrscheinlich werden sie den nächsten Sonnenaufgang nicht mehr erleben.« Er deutete auf einen Falken, der um das Minarett der nahen Moschee kreiste.

»Aber zumindest haben sie ihre Flügel noch einmal gebrauchen können«, erwiderte Robin trotzig.

»Um in den Tod zu fliegen«, sagte Harun. Er seufzte erneut. »Ich sehe schon, deine Ausbildung ist noch lange nicht zu Ende. Ich fürchte fast, sie hat noch nicht einmal richtig begonnen.«

Robin jubilierte innerlich. Endlich war es ihr gelungen, Harun zu erschüttern. Und mit dem grässlichen Schmerz, der noch immer in ihr wühlte, hatte sie Gefallen an diesem Gefühl gefunden. Mit erhobener Stimme wandte sie sich an Aisha: »Was ist mit dir, Aisha?«, fragte sie. »Willst du wirklich lieber den Rest deines Lebens mit einem goldenen Schleier vor dem Gesicht verbringen und diesem alten Mann zu Diensten sein, statt in Freiheit und unter dem Schutz eines christlichen Fürsten zu leben?«

Aisha schwieg und sah sie mit einem Ausdruck sonderbarer Trauer in den Augen an. Für einen Augenblick senkte sich eine fast beklommene Stille über den Raum, in den nur die Stimme des Versteigerers vom Hof hereindrang, der gerade einen Sklaven anpries. Schließlich gebot Harun Aisha mit einer Geste, den Schleier abzunehmen. Die Sklavin zögerte. Sie hob gehorsam die Hände ans Gesicht, doch ihre Finger zitterten, und der Blick, den sie Harun zuwarf, war fast flehend. Harun lächelte auf eigentümliche Weise und Robin konnte sich des Eindrucks nicht erwehren, dass dieses Lächeln gleichzeitig eine Bitte um Vergebung war. Er wiederholte seine Geste und endlich kam Aisha dem Befehl nach. Ihre Hände zitterten immer stärker, als sie nach dem schweren, mit winzigen Goldplättchen geschmückten Schleier griff, der ihr Gesicht verhüllte.

Als sie ihn ablegte, stieß Robin einen erschrockenen Schrei aus. Sie prallte entsetzt zurück und stieß so heftig gegen den Vogelkäfig, dass er nun doch vom Tisch fiel und zerbrach. Aber das bemerkte sie kaum. Ihr Blick hing wie gebannt an Aishas Gesicht.

Unter dem goldbesetzten Schleier kam nicht das Gesicht jener exotischen Schönheit zum Vorschein, das der sinnliche Ausdruck in ihren wunderschönen Augen versprach, sondern nur eine grausam verwüstete Landschaft aus Narben und verbranntem Fleisch.

»Was ... ?«, stammelte Robin. Sie schlug die Hand vor den Mund, um einen weiteren Aufschrei zu unterdrücken.

Harun gab Aisha mit einer Geste zu verstehen, den Schleier wieder anzulegen, was sie auch hastig tat. In der gleichen Bewegung wandte sie sich um, als schämte sie sich des Anblickes, den sie bot. Robin war schockiert. Aishas Haltung passte so gar nicht zu der stolzen, anmutigen Frau, die sie manches Mal insgeheim bewundert hatte. Plötzlich begriff Robin, warum der Blick der Sklavin manchmal so leer erschien, als weilten ihre Gedanken in unerreichbarer Ferne.

Harun sog hörbar die Luft zwischen den Zähnen ein, ließ einen kurzen Moment verstreichen und wandte sich dann mit ernstem Gesicht und noch ernsterer Stimme wieder an Robin. »Es waren deine ruhmreichen, gütigen Christenfreunde«, sagte er. Der Klang seiner Stimme stand in krassem Gegensatz zur bitteren Wahl seiner Worte. Er sprach ganz ruhig, fast sanft. »Es war ein Ritter aus dem Gefolge des Rainald von Chatillion, des Fürsten von Oultrejordain, ein Kämpfer für Euren Glauben. Leisten Eure Ritter nicht den Eid, die Schwachen zu schützen?«

»Aber das ... das ...«, stammelte Robin.

»Aisha war seine Sklavin, als er ihr das angetan hat«, fuhr Harun unbeirrt fort. »Er wollte ihr Gewalt antun. Als sie sich wehrte, da nahm er eine Fackel und verbrannte ihr das Gesicht, damit kein anderer Mann Gefallen an dem haben sollte, was ihm verwehrt geblieben war. Du solltest wissen, dass ein guter Mensch zu sein nichts mit dem Glauben zu tun hat, Christin. Denke darüber nach. Das ist deine heutige Lektion.«

10. Kapitel

Robins Entschluss, zu fliehen oder bei dem geschei-
terten Versuch zu sterben, wurde im Verlaufe des Tages fast
zur Besessenheit. Die Sklavenauktion dauerte bis zum Einbruch der Dämmerung an. Nachdem Harun und Aisha gegangen waren, kostete es Robin all ihre Kraft und Überwindung,
wieder ans Fenster zu treten und dem entsetzlichen Schau-
spiel weiter zuzusehen. Doch nachdem sie es einmal getan
hatte, konnte sie sich von dem entwürdigenden Anblick
auch ebenso wenig wieder losreißen. Sie stand den ganzen
Tag am Fenster, wandte sich weder um, als die Sklavinnen
später kamen, um ihr zu essen zu bringen, noch als Omar
irgendwann einmal unter dem Sonnendach hervortrat und
ihr einen langen, eisigen Blick zuwarf. Sie beobachtete, wie
gut die Hälfte der Männer und Frauen aus dem Fischerdorf
verkauft wurden. Vermutlich war das weit mehr als die Hälfte der Sklaven, die sich noch in Omars Kellern befanden,
denn zweifellos waren mittlerweile etliche von ihnen gestorben oder zu schwach, um hier und heute verkauft zu werden.
Robin musste mit ansehen, wie Familien auseinander gerissen, Männer von Frauen und Söhne von Vätern getrennt
wurden. Auch Saila und Nemeth wurden irgendwann im
Laufe des Nachmittags auf das Podest gezerrt, aber zu Robins
Erleichterung wollte niemand das Mädchen oder seine Mutter kaufen.

Schließlich brach die Dämmerung herein und die letzten
Kaufinteressenten verließen mit ihren neu erworbenen Skla-

ven den Hof. Eine schwere Kette wurde vor das große Tor gelegt und Omars Krieger entzündeten ein gutes Dutzend Fackeln, die sie in geschmiedete Halterungen an den Wänden aufhängten, sodass es dort unten die nächsten Stunden über hell bleiben würde. Das war ungewöhnlich, und Robins Mut sank weiter – nicht jedoch ihre Entschlossenheit. Ihr war klar, dass die Versteigerung am nächsten Morgen weitergehen würde, und möglicherweise würde auch sie – trotz all der Beteuerungen Haruns sowie Omars – schon am nächsten Morgen selbst dort unten stehen. Nein, sie hatte keine Wahl. Sie musste noch in dieser Nacht ausbrechen.

Auch nachdem es dunkel geworden war, blieb sie weiter am Fenster stehen und starrte die Schwärze an, in der sich die Stadt jenseits des von rotem Fackellicht erfüllten Rechtecks des Hofes verbarg. Selbst wenn es ihr gelang, aus dem Haus auszubrechen, woran sie im Grunde nicht zweifelte, so wartete die größte Herausforderung in dieser lichtlosen Schwärze dort hinten auf sie. Wohl hatte sie sich den Anblick der Stadt von ihrem Fenster aus eingeprägt, so gut sie konnte. Doch war es nur ein winziger Ausschnitt einer Stadt, die objektiv gesehen vielleicht nicht einmal besonders groß sein mochte, für eine Fremde jedoch ein schier endloses Labyrinth voller unbekannter Straßen, Menschen und Gefahren darstellte. Das Quäntchen Vernunft, das sich dann und wann noch in Robins Gedanken zu Wort meldete, machte ihr mit brutaler Deutlichkeit klar, dass sie im Begriff stand, Selbstmord zu begehen. Selbst wenn sie wider alle Logik das Kunststück fertig bringen sollte, nicht nur aus diesem Haus, sondern sogar aus der Stadt zu entkommen, besserten sich ihre Aussichten dadurch nicht wirklich. Sie war eine Christin in einem muslimischen Land, eine Frau auf einem Kontinent, wo Frauen kaum allein in der Öffentlichkeit zu sehen waren. Sie wusste nichts über diese Menschen hier, nichts über die nächste Stadt, ja, nicht einmal, in welche Richtung die nächste Straße führte. Der Weg hier heraus war mit ziemlicher Sicherheit der Weg in den Tod.

Aber vielleicht war es ja gerade das, was sie insgeheim wollte. Robin fragte sich, ob die zwei Jahre, die sie in Bruder Abbés Komturei verbracht hatte, vielleicht nicht doch mehr Wirkung zeigten, als sie zugeben wollte. Sie hatte sich an diesem Tage mindestens hundertmal gesagt, dass sie den Freitod einem Leben wie das, was sie am morgigen Tag erwartete, vorziehen würde. Und dennoch schreckte etwas in ihr vor diesem Gedanken zurück.

Sie fragte sich, was Salim ihr in einer Situation wie dieser geraten hätte, und für einen Moment glaubte sie sein Gesicht vor sich zu sehen, seine Augen, in denen immer ein verständnisvolles, zärtliches Lächeln glomm, ganz gleich, wie schlimm die Situation auch war oder wie sehr sie ihn herausgefordert hatte. Was würde er sagen?

Sie wusste es nicht. Sie wusste, dass Salim ohne auch nur einen Sekundenbruchteil zu zögern sein eigenes Leben geopfert hätte, um das ihre zu retten. Aber würde er mit dem Gedanken leben können, sie in Sklaverei zu wissen? Im Besitz eines anderen, auf Gedeih und Verderb seiner Willkür, den schlimmsten Demütigungen ausgeliefert, in der ständigen Bedrohung, vielleicht verkauft zu werden wie ein abgetragenes Kleidungsstück, wenn sie ihrem neuen Herrn nicht mehr gefiel, oder eines Tages auf die gleiche Weise bestraft zu werden wie Aisha?

Nein, sie konnte diese Frage nicht beantworten. Robin hob die linke Hand und ließ den schmalen Goldring an ihrem Mittelfinger im roten Licht aufblitzen, das vom Hof heraufdrang. Der Anblick gab ihr wie immer Kraft. Salim hatte ihr nicht nur ein Schmuckstück vermacht, nicht nur ein simples Erinnerungsstück, damit sie ihn nie vergaß. Neben allen anderen Bedeutungen, die dieser Ring haben mochte, war er für Robin vor allem ein Quell unerschöpflicher Kraft und Zuversicht. Naida hatte Recht gehabt, als sie ihr vorgehalten hatte, sich ihr Opfer nicht gut genug überlegt zu haben. Solange sie diesen Ring hatte, war ein Teil von Salim immer bei ihr, und damit auch ein Teil seiner Kraft.

251

Noch lange nach Sonnenuntergang stand Robin am Fenster und blickte in die Nacht hinaus. Irgendwann rief der Muezzin vom Minarett der nahen Moschee das Abendgebet, und im Haus wurde es still. Robin sparte sich die Mühe, zur Tür zu gehen. Die beiden Sklavinnen, die ihr das Abendmahl gebracht hatten, hatten sie hinter sich wieder verriegelt, und draußen stand nun auch wieder ein Wächter.

Die Rufe des Muezzins verstummten, und ringsum erwachte nicht nur die Stadt, sondern auch das Haus wieder zum Leben. Aber die Geräusche waren gedämpft. Hinter den meisten Fenstern, die sie von ihrem Zimmer aus sehen konnte, brannte kein Licht mehr. Der Tag war für alle hier anstrengend gewesen, zweifellos würde man sich an diesem Abend früher als gewöhnlich zur Ruhe legen. Jeder im Haus wusste, dass die Versteigerung noch nicht zu Ende war und der kommende Tag ebenso anstrengend werden würde wie der zurückliegende.

Aus der Nacht drang der Schrei eines Raubvogels an ihr Ohr, ein dünner, schriller Ruf voller Wildheit und Zorn, und Robin fragte sich, ob es derselbe Falke war, den Harun ihr gezeigt hatte, und ob dieser Schrei vielleicht bedeutete, dass er in eben diesem Moment die beiden freigelassenen Vögel entdeckt hatte. Ihr Blick glitt über den zerbrochenen Käfig, der noch immer auf dem Boden lag, und sie gestand sich ein, dass sie die beiden kleinen Tiere vermutlich dem sicheren Tod ausgeliefert hatte. Aber vielleicht, dachte sie, waren sie ja glücklich gestorben. Vielleicht hatten sie zum ersten Mal seit Monaten ihre Flügel ausbreiten können, und wenn es so war, dann war dieses Opfer den Preis wert gewesen, denn ein einziger Tag der Freiheit zählte hundertmal mehr als ein ganzes Leben in Ketten.

Der Gedanke war naiv, romantisch und dumm, aber er gab ihr Kraft. Robin atmete noch einmal tief ein, ging zur Tür und schlug zweimal mit der flachen Hand dagegen. Einen Moment lang geschah nichts, dann aber hörte sie ein unwilliges Rumoren, und Schritte, die sich der Tür näherten. Das

Geräusch des Riegels, der zurückgeschoben wurde, blieb jedoch aus.

Robin schlug noch einmal, heftiger jetzt, mit der flachen Hand gegen die Tür und wich einen halben Schritt zurück. »Öffne!«, rief sie mit lauter, befehlender Stimme. »Ich habe eine Nachricht für Omar! Es ist wichtig!«

Ihr Herz klopfte. Ihre Hände und Knie begannen leicht zu zittern, aber zugleich machte sich eine sonderbare, grimmige Entschlossenheit in ihr breit. Sie hatte noch keinen wirklichen Plan, ja, sie wusste nicht einmal genau, was sie tun würde, wenn die Tür jetzt aufging. Aber der Gedanke an die Vögel hatte ihr für diesen Augenblick Kraft gegeben. Wenn sie heute nicht floh, würde sie es nie mehr tun.

Wieder vergingen endlose Momente, und Robin fragte sich, ob sie nicht bereits den ersten und womöglich auch schon entscheidenden Fehler gemacht hatte. Was, wenn der Mann nicht die Tür öffnete, sondern gleich zu Omar ging, um ihn zu rufen? Dann aber hörte sie das Scharren von Metall auf Holz, und die Tür wurde mit einer unwilligen Bewegung aufgestoßen. Das düsterrote Glühen einer Fackel drang ins Zimmer und schien die Dunkelheit mehr zu unterstreichen, als zu vertreiben.

»Was willst du?«, fragte der Wächter grob.

Robin antwortete nicht. Stattdessen machte sie einen Schritt rückwärts, um ihn ganz zu sich hereinzulocken, und der Mann tat ihr auch den Gefallen. Vor dem dunkelroten Hintergrund hob er sich wie ein schwarzer Scherenschnitt ab, aber Robin konnte zumindest erkennen, dass seine Hände, abgesehen von der Fackel, leer waren. Anscheinend hatte er Schild und Speer draußen gegen die Wand gelehnt. Er ging ja nur zu einer Sklavin, einem halben Kind dazu, das für ihn keine Gefahr darstellte.

Robin wartete, bis er einen weiteren Schritt auf sie zutrat. Und dann geschah alles erschreckend schnell. Sie hatte noch immer keinen Plan, keine Idee, wie sie diesen Mann über-

253

wältigen sollte, der zwei Köpfe größer als sie und mindestens fünfmal so stark war, aber sie brauchte auch nicht zu denken. Sie handelte genauso, wie Salim es ihr unzählige Male gezeigt hatte. Als der Krieger den letzten Schritt in ihre Richtung tat, riss sie das Knie hoch und rammte es ihm mit aller Gewalt in die empfindliche Stelle zwischen seinen Beinen. Mit einem gurgelnden Laut krümmte er sich. Sie krallte beide Hände in seinen Turban, zerrte seinen Kopf nach oben und riss das Knie abermals und mit noch größerer Kraft hoch. Robin konnte hören, wie der Kiefer des Wächters brach, als seine Zähne krachend aufeinander schlugen.

Blitzschnell sprang sie zurück, spreizte die Beine ein wenig, um festen Stand zu haben, und hob abwehrbereit die Hände. Aber ihre Angriffshaltung war nun nicht mehr nötig. Der Krieger sank mit einem erstickten Laut auf die Knie. Ein Schwall Blut rann ihm über die Lippen. Und dann sah er zu ihr auf ...

Vielleicht war das das Schrecklichste überhaupt. Sie hatte noch nie einen Menschen getötet – nicht *auf diese Weise!* – und sie hätte sich in ihren schlimmsten Träumen nicht vorstellen können, wie entsetzlich es war, wie grausam. Der Mann hockte auf den Knien da, beide Hände auf den Mund gepresst, aus dem unaufhörlich Blut quoll, und die Augen, die von einer Mischung aus Todesangst und purer Fassungslosigkeit erfüllt waren, weit aufgerissen. Robin konnte sehen, wie das Leben in seinen Augen erlosch. Es dauerte nicht sehr lange, aber ihr erschien es wie eine Ewigkeit. Ganz egal, was sie zuvor miterlebt hatte und später noch erleben sollte, sie würde den Ausdruck im Blick des sterbenden Mannes gewiss nie mehr vergessen.

Wie lange sie so dastand und den reglosen Körper auf dem Boden vor sich anstarrte, vermochte sie hinterher nicht zu sagen. Seine Fackel war in der Blutlache auf dem Boden verloschen. Er war endlich nach vorne gestürzt und barmherzige Dunkelheit verbarg den Anblick seines in Todesqual verzerrten Gesichtes.

Endlich erwachte Robin aus ihrer Erstarrung, trat ans Bett und legte den Schleier und anschließend den schwarzen Umhang an. Sie ging so weit um den Toten herum, wie es in der Enge des Zimmers überhaupt möglich war, und sie blickte überall hin, nur nicht in seine Richtung. Bevor sie den Raum verließ, nahm sie einen der Wasserkrüge, die Harun wie üblich am Morgen mitgebracht hatte.

Im Gang draußen war es so still, wie sie es erhofft hatte. Aus dem Haus drangen gedämpfte Geräusche zu ihr: Stimmen, ein Klirren und Scheppern aus der Küche, etwas, das sich wie Gelächter anhörte. All diese Laute waren weit entfernt und bedeuteten keine Gefahr. Wie ein Schatten glitt Robin zur Treppe, hielt mit angehaltenem Atem noch einmal inne, um zu lauschen, und schlich dann die Stufen zum Erdgeschoss hinab. Auf dem letzten Absatz verharrte sie kurz, schloss die Augen und lauschte erneut und mit höchster Konzentration. Aber außer den gedämpften Stimmen und dem leisen Plätschern des Brunnens hinten auf dem kleinen Hof war auch hier nichts Verdächtiges zu hören. Robin bedauerte es plötzlich, den toten Wächter nicht durchsucht und seinen Säbel oder wenigstens einen Dolch mitgenommen zu haben, aber nun war es zu spät. Möglicherweise wäre ihr sogar die Zeit geblieben, noch einmal zurückzugehen und ihren Fehler zu korrigieren, aber sie wollte nicht zurück. Der Weg, den sie mit dem Kniestoß gegen das Kinn des Kriegers begonnen hatte, führte nur in eine Richtung.

Ebenso lautlos wie bisher schlich sie zu der Tür, hinter der die Kellertreppe lag. Als sie sie öffnete, gaben die Angeln ein quietschendes Geräusch von sich, das Robin so laut erschien, als müsste das ganze Haus davon aufwachen, dennoch blieb weiter alles ruhig. Den Wasserkrug unter dem linken Arm, schlich sie auf Zehenspitzen die Kellertreppe hinab. An der Wand brannte eine einzelne Fackel, die den Keller in ein Labyrinth aus tanzenden Schatten und unsteter Bewegung verwandelte. Robin hörte die gleichmäßigen Atemzüge der Sklaven, die dort unten in ihren Zellen lagen und schliefen,

255

aber auch ein gedämpftes Wehklagen und Stöhnen. Der Gestank, der ihr entgegenschlug, raubte ihr den Atem, obwohl er längst nicht mehr mit dem zu vergleichen war, der hier unten geherrscht hatte, als sie Nemeth das erste Mal besucht hatte.

Robin blieb stehen, setzte sich den gefüllten Wasserkrug vorsichtig mit beiden Händen auf den Kopf und schickte ein Stoßgebet zum Himmel, dass sie diesmal ihre Last nicht fallen lassen möge. Auf den letzten Stufen bemühte sie sich nicht mehr, leise zu sein, sondern trat bewusst laut auf und rief schließlich nach den Wachen. Es dauerte einen Moment, dann sah sie, wie sich eine verschlafene Gestalt in einer Wandnische erhob und einen unsicher tapsenden Schritt in ihre Richtung machte. Als das Gesicht des Mannes ins Licht der Fackel geriet, fuhr Robin leicht zusammen. Es war der grobschlächtige Kerl, der am Nachmittag die Sklaven auf die Holzbühne hinaufgezerrt hatte. Warum hatte nicht *dieser Mann* oben vor ihrer Tür Wache gehalten?

»Was willst du?«, murmelte er verschlafen. Er versuchte, ein Gähnen zu unterdrücken, und fuhr sich mit dem Handrücken der Linken über die Augen. Die andere Hand lag auf dem Griff der Peitsche, die aus seinem Gürtel ragte.

»Ich bringe dir Wein«, sagte Robin. »Omar schickt mich. Er sagt, du hättest heute gute Arbeit geleistet und dir eine besondere Belohnung verdient.«

Noch bevor sie die Worte ganz ausgesprochen hatte, merkte Robin, dass sie im Begriff war, einen großen Fehler zu machen. Der Wächter blieb nicht nur misstrauisch, sein Misstrauen verstärkte sich sichtlich. Er blinzelte ein paar Mal und wirkte von einem Moment zum anderen hellwach. Wie konnte sie nur diese törichten Worte aussprechen? Wie dumm von ihr: Moslems war der Verzehr von Alkohol strengstens verboten, was sie nicht daran hinderte, ihm trotzdem hin und wieder zuzusprechen. Doch Omar war gewiss kein Herr, der für seine Großzügigkeit bekannt war, und ein Geschenk von ihm musste den Verdacht eines jeden Wacht-

256

postens wecken. Robin verfluchte sich in Gedanken für ihre Unachtsamkeit. Sie erinnerte sich an Haruns Worte, dass jeder eine besondere Gabe besaß. Ihre besondere Gabe war es, sich in Schwierigkeiten zu bringen.

Aber noch war nicht alles verloren. Während der Krieger näher kam, schloss sich seine linke Hand fester um den Griff der Peitsche. Wie sein Kamerad oben auch hielt er es nicht für nötig, Schild und Speer aufzunehmen. Sicherlich sah er in ihr keine Gefahr.

»Setz deinen Krug ab!«, verlangte er.

Robin nickte gehorsam und nahm den Krug mit einer Eleganz und Selbstverständlichkeit vom Kopf, die sie fast selbst überraschte. Sie hatte vorgehabt, dem Krieger schlichtweg den Tonkrug über den Schädel zu schlagen, was ihn mit einiger Wahrscheinlichkeit betäuben, wenn nicht sogar töten würde. Einen kurzen Moment lang überlegte sie, einen ähnlichen Angriff wie im Flur vor ihrem Zimmer zu versuchen, entschied sich aber dann dagegen. Sie hatte nicht mehr den Vorteil vollkommener Überraschung auf ihrer Seite. Und nachdem, was gerade geschehen war, konnte sie keinen zweiten Angriff auf die gleiche unerbittliche Art führen. Nicht jetzt. Vielleicht nie wieder.

Als der Krieger heran war, senkte sie demütig den Blick und trat einen halben Schritt zur Seite, wie um ihm Platz zu machen, damit er sich nach dem Krug bücken konnte. Der Mann beäugte sie misstrauisch, beugte sich dann aber neugierig vor und runzelte die Stirn. »Das ist kein ...«

Bevor er das Wort *Wein* aussprechen konnte, machte Robin einen halben Schritt an ihm vorbei, vollführte eine blitzartige halbe Drehung und trat ihm mit aller Gewalt in die Kniekehle.

Der Krieger stieß ein überraschtes Keuchen aus, fiel auf das Knie und zerschlug dabei den Krug. Statt gänzlich zu Boden zu gehen, wie sie es eigentlich erwartet hatte, stemmte er sich mit einer unerwartet raschen Bewegung wieder in die Höhe und fuhr herum. Und genau in Robins Hieb hinein.

Noch während der Krieger herumgefahren war, hatte sie begriffen, dass Rücksicht hier fehl am Platze war. Dieser Mann war ein Koloss, doppelt so schwer wie sie, vermutlich fünfmal so stark, und wie sie mit eigenen Augen gesehen hatte, ohne die geringsten Skrupel, einer Frau Schmerzen zuzufügen. So hatte sie diesen Hieb mit aller Kraft ausgeführt: Blitzschnell stieß sie mit dem Handballen nach oben gegen sein Kinn und normalerweise hätte sie damit auch einen sehr viel stärkeren Gegner zu Fall gebracht.

Normalerweise. Nicht jetzt. Der Krieger torkelte mit einem wütenden Aufschrei zurück und kämpfte einen Moment mit wild rudernden Armen um sein Gleichgewicht. Aber er war nur zornig, nicht wirklich angeschlagen, und Robin wurde voller kaltem Entsetzen klar, dass alle Tricks und Finten, die Salim ihr beigebracht hatte, nicht ausreichen würden, um diesen Gegner zu überwinden. Und das Funkeln in seinen Augen war die reine Mordlust. Er würde es nicht dabei bewenden lassen, sie zu packen und festzuhalten, um sie vor Omar zu schleifen, sondern sie vermutlich umbringen. Sie raffte noch einmal alle Kraft zusammen, ging federnd in die Knie und sprang wie ein Pfeil in die Höhe, um ihm beide Füße vor die Brust zu stoßen. Salim wäre stolz auf sie gewesen, hätte er mit ansehen können, wie perfekt sie die Technik, die er sie gelehrt hatte, in die Tat umsetzte.

Aber Salim hatte wohl niemals damit gerechnet, dass sie gegen Goliaths großen Bruder antreten würde.

Der Krieger wurde ein zweites Mal aus dem Gleichgewicht gerissen, aber er fiel auch jetzt nicht. Mit heftig fuhrwerkenden Armen trat er einen Schritt rückwärts, um seine Balance wiederzufinden, während Robin vom Schwung ihrer eigenen Bewegung zu Boden geschleudert worden war und so hart aufschlug, dass ihr die Luft wegblieb. Für die Dauer eines Herzschlages musste sie gegen eine schwarze Woge ankämpfen, die im Gefolge der Schmerzexplosion in ihrem Hinterkopf und Rücken über ihre Gedanken hinwegrollte.

Ihr war klar, dass der Wächter im nächsten Moment über sie herfallen und mit ihr anstellen würde, was immer ihm gerade in den Sinn kam, aber sie hatte nicht einmal Angst. Sie war nur maßlos enttäuscht und wütend auf sich selbst, sich derart überschätzt und damit alles verdorben zu haben.

Doch der brutale Angriff, den sie erwartete, kam nicht. Robin blieb zwei, drei weitere Sekunden mit geschlossenen Augen und angehaltenem Atem auf dem Rücken liegen und versuchte, sich gegen den Schmerz zu wappnen, der unweigerlich kommen musste, dann öffnete sie vorsichtig die Augen und fuhr überrascht und ungläubig zugleich hoch.

Der Wächter hatte sich nicht auf sie gestürzt, weil er es nicht konnte. Er stand mit ausgebreiteten Armen und in sonderbar verrenkter Haltung vor dem Gitter auf der anderen Seite des schmalen Ganges. Dutzende von Händen hatten sich zwischen den Stäben hindurchgeschoben, krallten sich in seine Kleider, hielten seine Arme und Handgelenke fest. Schmutzige Fingernägel zerkratzten seine Haut, tasteten nach seinem Gesicht, seinen Augen, und zerrten an seinen Haaren. Der Wächter bäumte sich auf. Robin konnte sehen, wie er seine gewaltigen Muskeln anstrengte, um den Griff der Gefangenen zu sprengen, aber nicht einmal seine Kraft reichte dazu. Schließlich gab er es auf und setzte dazu an, einen Hilferuf auszustoßen.

Er kam nicht dazu. Robin war mit einem einzigen Satz auf den Beinen und bei ihm, presste ihm die linke Hand auf den Mund und erstickte seinen Schrei. Mit der anderen riss sie den schweren Schlüsselbund von seinem Gürtel. Der Krieger bäumte sich auf, versuchte sie abzuschütteln und stieß mit den Knien nach ihr. Robin wich dem Stoß mit einer geschickten Drehung des Körpers aus, konnte aber nicht verhindern, dass sein hochgerissenes Knie mit solcher Wucht ihren Oberschenkel traf, dass ihr die Tränen in die Augen schossen. Außerdem versuchte der Kerl nach ihren Fingern zu beißen.

Mit einer hastigen Bewegung sprang sie zurück, prallte gegen das Gitter auf der anderen Seite des Ganges und fand nur mühsam ihr Gleichgewicht wieder. »Haltet ihn fest!«, rief sie. »Und sorgt dafür, dass er nicht schreit!«

Sie ließ den Schlüsselbund fallen, hastete zu der Nische, in der der Krieger seine Waffen zurückgelassen hatte, und riss den fast metergroßen Schild in die Höhe, um den Mann damit zu bezwingen.

Robin blieb nach zwei Schritten wieder stehen und stöhnte entsetzt auf. Sie musste nicht mehr kämpfen. Der Mann würde nicht um Hilfe rufen, weder jetzt noch irgendwann. Er stand noch immer aufrecht und mit fast grotesk verrenkten Gliedern vor dem Gitter, aber in seinen weit aufgerissenen Augen war kein Leben mehr. Einer der Gefangenen hatte einen ledernen Gürtel zwischen den Gitterstäben hindurch gezogen und ihn damit erwürgt.

»Nein«, murmelte Robin. »Warum ... warum habt ihr das getan?« Niemand antwortete. Der kurze Tumult, der während des Kampfes entstanden war, war wieder verstummt, und eine fast unheimliche, atemlose Stille herrschte jetzt im Keller. Robin konnte spüren, wie sich aller Aufmerksamkeit auf sie konzentrierte, und es war auch wirklich keine Zeit zu verlieren, aber sie stand trotzdem endlose Sekunden einfach da, starrte den Toten an und versuchte, die Hysterie niederzukämpfen, die sich ihrer bemächtigen wollte.

Schließlich gelang es ihr, ihre Gedanken wieder in einigermaßen geregelte Bahnen zu zwingen. Rasch hob sie den Schlüsselbund auf, drehte sich herum und hielt nach Nemeth Ausschau. In den engen, überfüllten Zellen, die ihr plötzlich noch viel düsterer und erbärmlicher vorkamen als bisher, konnte sie im ersten Moment nichts ausmachen. Wieder drohte sich Panik ihrer Gedanken zu bemächtigen. Was, wenn Nemeth und ihre Mutter gar nicht mehr hier waren? Wenn man sie in einen anderen Kerker gebracht oder Omar am Ende doch noch einen Käufer für sie gefunden hatte?

Dann aber entdeckte sie sie doch. Nicht in der Zelle, in der sie sie das letzte Mal gesehen hatte, sondern hinter den Gitterstäben auf der anderen Seite des Ganges: Saila starrte sie wie alle anderen Gefangenen aus ungläubig aufgerissenen Augen an. Ihre Tochter hatte sich gegen sie gepresst und das Gesicht an der Brust ihrer Mutter vergraben. Robin war mit zwei Schritten bei der Tür ihres Verlieses, probierte ungeduldig und mit immer heftiger zitternden Fingern die Schlüssel durch, bis sie endlich den richtigen gefunden hatte, und riss die Zellentür auf. Mit einem einzigen Satz war sie bei Saila und ließ sich vor ihr auf die Knie fallen.

»Nemeth!«

Das Mädchen sah nur kurz in ihre Richtung, fuhr entsetzt zusammen und presste sich noch heftiger an seine Mutter und auch Saila wich ein kleines Stück vor ihr zurück und begann zu zittern.

»Nemeth, ich ...« Und endlich begriff Robin. Hastig streifte sie sich die Abeiya von den Schultern und riss sich den Schleier vom Gesicht. Sailas Augen weiteten sich ungläubig und auch Nemeth drehte den Kopf. Ein Ausdruck vollkommener Fassungslosigkeit erschien in ihrem Blick.

»Ich habe dir doch gesagt, dass ich dich hier heraushole«, sagte Robin. »Siehst du, ich halte mein Versprechen. Aber jetzt komm. Wir haben keine Zeit!«

Sie sah flüchtig zur Treppe hin. Die Gefangenen hatten nicht viel Lärm gemacht, als sie den Wächter überwältigten, aber oben im Haus war es so still, dass der Tumult durchaus hätte gehört werden können. An der Treppe blieb alles ruhig. Wie es schien, war das Glück ausnahmsweise einmal auf ihrer Seite. Dennoch war keine Zeit zu verlieren.

»Komm schon!«, sagte Robin ungeduldig. »Wir müssen weg! Sie werden sicher bald merken, dass ich nicht mehr in meinem Zimmer bin!« Als Nemeth immer noch keine Anstalten machte, sich zu bewegen, griff sie ungeduldig nach ihrer Schulter und rüttelte daran, aber das Mädchen klammerte sich umso fester an die Brust seiner Mutter.

»Also gut«, seufzte Robin. »Dann kommst du eben auch mit.«

Saila hatte die Worte zweifellos verstanden – und blickte Robin noch immer mit einem Ausdruck völliger Fassungslosigkeit an; auch sie rührte sich nicht.

»Worauf wartet ihr?«, fragte Robin fast verzweifelt. »Wir haben nicht viel Zeit!«

»Fliehen?«, murmelte Saila. »Aber ... aber wohin denn?«

»Du kannst auch gerne bleiben und versuchen, Omar *das da* zu erklären«, knurrte Robin mit einer zornigen Geste auf den toten Krieger. »Aber dann gib mir deine Tochter mit, damit er seinen Zorn nicht auch noch an ihr auslässt!«

»Ich ... ich gehe nicht ohne die anderen«, murmelte Saila. Robin riss ungläubig die Augen auf. »Was?«

»Die anderen«, antwortete Saila. »Das sind ... meine Brüder und Schwestern, meine Familie. Ich gehe nicht ohne sie.«

Robin war nicht ganz sicher, ob sie laut auflachen oder Saila einfach ins Gesicht schlagen sollte. Das konnte nur ein Scherz sein. »Aber wir können doch nicht ...«

»Wir gehen alle, oder wir bleiben alle«, beharrte Saila.

Robin starrte sie an. Die Araberin und ihre Tochter waren allein in der kleinen Zelle. Robin zweifelte nicht daran, dass sie Saila nötigenfalls mit Gewalt zwingen konnte, ihr zu folgen. Aber hatte sie das Recht dazu? Sie musste plötzlich an die beiden Vögel denken, die ihren Käfig nicht hatten verlassen wollen, obwohl die Tür weit offen stand, und an den Schrei des Falken. Vielleicht hatte sie an diesem Tag schon zu viel auf ihr Gewissen geladen, um einen weiteren Vogel dazu zu zwingen, seine Flügel zu entfalten.

»Also gut«, sagte sie. »Das macht alles viel schwerer, aber vielleicht soll es so sein.« Sie stand auf, verließ die Zelle und öffnete nacheinander die Türen der übrigen Gitterverschläge. Etliche Gefangene stürmten an ihr vorbei und ein paar Schritte weit auf den Gang hinaus, die meisten aber blieben einfach stehen oder sitzen, wo sie waren, und sahen sie verwirrt und ungläubig an. Möglicherweise waren Menschen, die bereits mit dem Leben abgeschlossen hatten, nicht so ohne weiteres in der Lage zu begreifen, dass sich ihnen eine zweite Chance bot.

Bei der letzten Zelle angekommen, zögerte Robin. Es war der größte Verschlag, in dem sich mehr als ein Dutzend Gefangener aufhielt, und ausnahmslos Männer. Der Krieger hatte einfach Pech gehabt, ausgerechnet gegen dieses Gitter gestolpert zu sein. Um die Tür zu öffnen, hätte sie den Leichnam anfassen und zur Seite schieben müssen, und dazu fehlte ihr plötzlich die Kraft. Sie schob den Schlüssel ins Schloss und wich zwei Schritte zurück, sie überließ es den Gefangenen, ihn herumzudrehen und sich selbst zu befreien.

Der Letzte, der den Verschlag verließ, war Mustafa, Sailas Mann. Verstört und immer noch halb in Panik, wie Robin war, erkannte sie ihn im ersten Moment nicht einmal; der bärtige Fischer jedoch erkannte *sie* dafür umso genauer.

»Du!«, zischte er.

Robin sah nur flüchtig in sein Gesicht und schüttelte dann müde den Kopf. »Bitte nicht jetzt, Mustafa«, murmelte sie. »Was passiert ist, tut mir Leid, aber …«

Der Araber machte einen Schritt auf sie zu und hob die Hand, als wollte er sie schlagen, doch dann verließ ihn offensichtlich der Mut, die Bewegung zu Ende zu führen. »Hat Sheitan dich geschickt, um uns alle ins Verderben zu führen?«, keuchte er.

Robin blinzelte verständnislos. Sie begriff nicht, wovon der Fischer sprach. »Ihr dürft ihr nicht glauben!«, rief er weiter. »Sie ist eine Abgesandte des Teufels, ein Dschinn, ein böser Geist aus der Wüste, der hierhergeschickt wurde, um uns in Versuchung zu führen!«

»Bist du verrückt geworden?«, fragte Robin leise.

»Geht nicht mit ihr!«, rief Mustafa. Um seine Worte zu unterstreichen, wich er tatsächlich einen Schritt weit in die Zelle zurück, aus der er gerade befreit worden war. »Seid ihr denn blind? Habt ihr nicht mit eigenen Augen gesehen, was sie getan hat?«

263

»Sie hat uns befreit, Mustafa«, sagte Saila. »Und dabei ihr eigenes Leben riskiert.«

»Oh, du gutgläubiges dummes Weib!«, antwortete Mustafa erregt. »Keine normale Frau könnte einen bewaffneten Krieger mit bloßen Händen zur Strecke bringen. Bleibt hier! Sie führt euch nicht in die Freiheit, sondern in den Tod! Jeder, der mit ihr geht, wird sich für immer vor dem Angesicht Allahs versündigen!«

Obwohl seine Worte Robin beinahe lächerlich vorkamen, musste sie feststellen, dass sie ihre Wirkung bei den Gefangenen nicht verfehlten. Sailas Gesicht verdüsterte sich, aber die meisten anderen starrten sie erschrocken oder furchtsam an. Robin war schier verzweifelt. Konnte das Schicksal wirklich so grausam sein, sie so weit kommen zu lassen, nur damit sie im buchstäblich allerletzten Moment doch noch scheiterte?

»Bitte, seid doch vernünftig«, sagte sie. »Habt ihr wirklich schon vergessen, was heute Nachmittag passiert ist? Wollt ihr wirklich zusehen, wie eure Söhne und Töchter, eure Frauen und Männer von eurer Seite gerissen werden?« Sie lachte bitter. »Glaubt ihr denn, dass eine solche Ungerechtigkeit Allahs Wille sein könnte?«

»Worte!« Mustafa stieß das Wort wie etwas Obszönes aus. »Du bist wirklich ein Dschinn! Jeder weiß, dass sie mit Engelszungen zu reden verstehen!«

»Und jeder weiß, dass du ein Narr und Dummkopf bist, Mustafa!« Saila schob sich mit einer energischen Bewegung an Robins Seite und maß ihren Mann mit einem langen, eisigen Blick, der ihn verstummen ließ.

»Dieses Christenmädchen ist kein Dschinn«, fuhr Saila in sanfterem Ton fort. »Ihr alle habt doch gesehen, was geschehen ist. Sie ist nichts als eine Ungläubige, die ihr selbst halb ertrunken aus dem Meer gezogen habt. Robin ist so wenig ein böser Geist wie Omar Khalid, der all dieses Unglück über unser Dorf gebracht hat. Wenn es jemanden unter uns gibt, den die Schuld daran trifft, dann wohl eher den, der Omars

Aufmerksamkeit, und damit seine Gier, erst auf uns gelenkt hat!« Sie drehte sich zu Robin um. »Bring uns hier raus!«

»Ihr Narren!«, sagte Mustafa. »Sie wird uns alle in den sicheren Tod führen!«

»Vielleicht«, sagte Saila. »Aber wenn nur die geringste Aussicht besteht, das Leben meiner Tochter damit zu retten, dann bin ich bereit, die Flucht zu wagen. Führe uns, Robin!«

Damit war das Eis gebrochen. Zögernd gaben die Gefangenen einer nach dem anderen ihren Widerstand auf und gesellten sich zu Robin und Saila. Nur Mustafa und zwei weitere Männer wichen in ihre Zellen zurück. Vielleicht bauten sie ja darauf, dass Omar sie verschonen würde, wenn sie blieben. Wenn es so war, dachte Robin, würden sie vermutlich eine grausame Überraschung erleben.

Sie verscheuchte den Gedanken. Sie hatte im Moment andere Sorgen. Es hatte bereits einer ganzen Anzahl kleiner Wunder bedurft, um sie so weit kommen zu lassen. Damit sie aus dem Haus und möglicherweise sogar aus der Stadt herauskamen, brauchte sie noch eine ganze Menge mehr davon.

»Folgt mir!«, befahl sie. »Aber seid um Gottes willen leise! Ganz egal, was passiert.« Irgendwie brachte sie das Kunststück fertig, Nemeth aufmunternd zuzulächeln, dann wandte sie sich endgültig um und schlich als Erste die Treppe hinauf.

11. Kapitel

Es kam, wie es kommen musste. In die Geräusche der verängstigen Sklavenschar, die den Ausbruch wagen wollte, mischten sich andere, eindeutig von oben kommende Laute. Robin bedeutete ihren verängstigten Begleitern mit einer energischen Geste zu warten und stieg als Erste die Treppe zum Erdgeschoss hoch. So leise und vorsichtig wie möglich schlich sie in die Halle. In ihrer überreizten Fantasie hatte sie sich bereits ausgemalt, dass sie hier auf durch den Lärm im Keller aufgeschreckte Wächter stoßen würde, aber zu ihrer Erleichterung war die Halle vollkommen menschenleer. Allerdings vernahm sie nun deutlich gedämpfte Gespräche hinter der nach außen führenden Tür, überlagert vom Plätschern des Springbrunnens im hinteren Hof.

Unendlich behutsam schob sie die Tür weiter auf, wobei die Angeln aus uraltem, halb verrostetem Eisen ein erbärmliches Quietschen ausstießen, das ebenso ungehört verhallte wie die anderen Geräusche bisher. Dann trat sie mit einem vorsichtigen Schritt durch den Spalt und huschte nach rechts, auf die Tür zu, hinter der sich der kurze Gang nach draußen verbarg. Robin betete stumm darum, dass alle Gefangenen sich so leise zu bewegen imstande waren wie sie – und dass kein Kind schrie. Am meisten Angst hatte sie davor, dass Mustafa unten im Keller auf die Idee kam, sich an ihr zu rächen, indem er durch lautes Geschrei Omar Khalid auf ihre Flucht aufmerksam machte. Sie hätte ihn nieder-

266

schlagen oder wenigstens in seiner Zelle wieder einsperren sollen. Doch jetzt war es zu spät, um noch einmal in den Keller zurückzukehren. Sie musste die Sklaven so schnell wie möglich aus dem Haus bekommen. Sich auf ihr Glück zu verlassen und darauf zu bauen, dass niemand ihren Fluchtversuch bemerkte, wäre töricht.

Unbehelligt erreichte sie die Tür, schlüpfte hindurch und tastete sich durch den stockdunklen Gang bis zu seinem jenseitigen Ende. Ihre Finger berührten das raue Holz der massiven Tür, die ihn zum Hof hin abschloss. Durch die schmalen Ritzen zwischen den Brettern drang das rote Flackerlicht mehrerer Fackeln. Wie viele Wächter standen dort draußen auf dem Hof? Robin hatte den ganzen Tag über mit fast nichts anderem als damit zugebracht, auf den Hof hinabzusehen, aber jetzt konnte sie sich nicht erinnern. Waren es zwei oder drei?

Sie schloss die Augen, atmete so tief ein wie möglich und zwang ihre Gedanken zur Ruhe. Tatsächlich ließ die Panik sogleich ein Stück weit nach – nicht so weit, wie sie es gerne gehabt hätte –, und sie war sich schlagartig sicher, dass es zwei gewesen waren.

Das düstere Zwielicht im Korridor wich absoluter Dunkelheit, als der letzte Flüchtling den Gang erreichte und die Tür hinter sich zuzog. Die Tür knallte so laut zu, dass das Geräusch wie ein Gongschlag durch das Haus hallte. Robin zuckte erschrocken zusammen, tastete aber im nächsten Moment im Dunkeln nach dem Bronzegriff der Pforte zum Hof und zog mit der anderen Hand den Schleier vors Gesicht.

Sie hatte auch jetzt noch keine Ahnung, wie es weitergehen sollte. Das Einzige, was sie jetzt vorantrieb, war ihr unbändiger Freiheitstrieb und Salims wiederholt geäußerte Bemerkung, dass kein noch so gut aufgestellter Schlachtplan der ersten Begegnung mit dem Gegner standhält.

»Ich brauche zwei oder drei Männer«, flüsterte sie Saila zu, die unmittelbar hinter ihr war. »Die Kräftigsten. Aber seid leise!«

Die Araberin gab ihre Anweisung im Flüsterton weiter und nur einen Augenblick später hörte Robin, wie sich mehrere Gestalten durch den hoffnungslos überfüllten Gang drängten, um hinter ihr Aufstellung zu nehmen.

»Ich versuche, sie hereinzulocken«, sagte sie. »Ihr müsst sie überwältigen.« Nach kurzem Zögern und in verändertem Tonfall fügte sie hinzu: »Aber bitte keine Toten mehr.«

Sie glaubte nicht daran, dass die Männer ihr diesen Wunsch erfüllen würden, aber sie konnte nicht anders, als diese Bitte zu äußern. Noch immer hatte sie den Blick des sterbenden Mannes vor Augen, den sie beim Ausbruch aus ihrem Zimmer so gnadenlos überrumpelt hatte, und wahrscheinlich würde sie seinen fürchterlichen Todeskampf ihr ganzes Leben lang nicht vergessen. Dabei war das vielleicht nur eine Anzahlung auf den Preis gewesen, den sie für ihren verzweifelten Fluchtversuch bezahlen musste. Sie war nicht nur aus ihrem Gefängnis ausgebrochen, sondern hatte mit ihrer Bluttat eine Lawine aus Gewalt und Tod losgetreten, die möglicherweise noch viele Unschuldige unter sich begrub.

Sie schüttelte diese düsteren Gedanken ab, drückte die Klinke vorsichtig herunter und öffnete dann schwungvoll die Tür, um im selben Moment auf den Hof hinauszutreten. Zuerst sah sie im unsteten Licht der Fackeln nur tanzende Schatten. Dann nahm sie rechts von ihr eine Bewegung wahr, und als sie in die entsprechende Richtung blickte, erkannte sie die beiden Wächter, die ihre Posten verlassen und es sich auf dem Podest des Sklavenverkäufers gemütlich gemacht hatten. Das Geräusch der Tür ließ sie ihr Gespräch unterbrechen und neugierig, aber auch ein bisschen alarmiert, die Köpfe in ihre Richtung drehen.

»Omar Khalid schickt mich«, sagte sie. »Ich soll euch Wasser und Essen bringen.«

Einer der beiden Männer sah sie mit einem Ausdruck an, der vermutlich nichts anderes als gelangweilt war, in den Robin in ihrer Angst aber Misstrauen hineindeutete. Der andere richtete sich dagegen ein wenig auf und lachte leise. »Omars Geschäfte müssen gut gelaufen sein, wenn er sich so ungewohnt großzügig zeigt«, sagte er. »Bring es nur her.«

Robin deutete ein Nicken an, trat wieder in den Schatten des Hausflures zurück und rief: »Das Tablett ist schwer. Könnt Ihr mir helfen?«

Mit leeren Händen trat sie wieder auf den Hof hinaus und stellte mit Erschrecken fest, dass sich nur einer der beiden Männer erhob, um ihrer Bitte nachzukommen, während der andere nun *doch* ein wenig misstrauisch wirkte; zumindest aber überrascht. Sie war plötzlich sehr froh, den Schleier wieder angelegt zu haben, und das nicht nur, weil ihre helle Haut und ihre abendländischen Züge sie sonst sofort verraten hätten. Damit der Krieger nicht an ihr vorbei in den Gang hineinsehen konnte, trat sie rasch vor ihm ins Haus zurück und presste sich dann mit einer hastigen Bewegung an die Wand. Der Wächter blieb mitten im Schritt stehen und sog überrascht die Luft ein, aber das war auch alles, wozu er kam. Drei, vier starke Hände griffen aus der Dunkelheit heraus nach ihm, rissen ihn in den Gang hinein und zerrten ihn zu Boden. Robin hörte ein Ächzen, dann das dumpfe Klatschen von drei oder vier Schlägen.

»Was ist da los?«, drang die Stimme des zweiten Kriegers vom Hof herein.

Robins Herz machte einen Sprung. »Lasst das!«, rief sie. »Nein, habe ich gesagt! Ich will das nicht!«

Ein dumpfes Poltern, dann das Geräusch schneller Schritte, die die kurze Treppe herabkamen. »Muhamed, lass das sein!«, rief der Krieger. »Du weißt, dass Omar es nicht schätzt, wenn ...«

Einer der Männer, die den Wächter zu Boden gezerrt hatten, sprang an Robin vorbei durch die Tür. Metall blitzte auf, und sie hörte den Ansatz eines Schreies, der aber nicht lange genug währte, um jemanden alarmieren zu können. Dann folgte der schreckliche, nur zu vertraute Laut, mit dem Stahl durch Fleisch schnitt. Robin schloss entsetzt die Augen. War es der dritte oder schon der vierte Tote? Und wie viele Leben würden noch auf ihrem Gewissen lasten, bis dieser Albtraum endlich vorüber war? Sie vermied es ganz bewusst, in die Richtung zu blicken, aus der das Keuchen und das Geräusch eines zu Boden stürzenden Körpers zu ihr gedrungen waren, als sie neben Saila und ihrer Tochter auf den Hof hinaustrat.

Zwei der Fischer waren mittlerweile bereits am Tor und machten sich an der schweren Kette zu schaffen, die auf Omars Geheiß hin vorgelegt worden war. Robin fuhr erschrocken zusammen, als sie das Klirren der eisernen Glieder hörte, einen Laut, der in der Stille der Nacht weithin zu hören sein musste. »Hört auf!«, befahl sie im scharfen Flüsterton. Sie beschleunigte ihre Schritte, stieß einen der Sklaven, der ihre Worte missachtete und ebenso sinnlos wie lautstark weiter an der Kette herumzerrte, grob beiseite und hob den Schlüsselbund des toten Wächters, den sie mitgenommen hatte. »Vielleicht passt einer hiervon.«

Während sich der Hof hinter ihr mit Menschen füllte, die sich trotz aller Mühe nicht annähernd so leise verhielten, wie Robin gehofft hatte, probierte sie hastig einen Schlüssel nach dem anderen aus. Keiner passte. Sie schaffte es gerade, den Bart eines einzigen Schlüssels in das schwere Vorhängeschloss zu schieben, das die Kette zusammenhielt, aber so sehr sie sich auch bemühte, sie konnte ihn nicht bewegen.

»Dann steigen wir über die Mauer«, murmelte Saila.

Robin warf ihr einen mutlosen Blick zu, bevor sie mit wenig Zuversicht die Wand aus gebrannten Ziegeln musterte, die den Hof an drei Seiten umschloss. Sie war gut drei Meter hoch und so glatt verputzt, dass nicht einmal eine Fliege daran Halt gefunden hätte. Wer immer sie erbaut hatte, musste mit Fluchtversuchen gerechnet haben. Als sie ihr Mut endgültig verlassen wollte, fiel ihr Blick auf das Podest, und plötzlich erinnerte sie sich an etwas, das sie am Morgen bemerkt hatte – an die gut vier Meter langen, gehobelten Balken, die hinter ihm an der Wand lehnten.

»Dort!« Sie deutete aufgeregt auf das Podest. »Die Balken! Schnell!«

Ohne zu zögern lief sie los und griff nach einem Balken. Um ein Haar wäre er ihr sofort wieder aus den Händen gerutscht, denn er war viel schwerer, als sie geglaubt hatte; doch einer der Männer sprang im letzten Moment hinzu und fing ihn auf, bevor er polternd zu Boden fallen und der Lärm sie alle verraten konnte. Sie brauchten kein Wort zu wechseln, um zu wissen, was zu tun war.

In aller Eile schleppten sie den Balken zur Mauer und lehnten ihn so dagegen, dass er als Kletterhilfe zu gebrauchen war. Die Frage war nur, wer außer ihr sowie ein paar halbwegs bei Kräften gebliebenen Sklaven es schaffen würde ... Sie kam nicht dazu, diesen Gedanken zu Ende zu denken. Denn jetzt geschah etwas, das sie die ganze Zeit über befürchtet hatte.

Eines der Kinder begann zu weinen. Seine Mutter versuchte sofort, es zu beruhigen, aber sie erreichte damit genau das Gegenteil: Das Jammern und Wehklagen steigerte sich noch.

Robin war sofort klar, dass es jetzt um alles oder nichts ging. Ohne zu zögern kletterte sie an dem schräg gestellten Balken nach oben. Die Angst schien ihr Flügel zu verleihen, denn schon nach wenigen Augenblicken erreichte sie die Mauerkrone – und zuckte erneut zusammen.

Die Mauer war mit in harten Lehm gedrückten Tonscherben gespickt. Doch sie war nicht gewillt, sich von diesem weiteren Hindernis aufhalten zu lassen. Mit zitternden Händen streifte sie ihren Mantel ab und legte ihn über die verwitterten und gottlob ohnehin nicht mehr allzu scharfen Scherben. Sie konnte nur hoffen, dass er die Kinder vor Hand- und Fußverletzungen bewahren würde.

Ein viel größeres Hindernis war die Mauer selber, denn ein Sprung auf die Straße aus dieser Höhe war alles anders als ungefährlich. Salim hatte sie gelehrt, wie man mit federnden Knien und einer Rolle über die Schulter einen solchen Sprung dämpfen konnte. Doch die meisten der entkräfteten und ausgezehrten Sklaven würden den Aufprall kaum unverletzt überstehen.

Die Gasse unter der Mauer lag in vollkommener Dunkelheit. Hinter den meisten Fenstern der angrenzenden Häuser brannte kein Licht. Es gab etliche Türen, doch von denen würde sich für sie gewiss keine öffnen, um ihnen Zuflucht zu gewähren. Sie brauchten eine Leiter, ein Seil, irgendetwas, woran sie hinabklettern konnten.

Oder etwas, wo sie *hinauf*steigen konnten.

Robins Blick blieb für einen Moment am schwarzen Schattenriss des Aquädukts hängen, das sich jenseits des Tores auf der anderen Seite der Gasse erhob. Es war nur wenig höher als das Dach des Gebäudes, neben dem es vorbeiführte. Robin hatte lange genug am Fenster ihres Zimmers gestanden, um sich jedes noch so kleine Detail der Dachlandschaft ringsumher eingeprägt zu haben. Sie wusste, dass das Aquädukt nach wenigen Metern einen scharfen Knick machte und in einen anderen, ihr unbekannten Teil der Stadt führte.

Irgendwo im Haus erscholl ein Schrei.

Robin fuhr entsetzt zusammen und klammerte sich für einen winzigen Moment wider besseres Wissen an die Hoffnung, dass es weder Mustafa war, der Zeter und Mordio brüllte, um Omars Aufmerksamkeit auf sie zu lenken, noch die Wachablösung, die über die Leiche ihres toten Kameraden gestolpert war. Gleich darauf jedoch ertönte ein weiteres aufgeregtes Brüllen, dann das Geräusch schwerer, hastiger Schritte.

»Die Tür!«, schrie Robin. »Verriegelt die Tür!«

Sie überzeugte sich nicht davon, dass die Männer ihrer Aufforderung nachkamen, sondern ließ sich, so schnell sie konnte, in den Hof hinabgleiten. »Schafft die Balken auf das Podest!«, schrie sie, während sie mit einer hastigen Bewegung herumfuhr und auf die andere Seite des Tores deutete. »Wir brauchen sie als Brücke zwischen Mauerkrone und Aquädukt!«

Die meisten Fischer starrten sie nur verständnislos an, aber der Mann, der ihr gerade geholfen hatte, packte sich ganz alleine einen der Balken und stolperte mit ihm vorwärts und zwei oder drei seiner Kameraden taten es ihm nach. Mit einem Blick zur Tür überzeugte sich Robin, dass sie mittlerweile geschlossen und der massive Riegel vorgelegt worden war. Dass Omar sein Haus in eine Festung verwandelt hatte, die vor allem dazu gedacht war, ihre Bewohner *drinnen* zu halten, verschaffte ihnen jetzt vielleicht eine letzte Gnadenfrist.

»Zum Aquädukt?«, fragte Saila. Sie blickte sie an, als zweifelte sie an ihrem Verstand. »Aber was ...?«

»Auf der Straße sitzen wir in der Falle«, unterbrach sie Robin hastig. »Wenn sie die Tür nicht aufbrechen, dann kommen sie über den hinteren Hof hinaus. Schnell!«

Mittlerweile hatten die Sklaven gehorsam das knappe Dutzend Balken zur anderen Seite des Hofes geschafft und die längsten davon benutzt, um eine – erschreckend steile – Rampe zur Mauerkrone hinaufzubauen. Zwei oder drei von ihnen befanden sich schon auf der Mauer und winkten den anderen zu, ihnen die übrig gebliebenen Balken anzugeben. Gleichzeitig verbarrikadierten einige Männer die Tür zum Haus mit Bänken und losgerissenen Brettern aus dem Podest.

Und keinen Moment zu früh, wie es aussah. Die schwere Tür erzitterte unter einem harten Schlag und drinnen wurde ein zorniges Brüllen laut. Immer wütendere und heftigere Säbel- und Faustschläge trafen die Tür. Auf dem Hof begannen jetzt auch noch andere Kinder vor Angst zu weinen. Robin begriff, dass ihnen nicht mehr viel Zeit blieb, wenn ihre Flucht nicht schon im Hof enden sollte.

Robin eilte zu den Männern, die mittlerweile in aller Hast dabei waren, die Balken auf die Mauerkrone hinaufzuhieven. Der Versuch, eine Brücke zum Aquädukt hinüberzubauen, erwies sich als weitaus schwieriger, als sie erwartet hatte. Der erste Balken war zu kurz und stürzte mit gewaltigem Getöse die Gasse hinab. Auch den nächsten, ein gutes Stück

273

längeren Balken hätten die Männer um ein Haar fallen lassen, doch nach endlosen Augenblicken des Hinundhermanövrierens schlug das Holz mit einem dumpfen Poltern auf den oberen Rand des Aquädukts.

Als einer der Männer sich unverzüglich daran machen wollte, mit ausgebreiteten Armen über den kaum eine Hand breiten Steg zu balancieren, packte Robin ihn an der Schulter und hielt ihn zurück. Ihr selbst und wahrscheinlich noch einer Hand voll anderer Sklaven würde es gelingen, auf diese Weise über die Gasse zu entkommen. Für die meisten jedoch konnte ein solcher Versuch nur mit einem Sturz enden.

Sie warf einen raschen Blick über die Schulter. Das Holz hielt dem wütenden Angriff von der anderen Seite immer noch Stand, und die Bänke, die die Sklaven hinter der Tür verkeilt hatten, verliehen der Barrikade zusätzliche Festigkeit. Hinter fast allen Fenstern im Hause brannte nun Licht; die Tatsache, dass sie mit einer einzigen Ausnahme allesamt vergittert waren, würde nun vielleicht ihre Rettung bedeuten.

»Wir brauchen noch mehr Balken«, sagte Robin hastig. »Mindestens zwei, besser drei.«

Es kam ihr in diesem Moment gar nicht in den Sinn, dass die Männer irgendetwas anderes tun könnten, als ihr zu gehorchen. Sie war nicht mehr das Christenmädchen, nicht mehr die Sklavin, die Omar als Spielzeug für irgendeinen reichen Kaufmann oder Sultan auserkoren hatte, sondern wieder Bruder Robin, der Tempelritter, den man auch gelehrt hatte, ganz selbstverständlich wie ein Anführer aufzutreten, und dem niemand widersprach. Vielleicht übertrug sich etwas von dieser Selbstverständlichkeit auch auf ihre Stimme, denn zwei oder drei der Sklaven sahen sie zwar verwirrt und unentschlossen an, dann aber beeilten sie sich, ihrem Befehl nachzukommen.

Auch in den Zimmern im oberen Geschoss des Hauses wurde es nun hell. Robin sah, wie Nemeth neben ihr erschro-

274

cken zusammenfuhr. Sie hob den Blick und sah in eines jener Fenster, hinter denen sie einen Großteil der vergangenen Woche verbracht hatte, um sehnsüchtig auf die so nahe und doch unerreichbare Stadt zu blicken. Flackerndes rotes Fackellicht erfüllte nun den Raum, und Omar Khalid, nur in ein schmuckloses weißes Gewand gekleidet, stand hoch aufgerichtet dort oben am Fenster und starrte zu ihnen herab. Das rote Licht, noch verstärkt durch Robins Angst, verlieh seinem Gesicht etwas Dämonisches. In diesem Moment wurde sich Robin bewusst, dass sie von diesem Mann keine Gnade mehr zu erwarten hatte.

Eine zweite Gestalt erschien neben Omar, und jetzt war es Robin, deren Gesicht sich vor Zorn verdüsterte. Es war keiner von Omars Kriegern, sondern niemand anders als Mustafa, Sailas Mann. Gegen ihren Instinkt hatte sie sich bisher noch immer an die Hoffnung geklammert, dass nicht er es gewesen war, der sie verraten hatte, und sei es nur, um seine Frau und Tochter vor dem sicheren Tod zu bewahren. Aber er hatte die Gunst der Stunde erkannt und ohne Rücksicht auf seine eigene kleine Familie genutzt!

Noch während sie versuchte, mit dem kalten Entsetzen fertig zu werden, das diese Erkenntnis in ihr auslöste, erschien ein zweiter Mann neben Omar am Fenster. Es war der schwarz gekleidete Riese, der Robin den Großteil der zurückliegenden Woche bewacht hatte. Statt Schild und Säbel hielt er nun einen kurzen, geschwungenen Bogen in Händen, mit dem er ohne zu zögern auf einen der Männer oben auf der Mauerkrone anlegte.

Als er den Pfeil von der Sehne schnellen ließ, schlug Omar seine Hand nach unten. Statt sein wehrloses Opfer zu treffen, prallte der Pfeil harmlos gegen die Mauer und zerbrach. Der Krieger legte kein zweites Geschoss auf die Sehne, sondern zog sich hastig zurück, als Omar eine befehlende Geste machte. Robin glaubte jedoch nicht einen Augenblick daran, dass der Sklavenhändler aus Mitleid oder Rücksicht gehandelt hatte. Vielmehr war Omar wohl daran gelegen, seinen

Besitz möglichst unbeschadet wieder zurückzubekommen. Doch ganz gleich aus welchen Gründen, er hatte ihnen eine weitere, vielleicht die entscheidende Atempause verschafft. Robin blickte zur Mauerkrone hinauf und sah, dass die Sklaven mit ihren Vorbereitungen fast fertig waren. Genau in diesem Moment legten sie den letzten, vierten Balken an. Das Geräusch, mit dem er auf dem Stein aufschlug, war noch nicht ganz verklungen, da machte sich der Erste bereits mit ausgebreiteten Armen und wie ein Seiltänzer auf einem Pfingstmarkt balancierend auf den Weg zur gegenüberliegenden Seite.

»Schnell jetzt!«, rief Robin. »Die Kinder und Alten zuerst!«

Die Männer oben auf der Mauer mussten ihre Worte gehört haben, aber diesmal dachte niemand daran, sich an ihren Befehl zu halten. Schon machte sich der Nächste auf den Weg, dann ein Dritter, Vierter, und wäre die Kletterpartie nach oben nicht so mühsam und zeitraubend gewesen, wäre auf der Mauerkrone zweifellos ein Handgemenge entstanden.

Hinter ihr erscholl ein dumpfer Aufprall, gefolgt von einem Schrei und den Geräuschen eines beginnenden Kampfes. Robin fuhr herum. Das Fenster, hinter dem Omar stand, lag gute vier Meter über dem Hof, aber dennoch hatte einer seiner Krieger offensichtlich den Sprung in die Tiefe gewagt. Doch das bezahlte er mit dem Leben. Auf dem Hof befanden sich noch immer mehr als zwei Dutzend Sklaven, und einige davon warfen sich auf den Krieger, noch bevor dieser auch nur dazu kam, sich aufzurappeln oder nach seiner Waffe zu greifen. Robin musste kein zweites Mal hinsehen, um zu begreifen, dass ihn das Schicksal seiner beiden Kameraden ereilen würde.

Auch Omar, der noch immer wie zur Salzsäule erstarrt oben am Fenster stand und hasserfüllt auf sie herabblickte, schien dies begriffen zu haben, denn als ein weiterer Krieger an seine Seite trat und den Sprung in die Tiefe wagen wollte, schüttelte er nur den Kopf.

Robin wusste, dass sie damit keineswegs gerettet waren. Omar würde wohl kaum enttäuscht mit den Schultern zucken und zur Tagesordnung übergehen, um den Verlust am nächsten Tag als unerwartete Ausgabe in seinen Büchern zu verzeichnen. Die Männer würden jetzt Seile holen und etliche von ihnen waren vermutlich schon auf dem Weg, um das Haus durch den hinteren Ausgang zu verlassen und ihnen den Weg abzuschneiden. Sie hetzte zum Tor zurück. Wie durch ein Wunder fand sie auf Anhieb den einzigen Schlüssel, der in das schwere Vorhängeschloss passte, und schob ihn in das Schlüsselloch. Er rührte sich jetzt so wenig wie zuvor, aber als Robin ihn mit beiden Händen ergriff, absichtlich verkantete und sich dann mit dem ganzen Körpergewicht dagegen warf, brach er mit einem hellen Klirren ab. Selbst wenn Omars Krieger es schaffen sollten, auf den Hof herauszukommen, würden sie ihnen durch *dieses* Tor so schnell nicht folgen.

Mittlerweile hatte gut die Hälfte der Sklaven das Aquädukt auf der anderen Seite der Straße erreicht und war bereits in der Nacht verschwunden. Robin hastete zu dem schräg gestellten Balken, wobei sie jetzt rücksichtslos einen Weg für sich, Saila und Nemeth bahnte, die ihr wie zwei ungleiche Schatten folgten. Sie kletterte mit einer Schnelligkeit zum Mauerkamm hinauf, wie getrieben von der schieren Todesangst. Dort drehte sie sich herum, um Nemeth die Hand entgegenzustrecken.

Das Mädchen zögerte. Offensichtlich hatte es Angst und auch seine Mutter wirkte für einen Moment wieder unentschlossen. Dann aber erscholl hinter ihnen ein vielstimmiger Schrei, und als Robin hochsah, erkannte sie, dass vier Seile gleichzeitig aus dem unvergitterten Fenster auf der anderen Seite geworfen wurden. Gegen so viele bewaffnete und zu allem entschlossene Krieger hatten die halb verhungerten Sklaven nicht die geringste Chance. Jetzt blieben ihnen buchstäblich nur noch Augenblicke.

Saila schien wohl zu dem selben Schluss gekommen zu sein, denn sie packte ihre Tochter mit einer energischen

277

Geste und hob sie hoch, ohne auf ihre erschrockenen Schreie und ihr Strampeln zu achten. Robin ergriff Nemeths dünne Handgelenke und zog sie zu sich hoch.

Das Mädchen schien fast nichts mehr zu wiegen. Robin war klar, dass sie ihm wehtat, als sie es zu sich heraufzerrte, aber auch darauf konnte sie keine Rücksicht nehmen. Behutsam richtete sie sich auf der schmalen Mauerkrone auf, sah zum gegenüberliegenden Rand der Straßenschlucht, die ihr plötzlich zehnmal tiefer und hundertmal breiter vorkam als noch kurz zuvor, dann legte sie Nemeth beide Hände auf die Schultern und zwang sie mit sanfter Gewalt, vor sie zu treten.

»Geh einfach los«, sagte sie. »Und sieh nicht nach unten.«

Das Mädchen weinte vor Angst und zitterte wie Espenlaub, aber es setzte gehorsam einen Fuß vor den anderen und balancierte langsam, zugleich aber mit erstaunlicher Sicherheit über die nebeneinander gelegten Balken. Robin folgte ihr mit heftig hämmerndem Herzen. Sie wagte es nicht, nach unten zu sehen, so wenig wie sie es wagte, in den Hof hinabzublicken. Aber was sie hörte, reichte vollkommen aus, um sie davon zu überzeugen, dass ihre schlimmsten Befürchtungen wahr geworden waren. Die Schreie hinter ihr gellten lauter und dann vernahm sie das Klirren von Waffen und wütende Kampfgeräusche. Omars Männer waren im Hof.

Robin hatte noch nicht die Hälfte der Straße überquert, als sie unter sich Schreie und hastige Schritte hörte. Sie widerstand dem Impuls hinabzusehen, bemerkte aber, wie die ersten Verfolger unter ihr versuchten, mit ihren Speeren nach den Flüchtlingen auf der improvisierten Brücke hoch über ihren Köpfen zu stechen.

»Mama!«, wimmerte Nemeth. »Wo ist meine Mama?«

»Deine Mutter ist hinter uns«, versicherte Robin. »Geh weiter. Wir haben es gleich geschafft.«

Der Kampflärm auf dem Hof schwoll an. Kurz bevor sie das Aquädukt erreichten, sah Robin noch einmal in die Gasse hinab. Unter ihnen befanden sich mindestens fünf oder sechs von Omars Kriegern, und weitere Verfolger rannten mit weit ausgreifenden Schritten aus allen Richtungen heran. Überall in der Gasse wurde hinter den Fenstern Licht angezündet, und hier und da hatte sich bereits eine Tür geöffnet oder blickte ein verschlafenes Gesicht aus einem Fenster. Jemand war hinter ihr, aber sie wagte es nicht, sich herumzudrehen, um sich davon zu überzeugen, dass es tatsächlich Saila war.

Dann, endlich, hatten sie es geschafft. Vor ihr machte Nemeth einen letzten, großen Schritt und versank dann bis an die Waden im langsam fließenden Wasser des Aquädukts. Nur einen Augenblick später trat Robin von der notdürftig errichteten Brücke herunter und drehte sich sofort herum. Sie atmete erleichtert auf, als sie feststellte, dass es tatsächlich Saila war, deren Atemzüge sie hinter sich gehört hatte.

Aber nur für einen winzigen Moment. Dann wandelte sich ihr erleichtertes Seufzen in einen erschrockenen Schrei, als sie die Gestalt entdeckte, die sich weniger als zwei Schritte hinter der Araberin vorsichtig auf dem Balken aufrichtete. Es war kein weiterer Flüchtling, sondern einer von Omars Männern. Die Krieger hatten es aufgegeben, die Brücke mit nutzlosen Sprüngen erreichen zu wollen, sondern schließlich das getan, was Robin sofort in den Sinn gekommen wäre: Zwei von ihnen hatten die Hände auf die Schultern des jeweils anderen gelegt, sodass ein Dritter ihren Körper als Kletterhilfe benutzen und daran emporsteigen konnte. Saila taumelte an Robin vorbei, machte noch einen ungeschickten Schritt und fiel dann der Länge nach ins Wasser des gut meterbreiten Aquädukts, aber sie kam augenblicklich wieder auf die Füße, als sie Robins erschrockenes Keuchen hörte. Auf ihrem Gesicht erschien ein Ausdruck zwischen Entsetzen und so vollkommener Mutlosigkeit, wie Robin ihn selten zuvor im Antlitz eines Menschen gewahrt hatte.

Der Krieger kam mit weit ausgebreiteten Armen auf sie zu. Er war ein wahrer Riese von einem Mann; der Säbel steckte in seinem Gürtel und sein Gesicht zeigte Wut und

279

grimmige Entschlossenheit. Robin wusste, dass sie ihm nicht gewachsen sein würde. Dennoch versuchte sie, auf dem von Algen und Schlamm glitschigen Boden des gemauerten Kanals einigermaßen festen Stand zu finden, um den Angreifer in Empfang zu nehmen. Doch sie kam nicht dazu.

Saila kam ihr zuvor. So schnell, dass Robin die Bewegung kaum sah, geschweige denn begriff, was sie vorhatte, sprang sie in die Höhe, fuhr herum und warf sich dem Krieger mit weit ausgebreiteten Armen entgegen.

Der Angriff kam für den Mann völlig überraschend. Im letzten Moment duckte er sich leicht und versuchte zurückzuweichen, aber seine Reaktion war viel zu langsam. Saila prallte mit aller Wucht gegen ihn, riss ihn von den Füßen und umschlang ihn noch im Sturz mit den Armen. Hilflos und voller Entsetzen musste Robin mit ansehen, wie die beiden aneinander geklammerten Körper drei Meter tiefer auf dem harten Stein der Straße aufschlugen. Der Krieger rollte sich stöhnend zur Seite und krümmte sich, um mit beiden Armen seinen Leib zu umklammern. Saila rührte sich nicht mehr.

»Mama«, wimmerte Nemeth. »Was ist mit ihr?«

Robin blieb nicht einmal Zeit, ihr zu antworten. Die schmale Balkenbrücke hinter ihr war für einen Moment leer geblieben; Saila schien tatsächlich die letzte Sklavin gewesen zu sein, der die Flucht aus dem Hof gelungen war. Die Männer unten auf der Straße zögerten, Robin auf die gleiche Weise zu verfolgen, nachdem ihr Kamerad so unrühmlich von einem Weib niedergeworfen worden war. In diesem Moment erschien auf der gegenüberliegenden Mauerkrone der Schatten eines weiteren Kriegers, der sich hochstemmte, flüchtig zu ihr herübersah – und dann mit einem entschlossenen Schritt auf die Balken hinaustrat, den Säbel bereits in der rechten Hand.

»Mama!«, wimmerte Nemeth. »Du hast mir versprochen, dass sie mitkommt! Wo ist sie?«

»Jetzt nicht!«, sagte Robin. »Deine Mutter wird zu uns kommen, das verspreche ich dir. Aber nicht jetzt.« Sie mach-

280

te eine beruhigende Geste in Nemeths Richtung, ohne den Blick auch nur für eine Sekunde von der näher kommenden Gestalt zu wenden. Bisher war nur dieser eine Krieger auf die Balken hinausgetreten. Vielleicht trauten seine Kameraden der Festigkeit der notdürftigen Brücke nicht, vielleicht glaubten sie aber auch, dass ein einzelner Mann alleine wohl ein paar flüchtende, halb verhungerte Sklaven zusammentreiben konnte.

Robin wartete, bis der Mann genau über der Straßenmitte war, dann versetzte sie den auf dem Sims aufliegenden Balkenenden einen heftigen Tritt. Der Wächter blieb erschrocken stehen, ruderte einen Moment wie wild mit beiden Armen und fand seine Balance im letzten Augenblick wieder. Er ließ jetzt alle Rücksicht fahren und versuchte, mit einem weiten Satz zu Robin zu gelangen.

Ein zweiter Tritt Robins ließ die ungleich langen Balken so weit verrutschen, dass einer von ihnen von seinem Halt glitt und auf die Straße hinabstürzte. Die Männer unten ihr sprangen schnell zur Seite und auch der Krieger brach seinen Angriff ab. Mit geradezu grotesk aussehenden Ruderbewegungen kämpfte er um sein Gleichgewicht. Der Säbel fiel ihm aus der Hand und prallte klirrend auf den Boden der Gasse.

Robin gab dem Mann nicht die Gelegenheit, sein Gleichgewicht wiederzufinden. Ein letzter, noch wuchtigerer Tritt ließ einen zweiten Balken von der Mauer rutschen. Der Krieger stürzte mit einem keuchenden Laut nach unten, schlug schwer auf dem Rücken auf und wurde von einem der beiden letzten Balken, die Robin wütend zur Seite fegte, getroffen.

Robin zögerte keine weitere Sekunde und fasste Nemeth bei der Hand; sie stürmte nach links, nicht in die Richtung, in der die meisten Sklaven verschwunden waren, sondern genau entgegengesetzt. Das Mädchen wehrte sich heftig, versuchte sich loszureißen und schrie immer lauter nach seiner Mutter, und auch die Schreie und Rufe hinter ihnen wurden heftiger. In dem Durcheinander glaubte sie, Omars Stimme auszumachen, der wütend Befehle erteilte. Ohne sich noch einmal umzublicken, stürzte sie davon, so schnell es ihr auf dem glitschigen Boden möglich war.

Das Wasser war nicht einmal kniehoch und doch erstaunlich kühl. Die steinerne Rinne hatte kein starkes Gefälle, sondern war gerade ausreichend geneigt, um das Wasser in eine bestimmte Richtung fließen zu lassen. Aber ihr Boden war so schlüpfrig, dass Robin mehrmals strauchelte. Einmal fiel sie auf Hände und Knie herab, wobei sie Nemeth um ein Haar losgelassen hätte. Irgendwie gelang es ihr, das Mädchen fest zu halten und sich wieder auf die Beine zu kämpfen. Sie spürte, wie rasch ihre Kräfte jetzt schwanden. Ihr Herz hämmerte, als wollte es aus ihrer Brust springen, und jeder einzelne Schritt schien ihr mehr Mühe abzuverlangen als der vorige.

Und die Verfolger kamen eindeutig näher. Das Aquädukt musste mittlerweile eine Höhe von fünf Schritt oder mehr erreicht haben und stieg sanft, aber stetig weiter an. So sicher sie hier oben auch für den Moment vor ihren Verfolgern sein mochte, so deutlich zeichneten sich die Umrisse von ihr und Nehmet vor dem Nachthimmel ab. Es konnte nicht mehr lange dauern, bis einer von Omars Kriegern auf das Aquädukt hinaufkletterte, um sie auf dem gleichen Weg zu verfolgen – falls Omar nicht endgültig der Geduldsfaden riss und er seinen Männern gestattete, ihrer Flucht mit einem wohl gezielten Pfeil ein Ende zu bereiten.

Plötzlich fasste sie neuen Mut: Vor ihnen stieg das Aquädukt noch ein Stück weiter an und verschwand dann hinter einer Mauerkrone. Fünf oder sechs Meter darunter endete die Straße vor einer massiven Wand. Ihre Verfolger würden auf diesem Weg nicht weiterkommen, und auf der anderen Seite wäre sie wenigstens für einige Momente ihren Blicken entzogen.

Ohne darauf zu achten, dass sie auf dem glitschigen Untergrund ausrutschen und stürzen könnte, beschleunigte Robin ihre Schritte, bis sie den höchsten Punkt des Aquädukts

erreicht hatte. Vor Freude hätte sie fast aufgeschrien, als sie
sah, dass die künstliche Wasserstraße dahinter einen scharfen Knick machte und dann dicht an den flachen Dächern
mehrerer zweigeschossiger Häuser vorbeiführte. Ohne innezuhalten zog sie das Mädchen hinter sich her und stürmte
noch gut zwanzig oder dreißig Schritte weiter, ehe sie stehen
blieb und sich umsah.

Robin konnte die wütenden Schreie der Verfolger hören,
zu sehen waren sie jedoch nicht mehr. Auch die Wasserrinne des Aquädukts hinter ihnen blieb leer. Überall ringsum in
den Straßen waren Rufe zu hören und hektischer Lärm. In
vielen Häusern bemerkte sie das gelbe Licht frisch entzün-
deter Öllampen, aber Robin und das Mädchen schienen noch
niemandem aufgefallen zu sein.

Robin blickte einen Moment lang nachdenklich auf die
Spur aus Wassertropfen, die rechts und links auf dem steinernen Sims des Aquädukts im Mondlicht schimmerten.
Wer immer hier heraufkam, würde diese Tropfenspur bemerken. Aber vielleicht war das auch ganz gut so.

Robin lief noch ein weiteres Dutzend Schritte, bis sie das
Dach eines Hauses erreichten, das kaum einen Meter unter
ihnen lag. Hastig ließ sie sich in die Hocke sinken, sodass
sich ihr Gesicht auf gleicher Höhe mit dem Nemeths befand.
»Du musst jetzt ganz genau tun, was ich dir sage«, verlangte sie. »Sie werden gleich hier sein. Wenn wir auch nur einen
winzigen Fehler machen, dann werden sie uns wieder einfangen und bestrafen. Hast du das verstanden?«

Das Mädchen blickte sie starr aus ihren großen, vor Tränen schimmernden Augen an. Erst nach einer schieren Ewigkeit nickte es.

»Gut«, sagte Robin erleichtert. »Ich lasse dich jetzt los.
Du wirst nicht weglaufen?«

Nemeth schüttelte den Kopf.

Robin war nicht ganz sicher, ob sie diesem Versprechen
Glauben schenken sollte, aber welche Wahl hatte sie schon?
Schweren Herzens ließ sie Nemeths Arm los, ließ sich noch

283

weiter in die Hocke sinken und schöpfte mit beiden Händen Wasser, um es auf den Rand des Aquädukts und vor allem auf das Dach des nächsten Hauses zu spritzen. Sie bedeutete dem Mädchen, ihr zu helfen, und Nemeth begann sofort, es ihr gleichzutun. Schließlich war Robin sich sicher, eine Pfütze geschaffen zu haben, die nun wirklich nicht mehr übersehen werden konnte.

Dann richtete sie sich auf, gab Nemeth ein Zeichen und lief noch ein ganzes Stück weiter, bis sie eine Stelle erreichten, an der ein Haus unmittelbar an das Aquädukt grenzte. Ganz vorsichtig stieg sie aus dem Wasser und riss sich den Schleier ab. Mit dem kostbaren Stück Stoff verwischte sie die silbern schimmernden Tropfen, die sie als Spur auf den Steinen des Aquädukts hinterlassen hatte. Anschließend reichte sie ihn Nehmet und suchte dann mit beiden Händen nach festem Halt am steinernen Sims des Aquäduktes, um sich auf das unter ihr liegende Hausdach gleiten zu lassen. Doch als sie sich an ihren ausgestreckten Armen ganz in die Tiefe sinken ließ, pendelten ihre Füße noch immer ein gutes Stück über dem fest gestampften Lehm des Daches.

Sie schloss die Augen und zählte in Gedanken bis drei, dann ließ sie los. Der Sturz dauerte nur Bruchteile einer Sekunde, und er war weit weniger hart, als sie erwartet hatte, aber als sie aufkam, rutschte sie seitlich weg. Instinktiv ließ sie sich über die Schulter abrollen und nutzte den Schwung, um sogleich wieder auf die Füße zu kommen. Rasch lief sie die zwei Schritte zu Nemeth zurück und streckte die Arme in die Höhe.

»Spring!«, befahl sie.

Nemeth zögerte. Robin konnte ihr Gesicht nur als hellen Schemen in der Dunkelheit über sich ausmachen, aber die Angst in den Augen des Mädchens konnte sie deutlich erkennen – eine ganz andere, viel handfestere Furcht nun, die sie durchaus nachvollziehen konnte.

»Keine Angst«, sagte sie. »Ich fange dich auf. Das verspreche ich!«

Zwei, drei quälend lange Herzschläge vergingen, dann raffte Nemeth all ihren Mut zusammen, stieg auf den Sims und ließ sich mit geschlossenen Augen in Robins ausgestreckte Arme fallen.

Diesmal war der Aufprall sehr viel härter, als sie erwartet hatte. Das Mädchen mochte noch um die dreißig Pfund wiegen, aber aus zwei Metern Höhe herab riss sein Gewicht Robin dennoch von den Füßen. Mit ihrer zerbrechlichen Last in den Armen hatte sie keine Möglichkeit, den Aufprall abzufedern. Sie kam schwer auf der Seite auf, fühlte einen stechenden Schmerz, der durch ihren Ellbogen bis in die Schulter hinaufschoss und in ihrem Rückgrat zu explodieren schien, und schrie nur deshalb nicht vor Qual auf, weil ihr Nemeths Gewicht alle Luft aus den Lungen presste.

Ganz in der Nähe erklangen Schreie, Rufe, und das Trappeln näher kommender Schritte. Aus den Augenwinkeln gewahrte Robin das hektische Tanzen von rotem Fackellicht in einer nahen Gasse. Halb benommen richtete sie sich auf und stellte Nemeth behutsam auf die Füße.

Das Hausdach und der schwarze Schlagschatten der Mauer boten ein gutes Versteck. Sie bedeutete Nemeth mit einer Geste, ihr den Schleier zurückzugeben und sich dann in den Schatten zu kauern. Robin dagegen richtete sich halb auf und versuchte mit dem Schleier, die gröbsten Wasserflecken fortzuwischen, die Nemeth und sie bei ihrer unsanften Landung auf dem Dach hinterlassen hatten. Mit ein wenig Glück würde die falsche Spur, die sie weiter vorne gelegt hatte, ihre Verfolger davon abhalten, sich dieses Dach hier genau anzusehen.

Robin legte den Umhang wieder an, überzeugte sich davon, dass der Schleier sicher vor ihrem Gesicht befestigt war, und huschte dann zu Nemeth hinüber. Die Wahl ihres Versteckes, so erbärmlich es auch sein mochte, war richtig gewesen. Selbst sie hatte Mühe, das Mädchen in der Finsternis, die im Schlagschatten der Wand herrschte, zu finden. Es war nur ein leises Weinen, das ihr den Weg wies.

»Hast du dir wehgetan?«, flüsterte Robin. Sie sah nervös nach oben. Ringsherum schwollen Lärm und Licht auf der Straße an, aber die steinerne Brücke über ihnen blieb immer noch leer.

»Wo ist meine Mama?«, schluchzte Nemeth. »Du hast gesagt, sie wird kommen.«

»Das wird sie auch«, antwortete Robin. »Es wird vielleicht eine Weile dauern, aber du wirst sie wiedersehen.«

»Das ist nicht wahr«, schluchzte Nemeth. »Sie haben sie gefangen. Sie werden sie bestrafen oder vielleicht sogar töten.«

»Bestimmt nicht«, antwortete Robin. Sie kam sich richtig schäbig vor bei diesen Worten; eine weitere Lüge, die zu plump war, als dass auch nur ein siebenjähriges Kind darauf hereinfallen konnte. Dennoch fuhr sie mit leiser, sehr ernster Stimme fort: »Wir werden deine Mutter suchen und befreien, das verspreche ich dir. Omar wird ihr nichts zuleide tun.«

Und noch ein Versprechen, das sie nicht würde halten können. Robin musste sich plötzlich mit aller Macht beherrschen, um nicht selbst in Tränen auszubrechen. Sie fragte sich, wie viele der Männer und Frauen, die sie zu diesem irrsinnigen Fluchtversuch überredet hatte, ihren Mut bisher schon mit dem Leben bezahlt hatten, und wie viele es noch werden würden, bis diese Nacht vorüber war.

»Warum nicht?«, fragte Nemeth.

»Weil er weiß, dass ich ihn dann töten würde«, sagte Robin. Sie hatte das gar nicht sagen wollen. Sie wollte in Gegenwart dieses Kindes nicht weiter von Gewalt und Tod und Sterben reden. Aber die Worte waren fast ohne ihr Zutun über ihre Lippen gekommen, und es lag eine solche Entschlossenheit darin, dass selbst Nemeth sie spüren musste, denn sie stellte keine weitere Frage mehr und hörte sogar auf zu weinen.

»Wir müssen jetzt ganz leise sein«, sagte Robin. »Sie werden gleich hier sein, um nach uns zu suchen. Bleib hier. Ganz egal, was geschieht, gib keinen Laut von dir, bis ich zurück bin. Versprichst du mir das?«

Nemeth starrte sie nur an und Robin deutete ihr Schweigen als Zustimmung. Sie sah erneut zum Aquädukt hoch, dann ließ sie ihren Blick aufmerksam über das flache Dach des zweigeschossigen Gebäudes schweifen. Sie musste nicht lange suchen: eine gut einen Meter im Quadrat messende, hölzerne Klappe mit einem schweren eisernen Ring, um sie aufzuziehen. Darunter musste eine Treppe ins Haus hinabführen. Robin hatte nicht die leiseste Ahnung, was sie dort erwarten würde, aber bisher war es unter ihnen still geblieben. Niemand schien das Geräusch gehört zu haben, mit dem Nemeth und sie auf dem Dach aufgeprallt waren.

Sie wollte sich gerade in Bewegung setzen, als sie über sich verräterische Geräusche wahrnahm: hastige Schritte, die durch das Wasser des Aquädukts platschten. Erschrocken prallte sie zurück, presste sich neben Nemeth mit dem Rücken gegen die Wand und blickte mit angehaltenem Atem nach oben.

Das Mondlicht warf die Schatten von zwei, drei und schließlich vier Männern vor ihnen auf das Dach, die in der Wasserrinne des Aquädukts rasch näher kamen. Ihr Herz schien mitten im Schlag auszusetzen, als sie zu sehen glaubte, wie eine der Gestalten im Schritt verhielt und zu ihnen herabsah. Aber es war nur ein böser Streich, den ihr ihre überreizten Nerven spielten. Die Männer stürmten ohne innezuhalten weiter und folgten damit wohl der falschen Spur, die sie gelegt hatte.

Robin wagte kaum zu hoffen, dass der simple Trick mit der vorgetäuschten Wasserspur Erfolg haben könnte, aber sie wurde eines Besseren belehrt. Am Dach des Hauses angelangt, auf das sie Wasser verspritzt hatten, wechselten die Männer ein paar hastige Worte und sprangen dann ohne zu zögern in die Tiefe. Einen kurzen Moment lang konnte Robin noch ihre Silhouetten erkennen, dann hatten sie eine Klapptür gefunden und verschwanden einer nach dem anderen im Haus.

»Schnell jetzt!« Robin war mit zwei weit ausgreifenden Schritten bei der Dachluke, packte mit beiden Händen nach dem eisernen Ring und zerrte ihn in die Höhe. Die Angeln quietschten hörbar und in der vollkommenen Dunkelheit unter der Dachluke gaukelten ihr ihre Nerven Bewegung und Lärm vor. Doch es war noch immer still.

Aber das würde nicht lange so bleiben. Ihre Verfolger würden schon sehr bald begreifen, dass ihre Beute sie an der Nase herumgeführt hatte. Und spätestens dann würden sie ein Haus nach dem anderen durchsuchen.

Robin verwarf den Gedanken, sich in dem Gebäude unter ihnen zu verstecken, ebenso rasch wieder, wie er ihr gekommen war. Sie hatten nicht mehr als eine weitere, winzige Gnadenfrist gewonnen. Aber vielleicht ergaben viele kleine Chancen ja eine große.

Sie bedeutete Nemeth mit einer Handbewegung, ihr ohne ein Wort zu folgen, dann wandte sie sich um und tastete mit dem Fuß in die Dunkelheit unter sich hinein. Es gab keine Treppe, sondern nur eine Leiter, die hörbar unter Robins Gewicht ächzte. Ohne auf verräterische Geräusche zu achten, stieg Robin die unsichtbaren Sprossen hinab, trat einen Schritt zurück und sah ungeduldig zu Nemeth hoch. Das Mädchen schien sich davor zu fürchten, ihr in die Dunkelheit hinab zu folgen.

»Bitte, beeil dich!«, flüsterte Robin. »Wir müssen hier weg!«

Hinter ihr polterte etwas. Robin fuhr erschrocken herum und riss die Augen auf. In der fast vollkommenen Dunkelheit konnte sie jedoch rein gar nichts erkennen. Einen Moment später wiederholte sich das Poltern, dann fragte eine ebenso verschlafen wie auch leicht beunruhigt klingende Frauenstimme: »Was ist los, Said? Kann man denn niemals seine Ruhe haben?«

Robins Augen gewöhnten sich allmählich an die Dunkelheit in der Kammer. Sie sah noch immer nur Schemen und ungleich verteilte Bereiche von hellem und dunklerem Grau und nicht weit entfernt glaubte sie, ein regelmäßig geformtes Rechteck auszumachen, das eine Tür sein konnte.

288

»Wer ist da?« Die Frauenstimme klang jetzt wacher und deutlich beunruhigt.

Doch Robin beachtete sie nicht weiter und tastete sich mit unsicher ausgestreckten Armen durch die Dunkelheit. Dabei stieß sie etwas mit dem Knie um. Im selben Moment hörte sie auch schon, wie ein Krug umstürzte und seinen Inhalt auf den Boden ergoss.

Irgendwo links von ihr stieß die Frauenstimme einen entsetzlich lauten Schreckensschrei aus.

»Nemeth! Zu mir!« Robin sprang blindlings vor, tastete mit fliegenden Fingern über die Tür und fand einen eisernen Ring. Einen Moment lang rüttelte sie vergeblich und mit aller Kraft daran. Schließlich kam sie auf die Idee, daran zu ziehen, und die Tür schwang mit einem erbärmlichen Quietschen in den Raum hinein.

Das Zimmer dahinter besaß zwei große Fenster, durch die das Mondlicht und der flackernde rote Schein der Fackeln draußen auf der Straße hereindrangen, sodass sie endlich wieder etwas sehen konnte. Die Frau hinter ihr schrie noch immer. Robin betete, dass ihre Schreie im Straßenlärm untergingen und sie niemand bemerkte.

Im Haus selbst wurde ihr dieses Glück jedoch nicht vergönnt. Robin war noch nicht ganz ins Zimmer getreten, da flog eine weitere Tür auf der anderen Seite der Kammer auf und ein Mann mittleren Alters mit zerzaustem Haar und einem struppigen Bart stürmte herein. Er hatte nichts weiter als ein Tuch um die Hüften geschwungen und war barhäuptig. In der linken Hand trug er eine kleine Öllampe, deren gelbe Flamme mehr Ruß als Licht verbreitete, aber seine Rechte umklammerte einen gekrümmten, zweischneidigen Dolch.

Robins Anblick schien ihn mindestens ebenso zu überraschen wie sie der seine, aber er wirkte nicht wirklich erschrocken, sondern eher verwirrt. Augenscheinlich hatte er mit einem Dieb gerechnet, keineswegs mit einer verschleierten Haremsdame und einem Kind. Allein die Art, in der er den Dolch hielt, machte Robin klar, dass dieser Mann kein ernst

289

zu nehmender Gegner für sie war. Er hielt das Messer wie jemand, der lieber Zwiebeln damit schnitt, statt sich auf eine Messerstecherei einzulassen.

Trotzdem blieb sie auf der Hut. Sie hatte an diesem Tag schon zu viele Fehler gemacht, um sich noch einen weiteren leisten zu können. »Verzeiht die späte Störung, edler Herr«, sagte sie, in einem ängstlichen, unsicheren Ton. Wie beiläufig zog sie Nemeth hinter sich ganz durch die Tür und schob sie ein Stück zur Seite, während sie selbst einen Schritt auf den Bärtigen zutrat. »Ist das hier nicht das Haus des edlen Mustafa?«

»Mustafa?« Das Misstrauen in den Augen des Arabers wich nun endgültig Verblüffung und Hilflosigkeit. Er starrte sie einen kurzen Moment sprachlos an, dann machte er eine Bewegung, die irgendwo zwischen einem Nicken und einem Achselzucken lag. »Mustafa der Tapfere?«

Robin deutete ein Nicken an. Sie hatte bewusst einen Namen gewählt, der gewöhnlich genug war, damit mit einiger Wahrscheinlichkeit irgendjemand in dieser Straße so hieß. »Mein Herr Omar Khalid hat mich geschickt, um den Herrn des Hauses zu erfreuen«, sagte sie. »Ihr seid nicht ...?«

»Omar Khalid, der Sklavenhändler?« Es fiel ihrem Gegenüber sichtlich schwer, den Sinn dieser Worte zu erfassen, aber darauf kam es nicht an. Robin war nur noch zwei Schritte von ihm entfernt, und er schöpfte keinen Verdacht. Auch nicht, als sie demütig zu Boden blickend und mit gesenktem Haupt noch näher kam.

»Mustafa wohnt zwei Häuser weiter, aber ich glaube nicht, dass er ...«

Sie war nahe genug. Der Mann sah den Tritt nicht einmal kommen, der sein Handgelenk traf und ihm den Dolch aus den Fingern prellte. Noch bevor die Waffe klirrend gegen die Wand donnerte, rammte ihm Robin den Ellbogen in den Magen. Der Araber fiel auf die Knie und japste nach Luft. Robin grub die Finger beider Hände in sein gelocktes Haar und schmetterte seine Stirn mit genügend Kraft auf den Boden, sodass er auf der Stelle das Bewusstsein verlor.

Bevor sie sich aufrichtete, tastete sie nach der Ader an seinem Hals. Sie pochte heftig. Er würde bald wieder erwachen und vielleicht am nächsten Tag die schlimmsten Kopfschmerzen seines Lebens beklagen, ansonsten aber bestimmt keinen großen Schaden davontragen.

Als sie aufstand und sich zu Nemeth herumdrehte, erstarrte sie. Das Mädchen war dort stehen geblieben, wo sie es zurückgelassen hatte. Seine Augen waren weit aufgerissen, und ihr Ausdruck ließ Robin einen eisigen Schauer über den Rücken laufen.

»Was hast du getan?«, flüsterte Nemeth.

»Nicht jetzt«, sagte Robin. »Wir müssen weg!«

Sie streckte die Hand aus, aber Nemeth schüttelte nur den Kopf und wich einen Schritt vor ihr zurück. »Nein ... mein Vater hatte Recht«, stammelte sie. »Du ... du bist ein Dschinn! Ein böser Geist!«

»Unsinn«, widersprach Robin. »Ich bin kein Dschinn, nur eine ganz normale Frau.« Sie brauchte all ihre Kraft, um ihre Stimme wenigstens einigermaßen ruhig klingen zu lassen. Was sie in Nemeths Augen las, das schien ihr Herz wie ein glühender Messerstich zu durchbohren. Es war nackte Angst. Hatte sie jetzt auch noch das Vertrauen dieses Kindes verloren?

Wieder schüttelte Nemeth heftig den Kopf. »Mein Vater hatte Recht!«, beharrte sie. »Keine Frau auf der Welt kann so etwas!«

»Da, wo ich herkomme, können es alle Frauen«, behauptete Robin. Ihre Stimme wurde schärfer. »Komm jetzt! Wenn sie uns wieder einfangen, dann ist es auch um deine Mutter geschehen.«

Die Furcht stand Nemeth noch immer ins Gesicht geschrieben, als sie sich von ihrem Platz löste und auf Robin zutrat. Sie wich aber zugleich zur Seite, als Robin sie am Arm ergreifen wollte. Eine Geste, die sie empfindlich schmerzte.

291

Doch für ihren Schmerz hatte sie im Moment keine Zeit. In der Kammer hinter der offen stehenden Tür brüllte die unbekannte Frau nun lauthals, dass Mörder im Haus seien. Robin war klar, dass sie womöglich den allerletzten Rest von Vertrauen verspielte, den Nemeth ihr noch entgegenbrachte, aber sie hatte keine Wahl. Sie hob den Dolch auf, den der Bärtige ebenso wie die Öllampe fallen gelassen hatte (sie war zerbrochen, und brennendes Öl breitete sich in einer langsam größer werdenden Lache auf den hölzernen Dielen aus), kehrte ins dunkle Nebenzimmer zurück und ging auf die schreiende Frau zu, die jetzt vom flackernden Licht des um sich greifenden Feuers schemenhaft erhellt wurde. So hart sie konnte, packte sie die Frau bei der Schulter, presste sie aufs Bett zurück und setzte die Messerspitze an ihre Kehle.

»Ich will dich nicht töten, ich werde es jedoch tun, wenn du noch einen einzigen Laut von dir gibst«, sagte sie. »Said ist nichts geschehen, aber du musst ihn hier rausbringen. Euer Haus brennt. Und kein Wort, keinen Laut mehr, hast du das verstanden?«

Tatsächlich verstummte die Frau schlagartig. Robin konnte in der Dunkelheit nur ihre Augen erkennen, die von einer womöglich noch größeren Furcht erfüllt waren als die des Mädchens, aber es war eine Art von Furcht, die sie kannte. Die Frau würde nicht weiter schreien, sondern gehorchen.

Sie zog das Messer zurück und richtete sich auf. »Wir gehen jetzt«, sagte sie. »Bring deinen Mann in Sicherheit und versuch, das Feuer zu löschen. Danach kannst du meinetwegen um Hilfe rufen, so viel du magst.«

Sie kehrte zu Nemeth zurück, schob den Dolch unters Gewand und führte das Mädchen durch die Tür hinaus, durch die der Bärtige zuvor hereingekommen war. Dahinter lag eine steile hölzerne Treppe, die ins Erdgeschoss des Gebäudes hinabführte. Von draußen drangen Schreie und das Geräusch rascher Schritte herein und trotz der vorgelegten Fensterläden war der Raum von flackerndem rotem Licht zahlreicher Fackeln erfüllt.

Robin hoffte, dass sich nicht bald auch der lodernde Schein eines brennenden Hauses dazu gesellen würde. Sie bezweifelte, dass es der Frau gelingen würde, das Feuer ohne fremde Hilfe zu löschen. Bei einem sich eventuell ausbreitenden Brand konnten weitere Unschuldige zu Schaden kommen oder zumindest ihr Hab und Gut verlieren. Aber bei all der Schuld, die sie an diesem Abend schon auf sich geladen hatte, fiel das wohl kaum noch ins Gewicht, dachte sie bitter.

Um sich zu orientieren, blieb sie einen Herzschlag lang auf der letzten Stufe stehen. Die untere Etage des Hauses schien aus einem einzigen großen Raum zu bestehen – zumindest konnte sie nur eine Tür entdecken, die offensichtlich ins Freie führte. Die Möblierung war spärlich, um nicht zu sagen karg. Es gab einen Tisch und mehrere niedrige Hocker, eine offene Feuerstelle und zwei große Truhen, in denen die Hausbewohner wohl ihre persönliche Habe aufbewahrten. An der Wand direkt gegenüber des Eingangs hingen ein mit Leder bezogener Rundschild und ein Krummsäbel in einer Scheide, die mit rotem Stoff bespannt war.

Robin starrte Schild und Säbel einige Sekunden lang nachdenklich an, dann bedeutete sie Nemeth mit einer Geste, dort stehen zu bleiben, wo sie war, und durchquerte mit schnellen Schritten den Raum, um eine der beiden großen Truhen zu öffnen.

»Was tust du?«, fragte Nemeth. Vielleicht hielt sie sie jetzt zu allem Überfluss auch noch für eine Diebin, dachte Robin. Und damit würde sie der Wahrheit sogar ziemlich nahe kommen.

Die Truhe war mit Töpfen und Geschirr gefüllt, dazu mit einigen kleineren metallbeschlagenen Kästchen, die möglicherweise etwas von Wert enthielten, aber bestimmt nicht das, was Robin jetzt suchte. Ohne den Deckel wieder zu schließen, trat sie an die zweite heran, öffnete auch sie und atmete erleichtert auf.

»Was hast du vor?«, fragte Nemeth. Sie lief ein paar Schritte in Richtung Tür, machte dann mitten in der Bewegung kehrt und kam zu Robin zurück. »Was tust du da?«

»Sie suchen ein Mädchen und eine Frau in einem schwarzen Mantel«, antwortete Robin rasch. »Wenn wir so auf die Straße gehen, fangen sie uns schneller, als ich meinen Namen buchstabieren kann.«

Nemeth starrte sie nur verständnislos an und ihr Gesichtsausdruck wurde noch fassungsloser, als sie sah, wie Robin ihren Umhang zu Boden warf und stattdessen in einen schäbigen grauen Kaftan schlüpfte, den sie in der Truhe gefunden hatte. Er war ihr ein gutes Stück zu groß und vor allen Dingen viel zu weit, aber bei dem Chaos, das mittlerweile draußen herrschte, würde das vermutlich niemandem auffallen. Mit fliegenden Fingern grub sie in der Truhe, fand endlich einen gut zwei Meter langen Stoffstreifen, der irgendwann einmal weiß gewesen sein mochte, und versuchte, ihn sich um den Kopf zu wickeln.

»Was tust du?«, fragte Nemeth erneut.

»Die halbe Stadt sucht wahrscheinlich schon nach mir«, erwiderte Robin. »Einen Mann, der seinen halbwüchsigen Sohn in Sicherheit bringt, werden sie vielleicht nicht so genau ansehen.«

»Du willst dich als *Mann* verkleiden?«, keuchte Nemeth.

»Nicht nur mich«, antwortete Robin knapp. Während sie sich damit abmühte, den Schal so um ihren Kopf zu wickeln, dass er einen halbwegs passablen Turban abgab, hätte es nicht erst Nemeths vielsagenden Stirnrunzelns bedurft, um ihr klar zu machen, wie lächerlich das Ergebnis aussehen musste. Schließlich schüttelte das Mädchen den Kopf und forderte Robin mit einer Geste auf, in die Hocke zu gehen.

»Du kannst einen Turban binden?«

»Ich habe meinem Vater oft genug dabei zugesehen«, antwortete Nemeth. »Es ist ganz leicht.«

»Alles ist leicht, wenn man es kann«, knurrte Robin. Behutsam tastete sie mit den Händen nach dem Turban. Was sie ertastete, fühlte sich gut an. »Danke«, sagte sie. »Nur einen Moment noch.«

Rasch eilte sie zur anderen Seite des Raumes, nahm Schild und Säbel von der Wand und schob den linken Arm durch die Halteschlaufen des Schildes. Der Säbel fühlte sich sonderbar in ihrer Hand an, viel zu leicht, um wirklich eine Waffe zu sein, und für ihren Geschmack schlecht ausbalanciert. Und in diesem Moment geschah etwas, das ihr einen kalten Schauer über den Rücken laufen ließ. Kaum hatte sie die Waffen angelegt, da spürte sie, wie sie ein neues Selbstbewusstsein erfüllte. Von einem Herzschlag auf den anderen schien sie nicht mehr die Sklavin Robin zu sein, sondern der Tempelritter Robin. Und auch wenn sie wusste, wie trügerisch dieses Gefühl sein mochte – es tat gut, sich wenigstens für einen Moment einbilden zu können, nicht mehr auf der Seite der Verlierer zu stehen.

Über ihnen im Haus erscholl ein dumpfes Poltern und wieder das spitze Schreien der Frau; die Laute rissen Robin in die Wirklichkeit zurück. Sie eilte zur Tür, winkte Nemeth herbei und streckte gleichzeitig die andere Hand nach dem Griff aus.

»Robin!«, sagte Nehmet leise.

Sie hielt inne und drehte sich ungeduldig zu dem Mädchen herum: »Was ist denn noch?«

Nemeth schüttelte den Kopf und hob die Hand ans Gesicht. »Dein Schleier.«

Ein jäher Schrecken durchfuhr Robin, als sie die Hand hob und feststellte, dass sie tatsächlich vergessen hatte, den schwarzen Schleier abzunehmen. In Nemeths Augen blitzte es kurz und amüsiert auf, aber Robin fand dieses kleine Versehen nicht im Geringsten komisch. Ein Fehler wie dieser konnte sie draußen auf der Straße den Kopf kosten. Sie sah in ihrer Verkleidung ohnehin vermutlich ziemlich lächerlich aus und konnte nur darauf hoffen, dass draußen in den Gassen der Stadt mittlerweile genug Durcheinander herrschte, um ihr prüfende Blicke zu ersparen. Aber ein kleinwüchsiger

Mann in einem viel zu großen Kaftan und einem Schleier vor dem Gesicht würde selbst dem dümmsten ihrer Verfolger auffallen. Mit einer zornigen Bewegung riss sie das unnütze Ding ab, bedankte sich mit einem wortlosen Nicken bei Nemeth und öffnete die Tür.

Schon der erste Schritt aus dem Haus wurde zur Nagelprobe für ihre Verkleidung. Sie hatte ihn noch nicht einmal ganz zu Ende gebracht, als eine Gestalt von links herangestürmt kam und so wuchtig gegen sie prallte, dass sie das Gleichgewicht verlor und schwer gegen den Türrahmen stürzte. Auch der andere strauchelte, fand mit einem hastigen Ausfallschritt jedoch seine Balance wieder und wirbelte wütend zu ihr herum. Robins Herz machte einen Sprung, als sie einen von Omars Kriegern erkannte.

»Pass doch auf, Dummkopf!«, schrie der Araber. Seine Augen flammten vor Wut, und einen kurzen, aber schrecklichen Moment war Robin davon überzeugt, dass er sie erkannt hatte. Dennoch zwang sie sich, seinem Blick Stand zu halten. Kaum einer von Omars Kriegern hatte jemals ihr Antlitz zu Gesicht bekommen und plötzlich spürte sie eine flüchtige Sympathie für die Sitten dieses Landes, die sie genötigt hatten, dem anderen Geschlecht nur verhüllt unter die Augen zu treten.

Genau das rettete sie jetzt. Nach einem letzten wütenden Blick wandte sich der Mann ab und rannte weiter. Robin richtete sich vorsichtig am Türrahmen wieder auf und atmete erleichtert aus. Sie spähte aufmerksam nach rechts und links, bevor sie zum zweiten Mal dazu ansetzte, das Haus zu verlassen.

Die Gasse, die kaum breiter als einen Meter war und auf der gegenüberliegenden Seite von einer gut sechs Meter hohen Wand begrenzt wurde, war leer, aber an beiden Enden erkannte sie flackernden roten Feuerschein und zahlreiche, hin und her hastende Gestalten. Sie versuchte noch einen Moment lang, sich zu orientieren, musste sich dann aber eingestehen, dass sie nicht die geringste Ahnung hatte, welche

Richtung sie nun einschlagen sollte. Vermutlich war das sowieso egal. Sie ergriff Nemeths Hand und ging so schnell wie möglich, ohne wirklich in einen Laufschritt zu verfallen. Das Mädchen sah mehrfach verstört zu ihr hoch, aber es schien jetzt wenigstens seine Angst vor ihr verloren zu haben.

»Wohin gehen wir?«, fragte Nemeth nach einer Weile.

»Still!«, zischte Robin. Nach einem Moment und leiser fügte sie hinzu: »Ich weiß es noch nicht. Erst einmal weg hier. Irgendwohin, wo es ruhiger ist. Vielleicht aus der Stadt heraus.«

»Aber du hast versprochen ...«

»Wir werden deine Mutter holen«, unterbrach sie Robin. »Aber das können wir nicht, wenn sie uns vorher erwischen, verdammt noch mal!«

Nemeth erwiderte nichts, und Robin hätte sich am liebsten auf die Zunge gebissen. Die Worte hatten ihr schon Leid getan, noch ehe sie sie ganz ausgesprochen hatte. Wollte sie es diesem Kind wirklich verdenken, dass es verunsichert war und ihr nicht mehr traute?

Dann hatten sie das Ende der Gasse erreicht. Vor ihr lag ein weiterer, an drei Seiten von dicht stehenden Häusern begrenzter Platz, auf den gleich ein halbes Dutzend Straßen hinausführte. Das Durcheinander war unbeschreiblich. Hunde kläfften und knurrten, dass einem das Blut in den Adern gefror. Robin hörte das Klirren von Waffen, das wütende Geschrei von Männern sowie hektischen Hufschlag, und gerade als sie aus der Gasse heraustrat, sprengte ein Trupp von vier Reitern auf den Platz heraus, angeführt von Omar Khalid selbst und seinem ganz in Schwarz gekleideten Leibwächter.

Der martialische Auftritt des Sklavenhändlers ließ die Stimmung überkochen. Weder Omar noch seine Begleiter schienen geneigt, auch nur die geringste Rücksicht auf die Menschen vor ihnen zu nehmen. Robin musste mit ansehen, wie zwei Männer nicht schnell genug zur Seite sprangen und einfach niedergeritten wurden, doch dann blieben die Pferde hoffnungslos in der Menschenmenge stecken. Schmerzensschreie gellten auf. Eines der Tiere stieg mit einem schrillen Wiehern auf die Hinterbeine und warf seinen Reiter ab. Einer der beiden Sklaven, die mittlerweile überwältigt worden waren, nutzte das Durcheinander, um sich loszureißen und in der Menge unterzutauchen. Bevor er verschwand, sah Robin noch, dass er aus einem tiefen Schnitt quer über die Stirn blutete.

»Dort!« Sie deutete mit einer Kopfbewegung auf die andere Seite des Platzes, wo sich die schmale Gasse fortsetzte, durch die sie gekommen waren. Hinter dem flackernden Licht, das den Platz erhellte, wirkte sie wie eine Schlucht aus schwarzer Nacht. Die Dunkelheit dort drüben war im Moment vermutlich ihr sicherster Verbündeter. Sie ließ Nemeths Arm los, trat hinter das Mädchen und legte ihm die Hand auf die Schulter, um es mit sanfter Gewalt vor sich her zu dirigieren.

Schnell, aber ohne zu rennen und damit vielleicht aufzufallen, drängten sie über den Platz und steuerten die Fortsetzung des schmalen Mauerweges an. Sie hatte nicht die leiseste Vorstellung, wohin er führte, aber ein Weg, der sie hier wegbrachte, verhieß Rettung. Vielleicht gelang es ihr womöglich, den Fluss zu erreichen, um dort ein kleines Boot zu stehlen, mit dem sie schneller und vor allem ungesehen aus der Stadt herauskamen. Mit sehr viel Glück schafften sie es vielleicht sogar bis zum offenen Meer.

Sie hatte den Platz fast überquert, als hinter ihr ein scharfer Ruf erklang. Die Nacht war voller Schreie und Lärm und dennoch wusste sie, dass man sie gemeint hatte. Trotzdem ging sie stur weiter und irgendwie gelang es ihr sogar, den Impuls zu unterdrücken, sich Nemeth einfach unter den Arm zu klemmen und loszurennen.

»Du sollst stehen bleiben, habe ich gesagt!« Die Stimme klang jetzt eindeutig wütend. Robin glaubte, inmitten des Lärms schwere Schritte zu hören, die sich an ihre Fersen geheftet hatten. Aber die rettende Gasse lag jetzt so dicht vor ihr. Noch zwei Schritte, dann einer. Sie erreichte die schützende Dunkelheit im selben Augenblick, in dem sich eine harte Hand auf ihre Schulter legte und sie wütend herumriss.

»Wo du hin willst, habe ich dich gefragt! Wieso läufst du mit einem Kind durch die Straßen? Weißt du denn nicht, dass es einen Sklavenaufstand gegeben ...«

Der Mann verstummte mitten im Wort, als sich Robin gänzlich herumgedreht hatte und er in ihr Gesicht starrte. Auch er gehörte zu Omars Wächtern – und nicht nur Robin hatte ihn, sondern er hatte auch sie erkannt. Auf seinem breiten, groben Gesicht erschien ein Ausdruck ungläubiger Überraschung. Dann ließ er ihre Schulter los. Robin trat unwillkürlich einen halben Schritt zurück, hob den Schildarm etwas höher und wischte mit einer schnappenden Bewegung aus dem Handgelenk heraus die Hülle aus Ziegenfell von der Klinge des Krummsäbels. Sie begriff mit einem Male, dass ihre Flucht hier und jetzt zu Ende war, und sie wollte diesen Mann so wenig töten wie den Wächter oben auf ihrem Zimmer, aber sie würde lieber im Kampf sterben, als sich erneut gefangen nehmen zu lassen.

Die Reaktion des Kriegers war jedoch völlig anders, als sie erwartet hatte. Er trug ein blank gezogenes Schwert in der rechten sowie eine heftig flackernde Pechfackel in der linken Hand, und er stand in der eindeutig besseren Position für einen Angriff da, aber er stürzte sich weder auf sie, noch schrie er nach seinen Kameraden. Robin war nicht ganz sicher, ob die Verblüffung auf seinem Gesicht eher den Männerkleidern galt, die sie trug, oder ihren Waffen, aber gleichwie: Sie verschaffte ihr die winzige Zeitspanne, die sie brauchte. Sie ließ den Säbel fallen, hob die plötzlich frei gewordene Hand an seine Brust und zerrte ihn zu sich in die Gasse herein. Er schien so überrascht, dass er nicht einmal auf die Idee kam, Widerstand zu leisten; er machte nur einen ungeschickt stolpernden Schritt, um nicht zu stürzen.

Robin rammte ihm die Schildkante in den Leib, genau an jene Stelle zwischen die Rippen, die Salim ihr gezeigt hatte, und mit solcher Wucht, dass der Krieger das Bewusstsein verlor, noch bevor er zusammenbrach. Ungeschickt fing Robin ihn auf, taumelte unter seinem Gewicht zwei Schritte weiter in die Gasse hinein und prallte schließlich mit dem Rücken hart gegen die Wand. Das Gewicht des schlaffen Körpers ließ sie auf die Knie fallen, und sie wäre sicherlich ganz gestürzt, wäre Nemeth nicht hinzugesprungen und hätte ihr geholfen. Keuchend arbeitete sich Robin unter dem bewusstlosen Mann hervor, schenkte Nemeth ein dankbares Nicken und griff dann unter seine Achseln, um ihn noch weiter in die Gasse hineinzuziehen, bis sie sicher war, dass er von außen nicht mehr gesehen werden konnte.

Er hatte Fackel und Schwert fallen gelassen. Robin hob es auf, wog es einen Moment prüfend in der Hand und beschloss dann, es anstelle des Krummsäbels zu behalten, der ohnehin kaum mehr als ein Spielzeug gewesen war. Diese Waffe war schwerer, dafür nicht so lang, und sie lag fast so gut in ihrer Hand wie ihr eigenes Breitschwert, das sich jetzt vermutlich mit allen anderen Beutestücken irgendwo in Omars Schatzkammer befand. Als Letztes hob sie die Fackel auf, die dem Krieger entglitten war. So gab sie zwar den Schutz der Dunkelheit preis. Aber ein Mann, der eine Fackel trug und in ihrem flackernden Schein die Gasse absuchte, würde im Moment vermutlich weniger auffallen als eine Gestalt, die sich im Dunkeln herumdrückte.

Nemeth sah ihr mit einer Mischung aus Bewunderung und Staunen entgegen, als sie sich herumdrehte. »Und du bist ganz sicher, dass du kein Dschinn bist?«, fragte sie.

»Ganz sicher«, bestätigte Robin.

Das Mädchen nickte nachdenklich, sah auf den reglosen Krieger herab und dann mit gerunzelter Stirn in Robins Gesicht. »Es ist also bei euch Ungläubigen üblich, dass die Frauen ihre Männer verprügeln?«

Diesmal kostete es Robin Mühe, nicht laut loszulachen. Ihr war nicht nach Albernheiten zumute, und Nemeth hatte auch keineswegs einen Scherz machen wollen. Aber in diesem Moment beneidete Robin sie um diese kindliche Unverstelltheit wie um nichts anderes in der Welt. »Wir sprechen später darüber«, sagte sie. »Jetzt lass uns gehen. Ich glaube, dort hinten ist es ruhiger.«

Sie deutete mit einer Kopfbewegung in die Gasse hinein. Irgendwo an ihrem Ende brannte ebenfalls Licht, aber es war nur der gelbe Schein einer Öllampe, der aus einem Fenster fiel, nicht das hektische Hin und Her von Fackeln, die von rennenden Männern geschwenkt wurden. Sie erinnerte sich an die Worte des Kriegers, der von einem Sklavenaufstand berichtet hatte. Wenn man bedachte, dass wahrscheinlich nicht mehr als einem Dutzend Männern und Frauen die Flucht aus dem Hof gelungen war, so war das hoffnungslos übertrieben. Aber auf der anderen Seite wusste sie auch, wie schnell Gerüchte, gerade in einer Situation wie dieser, die Runde machten. Wenn die Bewohner von Hama wirklich glaubten, es mit einer ausgewachsenen Sklavenrevolte zu tun zu haben, dann würde bald die nackte Panik in der Stadt um sich greifen; eine bessere Gelegenheit zu entkommen konnte sie sich kaum wünschen.

Robin beschleunigte ihre Schritte und wandte ein paar Mal den Kopf, um die Gasse hinter sich im Auge zu behalten. Schließlich blieb sie wieder stehen. Sie mussten sich mittlerweile gut hundert Schritte vom Platz und damit von Omar und dem Großteil seiner Männer entfernt haben. Ohne zu zögern warf sie die Fackel zu Boden und trat sie aus. Die Dunkelheit schlug wie eine erstickende Woge über ihnen zusammen.

Für einen Moment drohte Robin in Panik zu geraten, als sie einen riesigen Schatten wahrzunehmen glaubte, der hinter ihr in der Gasse emporwuchs. Dann wurde ihr klar, dass es nur eine Täuschung war. Ein weiteres Wunder! Niemand hatte sie bemerkt, niemand verfolgte sie.

»Haben wir es geschafft?«, flüsterte Nemeth.

Robin zuckte mit den Schultern, obwohl ihr klar wurde, dass das Mädchen die Bewegung in der fast vollkommenen Dunkelheit nicht sehen konnte. Sie hätte ihre Frage bejahen müssen, schon um Nemeth zu beruhigen, aber es widerstrebte ihr, sie zu belügen. »Ich hoffe es«, sagte sie. »Kennst du den Weg zum Fluss hinunter?«

»Nein. Ich war niemals hier.«

Ebenso wenig wie Robin. Aber wie es aussah, waren sie zumindest für den Moment in Sicherheit, und Robin gedachte, diese Atempause zu nutzen, bevor sie sich einer neuen Herausforderung zuwandte. Ihr ganzer Körper fühlte sich zerschlagen an und dort, wo der Krieger ihren Oberschenkel getroffen hatte, war der Schmerz fast unerträglich. Sie musste sich eingestehen, dass sie mit ihren Kräften beinahe am Ende war, und Nemeth konnte es kaum besser ergehen. Es war überhaupt erstaunlich, dass das Mädchen sich noch so gut hielt – schließlich hatte es eine ganze Weile im Sklavenverlies hinter sich. Robin bewunderte im Stillen die Tapferkeit dieses Kindes und sie betete, dass sie auch weiter anhalten möge. Ebenso wie ihre eigene.

Plötzlich erwachte die Dunkelheit vor ihr zum Leben. Der Hund hatte nicht den geringsten Laut von sich gegeben, kein Bellen, kein Knurren, kein verräterisches Hecheln oder Schnüffeln, nicht einmal das Scharren harter Krallen auf gepflastertem Boden; er war von einem Herzschlag auf den anderen einfach da, als hätte sich die Dunkelheit selbst zu schwarzer Materie zusammengeballt und den riesigen Bluthund ausgespien. Nemeth stieß einen gellenden Schrei aus und wich zurück; Robin fand gerade noch Zeit, das Mädchen hinter sich zu zerren und den Schildarm schützend vor ihr Gesicht zu heben.

Alles ging viel zu schnell, als dass sie auch nur noch einen einzigen klaren Gedanken hätte fassen können. Selbst wenn die Gasse nicht zu eng gewesen wäre, um das erbeutete Schwert zu schwingen und den Angriff des Hundes damit abzuwehren, so wäre ihr nicht annähernd genug Zeit dazu geblieben. Der Hund, ein riesiges, mindestens sechzig oder siebzig Pfund wiegendes Tier, stieß sich mit einer kraftvollen Bewegung ab und prallte mit solcher Wucht gegen Robins hochgerissenen Schild, dass er sie einfach von den Füßen gerissen hätte, wäre sie nicht gegen die Wand geschleudert worden. Auch so verlor sie den Halt und stürzte mit so unglücklich verdrehtem Bein nach hinten, dass ihr für einen Moment vor Schmerz übel wurde.

Das Schwert entglitt ihrer Hand und verschwand irgendwo klappernd und unerreichbar in der Dunkelheit. Dann war der Bluthund wieder über ihr, ein knurrendes, geiferndes Ungeheuer, dessen Krallen wie stumpfe Dolche über ihren Schild fuhren und das zähe Leder zerfetzten, als wäre es nichts weiter als Papier.

Seine gewaltigen Kiefer schnappten nach ihrer Kehle, die sie nur verfehlten, weil Robin im allerletzten Moment verzweifelt den Kopf so weit in den Nacken warf, wie sie konnte. Dabei knallte ihr Hinterkopf abermals und noch viel härter diesmal auf das Straßenpflaster. Ihr wurde schwarz vor Augen. Sie spürte, wie ihre Kräfte wichen und sie das Bewusstsein zu verlieren drohte. Hinter ihr schrie Nemeth schrill auf und dann hörte sie das Knurren eines zweiten, vielleicht sogar eines dritten Hundes sowie das Klacken rasiermesserscharfer Krallen, die sich in rasendem Tempo näherten.

Es war dieses Geräusch, das sie zwang, bei Bewusstsein zu bleiben. Das zweite Tier würde Nemeth angreifen. Robin hatte oft und lange genug bei der Ausbildung von Bluthunden zugesehen, um zu wissen, wie die Tiere vorgingen. Ähnlich einer domestizierten Wolfsmeute griffen sie meistens in Gruppen von zweien oder dreien an; dabei waren sie geschulter, intelligenter und ungleich bösartiger als ihre wilden Vorfahren. Das zweite Tier würde sich auf das hilflose Mädchen stürzen und es zerreißen. Nemeth hatte nicht die allergeringste Chance.

Panik und Todesangst verliehen ihr schier übermenschliche Kräfte. Robin bäumte sich auf, achtete nicht auf den grausamen Schmerz, der wie flüssige Lava durch ihr rechtes Bein tobte, und stieß den Hund mit einer gewaltigen Kraftanstrengung von sich. Das Tier heulte vor Wut schrill auf, fiel auf die Seite und schnappte noch im Sturz nach dem Schild, mit dem Robin es davongeschleudert hatte. Ein entsetzlicher knirschender Laut erscholl und Robin fühlte sich zu Eis erstarrt, als sie sah, wie die Kiefer des Tieres ein fast handgroßes Stück aus dem Schildrand herausbissen. Und dann wuchs hinter der Bestie ein zweiter Schatten heran, klein, gedrungen, mit glühenden Augen und schnell, unglaublich schnell.

Robin warf sich blindlings nach vorne, ohne auch nur einen Sekundenbruchteil nachzudenken. Ihr hochgerissener Schild und der Hund trafen im Flug zusammen. Das Tier wurde zurückgeschleudert und schlug winselnd auf dem Boden auf, aber auch sie stürzte – und landete unmittelbar auf dem ersten Hund, der sich in diesem Moment wieder hochgerappelt hatte!

Das Tier brach unter ihrem Gewicht zusammen und heulte auf, während Robin versuchte, sich herumzuwerfen und an den Dolch zu gelangen, den sie unter dem Gewand trug.

Sie schaffte es nicht. Noch während sie sich auf den Rücken wälzte und den Schild hochriss, war die andere Bestie mit unglaublicher Schnelligkeit wieder auf die Füße gekommen und attackierte sie erneut. Wieder schnappten ihre Zähne nach ihrem Gesicht. Übel riechender Speichel troff aus ihrem Maul. Robin nahm noch einmal all ihre Kräfte zusammen, um den Hund mit dem hochgestemmten Schild von sich wegzudrücken. Doch vergebens. Es gelang ihr nur wenige Fingerbreit, kaum genug, um seine schnappenden Kiefer von ihrer Kehle fern zu halten.

Mit der anderen Hand versuchte sie ein letztes Mal, an den Dolch heranzukommen, aber ihre Finger verhedderten sich in den Falten des gestohlenen Gewandes und sie war plötzlich nicht einmal mehr sicher, ob sie das Messer nicht schon längst irgendwo verloren hatte. Blindlings trat sie aus. Aber der Schmerz, der dabei durch ihr verletztes Bein pulsierte, war zehnmal schlimmer als der, den sie dem Hund zufügen konnte. Das Tier heulte wütend auf, warf sich erneut gegen sie – und schließlich geschah, was Robin die ganze Zeit über befürchtet hatte: Die scharrenden Pfoten der Bestie rissen ihren Schildarm zur Seite und plötzlich war zwischen seinem geifernden Maul und ihrer Kehle nichts mehr. Spitze, gekrümmte Reißzähne bleckten nach ihrem Gesicht und das Heulen des Hundes klang mit einem Mal fast triumphierend.

Sie wusste, dass es wahnsinnig war, was sie nun tat. Mit einem verzweifelten Satz warf sie sich dem Hund entgegen, umschlang ihn mit beiden Armen und presste das Gesicht an seinen Hals, so fest sie nur konnte. Der Bluthund strampelte und wand sich unter ihrem Griff. Er war fast so schwer wie sie, doch doppelt so stark. Dennoch umklammerte Robin das Tier mit aller Kraft; gleichzeitig spürte sie, wie lächerlich ihre Anstrengung gegen die Gewalt dieser tobenden Bestie war. In einer letzten Kraftanstrengung warf sie sich herum, begrub den Hund unter sich und riss seinen Kopf zur Seite.

Ein trockenes Knacken erklang, ähnlich dem Geräusch eines brechenden Astes. Der Hund heulte noch einmal gellend auf, ehe er in ihren Armen erschlaffte. Keinen Augenblick zu früh, denn auch Robins Kräfte waren endgültig erschöpft. Ihre Hände öffneten sich. Sie rollte seitwärts von dem Hund herunter und auf den Rücken, wo sie sekundenlang bewusstlos liegen blieb.

Das Erste, was sie sah, als sich die schwarzen Schleier vor ihren Augen lichteten, war Nemeths Gesicht mit vor Schreck geweiteten Augen. Und dann war auch der Schmerz in ihrem Bein wieder so stark, dass sie laut wimmerte.

»Robin!«, keuchte Nemeth. »Was ... was hast du?«

Robin war zu erschöpft, um zu antworten. Mit zusammengebissenen Zähnen richtete sie sich halb auf, drehte sich zur Seite und kroch ein Stück weit von dem Hund fort. Die Kreatur lag lang ausgestreckt und reglos neben ihr.

»Du ... du hast ihm das Genick gebrochen«, stammelte Nemeth. »Aber wie ... wie hast du das ... gemacht?«

Das erzähle ich dir, wenn ich es selbst weiß, dachte Robin. Sie antwortete nicht laut auf Nemeths Frage, sondern kroch noch ein Stück weiter von dem toten Hund fort, ehe sie sich auf die Knie hochstemmte und schließlich die rechte Hand ausstreckte, um sich mühsam an der Wand in die Höhe zu ziehen. Sie konnte kaum stehen. Ihr rechtes Bein schien zwar nicht gebrochen zu sein, aber es schmerzte unerträglich, und ihr Schildarm, mit dem sie zweimal den Anprall des riesigen Hundes aufgefangen hatte, war nahezu taub. Sie blickte benommen auf das tote Tier hinab und der Anblick kam ihr irgendwie unwirklich vor. Nemeth hatte völlig Recht: Sie *hatte* dem Hund das Genick gebrochen, aber etwas in ihr weigerte sich einfach zu glauben, was ihre Augen sahen.

»Du hast sie beide getötet«, flüsterte Nemeth.

»Beide?«, murmelte sie verständnislos.

Nemeth nickte, und erst diese Geste brachte Robin wieder in Erinnerung, dass der Hund nicht allein gewesen war. Sie hatte das zweite Tier zurückgeschleudert, dann aber aus den Augen verloren.

Robin bedeutete Nemeth, das Schwert aufzuheben und ihr zu reichen, dann biss sie die Zähne zusammen und belastete vorsichtig ihr rechtes Bein. Es schmerzte, aber sie konnte gehen, auch wenn sie jeden einzelnen Schritt wie einen glühenden Dolch spüren würde, der sich in ihre Hüfte bohrte.

Erst nachdem sie das beruhigende Gewicht des Schwertes wieder in der rechten Hand spürte, wagte sie es, mit einem unbeholfenen Schritt über den toten Hund hinwegzusteigen und nach dem zweiten Tier Ausschau zu halten. In der fast vollkommenen Dunkelheit der Gasse sah sie den schwarzen Kadaver erst, als sie nur noch einen Schritt davon entfernt war. Der Hund lag reglos auf der Seite. Sie hörte kein Atmen, kein Knurren. Als sie ihn vorsichtig mit der Spitze des Schwertes anstieß, reagierte er nicht. Unendlich behutsam, das Schwert zum Zustoßen bereit am Hals des Tieres, ließ sie sich in die Hocke sinken.

»Du hast auch ihn getötet«, sagte Nemeth. »Du hast ihn mit dem Schild erschlagen.«

Robin antwortete nicht. Sie starrte aus weit aufgerissenen Augen auf den Kadaver des Hundes hinab, aber sie begriff nicht, was sie sah. Ein unheimlicher, eisiger Schauer kroch ihren Rücken hinab. Ihre Hand zitterte, als sie den Arm ausstreckte und den Metallgegenstand berührte, der aus der Kehle des Hundes ragte.

»Was ist das?«, murmelte sie. Sie musste eine Menge Kraft aufwenden, um das *Ding*, das den Hund getötet hatte, aus seinem Fleisch zu ziehen. Warmes Blut sprudelte aus der zerfetzten Kehle des Tieres, besudelte ihre Hand und ihren Kaftan.

Beunruhigt bewegte sie die Hand hin und her, um ihren Fund in der Dunkelheit besser erkennen zu können. Es war eine Waffe, ganz ohne Zweifel, aber eine, wie sie sie noch nie zuvor gesehen hatte. Was sie in den Fingern hielt, war ein fünfzackiger geschmiedeter Stern aus schwarzem Metall, der rasiermesserscharfe Kanten und nadelscharfe Spitzen hatte. Sie hatte den Hund nicht getötet. Ihr Schildstoß hatte ihn zurückgeschleudert und ihm allenfalls wehgetan. Getötet hatte ihn dieser sonderbare Stern, den ihm jemand in die Kehle gerammt hatte.

»Was ist das?«, fragte sie noch einmal. Sie drehte sich ein wenig herum und streckte den Arm aus, damit Nemeth sehen konnte, was in ihrer Handfläche lag. Das Mädchen sog erschrocken die Luft ein und prallte so hastig einen Schritt zurück, als hätte Robin ihr einen giftigen Skorpion entgegengestreckt, nicht ein Stück Eisen.

»Bei Allah!«

»Du weißt, was das ist«, vermutete Robin.

Nemeth nickte zögerlich. Ihr Blick hing wie gebannt an dem fünfzackigen Stern und sie streckte eine Hand vor, als wollte sie fürchterliches Unheil von sich abwenden.

»Sag es mir«, verlangte Robin.

»Ich weiß nicht, wie ... wie man so etwas nennt«, murmelte Nemeth. »Aber die Ismailiten benutzen so etwas.«

»Die Ismailiten?« Robin wurde hellhörig. »Was sagst du da? Du weißt von den Ismailiten? Wer sind sie?«

»Ich weiß nicht«, antwortete Nemeth. Ihre Stimme zitterte vor Angst. Robin spürte, dass sie nicht die Wahrheit sagte. »Sie sind ... man sagt, sie seien Geister. Böse Dämonen, die die Nacht in der Wüste wohnen und nur Unheil und Tod bringen.«

»Nemeth, bitte«, sagte Robin eindringlich. Sie zog die Hand zurück, als sie sah, dass das Mädchen noch immer voller Panik auf den Eisenstern in ihrer Handfläche starrte. »Das ist wichtig. Ich muss wissen, wer diese Leute sind. *Was* sie sind.«

»Ich weiß es nicht!«, behauptete Nemeth. »Niemand spricht über sie. Wenn man über sie redet, dann kommen sie, um einen zu töten oder einem noch Schlimmeres anzutun.«

Robin gab auf. Sie spürte, dass sie von dem Mädchen jetzt nicht mehr erfahren würde. Vielleicht war das auch gut so. Es war sowieso unglaublich, wie tapfer die Kleine die letzten Stunden überstanden hatte.

In trüben und gleichermaßen kraftlosen Gedanken gefangen, hätte sie die sonderbare Waffe beinahe eingesteckt. Doch dann legte sie sie angewidert wieder auf dem Boden ab, richtete sich auf und drehte sich mit einem entschlossenen Ruck um. Soweit sie beurteilen konnte, waren sie und Nemeth die einzigen lebenden Wesen hier. Aber das konnte täuschen, wie der Angriff der Hunde gerade bewiesen hatte. Und vor allem beunruhigte sie ein Gedanke: Wo Bluthunde waren, da waren im Allgemeinen auch Hundeführer.

308

»Komm!«, sagte sie. »Wir müssen weiter!«

»Und du bist ganz sicher, dass du auch wirklich kein Dschinn bist?«, fragte Nemeth fast unhörbar.

Robin lachte leise. »Diese Frage beantworte ich dir, wenn wir hier raus sind.«

Im selben Moment bedauerte sie bereits ihre Worte. Es war absolut unnötig, das Mädchen jetzt auch noch mit dummem Gerede zu verunsichern. Sie streckte die Hand aus, um ihm beruhigend über den Kopf zu fahren.

Als Nemeth erschrocken zurückzuckte, ließ Robin den Arm sofort wieder sinken. Plötzlich spürte sie einen bitteren Kloß in der Kehle. So unglaublich die Glückssträhne zu sein schien, die sie an diesem Abend hatte – vielleicht war der Preis, den sie dafür zahlen musste, am Ende doch zu hoch.

Ohne einen weiteren Zwischenfall erreichten sie das jenseitige Ende der Gasse. Einen verzweifelten Moment lang zögerte sie, den Schutz der menschenleeren Gasse zu verlassen, denn vor ihnen war die Nachtstille dem Flackern zahlreicher Lichter und nervös umherhastender Menschen gewichen. Wenigstens bemerkte sie keine Krieger, keinen von Omars Männern und auch sonst niemanden, der irgendwie verdächtig erschien – was vielleicht auch daran lag, dass diese Gegend weitaus ärmlicher wirkte als die, die sie bereits hinter sich gelassen hatten.

Unter diesen Bedingungen blieb ihnen kaum eine andere Wahl, als dem einmal eingeschlagenen Weg zu folgen. Wenn ihr Orientierungssinn sie nicht völlig im Stich gelassen hatte, dann mussten sie sich jetzt ungefähr auf halbem Wege zwischen Omars Haus und dem Fluss befinden; somit auf halbem Weg zur Freiheit. Wenn ihre Glückssträhne auch nur noch so lange anhielt, dass sie den vor ihnen liegenden Platz überqueren und in das Labyrinth schmaler Sträßchen und Gassen dahinter eintauchen konnten, dann waren sie endgültig gerettet.

Sie hielt nicht an. Wenn es so etwas wie ein allmächtiges, lenkendes Schicksal wirklich gab, dann hatte sie ihren Kredit bei ihm in dieser Nacht eindeutig überzogen. Robin und Nemeth hatten gerade die Mitte des Platzes erreicht, als hinter ihnen ein erschrockener Ruf aus der Gasse drang. Vielleicht wäre alles gut gegangen, denn die Nacht war voller durcheinander schreiender Stimmen und hundertfachem anderem Lärm, aber Robin wusste nur zu gut, was dieser Schrei bedeutete – und diesmal tat sie das Falsche.

Sie fuhr erschrocken zusammen, packte Nemeth bei der Hand und rannte los. Natürlich erregte sie damit die Aufmerksamkeit des halben Dutzends Männer auf der anderen Seite des Platzes. Zwei oder drei von ihnen wichen überrascht zurück, als sie die Gestalt in dem zerfetzten, blutbesudelten Kaftan auf sich zurasen sahen, zwei andere, etwas beherztere Männer jedoch vertraten ihr den Weg. Obwohl sie nur mit Knüppeln und kurzen Messern bewaffnet waren, machte der grimmige Ausdruck auf ihren Gesichtern Robin sofort klar, dass sie nicht kampflos zurückweichen würden.

Und sie beging noch einen Fehler: Wäre sie einfach weiter gestürmt und hätte den Moment der Überraschung und den Schwung ihres Laufs genutzt, wäre es ihr vielleicht ein Leichtes gewesen, die beiden Männer zu überrumpeln und auszuschalten; wahrscheinlich sogar, ohne sie dabei ernsthaft zu verletzen. Aber sie blieb stehen. Ihre Fantasie spielte ihr einen bösen, alles entscheidenden Streich. Für einen Moment sah sie noch einmal das Gesicht des sterbenden Soldaten oben in ihrem Zimmer vor sich, glaubte wieder den Ausdruck verständnislosen Entsetzens in seinen Augen zu sehen und spürte erneut die schmerzende Erkenntnis, einen Menschen getötet zu haben, der nicht wirklich ihr Feind gewesen war.

Als der Moment vorüber war, hatte sich das Bild vor ihr vollends geändert. Zu den beiden Männern, die ihr den Weg in die Gasse hinein verwehrten, hatte sich ein dritter gesellt und die grimmige Entschlossenheit und Furcht war aus ihren Gesichtern gewichen. Einer der Männer blinzelte nur verstört, die beiden anderen blickten sie hin und her gerissen zwischen Verblüffung und einer Art hysterischer Heiterkeit an, die Robin im ersten Moment überhaupt nicht verstand. Die drei waren keine Krieger, sondern normale Männer aus der Stadt: Handwerker, Fischer, Bauern oder Händler. Kein Wunder, dass sie Angst hatten. Wenn auch jeder von ihnen Robin um mehr als Haupteslänge überragte, so trug *sie* doch einen Schild am linken Arm und ein gut meterlanges Schwert mit einer blutbesudelten Klinge in der rechten Hand.

Und einen weißen Turban, der sich im Verlauf des Kampfes mit dem Hund gelöst hatte und nun vollends von ihrem Haupt rutschte, sodass er wie ein Schal über ihrer rechten Schulter lag. Robins Haar war zwar noch immer so kurz geschnitten wie das eines Mannes, aber selbst in dem flackernden Licht, das auf dem Platz herrschte, konnte wohl niemand mehr übersehen, dass kein Krieger, sondern eine junge Frau vor ihm stand.

»Oje«, murmelte Robin. Laut sagte sie: »Gebt den Weg frei! Ich muss dieses Mädchen zu Omar Khalid bringen!«

Einer der drei Männer – der Einzige, der so etwas Ähnliches wie eine Waffe in der Hand hielt – legte den Kopf auf die Seite und trat einen halben Schritt auf sie zu, statt zurückzuweichen. »Omar Khalid?«, fragte er misstrauisch. »Was hast du mit Omar Khalid zu schaffen?«

»Was geht dich das an?«, fragte Robin unfreundlich. »Gib den Weg frei. Ich bitte dich kein drittes Mal.«

Sie machte eine drohende Bewegung mit dem Schwert, die ihre angestrebte Wirkung verfehlte. Die Waffe war blutig. Von ihrer Hand tropfte Blut, und ihre Kleider waren zerrissen. Ihr Gegenüber musste schon blind sein, um nicht zu sehen, dass sie einen Kampf auf Leben und Tod hinter sich hatte – und ganz offensichtlich als Siegerin daraus hervorgegangen war. Sie konnte erwarten, dass er erschrocken zurückzuckte. Aber das tat er nicht. Ganz im Gegenteil: Seine Augen funkelten plötzlich spöttisch, und er machte noch einen weiteren Schritt auf sie zu.

311

»Was soll dieser Mummenschanz, Weib?«, fragte er. »Wer hat dir erlaubt, in Männerkleidern herumzulaufen und eine Waffe zu tragen? Will sich dein Herr einen Scherz mit uns machen oder uns auf die Probe stellen?«

Und endlich begriff Robin. Eine – noch dazu bewaffnete – Frau in Männerkleidern, die ohne Schleier und nach Dunkelwerden auf die Straße ging, das war in der Welt dieser Menschen eine solche Unmöglichkeit, dass sie auch dann nicht die richtigen Schlüsse zu ziehen bereit waren, wenn sie mit eigenen Augen eine Kriegerin vor sich stehen sahen.

In der Gasse hinter Nemeth und ihr wurden wieder aufgeregte und zornige Rufe laut, dazu gesellten sich hastig trappelnde Schritte sowie das unverkennbare Klirren von Waffen. Ihre Frist lief ab.

»Ich habe dich gewarnt«, sagte sie.

Ihr Angriff erfolgte weder überraschend noch sonderlich schnell. Ganz im Gegenteil: Sie schlug fast gemächlich zu, um ihrem Gegenüber jede nur erdenkliche Chance zu geben, dem Hieb auszuweichen. Aber der Mann stand einfach da, starrte sie blöde an und schien selbst dann noch nicht wirklich zu begreifen, was sie tat, als Robins Schwert ihn mit der flachen Seite gegen den Schädel traf und zu Boden schleuderte.

Die beiden übrig gebliebenen Männer wichen hastig zur Seite. Hinter ihr stürmten die Verfolger heran, und aus der Gasse, in die sie gerade hatte fliehen wollen, erscholl das Geräusch, vor dem sie sich am allermeisten gefürchtet hatte: Das metallische Hämmern eisenbeschlagener Pferdehufe.

Der Verzweiflung nahe, fuhr Robin auf der Stelle herum und sah ihre allerschlimmsten Befürchtungen bestätigt, ja sogar übertroffen. Zwei, drei, vier, schließlich ein halbes Dutzend von Omars Kriegern stürmten hinter ihr auf den Platz hinaus. Unter ihnen war auch der Mann, den sie kurz zuvor mit dem Schild niedergeschlagen hatte. Sein Gesicht war schmerzverzogen und er hatte alle Mühe, mit den anderen Schritt zu halten. Aber Robin zweifelte nicht daran, dass jetzt auch seine Kameraden wussten, dass sie es mit allem anderen als einer wehrlosen Frau zu tun hatten.

Mit einem raschen Schritt trat sie zwischen Nemeth und die Männer, hob den Schild so hoch, dass sie gerade noch über seinen Rand sehen konnte, und machte eine drohende Bewegung mit dem Schwert. Die Krieger unternahmen jedoch nicht einmal den Versuch sie anzugreifen, sondern verteilten sich rasch im Halbkreis um sie herum. Robin war im ersten Moment erleichtert, zugleich aber auch alarmiert. Ganz egal, was ihr Kamerad ihnen erzählt hatte, sie waren sechs gegen eine, und Robin hätte nicht einmal in ihrer vollen Rüstung und mit ihrem eigenen Schwert eine Chance gegen sie gehabt. Ebenso wenig wie ein Mann. Geschichten von Rittern, die allein gegen eine fünf- oder sogar zehnfache Übermacht bestanden, gehörten eher ins Reich der Legenden und Mythen als in die Wirklichkeit.

Warum also griffen sie nicht an?

Der Hufschlag hinter ihr schwoll an und dann sagte eine wohl bekannte, verhasste Stimme: »Bravo, Christenmädchen!«

Robin fuhr herum. Omar und sein schwarz gekleideter Leibwächter waren hinter ihr hoch zu Ross aus der Gasse gekommen. Die beiden Pferde tänzelten nervös, sodass ihre Reiter alle Mühe hatten, sie auf der Stelle zu halten, und der schwarz gekleidete Hüne hatte das Schwert griffbereit vor sich über den Sattel gelegt. Seine Lippen waren zu einem schmalen Strich zusammengepresst, und man sah ihm an, dass er innerlich vor Zorn kochte. Omars Gesicht hingegen schien vollkommen ausdruckslos. Nur sein Blick wirkte so kalt, dass Robin erschauerte.

»Komm nicht näher!«, warnte sie. »Der Erste, der mich anrührt, stirbt.«

»Und ich bin ganz sicher, dass das keine leere Drohung ist, sondern du diese Worte durchaus in die Tat umsetzen kannst«, sagte Omar in sonderbar nachdenklichem Tonfall. Er schüttelte den Kopf. »Soll ich nun wütend sein, dass du mich so an der Nase herumgeführt hast, oder dir ein Lob aussprechen? Bisher ist es noch niemandem gelungen, mich so zu hintergehen.«

Robin schwieg. Sie ließ Omar und seinen Begleiter keinen Sekundenbruchteil aus den Augen, ebenso lauschte sie aufmerksam auf jeden verräterischen Laut hinter sich. All ihre Nerven und Muskeln waren bis zum Zerreißen angespannt. Aber sie machte sich nichts vor. Allein der Krieger neben Omar würde sie besiegen, wenn er es wollte. Salim hatte ihr eine Menge beigebracht. Sie nahm es an List und Fintenreichtum mit den meisten Männern auf, die sie kannte. Aber dieser schwarze Hüne war Omars persönlicher Leibwächter und war ein ebenso geschickter Krieger wie sie; überdies aber war er ihr an Körperkräften um ein Vielfaches überlegen.

»Immerhin weiß ich nun, dass du den Ring zu Recht trägst«, fuhr Omar fort. »Du hast dich wahrlich aller Geschichten, die man sich über deine Brüder erzählt, würdig erwiesen. Aber nun ist es vorbei. Leg deine Waffen nieder. Deine Flucht ist hier zu Ende.«

Robin schüttelte den Kopf. Sie starb innerlich fast vor Angst, aber ihre Miene wirkte fast so ausdruckslos und entschlossen wie die Omars. »Niemals. Ich kehre nicht wieder in deine Gefangenschaft zurück. Du kannst mich gehen lassen oder aber als Leiche heimbringen und dann mit mir tun, was immer du willst.«

Die Worte waren bitter ernst gemeint. Sie würde nicht wieder zurückgehen, ganz egal, welches Schicksal sie dann auch erwartete. Möglicherweise war Omar der Falke, der über ihr kreiste und nur auf den passenden Moment zum Zustoßen wartete, aber wenn dies ihr Schicksal war, dann würde sie es akzeptieren.

»Ich fürchte, das kann ich nicht zulassen, Christenmädchen.« Omar hob fast beiläufig die Hand. Der schwarz gekleidete Riese schwang sich mit einer gleitenden Bewegung aus dem Sattel und machte einen halben Schritt zur Seite. Robin

314

ergriff ihre Waffe fester, als er das Schwert hob. Omar wiederholte seine deutende Geste, schüttelte den Kopf und fügte fast traurig hinzu: »Dazu bist du zu wertvoll.«

Der Krieger schob sein Schwert in den Gürtel. Mit einer bedächtigen Bewegung trat er an sein Pferd und löste den geschwungenen Bogen vom Sattelzeug, mit dem er auf dem Hof schon einmal auf Robin angelegt hatte. Allein die Bewegung, mit der er einen Pfeil auf die Sehne legte und durchzog, zeigte Robin, wie meisterhaft er mit dieser Waffe umzugehen verstand. Und sie kannte die furchtbare Durchschlagskraft dieser Bögen. Auf diese kurze Entfernung würde der Pfeil ihren Schild vermutlich mit Leichtigkeit durchschlagen und sie töten.

»Dann erschieß mich«, sagte sie ruhig. »Lebend bekommst du mich nicht.«

Omar schüttelte den Kopf. »Faruk wird nicht auf dich schießen«, sagte er ruhig. Er deutete auf Nemeth. »Er wird das Mädchen töten.«

Robin erstarrte innerlich. Gerade weil Omar so ruhig und in fast beiläufigem Ton sprach, war ihr klar, wie ernst er diese Worte meinte. Und wie grausam der Streich war, den ihr das Schicksal gespielt hatte. Was sie bis vor wenigen Augenblicken noch für ein schier unvorstellbares Glück gehalten hatte, das erwies sich nun als das genaue Gegenteil. Sie sah in Omars Augen und begriff plötzlich, dass er nicht einmal wirklich zornig auf sie war. Ihre kämpferische Flucht hatte ihm nur bewiesen, dass sie noch viel wertvoller war, als er bisher angenommen hatte.

»Entscheide dich, Christenmädchen«, sagte Omar kalt. »Leg das Schwert nieder und komm zu mir, oder deine kleine Freundin stirbt vor deinen Augen.«

Robin wusste, dass sie verloren hatte. Langsam legte sie den Säbel, den Schild und als Letztes den Dolch vor sich auf den Boden. Und kaum hatte sie sich aufgerichtet, da stürmten auch schon Omars Krieger heran. Fast panisch griffen sie nach den Waffen und brachten sie aus ihrer Reichweite, dann

315

wurden Robins Arme brutal gepackt und auf dem Rücken zusammengebunden. Das Letzte, was sie sah, war ein schwarzes Tuch, das einer der Männer herbeitrug und es ihr in Ermangelung eines Schleiers über Kopf und Schultern warf. Dann traf sie ein harter Schlag in den Nacken, der ihr Bewusstsein augenblicklich auslöschte.

12. KAPITEL

Das Licht, das durch die hauchzarten Vorhänge ihres Bettes fiel, hatte den Farbton von geschmolzenem Gold, das noch nicht ganz abgekühlt war, und sie konnte sein Streicheln wie die Berührung zärtlicher Lippen auf den Wangen fühlen.

Robins Blick war noch verschleiert und trübe vom Schlaf. Sie fühlte sich zerschlagen und in ihrem rechten Oberschenkel pochte ein hässlicher Schmerz von der Art, die im Laufe des Tages immer schlimmer werden und schließlich jede Bewegung zur Qual machen würde. In ihrem Kopf wechselten sich die quälenden Erinnerungen an die vergangene Nacht mit denen an schreckliche Albträume ab, in denen sich die Bilder der vergeblichen Flucht mit schrecklichen Visionen und Gestalt gewordener Furcht vermengten. Dennoch fühlte sie sich auf einer anderen, viel machtvolleren Ebene ihres Bewusstseins erholt und gestärkt. Sie bezweifelte ernsthaft, ob sie die Kraft haben würde, auch nur aufzustehen, geschweige denn, einen Schritt zu tun, aber sie hatte dem Schicksal getrotzt, dem Tod, der sie nun zweifellos erwartete, gezeigt, dass sie ihn nicht fürchtete, und ein allerletztes Mal die Freiheit gekostet. Und welchen Preis auch immer sie für diese wenigen Stunden würde zahlen müssen – sie waren es wert gewesen.

Robin schloss die Augen wieder, drehte den Kopf auf dem weichen Kissen und genoss für einen Moment das warme Streicheln des Sonnenlichtes. Gedämpfte Stimmen drangen an ihr Ohr, das Plätschern des Springbrunnens draußen auf dem hinteren Hof und das dumpfe, an- und abschwellende Summen der Stadt. Sie brauchte nicht viel Fantasie, um eine andere Erinnerung heraufzubeschwören, die sich vollkommen von diesem Augenblick und diesem Ort unterschied und ihm doch auf sonderbare Weise glich: Es war das letzte Mal gewesen, dass sie mit Salim zusammen war, im vergangenen Herbst, irgendwo in der Nähe von Nürnberg und nur wenige Tage bevor der Winter hereinbrach und Bruder Abbé und die anderen entschieden, dass sie bis zum Frühjahr Quartier in der großen Stadt machen würden. Danach hatte es keine Möglichkeit mehr für Salim und sie gegeben, sich einen halben Tag oder auch nur eine Stunde zu stehlen. Sie erinnerte sich nicht mehr, worüber sie gesprochen hatten, nicht einmal mehr wirklich, was sie in all diesen Stunden allein im Wald getan hatten, aber es waren ihre letzten Stunden zusammen und allein gewesen, und das allein zählte. Sie spürte plötzlich, dass sie nicht allein im Zimmer war. Mit einem Schlag war sie hellwach und fuhr erschrocken hoch. Im selben Moment bemerkte sie auch schon einen Schatten neben dem Bett; riesig, verzerrt hinter den dünnen Seidenschleiern und so formlos und schwarz wie einer der Dämonen aus ihren Albträumen, der sie ins Erwachen begleitet hatte. Ihr Herz begann heftig zu hämmern. Sie streckte die Hand nach dem Vorhang aus, stockte einen Moment, als sie spürte, wie sich Furcht in ihr breit zu machen begann, und riss die dünnen Seidenschleier zur Seite.

Im nächsten Augenblick hätte sie fast erleichtert aufgeatmet. Es war kein Dämon, kein Fleisch gewordener Nachtmahr, sondern der Sklavenhändler, der, vollkommen in Schwarz gekleidet, hoch aufgerichtet und mit vor der Brust verschränkten Armen neben ihrem Bett stand und auf sie herabsah. Aber vielleicht war ihre Erleichterung ja verfrüht. Ganz egal, wie schlimm sie waren, Albträume pflegten zu verschwinden, sobald man erwachte. Omar tat das nicht. Er stand einfach da und sah sie an, und der Gedanke, dass er sie vielleicht schon eine ganze Weile beobachtet hatte, erfüllte Robin mit Unbehagen.

»Wie lange steht Ihr schon da?«, fragte sie.

Omar antwortete nicht direkt, sondern tat etwas, was Robin noch mehr beunruhigte als seine bloße Anwesenheit: Er lächelte. »Weißt du, dass du recht hübsch aussiehst?«, fragte er. »Zumindest für eine Ungläubige, und wenn du nicht gerade mit einem Schwert in der Hand herumläufst und auf Menschenjagd gehst.«

»Da, wo ich herkomme«, erwiderte Robin trotzig, »hat jeder das Recht, mit dem Schwert in der Hand für seine Freiheit zu kämpfen.«

»*Freiheit*.« Omar betonte das Wort auf eine sonderbare Art, die sie nicht recht einordnen konnte. Sein Blick verharrte noch einen Moment auf ihrem Gesicht und schien sich dann in eine unbestimmte Weite zu verlieren. »Ein großes Wort. Du benutzt es oft und gerne, nicht wahr?«

»Nur, wenn ich es muss«, antwortete Robin. »Ist es nicht auch bei euch so, dass man am meisten über das spricht, was man am schmerzlichsten vermisst?«

Omar sah sie nur stumm an. Robins Stimme hatte nicht halb so selbstsicher oder gar verächtlich geklungen, wie sie es sich gewünscht hätte, und selbst in ihren eigenen Ohren hörten sich die Worte unbeholfen an; sie betonten ihre Unsicherheit mehr, statt sie zu verbergen.

»Freiheit«, sagte Omar Khalid noch einmal. Er wandte sich langsam um und trat ans Fenster. Mit in den Innenhof hinabgewandtem Blick und sonderbar veränderter Stimme fuhr er fort: »Du benutzt dieses Wort wirklich oft, Christenmädchen. Zumal für jemanden, der selbst mit dem Schwert in der Hand hierher gekommen ist, und unter dem Wappen derer, die es sich zu ihrem erklärten Ziel gemacht haben, einem ganzen Volk seine Heimat wegzunehmen – und damit die Freiheit.«

»Das ist nicht wahr!«, protestierte Robin.

»Aber seid ihr nicht hierhergekommen, um das Banner des Christentums über Jerusalem aufzupflanzen? Haben eure Heere nicht unsere Städte verwüstet, um das, was ihr das Heilige Land nennt, von der Herrschaft der Heiden zu befreien?« Er drehte sich mit einem Ruck zu ihr herum. Sein Gesicht war so ausdruckslos wie fast immer, aber sein Blick war durchbohrend. »Und was die Freiheit angeht, Christenmädchen, dieses hohe Gut, für das du offensichtlich zu sterben bereit bist – gibt es in eurem Land keine Sklaverei?«

»Nein!«, widersprach Robin im Brustton einer Überzeugung, die sie so gar nicht empfand.

Omar lachte. »Du musst entweder sehr dumm sein oder eine sehr gute Lügnerin ... aber für dumm halte ich dich eigentlich nicht.«

»Niemand bei uns hält Sklaven!«

»Ihr nennt sie vielleicht nicht so«, erwiderte Omar. Er hob die Hand, als sie ihn unterbrechen wollte. »Ich war noch niemals in den Ländern der Christen, aber ich habe gehört, dort seien die Bauern und Viehzüchter das Eigentum ihrer Grundherren, der Adeligen. Du behauptest, sie seien frei, und doch nennen sie sich selbst Leibeigene. Sie müssen tun, was ihre Herren von ihnen verlangen, und wer sich gegen ihre Befehle auflehnt, der wird oft grausam bestraft. Sag mir, Christenmädchen, ist das alles falsch, was man mir erzählt hat?«

Robin schluckte die wütenden Worte, die ihr auf der Zunge lagen, herunter. Sie konnte nicht antworten, denn Omar hatte Recht. Vielleicht hatte er sogar in weitaus größerem – und schlimmerem – Maße Recht, als er selbst wusste. Sie starrte eine Weile an ihm vorbei ins Leere und wünschte sich, sich nicht so hilflos und auf eine fast absurde Weise schuldig zu fühlen. Als Omar nach einem tiefen Seufzen das Thema wechselte, war sie fast erleichtert.

»Du weißt, dass ich dich bestrafen muss.«

Auch diesmal nickte Robin nur stumm. Sie hatte weder vergessen, was sie mit eigenen Augen gesehen hatte, noch die Worte, mit denen er Naidas Strafe kommentiert hatte.

Omar wartete eine Weile vergeblich auf eine Entgegnung, dann fuhr er fort: »Deine Strafe wird sehr hart ausfallen. Ich wollte, ich müsste es nicht tun, aber ich habe keine Wahl.«

»Willst du mich auspeitschen lassen?«, fragte Robin spitz. »Du weißt doch, dass du deine kostbare Ware beschädigst und dadurch ihren Wert minderst.«

»Was du getan hast«, sagte Omar unbeeindruckt, »ist weit mehr als ein simpler Fluchtversuch. Damit habe ich gerechnet – schon zu einem viel früheren Zeitpunkt, wenn ich ehrlich sein soll – und ich hätte ihn dir nicht übel genommen. Auch ich an deiner Stelle hätte wohl versucht zu entkommen. Aber es war nicht nur eine Flucht. Du hast einen Aufstand angezettelt, der meinem Ruf in Hama sehr geschadet hat.«

Seltsamerweise stahl sich die Andeutung eines Lächelns auf seine Lippen, als er weitersprach. »Al Malik al Mustafa Omar, der Neffe des Sultans und Herrscher der Stadt, ist sehr beunruhigt über die Berichte, dass eine bewaffnete Frau den Aufstand angeführt und dabei gekämpft hat, als sei ihr der Sheitan persönlich in den Leib gefahren. Deshalb hat er mich heute Morgen in den Palast befohlen. Unser Herrscher hat sich erst wieder beruhigt, nachdem ich geschworen habe, es sei nichts anderes als ein verwirrter Mann gewesen, der sich für die Flucht mit Frauenkleidern getarnt habe.«

»Und er hat Euch geglaubt?«, fragte Robin.

»Das wird er müssen, denn ich habe ihm mein Wort gegeben, dass dieser gemeingefährliche Aufrührer noch heute Morgen hingerichtet wird.« Er trat einen Schritt zur Seite und deutete mit einer Handbewegung zum Fenster. »Überzeug dich selbst.«

Robin starrte ihn einen Moment lang mit klopfendem Herzen an, dann stemmte sie sich hastig in die Höhe und humpelte zum Fenster. Der Anblick, der sich ihr bot, hatte sich abermals verändert. Das große Tor stand weit offen, und sowohl das Podest, auf dem die Sklaven zum Verkauf ausgestellt worden waren, als auch die Sitzbänke und Son-

321

nensegel waren verschwunden. Dort, wo das hölzerne Podest gestanden hatte, ragte nun ein mehr als zwei Meter hoher Pfahl in die Höhe, an dessen Spitze ein menschlicher Kopf aufgespießt war. Der Hof war voller Menschen. Zahlreiche Männer, Frauen und zu Robins Entsetzen auch Kinder waren durch das offene Tor hereingeströmt. Sie drängelten und schubsten, um einen Platz zu ergattern, von dem aus sie die grausige Trophäe besser sehen konnten.

»Welcher unschuldige Sklave musste jetzt wieder sterben, um deine Grausamkeit zu befriedigen?«, flüsterte sie.

»Sieh genau hin«, antwortete Omar. »Du kennst ihn.«

Robin machte einen zögerlichen Schritt bis ganz ans Fenster heran und achtete dabei darauf, dass ihr Gesicht im Schatten blieb. Sie trug keinen Schleier und sie wollte Omar keinen Anlass liefern, irgendeinem der armen Teufel dort unten aus purer Grausamkeit die Augen ausstechen zu lassen.

Es dauerte nur einen Augenblick, bis sie erkannte, wessen Kopf auf dem Pfahl steckte. Man hatte den bärtigen Mann rasiert und ihm die Haare geschnitten und in einem rotflammenden Ton gefärbt, aber es war dennoch ganz zweifelsfrei Mustafa, Sailas Mann und Nemeths Vater.

»Wir mussten ihn vor der Hinrichtung so weit wie möglich in dich verwandeln«, sagte Omar. »Danke Allah dafür, dass du in finsterer Nacht geflohen bist, und nicht am helllichten Tage.«

Robins Hände begannen zu zittern. Der Anblick entsetzte sie wie kaum etwas zuvor und dennoch war sie nicht dazu in der Lage, ihren Blick von Mustafas schlaffen Zügen und seinen im Tod gebrochenen Augen zu nehmen. Sie hatte allen Grund der Welt gehabt, diesen Mann zu hassen, dennoch war sie schockiert von dem Anblick. Mustafa mochte den Tod dutzendfach verdient haben, aber das Verbrechen, für das er hingerichtet worden war, hatte *sie* begangen.

»Ist das Eure Art, Rache zu üben?«, fragte sie. »Wollt Ihr mich quälen, indem Ihr anderen die Schmerzen zufügt, die mir zustehen?«

Omar wirkte ehrlich überrascht. »Dieser Mann war dein Feind.«

»Das ist wahr«, sagte Robin leise. »Er hat uns verraten. Ohne ihn wäre uns die Flucht vielleicht gelungen.«

»Er hat gelebt wie ein Hund, und er ist gestorben wie ein Hund«, antwortete Omar. »Meine Männer haben ihn mit Knüppeln zu Tode geprügelt, und das war wohl noch eine Gnade für ihn, denn hätten sie ihn mir lebend übergeben, dann hätte sein Sterben sehr viel länger gewährt.«

»So bedankt Ihr Euch bei denen, die Euch einen Gefallen erweisen«, sagte Robin bitter.

»Verrat ist niemals ein Gefallen«, erwiderte Omar. »Er hat euch verraten, um dir zu schaden, nicht um mir einen Gefallen zu erweisen.« Er lächelte kalt. »Du siehst, welche Strafe ich Verrätern angedeihen lasse. Welche Strafe also meinst du wäre für dich angemessen?«

Robin straffte die Schultern und reckte kampflustig das Kinn vor. »Ich habe keine Angst vor dem Tod«, sagte sie. »Und auch nicht vor der Folter.« Zumindest der letzte Satz war eine glatte Lüge, und das kurze Aufblitzen in Omars Augen machte ihr klar, dass er das wusste.

Beunruhigend lange sah er sie nur an, dann wich er wieder zwei Schritte zurück, verschränkte die Arme vor der Brust und fuhr sich nachdenklich mit der linken Hand über den Bart. »Du begreifst gar nichts«, murmelte er. Dann straffte er die Schultern und fügte in zugleich entschlossenem wie auch fast traurig klingendem Tonfall hinzu: »Du wirst noch heute Nachmittag bestraft werden. Bereite dich darauf vor.«

Einer quälenden Nacht war ein ebenso schrecklicher Tag gefolgt, der kein Ende zu nehmen schien. Weder die beiden Sklavinnen noch sonst irgendwer hatte sich bei ihr blicken lassen. Mit Ausnahme einer flachen Schale mit Wasser, die sie nach Omars Weggang auf dem kleinen Tischchen neben ihrem Bett vorgefunden hatte, hatte man ihr weder zu essen noch zu trinken gebracht. Auch frische Kleider hatte man ihr vorenthalten.

Robin hatte fast den gesamten Tag auf dem Bett gelegen, nicht nur, weil ihr Bein so entsetzlich schmerzte, dass sie sich nur humpelnd fortbewegen konnte und jeder Schritt zur Qual wurde, sondern auch weil ihr Zimmer auf schreckliche Weise geschrumpft zu sein schien. Sie hätte es nicht gewagt, auch nur in die Nähe des Fensters zu gehen, schon aus Angst, rein versehentlich einen Blick in den Hof hinabzuwerfen, in dem Mustafas abgeschlagener Kopf anklagend zu ihr heraufstarrte. Selbst der Tür wagte sie sich nicht zu nähern, so als hätte der tote Krieger vom vergangenen Abend dort etwas hinterlassen, das unsichtbar war, sie aber für alle Zeiten an ihre grausige Bluttat erinnerte. Obwohl sie innerlich vor Angst fast starb, wenn sie an das dachte, was ihr bevorstehen mochte, war sie zugleich fast erleichtert, als am späten Nachmittag endlich die Tür geöffnet wurde.

Omars schwarz gekleideter Leibwächter Faruk und zwei weitere Krieger waren gekommen, um sie abzuholen. Äußerlich mit unbewegtem Gesicht und so stolz aufgerichtet, wie es ihr schmerzender Oberschenkel und der humpelnde Gang nur zuließen, trat sie zwischen die drei Männer. Sie schenkte ihnen einen so eisigen Blick, dass keiner von ihnen es wagte, sie anzurühren, aber innerlich war sie einer Panik nahe. Was würde Omar ihr antun?

Trotz allem nahmen die Männer Rücksicht darauf, dass sie sich nur langsam und unter Schmerzen bewegen konnte, was aber nicht unbedingt zu Robins Beruhigung beitrug. Vielmehr vermutete sie, dass Omar seinem Leibwächter strikten Befehl erteilt hatte, ihr kein Haar zu krümmen, damit sie die ihr zugedachte Strafe auch wirklich bis zur Neige auskosten konnte. Robin versuchte, diesen Gedanken zu verdrängen, aber es gelang ihr nicht. Sie hatte bereits zu viel über die Grausamkeit der Muselmanen gehört und beinahe ebenso viel mit eigenen Augen ansehen müssen. Dass Omar ihr nicht gesagt hatte, wie ihre Strafe aussehen würde, machte es noch schlimmer, und vielleicht war auch das schon ein Teil der Strafe. Zweifellos waren seine Folterknechte in der Lage, ihr Qualen zuzufügen, die sie sich nicht einmal vorstellen konnte, und doch war vermutlich nichts so schlimm wie die Ungewissheit. Mit jedem Schritt, den sie tat, jeder Stufe, die sie sich weiter in die Tiefe quälte, steigerte sich ihre Panik.

Als sie sich der zweiten Treppe ins Erdgeschoss hinab näherten, war sie nahe daran, einen verzweifelten Fluchtversuch zu wagen; auch wenn er in ihrem erbärmlichen Zustand nur in einer Katastrophe enden konnte. Aber selbst dazu fehlte ihr jetzt der Mut. Ihre Welt bestand nur noch aus Angst.

Sie wurde jedoch nicht nach unten geführt, sondern in einen kleinen Raum unmittelbar neben der Treppe. Er war nicht viel kleiner als ihr Gemach, aber die Fenster waren schmaler und vergittert. Die Wände waren mit schmutzigem, halb abgeblättertem Putz bedeckt – es gab weder Gemälde, Teppiche noch einen Spiegel. Der Boden bestand aus fest gestampftem Lehm, der mit zahllosen dunklen Flecken besudelt war, über deren Herkunft sie lieber nicht nachdenken wollte. Es gab nur einen einzigen großen Tisch sowie einen Stuhl mit einer hohen Rückenlehne und geschnitzten Armstützen. Auf den ersten Blick kamen ihr diese Möbelstücke sonderbar vertraut vor, dann aber begriff sie, dass sie Ähnliches nur aus ihrer Heimat kannte. In diesem Teil der Welt und in dieser Umgebung wirkten Möbel dieser Art aber jedoch deplatziert. Möglicherweise hatte ein Europäer diesen Raum eingerichtet, bewohnte ihn vielleicht sogar. Aber auch dieser Gedanke vermochte sie nicht zu beruhigen.

Der schwarz gekleidete Hüne dirigierte sie mit wortlosen Gesten zu dem aufwändig gearbeiteten Stuhl und forderte sie schweigend auf, darauf Platz zu nehmen. Robin wollte der Aufforderung Folge leisten, aber ihre Knie zitterten so sehr, dass sie beinahe noch kurz davor gestürzt wäre. Sie versuchte, sich selbst einzureden, dass das Zittern von den Anstrengungen der vergangenen Nacht und ihren Schmerzen im Bein herrührte – aber etwas in ihr wusste es besser.

Kaum hatte sie Platz genommen, verließen die beiden Krieger den Raum, und Omars Leibwächter baute sich breitbeinig sowie mit vor der Brust verschränkten Armen vor der Tür auf. Er sah in ihre Richtung, vermied es aber, ihrem Blick zu begegnen. In Robins Hals saß jetzt ein bitterer, harter Klumpen, den sie vergeblich herunterzuschlucken versuchte.

Eine Ewigkeit verging, die sich für Robin zu einem Vorgeschmack der Hölle ausdehnte, in Wirklichkeit vermutlich aber nur wenige Minuten dauerte. Endlich näherten sich von draußen Schritte. Omars Leibwächter wich von der Tür zurück, die einen Augenblick später geöffnet wurde. Omar Khalid und der fränkische Medicus Ribauld de Melk traten ein – und hinter ihnen, mit schleppenden Schritten zwar und langsam, Naida. Die alte Sklavin trug den rechten Arm in einer Binde, ihr Gesicht war noch immer nicht verheilt und das linke Auge zugeschwollen, doch befand sie sich augenscheinlich auf dem Wege der Besserung. Wenigstens ein Mensch, dem sie nicht den Tod gebracht hatte, weil er ihr einen Gefallen hatte erweisen wollen!

»Es wird dir vermutlich Genugtuung bereiten, Christenmädchen«, sagte Omar, »dass fünf der Sklaven, die vergangene Nacht geflohen sind, noch immer nicht gefunden werden konnten.« Er wartete auf eine Antwort. Als Robin ihm diesen Gefallen nicht tat, sondern ihn nur wortlos anstarrte, deutete er ein Achselzucken an und wandte sich mit einer entsprechenden Kopfbewegung an den schwarz gekleideten Krieger. »Binde sie!«

Robin versteifte sich, als der Krieger auf sie zu und hinter ihren Stuhl trat, aber sie rührte keinen Muskel und auch ihr Gesicht blieb so unbewegt wie aus Stein gemeißelt, während er ihren Oberkörper mit einem groben Strick an die hohe Rückenlehne fesselte. Einmal zuckten ihre Lippen vor Schmerz, als der Mann ihre Handgelenke an den Armstützen des Stuhles festband und die Knoten dabei härter zuzog, als nötig war; trotzdem gab sie keinen Laut von sich. Sie war sicher, dass sie Omar zu einem nicht mehr allzu weit entfernt liegenden Zeitpunkt die Genugtuung bereiten würde, zu wimmern und zu schreien, doch noch war es nicht so weit.

Der Sklavenhändler wartete schweigend und mit unbewegter Miene, bis Faruk auch Robins Fußgelenke fest an den Stuhl gebunden hatte, dann gab er Naida einen Wink. Die alte Sklavin verließ den Raum sofort und kurz darauf hörte Robin sie auf dem Flur ein paar Worte mit ein paar Männern wechseln. Es dauerte nicht lange, bis sie begriff, welcher Art Anweisungen er Naida erteilt hatte. Die Männer schleppten eine ganze Sammlung bedrohlicher und Furcht einflößender Folterinstrumente heran und machten sich daran, die Vorbereitungen zu einer unvorstellbar grausamen Folter zu treffen, in deren Mittelpunkt ohne Zweifel sie selbst stehen würde.

Als sich die Männer schließlich zurückzogen, glühte nicht weit von Robins Stuhl entfernt ein dunkelrotes Feuer in einem Kohlebecken, über dem eine gusseiserne Schale mit kochend heißem Wasser hing. Auf dem Tisch vor dem fränkischen Arzt lag ein ganzes Sammelsurium unterschiedlich großer Messer und daneben andere, seltsam anmutende Folterwerkzeuge, dazu ein ganzer Stapel weißer Leinentücher sowie etliche Fläschchen und Tonkrüge mit Flüssigkeiten.

Es war Robin unmöglich, ihren Blick von diesem Sammelsurium des Schreckens loszureißen. Ihre Fantasie überschlug sich. Ihr Herz hämmerte wie verrückt und sie spürte, wie ihr am ganzen Leib der Schweiß ausbrach, obwohl sie gleichzeitig vor Kälte zitterte. Trotz ihrer Jugend hatte sie ihre Tapferkeit schon öfter beweisen müssen. Jetzt aber wühlte die Angst mit glühenden Krallen in ihren Eingeweiden. Sie war keine Heilige und sie war keine Heldin. Wie jeder Mensch hatte sie Angst vor Schmerzen und das, was Ribauld de Melk – der ihrem Blick im Übrigen ebenso auswich wie Omars Leibwächter – dort vor sich auf dem Tisch ausgebreitet hatte, galt eindeutig keinem anderen Zweck als dem, Schmerzen zuzufügen.

»Was jetzt geschieht, ist allein deine Schuld, Christenmädchen«, sagte Omar. »Du hast mir keine andere Wahl gelassen.«

Er klatschte in die Hände, die Tür wurde geöffnet und einer der Wächter führte Rustan herein, den Jungen, den Ribauld vor ein paar Tagen erst vom Fieber geheilt hatte. Rustan wirkte verängstigt. Er war blass und zitterte, seine Augen waren weit aufgerissen und dunkel vor Furcht. Als er Robin sah, schien er für einen Moment wieder Mut zu fassen, und versuchte sogar, auf sie zuzulaufen, aber der Krieger packte ihn grob an der Schulter und riss ihn zurück. Jetzt, wo er sich halbwegs vom Fieber erholt hatte, fiel Robin erneut auf, welch ein schöner Knabe er war. Er hatte dunkle, fast bronzefarbene Haut, schwarze Augen und leicht gelocktes, schwarzes Haar. Wenn er weiter zu Kräften kam und vielleicht zehn oder zwölf Pfund zunahm, dann würde er ein ausnehmend hübsches Kind sein.

»Was bedeutet das?«, fragte sie alarmiert.

Omar schwieg und auch Ribauld wich ihrem Blick weiter aus. Nur Naida sah ihr ruhig in die Augen. Robin versuchte vergeblich, im Gesicht der alten Sklavin zu lesen, das etwas zu verbergen schien.

»Was ... was habt Ihr vor?«, fragte Robin noch einmal. Sie riss vergeblich an ihren Fesseln.

Omar drehte sich mit einem Ruck herum und wandte sich brüsk an den Jungen. »Leg deine Kleider ab«, befahl er.

Rustan zögerte. Vielleicht schämte er sich wegen den beiden Frauen im Raum, sicherlich aber hatte er ebenso große Angst wie Robin. Erst als der Wächter ihm einen derben Stoß versetzte, zog sich Rustan aus und kletterte auf Omars Geheiß hin mit unsicheren Bewegungen auf den Tisch.

Ribauld füllte zwei verschiedene Flüssigkeiten in einen silbernen Becher und benutzte eines seiner scharfen Messer, um sorgsam umzurühren. Wortlos, aber mit einem beruhigenden Lächeln auf den Lippen, reichte er ihn dem Jungen. »Trink«, sagte er. »Hab keine Angst. Es ist nur die Milch der Mohnpflanze. Sie hat die Fähigkeit, Schmerzen zu lindern und dem Rastlosen Schlaf zu schenken.«

»Was bedeutet das?«, fragte Robin zum wiederholten Male. Ihre Stimme war schrill. Sie versuchte fast verzweifelt, Omars Blick einzufangen, oder den Ribaulds, aber keiner der beiden sah auch nur in ihre Richtung.

Der Junge zögerte noch immer, doch als Ribauld noch einmal aufmunternd nickte, setzte er den Becher an die Lippen und stürzte den Inhalt in einem einzigen Zug herunter. Als er dem fränkischen Arzt den Becher zurückgab, stahl sich sogar ein schüchternes Lächeln auf seinen Mund. Einen Moment später drehte er den Kopf und sah in Robins Richtung, und sein Blick brach ihr fast das Herz. Sie las keine Furcht mehr in den Augen des Jungen. Er hatte Angst gehabt, als er hereingeführt worden war, aber nun war davon nichts mehr zu sehen und sie begriff, dass allein ihre Anwesenheit dieses kleine Wunder bewirkt haben musste. Er vertraute ihr vorbehaltlos, weil sie ihm schon einmal geholfen hatte.

»Omar!«, wimmerte sie. »Ich flehe Euch an! Was immer Ihr mit diesem Jungen vorhabt, tut es nicht. Er ist von allen hier im Raum der am wenigsten Schuldige. Ich bin bereit, jede Strafe zu erdulden, aber ich werde nicht zusehen, wie Ihr dem Jungen ein Leid zufügt.«

Kühl, und ohne sich auch nur zu ihr herumzudrehen, erwiderte Omar: »Genau das ist deine Strafe, Christenmädchen. Hilflos zusehen zu müssen.«

»Ich werde Euch töten, Omar«, wimmerte Robin. »Wenn Ihr diesem Jungen etwas antut, werde ich Euch töten, das schwöre ich Euch!«

»Mach dich nicht lächerlich!«, sagte Omar.

»Irgendwie wird es mir gelingen«, antwortete Robin mit einer Stimme, die sie selbst erschreckte, einer Mischung zwischen Schluchzen, hilflosem Entsetzen und einer so gewaltigen Wut und Entschlossenheit, dass selbst Omar den Blick wandte und für einen kurzen Moment verwirrt aussah.

»Ganz egal, an wen Ihr mich verkauft, ganz egal wie weit Ihr mich fortbringen lasst. Ihr habt es selbst gesagt: Ich werde die Gemahlin eines sehr einflussreichen, mächtigen Mannes werden. Und wenn es zehn Jahre dauert oder den Rest meines Lebens – irgendwann werde ich ihn dazu bringen, Euch töten zu lassen.«

»Du redest wirres Zeug, Christin«, antwortete Omar. Bildete sie es sich nur ein, oder klang er ganz leicht verunsichert?

»Vielleicht schon nach der ersten Nacht«, fuhr sie fort. »Vielleicht dauert es ein Jahr, vielleicht auch fünf oder zehn. Und vielleicht habt Ihr Recht, und es gelingt mir nie. Aber Ihr werdet nie wieder sicher sein, wer vor Euch steht, ob der Schatten hinter Euch wirklich nur ein Schatten ist, und die Schritte, die Ihr zu hören glaubt, wirklich nur eingebildet. Wollt Ihr den Rest Eures Lebens in Angst verbringen?«

Omars Verunsicherung war nun deutlich zu sehen. Sein Blick flackerte. Für einen kurzen Moment klammerte sich Robin an die verzweifelte Hoffnung, ihn mit ihren Worten tatsächlich beeindruckt zu haben. Dann aber schüttelte er den Kopf und lachte hart. »Ich habe mich nicht in dir getäuscht, Robin. Du bist wie eine Löwin. Eine Löwin im Körper eines Kindes, aber dennoch eine Löwin. Dein neuer Herr wird viel Gefallen an dir finden.« Er drehte sich mit einem Ruck wieder zu Ribauld herum. »Fahrt fort!«

De Melk hatte mittlerweile den Becher aus der Hand gestellt und damit begonnen, Bauch und Oberschenkel des Jungen mit weißen Leinentüchern zu umwickeln, die so fest angelegt waren, dass sie ihm das Blut abschnüren mussten. Rustan ließ es klaglos geschehen, aber er sah dabei nicht den fränkischen Arzt an, sondern Robin, und in seinen Augen lag ein Flehen, dem sie nicht länger standhielt. Sie senkte den Kopf. Und immer noch spürte sie seinen Blick.

Sie hörte Schritte. Nur einen Moment später trat Omars Leibwächter hinter sie, legte die Hand unter ihr Kinn und zwang sie mit unerbittlichem Griff, den Jungen weiter anzusehen. Rustan wankte. Sein Blick begann sich zu verschleiern und sein Kopf fiel immer wieder auf die Seite, so, als kämpfte er mit aller Macht dagegen an einzuschlafen. »Wasser«, lallte er. »Ich habe ... Durst. Gebt mir etwas ... zu ... trinken.«

»Später«, antwortete Ribauld. »Im Moment wäre es nicht gut für dich.«

Ribauld forderte den Jungen auf, sich auf dem Tisch auszustrecken. Langsam und mit unsicheren, wie schlaftrunken wirkenden Bewegungen kam Rustan der Aufforderung nach. Omar klatschte erneut in die Hände, und ein weiterer Mann betrat den Raum. Zusammen mit dem Krieger, der Rustan hereingebracht hatte, trat er an den Tisch. Halb wahnsinnig vor Entsetzen musste Robin zusehen, wie die beiden Rustans Hand- und Fußgelenke packten und gegen die Tischplatte drückten.

»Was habt Ihr vor?«, stammelte sie. »Ribauld ... *was bedeutet das?*«

»Die Bandagen dienen nur dazu, den Blutverlust gering zu halten«, antwortete Ribauld, ohne sie anzusehen. Dann nahm er eine irdene Schale vom Tisch auf, trat damit an den Kessel, und füllte sie geschickt mit kochendem Wasser und trug sie behutsam zum Tisch zurück. Robin sah, wie er verschiedene Pulver und Tinkturen aus seinen mitgebrachten Fläschchen in das Wasser hineinrührte und schließlich mit einer fast zeremoniell anmutenden Geste einen ledernen Beutel öffnete, aus dem er ein feinkörniges Pulver schüttete, das er ebenfalls in das kochende Wasser rührte. »Pfeffer«, erklärte er. »Ein äußerst kostbares Gewürz aus dem fernen India. Es verfeinert nicht nur Speisen, es ist auch hervorragend dazu geeignet, bei Waschungen zu dienen und Wundbrand zu verhindern.«

Robin weigerte sich für einen Moment zu glauben, was sie hörte. Sie wusste immer noch nicht genau, was Ribauld mit dem hilflosen Jungen vorhatte (oder etwas tief in ihr weigerte sich einfach, es zu wissen); es musste jedoch etwas unbeschreiblich Grausames sein – und Ribauld sprach in einem Ton mit ihr, als unterhielten sie sich über die Zubereitung irgendeiner exotischen Speise!

Nachdem er eine Weile in der Schale herumgerührt hatte – Robin war fast sicher, dass er es nur so ausgiebig tat, um Zeit zu gewinnen –, tunkte er mit spitzen Fingern eines seiner Leinentücher hinein, beugte sich über Rustan und begann langsam und mit großer Sorgfalt, seinen Schambereich zu säubern. Robins Herz hämmerte. Der Junge war mittlerweile fest eingeschlafen, aber sein Körper reagierte auf die Bewegung. Seine Arme und Beine zuckten leicht, und die beiden Männer verstärkten ihren Griff. Auch wenn er es im Moment nicht spürte, würde er, wenn er erwachte, vermutlich vor Pein wimmern und Blutergüsse an Hand- und Fußgelenken haben.

»Was ... was habt Ihr vor, Ribauld?«, flüsterte sie. »Wollt Ihr ihn zur Ader lassen?«

Niemand im Zimmer antwortete darauf. Ribauld beendete die Säuberung, nahm ein zweites Tuch, um den Jungen sorgsam abzutrocknen, und suchte dann mit großer Sorgfalt ein sichelförmiges Messer aus seinen Instrumenten heraus. Dann führte er eine einzige, blitzartige Bewegung aus. Er kastrierte den Jungen, dabei entfernte er ihm nicht etwa nur die Hoden, sondern auch das Glied. Blut spritzte in einer Fontäne aus der schrecklichen Wunde, besudelte die weißen Binden, Ribaulds Hände, Brust und Gesicht. Rustan erwachte mit einem gellenden Schrei aus seiner Betäubung und bäumte sich mit solcher Macht auf, dass selbst die beiden Männer alle Mühe hatten, ihn auf den Tisch niederzudrücken. Er kreischte in einer Tonhöhe und Lautstärke, wie Robin sie noch nie zuvor im Leben gehört hatte, und wand sich mit der Kraft eines Tobsüchtigen unter dem eisernen Griff der Krieger.

Ribauld legte das Messer aus der Hand und machte eine knappe Kopfbewegung, woraufhin Naida an den Tisch trat, rasch eines der Tücher ergriff, um es auf die heftig blutende Wunde zu drücken. Währenddessen nahm der fränkische Arzt eine Zange und ging damit zu dem Kessel mit kochendem Wasser. Mittels eines Werkzeuges zog er einen kleinen silbernen Zapfen aus dem Kessel und tauchte ihn kurz in die Schale mit dem kühleren Wasser, das er zuvor mit Pfeffer versetzt hatte. Dann befahl er Naida, das Tuch von der Wunde zu nehmen und schob den Pfropfen mit einer geübten Bewegung tief in die Wunde hinein. Rustan schrie noch einmal und noch lauter auf. Dann endlich erlöste ihn die Ohnmacht.

Völlig ungerührt davon, dass sich Robin wie rasend unter dem Griff des Muselmanen aufbäumte, der ihren Blick in Richtung des schrecklichen Geschehens zwang, fuhr Ribauld fort: »Der Zapfen muss in die Wurzel des abgetrennten Gliedes eingeführt werden, damit die Öffnung dort erhalten bleibt und der Körper auch weiterhin das überflüssige Wasser abführen kann. Täte man es nicht, würde sie sich verschließen und der Junge würde eines grausamen und qualvollen Todes sterben.«

Robin begann zu weinen. Sie wollte die Augen schließen, aber Omars Leibwächter ließ es nicht zu: Mit der linken Hand drückte er weiter ihr Kinn nach oben, sodass ihr Blick fest auf den Tisch geheftet blieb, und mit Mittel- und Zeigefinger der Rechten zwang er ihre Lider hoch. So musste sie auch weiterhin zusehen, wie Ribauld die Wunde rasch und geschickt mit in kaltes Wasser getauchten Leinentüchern verband und anschließend noch eine zweite, straffer sitzende Bandage anlegte. Er ging dabei geschickt und sehr ruhig zu Werke – und teilnahmslos. Wie konnten Hände, die imstande waren, so viel Gutes zu tun, zugleich auch so viel Unheil anrichten?

»Warum tut Ihr das, Ribauld?«, schluchzte Robin. »Von diesen Ungeheuern hier hätte ich nichts anderes erwartet, aber Ihr? Ihr seid ein Christ! Wie könnt Ihr so etwas tun?«

»Ich habe die Kunst der Kastration bei einem Medicus in Rom erlernt«, antwortete Ribauld ruhig, »der ausschließ-

333

lich für Papst Alexander III. und den Klerus gearbeitet hat. Es wird dich vielleicht überraschen, Mädchen, aber der Papst hatte große Freude an den hellen Singstimmen von Knaben.« Er zuckte wie beiläufig mit den Schultern. »Und um diese Singstimmen zu erhalten, ist es meiner Meinung nach unumgänglich, sie in einem bestimmten Alter beschneiden zu lassen.« Er wechselte plötzlich in seine Muttersprache. »In diesem Teil der Welt dürfen nur christliche und jüdische Ärzte die Kastration vornehmen, musst du wissen. Die Worte des Propheten verbieten es den Gläubigen, einen Menschen auf diese Weise zu verstümmeln. Aber es gibt nun einmal großen Bedarf an Kastraten und so erteilt man die Aufgabe Ungläubigen wie mir.« Ein dünnes, bitteres Lächeln stahl sich auf seine Lippen, während er sorgsam den Sitz des Verbands überprüfte, den er dem Jungen angelegt hatte. »Nenn es doppelte Moral, Mädchen, aber nach den Buchstaben des Korans wird so gegen kein Gebot verstoßen.«

»Und nach denen der Bibel?«, fragte Robin bitter.

Die beiden Wachen hoben Rustan fast behutsam vom Tisch. Einer der Männer griff dem Jungen unter die Achseln und stellte ihn auf die Füße, der andere ließ sich vor ihm in die Hocke sinken und schlug ihm mehrmals mit der flachen Hand ins Gesicht; nicht wirklich fest, aber doch nachhaltig genug, dass er mit einem wimmernden Laut wieder erwachte. Er begann zu weinen und seine Beine zuckten unkontrolliert. Auf dem gerade erst frisch angelegten Verband bildete sich ein dunkelroter, rasch größer werdender Fleck.

»Warum quält Ihr ihn so?«, schluchzte Robin. »Lasst ihm doch wenigstens die paar Augenblicke ohne Qual.«

Der fränkische Arzt wandte sich langsam zu ihr um und schüttelte in ehrlichem Bedauern den Kopf. »Ich wollte, das wäre mir möglich. Aber er muss in Bewegung bleiben, damit sich keine üblen Säfte in der Wunde sammeln. Mach dir keine Sorgen. Er ist ein kräftiger Junge. Er wird es überleben. Wenn er die nächsten zwei Tage durchsteht, dann wird er wieder ganz gesund.«

»Du verfluchter Heuchler!«, keuchte Robin. Wieder bäumte sie sich gegen ihre Fesseln auf. Die Stricke waren so fest, dass sie sich dabei nur selbst Schmerz zufügte, aber zumindest ließ Omars Leibwächter ihren Kopf los. In sinnloser Raserei schlug sie ein paar Mal mit dem Hinterkopf gegen die hohe Lehne aus hartem Holz, dann sank sie in sich zusammen und begann haltlos zu weinen. »Ich dachte, du wärst der einzige Mensch hier, Ribauld, aber ich muss mich wohl getäuscht haben. Du bist das größte Ungeheuer von allen. Ich wünsche dir, dass du auf ewig im Fegefeuer brennst.«

Der Arzt zeigte sich von ihren Verwünschungen wenig beeindruckt. Einen Moment lang stand er noch da und sah sie auf eine Art an, als wäre ihm der Sinn ihrer Worte nicht ganz klar, dann zuckte er mit den Schultern, ging zum Tisch und begann, sorgfältig und scheinbar ganz auf seine Arbeit konzentriert, seine Instrumente zu säubern. Wie beiläufig und wieder in seiner Muttersprache fragte er: »Hast du schon einmal darüber nachgedacht, Mädchen, wer letzten Endes die Schuld an alledem hier trägt? Statt mich zu verfluchen, solltest du Gott dafür danken, dass das arabische Kind, an das du offensichtlich dein Herz verloren hast, ein Mädchen ist. Wäre es ein Knabe, dann hätte *er* jetzt hier gelegen, nicht dieser arme Junge.«

Ein bitterer Geschmack breitete sich auf Robins Zunge aus. So gerne sie Ribauld widersprochen hätte, ihn weiter verflucht und seine Seele in die tiefsten Abgründe der Hölle gewünscht hätte – so sehr wusste sie, dass seine Worte der Wahrheit entsprachen. Und deshalb taten sie so weh. Insgeheim hatte Robin sogar damit gerechnet, dass Omar Nemeth für ihre Verfehlung büßen lassen würde, um sie damit umso härter zu treffen. Und auch dieses Gefühl der Erleichterung, dass es nicht das Mädchen, sondern jemand anders getroffen hatte, schmerzte sie. Sie fühlte sich unendlich schuldig. Wäre sie nicht an den Stuhl gefesselt gewesen, sie wäre aufgesprungen und hätte eines der Messer vom Tisch genommen, um es sich ins Herz zu stoßen.

»Warum bringt Ihr ihn nicht gleich um?«, murmelte sie matt. »Das wäre barmherziger.«

Omar gab den beiden Wachen einen Wink und sie griffen Rustan unter die Arme und zwangen ihn, zwischen ihnen zur Tür zu gehen. Der Junge sackte immer wieder in sich zusammen. Er schien nicht einmal mehr die Kraft zum Weinen zu haben. Es war nur noch ein jämmerliches Schluchzen. Erst als sich die Tür hinter ihm und den beiden Kriegern geschlossen hatte, drehte sich der Sklavenhändler wieder herum und sah sie an.

»Meister Ribauld wird alles tun, damit der Knabe am Leben bleibt«, sagte er. »Schließlich übersteht nur einer von vier Jungen die Kastration. Die Überlebenden sind dafür umso kostbarer. Es liegt eine glänzende Zukunft vor ihm, denn Eunuchen tun nur in den vornehmsten Häusern Dienst und müssen niemals schwere Arbeit leisten. Du wirst sehen, Christenmädchen – wenn er stark genug ist zu überleben, dann wird er dir eines Tages dankbar sein.«

Robin war fassungslos, zumal sie spürte, dass diese Worte keineswegs höhnisch, sondern vollkommen ernst gemeint waren.

»Du hast nun gesehen, was denen geschieht, die sich meinem Willen widersetzen«, fuhr Omar ruhig fort. »Solltest du einen weiteren Fluchtversuch unternehmen – ob allein oder zusammen mit anderen –, dann werde ich vor deinen Augen alle Jungen aus dem Fischerdorf kastrieren lassen. Und deine kleine Freundin wird vor deinen Augen zu Tode gepeitscht. Verhältst du dich dagegen angemessen, so wird es ihr und auch all ihren Mitsklaven gut ergehen. Du ganz allein bestimmst über das Schicksal der Sklaven vor ihrem Verkauf.« Er wandte sich zu seinem Leibwächter, der noch immer hoch aufgerichtet und reglos hinter Robins Stuhl stand. »Bring sie zurück auf ihr Zimmer. Sie soll zu essen und saubere Kleider bekommen. Morgen bei Sonnenaufgang wünsche ich sie in tadellosem Zustand zu sehen.«

»Was sollte mich daran hindern, bei Sonnenaufgang nicht mehr zu leben?«, fragte Robin leise.

»Niemand«, erwiderte Omar. »Einzig vielleicht das Wissen, dass deine Freunde unten im Verlies dich nicht lange überleben würden. Und dass ihnen kein leichter Tod bevorsteht. Wie gesagt: Die Entscheidung liegt ganz allein bei dir.« Er sah Robin noch einen Moment lang durchdringend an, um seinen Worten den gehörigen Nachdruck zu verleihen, dann drehte er sich um und verließ mit schnellen Schritten das Zimmer.

13. Kapitel

»Bei allen Wüstenflöhen, die je in den Decken meiner Großmutter genächtigt haben, du würdest es mir leichter machen, wenn du nicht dauernd blinzeln würdest, Weib!«, fluchte Harun.

Auf seiner Stirn perlte Schweiß, obwohl durch das offene Fenster ein angenehm kühler Lufthauch hereinwehte. Wenn er nicht gerade fluchte, Robin beschimpfte oder bedrohte, sie in die tiefsten Abgründe der Hölle wünschte, dann hatte er die Lippen vor Konzentration zu einem dünnen Strich zusammengepresst, der hinter seinem sorgsam gestriegelten weißen Bart nahezu verschwand. Robin beobachtete interessiert, wie sich dicke Schweißtropfen in den Falten auf seiner Stirn sammelten und wie durch ein Kanalsystem zu seiner Nasenwurzel geleitet wurden, von wo aus sie auf sein Gewand und seine Hände herabtropften. Manche landeten auch in der hölzernen Schale, die er auf Robins Knien abgestellt hatte, und in der sich eine schwarze, wie Pech glänzende Paste befand.

Harun kniete seit einer geraumen Weile vor Robin, die auf der Bettkante saß. Durch seine enorme Größe befand sich sein Gesicht dennoch ein gutes Stück über ihr und sein riesiger weißer Turban schien den Himmel auszufüllen wie ein Vollmond, den jemand mit kleinen goldenen Glöckchen verziert hatte. Ab und zu tauchte er einen dünnen Holzspan in die Paste auf Robins Knien und versuchte, damit eine dünne schwarze Linie über ihre Wimpern zu ziehen. Der Sinn dieses

338

Vorhabens war ihr bis jetzt nicht klar geworden und Harun hatte sich nicht erst die Mühe gemacht, ihn ihr zu erklären. Überhaupt wirkte er an diesem Morgen ... anders.

Robin konnte den Unterschied nicht benennen. Er war redselig und aufgekratzt wie immer. Wechselweise munterte er sie mit Lob auf oder belegte sie mit den wütendsten Flüchen. Mal malte er ihr ihre eigene Zukunft in Farben aus, die noch deutlich schwärzer waren als die Paste auf ihren Knien, und dann wieder machte er ihr vollkommen überzogene Komplimente. Und dennoch spürte Robin, dass irgendetwas an ihm anders war. Von dem riesigen, schwerfälligen Mann ging eine Spannung aus, die fast greifbar war.

Vielleicht lag es aber auch nur an ihr. Robin war müde. Ihr Oberschenkel schmerzte und ihre Hand- und Fußgelenke brannten an den Stellen, die sie mit ihrem sinnlosen Widerstand wundgescheuert hatte. Obwohl sie mit aller Macht dagegen ankämpfte, musste sie doch ständig an den vergangenen Tag und die grauenhafte Szene zurückdenken, die mitzuerleben Omar sie gezwungen hatte. In zumindest einem Punkt hatte er Recht gehabt: Ihre Strafe war schlimmer gewesen, als sie es sich jemals hätte ausmalen können. Und sie war noch lange nicht zu Ende. Zu dem Gesicht des sterbenden Kriegers, das sie in ihren Träumen quälte, waren nun auch noch Rustans gellende Schreie gekommen, die sie wahrscheinlich nie wieder vergessen würde.

Den Rest des vergangenen Tages hatte sie wie in Trance verbracht. Sie erinnerte sich kaum noch daran, dass die beiden Dienerinnen zu ihr gekommen waren, um ihr zu essen zu bringen und ihr dabei zu helfen, sich zu waschen und frische Kleider anzulegen. Die Nacht hatte kein Ende genommen. Sie hatte geschlafen, aber es war kein erquickender Schlaf gewesen und er hatte nicht lange gedauert. Aus der Hölle ihrer Albträume war sie ein paar Mal in die nicht minder schlimme Realität der Erinnerungen herüber- und wieder zurückgeglitten, und sie fühlte sich so gerädert, als hätte sie mindestens eine Woche im Sattel verbracht.

»Bei allen Dämonen der siebten Hölle, Mädchen, hörst du mir überhaupt zu?«, raunzte Harun sie an.

Robin blinzelte – wobei sie nicht ohne Schadenfreude bemerkte, wie der Wimpernstrich, den Harun in diesem Moment zog, deutlich länger ausfiel und in eine andere Richtung führte, als ihm lieb sein konnte –, schüttelte den Kopf und sagte ehrlich: »Nein.«

Harun al Dhin seufzte tief, legte den Holzspan aus der Hand, tunkte einen Tuchzipfel in die neben ihm stehende Wasserschale und entfernte den missglückten Strich von Robins Augenlid. Es war nicht das erste Mal, dass er das tat. »Beim Barte des Propheten, was habe ich nur getan, um so bestraft zu werden?«, jammerte er.

»Ich frage mich, was ich getan habe, um mit dir bestraft zu werden«, parierte Robin.

»Ist es in eurem Land eine Strafe für eine Frau, wenn sie besser aussieht?«, wollte Harun wissen.

»Warum sollte ich wohl besser aussehen, wenn mir jemand mit einem Holzspan Dreck um die Augen schmiert?«, fragte Robin. »Warum habe ich mich eigentlich heute Morgen gewaschen?«

Harun zog die Hand zurück; konzentriert begutachtete er einen Moment lang sein Werk und nickte dann zufrieden. »Nun, du dornenreichste unter den schönen Wüstenrosen«, antwortete er, während er den Span wieder zur Hand nahm und Robins Gesicht mit der kritischen Pose eines Künstlers musterte, »wisse, dass die dunklen Striche um deine Augen ihren Glanz betonen und deinen Blick sinnlicher und geheimnisvoller erscheinen lassen. Im Übrigen«, fügte er in leicht beleidigt klingendem Tonfall hinzu, »stammt dieser *Dreck*, wie du ihn zu belieben nennst, vom fernen Kandahar. Ein kleines Gefäß davon ist kostbarer als ein kräftiger Sklave. Natürlich könnte Omar Khalid mich auch ordinäre Lidschminke aus Fett und Ruß auftragen lassen. Doch für dich ist ihm das Teuerste gerade gut genug!«

»Ja. Damit er noch mehr aus mir herausschlägt, wenn ich gleich wie ein Stück Vieh unten auf dem Markt verschachert werde.«

Harun lächelte verzeihend. »Dieser Markt wird mit einem Viehmarkt nicht viel gemein haben, Schwester der Morgenröte.«

Robin zog eine Grimasse, aber diesmal achtete sie darauf, das Augenlid dabei nicht zu bewegen. Nicht, dass sie Harun irgendetwas schuldig war – schon gar keinen Gehorsam –, aber ihr war klar, dass ihr Benimmlehrer diese Prozedur bis Sonnenuntergang fortsetzen würde, wenn sie ihn dazu zwang. Harun al Dhins Geduld entsprach durchaus seiner gewaltigen Größe und Körperfülle.

Endlich schien Harun mit dem Erreichten zufrieden zu sein. Er legte den Span nach einem letzten prüfenden Blick in Robins Gesicht aus der Hand, ließ sich zurücksinken und seufzte so tief, als hätte er soeben eine stundenlange schwere körperliche Anstrengung hinter sich gebracht. »Allah möge mir verzeihen«, sagte er, »aber das ist alles, was ich zustande bringe. Man müsste schon ein Magier sein, um aus diesem Bauerntrampel eine Königin zu machen.« Er winkte Aisha mit einer müde wirkenden Geste heran. »Übernimm du den Rest, meine Liebe. Meine Kräfte sind erschöpft.«

Aisha kam gehorsam heran, ein winziges Glasfläschchen mit einem wohlriechenden Parfüm in der linken und ein kaum weniger kostbares Seidentuch in der rechten Hand. Harun rutschte auf den Knien ein Stück zur Seite und Aisha nahm seinen Platz ein. »Nimm die Arme hoch«, befahl sie.

Robin gehorchte und die Sklavin stieß einen leisen, erschrockenen Schrei aus. »Schaut nur, Herr!«, rief sie. »Man hat ihr die Achseln nicht rasiert. Was ist das für ein Haus? In diesem Borstendickicht duftet sie nach frischem Kameldung, nicht nach Parfum.« Ihr Blick wurde strafend. »Heißt waschen für dich etwa, dass du dir mit einem feuchten Tuch ein wenig das Gesicht abtupfst, Christin?«

341

Harun lachte leise. »Manche Männer mögen so etwas, Liebes. Wie ich immer sage: Das Wesen der Ungläubigen ist unergründlich. So wie ihre Religion. Sie behaupten ja auch, dass der Prophet Jesus Gottes Sohn sei. So ein Unsinn, nicht wahr?«

»Was soll das?« Robin versuchte, Aishas Hand zur Seite zu schlagen. Aber die Sklavin wich ihrem Hieb mit überraschender Leichtigkeit aus und packte ihrerseits Robins Handgelenke, um sie kraftvoll niederzudrücken. Robin keuchte überrascht auf. Sie versuchte sich loszumachen und schließlich gab Aisha sie widerstrebend frei – wie die Mutter ein Kind, das sie zu fest gedrückt hatte.

»Was soll das?«, fragte sie zornig, an Harun gewandt. »Niemand wird die paar Haare unter meinen Armen zu sehen bekommen.«

Harun lachte leise. »Ich fürchte, mein liebes Kind – wer immer dein neuer Herr sein wird, wird noch sehr viel mehr zu sehen bekommen. Und zu riechen. Aisha hat Recht. Wir wollen doch nicht, dass dein neuer Herr am Ende glaubt, er teile das Lager mit einem Kamel oder einer Ziege, nicht wahr?«

»Jeder Mann, der es nötig hat, eine Frau zu *kaufen*, sollte froh sein, wenn er ein Kamel oder eine Ziege bekommt«, erwiderte Robin trotzig.

»Du urteilst vorschnell über Dinge, von denen du nichts weißt, Robin.«

»Wo ich herkomme, ist es üblich, um eine Frau zu werben«, setzte Robin nach. »Es gilt als edel, ihr Herz zu erobern, nicht sie anmalen zu lassen wie eine Puppe oder sie wie eine solche zu kaufen.«

Haruns strahlendes Lächeln gefror. »Hier auch, mein liebes Kind«, sagte er. »Glaube mir, hier auch. Nicht alle Männer meines Volkes sind so wie Omar.«

Es war etwas in diesen Worten und auch in der Art, wie er sie ansah, das Robin einen kalten Schauer über den Rücken laufen ließ. Zweifellos waren sie als Beruhigung gedacht, aber ihr machten sie Angst.

342

»Und wie hoch ist die Wahrscheinlichkeit, dass einer von denen, die nicht so sind, mich von Omar kauft?«, fragte sie.

»Das liegt ganz bei Omar selbst«, antwortete Harun. »Ich weiß, dass er ein gieriger und gnadenloser Mann ist, aber ich weiß auch, dass er ein Mann von großer Klugheit und Vorsicht ist. Ich hoffe, seine Klugheit wird seine Geldgier im Zaum halten.«

»Was ... meint Ihr damit?«, fragte Robin.

Harun rutschte etwas näher, streckte den Arm aus und griff nach ihrer Hand. Behutsam zog er sie ein Stück zu sich heran und drehte sie so, dass der schmale goldene Ring an ihrem Mittelfinger im Sonnenlicht aufblitzte, das durch das Fenster hereinströmte. »Die Kunde von dem Christenmädchen, das unter ... sagen wir: sehr sonderbaren Umständen an Land gespült wurde und nicht nur schön wie eine Königstochter, sondern auch so tapfer und stolz wie ein wilder Wüstenkrieger ist, hat sich herumgesprochen. Es gibt ... mehrere Interessenten. Ich hoffe für dich – und für Omar Khalid –, dass er dem Richtigen den Zuschlag gibt.«

Robin riss die Hand zurück, drückte den Ring gegen die Brust und legte wie beschützend die andere darüber. Sie war ein wenig erschrocken über ihre Heftigkeit, aber dennoch glaubte sie ein mildes, aber zufriedenes Lächeln in seinem Blick zu erkennen. »Was hat es mit diesem Ring auf sich?«, fragte sie. »Wieso ist er für jedermann so wichtig?«

»Für dich denn nicht?«, wollte Harun wissen.

»Doch«, antwortete Robin. »Er ist ... das Letzte, was mir von einem guten Freund geblieben ist.«

»Es muss ein wirklich guter Freund gewesen sein«, meinte Harun.

»Ist er denn so wertvoll?«

Harun hob die Schultern. »Ich bin kein Schmuckhändler. Aber ich glaube nicht, dass er sehr kostbar ist. Nicht, was seinen Wert in Gold angeht. Aber deine Augen leuchten, wenn du ihn nur ansiehst. Wer hat ihn dir gegeben?«

»Ein Freund«, sagte Robin ausweichend.

Zu ihrer Überraschung gab sich Harun mit dieser Antwort zufrieden. Er nickte. »Ein Freund, so. Dann besitzt du das wertvollste Gut, das ein Mensch auf dieser Welt überhaupt haben kann. Glaube mir, mein Kind, alle Edelsteine und alles Gold der Welt können nicht das Wissen aufwiegen, dass es einen Menschen gibt, der dich liebt. Wer war er?«

Das zweite Mal kam die Frage so unerwartet und in so beiläufigem Ton, dass Robin sie um ein Haar nun doch beantwortet hätte. Erst im letzten Moment biss sie sich auf die Lippen, ballte die linke Hand zur Faust und verbarg sie in ihrem Schoß, bevor sie den Blick hob und Harun ansah. »Ein Freund,« wiederholte sie. »Ein sehr guter Freund. Aber jetzt seid Ihr mir eine Antwort schuldig.«

Harun schmunzelte. »Bin ich das?«

»Ja«, sagte Robin überzeugt.

»Nun, das kommt auf die Frage an«, erwiderte er. »Was willst du wissen?«

»Wer sind die Söhne Ismaels?«, fragte Robin. Sie sah aus den Augenwinkeln, wie Aisha neben ihr ganz leicht zusammenfuhr, doch Haruns Gesicht blieb völlig ausdruckslos. Das Lächeln auf seinen Lippen änderte sich nicht und auch der Ausdruck in seinem Blick blieb der gleiche: eine Mischung aus sanftem Spott und leicht ungeduldiger, gütiger Herablassung. Auch einen Funken echter Zuneigung meinte sie darin zu lesen.

»Die Söhne Ismaels«, wiederholte er. »Woher hast du dieses Wort?«

»Ihr enttäuscht mich«, antwortete Robin so schroff wie möglich. »Ich habe Euch bereits einmal danach gefragt. Aber jetzt ist dieses Wort wieder mehrmals in meiner Gegenwart gefallen und es scheint den Menschen Angst zu machen. Deswegen muss ich wissen, was es bedeutet!«

Harun nickte langsam. »Ich verstehe deine Wissbegier, aber ich verstehe erst recht die Angst in den Herzen der Menschen. Deshalb solltest du nicht über sie reden.«

»Warum?«, fragte Robin. »Wenn es doch nur böse Geister sind ... Was macht es dann, über sie zu reden? Ich bin kein Kind mehr, das glaubt, den Namen eines Geistes auszusprechen hieße, ihn heraufzubeschwören.«

Harun blieb ernst. »Du sprichst von Dschinn?« Er schüttelte den Kopf. »O nein, das sind sie nicht. Glaube mir, die Söhne Ismaels sind wirklich. Und die Menschen fürchten sie zu Recht. Sie haben viele Namen. Hashashin, Assassinen, die Söhne Ismaels, die Kinder des Alten vom Berge, die Haschischesser ...« Er machte eine flatternde Handbewegung, als hätte er die Aufzählung noch beliebig fortsetzen können. »Wer ihre Freundschaft erringt, der braucht nichts und niemanden auf dieser Welt mehr zu fürchten. Doch wer sie sich zu Feinden macht, dem ist der Tod gewiss.«

»Und wie erringt man ihre Freundschaft?«, fragte Robin. Haruns Worte hatten ihr einen kalten Schauer über den Rücken gejagt, obwohl sie sich gar nicht erklären konnte, warum. Er hatte ihr längst nicht alles über diese geheimnisvollen Söhne Ismaels erzählt, was er wusste, aber sie spürte auch, dass er dieses Thema nicht weiter vertiefen würde.

Plötzlich lachte Harun, als hätte sie etwas sehr Dummes gefragt. »Sie verschenken sie, mein Kind, so wie jeder Mensch. Du kannst nichts tun, um sie dir zu erkaufen.«

»Und was habe ich mit ihnen zu schaffen?«, fragte Robin.

»Du?« Harun wirkte ehrlich überrascht. »Wie kommst du auf einen solch närrischen Gedanken, Mädchen?«

Robin hob die Hand. »Es hat etwas mit diesem Ring zu tun«, überlegte sie. »Naida hat gesagt ...«

»Naida ist ein dummes, altes Weib, das zu viel redet und zu wenig denkt«, fiel ihr Harun ins Wort. »Lass mich diesen Ring noch einmal ansehen.«

Gehorsam streckte Robin die Hand aus. Harun betrachtete das Schmuckstück noch länger als das erste Mal, dann schüttelte er nur den Kopf und ließ sich wieder zurücksinken. »Wie schon gesagt: Ich verstehe nicht viel von solchen

Dingen. Nur, was man eben so hört und was ...«, er lachte leise, »... geschwätzige alte Weiber ihren Kinder abends am Feuer erzählen, um ihnen Angst zu machen. Die Schriftzeichen auf diesem Ring mögen denen ähneln, die die Assassinen benutzen, aber das ist auch schon alles.«

»Dafür, dass Ihr nicht viel von solchen Dingen versteht, wisst Ihr eine Menge«, gab Robin lächelnd zurück.

»Ich verstehe vielleicht nicht viel von geheimnisvollen Ringen voll rätselhafter Schriftzeichen«, erwiderte Harun. »Doch wenn dieser Ring einem Assassinen gehörte, dann wärest du nicht hier.«

»Wieso?«

»Weil niemand so dumm wäre, eine Frau als Sklavin verkaufen zu wollen, die dem Alten vom Berge versprochen ist«, sagte Harun. »Und nun genug. Wir haben noch viel zu ...«

Er unterbrach sich, als die Tür aufgerissen wurde und Naida hereingestürmt kam. Sie trug das gleiche befleckte Kleid vom vorigen Tag und auch ihr Gesicht wirkte noch ebenso grau und eingefallen und von den Entbehrungen der letzten Tage gezeichnet. Aber ihr gesundes Auge flammte wütend auf, als sie erkannte, dass Robin noch nicht fertig angekleidet und geschminkt war. »Was geht hier vor?«, herrschte sie Harun an. »Ihr solltet schon lange fertig sein! Omar erwartet das Mädchen! Der letzte Gast ist soeben eingetroffen. Ihr werdet nicht dafür bezahlt, Eure Zeit zu vertrödeln!«

»Bevor Ihr eingetreten seid, Allerehrwürdigste«, antwortete Harun gereizt, »waren wir der Vollkommenheit schon einmal näher. Äußere Schönheit ist nicht ohne innere Ruhe zu erreichen, müsst Ihr wissen.«

»Verhöhnt Allah nicht, indem Ihr eine Ungläubige vollkommen nennt«, antwortete Naida zornig. »Was ist die größte Schönheit, wenn der richtige Glaube fehlt?«

Harun bedachte die alte Sklavin mit einem langen Blick und erwiderte dann in fast freundlichem Ton: »Wie Recht Ihr doch habt, erhabene Herrin des Hauses. Auch ich konnte schon oft beobachten, wie im gleichen Maße, in dem die Schönheit einer Dame verblasst, ihre Festigkeit im Glauben zunimmt.«

Naida funkelte ihn wütend an. Mühsam beherrscht stieß sie hervor: »Beeilt Euch. Der Herr erwartet Euch am Brunnen im hinteren Hof.«

»War es nötig, Naida zu beleidigen?«, fragte Robin, nachdem die Sklavin das Zimmer wieder verlassen hatte.

Harun machte ein abfälliges Geräusch. »Ich ziehe eine ehrliche Beleidigung jederzeit der Heuchelei vor«, sagte er. »Naida hasst mich. Und offen gesagt, erfreut sie sich auch nicht unbedingt meiner Wertschätzung. Im Übrigen wird eine Anspielung auf ein paar Falten in ihrem Gesicht sie gewiss nicht umbringen.« Sein Grinsen verstärkte sich. »Das wird schon eher Omar Khalid erledigen, wenn wir uns nicht sputen. Eile dich, meine Liebe.«

Die letzten Worte galten Aisha, die sich bereits daran gemacht hatte, Robins Gesicht, Hals und Hände rasch mit dem parfumgetränkten Tuch abzutupfen. Robin sog ein paar Mal scharf die Luft zwischen den Zähnen ein, als sie auch die wunden Stellen an ihren Handgelenken nicht ausließ.

»Jetzt schau dir nur ihre Haut an, meine Liebe«, schwärmte Harun, als Aisha endlich von ihr abließ und einen Schritt zurücktrat. »So zart und hell wie ein frisch aufgeblühter Zitronenbaum. Wir haben ein kleines Wunder vollbracht, bei Allah!«

»Wir müssen ihre Narbe verdecken«, sagte Aisha stirnrunzelnd. Sie warf Harun einen fragenden Blick zu, den dieser mit einem angedeuteten Kopfnicken beantwortete, ging rasch zu dem kleinen Tischchen neben der Tür und nahm etwas aus einer kleinen Truhe, die Harun am Morgen mitgebracht hatte. Als sie zurückkkam, lag ein schweres Kollier aus Gold und tiefrot funkelnden Granatsteinen in ihren Händen. Robin riss verblüfft die Augen auf.

»Das ist ...«

»Nur eine Leihgabe«, unterbrach sie Harun hastig, und auch ein bisschen nervös, wie es ihr vorkam. »Auch, wenn es natürlich gegen deine angeborene Schönheit verblassen muss.«

»Ist der Schmuck ... echt?«, murmelte Robin ungläubig. Was diesen Punkt anging, so erging es ihr nicht anders als Harun: Sie verstand nichts von Gold, Geschmeide und Edelsteinen. Aber man musste kein Goldschmied sein, um zu erkennen, dass das, was Aisha da so beiläufig in Händen hielt, ein Vermögen wert war.

»Omar würde mich vierteilen lassen, ließe ich dich mit falschem Geschmeide vor seine Käufer treten«, antwortete Harun. Er wartete, bis Aisha Robin das Kollier angelegt und den winzigen Verschluss in ihrem Nacken geschlossen hatte, dann stand er ächzend auf und maß Robin mit einem selbstzufriedenen Blick. »Du solltest dich nur selbst sehen können! Keine Blume aus den wunderbarsten Gärten von Damaskus könnte sich mit deiner Schönheit messen, Ungläubige.« Er seufzte. »Wenn ich nur daran denke, wie du ausgesehen hast, als wir uns das erste Mal begegnet sind. Bei Allah, ich will mich nicht selbst loben, doch wir haben ein Wunder an dir vollbracht. Omar wird zufrieden sein.«

Robin erhob sich und ging mit langsamen Schritten auf den Spiegel zu, der an der gegenüberliegenden Wand hing. Im ersten Moment war sie regelrecht erschrocken. Das Gesicht, das ihr entgegenblickte, war kaum mehr ihr eigenes; jedenfalls nicht das, woran sie sich erinnerte. So ungern sie es zugab, Harun und Aisha hatten tatsächlich ein Wunder vollbracht. Sie trug eine rote, durchscheinende, weit gebauschte Hose aus Seide und perlenbestickte Pantoffeln, die sie unter anderen Umständen als albern bezeichnet hätte. Ihre Fußknöchel zierten Kettchen mit winzigen goldenen Glöckchen, die jede ihrer Bewegungen mit einem hellen Klingeln begleiteten, und auf ihren Hüften lag ein zierlicher, mit hauchfeinen Goldplättchen geschmückter Gürtel.

Das Oberteil, das Aisha ihr angezogen hatte, war wieder eines dieser merkwürdigen Hemden, das nicht einmal bis

348

zum Rippenbogen reichte und zudem noch tief ausgeschnitten war. Es bestand aus einem samtigen roten Stoff; die kunstvollen Goldstickereien kratzten am Brustansatz ein wenig, doch brachten sie das Kollier darüber noch mehr zur Geltung. Am meisten erstaunte Robin aber der Anblick ihrer eigenen Augen, die, eingerahmt von dünnen schwarzen Linien, plötzlich fremd erschienen, schön, exotisch und auch aufreizend. Ihr Haar war länger geworden, hatte sie es doch, seit sie an jenem schicksalhaften Tag in die Komturei der Templer gekommen war, kurz getragen. Es reichte ihr jetzt fast bis an die Schultern und war so sauber gewaschen und gebürstet, dass es wie Seide schimmerte.

Wehmütig dachte sie an Salim und daran, wie er kurz vor ihrem Eintreffen in Genua das letzte Mal mit einem scharfen Dolch ihre Haare zu einem ungeschickten Pagenschnitt zurechtgestutzt hatte. Könnte er sie jetzt sehen, dann würde er auch ihre Haarfarbe nicht mehr mit der Farbe von Pferdeäpfeln vergleichen ... Aber wahrscheinlich würde er etwas anderes finden, an dem er herumnörgeln konnte. Gelobt hatte er ihr Aussehen viel zu selten.

Robin spürte, wie sich ihre Augen mit Tränen füllen wollten, als sie an Salim dachte, und verscheuchte die Erinnerung hastig. Unterdessen ließ sie den Blick weiter nach unten und auf die merkwürdigen roten Ornamente wandern, die Aisha mit einem feinen Pinsel auf ihren Bauch gemalt hatte. Vorsichtig, fast als hätte sie Angst, sie zu berühren und ihren Zauber damit zu zerstören, strich sie mit den Fingerspitzen über die verschlungenen Linien, die ihren Nabel umspielten. Die rötlich-braune Farbe des Hennas schien tief in ihre Haut eingedrungen zu sein, fast wie eine Tätowierung, aber Aisha hatte ihr beim Leben ihrer Mutter geschworen, dass die Farbe bald wieder verblassen würde. Robin war nicht einmal sicher, ob sie das wollte.

»Jetzt verlieb dich nur nicht in dein eigenes Spiegelbild«, warnte Harun. »Es wird Zeit, dass dein zukünftiger Herr dich kennen lernt. Wenn Allah uns gnädig ist, wird Omar seine Reichtümer in nur einer Stunde dank dir verdoppelt haben – und er ist beileibe kein armer Mann.«

»Und deine Belohnung wird wohl entsprechend ausfallen?«, neckte ihn Robin. Allerdings ging sie davon aus, dass Harun ihren Wert maßlos übertrieb.

»Belohnung?« Harun sah sie über den Spiegel hinweg stirnrunzelnd an. Dann schüttelte er den Kopf. »Nun, das ist eine Frage des Standpunktes. Immerhin hat Omar Khalid mir versprochen, mich am Leben zu lassen, wenn ich dich in einen halbwegs ansehnlichen Zustand versetze.«

Er lachte und Robin kam gar nicht erst dazu, darüber nachzudenken, ob er einen Scherz gemacht hatte oder die Wahrheit sprach, denn Aisha war hinter sie getreten und Harun wedelte auffordernd in Richtung Tür. Fast fühlte Robin sich jetzt wieder wie eine Gefangene, die abgeführt werden sollte. Der Gedanke weckte zugleich ihr schlechtes Gewissen. Von allen hier war Harun al Dhin vielleicht derjenige, aus dem sie am wenigsten schlau wurde, aber vermutlich auch der, der ihr Misstrauen am wenigsten verdient hatte. Mit einem letzten, fast wehmütigen Blick in den Spiegel drehte sie sich herum, um ihm aus dem Zimmer zu folgen.

Sie wurde die Treppe hinuntergeführt, jedoch nicht auf den Hof. Stattdessen brachte man sie in eine kleine Kammer, deren Fenster mit dunklem Stoff verhängt waren, sodass sie zwar Stimmen und Musik vom Hof her hören konnte, aber niemanden zu Gesicht bekam. Es war kühl hier drinnen. Ein fremdartiger, durchaus angenehmer Geruch hing in der Luft, und von weiter her drang ein Durcheinander von Geräuschen und Stimmen zu ihr, das ein sonderbar vertrautes Gefühl in Robin erweckte. Sie versuchte vergebens, die kalten Schauer zu unterdrücken, die einer nach dem anderen ihren Rücken herabliefen. Es war die pure Angst: All ihr Mut, all ihre tapferen Vorsätze und all das, was sie selbst geglaubt und sich immer wieder mit Erfolg eingeredet hatte, waren dahin. Ihr Schicksal würde sich heute erfüllen. Nicht

350

irgendwann, nicht in ein paar Tagen, sondern jetzt, hier, innerhalb der nächsten Minuten.

Nach einer Weile wurde die Tür geöffnet und Naida trat ein. Robin warf einen Blick an der alten Sklavin vorbei auf den Gang hinaus und erkannte, dass dort eine ganze Abteilung von Omars Kriegern aufmarschiert war. Omar schien entweder gehörigen Respekt vor ihr und ihrer Entschlossenheit zur Flucht zu haben oder anderem Ärger vorbeugen zu wollen. Bevor sie jedoch eine entsprechende Frage stellen konnte, schob Naida die Tür mit dem Fuß hinter sich zu, und im selben Augenblick öffnete Harun die Vorhänge, sodass die kleine Kammer von blendender Helligkeit überflutet wurde. Das Fenster führte tatsächlich auf den Hof hinaus, aber nicht auf den mit dem Springbrunnen, den Robin schon kannte, sondern auf einen winzigen, vollkommen leeren ummauerten Flecken.

»Zieh das an!«, herrschte Naida sie an.

Robin erkannte erst jetzt, dass die alte Sklavin eine Art Kaftan aus dem durchscheinenden roten Stoff, aus dem auch ihre Hose gefertigt war, über dem unverletzten Arm trug. Sie versteifte sich innerlich. Schon Naidas herrischer Ton weckte ihren Trotz, und sie hatte gute Lust, sich zu widersetzen, aber ein warnender Blick Haruns hielt sie davon ab. Gehorsam, wenn auch nicht ohne Naida mit fast verächtlichen Blicken zu messen, legte sie das Kleidungsstück an. Hinzu kam noch eine Art Kopftuch, das bis weit auf ihren Rücken hinabreichte und aus ebenfalls rotem, jedoch dichterem Stoff gefertigt war, sowie ein gleichfarbiger Schleier, auf dem winzige Goldplättchen aufgenäht waren, die bei jeder noch so kleinen Bewegung klimperten und klirrten. Als Robin endlich alle nacheinander von Naida gereichten Kleidungsstücke angelegt hatte, war sie bis auf den schmalen Streifen über ihren Augen vollständig verhüllt. Dennoch kam sie sich jetzt ausgelieferter und hilfloser vor denn je.

Harun schien ihre Veränderung jedoch zu gefallen, denn er nickte zufrieden. In seinen Augen erschien ein sanftes, Mut machendes Lächeln, als sie seinem Blick begegnete. »Du wirst sehen, mein Honigpferdchen, dass es viel geschickter ist, seine Schönheit langsam und ein bisschen widerspenstig den Blicken frei zu geben, als gleich alles zu zeigen. So wirst du das Verlangen nach dir in Omars Gästen wecken – und natürlich ihre Gier, was wiederum Omar Khalids Geldbeutel füllen wird.«

Naida lachte leise. »Sich nur widerstrebend zeigen ... damit wird sie keine Schwierigkeiten haben.«

Harun schenkte der alten Sklavin einen langen, ärgerlichen Blick und wandte sich wieder mit demselben, fast väterlichen Ausdruck im Gesicht an Robin. »Das wirst du nicht, nicht wahr? Du weißt, wie viele Leben davon abhängen, dass Omar dir nicht zürnt.«

»Und wer sagt Euch, dass mir das nicht egal ist?«, fragte Robin.

Harun schüttelte mit einem angedeuteten Lächeln den Kopf. »Ich«, sagte er. »Darüber hinaus würde sich sein Zorn vielleicht nicht nur gegen dich und die Knaben unten im Keller richten, sondern auch gegen mich, der ich dein Lehrer war. Also, in Allahs Namen, bedenke wohl, was du tust. Ich werde Omar nun davon unterrichten, dass du so weit bist. Mag er entscheiden, wann der passende Augenblick gekommen ist, dich vor seine Gäste zu führen.«

Während er sich herumdrehte und die Kammer verließ, dachte Robin flüchtig daran, dass jetzt der unwiderruflich allerletzte Augenblick wäre, noch einmal einen Fluchtversuch zu wagen, zumal hier im Zimmer nur Aisha und die alte Sklavin als Wachen zurückgeblieben waren. Das Fenster war nicht vergittert und der winzige Hof draußen, so weit sie erkennen konnte, völlig leer. Selbst die gut zwei Meter hohen Mauern, die ihn umschlossen, stellten für Robin kein unüberwindliches Hindernis dar. Aber wie weit würde sie schon kommen, am helllichten Tage und in diesen Kleidern? Und selbst wenn ihr wider aller Wahrscheinlichkeit die Flucht noch einmal gelingen sollte – Harun hatte völlig

Recht. Omar würde keinen Augenblick zögern, seinen Zorn an den Sklaven auszulassen. Niemand hatte ihr bisher sagen wollen, was aus Rustan geworden war oder ob er überhaupt noch lebte. Und Omars Worte waren auch in diesem Punkt völlig unmissverständlich gewesen: Nemeth wäre die Nächste, und sie würde er zu Tode peitschen lassen.

Sie konnte keinen Fluchtversuch wagen. Die Fesseln, mit denen Omar sie gebunden hatte, waren unsichtbar, aber fester als der härteste Stahl.

Die Musik, die zu ihr aus einem anderen Teil des Hofes herüberwehte, kam ihr mit einem Male unendlich traurig vor, und nicht zum ersten Mal an diesem Tag saß plötzlich ein bitterer Kloß in ihrem Hals, der ihr das Atmen erschwerte. Es gelang ihr nicht, ihre Fantasie davon abzuhalten, sich die Männer auszumalen, die jetzt dort draußen saßen, sich von Omars Sklavinnen bewirten ließen und vermutlich schon voller Vorfreude auf den einzigen und ganz besonders kostbaren Posten warteten, der an diesem Tag zur Versteigerung anstand. Vielleicht rieben sie sich schwitzende Hände an Hosenbeinen trocken, machten derbe Scherze oder stellten sich vor, was sie mit ihrer Neuerwerbung anfangen konnten. Auf jeden Fall aber waren es Männer, für die sie nicht viel mehr sein würde als ein kostbares Pferd in ihren Ställen.

Sie wünschte sich, sie würde noch ein einziges Mal Salim sehen können, ihn noch einmal berühren, noch einmal seine Stimme hören. Ohne dass sie etwas dagegen tun konnte, kam ein leises, trauriges Seufzen über ihre Lippen.

»Fang jetzt nicht auch noch zu heulen an, du nichtsnutziges Geschöpf!«, herrschte Naida sie an. »Die Schminke wird verlaufen und deine Wangen mit schwarzen Streifen verzieren, törichtes Ding! Wir haben keine Zeit mehr, um dich wieder herzurichten. Ganz zu schweigen davon, dass Tränen deine Augen rot und hässlich machen!«

»Lasst sie in Frieden«, sagte Aisha – mit dem Ergebnis allerdings, dass Naida mit einer wütenden Bewegung herumfuhr und sich ihr Zorn nun auf Haruns Sklavin entlud.

»Schweig, du dummes Weib! Siehst du nicht, was sie vorhat? Anscheinend ist sie wild entschlossen, nichts auszulassen, womit sie meinem Herrn schaden kann.«

Robin sah das Aufblitzen in Aishas Augen und setzte gerade dazu an, etwas zu sagen, um den drohenden Streit im Keim zu ersticken. Auch wenn Aisha nicht gerade ihre Freundin war, so wollte sie doch nicht, dass Naida die Gelegenheit ergriff, um ihre unübersehbar gereizte Laune nun an ihr auszulassen.

Bevor sie jedoch ein Wort sagen konnte, ging die Tür auf und Harun kam zurück. »Es ist so weit«, verkündete er, und in seiner Stimme klang fast so etwas wie Stolz mit. »Die Gäste sind versammelt und alle warten begierig darauf, die kostbarste Blüte aus den Gärten Hamas zu sehen.«

Die Musik auf dem Hof brach in diesem Moment ab und auch die Stimmen, die die fremdartigen Töne bisher murmelnd untermalt hatten, wurden leiser und verstummten dann ganz. Sicher war es nur Zufall, aber die Szene hätte kaum besser verlaufen können, hätte Harun sie sorgsam arrangiert.

Harun streckte die Hand aus und nickte auffordernd. Robin bedachte seinen ausgestreckten Arm nur mit einem verächtlichen Blick, was Haruns Lächeln aber sonderbarerweise nur noch eine Spur wärmer werden ließ. Dann trat sie dennoch gehorsam neben ihn und setzte sich in Bewegung, als Harun seine gewaltige Körperfülle ächzend herumwälzte und den Flur hinunterging. Robin war nicht überrascht, dass sie draußen von fast einem Dutzend Kriegern erwartet wurde. Die Hälfte der Männer ging vor ihnen her, der Rest in dichtem Abstand hinter ihnen.

»Hab keine Angst«, flüsterte Harun neben ihr. »Dir wird nichts geschehen. Omar Khalid gehört zu den Männern, die keine Gelegenheit auslassen, um ihre Macht zu demonstrieren.«

Ein leises Gefühl von Übelkeit begann sich von ihrem Magen aus in ihrem ganzen Körper auszubreiten, und ihr Herz klopfte mit jedem Schritt schneller, den sie sich der Tür und damit dem Hof näherten. Als sie aus dem Haus heraustraten, rauschte das Blut in ihren Ohren, und sie musste sich mit aller Macht beherrschen, um sich nicht mit dem Handrücken über die Augen zu fahren; eine Geste, die Naida ganz bestimmt wieder zum Anlass genommen hätte, sie zu maßregeln.

Draußen erwartete sie eine Überraschung. Sie befanden sich jetzt auf dem zweiten, größeren Hinterhof. Robin hatte erwartet, dass vor oder neben dem Springbrunnen vielleicht eine kleinere Version des obszönen Podestes aufgebaut worden wäre, wie sie es vom Sklavenhof her kannte. Das war jedoch nicht der Fall. Außer Omar selbst und einer kleinen Gruppe von Sklavinnen, die Musikinstrumente sowie Schalen mit Obst und silberne Trinkbecher hielten, befanden sich nur noch drei weitere Personen hier. Es waren drei Männer, wie sie unterschiedlicher kaum sein konnten.

»Hab keine Angst«, raunte Harun ihr zu, als sie unwillkürlich im Schritt verhielt. »Niemand wird dir zu nahe treten. Bleib ganz ruhig und sprich nur, wenn du etwas gefragt wirst.«

»Wer sind diese Männer?«, flüsterte Robin unter ihrem Schleier.

Harun verdrehte zwar in gespielter Verzweiflung die Augen, antwortete aber trotzdem, halblaut und fast ohne die Lippen zu bewegen: »Der alberne Geck dort hinten, in dem grünen Gewand, ist Yussuf al-Mansur, Wesir am Hofe Al Maliks, des Herrschers von Hama; dein christlicher Bruder daneben ist Fra Gaston de Naillac, ein Gesandter der Johanniter-Ritter, und der Dritte ist Asef Arslan.«

Robin bemerkte nur beiläufig, dass Harun es ausließ, Arslans Herkunft oder Titel zu erklären. Sie war viel zu sehr damit beschäftigt, die beiden anderen zu mustern. Al-Mansur als albernen Gecken zu bezeichnen war zweifellos noch untertrieben. Er trug einen grünen Kaftan, dazu Seidenhosen, die mit auffälligen bunten Blumenmustern bestickt waren, und Reitstiefel. Sein Turban war ganz ähnlich wie der Haruns mit goldenen Nadeln und Edelsteinen verziert. Er hatte ein hageres Gesicht mit einem schwarzen Spitzbart, der ihm den Ausdruck einer missmutigen Ziege verlieh.

Arslan war dagegen vollkommen in Schwarz gekleidet. Auch ein Teil seines Gesichtes verbarg sich hinter einem schwarzen Tuch, sodass sie nur seine Augen und die schmale Hakennase sehen konnte. Aber mehr interessierte sie auch nicht, denn Robins ganze Konzentration galt dem Mann, den Harun als ihren »christlichen Bruder« bezeichnet hatte.

Es war tatsächlich ein Ritter, gleichzeitig aber der Älteste und Auffälligste der drei. Auf seiner hellen Haut zeigten sich die roten Flecken eines beginnenden Sonnenbrandes, der spätestens am nächsten Tag wirklich übel werden würde. Offenbar war er entweder noch nicht lange in diesem Land oder vermied es normalerweise, das Haus zu verlassen. Er hatte durchdringende blaue Augen und weißblondes Haar, das sich an der Stirn schon deutlich zu lichten begann. Er war barhäuptig, trug orientalische Gewänder und hatte ein Langschwert umgegürtet, wie es christliche Ritter bevorzugten; die Bluse, die unter seinem offenen Mantel zu sehen war, zierte das rote Kreuz der Johanniter.

Es erschien Robin mehr als ungewöhnlich, dass sich ein Christ – noch dazu ein Kreuzritter – so offen hier zeigte, aber weder Harun noch Omar oder einer der beiden anderen Gäste schienen Anstoß daran zu nehmen. Fra Gastons Blicke – der ebenso wie alle anderen das Gespräch unterbrochen hatte und sie neugierig und mit gerunzelter Stirn anstarrte – gefielen ihr nicht, und auch sein Gesicht und seine gesamte Erscheinung waren ihr alles andere als sympathisch, aber dennoch erfüllte sie sein bloßer Anblick mit einer wilden, verzweifelten Hoffnung. Ganz gleich, wer oder was dieser Mann war: Er war ein Angehöriger ihres Volkes, ein Edelmann, der zweifellos aus keinem anderen Grund gekommen war, um sie aus der Sklaverei freizukaufen.

Wieder war es, als hätte Harun ihre Gedanken gelesen, denn er murmelte: »Arslan wird den Zuschlag bekommen. Aber mach dir keine Sorgen – ich kenne ihn. Er ist ein aufrechter Mann, der dir nichts zuleide tun wird.«

»Arslan?« Robins Blick irrte unwillkürlich zu dem ganz in Schwarz gekleideten Araber. Auch er starrte sie mit unverhohlener Neugier an und es fiel ihr schwer, Haruns Worten Glauben zu schenken. Sein Blick war so kalt wie Eis.

Omar machte eine wedelnde, ungeduldige Handbewegung. »Harun al Dhin! Worauf wartet Ihr?«, rief er. »Kommt her und stellt meinen edlen Gästen den kostbaren Schatz vor, den das Schicksal mir zugespielt hat.« Er lächelte gekünstelt. »Wie wir alle wissen, habt Ihr ja eine besonders geschmeidige Zunge, wenn es darum geht, die Vorzüge eines Weibes zu schildern.«

Harun räusperte sich unbehaglich und für einen winzigen Moment verfinsterte sich sein Gesicht. Omar schien mit seinen Worten auf etwas anzuspielen, das dem riesig gebauten Mann äußerst peinlich war, dessen Hintergründe aber nur er und Harun al Dhin kannten. Dennoch beschleunigte er seine Schritte ein wenig, blieb zwei Meter vor Omar und seinen Gästen stehen und legte Robin in einer vertrauten Geste eine riesige Hand auf die Schulter, bevor er nach einem abermaligen Räuspern begann: »Werte Gäste, geehrte Herren, unser großzügiger Gastgeber und Wohltäter, Omar Khalid, schmeichelt mir mit diesen Worten, und ich will ihm gerne zu Diensten sein. Aber es ist nicht nötig. Ganz ohne Zweifel habt Ihr selbst schon erkannt, welch edles Geschöpf da vor Euch steht. Was immer ich sage, vermag den schieren Glanz ihrer Schönheit nur zu trüben.«

Seine Finger zupften Robins Kopftuch ein wenig zur Seite und griffen nach einer Haarsträhne.

»Seht nur dieses Haar: So fein wie Seide und so leuchtend, als seien die zarten Strahlen der Morgensonne in ihm versponnen worden. Dies ist kein Mädchen, wie Ihr es kennt, mit dunkeln Haaren und sanftem Gemüt.« Seine Worte wurden flüssiger und das nervöse Lächeln war jetzt ganz von seinem Gesicht verschwunden. Robin fühlte sich jedoch mit jedem Wort, das sie hörte, erbärmlicher. Sie hatte das Gefühl, angepriesen zu werden wie eine besonders schöne Zuchtstute.

»In jungen Jahren«, fuhr Harun fort, der allmählich in Fahrt geriet, »traf ich einmal einen Leoparden, einen schlanken Jäger, unübertroffen in seiner Flinkheit und Schläue. Auch er hatte ein goldenes Fell, auch wenn es durchsetzt war mit schwarzen Flecken. Und ganz so wie dieser Leopard ist auch dieses Mädchen. Nicht ruhig und duldsam wie die dunkelhaarigen Schönen, die Ihr bisher kennen gelernt habt. Sie ist wie ein Raubtier, das gezähmt werden will ... wild und sinnlich zugleich.«

Harun zog das weite Kopftuch von ihrem Haupt. Robin fühlte sich beklommen und ausgeliefert. Bisher waren ihr Schleier und Kopftuch wie eine Demütigung vorgekommen, ein Gefängnis, das sie mit sich herumtrug. Jetzt hatte sie das Gefühl, ihres letzten Schutzes beraubt worden zu sein. Ganz wie Harun es angekündigt hatte, richteten sich nun alle Blicke auf sie und ihr Gesicht. Ganz besonders unangenehm war ihr die Aufmerksamkeit des dicklichen Wesirs, der sie schier mit den Augen zu verschlingen schien. Aber auch in Gastons Blicken war etwas, das ihr ganz und gar nicht gefiel. Sie gestattete sich immer noch nicht, irgendetwas anderes zu glauben, als dass dieser Mann vom Orden der Johanniter hierhergeschickt worden war, um das Christenmädchen freizukaufen, von dem man gehört hatte. Aber das, was sie *sah*, sprach dagegen.

»Bewege dich, Mädchen, damit die hohen Herren sich von deiner natürlichen Anmut und Eleganz überzeugen können«, sagte Harun. Sehr viel leiser, und nur für ihre Ohren bestimmt, fügte er hinzu: »Versuche dieses eine Mal nicht zu watscheln wie eine fußkranke Ente.« Er machte eine

358

Geste in Richtung der Sklavinnen. Im nächsten Augenblick ertönte eine leise Trommel, begleitet von einem klagenden, sonderbar wehmütig klingenden Saiteninstrument und dem regelmäßigen Rhythmus von Schellen.

Robin kämpfte eine einzige Sekunde mit sich selbst. Sie konnte stehen bleiben oder sich ganz bewusst ungeschickt anstellen, und sei es nur, um Omar den Spaß zu verderben, aber das wäre im Moment nicht besonders klug. Widerwillig, aber so gut sie es vermochte, machte sie die von Aisha beigebrachten Tanzschritte, hielt dabei jedoch einen möglichst großen Abstand zwischen sich und Omars Gästen ein.

»Omar Khalid«, begann der dickliche Wesir, ohne den gierigen Blick seiner Augen dabei jedoch von Robins Gestalt zu lösen. »Der Tanzlehrer der Ungläubigen vergleicht das Mädchen mit einer gefährlichen Raubkatze. Könnte es sein, dass es genau jenes Weib ist, das Eurer Obhut entsprungen ist und so viel Aufregung in der Stadt verursacht hat?«

»Das war nur ein Gerücht«, behauptete Omar. In seiner Stimme war jene Glätte und Selbstsicherheit, die den geübten Lügner verriet. »Ihr wisst, wie viel die Leute reden und wie wenig Wahres daran ist.«

»Weiß ich das?«

»Der Anführer des Sklavenaufstandes wurde hingerichtet«, erinnerte Omar.

»Ja, ja, ich habe den abgetrennten Kopf über Eurem Tor gesehen«, sagte al-Mansur in nachdenklichem Tonfall. »Und ich kenne auch die Geschichte über den verrückten Sklaven in Frauenkleidern, die Ihr meinem Herrn vorgetragen habt. Doch wenn ich dieses Weib so sehe, dann kommen mir Zweifel, ob der richtige Kopf über Eurem Tor hängt.«

»Yussuf al-Mansur, seid Ihr etwa ein Mann, der sich vor Frauen fürchtet?«, gab Omar mit einem süffisanten Lächeln zurück. »Ihr wisst, welches Vergnügen es Eurem Herrn bereitet, wilde Pferde zuzureiten. Glaubt Ihr etwa, er würde eines einfachen Weibes nicht Herr werden? Sicher, sie ist eine ... ungewöhnliche Frau. Doch gerade darin liegt ihr Reiz, und deshalb beläuft sich der Mindestpreis, den ich für sie verlange, auf tausend Denar.«

Sowohl der schwarz gekleidete Araber als auch Fra Gaston zeigten keinerlei Reaktion, aber der Wesir riss in gespieltem Schrecken die Augen auf und japste nach Luft. »Tausend ...?«

»Das ist der Mindestpreis«, sagte Omar lächelnd. Er sah die beiden anderen nacheinander durchdringend an. »Aber ich bin sicher, Eure beiden Konkurrenten erkennen den Schatz, den ich ihnen anbiete, und werden nicht zögern, seinen wahren Gegenwert zu zahlen.«

»Gier ist schon so manchem schlecht bekommen«, sagte al-Mansur. »Woher sollen wir wissen, dass all die Geschichten stimmen, die Ihr über dieses Weib erzählt? Am Ende habt Ihr sie selbst in die Welt gesetzt, um den Preis in die Höhe zu treiben.«

Robin war sich völlig darüber im Klaren, dass sie etwas wirklich Dummes tat. Aber sie konnte nicht anders. Selbst, wenn es sie das Leben kostete – sie konnte nicht einfach dastehen und wort- und tatenlos mit ansehen, wie man sie verschacherte wie einen Sack Mehl. Ohne auf Haruns entsetztes Keuchen zu achten, drehte sie sich mitten im Tanzschritt herum, trat auf den Wesir zu und nahm mit einer zornigen Bewegung das Rubinkollier ab, das Aisha ihr angelegt hatte. Mit dem Zeigefinger der rechten Hand zeichnete sie die Narbe an ihrer Kehle nach. »Es gab schon einmal einen Mann, der glaubte, dass er mich beherrschen könnte«, sagte sie, langsam, in stockendem Arabisch, aber so laut und in so scharfem Ton, dass der dickbäuchige Wesir ganz instinktiv einen erschrockenen halben Schritt zurückwich. »Als ihm dies nicht gelang, versuchte er, mich zu töten, doch wie Ihr seht, haben Gott und mein Schwertarm mich beschützt. Trotzdem hat nur einer von uns diese Begegnung überlebt.«

Yussufs Schrecken war jetzt nicht mehr gespielt. Er wich einen weiteren Schritt zurück, starrte die Narbe an Robins

Hals an, und machte dann noch einmal einen halben, fast entsetzt aussehenden kleinen Hüpfer rückwärts. »Bei Allah, Omar Khalid, das ist kein Weib, sondern ein wildes Tier, das Ihr uns da anbietet! Mein Herr will Frauen, die ihm Freude bereiten in seinem Harem, und keine Irren, die ihm nach dem Leben trachten. Schließt diese Bestie fort, oder besser noch, tötet sie, wie man es mit einem tollwütigen Hund tut!« Und damit raffte er seinen langen Kaftan und verließ fast fluchtartig den Brunnenhof.

Omar starrte ihm wortlos hinterher, ehe er sich mit einer langsamen, erzwungen ruhigen Bewegung wieder herumdrehte und Robin mit einem Blick maß, dessen Ausdruck an Hass grenzte.

»Bei Allah, Robin, oder meinetwegen auch bei deinem Gott«, raunte ihr Harun ins Ohr, »denk an die Knaben in Omars Kerker. Und an deine kleine Freundin!«

Robin presste die Lippen zusammen und schluckte alles andere herunter, was ihr noch auf der Zunge gelegen hatte. Sie hätte sich am liebsten geohrfeigt, sich so wenig in der Gewalt zu haben, und ihr Herz begann wieder stärker zu klopfen. Omar Khalid starrte sie immer noch fast hasserfüllt an, aber es war seltsam – zugleich schien sie in seinen Augen auch so etwas Ähnliches wie Stolz zu bemerken.

»Bitte verzeiht, meine Herren«, sagte Omar schließlich an die beiden übrig gebliebenen Kaufinteressenten gewandt. Er schüttelte den Kopf und zwang ein Lächeln auf seine Lippen. »Yussuf al-Mansur ist ein Dummkopf und Feigling, wie wir alle wissen. Sein Herr wird ihn auspeitschen lassen, wenn er von seinem Benehmen hört.«

Um die Lippen des schwarz gekleideten Arabers spielte ein flüchtiges Lächeln, das aber weniger Omars Worten zu gelten schien. Robin hatte das sichere Gefühl, dass ihm ihr Auftritt gefallen hatte. Im Gesicht des Johanniter-Ritters hingegen war nicht die geringste Regung zu erkennen. Seine durchdringenden blauen Augen blieben weiter unverwandt auf Robin geheftet.

Wieder fühlte sie sich unter den Blicken dieser durchdringenden, fast stechend blauen Augen unwohl. Da war etwas im Blick des Johanniters, das sie schaudern ließ.

»Der Ring!«, verlangte Arslan. »Zeig mir den Ring, von dem mir berichtet wurde.«

Omar Khalid machte eine entsprechende Geste und Harun ergriff ihr Handgelenk und zwang sie, den Arm auszustrecken, damit der schwarz gekleidete Araber die Finger nach ihrer Hand ausstrecken und den schmalen Goldring begutachten konnte, den sie daran trug. Seine Haut war warm und rau wie Sandpapier, und sie spürte, welche Kraft in seinen so zerbrechlich aussehenden Fingern lag; dennoch war er nicht grob, ja, sie hatte fast das Gefühl, dass er sich alle Mühe gab, sie so sanft wie möglich zu berühren.

Auf dem schmalen Ausschnitt seines Gesichtes, der nicht von dem schwarzen Gesichtstuch verdeckt war, erschien ein Ausdruck höchster Konzentration. Arslan ließ sich eine Menge Zeit, um den Ring zu begutachten, ehe er schließlich wieder einen Schritt zurücktrat und ein Nicken andeutete, das wohl Zufriedenheit ausdrücken sollte.

Bevor er etwas sagen konnte, ergriff der Johanniter das Wort: »Was ich bisher gesehen habe, Omar Khalid, überzeugt mich zwar davon, dass sich unter diesem Schleier eine wahre Wildkatze verbirgt – aber ist sie auch tatsächlich so schön und edel, wie Ihr behauptet? Ich meine: Ich müsste schon mehr sehen, um beurteilen zu können, ob sie in der Tat eine fränkische Edeldame ist, wie Ihr in Eurem Schreiben behauptet habt, oder vielleicht nur eine Marketenderin, die vom Schiff gefallen und von einem Fischer aus dem Meer gezogen worden ist.«

Der Sklavenhändler hatte wohl auch mit diesem Einwurf gerechnet; er sagte nichts, sondern machte nur eine knappe Handbewegung in Haruns Richtung, und der riesige Mann trat an Robins Seite und streifte ihr geschickt den Kaftan von den Schultern. Robin versteifte sich unter ihren Kleidern,

entschlossen, sich zur Wehr zu setzen, sollte ihr über-
gewichtiger Lehrmeister versuchen, sie noch weiter zu entkleiden.

»Woher kommst du?«, fragte der Johanniter – in Robins
Muttersprache.

»Ich war an Bord eines Schiffes und bin ...« Robin erinnerte sich im letzten Moment daran, dass das Verhältnis zwischen Templern und Johannitern alles andere als gut war,
auch wenn beide auf der Seite der Christen kämpften. Mehr
als einmal hatte sie Abbé und die anderen von den unein-
sichtigen und intriganten Brüdern des Johanniterordens sprechen hören, und ein einziger Blick in Gastons Gesicht reichte, um dieses Vorurteil zu bestätigen. Darüber hinaus wäre es
wohl auch nicht besonders klug gewesen, ihr Geheimnis zu
enthüllen, hätte ein Tempelritter vor ihr gestanden.

»Es war eine kleine Kogge aus Venedig«, verbesserte sie
sich und wechselte dabei ins Arabische. »Wir sind in dichten Nebel geraten. In der Ferne konnten wir den Lärm einer
Seeschlacht hören. Ich weiß nicht, wer gegen wen gekämpft
hat. Aber es war meine eigene Schuld. Ich war neugierig,
habe mich zu weit über die Reling gebeugt, und da bin ich
über Bord gefallen.«

Der Johanniter starrte sie weiter mit durchdringenden
Augen an. Sein Gesicht zeigte keine Regung. Es war unmöglich zu sagen, ob er ihr die Geschichte glaubte.

»Nun, Fra Gaston«, sagte Omar, »das dürfte Eure Zweifel
wohl ausräumen. Sie hat edle Manieren und ist von gutem
Blut. Ich bin sicher, dieses Mädchen wird sich am Königshof
von Jerusalem ...«

Der Johanniter unterbrach Omar mit einer herrischen
Geste. »Fra ist ein Ehrentitel, mit dem mich nur Ordens-
brüder oder zumindest Christen ansprechen dürfen«, sagte
er scharf. »Und was die Behauptung angeht, dieses Mädchen
sei von edlem Geblüt ...« Er deutete ein Achselzucken an.
»Sie spricht zumindest, als wäre sie auf einem Bauernhof
groß geworden, und nicht an einem Adelshof.«

363

»Das mag daran liegen, dass sie unsere Sprache nur unvollkommen beherrscht«, wandte Harun ein. »Gewiss wird ihr ihre eigene Sprache glatter von der Zunge gehen. Aber bedenkt, dass sie erst vor wenigen Tagen überhaupt begonnen hat, Arabisch zu lernen.«

»Hundert Denar wären ein angemessener Preis für sie«, beharrte Gaston. »Sie könnte die Zofe einer Prinzessin werden. Kaum mehr.«

Auf absurde Weise ärgerte sich Robin über Gastons Versuch, ihren Preis auf ein Zehntel herunterzuhandeln. Aber vielleicht gehörte das ja auch nur zu der Rolle, die Gaston spielte. Wenn man ihn tatsächlich hierher gesandt hatte, um ein Christenmädchen aus der Hand eines muselmanischen Sklavenhändlers zu befreien, dann wäre es äußerst ungeschickt, sein Interesse zu deutlich zu zeigen – das hätte schließlich den Preis nur in die Höhe getrieben und seine Aufgabe unnötig erschwert.

»Ihr seid mein Gast, Gaston de Naillac«, begehrte Omar auf, »doch das gibt Euch nicht das Recht, mich zu beleidigen. Jedes Pferd in meinen Ställen ist mehr wert als hundert Denar. Seid Ihr blind? Wie könnt Ihr nur die Schönheit dieses Geschöpfes derart missachten?!«

»Beenden wir dieses unwürdige Gefeilsche«, mischte sich Arslan ruhig ein. Er streifte de Naillac mit einem Blick, in dem eine Verachtung lag, wie sie größer nicht sein konnte, um sich dann mit einem angedeuteten Lächeln und einem knappen Kopfnicken an Omar Khalid zu wenden: »Mein Herr, Sheik Sinan, hat mich ermächtigt, die verlangten tausend Denar zu bezahlen. So, wie es zwischen Euch vereinbart war.«

Robin, die abwechselnd Arslan und Omar ansah, hatte das Gefühl, dass der Sklavenhändler zusammenfuhr und für einen ganz kurzen Moment etwas erblasste, dann aber hatte er sich wieder in der Gewalt. »Ihr habt den Betrag bei Euch, nehme ich an?«

Ein knappes Lächeln spielte um die Lippen des schwarz gekleideten Arabers. »Selbstverständlich nicht«, sagte er.

364

»Es wäre zu gefährlich, eine so große Summe bei sich zu tragen. Ihr wisst doch, geehrter Omar Khalid: Je schlechter die Zeiten werden, desto schlechter werden auch die Menschen. Und die Zeiten sind sehr schlecht.«

Omar wollte etwas sagen, aber Arslan fuhr rasch und mit leicht erhobener Stimme fort: »Ich kann sie jedoch bis zur Stunde des abendlichen Gebetes vorlegen. Bis dahin sollte Euch mein Wort genügen.«

»Sheik Sinan?«, mischte sich der Johanniter ein. Seine Augenbrauen zogen sich zu einem steilen V zusammen, während er den Schwarzgekleideten mit neuem, nicht gerade freundlichem Interesse musterte. »Sheik Raschid es-Din Sinan?«

»Ihr kennt meinen Herrn?«, fragte Arslan.

»Ich habe von ihm gehört«, erwiderte Gaston ausweichend. »Versteht mich jetzt bitte nicht falsch, mein Freund – aber ich habe noch nie gehört, dass sich Euer Herr sonderlich für Frauen interessiert.«

»Die Geschichten über den Harem des Scheichs sind so zahlreich wie die Sandkörner der Wüste!«, sagte Harun empört. »Vielleicht hattet ihr Ungläubigen bisher nur zu viele von diesen Körnern in den Ohren, wenn Ihr noch nichts davon vernommen habt. Diese zarteste Rose von Hama würde gewiss einen Ehrenplatz ...«

»Schweig, Fettkloß!«, unterbrach ihn Omar. Er schenkte Harun einen bösen Blick und wandte sich dann mit einem um Verzeihung heischenden Lächeln wieder an den Johanniter. »Wollt Ihr Euer Angebot vielleicht noch einmal überdenken?«

Der Ritter schien zu zweifeln. Sein Blick glitt unschlüssig zwischen Robin und Arslan hin und her. Sein Stirnrunzeln vertiefte sich. Schließlich wandte er sich in ihrer Muttersprache an Robin: »Was genau war das Ziel Eurer Reise?«

Robin hätte in diesem Moment ihre rechte Hand für eine überzeugende Antwort gegeben. Sie konnte unmöglich die

Wahrheit sagen. Nicht in Gegenwart Omars und der beiden anderen Araber, und noch viel weniger gegenüber dem Johanniter. Auch wenn er aus demselben Land stammte wie sie und den gleichen Glauben hatte, so war ihr doch klar, dass es schreckliche Folgen hätte, würde ihr Geheimnis offenbar. Nicht nur für sie, sondern auch und gerade für die Templer. Erführe ausgerechnet ein Johanniter, dass es in den Reihen der ach so ehrwürdigen und glaubenssicheren Tempelritter eine Frau in Männerkleidern gegeben hatte, dann würde das dem Orden großen Schaden zufügen. Ganz abgesehen davon würde sie sich selbst damit den direkten Weg auf den Scheiterhaufen weisen. Sie musste schweigen, wenigstens in diesem Moment – auch wenn das für sie möglicherweise bedeutete, im Harem eines Scheichs zu landen.

»Was ist, Mädchen?«, wiederholte Gaston, nun auf Arabisch, aber lauter und ungeduldiger, als sie nicht sofort antwortete. »Was war das Ziel Eurer Reise?«

»Das weiß ich selbst nicht genau«, sagte Robin ausweichend. »Mein Vater ist ein Pilger. Er wollte die heiligen Stätten in Outremer besuchen.« Möglicherweise war das nicht einmal gelogen, nach dem wenigen, was ihre Mutter ihr je über ihren Vater erzählt hatte.

»Und wie hieß er? Zu welchem Adelsgeschlecht gehörtest du, wenn du denn wirklich von edler Abstammung bist, wie dieser Halsabschneider hier behauptet? Und wie war der Name des Schiffes, auf dem ihr gesegelt seid?«

»Genug!«, unterbrach ihn Omar. »Fragen könnt Ihr das Mädchen immer noch, wenn Ihr es ersteigert habt. Seid Ihr nun bereit, mit dem Gebot des edlen Asef Arslan mitzuhalten, oder nicht?«

Jetzt endlich zeigte sich auf dem Gesicht des Johanniters so etwas wie eine Regung. Er schien einen schweren inneren Kampf auszufechten, aber schließlich – wenn auch mit deutlichem Widerwillen – nickte er. »Ich biete ebenfalls tausend Denar ... und einen.« Er warf dem Araber ein ebenso zyni-

366

sches wie überheblich-siegessicheres Lächeln zu, aber Omar schüttelte nur den Kopf.

»Ich bitte Euch, mein Freund«, sagte er. »Für einen Denar werde ich nicht mein gutes Verhältnis mit Sheik Sinan aufs Spiel setzen. Ihr müsst schon etwas mehr bieten, wenn Ihr dieses wunderschöne Geschöpf erwerben wollt.«

»Dann müsste das Mädchen auch etwas mehr reden«, erwiderte Gaston gereizt.

Plötzlich lag eine Spannung in der Luft, die fast mit Händen zu greifen war. Robin war sich sicher, dass es längst nicht mehr um sie ging, sondern um etwas ganz anderes; etwas, das längst über eine Kleinigkeit wie den Erwerb einer Sklavin hinausging. Obwohl sich diese beiden Männer vielleicht noch nie zuvor im Leben gesehen hatten, spürte sie jedoch, dass zwischen ihnen eine uralte Feindschaft schwelte, die nur auf einen Anlass wartete, um wieder auszubrechen.

Arslans nächste Worte bestätigten sie in ihrem Verdacht nur. »Ihr kennt meinen Herrn«, sagte der schwarz gekleidete Araber leise. »Ihr wisst, für wen ich hier stehe.« Dem Tonfall nach war es vielmehr eine Feststellung als eine Frage, und der Johanniter nickte kaum merklich. »Und Ihr wollt trotzdem gegen mich bieten?« Arslan schüttelte andeutungsweise den Kopf, als könnte er nicht glauben, was er da hörte. »Was glaubt Ihr, wie weit Ihr mit dem Mädchen kommen würdet, wenn mein Herr entschiede, sie wirklich besitzen zu wollen?«

Der Johanniter hielt seinem Blick stand. »Der Kalif wünscht auch nicht, dass es ein christliches Königreich in Outremer gibt, und doch besteht es«, erwiderte er ruhig. »Ihr solltet wissen, dass sich die meisten Wünsche nie erfüllen, Arslan. Ich biete eintausend und einen Denar für das Mädchen.« Ohne Arslans oder auch Omars Reaktion abzuwarten, drehte er sich wieder zu Robin herum und fuhr sie an: »Nenn mir deinen vollen Namen und den deiner Familie!«

367

Mit einem Mal war sich Robin endgültig sicher, dass sie sich eingangs getäuscht hatte. Warum auch immer Gaston hier war: Er war nicht ihr Freund. War es seine gefühllose Stimme, die Eiseskälte, die sie in seinem Blick las: Ganz plötzlich war ihr klar, dass sie um keinen Preis in die Gewalt dieses Mannes gelangen durfte.

»Ihr habt Recht«, sagte sie, leiser, mit gesenktem Blick und nicht einmal gespielter Niedergeschlagenheit in der Stimme – auch wenn sie einen völlig anderen Grund hatte als den, den Gaston und die anderen annehmen mochten. »Ich bin ... nicht, wofür ich mich ausgegeben habe.«

»Was soll das heißen?«, fragte Omar.

»Ich bin nicht von edlem Geblüt«, sagte Robin. »Ich stamme aus einem kleinen Dorf in Friesland. Meine ... meine Sprache ...« Unruhig scharrte sie mit den Füßen im Sand. »Ich bin nur ein einfaches Mädchen. Vor den Heiden glaubte ich mich verstellen zu können ... mehr zu gelten, als ich bin ... aber Ihr habt mich durchschaut. Es tut mir Leid.«

Gastons Augen zogen sich misstrauisch zusammen, aber die Omars weiteten sich in schierem Entsetzen. Seine Hand schnellte hoch, als wollte er sie schlagen, aber dann hatte er sich wieder in der Gewalt. »Sie lügt!«, sagte er. »Sie hat es mir sogar gestanden. Sie hat gesagt, sie würde alles tun, um sich an mir zu rächen. Sie will mir nur das Geschäft verderben, so einfach ist das. Sie lügt!«

»Daran habe ich keinen Zweifel«, entgegnete der Johanniter ruhig. »Ich frage mich nur, was an ihrem Gerede Lüge ist.« Er schüttelte den Kopf. »Ich bin nicht der Mann, der sich die Mühe geben wird, dieses Lügengespinst zu zerreißen.«

»Ihr habt ein Angebot abgegeben«, beharrte Omar. Er klang fast ein bisschen störrisch. »Das könnt Ihr nicht einfach zurückziehen.«

»Und Ihr habt versucht, mir einen Esel als edle Zuchtstute zu verkaufen, Omar Khalid«, sagte Gaston ruhig. »Damit ist das Geschäft hinfällig. Und das ist noch großzügig von mir.«

Omars Blick schien den Johanniter aufspießen zu wollen, während Arslan ein leises Lachen ausstieß.

»So einfach ist das nicht, Fra Gaston«, sagte Omar, plötzlich wieder kalt und in einem Ton, der keinem anderen Zweck diente als dem, den Johanniter herauszufordern und zu beleidigen. »Ihr seid in mein Haus gekommen, Ihr habt geboten und Ihr werdet nicht gehen, bevor Euer Gebot nicht überboten wurde oder Ihr es einlöst.« Er machte eine Handbewegung und wie aus dem Nichts erschienen vier bewaffnete Krieger auf dem Hof.

Der Ritter streifte sie mit einem fast verächtlichen Blick. »Ihr glaubt nicht wirklich, ich wäre mit einem Beutel voller Geld in Euer Haus gekommen, oder?«, spottete er. »Bei Gott, Ihr genießt einen gewissen Ruf, Omar Khalid. Für wie dumm haltet Ihr mich?«

»Bisher habe ich Euch zumindest für einen Ehrenmann gehalten«, entgegnete Omar.

Gaston schüttelte den Kopf. »Nach dem, was ich gerade erfahren habe, hat dieses Wort aus Eurem Mund einen sonderbaren Klang, mein Freund. Im Übrigen stehe ich unter dem Schutz des Stadtherrn Al Malik al Mustafa Omar und genieße den Ruf eines Gesandten, denn ich habe dem Neffen des ehrwürdigen Sultans von Damaskus und Kairo ein wichtiges Schreiben vom Großmeister unseres Ordens zu überbringen. Ich verstehe Euren Zorn, dass Euch ein vermeintlich gutes Geschäft misslungen ist, doch bewahrt Ruhe und behaltet vor allem Euren Verstand, und beschert nicht noch mehr Unglück auf Euer Haus herab, indem Ihr Hand an einen Gesandten legt.«

»Das wagt Ihr nicht!«, sagte Omar. Seine Stimme zitterte vor unterdrückter Wut.

Der Johanniter verneigte sich knapp. »Friede sei mit Euch, Omar Khalid.«

Einen Moment lang hielt er Omars Blick noch gelassen stand, dann legte er in einer wie zufällig wirkenden Geste die Hand auf das Schwert, das er unter dem Mantel trug, drehte sich auf dem Absatz herum und verließ den Hof. Die Krieger, die sich ihm auf Omars Geste hin in den Weg gestellt hatten, rührten sich im ersten Augenblick nicht. Gaston ging jedoch ruhig und ohne zu zögern weiter und kurz bevor er ihre Reihen erreicht hatte, wichen die Männer zur Seite und ließen ihn durch. Omar ballte wütend die Fäuste. Seine Lippen waren zu einem schmalen, fast blutleeren Strich geworden, und Robin konnte tatsächlich hören, wie er vor Wut mit den Zähnen knirschte.

»Friede sei mit Euch ...«, wiederholte Arslan nachdenklich. Er schüttelte kaum merklich den Kopf und seufzte. »Ich fürchte, Euren Frieden habt Ihr soeben verwirkt, Omar Khalid.«

»Was soll das heißen?«, schnappte Omar.

»Ich hätte Euch für klüger gehalten«, erwiderte der Schwarzgekleidete. »Ich bin mit einem sehr großzügigen Angebot gekommen, für etwas, das ohnehin uns gehört. Aber Ihr habt es ausgeschlagen und versucht, mit mir zu feilschen. Mir scheint, dass Allah Euch zürnt und das Glück Euch verlassen hat. Ich werde nun gehen, um meinem Herrn zu berichten, was hier vorgefallen ist.«

»Etwas, das ohnehin Euch gehört?« Omar versuchte zu lachen, aber es misslang. »Das ist absurd. Das Mädchen wurde vom Meer angespült und ist eine Ungläubige. Welchen Anspruch wollt Ihr wohl ...?«

»Ihr vergesst den Ring, Omar Khalid«, unterbrach ihn Arslan.

»Wer weiß, wo sie ihn herhat«, sagte Omar abfällig. Er streifte Robin mit einem nervösen Blick und baute sich herausfordernd vor dem fast einen Kopf kleineren Araber auf. »Wahrscheinlich hat sie ihn gestohlen.«

»Dann muss ich den meinen wohl auch gestohlen haben«, sagte Arslan. Er hob die linke Hand und Robin erschrak bis ins Mark, als sie das goldene Funkeln an seinem Ringfinger gewahrte.

Sie war zu weit entfernt und die Bewegung zu schnell, als dass sie mehr als ein flüchtiges Aufblitzen sehen konnte, und

370

doch war sie nicht einmal einen Sekundenbruchteil im Zweifel, dass dieser Ring dem, den Salim ihr gegeben hatte, wie ein Zwilling dem anderen glich.

Aber was bedeutete das? Wer war dieser Mann? Was hatte es mit diesem Ring auf sich und wer war der geheimnisvolle Sheik Raschid es-Din Sinan, dessen bloße Erwähnung den Johanniter in Zorn versetzte und Omar schiere Todesangst einjagte? Und wenn dieser Ring wirklich das war, wofür sowohl Omar als auch Arslan und der Johanniter ihn zu halten schienen – wie war dann Salim an ihn geraten? All das zusammen ergab keinen Sinn!

»Arslan, das wagt Ihr nicht!«, sagte Omar. Auf seinem Gesicht hatte sich wieder die schon fast gewohnte hochmütige Miene breit gemacht, und er stand in drohender Haltung vor seinem Gegenüber, die Hand auf dem Schwert, die andere bewusst locker neben sich hängend. Aber es gelang ihm trotz aller Anstrengung nicht ganz, die Furcht aus seinem Blick zu bannen.

»Wen der Glanz des Goldes einmal geblendet hat, der schwört zumeist der Tugend der Weisheit ab«, antwortete Arslan ruhig. »Ich kann Euch versichern, Omar Khalid, hättet Ihr das Mädchen sofort zu meinem Herrn gebracht, statt zu versuchen, es ihm zu verkaufen, dann hätte der Scheich Euch wahrscheinlich reichlicher entlohnt, als Ihr es auch nur zu erträumen vermögt. Doch ihm verkaufen zu wollen, was ihm gehört, und dann noch sein großmütiges Angebot abzulehnen ...« Arslan schüttelte bedauernd den Kopf. »Das war nicht klug.«

Omars Gesicht verdüsterte sich noch weiter. »Ihr wollt mir drohen? In meinem eigenen Haus?« Wie beiläufig blickte er zu den vier Kriegern hin, die wenige Schritte hinter ihm standen, aber Arslan wiederholte nur sein bedauerndes Kopfschütteln.

»Omar, wollt Ihr Eure Lage wirklich noch verschlimmern, indem Ihr nun auch noch das heiligste aller Gesetze verletzt, das Gastrecht?« Er wartete einen winzigen Augenblick lang, bevor er fast sanft fortfuhr: »Aber vielleicht könnt Ihr ja meinen Herrn mit einem Geschenk noch gnädig stimmen.«

»Ich bin kein erfolgreicher Kaufmann, weil es in meinem Wesen liegt, Geschenke zu machen oder mich einschüchtern zu lassen«, entgegnete Omar stolz.

Arslan musterte ihn abschätzend. »Man mag Euch zurecht einen Dummkopf nennen, Omar Khalid, doch Euch einen Feigling zu heißen, das hieße Euch Unrecht zu tun. Mein Herr wird Euch ein Zeichen schicken, wenn er über das Schicksal des Mädchens entschieden hat. Und über Eures.«

Damit ging er. Omars Wächter wichen ebenso respektvoll vor Arslan zurück wie zuvor vor dem Johanniter – nur, dass es diesmal keines besonderen Befehles ihres Herrn bedurft hätte.

Als er in den dunklen Hauseingang trat, der zur anderen Seite und zum Ausgang führte, schien er augenblicklich mit den Schatten zu verschmelzen, als hätte er zuvor nur für wenige, flüchtige Momente menschliche Gestalt angenommen. Robin blinzelte verwirrt. Natürlich beruhte diese Täuschung auf einem optischen Phänomen, das mit dem matten Schwarz seiner Gewänder zu tun hatte. Dennoch lief ihr ein kurzer, eisiger Schauer über den Rücken.

Erst nachdem der Schwarzgekleidete verschwunden und auch noch eine geraume Weile verstrichen war, erwachte Omar aus seinem brütenden Starren, drehte sich mit einem Ruck zu ihnen herum und sah erst sie, dann Harun al Dhin und schließlich wieder Robin auf eine Art an, die ihr einen neuerlichen Schauer über den Rücken laufen ließ. Was sie in Omars Augen las, das war eindeutig Wut, Zorn und Enttäuschung ... und doch hatte sie zugleich das Gefühl, dass er nicht so verängstigt war, wie Arslan es offenbar erwartet hatte. Sie fragte sich, ob Omar bereits andere, weiter reichende Pläne hatte. Vielleicht war ja das, was sie gerade mit-

372

erlebt hatte, nur Bestandteil einer viel größeren Scharade gewesen.

Aber sie hatte das Gefühl, dass sie die Antwort auf diese Frage schon sehr bald bekommen würde – und dass sie ihr nicht gefallen würde.

14. Kapitel

Kurz nach Einbruch der Dämmerung erschien Naida in Robins Zimmer und befahl ihr mit groben Worten, ihr zu Omar zu folgen. Sie wirkte noch verbitterter als sonst, ihre Stimme kälter, und der Zorn in ihrem nicht zugeschwollenen Auge noch brennender. Robin registrierte all dies sehr wohl, aber sie hütete sich, eine Frage zu stellen. Sie hätte viel darum gegeben, auch nur einen Augenblick mit Naida zu reden, ihr zu erklären, wie unendlich Leid ihr alles tat und dass sie selbst wohl am meisten unter Omars Grausamkeit litt, der anderen Schmerzen zufügte, um sie zu bestrafen. Aber sie wagte es nicht, die alte Sklavin darauf anzusprechen. Als sie jedoch das Zimmer verlassen wollte, versperrte Naida ihr die Tür und starrte sie so hasserfüllt an, dass Robin einen halben Schritt zurückwich.

»Ich dachte, Omar Khalid erwartet mich«, sagte sie, nachdem die Sklavin eine ganze Weile einfach nur dagestanden und sie auf diese unheimliche Art gemustert hatte.

Naidas Kiefer mahlten. Robin sah ihr an, dass sie mit den folgenden Worten rang, dass sie einfach nicht mehr die Kraft hatte, sie zurückzuhalten. »Dich hat der Sheitan geschickt, Unselige!«, murmelte Naida. »Du bringst Unglück und Tod über dieses Haus.«

»Ich habe es nicht freiwillig betreten«, erwiderte Robin. Fast schämte sie sich dieser Worte. Statt Naida um Vergebung für all das Unglück zu bitten, das sie ihretwegen erleiden musste, griff sie sie nun ihrerseits an. Doch erging es ihr nicht anders als der alten Sklavin: Sie hatte ihre Worte nicht zurückhalten können.

Naida sah sie lange und mit einem undeutbaren Ausdruck im Gesicht an. Dann fragte sie ganz leise: »Welchen Zauber hast du auf Omar Khalid gelegt, Ungläubige?«

»Zauber?«

»Er ist nicht mehr er selbst, seit er mit dir aus der Wüste zurückgekehrt ist.« Plötzlich war aller Hass, alle Verbitterung aus ihrer Stimme verschwunden. Sie klang traurig, und der Schmerz, den Robin jetzt in ihren Worten hörte, war nicht mehr körperlicher Natur. »Welches Gift hast du ihm in seinen Becher gemischt? Noch nie war er in eine Frau verliebt wie in dich. Auch wenn er schon so viele Frauen besessen hat.«

Robin fühlte sich wie vor den Kopf geschlagen. Sie weigerte sich zu glauben, was die Alte ihr sagte. *Verliebt?* Aber das war doch grotesk! Und doch: Da war eine Ahnung, ganz tief unten am Grunde ihrer Seele, wohin sie sie verbannt hatte, um sich diesem völlig aberwitzigen Gedanken nicht stellen zu müssen.

»Er ist nicht einmal unglücklich darüber, dass du heute nicht verkauft worden bist«, fuhr Naida fort. »Und das trotz der Drohung des Assassinen.«

»Aber ... es war doch nur ein einzelner Mann«, murmelte Robin. Doch innerlich überschwemmte sie ein Sturm sich widersprechender Gefühle.

»Nur ein einzelner Mann?« Naida lachte hämisch. »Die Assassinen haben schon Sultane und Wesire inmitten ihrer Paläste getötet, und im Herzen ihrer Heere. Sie haben es gewagt, sich mitten im Feldlager in das Zelt Saladins zu schleichen und ihn mit dem Tod bedroht, wenn er es wagen sollte, ihre Burg Masyaf anzugreifen. Wenn es nicht Liebe ist, was sollte meinen Jungen dann dazu bringen, sich mit den Söhnen Ismaels anzulegen, wo er doch genau weiß, dass es seinen sicheren Tod bedeutet.«

»Naida, ich versichere dir, dass ...«, begann Robin, wurde aber sofort wieder von Naida unterbrochen, die eine herri-

375

sche Geste mit der unverletzten Hand machte. Ihre Stimme bebte jetzt wieder vor Hass. »Du gehörst doch auch zu dieser verfluchten Schattenbrut! Warum bist du noch hier, wenn nicht um Omar ins Verderben zu reißen?«

»Aber, wie sollte ich denn ...?«

Wieder wurde sie unterbrochen. »Ihr versteht euch doch darauf, eins mit der Finsternis zu werden und an jeden Ort zu gelangen«, behauptete Naida. »Warum rufst du nicht deinen verfluchten Zauber an und fliegst einfach davon?«

»Naida, bitte!«, sagte Robin mühsam. »Ich erwarte nicht, dass du mir verzeihst. Was dir meinetwegen angetan wurde, ist mehr, als ich jemals wieder gutmachen kann. Aber du irrst dich. Für deinen Herrn bin ich nicht mehr als ein kostbarer Besitz, den er möglichst gewinnbringend verkaufen will. Wenn er mich wirklich lieben würde, dann hätte er dir das nicht angetan – und er hätte den armen Jungen ganz gewiss nicht verstümmeln lassen.«

Naida lachte verbittert. »Was er mir angetan hat, war nichts gegen die Strafe, die ich eigentlich verdient hätte für meinen Verrat. Und was Rustan angeht ... Omar lässt alle Jungen von hübscher Statur und schönem Gesicht zu Eunuchen machen. Das war schon so, bevor du hergekommen bist, und das wird auch noch so sein, wenn du längst fort bist. Falls wir dann noch am Leben sind.«

»Alle Jungen? Aber wieso?«

»Weil sich ihr Wert dadurch vervielfacht, du dummes Ding«, antwortete Naida verächtlich. »Und er in dem Franken einen Heilkundigen gefunden hat, der sich so gut auf die Kunst der Entmannung versteht, dass nur noch einer von zwei Knaben stirbt, statt acht von zehn, wie vorher.«

»Dennoch ist es unbeschreiblich grausam!«, rief Robin, aber Naida wischte auch diese Antwort mit einer zornigen Handbewegung weg.

»Grausam? Glaubst du denn, er hätte ihn nur bestraft, um dich zu treffen? Wofür hältst du dich? Es war genau anders herum. Nur, um dir zu gefallen, hat er die Knaben im Keller verschont. Und hättest du nicht diesen närrischen Aufstand angezettelt, dann hätte er gewiss keinen einzigen der Jungen kastrieren lassen – obwohl er dadurch viel Geld verliert.«

Robin fühlte sich immer verwirrter und hilfloser. Es wäre leicht gewesen, sich selbst einzureden, dass Naida all das nur sagte, um sie zu quälen. Aber es entsprach nicht der Wahrheit.

»Ich warne dich, Ungläubige«, fuhr Naida fort. »Du wirst den Liebesbann, den du auf meinen Herrn gelegt hast, wieder aufheben, oder es wird dich selbst das Leben kosten. Glaub nur nicht, dass ich nichts als ein hilfloses altes Weib bin.«

»Was willst du tun?«, fragte Robin ruhig. »Mich töten?«

Naida nickte grimmig. »Ich bin bei einem heiligen Mann gewesen und weiß, wie man einen Schatten töten kann«, sagte sie. »Nur der Schmerz, den ich Omar damit zufügen würde, hat mich bisher davon abgehalten. Aber wenn du mir keine andere Wahl mehr lässt ...«

Robin fuhr ein eisiger Schauer über den Rücken. Sie fürchtete sich nicht vor Naida. Schon mehr als einmal war sie in Lebensgefahr gewesen und die meisten der Gegner, deren sie sich hatte erwehren müssen, waren keine hilflosen, kranken alten Frauen wie Naida gewesen. Aber was sie erschauern ließ, war dieser aus Furcht geborene Hass.

»Jetzt komm!«, befahl Naida. »Mein Herr hat darauf bestanden, dich in seinem eigenen Gemach zu empfangen. Und vergiss meine Worte nicht. Ich werde dich im Auge behalten.«

Zutiefst verwirrt folgte Robin der alten Sklavin auf den Flur hinaus. Naida hatte ihr Zimmer allein betreten, draußen aber wurden sie von Omars ganz in Schwarz gekleidetem Leibwächter Faruk empfangen. Der Anblick hatte schon fast etwas Vertrautes und dennoch musterte Robin den hünenhaften Krieger mit neuem Interesse. Der schwarz gekleidete Araber, der sie im Auftrag Sheik Raschid es-Din Sinans hatte erwerben wollen, war deutlich kleiner und von schmalerem Wuchs als Faruk gewesen, aber dieser Hüne hielt keinem

377

Vergleich mit Arslan stand. Den Assassinen hatte eine fast körperlich spürbare Aura umgeben, als trüge er über seinem schwarzen Kaftan einen zweiten unsichtbaren Umhang des Unheimlichen und der Bedrohung.

Der Krieger und Naida führten sie die Treppe hinab in einen Teil des weitläufigen Gebäudes, in dem sie noch nie gewesen war. Die sauber verputzten Wände waren mit einer Unzahl von Wandteppichen und Bildern, aufgehängten Waffen, Fahnen und Schilden verziert und der Boden war ein kunstvolles Mosaik, auf dem jeder ihrer Schritte ein helles Echo hervorrief. Omars Zimmer lag ganz am Ende des Flures, in den sie geführt wurde. Faruk trat zur Seite und nahm mit vor der Brust verschränkten Armen neben der Tür Aufstellung; ein sicherer Hinweis darauf, dass er nicht mit hineingehen würde. Aber Naida eilte voraus und öffnete die Tür, ohne sich die Mühe zu machen, anzuklopfen. Da Robin ihr keine Gelegenheit geben wollte, sie wieder anzufahren, beeilte sie sich, der alten Sklavin zu folgen.

Sie hatte eine prachtvolle Einrichtung erwartet, weißen Marmor mit sprudelnden Zimmerspringbrunnen und goldenen Möbeln; wie in einem jener Märchenpaläste, von denen Salim ihr so oft erzählt hatte. Der Raum, in dem sie sich befand, war jedoch deutlich kleiner als Robins eigenes Zimmer eine Etage höher. Im Gegensatz zu diesem waren seine Fenster vergittert und der einzige Schmuck an den Wänden war eine riesige Sammlung von Dolchen, Säbeln und verschieden geformten Schilden. Auf dem Boden lag ein dicker, kunstvoll geknüpfter Teppich, unter dessen Rändern das gleiche kostbare Mosaik wie draußen sichtbar wurde, und die Möblierung war zwar spärlich, aber von erlesenem Geschmack. Direkt neben der Tür stand eine große Truhe aus dunklem Holz mit Einlegearbeiten aus Muschelkalk, vielleicht auch Perlmutt. Von der Decke hing eine große Lampe aus Messing mit mehreren Armen, die in brennenden Dochten endeten. Ein angenehm warmes Licht erfüllte den Raum.

378

Omar saß auf dem Boden auf einem Lager aus Kissen. Er lehnte mit dem Rücken an der Wand, und seitlich von ihm stand ein niedriges Tischchen, auf dem Robin eine Schale mit getrockneten Datteln erblickte. Der Anblick ließ ihr das Wasser im Mund zusammenlaufen. Sie hatte seit der misslungenen Versteigerung weder etwas zu essen noch zu trinken bekommen und vor lauter Aufregung auch vorher den ganzen Tag über praktisch nichts gegessen. Entsprechend groß war ihr Hunger. Ihr Magen knurrte hörbar, und Robin spürte, wie ihr die Schamesröte ins Gesicht stieg.

Naida fuhr herum und funkelte sie an, als hätte sie ein todeswürdiges Verbrechen begangen, aber noch bevor sie etwas sagen konnte, brachte Omar sie mit einer raschen Geste zum Schweigen und deutete aus der gleichen Bewegung heraus auf das freie Kissen neben sich. Er machte sich nicht die Mühe, den Kopf zu wenden, um Robin anzusehen, und als sie – Naidas hasserfüllte Blicke nicht beachtend – zu ihm ging, um seiner Aufforderung Folge zu leisten, sah sie, dass seine Augen geschlossen waren. Auf seinem Gesicht lag ein so entspannter, ruhiger Ausdruck, wie sie ihn bisher selten darauf gesehen hatte.

»Bedien dich, Kind«, sagte er, nachdem sie Platz genommen hatte. »Bist du hungrig?«

Robin hob nur die Schultern – obwohl Omar die Bewegung nicht sehen konnte, war sie sicher, dass er sie wahrnahm –, aber sie musste sich zugleich beherrschen, um nicht gierig nach den Datteln in der hölzernen Schale zu greifen. Daneben standen ein schwarz-rot bemalter Tonkrug sowie drei tönerne Becher im gleichen Muster: Auf einem zweiten, etwas kleineren Tischchen neben diesem erhob sich ein zierlicher Käfig aus dünnen Rohrstangen, ähnlich dem, den Omar ihr vor zwei Tagen geschickt hatte. Nur, dass sich darin keine Singvögel, sondern eine große, fast schon hässliche graue Taube befand.

»Ich habe Euch das Christenmädchen gebracht«, sagte Naida überflüssigerweise.

»Das ist gut«, antwortete Omar. Er öffnete immer noch nicht die Augen, aber ein sonderbar sanftmütiges Lächeln erschien auf seinen Lippen – als spürte er Naidas Feindseligkeit ganz genau und verzeihe sie ihr auf der Stelle. »Jetzt sei so lieb und geh und suche Harun al Dhin. Er muss noch im Haus sein. Richte ihm aus, ich würde mich freuen, seine Gesellschaft zu genießen.«

Naida gehorchte, wenn auch nicht ohne unter der Tür noch einmal rasch den Kopf zu wenden und Robin einen eindeutig drohenden Blick zuzuwerfen. *Denk an meine Worte.*

Robin konnte sich nun nicht mehr beherrschen. Sie griff zu, nahm gleich drei der getrockneten Datteln auf einmal und schlang die erste so gierig herunter, dass sie sich daran verschluckte und einen kleinen Hustenanfall bekam. Während sie mühsam nach Atem rang, öffnete Omar nun doch die Augen und maß sie mit einem Lächeln, das ebenso sonderbar war wie das, mit dem er soeben auf Naidas Worte reagiert hatte.

»Nimm, so viel du willst, aber iss langsam, Robin. Ich lasse dir später noch zu essen bringen. Es tut mir wirklich Leid. Ich hätte dich nicht damit bestrafen sollen, dass ich dich hungern lasse wie einen störrischen Welpen, der dem Befehl seines Herrn nicht gehorchte.«

Allmählich war Robin wieder zu Atem gekommen. Sie nahm rasch eine zweite Dattel in den Mund und kaute sie langsam und mit großer Sorgfalt; weniger, weil Omar es ihr geraten hatte, sondern um Zeit zu gewinnen. Das sanfte Lächeln, mit dem er sie maß, wirkte durchaus ehrlich. Und es verwirrte sie vollkommen. Sie konnte sich nicht erinnern, Omar jemals in einer so sanftmütigen Stimmung erlebt zu haben. Zweifellos war es nur ein Trick, irgendeine neue Teufelei, die er sich ausgedacht hatte, damit sie sich in Sicherheit wog, um falsche Hoffnungen in ihr zu wecken und sie dann nur umso härter zu treffen.

Omar sagte nichts mehr, sondern sah sie nur an, und nach einer Weile schluckte Robin den Bissen herunter, auf dem sie mittlerweile so lange herumgekaut hatte, bis er völlig geschmacklos geworden war. Zu ihrer eigenen Überraschung hörte sie sich sagen: »Es tut mir Leid, Herr.«

»Was?« Omar runzelte die Stirn.

»Mein Benehmen«, antwortete Robin. »Ich hätte ... ich hätte mich nicht so aufführen dürfen. Ich habe es nur getan, weil ich Angst hatte, und ...«

»... und um mir zu schaden«, unterbrach sie Omar. Trotz dieser Worte lächelte er. »Aber das ist mir doch klar.«

»Und Ihr ... Ihr seid nicht zornig auf mich?«

»Natürlich bin ich das«, sagte Omar, und diese Worte klangen keineswegs überzeugend. »Aber ich kann dich zugleich auch verstehen. Vielleicht hätte ich nicht anders gehandelt, wäre ich an deiner Stelle gewesen. Du brauchst keine Angst zu haben. Ich werde dich nicht bestrafen.«

Robin ließ die Hand mit der dritten Dattel, die sie schon an die Lippen geführt hatte, wieder sinken und sah Omar Khalid mit einer Mischung aus Unglauben und schuldbewusstem Misstrauen an. »Obwohl ich Euch in so große Gefahr gebracht habe?«

»So große Gefahr?« Omar schüttelte lachend den Kopf, drehte sich im Sitzen halb herum und goss eine dunkelrote Flüssigkeit aus dem Tonkrug in zwei Becher. »Wer sagt einen solchen Unsinn? Ich konnte mein Geschäft nicht abschließen, aber das gefährdet allerhöchstens meine Bilanz. Und es ist noch lange nicht vorbei. Sie werden wiederkommen, und vielleicht erhöht sich mein Gewinn dann sogar noch.«

»Aber ist es nicht genau das, was Ihr fürchtet?«

Omar reichte ihr einen der Becher und führte den zweiten an die Lippen. Ohne zu trinken, sah er sie aus schmalen Augen an. »Warum sollte ich das fürchten?«

»Die Assassinen«, antwortete Robin. »Die Söhne Ismaels. Sie werden zurückkommen und dann ...«

»Wer hat dir davon erzählt?«, unterbrach sie Omar.

Robin schwieg.

»Naida«, sagte Omar düster.

»Nein!« Robins Antwort kam ein wenig zu schnell, um überzeugend zu wirken. »Sie hat nur ...«

»Dieses törichte alte Weib!«, murrte Omar. Er wirkte zornig. »Ich weiß nicht, was sie dir erzählt hat, aber es war zweifellos übertrieben. Sie ist nur eine alte Frau, die Unsinn redet und sich darin gefällt, dir mit wilden Geschichten Angst einzujagen.«

»Aber sie hat gesagt ...«

»Was immer sie gesagt hat, es war zu viel und es war nicht wahr und zweifellos hoffnungslos übertrieben«, fiel ihr Omar ins Wort. »Ich werde sie auspeitschen lassen.«

»Nein, bitte nicht!«, sagte Robin heftig. »Es war meine Schuld. Bitte, Herr, Ihr dürft Naida nicht bestrafen. Sie wollte nichts sagen, aber ich habe so lange auf sie eingeredet, bis sie es schließlich doch getan hat. Wahrscheinlich habt Ihr Recht. Sie hat nur irgendetwas erzählt, damit ich Ruhe gebe.«

Omar trank einen Schluck, leckte sich nachdenklich über die Lippen und musterte sie plötzlich wieder mit diesem seltsam warmen Lächeln in den Augen. Dann stellte er den Becher auf den Tisch zurück und schüttelte den Kopf. »Ich verstehe dich nicht, Robin. Ich versuche es, aber es gelingt mir einfach nicht. Naida ist nicht deine Freundin, das ist dir doch klar?«

»Sie hat schon zu viel erleiden müssen, meinetwegen«, sagte Robin. »Ich will nicht, dass Ihr sie bestraft.«

»Weißt du, dass sie mich allein heute zweimal gebeten hat, dich zu töten?«, fragte Omar.

Nein, das hatte Robin natürlich nicht gewusst. Sie erschrak. Sie hatte geahnt, dass Naida sie inzwischen hasste, aber nicht, wie weit dieser Hass ging. Dennoch schüttelte sie den Kopf. »Ihr dürft ihr nichts antun«, beharrte sie.

»Verstehe einer euch Christen. Ist das jetzt eines eurer christlichen Gebote? Liebe deine Feinde?«

»Vielleicht.«

»Dann frage ich mich, warum andere wie du mit Feuer und Schwert in unser Land kommen, um uns zu vernichten«, sagte Omar. »Aber gut, wenn dir so viel daran liegt, dann verspreche ich dir, dass ich Naida nicht bestrafen werde.«

Um sich ihre nächsten Worte überlegen zu können, hob Robin den Becher und trank einen winzigen Schluck. Er enthielt einen schweren, süßlichen Wein, der ausgezeichnet schmeckte. Aber schon nach dem allerersten Schluck ließ er sie leicht schwindeln. Sie hatte zeit ihres Lebens so gut wie keinen Alkohol zu sich genommen, nur das eine oder andere Mal war ihr nichts anderes übrig geblieben weil außer Bier oder Wein nichts zu trinken da und sie durstig gewesen war. »Dieser Mann, Asef Arslan, der heute hier war ... Ist er wirklich ein Assassine?«

Omar nickte.

»Und dann sitzt Ihr so ruhig hier und trinkt Wein mit mir? Obwohl Euch ein Meuchelmörder mit dem Tod gedroht hat?«

Omar zuckte nur mit den Schultern und murmelte: »Inschallah.«

»Dann habt Ihr beschlossen, hier auf den Tod zu warten«, vermutete Robin. Allmählich kam ihr Omars Ruhe schon fast unheimlich vor. Vielleicht war es gar keine Ruhe, sondern Fatalismus.

»Ich glaube, es war einer eurer Kriegsherren, der einmal den Spruch geprägt hat: Kenne deine Feinde«, erwiderte Omar. »Die Assassinen sind weit fort. Ihr Hauptquartier ist in der Burg Masyaf, weit weg in den Nosairi-Bergen. Mehr als einen Tagesritt entfernt. Selbst wenn Arslan Hama noch heute verlassen hat ... Es ist Neumond. Bei völliger Dunkelheit in den Bergen unterwegs zu sein mag einem Schatten vielleicht möglich sein, doch Pferde brechen sich dabei die Beine. Arslan wird unter günstigsten Umständen vielleicht im Morgengrauen seinen Sheik erreichen. Und selbst wenn Raschid es-Din Sinan tatsächlich mit seinen Männern nach Hama kommt, so kann er frühestens morgen hier sein. Wohl eher übermorgen.« Er schüttelte erneut den Kopf. »Die Soldaten des Statthalters werden wohl kaum in aller Ruhe zusehen, wie Scharen von Assassinen in Hama einreiten. Viel wichtiger jedoch ist, dass ich dann nicht mehr hier sein werde. So wenig wie du. Zur Stunde wird in der Karawanserei am Damaskus-Tor eine Karawane für uns zusammengestellt, mit der wir noch im Morgengrauen die Stadt verlassen werden. Das heißt, wir werden einen ganzen Tag Vorsprung haben, wenn der Alte vom Berge wirklich hierher kommt. Was ich im Übrigen nicht glaube.«

Den letzten Satz schien er eher zur eigenen Beruhigung zu sagen.

»Die Assassinen«, fragte Robin, »wer sind sie?«

»Hat dir Naida das nicht gesagt?«, gab Omar mit einem angedeuteten Lächeln zurück.

Robin nickte mit großem Ernst. »Doch«, sagte sie. »So wie auch Harun und Nemeth. Sie haben viel geredet, aber im Grunde hat mir niemand wirklich etwas gesagt.«

»Weil niemand gern über die Hashashin spricht«, sagte Omar. »Das ist ihre stärkste Waffe, weißt du? Ich will nicht behaupten, dass sie ungefährlich sind, aber viel gefährlicher als ihre Schwerter und ihr Gift ist die Furcht, die sie in die Herzen der Menschen säen.«

»Und wer genau sind sie nun?«

»Das ist ein großes Geheimnis«, antwortete Omar nachdenklich. »Manche halten sie für Geister, die nur die Gestalten von Menschen angenommen haben, um sich zu tarnen, andere für eine Bande von Meuchelmördern, die sich in den Bergen verkrochen hat und dort ihre Intrigen spinnt. Was immer man jedoch über sie erzählt, letzten Endes sind sie Menschen, keine Dschinn. Sie sind gefährlich, aber nicht unbesiegbar. Asef hat versucht, mich einzuschüchtern, und beinahe wäre ihm das auch gelungen. Ich bin dir dankbar, dass du mich letzten Endes davon abgehalten hast, mich der Furcht zu beugen, mit der er mich erpressen wollte.«

»Und wenn Sheik Sinan und seine Männer wirklich kommen?«

384

Omar schüttelte – und diesmal wirkte er wirklich überzeugt – den Kopf. »Raschid ist kein Narr«, sagte er. »Er ist ein mächtiger Mann, vor dem selbst Könige und Heerführer zittern, aber er ist kein Dummkopf. Er wird keinen Krieg vom Zaun brechen, um eines Mädchens willen, das er gar nicht kennt ... Das ist doch so, oder?«

»Ich weiß nicht genau, warum Ihr das fragt«, sagte Robin. »Dein Ring.«

Robin stellte vorsichtig den Becher zu Boden, um sich den Ring vom Finger zu streifen, aber Omar schüttelte nur den Kopf.

»Ich habe ihn mir lange genug angesehen«, sagte er. »Mich interessiert nicht, wie er aussieht oder welchen Wert er hat. Mich interessiert, von wem du ihn hast.«

»Von einem Freund«, antwortete Robin.

»Das hast du nun schon mehrmals gesagt, und ich glaube es dir«, sagte Omar. »Aber wer war dieser Freund? Was hat er gesagt, als er ihn dir gegeben hat, und warum? Wie war sein Name?«

»Salim«, antwortete Robin.

Noch während sie den Namen aussprach, kam es ihr wie ein Verrat vor, als gäbe sie damit das letzte Geheimnis preis, das sie und Salim noch vor dem Rest der Welt und vor allem vor Omar Khalid gehabt hatten.

Omar dachte einen Moment lang angestrengt über diesen Namen nach, bevor er erneut ein Kopfschütteln andeutete. Nachdenklich trank er einen Schluck Wein. »Nun, das ist ein Allerweltsname, hierzulande. Wer war er? Wo hast du ihn getroffen, und warum hat er dir diesen Ring gegeben?«

»Er war der Diener eines ... Edelmannes.«

»Edelmann?« Omar war das winzige Stocken in ihren Worten nicht entgangen. »Was für ein Edelmann?«

»Ein Ritter«, antwortete Robin ausweichend. Sie sah Omar nicht an, denn sie fürchtete, dass er in ihren Augen lesen konnte. »Salim war sein Diener, so, wie ich seine ... Dienerin. Als Abbé mich fand, da war ich sehr, sehr krank.«

385

»Krank?«

»Verletzt.« Robin hob die Hand und legte die Finger auf die dünne, aber deutlich sichtbare Narbe an ihrer Kehle. »Bruder Abbé und vor allem Salim waren es, die mich gesund gepflegt haben.«

»Dann war es die Wahrheit, als du heute Nachmittag behauptet hast, du seist nur ein einfaches Bauernmädchen.« Omar nippte wieder an seinem Wein. Seine Worte hatten nicht wie eine Frage geklungen, sondern wie die Bestätigung eines lang gehegten Verdachts. Er klang auch nicht zornig. Nicht einmal wirklich enttäuscht.

Robin nickte nur. »Abbé hat mich gesund gepflegt und zu sich genommen. Er hat sich um mich gekümmert wie um eine Tochter ...«

»Und dieser Salim zweifellos wie um eine Schwester«, sagte Omar spöttisch.

»Ja«, antwortete Robin. »Wenigstens am Anfang. Aber später ...«

»Ich kann mir denken, wie die Geschichte weitergeht.« Omar seufzte. »Später habt ihr euch ineinander verliebt. Du kannst es ruhig zugeben. Auch ich bin aus Fleisch und Blut und ich habe Augen im Kopf. Dieser Salim müsste schon ein Dummkopf gewesen sein, wenn er nur die Schwester in dir gesehen hätte. Weißt du, wer er war?«

»Nein«, antwortete Robin wahrheitsgemäß. Noch vor wenigen Tagen hätte sie voller Überzeugung behauptet, sie wüsste es, aber mittlerweile ... Nein. Sie musste nur die Augen schließen, um Salims Gesicht vor sich zu sehen, seine Stimme zu hören und die Berührung seiner Hände zu spüren ... Aber jetzt ... Wenn sie ganz ehrlich zu sich selbst war, dann musste sie zugeben, dass sie nicht wusste, wer er war. Sie konnte nicht einmal sagen, er habe sie belogen. Er hatte einfach kaum über sich geredet. Über Outremer, die Wüsten und seinen Glauben, über Allah – über all das hatte er gerne gesprochen. Doch über sich hatte er stets Schweigen bewahrt. Vielleicht stimmte nicht einmal der Name, den er ihr genannt hatte, dachte Robin plötzlich – aber selbst wenn, würde das keinen Unterschied machen.

»Salim und ich haben Abbé begleitet, als er zusammen mit seinen Brüdern auf das Kreuzfahrerschiff ging«, fuhr Robin fort. »Als wir dann angegriffen wurden, hat Salim mir den Ring gegeben und gesagt, er würde mich beschützen, sollten wir getrennt werden und ich in Gefahr geraten.«

»Damit hat er die Wahrheit gesagt«, sagte Omar.

»Ich weiß«, sagte Robin. »Aber damals wusste ich es nicht. Ich dachte, es wäre nur ein Andenken. Ich ... glaube einfach nicht, dass Salim ein Assassine ist.«

»Das muss er auch nicht sein«, sagte Omar. Er dachte einen Moment nach. »Ein Assassine, der am Hof eines christlichen Ritters dient?« Er schüttelte den Kopf. »Nein. Das ist schwer vorstellbar. Wahrscheinlicher ist, dass er diesen Ring irgendwo gestohlen oder auch gefunden hat.« Er lachte leise. »Vielleicht wusste er nicht einmal selbst genau, was er bedeutete – nur, dass er seiner Liebsten fernab der Heimat nützlich sein könnte.«

»Aber dazu musste er doch das Geheimnis des Ringes kennen!«

Omar schüttelte den Kopf. »Das bezweifle ich. Er hat vielleicht ein paar Gerüchte über Schutzringe aufgeschnappt – aber dass er sie in Zusammenhang mit den Assassinen gebracht hat, ist unwahrscheinlich. Selbst ich weiß kaum etwas über die Geheimnisse dieser gefährlichen Brut, da sie meist nur aus dem Verborgenen zuschlägt.«

»Und obwohl Ihr sie für so gefährlich haltet, reizt Ihr sie bis aufs Messer?«, fragte Robin, teilweise aus wirklicher Neugier, viel mehr aber, weil sie damit von Salim ablenken konnte. »Was, wenn Arslan schon einen Attentäter in der Stadt hat? Meuchler schicken in der Regel keine Armeen aus.«

Omar zuckte gelassen mit den Schultern. »Das stimmt«, sagte er. »Doch ganz gleich, was man über die Assassinen erzählt, letzten Endes sind sie auch nur Menschen aus

Fleisch und Blut.« Er deutete auf das vergitterte Fenster. »Niemand, der nicht wirklich ein Geist ist, käme dort herein, und vor der Tür steht der treueste Wächter, den ich mir nur wünschen kann. Glaub mir, mein Kind, nicht einmal der Alte vom Berge selbst, dem ängstliche Weiber wie Naida magische Kräfte nachsagen, würde es schaffen, unbemerkt in dieses Zimmer zu gelangen.«

»Und wenn er von Eurem Plan weiß, Hama zu verlassen?«

»Man merkt, dass du am Hofe eines Ritters aufgewachsen bist«, lobte Omar. »Eines Kreuzritters, da bin ich jetzt fast sicher. Aber keine Angst.« Er deutete auf den Taubenkäfig. »Niemand kennt meine Pläne. Und was meinen Boten angeht, dort siehst du den zuverlässigsten überhaupt. Verrat ist ihm fremd und er fliegt schneller über Berge, Täler und Wüsten, als jedes Kamel und jedes Pferd zu laufen vermögen.« Er nahm eine Hand voll Körner aus einer flachen Schale neben dem Käfig und fütterte die gurrende Taube damit. »Weißt du, Robin, ich bin nicht einmal wirklich unglücklich über den Ausgang der Versteigerung heute Nachmittag.«

Eingedenk der Worte Naidas war Robin dieses Thema mehr als unangenehm. Deswegen schwieg sie lieber.

Omar drehte sich wieder zu ihr herum. »Gerade bevor du gekommen bist, hat mir meine treue Freundin hier eine sehr interessante Nachricht aus dem fernen ...«

Die Tür wurde aufgestoßen und ein kurzatmiger, schwitzender und deutlich übel gelaunter Harun al Dhin trat ein.

»Omar Khalid!«, beschwerte er sich, wobei er so heftig mit den Armen ruderte, als könnte er nur so sein Gleichgewicht halten. »Warum lasst Ihr mich behandeln wie einen Gefangenen? Ich bin weder Euer Sklave noch Euer Diener!«

»Aber mein Gast«, sagte Omar.

»Fürwahr, Ihr legt das Wort Gastfreundschaft auf eine Weise aus, die mir bisher völlig fremd war.« Harun kam nur langsam näher, aber sein unentwegtes Gefuchtel mit beiden Händen und seine gewaltige Körpermasse verliehen der Bewegung etwas von einer Steinlawine, die, einmal ins Rollen gekommen, durch nichts auf der Welt mehr aufzuhalten war.

»Eure Krieger haben mich direkt aus einer Garküche gezerrt, genau in dem Moment, in dem mein Essen aufgetragen wurde.«

»Oh«, sagte Omar. Der Zorn, der kurz in seinen Augen aufgeflammt war, als Harun so unsanft hereinplatzte, war längst erloschen und hatte einem spöttischen Funkeln Platz gemacht. »Das tut mir Leid. Ich konnte nicht ahnen, dass man Euch im heiligsten all Eurer heiligen Augenblicke überrascht.«

»Ihr wisst nicht, was mir entgangen ist«, jammerte Harun. »Seit der Morgenstunde hatte ich keine Gelegenheit mehr, etwas zu mir zu nehmen, und seht mich an: Ich bin ein stattlicher Mann, der sein Essen braucht und aufpassen muss, dass er nicht vom Fleisch fällt. Immerhin leiste ich anstrengende Arbeit, und die Verantwortung lastet schwer auf meinen Schultern. Gerade hatte man mir Sfeehas, Ihr wisst schon, jene köstlich gewürzten Hefeteigtaschen, von denen jede eine andere Füllung hat ...« – Harun verdrehte genießerisch die Augen und fuhr sich mit der Zungenspitze über die Lippen – »kredenzt. Die Luft war geschwängert vom Duft frisch gebratenen Hammelfleisches, von Petersilie und Minze. Gerade hatte ich die erste Teigtasche verspeist, als dieses nutzlose alte Weib mit Euren Wächtern hereinplatzte. Ah – sie war gefüllt mit Paprika und Pinienkernen – die Sfeehas, nicht Naida. Es war, als wollte jeder Bissen ein Feuer auf meiner Zunge entfachen, das danach schrie, mit Laban, frischem Joghurt, so weiß wie die Brüste unserer kleinen Ungläubigen hier, gelöscht zu werden.«

Robin spürte, wie sie rote Ohren bekam, zugleich aber kämpfte sie ebenso gegen ein Lächeln an wie Omar, oder mehr noch, sie war kurz davor, vor Lachen laut herauszuplatzen.

»Nach den Sfeehas hätte ich mein Mahl mit Mussacha fortgesetzt«, schwärmte Harun. »Ich selbst habe das Hühnchen ausgewählt, das mir bereitet werden sollte. Ein präch-

389

tiges fettes Geschöpf mit Fleisch so zart wie Rosenblätter. Bei meinem Barte, Herr, ich schwöre Euch, dieses Hühnchen war die Urenkelin eines jener vollkommenen Geschöpfe, mit denen Allah einst das Paradies bevölkern ließ.«

Harun stockte, während Omar ihm mit einem immer breiter werdenden Grinsen lauschte. Die Stirn des Hünen legte sich in Falten. Er rollte mit den Augen und plötzlich platzte es nur so aus ihm heraus: »Herr, erlaubt, dass ich Euch und Eure ehrenwerte Dienerin einlade, dieses Festmahl mit mir zu teilen? Habt Ihr jemals bei Kemal Mustafa gespeist? Gewiss, es mag Garstuben in dieser Stadt geben, in denen feinere Gesellschaften verkehren, und seine verrunzelte alte Dienerin, die das Essen an die Tische trägt, ist wahrlich keine Augenweide – sie ist fast so hässlich wie Naida –, doch Ihr werdet in der ganzen Stadt einschließlich der Palastküche des Statthalters keinen besseren Koch finden. Ja, ich bezweifle, dass selbst der Beherrscher aller Gläubigen, unser geliebter Kalif al Nasir, einen solchen Meister in seinen Küchen beschäftigt. Allah muss Kemal Mustafa mit einem gesegneten Bratspieß bedacht haben, und so, wie er seinem Propheten eine Zunge schenkte, die in unseren Köpfen die ganze Herrlichkeit des Paradieses entstehen zu lassen vermag, so ist es Kemal gegeben, uns in seiner Küche die Köstlichkeiten erahnen zu lassen, mit denen die Rechtgläubigen dereinst im Paradies belohnt werden. So lasst mich noch einmal meine Einladung wiederholen: Folgt mir in Kemals Garküche, und ich werde Euch für die Dauer einer Mahlzeit durch die Pforten des Paradieses führen.«

Omars Lächeln wirkte mittlerweile etwas verzweifelt. Er wandte für einen Moment den Blick in Robins Richtung, verdrehte viel sagend die Augen und sah dann wieder zu Harun hoch. Der riesige Mann war dabei, sich selbst in Verzückung zu reden. Seine Augen leuchteten, und während er mit der linken Hand in der Luft herumfuhrwerkte, fuhr er sich mit der anderen unentwegt über den langen, bis weit auf die Brust herabfallenden weißen Bart.

»Und dann erst die Spezereien!«, schwärmte er. »Ihr wisst schon, all jene Kleinigkeiten, die für sich genommen nicht einmal viel ...«

»Meisterlich!« Omar stand auf und klatschte, Begeisterung heuchelnd, in die Hände. Während Harun verdutzt abbrach und ihn einen Moment lang fast erschrocken ansah, lächelte Omar noch breiter, ließ sich wieder auf seine Kissen sinken und bemerkte dann: »Mir scheint, ich habe Euch verkannt. Ich sollte die Küchensklaven von Euch ausbilden lassen und würde vermutlich reicher werden als die Omayyadenkalifen. Denn wenn ich Euch weiter Haremsdamen ausbilden lasse, so wird es wohl nicht mehr allzu lange dauern, bis ich mir all dieses Speisen, von denen Ihr mir gerade vorgeschwärmt habt, kaum noch leisten kann.«

Harun al Dhin blinzelte verwirrt. »Was ... meint Ihr damit, Herr?«

»Habt Ihr eine Vorstellung davon, wie viel mich Euer Vergleich dieser zierlichen Wüstenrose mit einer gefährlichen Raubkatze gekostet hat, Harun?«

»Aber das war doch nur ...«

»Ich spreche jetzt nicht von den tausend Denar, die mir entgangen sind«, unterbrach ihn Omar, und in seinem freundlichen Ton schwang eine leise Drohung mit. Harun erbleichte plötzlich sichtbar und schluckte zwei-, dreimal trocken, als hätte er einen Kloß im Hals. »Das ist, mit Verlaub gesagt, eine Summe, die ich verschmerzen kann. Und manchmal ist es sogar von Vorteil, wenn ein Handel nicht sofort zum Abschluss kommt.«

»Wovon ... redet Ihr dann, Herr?«, fragte Harun nervös.

»Zum Beispiel davon, dass der Statthalter glauben wird, dass ich ihn mit der Geschichte über diesen verrückten Sklaven in Frauenkleidern betrogen habe«, meinte Omar.

Harun blickte ihn bestürzt an. »Aber, o Herr, das habt Ihr doch auch ...«

»Und dank deiner tatkräftigen Unterstützung, du Sohn eines einfältigen Hammels, vermochte er es auch noch

391

herauszufinden!« Omar machte eine bedrohliche Pause. »Manchmal frage ich mich, in wessen Diensten du eigentlich stehst, Harun al Dhin.«

»Natürlich in den Euren, Herr«, beeilte sich Harun zu versichern.

»Ja, jedenfalls ist es das, was du behauptest«, antwortete Omar nachdenklich. »Und wofür du dich fürstlich von mir bezahlen lässt, nur nebenbei bemerkt.«

»Aber ich bitte Euch, Omar!« Harun rang nervös mit den fleischigen Händen. »Ihr kennt mich seit Jahren. Ich bin ...«

»Und wenn ich es mir genau überlege«, fuhr Omar unbeirrt fort, den Blick auf einen imaginären Punkt gerichtet, »dann weiß ich so gut wie nichts über dich, Harun. Nur deinen Namen und den deiner Sklavin, und eine Menge interessanter Geschichten – die ich aber allesamt aus deinem eigenen Mund gehört habe, wenn ich es mir genau überlege. Sag mir, Harun: Was tust du so, wenn du nicht in Hama bist? Ich meine, manchmal vergehen Wochen, wenn nicht Monate, in denen du verschwunden bist, und niemand weiß, wo du dich aufhältst oder welchen Geschäften du nachgehst.« Er lächelte freundlich. »Natürlich ist es blanker Unsinn, aber man könnte auf den Gedanken kommen, dass es vielleicht noch einen zweiten Herrn gibt, in dessen Diensten du stehst – und für den du vielleicht nicht nur Tänzerinnen und Haremsdamen ausbildest.«

Harun wich erschrocken zurück. »Wie könnt Ihr so etwas auch nur denken, Herr?«, empörte er sich. »Niemandem bin ich so ergeben wie Euch!« Er hatte einen weinerlichen Ton angeschlagen, dicke Schweißperlen liefen über sein breites Gesicht und versickerten in seinem Bart. »Ich schwöre Euch beim Barte des Propheten, Omar Khalid, dass es niemanden gibt, dem ich ...«

»Lüge!«, unterbrach ihn Omar, in scharfem Ton.

Harun wurde noch blasser und wäre weiter zurückgewichen, hätte das verzierte Gitter in seinem Rücken ihn nicht unvermittelt aufgehalten. Aus weit aufgerissenen Augen starrte er den Sklavenhändler an.

Plötzlich jedoch brach Omar in schallendes Gelächter aus. »Du musst dich doch nur ansehen, um zu wissen, dass du niemandem so treu dienst wie deinem Bauch!«

Harun blinzelte. Zwei, drei Herzschläge lang starrte er Omar Khalid noch verwirrt und angstvoll an, dann begann sich vorsichtige Erleichterung auf seinem Gesicht breit zu machen.

Omar fuhr unbeirrt fort: »Dennoch werde ich gerade deinen Bauch bestrafen, Harun al Dhin. Wir werden morgen zu einer weiten Reise durch die Wüste aufbrechen, auf der du uns begleiten wirst. Und ich fürchte, der Luxus im Lager wird bei weitem nicht an die Köstlichkeiten von Kemal Mustafas Küche heranreichen. Aber du wirst sehen: Mit der Zeit gewöhnt man sich auch an Haferbrei und harten Käse.«

»Ich bin ein freier Mann!« Harun wedelte gebieterisch mit den Armen, was einen krassen Gegensatz zu der Furcht bildete, die ihm noch immer im Gesicht geschrieben stand. »Niemand hat mir zu sagen, wohin ich gehe!«

Omar hob nur die Schultern. »Ich fürchte, die Assassinen werden nicht begeistert sein, wenn sie morgen um diese Zeit feststellen, dass ich längst schon die Stadt verlassen habe«, sagte er. »Wer weiß, vielleicht werden sie dann nach jemandem suchen, der ihnen etwas über meine schönste Sklavin erzählen kann, und darüber, wohin sie mit mir verschwunden ist. Möchtest du von einem nicht besonders gut gelaunten Assassinen befragt werden, Harun? Man sagt, selbst die Tapfersten der Tapferen vermögen ihnen nicht zu widerstehen.«

Der massige Mann erstarrte für einen Moment, und die sichtbare Erleichterung wich einer Maske blanken Entsetzens. Seine Stimme hatte einen seltsam heiseren Ton, als er antwortete: »Ich danke Euch, Herr. Ihr seid die Flamme der Weisheit, das Licht, das mir in der Nacht meiner Torheit leuchtet.« Er verneigte sich tief. »Ich werde mit Euch ziehen und wenn Ihr direkt in den Schlund der Hölle reitet. Alles, nur lasst mich nicht in die Hand der Schatten fallen!«

Omar lächelte milde. »Es freut mich, dass ich dich doch noch umstimmen konnte, freier Mann. Du weißt besser als ich, wie viele Lektionen unser kleines Mädchen noch zu lernen hat, bis es zu einer Frau wird.«

Robin straffte die Schultern und sah Omar so lange kampflustig und herausfordernd an, bis er ihren Blick spürte und sich zu ihr umwandte. »Ich werde nicht gehen«, sagte sie. »Nicht ohne Nemeth und Saila. Ihr werdet sie freilassen.«

Sie hatte damit gerechnet, dass Omar zornig reagieren würde, aber der Ausdruck in seinen Augen war nur eine Art gutmütiger Spott, an dem nichts Verletzendes war. »Wieder in Leoparden-Laune?«, fragte er. Sein Blick löste sich von Robins Gesicht und glitt scheinbar versonnen über die Sammlung von Säbeln, Dolchen und anderen Waffen, die an der Wand hing. »Und was, wenn ich mich deinem Befehl widersetze? Wirst du mich dann zum stählernen Tanz fordern? Ich wüsste gern, wer so verrückt war, ein Kind das Töten zu lehren.« Sein Blick wirkte jetzt warm, fast sehnsüchtig. »Aber das wirst du mir natürlich niemals verraten. Und sollte ich mich entschließen, dich selbst zum Weibe zu nehmen, so müsste ich wohl jeden Morgen an mein Herz fassen und mich vergewissern, dass noch kein Dolch darin steckt.«

»Bestimmt nicht«, beteuerte Robin.

»Du würdest mir natürlich nichts zuleide tun«, meinte Omar spöttisch.

Robin schüttelte den Kopf. »Ich töte niemandem im Schlaf«, sagte sie. »Messt mich nicht mit Eurem Maß, Omar Khalid. Ich habe vielleicht das Kämpfen gelernt, aber nicht das Morden.«

Sie wartete auf eine Reaktion des Sklavenhändlers. Darauf, dass seine Hand ihr ins Gesicht klatschte und sie für diese ungeheuerlichen Worte bestrafte; Worte, für die sie sich selbst verfluchen könnte, auf die sie zugleich aber auch stolz war. Aber nichts dergleichen geschah. Sowohl Spott als auch überhebliche Selbstsicherheit waren aus Omars Antlitz verschwunden. Er sagte nichts, verwies sie nicht in ihre Schranken, lachte sie nicht aus – nur ein leises, mahlendes Geräusch störte die fast feierliche Stille dieses Augenblickes. Und es dauerte noch eine geraume Weile, bis Robin auffiel, dass Omar gar nicht sie anstarrte.

Er blickte an ihr vorbei in Richtung des Fensters, vor dem Harun al Dhin stand.

»Was ... was esst Ihr da, Harun?«, fragte der Sklavenhändler. Irgendetwas im Ton seiner Stimme alarmierte Robin. Er wirkte erschrocken – dabei war der Umstand, dass Harun irgendetwas aß, nun wirklich nichts Außergewöhnliches.

»Die Gebäckkringel, die auf dem Fenstersims liegen«, antwortete Harun, mit vollem Mund und kaum verständlich kauend. »Sie sind noch ganz warm. Ich dachte, Eure Diener hätten sie hierher gestellt, damit sie ein wenig auskühlen. Ich sagte doch, ich habe seit der Morgenstunde nichts mehr gegessen – abgesehen von jener winzigen Teigtasche, die zwar köstlich war, aber kaum meinen Appetit entfacht hatte, als ...«

»*Gebäckkringel?*«, krächzte Omar. Mit einem einzigen weiten Satz sprang er hoch und an die Seite des riesigen Arabers, um ihm das angebissene Gebäck aus der Hand zu reißen.

Harun rang erschrocken nach Luft, verschluckte sich und begann zu husten, wobei er Omar einen Teil der Krümel, die noch in seinem Mund waren, ins Gesicht spuckte. »Aber Herr – es war doch nur ...«

Omar hörte ihm gar nicht zu. Er starrte aus weit aufgerissen Augen den mehr als zur Hälfte aufgegessenen Gebäckkringel an, den er Harun aus der Hand gerissen hatte. »Ein Sesamkringel«, murmelte er. Dann riss er Harun grob zur Seite. Jetzt konnte auch Robin das Fenstersims erkennen. Da lagen noch zwei weitere Sesamkringel – sowie ein schmaler, silbern schimmernder Dolch mit beidseitig geschliffener, gekrümmter Klinge. Harun ächzte.

»Sie waren hier«, flüsterte Omar. »Die Schatten. Sie waren am Fenster. Sie haben uns belauscht.«

»Aber was ist denn so schlimm an diesem Stück Gebäck?«, murmelte Robin kopfschüttelnd.

»Ein Sesamkringel und ein Dolch?«, antwortete Harun. »Die Assassinen. Das ist ihr Zeichen!« Er keuchte. »O Allah. Ich werde sterben! Ich spüre schon, wie sich das Gift in meine Gedärme frisst!«

Ohne ihn zu beachten, ließ Omar den Sesamkringel fallen und klatschte zweimal hintereinander in die Hände. Die Tür wurde aufgerissen, und sein Leibwächter stürmte mit gezogenem Säbel herein.

»Wir müssen sofort weg!«, befahl der Sklavenhändler. Seine Stimme überschlug sich nicht vor Panik wie die Haruns, aber es gelang ihm auch nicht ganz, seine Furcht zu verbergen. »Auf der Stelle. Wir müssen die Stadt verlassen, noch in dieser Stunde. Bereite alles vor!«

»Ich werde sterben«, wimmerte Harun. Er röchelte, griff sich mit beiden Händen an den Hals und taumelte zwei Schritte rückwärts, bis er gegen die Wand stieß und langsam daran zu Boden sank, ein Gebirge aus Stoff und wogendem Fleisch.

»Du Narr«, sagte Omar. »Das hier war ein Zeichen, kein Anschlag.«

»Aber Ihr habt doch selbst gesagt ...«

»Diese Kringel sind niemals vergiftet«, beharrte Omar. »Sie wollten uns nur sagen, dass sie hier sind. Und bei Allah: Das ist ihnen gelungen. Der Dolch und das Gebäck sind das Gift der Angst, das sie in unsere Herzen säen.«

Und aus seinen Worten und dem Ton seiner Stimme zu schließen, war die Saat bereits aufgegangen. Der Wächter war herumgefahren und wieder aus dem Zimmer gestürmt, um Omars Befehle auszuführen. Der Sklavenhändler indessen stand reglos da und starrte abwechselnd die beiden Sesamkringel auf dem Fenstersims und den dritten, halb aufgegessenen zwischen seinen Füßen an.

Harun – keineswegs beruhigt durch die Worte des Sklavenhändlers – röchelte und hechelte noch immer, und sein Gesicht verlor auch noch das letzte bisschen Farbe. Es hätte Robin nicht gewundert, wäre er im nächsten Moment tot umgefallen.

Langsam stand auch sie auf und trat an das vergitterte Fenster heran. Omar machte keine Bewegung, um sie aufzuhalten, ja, er schien sie gar nicht wahrzunehmen. Robins Finger glitten über die beiden so harmlos aussehenden Sesamkringel, die sich, wie aus Gold getrieben, deutlich vom weißen Stein des Simses abhoben. Sie waren tatsächlich noch warm, als wären sie gerade erst aus dem Ofen des Bäckers gekommen. Und Robin war jenseits allen Zweifels sicher, dass weder sie noch der Dolch dort gelegen hatten, als sie das Zimmer betreten hatte.

Mit klopfendem Herzen sah sie nach draußen. Die Gasse unter dem Fenster war menschenleer und dunkel. Das Zimmer lag im ersten Stockwerk des Hauses und die Mauer war so glatt, dass es eigentlich unmöglich war, ohne Werkzeug zu benutzen – und damit Lärm zu verursachen – daran emporzuklettern. Es gab keinen Sims, keine Verzierung, nichts, woran sich ein Kletterer hätte festhalten können. Wie also kam diese Botschaft der Söhne Ismaels hierher?

Robin wusste die Antwort darauf so wenig wie Omar Khalid oder Harun al Dhin, aber plötzlich war es ihr, als hörte sie Naidas Worte noch einmal: *Sie werden kommen, um uns zu töten.* Und eine Kälte nistete sich in ihrer Seele ein, wie sie sie noch niemals zuvor gespürt hatte.

15. Kapitel

Robin war weniger als eine Stunde geblieben, um zu entscheiden, welche Kleidung und welcher Schmuck auf die Reise mitgenommen werden sollten. Noch bevor Naida und ein schweigsamer Krieger sie ebenso eilig wie grob in ihr Zimmer zurückgeführt hatten, war Omar hinausgestürmt. Er hatte dabei weder sie beachtet noch den immer panischer wimmernden Harun al Dhin, der nach einer Pfauenfeder verlangte, um sich damit am Gaumen kitzeln und den vergifteten Kringel vielleicht wieder erbrechen zu können.

Während Robin in ihrem Zimmer über die bevorstehende Reise und den überhasteten Aufbruch nachdachte, begann das Haus rings um sie herum erst zu erwachen, um sich unversehens in einen regelrechten Hexenkessel zu verwandeln. Das Zeichen, das die Assassinen dem Sklavenhändler geschickt hatten, war mehr als deutlich, und dennoch hielt sie Omars Reaktion für nicht besonders klug. Hätte sie zu entscheiden gehabt, dann wäre sie hier geblieben, wo sie waren, hätte die Wachen verdoppelt oder gar verdreifacht und ansonsten einfach abgewartet, was weiter geschah. Eine der ersten Regeln, die Salim ihr über die Kriegskunst beigebracht hatte, war, dass ein Verteidiger in einer Festung – und sei sie noch so schwach – immer noch besser aufgehoben war als ein wehrloses Opfer auf der Flucht. Die Leichtigkeit, mit der der Assassine Omar seine Botschaft mitten ins Herz seines schwer bewachten Hauses gesandt hatte, hätte dem Sklavenhändler eigentlich klar machen müssen, wie lächerlich

398

die Vorstellung war, er könnte die Stadt verlassen – noch dazu mit einer ganzen Karawane –, ohne dass die Männer des Alten vom Berge es bemerkten.

Die beiden schweigsamen Dienerinnen halfen ihr beim Packen. Ihre Kleider waren bereits zu zwei großen Bündeln geschnürt und dann in zwei grobe Wollsäcke gestopft worden. Ihr gesamter Schmuck verschwand in einem Kästchen aus rotem Holz mit schimmernden Bronzebeschlägen, das ebenfalls in einem der beiden Kleidersäcke versenkt wurde. Trotz all der wunderschönen und sicher zum Teil kostbaren Kleider, aus der ihre Garderobe mittlerweile bestand, war Robin jetzt wieder als Mann kostümiert – was auf ihren eigenen Vorschlag hin geschehen war. Sie trug eine dunkelgraue, weit gebauschte Hose mit einem schlichten Gürtel, dazu ein schwarzes, hemdartiges Obergewand und einen schwarzen Turban mit einem Gesichtsschleier, wie er auch bei Männern nicht unüblich war. Robin hätte viel darum gegeben, mit einem Säbel ihre aufwendige Verkleidung vervollständigen zu können, aber sie hatte es sich erspart, eine entsprechende Bitte an Omar zu richten. Sie wusste, dass er ihr nichts überlassen würde, was gefährlicher als eine Halskette war.

Kurz bevor sie das Haus verließen, kam Omar selbst, um sie abzuholen. Auch er war jetzt vollkommen in Schwarz gekleidet und unterschied sich von seinem Leibwächter allein durch seine Größe und den prachtvollen Säbel an seiner Seite.

»Wenn es hier noch irgendetwas gibt, an dem dein Herz hängt und das in die beiden Säcke passt, dann nimm es mit«, sagte er. »Es könnte sein, dass wir für lange Zeit nicht mehr an diesen Ort zurückkkehren.«

Auch *nie* ist eine lange Zeit, dachte Robin, aber angesichts Omars ohnehin angespannter Laune erschien es ihr nicht besonders klug, diesen Gedanken auszusprechen. Sie rührte sich jedoch nicht von der Stelle, sondern sah den Sklavenhändler nur herausfordernd und trotzig an. Schließlich machte er eine ungeduldige Handbewegung. »Worauf wartest du?«

399

»Du hattest mir versprochen, dass wir die Sklaven aus dem Kerker mitnehmen«, sagte Robin – was eine glatte Lüge war. Omar hatte nichts Derartiges versprochen. Sie hatte es gefordert, aber nicht einmal eine Antwort erhalten. Der Sklavenhändler sah sie nur verblüfft an und schüttelte dann den Kopf.

»Das ist blanker Unsinn«, sagte er in ärgerlichem Ton. »Schlag dir das aus dem Kopf.«

»Dann schlagt Ihr Euch aus dem Kopf, dass ich Euch begleite«, antwortete Robin. Sie kam sich ein wenig lächerlich bei diesen Worten vor; Omar hatte es nicht nötig, sie um irgendetwas zu bitten oder gar mit ihr zu feilschen. Ein Fingerschnippen von ihm genügte und sein hünenhafter Leibwächter würde sie mit Vergnügen an den Haaren aus diesem Haus und in den Sattel des nächsten Pferdes zerren.

»Wir haben wirklich keine Zeit für so etwas«, erinnerte Omar. »Auch dein Leben könnte in Gefahr geraten, wenn die Assassinen von unserer Flucht erfahren.«

»Ich werde nicht ohne die Sklaven gehen«, beharrte Robin.

Omar seufzte. »Wie stellst du dir das vor? Glaubst du, wir könnten auf der Flucht vor einer bewaffneten Reiterhorde drei Dutzend Fußgänger gebrauchen, von denen die meisten ohnehin zu schwach sind, aus eigener Kraft zu laufen?«

»Das ist ja wohl nicht ihre Schuld.«

»Aber es ist so«, antwortete Omar. Sein Ton blieb weiter ruhig, aber sie konnte ihm ansehen, dass es ihm mit jedem Wort schwerer fiel, die Fassung zu bewahren. »Sie würden uns nur behindern«, sagte er. »Und außerdem sind sie nicht wertvoll genug, um sie mitzunehmen. Es gibt kostbarere Güter, mit denen wir unsere Tiere beladen werden.«

»Nicht wertvoll genug?«, wiederholte Robin zornig. »Was ist denn wertvoller als ein Menschenleben, Omar Khalid?«

Für einen ganz kurzen Moment verlor Omar tatsächlich die Fassung. Sein Gesicht verzerrte sich, und in seinen Augen blitzte die gleiche lodernde Wut auf, die sie schon mehrmals darin gesehen hatte. Es hätte sie nicht gewundert, hätte Omar die Maske der Freundlichkeit jetzt endgültig fahren lassen und sie geschlagen. Stattdessen fand er mit einiger Mühe seine Selbstbeherrschung wieder, atmete hörbar durch die Nase ein und schüttelte den Kopf. »Bei Allah, ich glaube, du sorgst dich wirklich um diese Menschen. Aber wenn das so ist, dann solltest du bedenken, dass sie hier wesentlich besser und sicherer aufgehoben sind als bei einer Karawane, die durch die Wüste flieht und möglicherweise verfolgt wird.«

»Und was, wenn die Assassinen dein Haus angreifen, um sich für deine Flucht zu rächen?«

Ihre Frage führte zu einem kurzen, beklommenen Schweigen. Schließlich erwiderte Omar barsch, er ließe sich von einer Sklavin keine Vorschriften machen, aber sein Ton war nicht ganz so überzeugt wie noch vor Augenblicken.

»Dann nehmt wenigstens Nemeth und ihre Mutter mit«, bat Robin. »Ich flehe Euch an, Omar Khalid. Erweist mir diese eine Gnade, und ich werde alles tun, was Ihr von mir verlangt.«

»Alles?«, fragte Omar nach schier endlosen Sekunden.

Nicht mehr. Schweren Herzens, aber so ruhig und ehrlich, wie sie konnte, nickte sie und antwortete: »Alles.«

Omar schwieg. In seinem Gesicht arbeitete es. Was sie ihm gerade zum Tausch angeboten hatte, gehörte ihm längst. Er hätte es sich jederzeit nehmen können, ohne dass irgendjemand ihn hätte daran hindern können oder dass es auch nur den Wert seiner kostbaren Handelsware geschmälert hätte. Aber die Tatsache, dass er über ihr Angebot nachdachte, machte Robin klar, dass er sie nicht mit Gewalt haben wollte.

»Sie werden uns behindern«, sagte er. »Das Mädchen ist zu jung und viel zu schwach, um zu arbeiten, und seine Mutter schon zu alt, um das Herz eines Mannes zu erfreuen.« Es war nur eine Ausflucht. Der Versuch, seine Unschlüssigkeit zu überspielen – und möglicherweise seine Angst, auf Robins Forderung einzugehen.

»Ich werde mich um sie kümmern«, sagte Robin rasch.

Omar blickte zweifelnd. »Du?«

»Gebt sie in meine Obhut«, verlangte Robin. »Sie sollen meine Dienerinnen sein – meinetwegen könnt Ihr sie ja zusammen mit mir versteigern.«

Omar seufzte. »Also gut, wenn dein Herz so sehr an diesem Balg und seiner Mutter hängt. Aber du wirst die Verantwortung für sie tragen. Du wirst dich um sie kümmern, und du wirst für sie gerade stehen, wenn sie Ärger machen oder gar zu flüchten versuchen. Und sollten wir in Not geraten, dann wirst du deine Ration an Wasser und Nahrung mit ihnen teilen.«

»Das verspreche ich«, sagte Robin.

»Keine der sieben Plagen, die Allah dem Sultan von Ägypten geschickt hat, ist mit dir zu vergleichen, Ungläubige«, murmelte Omar. »Also gut. Wenn ich mich weiter mit dir streite, sind wir vermutlich noch nicht reisefertig, wenn Sheik Sinan mit seiner gesamten Armee hier eintrifft.« Er wedelte unwillig mit der Hand. »Jetzt komm. Wir können unten bei den Pferden auf deine Freundin und ihre Mutter warten.«

Robin löste sich gehorsam von ihrem Platz am Fenster. Den verwirrten Blicken der beiden Dienerinnen, Naidas und auch Omars Leibwächter nach zu urteilen hatte sie von ihm mehr ertrotzt, als jeder für möglich gehalten hätte. Ohne ein weiteres Wort verließen sie das Haus und traten in den großen Hof hinaus, wo bereits ein gutes Dutzend von Omars Kriegern auf sie wartete. Weitere Männer hielten am Tor Wache, und Robin hörte von der Straße her Hufklappern und gedämpfte Stimmen. Eine nervöse, angstgeschwängerte Stimmung lag über dem Haus und dem Sklavenhof.

Robin blieb stehen und sah Omar auffordernd an. Ohne etwas zu sagen, machte er eine kurze Gebärde mit der Hand in Richtung seines Leibwächters; der Mann drehte sich auf dem Absatz um und ging wieder ins Haus zurück. Als Omar weitergehen wollte, vertrat ihm Naida den Weg.

»Du gehst fort, ohne mich?«, fragte sie.

»Es muss sein«, antwortete Omar.

»So lange du lebst, habe ich über dich gewacht, Omar«, sagte sie mit einem zornigen Glimmen in den Augen. »Du kannst nicht erwarten, dass ich dich in der Stunde der höchsten Not allein lasse. Lass mich dich begleiten.«

Omar schien über ihre Anhänglichkeit sichtlich gerührt zu sein. »Dich in die Wüste mitzunehmen hieße, dich zu töten«, sagte er.

»Mich allein hier zurückzulassen, auch«, erwiderte Naida. »Wozu sonst sollte ich am Leben sein, wenn nicht, um dich zu beschützen und dir zu dienen?«

Omar versuchte scherzhaft zu klingen, als er antwortete, aber es gelang ihm nicht wirklich. »Du weißt doch, Nana – zu der ersten Frau, an deren Brüsten er gelegen hat, kehrt ein Mann immer zurück.« Er hob die Hand, als sie widersprechen wollte. Ein seltener, warmer Ausdruck erschien auf seinem Gesicht. »Ich werde zurückkehren, das verspreche ich bei Allah und im Namen des Propheten. Dir überlasse ich die Aufsicht über das Haus und alle meine Besitztümer. Verkaufe die restlichen Sklaven und mache dich bereit, mir mit dem Rest der Dienerschaft und allem, was von Wert ist, zu folgen. Ich lasse dir eine Nachricht zukommen, wenn der Zeitpunkt kommen sollte.«

Naida nickte. Dann ergriff sie Omars Hand, um sie zum Abschied zu küssen, ehe sie sich herumdrehte und ins Haus zurückrannte. Robin sah die Tränen, die über ihr faltiges Gesicht liefen.

»Nun, Mädchen, bist du zufrieden?«

Robin fuhr erschrocken herum, als sie die Stimme hinter sich hörte, und blickte verwirrt in Harun al Dhins Gesicht. Sie würde sich wohl nie daran gewöhnen, dass dieser riesige und unbeholfen aussehende Mann durchaus in der Lage war, sich so lautlos wie eine Katze anzuschleichen. Haruns Anblick überraschte sie auch in anderer Hinsicht. Er hatte sich vollkommen verändert. Wie üblich war er in kostbare

403

Gewänder gehüllt, deren Farben nicht so recht zueinander passen wollten – grüne Hose, rote Stiefel, ein rosa Hemd und ein schreiend gelber Mantel mit schwarzen Stickereien – doch an seinem Gürtel steckten jetzt drei lange, breite Dolche, die an seiner Figur irgendwie fehl am Platze schienen. Beeindruckend war lediglich das riesige Pferd, das er am Zügel führte. Es hatte einen wunderschön gearbeiteten Sattel und mit Silber beschlagenes Zaumzeug, das bei jeder Bewegung klirren musste wie ein ganzes Orchester. Robin bemerkte auch ein gewaltiges silbernes Amulett, das unter dem Schmuck am Zaumzeug des Pferdes hing: eine Handfläche mit einem stilisierten Auge.

»Zufrieden?«, fragte sie verständnislos.

Harun hob die Schultern. Fast zu Robins Erstaunen klimperte und schepperte es bei dieser Bewegung nicht so laut, dass man es noch auf der anderen Seite der Stadt hören konnte. Ihr fiel erst jetzt auf, dass die winzigen Glöckchen und Schellen aus Haruns Turban verschwunden waren.

»Worüber sollte ich zufrieden sein?«

»Mir scheint allmählich, dass du jedem, der dir zu nahe kommt, nur Unglück bringst, Ungläubige«, antwortete Harun.

Seine Worte versetzten Robin einen tiefen, schmerzhaften Stich ins Herz. Er hatte nichts anderes ausgesprochen, als was sie sich selbst schon oft gefragt hatte. In patzigem Ton antwortete sie: »Euch anscheinend nicht. Zumindest scheint Ihr die Vergiftung relativ gut überstanden zu haben.«

Harun lächelte, aber ehe er antworten konnte, mischte sich Omar in das Gespräch ein. Er deutete auf Haruns Pferd.

»Dieses Tier ist viel zu auffällig. Wir müssen es hierlassen. Ihr werdet auf einem unserer Tiere reiten.«

»Verzeiht, wenn ich widerspreche, Herr«, sagte Harun, mit einer angedeuteten Verbeugung und in demütigem Ton. »Aber kein anderes Tier vermag mich so lange zu tragen wie dieser Hengst. Ihr ... hm ... wisst ja, dass Allah mich als einen sehr stattlichen Mann erschaffen hat. Andere Pferde ermüden zu schnell, wenn ich auf ihnen reite.«

»Dann werdet Ihr wohl zu Fuß zur Karawanserei gehen müssen, wie meine Männer und ich auch«, bestimmte Omar. »Der Hengst bleibt hier.«

Harun seufzte, fügte sich aber schließlich mit einem müden Nicken. Dennoch sagte er: »Wir werden jeden Abend das Fleisch der unglücklichen Stute zu essen bekommen, die ich zuschanden geritten habe – Ihr werdet sehen, Herr. Allerdings kenne ich da ein sehr gutes Gericht für Stutenfleisch ... mit einer Soße aus Datteln. Ich hoffe doch, wir haben einen genügend großen Topf im Gepäck. Man muss das Fleisch zusammen mit den Datteln schmoren und dann ...«

Omar verdrehte die Augen. »Was willst du in der Wüste mit einem Pferd, du Narr? Ich glaube beinahe, du willst es nur als Notproviant mitnehmen.« Er wandte sich mit einem Ruck um und winkte einem seiner Krieger herbei. Dieser trat an Haruns Hengst heran, um das Kleiderbündel vom Sattel zu lösen.

Ein Versuch, der ihn um ein Haar ein paar Finger gekostet hätte. Der Hengst fuhr mit einem zornigen Wiehern herum und schnappte nach seiner Hand. Erschrocken wich der Mann vor dem Tier zurück und stolperte. Das Pferd drehte sich vollends um, stieg auf die Hinterbeine und machte alle Anstalten, den unglückseligen Krieger unter seinen Hufen zu zertrampeln. Mit Sicherheit hätte ihn sein Schicksal ereilt, hätte sich nicht Harun im letzten Moment in die Zügel geworfen und das Tier zurückgerissen.

Omar betrachtete diese Szene stirnrunzelnd, während Robin mehr als erstaunt war. Hätte sie es nicht besser gewusst, dann hätte sie geschworen, dass sich dieser schwarze Hengst wie ein gut ausgebildetes Schlachtross verhielt, das außer seinem eigenen Herrn niemanden in seine Nähe lässt. Aber was hätte Harun al Dhin schon mit einem Schlachtross anfangen sollen? Vermutlich war das Tier einfach nur nervös, wie alle hier auf dem Hof.

Auch Robin hatte Angst. Immer wieder glitt ihr Blick unsicher über die versammelten Männer, tastete über die

Mauerkämme und die flachen Dächer der nahe gelegenen Häuser, versuchte, etwas in den schwarzen Schattenschluchten dazwischen zu erkennen. Der Mond stand nur als schmale Sichel am Himmel, und es gab deutlich mehr Dinge, die man nicht sehen konnte, als solche, die zu erkennen waren. Das Gift der Assassinen hatte seine Wirkung auch auf sie nicht verfehlt.

Harun nahm sein Kleiderbündel vom Sattel des Hengstes und warf es sich ohne die geringste sichtbare Anstrengung über die Schulter. Dabei ermahnte er den unglückseligen Krieger, der um ein Haar unter den Hufen des Pferdes geendet hätte und auch jetzt noch zitternd und mit schreckensbleichem Gesicht dastand, dass niemand sein Reittier berühren solle. Es sei ein wenig unruhig. Er trug dem Mann auf, einen Sklaven zu Aisha zu schicken, die das Tier am Zügel zu seinem Stall zurückführen solle. Ihr würde der Hengst vertrauen.

»Wenn diese Diskussion denn heute noch einmal zu Ende geht, können wir dann endlich aufbrechen, hochverehrter Harun al Dhin?«, fragte Omar mit beißendem Spott. »Natürlich nur, wenn es Euch nicht zu viele Umstände bereitet, allerhochwürdigster Meister der geschmacklosen Kleidung.«

Harun machte ein beleidigtes Gesicht. »Was ist mit Nemeth?«, fragte Robin.

Man sah Omar an, dass seine Geduld nun nahezu erschöpft war. Doch in diesem Moment kehrte Omars Leibwächter mit Nemeth und ihrer Mutter zurück. Beide trugen die gleichen schwarzen Umhänge wie alle hier auf dem Hof – Harun einmal ausgenommen – und sie wirkten vollkommen verstört. Nemeth klammerte sich mit solcher Kraft an ihre Mutter, dass es Saila kaum möglich war, einen Fuß vor den anderen zu setzen. Als sie Robin sah, blitzte so etwas wie eine schwache Hoffnung in ihrem Blick auf, aber Nemeth wirkte noch verängstigter. Natürlich, dachte Robin bitter. Was hatte Harun gerade gesagt? Bringst du jedem, der dir zu nahe kommt, Unglück? Vielleicht hatte er ja Recht.

406

Sie zwang ein möglichst zuversichtliches Lächeln auf ihre Lippen, ging den beiden mit schnellen Schritten entgegen und sagte: »Ihr werdet uns begleiten. Habt keine Angst.«

»Begleiten?« Sailas Stimme zitterte, aber das Misstrauen darin war trotzdem nicht zu überhören. »Ich habe mich kaum von meinem Sturz erholt – bei der Flucht, die du angezettelt hast und die meinem Mann das Leben gekostet hat. Wie könnte ich dir da von Nutzen sein?«

»Das wird sich zeigen«, antwortete Robin ausweichend. »Ihr müsst jedenfalls an einen anderen Ort. Mehr weiß ich nicht. Bis auf eins noch: Ihr seid ab sofort keine Sklaven mehr.«

»Keine Sklaven?« Sailas Augen wurden schmal. Sie vertraute ihr nicht. Und wie konnte sie auch?

»Ich werde euch alles erklären, sobald ein wenig Zeit dazu ist«, sagte Robin. »Jetzt aber müssen wir uns beeilen. Folgt mir. Und bleibt immer dicht bei mir, ganz egal, was auch passiert.«

»Und seid vor allem still!«, zischte Omar. Er warf noch einen mahnenden Blick in die Runde – Robin konnte sich des Eindrucks nicht erwehren, dass sein Blick eine Winzigkeit länger auf ihrem Gesicht verharrte als auf denen der anderen – und trat dann, dicht gefolgt von seinem Leibwächter, durch das Tor. Robin schloss sich ihm unaufgefordert an. Doch kaum hatten sie den Sklavenhof verlassen und sich nach rechts gewandt (genau in die entgegengesetzte Richtung zu der, die sie bei ihrer Flucht gewählt hatte), da ging eine sonderbare Veränderung mit ihr vonstatten.

Trotz der unterschwelligen Angst war sie plötzlich wieder zu einem Gutteil die alte Robin, die sie gewesen war, bevor das Meer und ein boshaftes Schicksal sie an die Küste dieses fremden, feindseligen Landes geworfen hatten. Sie trug weder ein Kettenhemd noch den Wappenrock der Tempelritter, sondern die Kleider eines Arabers und keinerlei Waffen. Aber jetzt spürte sie wieder die alte Erregung, das Kribbeln der Gefahr und die Herausforderung, einfach um die entscheidende Winzigkeit besser zu sein als die, vor denen sie auf der Flucht waren.

Sie war nicht die Einzige, die dann und wann einen Blick über die Schulter zurückwarf, während sie nahezu lautlos die Gasse hinunterhuschten. Dabei versuchte sie, sich jede Einzelheit einzuprägen; vielleicht ergab sich für Nemeth, Saila und sie ja doch noch die Möglichkeit zur Flucht und dann mochte es lebenswichtig sein, zu wissen, vor wem sie überhaupt davonlief.

Omar rechnete offenbar mit Robins noch immer rebellischer Natur und hatte einem erneuten Fluchtversuch ihrerseits vorgebaut. Sie schätzte ihre bewaffnete Begleitung auf zwanzig Mann; damit blieben Naida höchstens noch ein halbes Dutzend Wachen, um das Heim des Sklavenhändlers vor einem etwaigen Angriff der Assassinen zu verteidigen. Omar und sein Leibwächter bildeten die Spitze der kleine Kolonne, die sich nahezu lautlos die Straße hinabbewegte, während Harun, Robin, Nemeth und Saila an allen Seiten von Wächtern abgesichert waren. Mehrere der Männer hatten schwere Säcke geschultert, und einer schleppte sich gar mit einer schweren, eisenbeschlagenen Truhe ab, unter deren Gewicht er deutlich wankte.

Ob es klug war, mit solch schwerem Gepäck den Weg durch die engen Gassen der Stadt zu wagen, bezweifelte Robin. Vielleicht hatten die Assassinen mit ihrer Botschaft Omars Truppe ja nur frühzeitig aus ihrem festungsähnlichen Bau aufstöbern wollen, um ihr dann im Schutz des unübersichtlichen Straßenverlaufs aufzulauern und sie noch vor Antritt der eigentlichen Reise so weit wie möglich zu dezimieren. Wenn ihnen in diesem Fall heimlich Bogenschützen auflauern sollten, so konnte das auch für sie, Saila oder Nemeth böse ausgehen.

Nach einer schieren Ewigkeit hatten sie unbehelligt den Basar und die engen Gassen Hamas hinter sich gelassen. Ob Robin nun allerdings aufatmen konnten, wagte sie zu bezweifeln. Denn jetzt tat sich vor ihnen die breite Straße auf, die in sanfter Neigung hinab zum Ufer des Orontes führte, der Hama in zwei ungleiche Hälften teilte – und damit drohte die nächste Gelegenheit für einen Hinterhalt. Fast erschien ihr die über den Fluss führende Brücke wie der Weg über den Styx, der vom Reich der Lebenden ins Totenreich führte.

Omar gebot ihnen mit einer Geste stehen zu bleiben. Nachdem der Trupp gehorsam und nahezu lautlos angehalten hatte, machte er ein weiteres Handzeichen, und zwei seiner Krieger eilten voraus. In ihren schwarzen Gewändern verschmolzen sie schon nach wenigen Schritten mit der Nacht. Die Brücke stieg zur Mitte hin an, sodass sie das andere Ende nicht sehen konnten, und wieder erhielt Robins Unruhe neue Nahrung.

Endlich ging es weiter. Tausende und Abertausende von Füßen, Kamelhufen und Karrenrädern hatten das Straßenpflaster der Brücke sorgsam poliert, und sie mussten sich in Acht nehmen, um auf den glatten Pflastersteinen nicht auszurutschen. Trotzdem beschleunigte Robin wie die anderen unwillkürlich ihre Schritte, als sie sich der Mitte der Brücke und somit dem Punkt näherten, an dem das jenseitige Ufer wieder in Sicht kam. Robin versuchte vergeblich, den Gedanken zu verscheuchen, was für erstklassige Ziele sie hier für einen Bogenschützen abgeben mussten.

Die beiden Späher des Voraustrupps machten am anderen Ende der Brücke Halt und auch Omar gab das Zeichen zum Anhalten. Er sah sich nervös um. Seine Gedanken mussten sich auf ähnlichen Pfaden bewegen wie die Robins. Sie selbst ertappte sich dabei, Nemeth viel zu fest an sich zu drücken. Ihre Beunruhigung war längst zu nackter Angst geworden, aus der langsam, aber unaufhaltsam Panik zu werden drohte. Mit klopfendem Herzen suchte sie das Ufer vor sich mit Blicken ab.

Gleich hinter der Brücke erhoben sich die steinernen Kuppeln und der sonderbar anmutende eckige Turm einer großen Moschee. Einen Herzschlag lang glaubte Robin hinter dem Geländer der Turmplattform, genau dort, von wo aus der Muezzin normalerweise zum Gebet rief, einen Schatten zu erkennen. Ihre Augen wurden zu schmalen Schlitzen, und sie strengte sie so an, dass sie zu brennen begannen.

Dann sah sie die Fledermäuse, die in weiten Kreisen um den Turm zogen. Vor lauter Erleichterung hätte sie beinahe laut aufgelacht. Die Tiere waren harmlos, ganz egal, was man ihnen auch nachsagte, und im Augenblick waren sie der beruhigendste Anblick, den sie sich nur denken konnte. Hätte dort oben ein verborgener Attentäter auf sie gelauert, dann wären diese geflügelten Jäger der Nacht nicht da.

Nicht weit von der Moschee entfernt drehte sich gemächlich ein fast turmhohes Wasserrad, dessen Schaufeln das träge dahinfließende Wasser des Orontes aufwühlten und in einer stiebenden Gischtkaskade aus mehr als zehn Schritten Höhe in den Fluss zurückstürzen ließen. Sonderbarerweise war dabei nicht der geringste Laut zu hören. Auf der anderen Seite der Brücke, auf einem flachen Hügel, der die Gebäude der Stadt nur um weniges überragte, erhob sich die Zitadelle des Statthalters. Hinter ihren hohen Mauern verbarg sich der Palast, in dessen Harem sie um ein Haar gelandet wäre. Robin überlief ein eisiger Schauer, als sie die Festung betrachtete, ein Gebäude, das schon bei Tageslicht betrachtet unheimlich und abweisend wirken mochte, ihr jetzt aber vorkam wie das verwunschene Schloss des bösen Zauberers im Märchen.

Einer der beiden Wächter am anderen Ende der Brücke hob die Hand zum Zeichen, dass alles in Ordnung sei. Sie gingen weiter. Robin hätte hinterher nicht mehr sagen können, wie lang dieser gespenstische Weg durch die Stadt gedauert hatte. Die Straßen auf dieser Seite des Flusses – der reicheren, wie sie annahm – waren breiter und das Pflaster in besserem Zustand, die meisten Gebäude etwas höher, und hier und da brannte sogar eine Öllampe über einem Eingang. Und das wohl nicht nur, um die Straßen des Nachts zu erhellen und das Gehen so bequemer zu machen, sondern vor allem, um den Reichtum ihres Besitzers zu verdeutlichen. Auch dieser zweite Teil des Weges erschien Robin irgendwie gespenstisch, aber er verlief ebenso ereignislos wie der Weg zum Fluss hinunter. Unbehelligt erreichten sie das erste Ziel ihrer Flucht: Die Karawanserei, von der Omar gesprochen hatte.

Es war ein großer, rechteckiger Bau nahe des Stadttores, mit nur einem einzigen Eingang. Einer von Omars Männern zog einen Dolch aus dem Gürtel und klopfte mit dem Knauf gegen das dicke Holz des Tores. Einen Augenblick später öffnete sich eine kleine Mannpforte darin, und der kleine Trupp betrat einen weiten Hof, der nur von blassem Sternenlicht erhellt wurde. Robin konnte die klobigen Umrisse des eigentlichen Gebäudes auf der anderen Seite nur verschwommen erkennen. Doch um sie herum war Leben. Hier und da raschelte es, klirrte Metall oder erhob sich ein verschlafenes Gesicht, um einen müden Blick in ihre Richtung zu werfen, und ganz in der Nähe glaubte Robin sogar ein tiefes Schnarchen zu hören.

Hinter dem letzten Mann wurde die Pforte sofort wieder geschlossen. Das dumpfe Geräusch, mit dem der schwere Riegel vorgeschoben wurde, sollte ihr eigentlich ein Gefühl von Sicherheit geben, aber das genaue Gegenteil war der Fall: Sie fühlte sich plötzlich wieder eingesperrt und gefangen.

»Solch nächtliche Abenteuer sind nichts mehr für einen Mann meines Alters«, keuchte Harun hinter ihr. Er schnaufte, als drohte er im nächsten Moment umzufallen, um seine Behauptung auf der Stelle zu beweisen. Als Robin sich erschrocken herumdrehte, bemerkte sie, dass er tatsächlich am ganzen Leib zitterte. Obwohl die Nacht eher zu kühl als zu warm gewesen war, bedeckte eine glänzende Schweißschicht seine Stirn und der Blick, den er in die Runde warf und mit dem er die Dunkelheit zu durchbohren versuchte, war eindeutig der eines Mannes, der Todesangst litt.

»Dann schlage ich vor, Ihr geht zurück in mein Haus und wartet dort auf unseren Freund Arslan«, sagte Omar Khalid.

»Ich bin sicher, es wird Euch nicht schwer fallen, ihm zu erklären, dass Ihr mit der ganzen Angelegenheit nichts zu tun habt.«

Harun setzte zu einer Antwort an und schluckte sie dann im letzten Moment herunter. In seinen Augen blitzte es auf, aber Robin vermochte nicht zu sagen, ob es Entsetzen, Zorn oder nicht doch so etwas wie Spott war.

Allmählich gewöhnten sich ihre Augen an die Dunkelheit. Sie erkannte jetzt, dass der Hof nicht einfach ein von Mauern umschlossener Platz war. An drei Seiten gab es einen überdachten Säulengang mit hohen Rundbögen, der sie vage an den Kreuzgang eines Klosters erinnerte, jedoch keinen annähernd so feierlichen Anblick bot. Überall auf dem Boden hatten sich schlafende Gestalten zusammengerollt; vermutlich die Reisenden, die sich kein besseres Quartier in der Karawanserei leisten konnten. Etliche Männer lagen in Decken auf dem nackten Steinboden, einige wenige hatten ihre Häupter auf Sättel oder große Jutesäcke gebettet. Nicht wenige schienen kurzerhand auf ihren Waren zu schlafen, um sich so vor Diebstahl zu schützen. Hinter dem Säulengang lagen die Gebäude, die die Vorratslager und Räume zum Einlagern kostbarer Karawanengüter beherbergten. Von Harun wusste sie, dass es tiefer im Gebäude nicht nur Unterkünfte für wohlhabende Reisende, sondern auch einen Saal gab, in dem Essen gereicht wurde. Damit konnte man sie heute allerdings nicht mehr locken.

»Allah straft mich wirklich hart«, jammerte Harun. »Oh, ich könnte jetzt in Kemals Küche speisen und mir die größten Köstlichkeiten munden lassen oder auf einem Diwan liegen und mir von Aisha Luft zufächeln lassen. Stattdessen muss ich das hier ertragen.«

Robin spürte, wie sich fast gegen ihren Willen ein Lächeln auf ihre Lippen schlich. Haruns Miene passte genau zu seinen Worten und noch besser zum weinerlichen Klang seiner Stimme, aber es fiel ihr immer schwerer, ihm die Rolle des Narren wirklich abzukaufen. Sicherlich war er nicht als Held geboren und würde auch nie einer werden. Aber sie begann allmählich zu argwöhnen, dass er sich in der Rolle des Dummkopfes gefiel und sich tief in seinem Inneren mindestens so sehr über die amüsierte, die glaubten, über ihn lachen zu müssen.

Davon abgesehen konnte sie Haruns Entsetzen nur zu gut verstehen. Der Hof war hoffnungslos überfüllt. Genau in der Mitte der gepflasterten Fläche gab es ein langes, rechteckiges Wasserbecken, an dem Kamele, Pferde und Esel getränkt werden konnten, und Robin versuchte erst gar nicht, die Tiere zu zählen, die hier qualvoll zusammengedrängt worden waren. Ihr fiel allerdings auch auf, wie wenig Lastesel und Pferde unter ihnen waren. Der allergrößte Teil der Tiere in dem überfüllten Hof waren Kamele, deren Vorderbeine mit einer weiten Fessel zusammengebunden worden waren, sodass sie sich nur noch stolpernd bewegen konnten.

Dann wurde ihr Blick von etwas gefangen genommen, das sie zunächst verblüffte: Zwei Wächter mit Fackeln in der Hand führten nur wenige Schritte von ihr entfernt eine Gruppe fast nackter Sklaven vorbei, die vollkommen schwarz und an Ketten gebunden waren. Sie hatte davon gehört, dass es Menschen gab, deren Haut so dunkel wie Kaminruß war, aber dies waren die ersten Schwarzen, die sie wirklich zu Gesicht bekam; und so wie es aussah, wurden sie nicht besser als wilde Tiere gehalten.

Omar Khalid war offensichtlich bereits erwartet worden. Ein kleiner, drahtiger Mann mit einer schiefen und offenbar schon mehrmals gebrochenen Nase, in der hierzulande üblichen weiten Hose und einem dunklen Kaftan sowie mit einem Turban auf dem Kopf, eilte auf sie zu. In seinem Gürtel aus rotem Stoff – der einzige Farbtupfer auf seiner ansonsten in der Dunkelheit eher zu erahnenden als wirklich zu erkennenden Gestalt – steckten ein Krummdolch und ein Schwert mit langer, gerader Klinge, von deren Griff eine abgewetzte Lederschlaufe hing. Als Omar den Fremden heraneilen hörte, drehte er sich herum und ein Schatten husch-

413

te über sein Gesicht. Er und der andere waren offensichtlich keine Freunde.

Trotzdem ging der Sklavenhändler dem kleinwüchsigen Mann entgegen und begann, von heftigem Gestikulieren begleitet, mit ihm zu reden.

»Wer ist das?«, fragte Robin.

Die Frage hatte niemand Besonderem gegolten, aber Harun beantwortete sie trotzdem. »Mussa Ag Amastan«, sagte er. »Eine Ratte, wenn du mich fragst, Christenmädchen. Besser, du drehst ihm niemals den Rücken zu. Und einen anderen Körperteil auch nicht.«

Robin dachte ein wenig verwirrt über diese letzte Bemerkung nach, stellte aber keine weitere Frage mehr, sondern versuchte sich unauffällig Omar und seinem ungleichen Gesprächspartner zu nähern. Sie hatte den Gedanken an eine Flucht immer noch nicht gänzlich aufgegeben. Jede noch so zufällig aufgeschnappte Information mochte sich später als wichtig erweisen. Omar schien derlei Plänen jedoch vorgebaut zu haben: Sie hatte erst wenige Schritte zurückgelegt, als ihr einer seiner Krieger den Weg vertrat und entschieden den Kopf schüttelte. Enttäuscht wandte sich Robin um und kehrte zu Harun, Nemeth und Saila zurück.

»Was bedeutet das?«, fragte Nemeth.

»Ich weiß es nicht genau«, gestand sie. »Aber ich glaube, wir verlassen die Stadt.«

»Gehen wir zurück nach Hause?«, fragte Nemeth.

Robin schüttelte traurig den Kopf. »Ich fürchte, nein. Aber da, wo wir hingehen, wird es dir besser gefallen als in Omars Keller, das verspreche ich dir.«

»Du solltest nichts versprechen, was du nicht halten kannst«, warnte Harun. »Nichts schmerzt so sehr wie Hoffnung, die nicht eingelöst wird.«

»Ich werde es halten«, sagte Robin. Die Worte klangen feierlich – und waren auch so gemeint; sie waren ein Gelöbnis, das sie viel mehr sich selbst als Harun oder Nemeth gab. Schon einmal hatte sie sich geschworen, das Mädchen aus der Gewalt des Sklavenhändlers zu befreien, und auch wenn sie diesen Schwur bisher vielleicht nicht hatte einhalten können, so hatte sie ihn auch noch nicht endgültig gebrochen. Und so albern diese Worte auch angesichts ihrer augenblicklichen Situation klingen mochten – Harun schien zu verstehen, was in Robin vorging.

Sie fasste sich in Geduld; schon weil ihr gar keine andere Wahl blieb. Omars Krieger hatten einen Halbkreis um sie gebildet und Robin war klar, was diese Aufstellung zu bedeuten hatte: Einerseits sicherlich Schutz, zugleich aber auch Gefängnis. Schweigend beobachtete sie, wie der Sklavenhändler immer aufgeregter und hitziger mit dem kleineren Mann debattierte. Es verging sicherlich eine Viertelstunde, wenn nicht mehr, und nach Haruns Gesichtsausdruck zu urteilen verlief die Verhandlung nicht unbedingt so, wie der Sklavenhändler gehofft hatte. Schließlich aber wurden sich die beiden Männer doch noch handelseinig. Omar nickte, fuhr auf dem Absatz herum und kam mit grimmigem und alles andere als zufriedenem Gesicht zurück, während sich Mussa Ag Amastan in die entgegengesetzte Richtung wandte und zweimal rasch hintereinander in die Hände klatschte. In den Säulengängen erwachten einige der Schlafenden, und hier und da wurde ein Murren laut, das aber angesichts Mussas schroffen Anweisungen sofort wieder verstummte.

»Es geht los«, bemerkte Harun überflüssigerweise. Nach der quälend langen Zeit, die sie untätig dagestanden und darauf gewartet hatten, dass überhaupt irgendetwas geschah, ging nun alles mit fast unheimlicher Schnelligkeit vonstatten. Die Tür an der gegenüberliegenden Seite des Hofes hatte sich auf Mussas Händeklatschen hin geöffnet, und eine fast erschreckende Anzahl Männer – genug, um eine kleine Armee zu bilden – trat auf den Hof hinaus und machte sich an den Kamelen zu schaffen. Die Tiere wurden gesattelt, mit Zaumzeug versehen und es wurden Waren auf ihren Rücken befestigt, aber Robin entging auch nicht, dass eine große Zahl der Kamele unbeladen blieb. Von den Pferden, die sie erwartete, war weit und breit nichts zu sehen. Innerhalb weniger Minuten war die Karawane zum Aufbruch bereit.

Harun legte ihr die Hand auf die Schulter und beugte sich vor, um ihr etwas ins Ohr zu flüstern. »Sieh zu, dass du immer in meiner Nähe bleibst, Christenmädchen«, murmelte er. »Und deine beiden Freundinnen auch.«

»Warum?«, fragte Robin, ohne sich zu Harun umzudrehen, und ebenso leise wie er.

Sie konnte sein Kopfschütteln fühlen, ebenso wie seinen verächtlichen Gesichtsausdruck. »Omar ist ein größerer Narr, als ich dachte, wenn er Mussa Ag Amastan traut«, stieß der Araber hervor. »Ich hätte ihn für klüger gehalten, trotz allem.«

»Wer ist dieser Mussa?«, wollte Robin wissen.

Harun schnaubte. »Ich glaube, das weiß er selbst nicht so genau. Niemand kann sagen, womit er hauptsächlich seinen Lebensunterhalt verdient: damit, Karawanen zu beschützen oder sie auf abgelegeneren Routen auszurauben. Es sollte mich nicht wundern, wenn er beides gleichzeitig tut, sobald sich die Gelegenheit dazu ergibt.«

Da Robin an Haruns Hang zu hoffnungslosen Übertreibungen gewöhnt war, beunruhigten diese Worte sie nicht allzu sehr. Sie trat jedoch ein kleines Stück zur Seite, um Mussas Männer etwas genauer betrachten zu können. Und was sie sah, das bereitete ihr durchaus Kopfzerbrechen.

Robin schätzte die Zahl der fremden Krieger auf dreißig, wenn nicht mehr. Sie waren schwer bewaffnet. Fast alle trugen nach Art der Sarazenen mit einem Schal umwickelte spitze Metallhelme, einige aber auch solche, von denen ein Kettengeflecht herabhing, das das Gesicht bis auf zwei schmale Löcher über den Augen bedeckte. Robin fand diese Helme zunächst fremdartig, doch boten sie im Kampf vermutlich ebenso zuverlässigen Schutz wie die viel schwereren Topfhelme europäischer Ritter.

Die dunklen Kaftane, die Mussas Männer trugen, waren nichts weiter als Tarnung. Ihre etwas ungelenke Art, sich zu bewegen, führte Robin auf den Umstand zurück, dass sie darunter Kettenhemden, zumindest jedoch schwere Lederpanzer trugen. Ihre Schwerter waren ungewöhnlich – ganz wie das Mussas waren es schmale, lange Klingen, nicht die gewohnten Krummsäbel der Muselmanen. Manche der Männer trugen Schilde auf dem Rücken, andere hatten zusätzlich lange Lanzen und etliche reich bestickte Köcher an den Gürteln, aus denen die obere Hälfte eines Kurzbogens und die Schäfte zahlreicher Pfeile ragten.

Mussa dirigierte seine Schar mit knappen Gesten, die sofort und diszipliniert befolgt wurden. Ihre erste Einschätzung schien richtig gewesen zu sein, dachte Robin beunruhigt. Das *war* eine Armee. Eine kleine, aber zweifellos gut ausgebildete Armee. Sie hoffte, dass Harun al Dhin sich irrte und Omar wusste, was er tat.

»Los jetzt«, sagte Harun.

Robin sah fragend zu ihm hoch. »Wo sind die Pferde?«

»Dort!« Harun grinste und deutete auf die gesattelten Kamele. »Sie sind nur ein bisschen größer als die, die du gewohnt bist. Und zweifellos auch hässlicher.«

»Kamele?«, wiederholte Robin verwirrt. »Aber ich dachte, wir wären auf der Flucht.«

»Und?« Harun schien nicht ganz zu begreifen, was sie damit sagen wollte.

»Warum nehmen wir dann keine Pferde?«, wunderte sie sich. »Diese Tiere sind ...«

»Lass dich nicht von ihrem Äußeren täuschen, Mädchen«, unterbrach sie Harun. »Glaub mir, ein solches Tier läuft schneller als jedes Pferd.« Er runzelte die Stirn. »Dennoch hast du Recht. Ich wundere mich auch, dass ...« Er brach ab. Ein nachdenklicher, aber auch ein wenig besorgter Ausdruck erschien auf seinem Gesicht. Mit seiner schwer beringten Hand fuhr er sich durch den geflochtenen Bart. Als er nach einer Weile weitersprach, waren seine Worte ein erschrockenes Flüstern, das kaum Robin, sondern vielmehr sich selbst galt. »Bei Allah, ich glaube, ich weiß, was er vorhat.

Dieser Narr. Er hat Mut, das muss man ihm lassen, aber er ist dennoch ein Narr.«

»Wovon sprecht Ihr?«, fragte Robin alarmiert.

Diesmal jedoch antwortete Harun nicht. Er gab sich nur einen leichten Ruck, versuchte, so etwas wie ein beruhigendes Lächeln auf sein Gesicht zu zwingen, und zuckte schließlich mit den Achseln; eine Bewegung, die seine gewaltige Körpermasse erzittern ließ wie einen halb haushohen Berg aus Pudding. »Komm«, sagte er nur.

Von Mussas Männern mit Schlägen auf das Hinterteil und leichten Stockhieben dazu angetrieben, hatten sich mittlerweile etliche der Kamele zu Boden sinken lassen; dabei falteten sie ihre Beine auf eine kompliziert aussehende Art unter dem Körper zusammen. Da es keine besondere Sitzordnung zu geben schien, steuerten Harun, Robin und ihre beiden Begleiterinnen die erstbesten Tiere an. Nemeth und Saila, die sich den Platz auf dem Rücken eines Kameles teilten, kletterten mit solcher Selbstverständlichkeit in den sonderbar geformten Sattel, dass Robins Unbehagen ein wenig schwand. Auch der scheinbar so schwerfällig anmutende Harun schwang seine gut drei Zentner mit einer Eleganz auf den Rücken des Kamels, dass in Robin ein leises Gefühl von Neid erwachte. Also zögerte sie nicht weiter, ihrem Beispiel zu folgen. Nach dem, was sie gerade gesehen hatte, konnte es so schwer nicht sein.

Sie irrte – nicht zum ersten Mal, seit sie in dieses Land voller fremdartiger Menschen und noch fremdartigerer Tiere gekommen war. Sie griff nach dem Sattelhorn und schwang sich mit einer kraftvollen Bewegung auf das Kamel, schon allein, weil sie spürte, wie aufmerksam Nemeth sie beobachtete. Allerdings hatte sie nicht damit gerechnet, dass das Tier mit einem Ruck das Hinterteil heben würde. Dabei wurde sie in einem Salto durch die Luft katapultiert und landete unter dem schadenfrohen Gelächter der Umstehenden auf dem harten Stein, mit dem der Hof gepflastert war.

Der Aufprall trieb ihr die Luft aus den Lungen und ihr Hinterkopf schlug so hart auf dem Boden auf, dass sie buchstäblich Sterne sah und sie vermutlich nur der Turban vor einer wirklichen Verletzung bewahrte. Für einen Moment wurde ihr schwarz vor Augen. Als sich die wirbelnden Nebelschleier wieder verzogen, schien das spöttische Gelächter ringsum noch lauter geworden zu sein.

Robin blinzelte. Im letzten Moment unterdrückte sie den Impuls, die Hand zu heben, um sich die Tränen wegzuwischen, die ihr der Schmerz in die Augen getrieben hatte, und stemmte sich wütend in eine halbwegs sitzende Position hoch. Sie spürte, dass ihr Turban verrutscht war. Hastig rückte sie ihn wieder gerade und überzeugte sich vom sicheren Sitz ihres Schleiers, bevor sie einen Blick in die Runde warf.

Sofort wünschte sie sich, sie hätte es nicht getan. Denn wohin sie auch sah, strahlten sie lachende, schadenfrohe Gesichter an. Selbst Omar, dessen Kamel sich bereits erhoben hatte, sodass er aus gut zwei Metern Höhe auf sie herabblickte, lächelte spöttisch. Einzig Harun wirkte ein wenig besorgt.

Robin stand mit einer ärgerlichen Bewegung auf, doch das Tier hatte sich bereits wieder niedergelassen. In diesem Moment schaute sie direkt in das Gesicht des Kamels: Es hatte den langen Hals gedreht, um sie anzusehen. Vermutlich lag es nur an seiner ungewohnten, hässlichen Physiognomie, aber Robin hätte schwören können, dass das Vieh nicht nur so aussah, sondern sie tatsächlich schadenfroh angrinste. Wütend wandte sie sich um. Hoch aufgerichtet und so stolz, wie es ihr heftig pochendes Bein zuließ, umkreiste sie das Kamel und kletterte erneut – diesmal aber etwas weniger schwungvoll – in den Sattel.

Irgendjemand schnippte mit den Fingern, und das Tier erhob sich zum zweiten Mal. Robin war vorgewarnt und klammerte sich mit beiden Händen ans Sattelhorn, während sie die Schenkel mit aller Kraft gegen die weit ausladenden Flanken des haarigen Ungetüms presste. So lief sie nicht Gefahr, erneut vom Rücken des Kameles geschleudert zu werden, als es sich auf seine unbeholfen anmutende, dennoch zügige Art aufrichtete.

Kaum aber hatte das Tier seine Hinterbeine durchgestreckt, stand es auch schon mit den Vorderbeinen auf, und jetzt musste Robin wirklich mit aller Gewalt darum kämpfen, nicht auf der anderen Seite herunterzufallen. Irgendwie gelang es ihr, das Schlimmste zu vermeiden. Aber offensichtlich machte sie keine besonders gute Figur dabei, denn das schadenfrohe Gelächter der Männer ringsherum steigerte sich zu einem wahren Chor, bis Omar schließlich ärgerlich in die Hände klatschte und mit einem scharfen Befehl für Ruhe sorgte.

Robin atmete erleichtert auf und entspannte ihre Schenkel ein wenig, während sie sich weiter mit aller Kraft ans Sattelhorn klammerte. Es war das erste Mal in ihrem Leben, dass sie auf dem Rücken eines Kamels saß, und wenn es nach ihr ging, würde es auch das letzte Mal bleiben. Sie traute dieser hässlichen Kreatur nicht so weit, wie sie spucken konnte.

»Nun, wo wir noch für ein wenig Erheiterung gesorgt haben, können wir ja vielleicht aufbrechen«, sagte Omar Khalid spöttisch. »Das heißt natürlich nur, wenn es in Eure Pläne passt, holde Prinzessin.«

Robin schenkte ihm einen giftigen Blick. Dass Omar sie *Prinzessin* nannte, war ziemlich leichtsinnig. Ihre Verkleidung diente schließlich keinem anderen Zweck als dem, dass sie jeder, der sie nicht schon aus dem Haus des Sklavenhändlers kannte, für einen Mann hielt. Omar musste Mussa und seiner Söldnerarmee entweder mehr Vertrauen schenken, als sie vermutet hatte, oder er war wirklich sehr nervös.

Hinter ihnen erhob sich ein dumpfes, in der Nacht lang nachhallendes Knarren, mit dem sich das Öffnen des großen Tores ankündigte. Augenblicklich ergriff die Kamele eine allgemeine Unruhe, so als spürten sie, dass der Moment des

Aufbruchs gekommen war. Ohne ihr Zutun drehte sich Robins Reittier herum. Sie musste sich mit aller Kraft am Sattel festklammern, als die gesamte Kreatur zuerst nach links, dann nach rechts und dann wieder nach links schwankte, und das so heftig, dass sie einen erneuten Sturz befürchtete.

Harun lenkte sein eigenes Tier mit einer so selbstverständlichen Bewegung neben das ihre, dass Robin mehr als nur einen Anflug von Neid empfand. »Du solltest das linke Bein um das Sattelhorn anwinkeln und das rechte ausgestreckt auf seinen Hals setzen«, empfahl er. Seine Körpermasse geriet wabbelnd in Bewegung, als er es ihr vormachte. »Siehst du? Es sieht vielleicht seltsam aus, ist aber für Anfänger die sicherste Art, ein Kamel zu reiten.«

Harun hatte Recht. Es sah seltsam aus, aber es war die einzig sichere Art, sich auf diesem hin und her schwankenden Etwas zu halten. Nicht zuletzt ihr pochendes Bein und der dumpfe Schmerz in ihrem Hinterkopf machten ihr klar, dass jetzt nicht der Moment für Stolz war.

Und vielleicht nie wieder sein würde.

16. Kapitel

Unwillig blickte Robin zu dem Kamel hoch. Wozu hatte man eigentlich ein Reittier, wenn man die allermeiste Zeit zu Fuß ging? Und: Wozu hatte man ein Reittier, das eindeutig müheloser und ausdauernder zu Fuß ging als man selbst?

Sie fand auf diese Frage so wenig eine Antwort wie in der vergangenen Nacht oder während des zurückliegenden Tages. Aber nicht zum ersten Mal drehte das Kamel, dessen Zügel sie hielt (oder sich daran festhielt, um überhaupt mit ihm Schritt zu halten), den Kopf und blickte aus seinen großen, wässrigen Augen auf sie herab. Flockiger Schaum tropfte von seinen vorgestülpten Lippen, die unentwegt auf irgendetwas zu kauen schienen, obwohl sich Robin nicht erinnern konnte, es bisher auch nur einmal fressen gesehen zu haben. Auch wenn sie natürlich wusste, wie dumm dieser Gedanke war: Für einen Moment war sie sicher, dass dieses blöde Vieh sie eindeutig spöttisch ansah und sich über ihren hilflosen Zorn amüsierte.

Sie verscheuchte den Gedanken. Er war so albern und nutzlos wie das meiste, was sie in der zurückliegenden Nacht gedacht hatte, und diente ebenso dem Zweck, sie vom trostlosen Einerlei dieses Fußmarsches abzulenken. Es ihr irgendwie zu ermöglichen, immer weiter einen Fuß vor den andern zu setzen, obwohl sie schon vor Stunden geglaubt hatte, dass der nächste Schritt der unwiderruflich letzte wäre, für den sie noch die Kraft aufbrachte.

Der Rest der Nacht und der allergrößte Teil des darauf folgenden Tages waren bereits die Hölle gewesen. Abgesehen von der ersten, kaum drei Stunden währenden Strecke aus Hama heraus hatten sie ungezählte Meilen zu Fuß zurückgelegt, um die Kräfte der Tiere für die vor ihnen liegende Etappe zu schonen. Robin hatte Omar gebeten, wenigstens Nemeth reiten zu lassen, doch er war hart geblieben. Der Befehl galt für alle, ihn selbst eingeschlossen. *Für ein nutzloses Fischermädchen, das den nächsten Winter vermutlich sowieso nicht überleben würde* – das war sein genauer Wortlaut –, war er schon gar nicht bereit, eine Ausnahme zu machen.

»Weißt du, was ich mich die ganze Zeit über frage, Christenmädchen?«

Robin schrak aus ihren Gedanken hoch und wandte müde den Kopf. Harun al Dhin ging rechts neben ihr. Auch er führte sein Kamel am Zügel, und auch unter seinen Füßen stoben bei jedem Schritt kleine rotbraune Sandwolken hoch, die sich in der fast windstillen Hitze, die über der Wüste flirrte, nur ganz langsam wieder zu senken schienen. Aber trotz seiner Größe und seines gewaltigen Übergewichts bewegte er sich mit erstaunlicher Leichtigkeit.

»Wo das nächste Gasthaus ist, in dem Ihr etwas zu essen bekommt?«, vermutete sie.

Harun blieb ernst. »Das natürlich auch«, sagte er. »Aber ich frage mich auch, wie viel Omar für das geöffnete Tor bezahlt haben mag.«

»Was für ein Tor?«

»Das Stadttor von Hama«, erklärte Harun. »Ist es bei euch etwa nicht üblich, dass die Tore einer Stadt bei Einbruch der Dunkelheit geschlossen werden, Ungläubige?«

»Doch«, antwortete Robin. Sie hob die Schultern. »Jedenfalls meistens.«

»Nun, hier ist es *immer* üblich«, erwiderte Harun. Er sah sie nicht an, während er mit ihr sprach, und sein Blick war auf einen unbestimmten Punkt irgendwo zwischen dem

423

Ende der Karawane und dem Horizont gerichtet. »Du musst wissen, der Statthalter versteht in diesem Punkt wenig Spaß. Omar muss ein kleines Vermögen dafür bezahlt haben und der Kommandant dieses Stadttores sollte sich in Zukunft besser nicht mehr in Hama blicken lassen, wenn er seinen Kopf auf den Schultern behalten will. Ich muss gestehen, ich bin beeindruckt. Sich mit Mussa einzulassen, war närrisch, aber Omar Khalid scheint seine Flucht hervorragend organisiert zu haben. Vor allem, wenn man bedenkt, wie wenig Zeit ihm geblieben ist.«

Robin hörte nur mit halbem Ohr zu. Die Hitze war unerträglich und sie hatte Durst, und es gab kaum noch einen Fleck an ihrem Körper, der nicht auf die eine oder andere Art wehtat oder sich zumindest unangenehm bemerkbar machte. Neidisch wandte sie den Blick und sah zu Saila und Nemeth hin. Das Mädchen hob die Hand und winkte ihr zu und Robin antwortete mit einem müden Nicken. Den beiden schienen die vielen Stunden Fußmarsch nicht das Geringste auszumachen. Nemeth ging sogar barfuss, obwohl der Sand so heiß sein musste wie eine glühende Herdplatte. Und dabei hatte sie gedacht, dass *sie* es sein würde, die den beiden Kraft und Zuversicht gab.

Das genaue Gegenteil war der Fall. Robin war völlig erschöpft. Seit sie in Bruder Abbés Orden eingetreten war, war sie nie mehr eine wirklich lange Strecke zu Fuß gegangen – einer der Vorteile, die es mit sich brachte, ein Ritter zu sein. Ihre Muskeln waren verkrampft, ihr Rücken tat weh und ihre Füße schmerzten unerträglich. Der feinkörnige Sand war längst in ihre Stiefel gekrochen, und so schön und weich deren Leder auch war, so waren sie neu und noch nicht eingelaufen. Robin fragte sich, wie lange es dauern würde, bis das Blut, das aus ihren zahllosen aufgeplatzten Blasen quoll, die Stiefel weit genug gefüllt hatte, um oben herauszulaufen.

Irgendwo vor ihnen erklang Lärm. Die Geräusche drangen nur langsam durch den Nebel aus Schmerz und mühsam gehegtem Selbstmitleid, der sich über Robins Gedanken gelegt hatte, aber dann hob sie müde den Kopf und blinzelte in das unbarmherzige Licht der Sonne. Nicht mehr weit vor der Karawane erhob sich ein Dorf aus sonderbar geformten, an Bienenkörbe erinnernden Lehmhäusern. Mehrere Gestalten kamen ihnen entgegen, die meisten davon Kinder, die vermutlich einfach nur neugierig waren. Aber zwischen den ersten Häusern entdeckte Robin auch einige Kamelreiter, auf deren Kopf es silbrig und kupferfarbig aufblitzte. Weitere Verbündete von Mussa Ag Amastan?

Die Karawane wurde schneller, als sie sich dem Ort näherte. Selbst Robin beschleunigte ihre Schritte, fast ohne es zu merken, obwohl sie noch vor einem Moment felsenfest davon überzeugt gewesen war, einfach nicht mehr schneller gehen zu können, und hinge auch ihr Leben davon ab. Doch in diesem Punkt schienen sich Mensch und Tier nicht besonders zu unterscheiden: Der Anblick der nahen Stadt, der Schatten und Erholung versprach, erweckte Kraftreserven in ihnen, von deren Existenz Robin gar nichts gewusst hatte.

Aber die Hoffnung erwies sich als trügerisch. Robin hielt vergebens nach einer Karawanserei, einem Gasthof oder auch nur irgendeinem Gebäude Ausschau, das ihr groß genug erschien, die aus kaum weniger als hundert Tieren bestehende Karawane zu versorgen. Hinter einem lang gezogenen Hain aus Dattelpalmen, der von einer hüfthohen Mauer aus Bruchsteinen eingefasst war, konnte sie den Orontes erkennen, und hätte auch nur ein schwacher Wind geweht, dann hätte sie das Flusswasser vermutlich schon gerochen. Das Dorf selbst aber bestand nur aus sonderbaren, vollkommen fremdartig geformten und allesamt sehr kleinen Lehmgebäuden. Es gab kein größeres Anwesen, keinen zentralen Platz, nicht einmal ein paar Sonnensegel, wie sie sie von Hama her kannte und die wohl das Mindeste gewesen wären, um einer Karawane einen Platz zum Rasten zu bieten.

Vielleicht, weil sie hier nicht rasten würden.

Robin weigerte sich noch eine ganze Weile ebenso beharrlich wie erfolglos, diesem Gedanken auch nur eine Spur von

Glaubwürdigkeit zuzubilligen. Doch je näher sie dem Ufer kamen, desto mehr wurde er zur Gewissheit. Die Karawane war längst zu einer weit auseinander gezogenen, zerbrochenen Kette zerfallen, deren vorderste Glieder das Ufer erreichten, als Robin noch eine Viertelstunde qualvollen Fußmarsches davon entfernt war. Dennoch konnte sie über die große Entfernung hinweg erkennen, wie Mussa und Omar Khalid ihre Männer antrieben, die bisher nicht beladenen Kamele auszusondern und zu einer Stelle direkt am Fluss zu führen, an der ein kleines Gebirge Leinensäcke und in langen Reihen stehender dickbauchiger Wasserkrüge auf sie wartete. Vorräte, die sie brauchten, um ihren Weg fortzusetzen.

Die fertig beladenen Kamele wurden zur Tränke an den Fluss geführt. Doch keiner der Männer machte Anstalten, sich von ihnen zu entfernen oder sich auch nur für einen Moment in den Schatten einer der wenigen Dattelpalmen zu setzen, die ihre Wurzeln in den schmalen Streifen fruchtbarer Erde nahe des Flusses gesteckt hatten. Als Robin näher kam, erkannte sie neben Omar Khalid und Mussa einen alten Mann im weißen Kaftan, der heftig gestikulierend auf die Ankömmlinge einredete. Vermutlich gehörte er zum Dorf und war wenig begeistert über die ungeladenen Gäste.

Endlich, nach einer Ewigkeit, hatte auch Robin den Palmenhain erreicht. Sie konnte jetzt den kühlen Hauch spüren, der vom Fluss heraufwehte, und das Murmeln des Wassers hören. In diesem Moment hätte sie ihre rechte Hand darum gegeben, die wenigen Schritte weiter gehen und sich einfach in die Fluten stürzen zu können. Aber keiner der anderen machte auch nur Anstalten, dem Wasser nahe zu kommen. Deshalb ließ auch Robin nur erschöpft den Zügel ihres Kamels los – es war ihr völlig gleich, ob das Tier seinen Platz zwischen den anderen fand, oder sich spontan entschloss, seine Verwandtschaft fünfhundert Meilen entfernt in der Wüste zu besuchen –, taumelte kraftlos noch zwei Schritte weiter und ließ sich erschöpft auf den Rand der niedrigen Bruchsteinmauer sinken, die den Palmenhain umschloss.

Auch Saila tat es ihr mit einem erleichterten Seufzer gleich, hielt aber einen deutlich größeren Abstand, als nötig gewesen wäre, und wich Robins Blick sorgsam aus. Ihr Benehmen schmerzte Robin, aber sie konnte es verstehen. Sie hielt Saila für eine kluge Frau, die vermutlich durchaus wusste, wie wenig Schuld Robin an dem grausamen Schicksal trug, das sie und ihr ganzes Dorf getroffen hatte. Aber auch sie selbst hatte schon zu viel Schmerz erlitten, um nicht zu wissen, dass Vernunft und Empfinden nicht immer Hand in Hand gingen. Wahrscheinlich war sie selbst sogar das beste Beispiel dafür.

»Und es ist wirklich wahr, dass wir deine Dienerinnen werden sollen?«

Robin hatte im ersten Moment Mühe, die Stimme irgendeinem Namen zuzuordnen. Müde hob sie den Kopf, blinzelte, dann erkannte sie Nemeth. Das Mädchen musste so erschöpft und durstig sein wie sie, was es aber nicht daran hinderte, mit einem strahlenden Lächeln zu Robin aufzusehen und offensichtlich eine Antwort auf seine Frage zu erwarten.

Robin konnte sich gar nicht erinnern, Nemeth oder ihrer Mutter von dem Handel erzählt zu haben, den sie mit Omar Khalid geschlossen hatte, aber es musste wohl so sein. »Ja«, sagte sie. »Ihr werdet meine Dienerinnen und ich werde eure Herrin. Und als solche befehle ich dir, dich jetzt in den Schatten zu setzen und auszuruhen. Und den Mund zu halten.«

Nemeth strahlte noch breiter. »Aber eine Dienerin muss sich um das Wohl ihrer Herrin kümmern.«

Ohne Robins Antwort abzuwarten, drehte sie sich herum und war wie ein Wirbelwind verschwunden. Robin verspürte einen schwachen Anflug von Neid auf ihre kindliche Energie und Zähigkeit. Sie selbst würde jedem die Kehle durchschneiden, der innerhalb der nächsten drei oder vier Tage von ihr verlangte, auch nur noch einen einzigen Schritt zu tun. Aber sollte Nemeth sich ruhig austoben. Vielleicht waren die wenigen Stunden, die sie das noch konnte, der Rest ihrer Kindheit. Sie hatte nicht das Recht, sie ihr streitig zu machen.

Es verging nur eine kleine Weile, in der Robin einfach dasaß und in der Sonne döste, bis Nemeth zurückkam. Sie trug eine flache Schale mit Flusswasser in beiden Händen, die sie Robin voller Stolz hinhielt. Als Robin danach griff, musste sie feststellen, dass sie mehr Sand als Wasser enthielt und dieses zudem nicht besonders sauber war. Aber sie war entsetzlich durstig, und selbst wenn sie es nicht gewesen wäre – das Leuchten in Nemeths Augen hätte es ihr vollkommen unmöglich gemacht, irgendetwas anderes zu tun, als die Schale anzusetzen und mit wenigen Schlucken so weit zu leeren, bis der Sand zwischen ihren Zähnen zu knirschen begann. Das Wasser schmeckte nicht besonders gut. Wahrscheinlich hatte Nemeth es unterhalb der Stelle, wo die Kamele standen, geschöpft. Dennoch war es nach dem stundenlangen Marsch durch die glühende Wüstensonne eine solche Labsal, dass Robin fast enttäuscht war, als die Schale leer war.

Als hätte sie ihre Gedanken gelesen, fragte Nemeth: »Soll ich noch mehr holen?«

Robin schüttelte den Kopf. »Nein«, sagte sie. »Es ist nicht gut, wenn man zu viel auf einmal trinkt, weißt du? Vielleicht später, bevor wir weiterreiten.«

Eine Stimme hinter Robin sagte: »Aber du könntest gehen und uns ein paar frische Datteln pflücken, Kleines.«

Das Mädchen nickte eifrig und verschwand wie der Blitz.

Robin drehte den Kopf und blinzelte in das breite, alt aussehende Gesicht Harun al Dhins hinauf. Obwohl sie den ganzen Tag neben ihm marschiert war, fiel ihr erst jetzt auf, wie mitgenommen er wirkte. Auf seinen Wangen, die bislang immer sorgsam rasiert gewesen waren, zeigten sich graue Bartstoppeln. Sein Gesicht war ungeschminkt und er hatte nicht mehr viel von dem verkleideten Gecken, als der er bisher aufgetreten war. Viel deutlicher als bisher sah sie das Geflecht feiner Falten, das seine Augen umgab. Es kam Robin

428

fast so vor, als habe die gnadenlose Wüstensonne die weichen Formen von seinem Gesicht geschmolzen, sodass nun zum ersten Mal der wahre Harun al Dhin darunter zum Vorschein kam.

Ein äußerst besorgter Harun al Dhin.

Mit einem erschöpften Seufzer ließ er sich neben Robin auf die Mauerkante sinken, stützte die Ellbogen auf die Knie und betrachtete stirnrunzelnd, was der stundenlange Marsch, Sonne und Sand seinen kostbaren Kleidern angetan hatten. Von ihren grellen Farben war nicht mehr viel zu sehen.

»Das gefällt mir nicht«, murmelte er.

»Was?«, fragte Robin. Sie spürte genau, dass Harun eine andere Antwort von ihr erwartet hatte. Aus irgendeinem Grund schien er niemals willens zu sein, von sich aus etwas preiszugeben, sondern wartete immer auf ein Stichwort, selbst wenn er es seinem Gegenüber selber liefern musste. Aber sie war zu erschöpft und zu müde für solcherlei Spielchen.

»Das, was hier passiert«, murmelte Harun.

»Was passiert denn?«, erkundigte sich Robin. Nicht, dass es sie wirklich interessierte. Aber sie würde auch keine Ruhe finden, bevor Harun seine Botschaft losgeworden war. »Sie tränken die Kamele. Wir machen Rast.«

»Ich fürchte, nicht«, antwortete der riesige Mann.

Nun sah Robin doch hoch. Etwas von der Angst, die sie bislang auch sich selbst gegenüber nicht zugegeben hatte, musste sich wohl deutlich auf ihrem Gesicht widerspiegeln, denn Harun nickte besorgt und fuhr in leiserem, ebenso mitfühlendem wie auch zugleich alarmiertem Ton fort: »Sie tränken die Kamele, das ist wahr. Aber nur, bis die Tiere fertig beladen sind. Wir nehmen Proviant und Wasser auf und ziehen sofort weiter.«

Robin sog scharf die Luft ein. Warum war sie eigentlich so entsetzt? Sie war längst zu dem gleichen Schluss gekommen, hatte es nur nicht wahrhaben wollen. Trotzdem sagte sie: »Aber das ist doch Wahnsinn. Uns wird alle der Hitzschlag treffen!«

»Das wohl nicht«, antwortete Harun. »Aber es ist eine elende Schinderei, die eigentlich nicht nötig wäre. Es sei denn ...«

Robin tat ihm den Gefallen zu fragen: »Es sei denn – was?«

»Eine Karawane so reichlich mit Nahrung und Wasser zu versorgen, die durch fruchtbares Gebiet und noch dazu in der Nähe eines Flusses zieht, ist vollkommen überflüssig. Wir schleppen nur unnötiges Gewicht mit uns herum und vergeuden unsere Kräfte.« Er seufzte tief. »Ich hoffe, dass Omar in seiner Angst vor den Assassinen keine Dummheit begeht.«

»Was genau meint Ihr mit Dummheit?«

Bevor Harun antworten konnte, kam Nemeth zurück. Sie hatte ihren Kaftan hochgeschlagen und transportierte darin ein gutes halbes Dutzend frischer Datteln, die sie Robin stolz anbot. Obwohl Robin sehr hungrig war, war ihr der Gedanke an Essen fast zuwider, so erschöpft war sie. Dennoch griff sie danach, nahm sich die Hälfte der Datteln und forderte Harun mit einer Geste auf, ihrem Beispiel zu folgen.

Nemeth wirkte ein bisschen verärgert, als auch der riesige Tanzlehrer eine seiner Pranken ausstreckte und die restlichen Datteln in seiner geschlossenen Hand verschwinden ließ. »Soll ich noch Wasser holen?«, fragte sie.

Robin schüttelte den Kopf, doch Harun sagte: »Ja. Aber geh diesmal auf die andere Seite der Karawane.«

Nemeth blickte ihn eine Sekunde lang verstört an, dann konnte Robin sehen, wie sie erschrak und ein schuldbewusster Ausdruck auf ihrem Gesicht erschien.

»Harun hat Recht«, sagte sie. »Aber mach dir nichts draus. Das Wasser war in Ordnung. Dennoch solltest du auf ihn hören. Und trink auch selber, und bring für deine Mutter etwas mit.«

»Was muss sie eigentlich noch anstellen, damit du die Geduld mit ihr verlierst?«, fragte Harun.

»Die Hoffnung verlieren«, antwortete Robin.

Harun sah sie stirnrunzelnd und mit undeutbarem Ausdruck an. Er schwieg, während er drei der Datteln, die Nemeth mitgebracht hatte, verzehrte. »Ich werde jeden Tag weniger schlau aus dir, Ungläubige«, gestand er. »Du selbst bist in einer Lage, die dem, was ihr Christen mit dem Wort Hölle bezeichnet, ziemlich nahe kommt. Und deine einzige Sorge gilt einem Kind, das du kaum kennst.«

Das Thema war Robin unangenehm, deshalb erinnerte sie: »Ihr wolltet von Omars Dummheiten erzählen.«

»Das ist wahr«, seufzte Harun und verzehrte die letzte Dattel. Robin hatte ihre noch nicht angerührt, wollte das aber nachholen, bevor Nemeth zurück war, schon um das Mädchen nicht vor den Kopf zu stoßen.

»Auf der Route, die wir bisher eingeschlagen haben, und bei dem Tempo, das Omar vorlegt, werden wir bis zur Dämmerung Homs erreichen – eine große Stadt im Westen. Ich war bis jetzt der Meinung, Omar Khalids Ziel sei Damaskus. Homs ist die erste Etappe vor dem Weg durch das Libanon-Gebirge.«

»Wieso Damaskus?«

»Es ist die Residenz Sultan Saladins«, antwortete Harun. Sein Blick streifte gierig das Vierteldutzend Datteln, das Robin in ihren Schoß gelegt hatte. Wortlos nahm sie sie, streckte die Hand aus und die süßen Früchte verschwanden so schnell in Haruns Mund, als hätte er sie weggezaubert. »Nicht einmal die Assassinen würden es wagen, so ohne weiteres nach Damaskus zu gehen oder dort gar ein Attentat zu verüben.«

Das klang schlüssig, doch Robin spürte den Zweifel hinter Haruns Worten. Er wirkte völlig anders als bisher – ernst, erschöpft –, aber da war noch etwas, ohne dass Robin es hätte benennen können. Selbst seine Art zu reden hatte sich verändert. Seine Ausdrucksweise wirkte plötzlich geradlinig und schnörkellos, was ihn ihr eher sympathisch machte.

»Und?«, fragte sie schließlich.

Harun deutete mit dem Kopf in Richtung Flussufer und Kamele. Fast gegen ihren Willen stellte Robin fest, dass der

Großteil der Waren bereits aufgeladen war. Wenn Harun mit seiner Vermutung Recht hatte, dass sie keine Pause einlegen würden, würde es wohl in wenigen Minuten weitergehen. »Was ich dort sehe, deutet eher darauf hin, dass Omar nach Osten in die Wüste fliehen will. Ich kann das nicht begreifen. Vor allem nicht in Begleitung eines Mannes wie Mussa. Er ist nicht nur gewissenlos, sondern auch gierig. Und das macht ihn noch gefährlicher.«

»Und was ist im Osten?«, fragte Robin. »Außer Wüste?«

»Noch mehr Wüste«, brummte Harun. Dann schien er zu begreifen, dass seine Worte Robin nicht unbedingt beruhigten, und er versuchte seine Aussage mit einem übertrieben optimistischem Lächeln zu relativieren. »Es gibt einen Weg hindurch. Viele Karawanen sind ihn schon gegangen – mach dir keine Sorgen.«

»Wenn man will, dass sich jemand Sorgen macht«, sagte Robin, »muss man ihm nur sagen, er solle sich keine Sorgen machen.«

Harun lachte. »Er ist gefährlich. Du hast Recht. Aber nicht unpassierbar. Und ich meine es ernst – mach dir keine Sorgen. Ich glaube, Allah selbst hat ein Auge auf dich geworfen. Nach allen Unmöglichkeiten, die du bisher bewältigt hast, wird dir wahrscheinlich auch die Wüste nichts anhaben können.« Er stand auf. »Weißt du, das ist der Grund, aus dem ich immer in deiner Nähe bleibe. Vielleicht fällt ja etwas von deinem Glück auf mich ab.«

Nur wenige Minuten später gab Omar das Zeichen zum Aufbruch. Die letzten Kamele waren gesattelt, die letzten Wasserkrüge und Futtersäcke verstaut und diesmal gelang es Robin sogar, auf den Rücken ihres Kamels zu steigen, ohne damit zur Erheiterung der gesamten Karawane beizutragen. Sie sah bewusst nicht in seine Richtung, aber sie spürte Omars Blicke. Ein absurdes Gefühl von Enttäuschung begann sich in ihr breit zu machen, als sie begriff, dass er sich zwar davon überzeugen wollte, dass sie unversehrt im Sattel saß, aber nicht zu ihr kommen würde, um sich nach ihrem Befinden zu erkundigen. Sie verscheuchte den Gedanken. Was Omar anging, so hoffte sie inständig, dass er bei der Überquerung des Flusses ertrank oder vielleicht von einem Stein erschlagen wurde, der zufällig vom Himmel fiel.

Zumindest für diesen Tag jedoch regnete es keine Steine und in der Furt konnte auch niemand ertrinken. Der Orontes war an dieser Stelle zwar sehr breit, dafür aber so seicht, dass das Wasser den Kamelen nicht einmal bis an die Bäuche reichte. Allein der Anblick des Wassers ließ Robin wieder spüren, wie durstig sie noch immer war, und wie entsetzlich heiß es unter ihren Kleidern war. Hätte sie auf einem Pferd gesessen, hätte sie sich vorgebeugt, um sich Wasser ins Gesicht und über den Kopf zu schöpfen. Aber auf diesem hin und her schwankenden Monstrum konnte sie froh sein, wenn sie sich überhaupt im Sattel hielt. Sie betete, dass Harun sich täuschte und sie nicht nach Osten, sondern weiter nach Homs ritten. Selbst wenn sie dort der nackte Boden einer Karawanserei als Nachtlager erwartete, so wäre es nicht so entsetzlich wie eine weitere Nacht in diesem Sand. Aber zumindest mussten sie nicht mehr gehen.

Bis sie das gegenüberliegende Ufer des Flusses erreicht hatten und Omar ihnen befahl, wieder von den Kamelen abzusteigen, die Tiere bei den Zügeln zu nehmen und ihren qualvollen Fußmarsch fortzusetzen.

17. Kapitel

Seit sie die Furt passiert hatten und der Orontes für immer hinter ihnen zurückgeblieben war, schien sie Mussa geradewegs in die Hölle zu führen. Hatte Robin schon am ersten Tag geglaubt, dass es unerträglich heiß wäre, so musste sie in den nächsten beiden Tagen entdecken, dass sich dieser Zustand noch ohne weiteres steigern ließ. Obwohl sie nun nicht mehr gehen mussten, sondern sich auf den schwankenden Rücken der Kamele ihrem immer noch unbekannten Ziel entgegenquälten, schmerzten ihre Füße unerträglich. Außerdem schwächte sie ein Fieber, das sie seit dem frühen Morgen in seinem unbarmherzigen Griff hatte.

Ihr wurde immer wieder schwindlig, und sie wurde so müde, dass sie mehrfach im Sattel einschlief und fast vom Rücken ihres Reittieres gefallen wäre.

Dabei lag gerade erst die Hälfte ihrer heutigen Etappe hinter ihnen. Die schlimmere Hälfte, versuchte Robin sich einzureden. Die Sonne stand noch nahezu senkrecht über ihnen. Aber die verzerrten Schatten, die die Kamelreiter auf den unebenen Untergrund warfen, begannen allmählich wieder länger zu werden; die Mittagsstunde war vorbei, und damit auch die der größten Hitze. Vor ihnen lagen noch endlose Stunden, bis die Sonne wieder untergehen und es kurz nach Einbruch der Dunkelheit ebenso grausam kalt werden würde, wie es jetzt unerträglich heiß war. Doch mit jedem Schritt, den das Kamel tat, jedem Atemzug glühender Luft,

434

die ihre Kehle weiter ausdörrte, wurde der Tag kürzer und rückte das Ende des Martyriums näher.

Robin hob müde den Kopf und blinzelte aus entzündeten, schmerzenden Augen in die braunrote Landschaft, durch die sie ritten. Seit einiger Zeit bewegte sich die Karawane durch ein gewundenes Wadi, ein trockenes Flussbett, das sich tief in den Boden eingegraben hatte und zu beiden Seiten von rötlichem, hartkantigem Gestein eingefasst wurde. Auf dem Boden lag Geröll, kein Sand mehr. Felsbrocken und Trümmer in allen nur denkbaren Größen und Formen machten auch den Kamelen das Vorankommen schwer. Es war Robin ein Rätsel, warum Omar ausgerechnet diesen Weg gewählt hatte, denn er brachte keinerlei Vorteile. In dem ausgetrockneten Flussbett war es kein bisschen kühler. Die Hitze schien sich im Gegenteil hier noch zu stauen und es war nur eine Frage der Zeit, bis eines der Kamele einen Fehltritt tun und stürzen würde, was für Reiter wie Tier böse ausgehen konnte.

Vielleicht hoffte Omar, auf dem Talgrund eher vor den Blicken etwaiger Verfolger verborgen zu bleiben oder dass ihre Tiere auf dem steinigen Boden so gut wie keine Spuren hinterließen. Obwohl Robin in Taktik und Kriegsführung allenfalls theoretisch ausgebildet war, wusste sie doch, dass eine so große Anzahl von Tieren unübersehbare Spuren hinterlassen würde, die ein erfahrener Fährtenleser auch noch nach Tagen zu deuten vermochte. Omar hatte entweder aus purer Verzweiflung diesen Weg eingeschlagen, oder er hatte andere Beweggründe, die er niemandem von ihnen anvertraut hatte.

Wenn es so war, dann musste er wirklich eine gewaltige Überraschung parat haben, dachte Robin müde. Er verlangte das Allerletzte von Mensch und Tier. Die zurückliegenden beiden Tage hatten Robin mehr an Kraft geraubt, als sie in den Wochen seit ihrer Ankunft in diesem Land mühsam wieder zurückerlangt hatte. Soweit sie es in ihrer Erschöpfung mitbekam, erging es den anderen kaum besser. In der vergangenen Nacht hatte sie gehört, wie sich Nemeth und ihre Mutter gegenseitig in den Schlaf geweint hatten. Diese Flucht aus der Stadt, die zugleich die erste Etappe ihrer eigenen Flucht hatte werden sollen, war längst zu einem Albtraum geworden, der vielleicht nie ein Ende nehmen würde.

Sie versuchte, sich mit der Zungenspitze über die rissigen, verschorften Lippen zu fahren, um sie anzufeuchten, aber es gelang ihr nicht. Ihr Gaumen war ausgedörrt und der Durst hatte ihre Zunge so unförmig anschwellen lassen, dass sie schon Schwierigkeiten mit dem Sprechen hatte. Zum unzähligsten Mal an diesem Tag glitt ihre Hand wie von selbst zu dem schmal gewordenen Wasserschlauch, der vor ihr am Sattel befestigt war, und zum unzähligsten Mal zog sie den Arm zurück, ohne die Bewegung beendet zu haben. Omar hatte sie alle eindringlich ermahnt, sparsam mit dem Wasser umzugehen, und Harun hatte diese Warnung Robin gegenüber noch einmal wiederholt.

Ihr Weg würde sie an mehreren Wasserstellen und kleineren Oasen vorbeiführen, von denen man aber nie genau sagen konnte, ob sie im Moment Wasser führten oder nur ausgetrocknete Löcher voller Sand in einer Welt aus Stein waren. Omar hatte auch keinen Zweifel daran gelassen, dass *sie* so viel trinken konnte, wie sie wollte. Aber er hatte es laut genug gesagt, um ihr mit diesen Worten gleichzeitig vollkommen unmöglich zu machen, dieses Privileg zu nutzen. Von allen hier litt sie vermutlich am meisten unter Hitze und Durst, denn sie war weder in diesem Land aufgewachsen wie Saila und ihre Tochter, noch war sie lange Ritte durch die Wüste gewohnt, wie Omar, Mussa und die anderen. Aber sie würde lieber sterben, bevor sie die Rolle des verweichlichten Christenweibes spielte, die Omar ihr offenbar so gerne zugedacht hätte. So hatte sie eine Abmachung mit sich selbst getroffen: Sie orientierte sich an Harun, weil sie diesen riesigen, verwöhnten und verweichlichten Burschen instinktiv als das schwächste Glied in der Kette ansah. Robin hatte sich geschworen, nicht öfter als er nach ihrem Wasserschlauch zu greifen und auch nicht mehr zu trinken.

Ein Schwur, den sie schon hundertfach bereut hatte. Aber den sie auch nicht brechen würde. Es sei denn, es würde noch heißer. Oder Omar käme noch einmal zu ihr und wiederholte sein Angebot. Oder sie könnte Harun endlich beweisen, dass er nur aus dem einzigen Grund nicht trank: um sie zu quälen, denn zweifellos wusste er von dem Eid, den Robin sich selbst gegenüber abgelegt hatte, und ertrug die Qualen des unerträglichen Durstes nur, um ihr selbst noch größere Qualen zu bereiten und sich an ihrem Leid zu laben. Oder ...

Schwielige Finger schlossen sich hart um ihr rechtes Handgelenk und rissen sie so derb in die Höhe, dass Robin vor Schmerz und Überraschung aufschrie. Ihr Herz hämmerte so heftig, dass es wehtat, und das leise Schwindelgefühl, das sie schon seit ihrem morgendlichen Aufbruch hatte, explodierte zu einer Woge von Übelkeit. Sie sank nach vorne und hätte sich übergeben, wäre in ihrem Magen noch irgendetwas gewesen, das sie hätte ausspucken können.

»Robin!«

Die Übelkeit verging. Der Schwindel und das Gefühl unerträglicher Hitze blieben, ebenso wie der schmerzhafte Druck auf ihr rechtes Handgelenk. So weit es die kräftig zupackende Hand zuließ, richtete sich Robin im Sattel auf, blinzelte die Tränen weg und blickte in eine zerfurchte Landschaft aus Falten und vom Sand grau gepuderter Haut, die sie erst nach weiteren drei oder vier Atemzügen als das Gesicht Harun al Dhins erkannte. Er sah zornig aus, dann begriff sie, dass es in Wahrheit Schrecken war, was sich auf seinen Zügen abmalte. Zugleich wurde ihr klar, warum er sie so unsanft am Handgelenk gepackt hielt: Sie war wieder einmal eingenickt, ohne es zu merken, und hätte er nicht im letzten Moment zugegriffen, dann wäre sie diesmal wirklich aus dem Sattel gefallen; ein Sturz von der Höhe des Kamelrückens herab auf den felsübersäten Boden wäre vermutlich nicht ohne Knochenbrüche oder Schlimmeres abgegangen.

Dennoch wollte sich das Gefühl der Dankbarkeit, das sie jetzt empfinden sollte, nicht einstellen.

»Lasst mich los«, lallte sie mit schwerer Zunge.

»Erst, wenn ich sicher bin, dass du nicht gleich aus dem Sattel fällst«, sagte Harun in einem Ton, der keinen Widerspruch zuließ.

Robin gab auf. Sie empfand immer noch einen absurden Trotz, aber sie war einfach zu müde, um selbst diesen kleinen Kampf auszufechten. Sie nickte.

Harun maß sie noch einen Moment lang mit Blicken, in denen Misstrauen und Sorge einen ungleichen Kampf fochten, dann ließ er sie vorsichtig los. Er blieb jedoch weiter in angespannter Haltung schräg auf seinem Kamel sitzen, das unmittelbar neben dem Robins einhertrottete, jederzeit bereit, wieder zuzugreifen, falls die Schwäche sie erneut übermannen sollte.

»Danke«, murmelte sie.

Aus irgendeinem Grund schien dieses Wort Harun zu ärgern. Er schüttelte den Kopf, murmelte irgendetwas auf Arabisch, das Robin gar nicht erst verstehen wollte, dann zerrte er mit einer ungeduldigen Bewegung seinen eigenen Wasserschlauch vom Sattel und schlug ihn ihr mit solcher Wucht vor die Brust, dass sie japsend nach Luft rang. »Hier! Und jetzt trink, du dummes Weib!«

Robin starrte den kaum noch zur Hälfte gefüllten Wasserschlauch verständnislos an. »Aber das ist ... Euer Wasser«, murmelte sie.

»Du sollst trinken, habe ich gesagt!« Harun brachte das Kunststück fertig, zu schreien, ohne die Stimme zu heben oder auch nur einen Deut lauter zu werden. Seine Augen flammten vor Zorn. »Ich habe mir deine Albernheiten jetzt lange genug angesehen. Willst du dich umbringen, du verstocktes Kind?«

»Ich brauche kein Wasser«, beharrte Robin. Ihre Stimme war nur noch ein heiseres Krächzen, als wären auch ihre Stimmbänder ausgetrocknet und stünden kurz davor, einfach zu zerreißen, wie von der Sonne verbranntes Pergament. »Ich trinke nicht mehr als ...«

»Als ich?« Harun lachte. Es klang böse. »Du hast uns allen bewiesen, was für ein tapferes Mädchen du bist. Jetzt beweis mir, dass du nicht auch ein genauso dummes Mädchen bist.«

Es dauerte einen Moment, bis Robin überhaupt begriff, was Harun gesagt hatte. Mühsam hob sie den Kopf und blinzelte in sein Gesicht, das noch immer vor Ärger verdunkelt war. »Aber woher ...?«

»Ich das weiß?« Harun lachte erneut und diesmal klang es eher spöttisch als wütend. »Du hast Fieber, Mädchen. Und du gehörst zu denen, die im Fieber reden.«

»Reden?«, wiederholte Robin dumpf. Hatte sie etwa ...?

Haruns Nicken beantwortete ihre unausgesprochene Frage. Sie hatte den gleichen Unsinn, den sie gerade im Hinüberdämmern gedacht hatte, wohl auch laut ausgesprochen. Der Gedanke war ihr so peinlich, dass sie spürte, wie ihr unter dem Schleier die Schamesröte ins Gesicht schoss. Trotzdem schüttelte sie noch einmal den Kopf und sagte: »Das kann ich nicht annehmen. Das ist Euer Wasser. Ich habe genauso viel wie Ihr.«

»Aber du brauchst es dringender«, beharrte Harun. Er hatte sowohl gestern als auch heute ebenso viel – oder wenig – wie Robin getrunken. Dabei war er ein sehr viel größerer, schwererer Mensch, der mehr Wasser brauchen sollte, es aber offensichtlich nicht tat. Robin fragte sich, woher er die Energie nahm, so zornig zu werden. »Jetzt sei vernünftig und trink. Es gibt keinen Grund, dich zu schämen. Ich bin in diesem Land aufgewachsen. Ich bin ein Teil der Wüste, und ich weiß, wie weit ich sie herausfordern kann oder nicht. Wir erreichen noch heute eine Oase, wo wir unsere Wasservorräte auffüllen können. Du brauchst also kein schlechtes Gewissen zu haben.«

Die letzte Behauptung war eine Lüge, das spürte Robin ganz genau.

»Dann kann ich genauso gut mein Wasser trinken«, murmelte sie.

»So gut wie das, was du schon in der Hand hast«, gab Harun zurück. Er änderte seine Taktik und versuchte es mit einem Lächeln. »Es ist keine Schande, der Wüste nicht gewachsen zu sein, weißt du? Ich habe schon gestandene Ritter zusammenbrechen und wie kleine Kinder nach ihren Müttern schreien hören, weil sie die Wüste unterschätzt haben.« Er seufzte. »Du wirst dem Mädchen nicht helfen können, wenn du tot bist oder dir der Durst den Verstand geraubt hat, weißt du?«

Robin gab endgültig auf. Nicht nur, weil Harun mit seiner letzten Bemerkung durchaus Recht hatte und sich ihr schlechtes Gewissen regte und sie daran erinnerte, dass sie schon seit einer geraumen Zeit weder an Nemeth gedacht, noch nach ihr gesehen hatte, sondern auch, weil sie mittlerweile wieder klar genug war, um sich zu erinnern, neben wem sie da eigentlich ritt. Harun würde sowieso keine Ruhe geben, bis sie entweder getrunken oder tot vom Kamel gefallen war. Mit vor Schwäche zitternden Händen öffnete sie den Verschluss des Wasserschlauches, setzte ihn an und musste mit aller Macht gegen den Impuls ankämpfen, das Wasser in großen, gierigen Schlucken herunterzustürzen.

Es war warm und schmeckte widerwärtig, aber zugleich war es köstlicher als der erlesenste Wein, den sie jemals getrunken hatte. Vorsichtig benetzte sie die Lippen mit wenigen Tropfen der kostbaren Flüssigkeit und verzog das Gesicht, als einige der kaum verschorften Risse darin wieder aufplatzten und zu bluten begannen. Dennoch widerstand sie dem Verlangen, die Hand zu heben und das Blut von ihren Lippen zu wischen; stattdessen leckte sie die wenigen Tropfen sorgsam auf und spülte mit einem weiteren, etwas größeren Schluck Wasser nach.

Es nutzte nicht viel, das war ihr klar. Sie hätte die zehnfache Menge dessen trinken müssen, was sich noch in Haruns Wasserschlauch befand, um ihren Durst wirklich zu löschen. Aber allein das Gefühl, dass statt kochender Luft nun Wasser ihre Kehle hinunterrann, war unendlich erleichternd. Sie machte eine Pause, in der sie sich zwang, langsam in Gedanken bis zwanzig zu zählen, dann trank sie einen dritten, noch größeren Schluck, verschloss sorgsam den Wasserschlauch und wollte ihn Harun zurückgeben.

Er schüttelte den Kopf. »Behalt ihn.«

»Das ist sehr großzügig, aber das kann ich nicht annehmen«, antwortete Robin. Sie war fast überrascht, wie leicht ihr die Worte plötzlich wieder von den Lippen gingen. Sie hatte immer noch das Gefühl, Fieber zu haben und innerlich ausgedörrt zu sein, aber die wenigen Schlucke abgestandenen, warmen Wassers hatten doch wahre Wunder bewirkt.

»Das wirst du wohl müssen«, antwortete Harun spöttisch. »Es sei denn, du legst Wert darauf, dass ich zu Omar reite und ihm sage, dass du dich wie ein verstocktes Kind benimmst.«

Das traute sie ihm durchaus zu. Sie zögerte trotzdem noch einen Moment, ehe sie mit einem Seufzer den Schlauch neben ihrem eigenen Wasservorrat am Sattel befestigte. Sein Anblick gab ihrem schlechten Gewissen erneut Nahrung. Harun meinte es gut, aber er beschämte sie auch.

Der Schrecken über diesen kleinen Zwischenfall hatte sie vollends wach werden lassen. Sie richtete sich so weit im Sattel auf, wie es ihr schmerzender Rücken zuließ, streifte Harun mit einem letzten, tadelnden Blick und sah dann hinter sich in die Richtung, in der Nemeth und ihre Mutter ritten. Die beiden saßen so eng aneinander gepresst im Sattel des Kamels, dass sie wie ein einziger, sonderbar missgestalteter Reiter wirkten. Sailas Kopf war nach vorne und auf den ihrer Tochter gesunken, und im allerersten Moment befürchtete Robin schon, dass sie das Bewusstsein verloren haben oder gar tot sein könnte.

Dann aber, als hätte sie ihren Blick gespürt, hob die Araberin langsam den Kopf und sah zu ihr herüber. Sie war viel zu weit entfernt, um ihr Gesicht zu erkennen, und darüber hinaus verschleiert, aber Robin spürte ihren Blick trotzdem. Es lag ein unausgesprochener Vorwurf darin, Schmerz und Verbitterung, aber auch eine Forderung, der sie sich nicht entziehen konnte. Sie schauderte, spürte plötzlich ein eisiges Frösteln und drehte den Kopf rasch wieder nach vorne.

»Du kannst vielleicht wegsehen, aber vor der Verantwortung kannst du nicht davonlaufen«, sagte Harun.

Manchmal war es Robin, als ob dieser riesige alte Mann ihre Gedanken las. Die Vorstellung war natürlich albern, aber sie war dennoch sicher, dass Harun al Dhin auf eine geheimnisvolle Weise stets irgendwie zu wissen schien, was sie dachte oder fühlte. Erstaunlicherweise erschreckte sie diese Erkenntnis nicht wirklich.

»Ihr habt gelogen, nicht wahr?«, fragte sie.

»Gelogen?« Harun sah sie mit beinahe überzeugend gespielter Verwirrung an.

»Als Ihr behauptet habt, dass wir heute Abend eine Oase erreichen«, sagte Robin.

Harun hob die Schultern. Er wich ihrem Blick aus. »Was bedeutet schon Lüge? Ich könnte sagen, wir reiten mitten in einem Fluss, und es wäre die Wahrheit. Niemand kennt diese Wüste wirklich. Vielleicht liegt hinter der nächsten Biegung eine Wasserstelle, vielleicht sind es auch noch drei Tage bis zur nächsten Oase. Niemand weiß das.«

Und Omar offensichtlich auch nicht, dachte Robin müde. Sie hatte längst aufgehört, sich über die Frage den Kopf zu zerbrechen, was der Sklavenhändler tatsächlich plante. Vielleicht nichts. Vielleicht hatte ihn auch die Angst vor Naidas »Schatten«, an die er angeblich nicht glaubte, in den Wahnsinn getrieben.

Die Assassinen – falls es sie denn überhaupt gab – hätten jedenfalls schon Flügel haben müssen, um sie noch einzuholen. Seit sie Hama verlassen hatten, war die Karawane fast ununterbrochen in Bewegung gewesen. In der ersten Nacht hatte Omar ganz darauf verzichtet, ein Lager aufzuschlagen und sie ausruhen zu lassen, und auch in der zurückliegenden hatten sie nach Robins Schätzung allenfalls vier oder fünf Stunden Schlaf gefunden. Nach ihrem Gefühl waren es allerdings eher vier oder fünf Minuten gewesen, und sie erinnerte sich schaudernd an die Kälte, die sich mit Zähnen aus Eis in ihre Knochen gegraben hatte. So unerträglich hoch die Temperaturen tagsüber in der Wüste stiegen, so grausam kalt wurde es des Nachts. Nein, sie wusste nicht, was Omar vorhatte – aber wenn er plante, Mensch und Tier, die sich seiner Obhut anvertraut hatten, zu Tode zu hetzen, so war er auf dem besten Wege, diesen Plan in die Tat umzusetzen.

Im letzten Moment spürte sie, dass ihre Gedanken schon wieder anfingen, auf eigenen Pfaden zu wandeln. Der nächste Schritt würde sein, dass sie einschlief und dann vielleicht tatsächlich vom Kamel fiel. Sie konnte nicht darauf bauen, dass Harun immer im passenden Moment da war, um sie zu retten. Mit einem Ruck richtete sie sich auf, riss die Augen auf und sagte: »Nehmt Euer Wasser zurück. Ich weiß Euer Angebot zu schätzen, aber ...«

Sie sprach nicht weiter, als sie begriff, dass niemand mehr da war, der ihr zuhören konnte. Harun ritt mittlerweile wieder gut zwei Kamellängen vor ihr; dabei hatte sie noch nicht einmal bemerkt, dass er die Position gewechselt hatte. Doch als hätte er ihren Blick gespürt, drehte er sich wieder mit einer dieser fast unverschämt eleganten Bewegungen im Sattel herum und sah zu ihr zurück. Meinte er wirklich *sie*? Robin war sich nicht sicher. Genauso gut konnte sein Blick auch dem Ende der Karawane gelten oder irgendetwas, das dahinter lag.

Erst bei diesem Gedanken wurde ihr bewusst, dass Harun die Wüste in ihrem Rücken nie lange ohne Beobachtung ließ. Vielleicht war der unverhohlene Spott, mit dem er sich über Omars Furcht vor den Assassinen lustig machte, ja nichts anderes als ein Versuch, seine eigene Angst vor den unheimlichen Angreifern zu überspielen. Möglicherweise drehte er sich gar nicht zu ihr herum, sondern suchte den

Horizont nach einer Staubfahne ab, die herannahende Verfolger verraten mochte.

Obwohl sie längst mit jeder noch so kleinen Bewegung zu geizen begonnen hatte, wandte sich auch Robin mühsam im Sattel um und fixierte den Horizont, der sich so wenig hinter ihnen entfernte, wie der vor ihnen näher kam. Aber da war nichts. Nur flirrende Luft, Hitze, Staub und ein unendlicher stahlblauer Himmel.

Während der letzten beiden Stunden war es einzig der Anblick der Festung gewesen, der Robin noch die Kraft gegeben hatte, sich im Sattel des Kamels zu halten. Sie war anfangs nicht sicher gewesen, ob sie tatsächlich da war oder sie nur wieder einer Täuschung erlag; nicht das erste Trugbild, das ihr ihre müden Augen und ihre völlig außer Kontrolle geratenen Nerven vorgaukelten. Sie hatte noch keine wirkliche Fata Morgana erlebt, jene vielleicht tödlichste aller Feindinnen, die jeden in die falsche Richtung locken konnte, der sich leichtsinnig und ohne entsprechende Vorbereitung in die Wüste hineinwagte. Aber sie hatte schon genug von ihr gehört, um zu wissen, dass die Täuschungen, mit denen sie es zu tun hatte, harmloser Natur waren.

Ihre überreizten und entzündeten Augen schmerzten von dem unbarmherzigen gleißenden Licht der Wüste, das sie nun schon drei Tage begleitete. Ihr Körper litt an Wassermangel, Erschöpfung und Fieber und sie wachte jede Nacht mehrmals von Schüttelfrost und Albträumen geplagt auf. Es bedurfte nicht viel, ihr in einer vom Wind aufgewirbelten Staubwolke einen Reiter vorzugaukeln. Bisweilen hielt sie auch eine durch eine Laune der Natur geformte Felsgruppe für die Silhouette eines Hauses oder einer ganzen Stadt oder ihre Ohren spielten ihr einen Streich, indem sie das Knirschen der Sandkörner, mit denen der Wind spielte, in das ferne Donnern von Pferdehufen verwandelten.

Der Mond war bereits aufgegangen und die Anteile von Grau in der Dämmerung überlagerten die Gold- und Rottöne, als die Karawane die letzte Sanddüne der Etappe dieses Tages überquerte und auf flacheres, scheinbar sich ins Unendliche erstreckende Wüstengebiet stieß. Und irgendwo auf halbem Wege zum Horizont stand die Festung.

Robin hatte sich im ersten Moment nicht erlaubt zu glauben, was sie sah. Sie hatte ihr Kamel einfach weitertraben lassen, ein paar Mal geblinzelt und sich schließlich mit dem Handrücken über die Augen gewischt, doch diesmal verschwand das Bild nicht. Weit entfernt und fast schon mit dem farbenverzehrenden Grau der Dämmerung verschmolzen, erhoben sich die Türme einer gewaltigen Festung, die mitten in dieser unendlichen Wüste aufragte. Jetzt endlich wusste sie, was Omars und damit ihr aller Ziel war.

Robin konnte sich auch bei größter Anstrengung keinen Grund vorstellen, warum irgendjemand eine solch gewaltige Trutzburg hier mitten im Nichts errichten sollte. Aber sie war da und die Karawane hielt in gerader Linie darauf zu, selbst als die Nacht endgültig hereinbrach und die schwarzen Silhouetten der Türme und Zinnenmauern mit dem noch dunkleren Schwarz des Himmels verschmolzen. Im Nachhinein musste sie Omar Khalid Abbitte für vieles tun, was sie über ihn gedacht hatte.

Ihre Flucht war vielleicht gewagt und vermutlich entbehrungsreicher und gefährlicher, als Omar selbst geahnt haben mochte, aber das Ziel lohnte die Mühen. Selbst wenn die Assassinen verrückt genug sein sollten, ihnen immer noch zu folgen – in dieser Festung waren sie sicher. Sie lag weit genug draußen auf der Ebene, dass sich niemand ungesehen nähern konnte, und ihre Türme und Mauern waren hoch genug, dem Ansturm einer ganzen Armee Stand zu halten.

Und vor allem würde es dort Wasser geben, Essen und, wenn sie sehr viel Glück hatte, sogar einen Schlafplatz, der nicht nur aus einer auf dem nackten Boden ausgebreiteten Decke bestand. Der bloße Anblick der schemenhaft aufragenden Festungstürme erfüllte Robin mit neuer, ungeahnter Kraft.

Zwei Stunden waren seither vergangen, vielleicht auch mehr. Mittlerweile war die Nacht so kalt geworden, wie der vergangene Tag unerträglich heiß gewesen war, und ihre geheimen Kraftreserven waren längst aufgebraucht. Die Silhouette der Festung war in der Dunkelheit verschwunden und später wieder aufgetaucht – näher jetzt und nur noch als schwarzer Schattenriss, der sich kaum noch gegen den Nachthimmel abhob.

Aus der kurzzeitig aufgeflammten Hoffnung waren längst wieder Mutlosigkeit und Besorgnis geworden. Etwas stimmte mit dieser Festung nicht. War sie tatsächlich nur ein Schatten? Und hinter den Zinnen der gewaltigen Türme und der kaum weniger hohen Mauern wartete nichts weiter als Dunkelheit? Robin konnte die Größe des Gebäudekomplexes nicht einmal schätzen, aber er war groß; so groß, dass dort drinnen einfach irgendwo ein Licht brennen *musste*, selbst mitten in der Nacht. Dass dies nicht der Fall war, konnte nur zwei Erklärungen haben: Ihre Bewohner wollten nicht gesehen werden, oder es gab keine Bewohner. Sie vermochte nicht zu sagen, welcher Gedanke sie mehr beunruhigte. Aus dem Hochgefühl, mit dem sie der Anblick des so nahe liegenden Endes ihrer Reise erfüllt hatte, war längst wieder dumpfe Hoffnungslosigkeit und die Ahnung kommenden und vielleicht noch größeren Unheils geworden.

Das Rätsel löste sich, als sie sich der Wüstenfestung auf eine Meile oder weniger genähert hatten. Die regelmäßigen Schritte der Kamele erzeugten plötzlich ein anderes Echo, und als Robin nach unten sah, stellte sie fest, dass sie nicht mehr über feinkörnigen roten Wüstensand ritt, sondern über die Reste einer uralten, halb zerfallenen Straße, die aus großen und sorgsam geglätteten Steinen errichtet war. Und jetzt, wo sie einmal darauf aufmerksam geworden war, bemerkte sie auch noch mehr.

Rechts und links des erstaunlich breiten gepflasterten Weges erhoben sich weitere Umrisse aus dem Sand, die zu geometrisch und zu gleichmäßig waren, um von der Natur erschaffen worden zu sein. Hier eine zerbrochene Säule, dort ein Stück einer Mauer, da eine Türeinfassung, die der beharrlich scheuernde Wind aus einer Laune heraus stehen gelassen, die Wand, zu der sie gehörte, jedoch längst weggerissen hatte. Es war zu dunkel, um etwas über die Größe dieses Ruinenfeldes sagen zu können, aber Robin war doch ziemlich sicher, dass sie hier durch die Reste einer vielleicht schon vor mehr als einem Jahrhundert zerstörten Stadt ritten.

Etwas Ungutes ging von diesem Ruinenfeld aus, das sie fast körperlich spüren konnte. Unwillkürlich drehte sie sich halb im Sattel herum und sah zu Nemeth und ihrer Mutter hinüber, die unmittelbar hinter ihr ritten. Das Licht reichte jedoch nicht aus, um ihre Gesichter zu erkennen. Sie machte nur zwei fast miteinander verschmolzene Schemen aus, die im blassen Sternenlicht auf sonderbare Weise immer mehr an Substanz zu verlieren schienen. Ein eisiger Schauer lief wie eine Armee dürrer Spinnenbeine Robins Rücken hinab und sie drehte sich rasch wieder nach vorne und versuchte, den Gedanken dorthin zu verbannen, wo er hingehörte. Ihre Lage war schlimm genug. Es half niemandem und ihr am allerwenigsten, wenn sie sich selbst in Panik redete.

Harun, der wie üblich vor ihr ritt, ließ sein Kamel ein wenig langsamer gehen und lenkte es an den Rand der gepflasterten und zum Großteil mit Sand bedeckten Straße, bis Robin zu ihm aufgeholt hatte. Er lächelte ihr aufmunternd zu, doch Robin entging die Sorge in seinem Blick nicht. Zum ersten Mal wurde ihr richtig bewusst, in welch erbärmlichem Zustand sich Harun al Dhin befand. Er hatte in den vergangenen Tagen deutlich an Gewicht verloren – was nichts daran änderte, dass er noch immer ein unglaublich dicker Koloss war.

Aber ein Koloss, der litt. Harun hatte sich beharrlich geweigert, sein Wasser zurückzunehmen, und Robin konnte sich auch nicht erinnern, ihn seither auch nur ein einziges Mal etwas trinken gesehen zu haben.

»Geht es dir gut?«, fragte Harun.

Robin war selbst zu müde, um zu nicken, sie sah ihn nur an, um eine Bejahung anzudeuten, aber das schien Harun nicht zu genügen. »Wenn dieser Narr Omar Khalid nicht schon tausendfach den Tod verdient hätte, dann würde ich ihm jetzt die Pest an den Hals wünschen, allein, weil er dir das antut«, grollte er.

»Es ist ... nicht so schlimm«, behauptete Robin. Schon der Nachhall ihrer eigenen Stimme machte ihr klar, wie lächerlich diese Behauptung war. Dennoch fügte sie hinzu: »Ich habe schon Schlimmeres durchgestanden.«

»Daran zweifle ich nicht«, antwortete Harun ohne die mindeste Spur von Spott. »Aber Schlimmeres und so etwas: Das ist ein Unterschied, glaub mir.« Er wartete einen Moment vergebens darauf, dass Robin etwas entgegnete; schließlich hob er die Schultern und wandte den Blick wieder nach vorne. Sein Kamel ließ er nicht wieder antraben, sondern hielt es weiterhin neben Robins Tier.

Offenbar hatte er beschlossen, das letzte Stück des Weges unmittelbar neben ihr zurückzulegen. Statt sich wegen seiner Fürsorge zu ärgern – wie sie es sonst getan hätte –, empfand sie fast so etwas wie Freude. Vielleicht, weil sie mittlerweile so weit war, auch sich selbst gegenüber zuzugeben, dass sie dringend auf Hilfe angewiesen war, vielleicht aber auch, weil sie sich schlicht und einfach nach einem vertrauten Menschen in ihrer Nähe sehnte.

Nach einer Weile fiel ihr auf, dass Harun den schwarzen Umriss der Festung vor ihnen unverwandt anstarrte. Es war schwer, in dem schwachen Licht und unter all den Spuren von Erschöpfung und Schmutz auf seinem Gesicht irgendeine Regung zu erkennen, aber er sah nicht begeistert aus.

»Ihr kennt diese Stadt?«, vermutete Robin.

Harun löste seinen Blick nicht von dem kantigen, schwarzen Flecken in der Nacht und nickte nur. »Omar scheint noch verzweifelter zu sein, als ich angenommen habe«, sagte er kopfschüttelnd. »Oder er hat endgültig den Verstand verloren.«

»Ihr kennt diesen Ort«, sagte Robin noch einmal. Diesmal war es keine Frage, sondern eine Feststellung.

»Qasr al-Hir al-Gharbi«, murmelte Harun. »Das ist kein guter Ort.«

»Wer lebt hier?«, fragte Robin. Haruns Antwort überraschte sie nicht im Geringsten, aber sie gab ihrer Furcht noch mehr Nahrung.

»Niemand. Aber das heißt nicht, dass er verlassen ist.«

»Aha«, sagte Robin.

Sie hatte es sogar irgendwie fertig gebracht, das Wort spöttisch klingen zu lassen, doch als Harun den Kopf drehte und sie ansah, da wirkte er so ernst und erschrocken, dass ihr erneut ein kalter Schauer über den Rücken rann. »Jeder kennt diesen Ort, obwohl kaum jemand je hier gewesen ist. Er ist verflucht. Nur Verrückte oder Lebensmüde wagen sich hierher. Oder Männer, die völlig verzweifelt sind.«

»Verflucht?« Robin unterdrückte ganz bewusst den Impuls, wieder zur Festung hinzusehen, und Harun fuhr in leisem, bitterernstem Tonfall fort: »Manche nennen ihn auch das Grab der Karawanen, weißt du? Mehr als eine Karawane hat hier schon Rast gemacht, von der hinterher nie wieder jemand gehört oder irgendeine Spur gefunden hätte. Diese Stadt und der Palast wurden schon vor langer Zeit von ihren Bewohnern verlassen. Jetzt gehören sie der Erinnerung und den Geistern. Es ist nicht gut, sie zu stören. Omar sollte das wissen.«

Und wieder lief Robin ein eiskalter Schauer über den Rücken: Ein Schrecken hatte sich mit Haruns Worten in ihre Seele geschlichen, der sie langsam zu vergiften begann. Sie versuchte vergeblich, die Worte des Tanzlehrers als das zu werten, was sie vermutlich darstellten: Geschichten, mit denen Männer beim Wein im Gasthaus prahlten oder wie sie Mütter ihren kleinen Kindern abends am Feuer erzählten, damit sie nicht auf die Idee kamen, nachts heimlich das Haus zu verlassen.

Zweifellos war nichts daran. Robin glaubte nicht an Geister, und schon gar nicht passten magische Flüche in ihr Welt-

449

bild. Dennoch machte ihr der klobige schwarze Schatten, der in der Dunkelheit vor ihnen emporwuchs, plötzlich Angst.

Ihr Gefühl wurde nicht besser, als sie die Ruine der uralten Festung endlich erreichten. Wie ein gewaltiger, von Menschenhand erschaffener Berg erhob sich ein riesiges Mauerngeviert mit eingefallenen Ecktürmen vor ihnen in den Himmel, scheinbar ebenso hoch und ungleich beeindruckender. Aus der Nähe betrachtet und im flackernden Licht der Fackeln wirkte die Festung zwar ebenso alt und zerfallen wie die Stadt, über die sie einst gewacht hatte, aber noch immer Ehrfurcht gebietend.

Die Spitze der Kolonne ritt durch ein gewaltiges Bogentor, das fast unbeschädigt geblieben war und von zwei halbrunden Türmen flankiert wurde, die einen Großteil ihrer Zinnen eingebüßt hatten. Der Torbogen, der mit prächtigen, wenngleich ebenfalls verwitterten Steinmetzarbeiten geschmückt war, spannte sich mindestens drei oder vier Manneslängen über ihnen. Selbst ein Reiter mit aufgepflanzter Lanze hätte keine Mühe gehabt, ihn zu passieren.

Als Robin darunter hindurchritt, bemerkte sie die schreckliche Zerstörung in den einstmals kunstvoll gearbeiteten Reliefs: Die Köpfe sämtlicher Figuren waren zerschmettert. Was mochten die Bewohner dieses Palastes getan haben, dass sie einen solchen Zorn auf sich gezogen hatten? Warum hatte man nicht einmal ihre Steinbilder unversehrt gelassen? Schaudernd fragte sich Robin, wer diese Festung mitten in der Wüste erbaut hatte und wer sie erobert haben mochte. Jetzt verstand sie auch Haruns Worte und die besorgten Blicke, die er nach rechts und links warf.

Aber Geister hin oder her, sie waren nun einmal hier und die gewaltigen Mauern, die sie umgaben, boten wenigstens Schutz vor dem schneidenden Wind, der die vergangenen Nächte zur Qual gemacht hatte. Robin ließ ihr Kamel weitertrotten und wartete, bis sich das Tier von selbst einen Platz gesucht hatte und sich auf seine umständliche Art zu Boden sinken ließ.

Müde kletterte sie aus dem Sattel und sah sich nach Harun um. Sonderbarerweise war er verschwunden, als hätte er sich einfach in den Schatten aufgelöst, kaum dass sie durch das gewaltige Tor geritten waren. Aber dann hörte sie seine weinerliche Stimme irgendwo weiter hinten auf dem Hof und trotz allem stahl sich ein müdes Lächeln auf ihre Lippen, als sie heraushörte, dass er sich wieder einmal über die schlechte Verpflegung und die respektlose Behandlung, die man seiner Person angedeihen ließ, beschwerte.

Als Haruns Klagen verhallt waren, schlurfte Robin mit hängenden Schultern dorthin, wo Saila und Nemeth sich einen Schlafplatz gesucht hatten. Wie sich zeigte, war ihre Sorge um die beiden völlig unbegründet gewesen. Saila wirkte so müde und ausgelaugt wie alle hier, aber die Energie ihrer Tochter war ungebrochen. Sie stürmte auf Robin zu, breitete die Arme aus und hätte sie wohl von den Füßen gerissen, hätte ihre Mutter sie nicht im allerletzten Moment mit einem scharfen Befehl zurückgerufen.

Robin schenkte Saila ein rasches, dankbares Lächeln, wandte sich ganz zu Nemeth um und widerstand im letzten Moment dem Impuls, sich in die Hocke sinken zu lassen, um mit dem Mädchen zu reden. Sie war nicht ganz sicher, ob sie die Kraft gehabt hätte, sich wieder aufzurichten.

»Sind wir da?«, sprudelte Nemeth hervor. »Ist das unser neuer Palast?«

Im ersten Moment war Robin so verblüfft, dass sie gar nicht antwortete. Nemeth wollte sie nicht auf den Arm nehmen, sondern stellte diese Frage allen Ernstes. Für sie *war* diese zerfallene Ruine ein Palast, vielleicht, weil sie – mit Ausnahme von Omar Khalids Haus – noch nie ein Gebäude solcher Größe aus der Nähe gesehen hatte. »Ich fürchte, nein«, sagte sie schließlich. »Ein kleines Stück werden wir wohl noch reiten müssen. Aber für heute ist es genug.«

Nemeth machte ein enttäuschtes Gesicht, dem man aber zugleich auch ansah, wie aufregend sie diese Umgebung trotz allem fand. Robin spürte jedoch auch den Blick ihrer Mutter. Sie sah hoch.

»Das hier ist also Qasr al-Hir al-Gharbi«, murmelte Saila. Robin nickte, und die Furcht in den dunklen Augen der Araberin bekam neue Nahrung. Aber sie sagte nichts, sondern blickte nur einen Moment stumm auf ihre Tochter hinab und drehte sich dann weg, um das Gepäck von ihrem Kamel zu laden.

»Ach, verzeiht, Herrin«, sagte Nemeth aufgeräumt. »Ich habe ja noch gar nicht angefangen, mich um Euer Essen zu kümmern. Ich bin eine schlechte Dienerin.«

»Du bist die beste, die ich mir nur wünschen kann«, antwortete Robin. »Und was das Essen angeht, zerbrich dir nicht den Kopf. Ich bin nicht hungrig.«

»Aber Ihr müsst etwas essen«, beharrte Nemeth. »Ich werde Euch sofort etwas holen.«

Der Gedanke, Nemeth allein hier herumlaufen zu lassen, gefiel Robin nicht, aber sie hielt das Mädchen auch nicht zurück, als es davonstürmte. Was sollte schon passieren? So weit sie sehen konnte, war der Burghof an allen Seiten von Mauern umschlossen, an die sich die Reste halb zerfallener Ställe, Schuppen und anderer Gebäude lehnten. Überall waren Omar Khalids und Mussas Männer damit beschäftigt, ihre Kamele zu entladen, Feuer zu entzünden oder andere Vorbereitungen für die Nacht zu treffen. Eine Hand voll fremder Söldner war bereits auf dem Weg nach oben, um auf den zerstörten Wehrgängen Posten zu beziehen. Bei all diesen Menschen würde Nemeth kaum verloren gehen.

Sie kehrte wieder zu ihrem Kamel zurück und lehnte sich mit untergeschlagenen Beinen gegen den Sattel des Tieres. Sie wünschte, sie könnte auf der Stelle einschlafen. Aber es ging nicht. Eine Art innere Anspannung hinderte sie gerade jetzt daran, wo ihr nicht mehr die Gefahr drohte, dass sie aus dem Sattel fiel und sich den Hals brach. Vielleicht lag es daran, dass jetzt nicht nur ihre Kehle schmerzte, sondern auch ihr Kopf dröhnte und ihr Magen zu knurren anfing –

auch wenn sie gerade noch geglaubt hatte, nicht hungrig zu sein. Irgendwie hatte sie immer noch das Gefühl, dass die Welt im Takt eines schaukelnden Kameles von links nach rechts und wieder zurückkippte.

Sie musste aber doch eingeschlafen sein, denn plötzlich stand Omar wie aus dem Boden gewachsen neben ihr. Nur ein kleines Stück von ihm entfernt brannte ein Feuer, an dem Saila kniete und mit steinernem Gesicht in einem Suppenkessel rührte. Ihre Augen waren leer. Sie vermied es fast krampfhaft, den Mann anzusehen, der sie und ihre Familie in die Sklaverei verschleppt hatte.

»Komme ich ungelegen, holde Wüstenblume?«, fragte Omar aufgeräumt.

Weniger die Worte als vielmehr der entspannte, fast fröhliche Ton, in dem er die Frage stellte, ließen Robin müde den Kopf heben und in sein Gesicht hinaufsehen. Sie bemerkte, dass Omar nicht allein gekommen war. Hinter ihm stand sein Leibwächter, wie immer stumm und lautlos und in der Nacht fast unsichtbar wie ein Schatten, und ein Stück neben diesem erkannte sie Mussa, den Söldnerführer.

Robin hätte nichts lieber getan, als seine Frage mit einem eindeutigen Ja zu beantworten – sie war so entsetzlich müde wie wohl noch nie zuvor in ihrem Leben –, aber da war etwas in Omars Blick, was sie neugierig machte. Sie deutete ein Kopfschütteln an und wollte aufstehen, aber Omar winkte ab und ließ sich ihr gegenüber im Schneidersitz nieder. Mussa tat es ihm gleich, während Omars Leibwächter wie eine Statue aus gemeißeltem Schwarz reglos stehen blieb.

»Du bist doch sicher durstig?«

Der Sklavenhändler reichte Robin einen Becher. Sie griff automatisch danach und trank gierig einen großen Schluck, ohne auch nur nachzudenken. Im nächsten Moment hustete sie und hätte die kostbare Flüssigkeit um ein Haar wieder herausgesprudelt, denn es war kein Wasser, sondern süßer, klebriger Dattelwein. Sie spürte jedoch Omars amüsierte

Blicke, würgte den Schluck tapfer herunter und trank auch noch den Rest, der sich im Becher befand, ehe sie ihn zurückreichte.

»Danke«, sagte sie. »Aber verbessert mich, wenn ich mich irre, edler Omar Khalid: Verbietet Allah nicht den Genuss von Alkohol?«

Mussas Gesicht verdüsterte sich, aber Omar lachte nur leise. »Normalerweise schon«, sagte er. »Aber wir sind hier im Niemandsland. Ich werde morgen ein zusätzliches Gebet sprechen und um Vergebung bitten, und ich glaube, dass Allah und der Prophet Verständnis haben werden. Außerdem haben wir etwas zu feiern.«

»Ach?«, fragte Robin.

»Durchaus.« Omar nickte aufgeräumt, setzte den Becher an die Lippen und machte ein enttäuschtes Gesicht, als er feststellte, dass er leer war. Sein Leibwächter wollte sich vorbeugen und die Hand ausstrecken, aber Omar lehnte ab und winkte Nemeth herbei. »Du da, Mädchen!«

Nemeth kam gehorsam heran, wich seinem Blick aber genauso aus wie ihre Mutter und starrte voller Unbehagen auf ihre nackten Zehenspitzen.

»Geh zu meinem Kamel und sag dem Mann, der es bewacht, er soll den Becher wieder auffüllen«, befahl Omar, während er Nemeth das tönerne Trinkgefäß in die Hand drückte. »Und gib Acht, dass du nichts davon verschüttest. Lauf langsam!«

Nemeth verschwand wie der Blitz und Omar drehte sich wieder zu Robin herum. Er setzte gerade dazu an, etwas zu sagen, als er abermals den Kopf wandte, diesmal aber in Richtung des Feuers, das Saila entfacht hatte. »Was kochst du da, Weib?«

»Eine Suppe«, antwortete Saila. »Ich fürchte, sie wird Euren Ansprüchen nicht genügen, aber wir müssen mit unseren Vorräten haushalten.«

»Du bist zu bescheiden«, antwortete Omar. »Sie riecht jedenfalls köstlich.«

454

»Und vermutlich schmeckt sie genauso gut«, sagte Robin. »Saila ist eine hervorragende Köchin. Ich muss mich noch einmal bei Euch bedanken, dass Ihr sie mir geschenkt habt.«

Saila fuhr bei diesen Worten fast unmerklich zusammen und auch Omar wandte mit einem Ruck den Kopf und starrte sie einen Herzschlag lang aus zusammengekniffenen Augen an. Der Blick des Söldnerführers wanderte mehrmals und erwartungsvoll zwischen Omar Khalid und Robin hin und her, aber der Sklavenhändler ging auf Robins Bemerkung nicht ein, sondern zuckte schließlich nur mit den Schultern.

»So, wie es duftet, wirst du wohl Recht haben«, sagte er. »Bring mir einen Teller von deiner Suppe, Sklavin!«

Saila gehorchte und brachte Omar eine Schale der dünnen, scharf riechenden Gemüsesuppe sowie einen hölzernen Löffel. Der Sklavenhändler kostete, verzog das Gesicht – die Suppe war heiß – und nickte dann anerkennend.

»Die Ungläubige hat Recht«, sagte er im Tonfall gespielter Überraschung. »Es schmeckt ganz ausgezeichnet. Es ist erstaunlich, wie gut manchmal gerade die einfachen Dinge des Lebens sind, wenn man sie nur lange genug vermisst.« Er wedelte mit der freien Hand. »Bring Mussa und meinem Begleiter auch eine Schale. Und Brot dazu.«

Saila gehorchte, immer noch schweigend und weiterhin bemüht, jeden Blick in Omars Richtung zu vermeiden. Omar Khalids Leibwächter, Mussa und als Letzte auch Robin bekamen eine Schale Suppe. Robin registrierte matt, dass der Topf über dem Feuer damit leer war. Saila selbst und Nemeth würden an diesem Abend mit knurrendem Magen schlafen gehen. Sie sagte nichts dazu. Omar hatte seine beiden Begleiter zweifellos aus keinem anderen Grund aufgefordert, von der Suppe zu essen, als um genau das zu erreichen und Robin damit zu treffen. Sie würde ihm zu allem Überfluss nicht auch noch die Genugtuung geben, sich anmerken zu lassen, wie gut sein Plan aufgegangen war.

»Sagtet Ihr nicht, es gäbe einen Grund zu feiern?«, fragte Robin, als sie zu Ende gegessen hatten und Saila die Gelegenheit nutzte, die schmutzigen Schüsseln fortzutragen und sich dabei unauffällig zurückzuziehen.

»Mussa hier hat eine wahre Meisterleistung vollbracht«, antwortete Omar. Er lachte, schlug dem kleineren Mann derb auf die Schulter und lachte noch lauter, als Mussa das Gesicht verzog und ihm einen drohenden Blick zuwarf. »Ich übertreibe nicht! Wir sind weit abseits aller üblichen Karawanenrouten und sogar abseits der kargsten Weidegebiete wandernder Beduinenstämme. Einen Weg hierher zu finden, und dabei nicht einen einzigen Mann und nicht ein einziges Tier zu verlieren, das ist schon eine Leistung. Dieser Tag ist es durchaus wert, ein Fest zu feiern. Wir sind in Sicherheit. Niemand wird uns hierher folgen.«

»Wegen der Geister, die hier leben?«

Omar wirkte für einen Moment verblüfft, aber dann lachte er. »Ah, ich verstehe. Du hast mit Harun al Dhin gesprochen.« Er schüttelte den Kopf. »Nein, nicht wegen der Geister. Aber wir haben heute im Laufe des Nachmittags einen Punkt überschritten, jenseits dessen uns die Assassinen nicht mehr gefährlich werden können.«

»Wieso?«

»Weil wir viel zu tief in der Wüste sind«, antwortete Omar. »Wir sind in der heißesten Jahreszeit überhaupt unterwegs. Und es gibt in weitem Umkreis kein Wasserloch, keinen Brunnen und erst recht keinen Fluss mehr, der Wasser führt. Pferde, wie sie die Assassinen benutzen, sind nicht so ausdauernd wie unsere Kamele. Sie ertragen die Hitze nicht so gut und brauchen regelmäßig Wasser. Nur wenn unsere Verfolger bis spätestens zur Mittagsstunde nach Westen abgebogen sind, dürfen sie überhaupt noch hoffen, dass ihre Pferde dem Wüstentod entgehen. Und damit sie selbst.«

»Aha«, sagte Robin. »Und wenn die Assassinen keine Pferde haben, sondern Kamele?«

»Kaum«, antwortete Omar lächelnd. Er warf Mussa neben sich einen fast verschwörerischen Blick zu. »Ich habe dafür

456

gesorgt, dass jedermann in der Karawanserei in Hama wusste, dass wir auf dem Weg nach Damaskus sind. Eine Route, auf der man keine Kamele braucht. Ganz im Gegenteil: Eine Schar von Reitern hätte uns auf dieser Strecke mit Leichtigkeit einholen können.«

»Aber sie müssen doch gemerkt haben, dass sich die Karawane nicht auf dem Weg nach Damaskus befindet.«

»Nicht sofort«, antwortete Omar. »Später vielleicht. Wahrscheinlich sogar – die Assassinen sind nicht dumm. Aber nachdem wir den Orontes überquert haben und in die Wüste geritten sind, befanden wir uns in einer Gegend, in der es nur noch kleine Dörfer gibt. Dort bekommt man vielleicht Esel, vielleicht auch ein paar alte Klepper, die gerade noch zur Arbeit auf dem Feld gut sind, aber kaum Kamele. Sie hätten also nach Hama zurück oder sogar nach Homs reiten müssen, um sich Kamele zu besorgen, und dann wieder zurück bis an die Furt, um unsere Spur aufzunehmen. Wir sind so oder so in Sicherheit.«

»Aber wenn sie den Plan durchschauen ...?«

Omar lachte leise auf. »Wenn sie unseren Plan durchschaut und sich Kamele besorgt haben, müssen sie mindestens einen Tag verloren haben, und damit auch unsere Spur. Und falls sie uns immer noch folgen, dann werden wir in Palmyra das Verwirrspiel noch einmal wiederholen. Ich werde erneut nach Süden reiten und das Gerücht verbreiten lassen, ich wäre auf dem Weg nach Damaskus. Im Sandmeer der Wüste werden wir dann einen weiten Bogen schlagen und unserem wirklichen Reiseziel weit oben im Norden entgegenstreben. Ein halber Tag in der Wüste reicht, um die Spuren selbst einer so großen Karawane wie der unseren im Sand zu verwischen. Dann ist es, als würdest du einen Feind über das Salzmeer verfolgen. Du hast keine Fährte, und wenn du ihn finden willst, dann kannst du allein auf Allahs Hilfe vertrauen.« Omar grinste. »Oder darauf, dass du vielleicht sein wirkliches Reiseziel kennst.«

»Und welches wäre das?«, fragte Robin.

Der Sklavenhändler schüttelte lächelnd den Kopf. »Das weiß nur ich allein. Nicht einmal Mussa kennt das Ziel unserer Reise. Es ist besser so, zumindest bis sicher ist, dass die Assassinen ihre Verfolgung endgültig aufgegeben haben.«

»Und wenn Ihr Euch täuscht?«, fragte Robin. »Wie könnt Ihr so sicher sein, dass die Assassinen sich nicht mit ein paar wenigen Kamelen begnügen?«

»Wir sind mehr als fünfzig«, gab Mussa zu bedenken.

Robin schüttelte den Kopf. »Es heißt doch, sie sind so unbesiegbare Kämpfer.«

Der Söldnerführer stieß verächtlich die Luft aus. »Das mögen sie sein«, antwortete er. »Aber ihre Macht beruht vor allem auf der Furcht, die sie in die Herzen der Menschen streuen. Sie sind keine Dschinn. Sie sind einfach nur Männer aus Fleisch und Blut.«

Robin dachte an die Geschichten, die Naida über die Hashashin erzählt hatte, und vor allem an das, was Omar und sie selbst erlebt hatten. Mussa schien ihre Zweifel zu bemerken, er schüttelte den Kopf und fuhr fort: »Als kleiner Junge habe ich selbst gesehen, wie sich die Straßen von Damaskus rot vom Blut der Assassinen gefärbt haben. Der neue Atabeg von Damaskus, Tadsch el-Mulk Buri, gab gleich zu Beginn seiner Herrschaft den Befehl, jeden Assassinen zu töten, dessen man habhaft werden konnte, und er wurde ausgeführt. Glaub mir, wenn man sie schneidet, dann bluten sie wie du und ich, Christenweib.«

»*Dessen man habhaft werden konnte*«, erinnerte ihn Robin an seine eigene Formulierung.

Für einen Moment sah es so aus, als würde Mussa wütend werden. Wahrscheinlich war er es, denn er war es ganz gewiss nicht gewohnt, Widerworte von einer Frau, noch dazu von einer christlichen Sklavin, zu hören. Aber Omars Gegenwart hielt ihn wohl davon ab, das zu sagen oder zu tun, wonach ihm wirklich war. Er hob die Schultern.

»Möglich, dass es einige auserwählte Assassinen mit besonderen Fähigkeiten gibt«, räumte er ein. »Die meisten jedoch sind nichts Außergewöhnliches. Sollen sie nur kommen – ich habe vor einer Hand voll verrückter Selbstmörder keine Angst. Wir sind hier in einer Festung, und am Tag wieder in der Wüste. Das ist nicht die Welt, in der die Assassinen kämpfen. So tödlich ein Einzelner von ihnen sein mag, wenn er bereit ist, sein Leben zu opfern, um sein Ziel zu erreichen, so wenig kann er gegen eine ganze Karawane ausrichten. Und eine ganze Gruppe von ihnen noch viel weniger, denn sie sind Meuchelmörder und Attentäter, keine schlachtenerprobten Krieger wie meine Männer.«

Es lag Robin auf der Zunge zu fragen, warum Mussa dann nicht einfach gegen die Assassinen in den Krieg zog und sie auslöschte, um eine fürstliche Belohnung von Omar einzufordern. Aber der Blick des Sklavenhändlers, den sie auffing, machte ihr klar, dass sie schon viel zu weit gegangen war. Mussa stand in Omars Diensten und würde sich daher hüten, irgendetwas Unbedachtes zu tun. Aber er war auch ein unberechenbarer Mann, und es brachte nichts ein, ihn noch weiter zu reizen.

»Wenn es so ist, dann können wir uns in Eurer Obhut ja alle sicher fühlen«, sagte sie.

Die Worte waren Robin herausgerutscht. Sie merkte sofort, dass sie Mussa erzürnt hatte. In seinen Augen blitzte es auf, und sie sah, wie sich seine Gestalt versteifte.

»Das ist wahr«, sagte Omar fast hastig. Auch ihm war nicht entgangen, wie heftig der Söldnerführer auf Robins Worte reagiert hatte. Er erhob sich. »Würdest du ein paar Schritte mit mir gehen, Robin? Ich würde dir gern etwas zeigen.«

Robin war eigentlich viel zu müde, um aufzustehen, aber sie war auch froh, auf diese Weise aus Mussas Nähe zu entkommen. Der Mann wurde ihr mit jedem Augenblick unheimlicher. Darüber hinaus würde ihr Omar ja vielleicht doch das Ziel ihrer Reise nennen, wenn sie unter vier Augen waren. Vielleicht würde er sogar verraten, wen er als neuen Käufer für sie ins Auge gefasst hatte.

Sie nickte. Als sie umständlich aufstand, streckte Mussa den Arm aus, um ihr zu helfen, aber sie beachtete ihn nicht. Mussas Gesicht verdüsterte sich noch mehr, er wandte sich ohne ein weiteres Wort ab und verschwand mit raschen Schritten in der Nacht. Omar sah ihm kopfschüttelnd nach, sparte sich aber zu Robins Erleichterung jede Bemerkung.

Der Sklavenhändler fischte einen brennenden Ast aus dem Feuer und wies mit einer einladenden Geste in die Nacht hinein. Sie setzte sich gehorsam in Bewegung. Auch Omars Leibwächter wollte ihnen folgen, aber der Sklavenhändler schüttelte abwehrend den Kopf. »Ich brauche dich jetzt nicht, Faruk«, sagte er. »Wirf ein Auge auf Mussa. Ich traue ihm nicht.«

Robin war jetzt wirklich erstaunt. Omar war zurzeit nie ohne seinen Schatten zu sehen. Hatte sie Grund, beunruhigt zu sein?

Er führte sie quer durchs Lager und an den zum Großteil bereits schlafenden Kriegern vorbei. Robin fiel auf, dass seine und Mussas Männer sich nicht gemischt hatten. Die Krieger des Sklavenhändlers bildeten in der Mitte des weitläufigen Hofes eine kleine Gruppe, die ihrerseits von der deutlich größeren Anzahl Söldner eingekreist war. Das Bild war nicht ganz eindeutig. Robin hätte in diesem Moment nicht zu sagen vermocht, wer nun wen beschützte und wer wessen Herr oder Gefangener war.

Omar zumindest schien das im Moment auch nicht zu interessieren. Das brennende Holz wie eine Fackel erhoben, sodass ihnen ein stetiger Schauer winziger roter Funken folgte, führte er sie zu einem verfallenen Gebäude, das nur noch aus wenigen Wänden und Torbögen bestand, die auf spiralförmig gedrehten Säulen ruhten. Es gab keine Decke mehr, sondern nur den Nachthimmel, der mit Tausenden winziger, leuchtender Diamanten übersät zu sein schien. Es war kalt.

Nachdem sie das Gebäude betreten hatten, blieb Omar stehen, drehte sich zu ihr herum. Er sah sie auf eine Art an, die Robin erschauern ließ. Sie fragte sich, ob sie Grund hat-

460

te, sich Sorgen zu machen. Trotz allem hatte sich Omar ihr gegenüber bisher als ein Mann von Ehre erwiesen, aber wie er gerade selbst gesagt hatte: Sie waren weit weg von allem, irgendwo im Nichts, an einem Ort, der vielleicht nicht einmal von Gott bewohnt war. Sie gab sich Mühe, sich nichts von ihren Gefühlen anmerken zu lassen. Aber ganz schien es ihr nicht zu gelingen, denn plötzlich trat ein verzeihendes Lächeln auf Omars Lippen, als erahnte er ihre Gedanken.

Und nicht zum ersten Mal registrierte Robin voller Schrecken, dass unter all dem Hass und all der Verachtung, die sie für diesen Mann empfand, noch etwas anderes war. Ein Gefühl, das sie am liebsten verbannt hätte, das jedoch vom allerersten Moment vorhanden gewesen war und langsam wuchs, ob sie es nun wollte oder nicht.

»Warum ... habt Ihr mich hierher geführt, Herr?«, fragte sie stockend.

»Ich wollte dir das hier zeigen.« Omar hob seine Fackel und drehte sich langsam einmal im Kreis, sodass der flackernde rote Lichtschein auf die kunstvollen Reliefs und Bildhauerarbeiten fiel, mit denen die Wände geschmückt waren. Anders als draußen am Tor waren die Gesichter der abgebildeten Gestalten nicht gewaltsam zerschlagen worden. Die einzige Zerstörung, die sie sah, hatte die Zeit angerichtet.

»Ist das nicht wunderbar?«, fragte Omar.

Im ersten Moment überraschte Robin diese Frage. Wenn sie irgendetwas von Omar nicht erwartet hätte, dann wäre es Sinn für Schönheit oder Kunst. Doch nachdem sie neben ihn trat und die in die Wände gemeißelten Bilder etwas genauer betrachtete, musste sie ihm Recht geben. Trotz der Spuren, die die Jahrhunderte unübersehbar hinterlassen hatten, blieb ihr nichts anderes übrig, als zuzugeben, dass sie selten Arbeiten von größerer Kunstfertigkeit gesehen hatte.

»Das hier sind die Ruinen von Qasr al-Hir al-Gharbi«, sagte Omar mit veränderter, sonderbar ehrfürchtig klingender Stimme. »Heute sieht man es ihnen vielleicht nicht mehr an, aber einst war das hier ein prächtiger Palast. Er ist uralt und wurde von einem der ersten Kalifen errichtet, Hisham. Einem Herrscher aus dem Geschlecht der Omayyaden. Es heißt, sie hätten sich noch darauf verstanden, die Dschinn der Wüste und andere Geister zu rufen.«

Robin wurde immer verwirrter. Worauf wollte Omar hinaus? Hatte er sie mitten in der Nacht hierher geführt, um ihr Geschichtsunterricht zu erteilen?

»Komm!« Omar wedelte aufgeregt mit der Hand und führte sie zu einer Mauer, auf der man die leuchtenden Farben eines uralten Freskos erkennen konnte. Das Bild zeigte einen Mann mit einem spitzen Bart und einem Turban, bekleidet mit einem mit Gold und Perlen bestickten Kaftan und den üblichen, Robin immer noch etwas albern anmutenden Schuhen mit nach oben gebogenen Spitzen. Die Gestalt kniete vor einer Frau nieder, die ein schlichteres, dunkles Gewand und ein Kopftuch trug. Sie war unverschleiert, was sehr ungewöhnlich war, und ihr Gesicht war fein geschnitten, mit vollen Lippen und großen, dunklen Augen. Sie war eindeutig keine Araberin.

»Wer ist das?«, hörte sich Robin fast gegen ihren Willen fragen.

»Einst«, begann Omar, während er langsam seine Fackel schwenkte, sodass Licht und Schatten über das Fresko huschten und die uralten Bilder und Linien zu Leben zu erwecken schienen, »reichte die Macht des Kalifen Hisham von den Bergen, die die Welt tragen, bis zu den christlichen Königreichen, die weit im Westen hinter der Meerenge liegen. Er war mächtiger als jeder andere seiner Zeit. Der Segen des Propheten lag auf seiner Sippe. Selbst die Fürsten der Geister neigten ihr Haupt vor Hisham dem Gewaltigen. Es gab niemanden auf der Welt, dem er nicht befehlen, und nichts, was er nicht besitzen konnte. Gern ging er mit seinen Freunden auf ausgedehnte Jagdausflüge, und einmal, als sie einem Löwen nachstellten, der in die Wüste geflohen war, stießen sie auf ein Lager wandernder Beduinen. Ein armseliges Zelt-

462

lager, zu dem nur eine kleine Herde gehörte. Und doch fand Hisham hier den größten Schatz, dem er je begegnete.«

Er schwenkte die Fackel zurück, sodass das Licht nun auf der unverschleierten Frauengestalt ruhte.

»Es war Melikae, die Tochter des Scheichs Bahram. Sie war von solcher Schönheit, dass neben ihr selbst die Sonne verblasste. Hisham umwarb sie, doch sie, die ihr Leben nur im Wüstensand und unter Ziegen und Schafen verbracht hatte, wies ihn zurück. Hisham hätte mit einer Handbewegung für jeden der Männer des Scheichs Bahram hundert seiner Krieger aufbieten können, und er hätte vermocht, sich mit Gewalt zu holen, was er wollte, aber er tat es nicht. Er wollte Melikaes Herz gewinnen.«

»Dann war er ein sehr ungewöhnlicher Mann«, sagte Robin.

Omar schüttelte den Kopf, während er das Bildnis der vor Jahrhunderten verstorbenen Melikae ansah. »Oh, so ungewöhnlich nun wieder nicht. Ich glaube, er war eher ein sehr kluger Mann. Nur Dummköpfe glauben, dass sie sich alles mit Gewalt nehmen können, nur weil sie in der Lage dazu wären. Was nutzt dir der größte Schatz, den du dir mit Gewalt nimmst, wenn du das kleine Geschenk, das du haben möchtest, nie bekommst?«

Das war deutlich, dachte Robin, doch vermied sie es, Omars Geschichte zu deuten.

Der Sklavenhändler wartete einen Moment vergebens auf eine Antwort, dann fuhr er mit seiner Erzählung fort: »Unglücklich kehrte er in seinen Palast zurück. Doch seit er Melikae erblickt hatte, vermochte er keine Schönheit ohne Makel mehr zu sehen, denn er hatte Vollkommenheit erblickt, das Reinste und Edelste, was Allah in seiner Weisheit je erschaffen hat, und so musste ihm von nun an alles andere fade und hässlich erscheinen. In seinem Unglück ritt er in die Einsamkeit der Wüste hinaus. Dort traf er einen alten Mann, den die Weisheit Allahs erleuchtet hatte, und klagte ihm sein trauriges Los. Der Alte hörte ihm geduldig

zu, dann erklärte er ihm, Melikae hätte wohl allein aus Angst
das Werben des Kalifen ausgeschlagen. Das Volk der Wüste
sei seltsam und anders als alle anderen Menschen. So, wie
normale Männer es nicht überleben, wenn sie sich zu lange
dem Atem der Wüste aussetzen, so können Beduinen nicht
in Städten leben. Sie würden dort eingehen, wie eine Blume,
der man das Wasser verwehrt.

Darauf ritt Hisham noch tiefer in die Wüste und nutzte
seine Macht, um den König der Dschinn herbeizurufen. Und
von diesem verlangte er, dass er einen Palast mit Gärten
inmitten der Wüste erschaffen solle, damit er, Hisham, einen
Palast habe, von wo aus er regieren könne, wie es sich für den
Beherrscher aller Gläubigen zieme, und zugleich Melikae
ihre geliebte Wüste nicht verlassen müsste. Der König der
Dschinn willigte ein. Doch Hisham musste – wie jeder, der
einen Handel mit den Geistern abschließt – einen Preis ent-
richten.

Und sein Preis war, dass von nun an jeder mit falscher
Zunge von ihm und seinen Taten reden würde. Alles Gute,
was er bewirkt hatte, sollte als verwerflich empfunden werden, seine Gnade aber als Grausamkeit. Ein wahrhaft hoher
Preis, doch Hisham dachte sich, dies sei ein geringes Übel,
verglichen mit dem Glück, das aus seiner Liebe zu Melikae
erwachsen würde. Also kehrte Hisham in das Lager der Beduinen zurück und bat Melikae, ihm ein Stück weit in die
Wüste zu folgen. Dort zeigte er ihr den wunderbaren Palast
mit Kuppeln im zarten Blau des Morgenhimmels, Säulen
weiß wie Elfenbein und Gärten so weitläufig, dass man sie an
einem Tag nicht ganz durchwandern konnte. Und er erklärte ihr feierlich, all dies bedeute ihm nichts im Vergleich zu
ihrer Schönheit, und er wolle ihr den Palast und die Gärten
schenken und sei der glücklichste Mann auf Erden, wenn sie
dort an seiner Seite leben würde. Doch wenn sein Anblick ihr
unerträglich sei und sie in ihrem Herzen keine Liebe für ihn
empfinden könnte, dann wollte er dorthin ziehen und sie nie
wieder mit seinem Liebeswerben behelligen.

Daraufhin gestand Melikae ihm, dass auch sie vom ersten Augenblick an von seiner Schönheit und Kraft gerührt gewesen sei, doch Angst gehabt habe, ihm in die Stadt zu folgen, denn von alters her sei es so, dass das Volk der Wüste dort vergehen müsse. Doch nicht den eigenen Tod hätte sie gefürchtet, sondern ihre schlimmste Angst sei es gewesen, den Beherrscher aller Gläubigen nach ihrem allzu frühen Tod mit gebrochenem Herzen zurückzulassen.

Nachdem nun auch Melikae ihm ihre Liebe eingestanden hatte, feierten die beiden Hochzeit, und sie lebten in vollkommenem Glück. Doch mit der Zeit berichtete man dem Kalifen, wie sich sein Volk gegen ihn empörte, und dass man ihn einen Ungläubigen und einen Tyrannen nannte. So weit kam es, dass sich sein eigener Bruder gegen Hisham erhob und den Thron in Bagdad forderte. So musste Hisham schließlich sein verwunschenes Schloss in der Wüste verlassen und zog mit einer großen Heeresmacht gegen seinen eigenen Bruder.

Vor den Toren von Bagdad kam es zur Schlacht und so gewaltig waren die Heerscharen, die die verfeindeten Brüder ins Feld führten, dass die Kämpfe drei Tage und Nächte dauerten und es lange ungewiss blieb, wer als Sieger hervorgehen würde. In der Hitze der Schlacht verlor Hisham sogar das grüne Banner des Propheten, das stets an der Seite des Kalifen in den Kampf getragen wird. Dies sah Bahram, der Vater Melikaes, und voller Verzweiflung, weil er alles verloren glaubte, kehrte er in die Wüste zurück und berichtete seiner Tochter, das Banner des Propheten sei gefallen und der Kalif von Verrätern erschlagen.

Wie von Sinnen vor Schmerz zerriss sich Melikae ihre seidenen Gewänder und flüchtete in den Garten, den Hisham ihr geschenkt hatte. Nur wenigen Stunden nach Bahram trat der siegreiche Hisham in seinen Palast ein, und als er hörte, was geschehen war, da lief er voller Angst in die Gärten und suchte nach seiner Geliebten. Er fand sie bei einer Quelle, an der ein Rosenbusch wuchs. Sie hatte sich einen goldenen

465

Dolch ins Herz gestoßen, und ihr Blut hatte sich mit dem kristallklaren Wasser vermengt.

Es heißt, dass auch Hisham starb, als er seine tote Geliebte in den Armen hielt, und auch, wenn sein Körper noch lange auf Erden wandelte, so war er doch nicht mehr er selbst. Er sandte das grüne Banner des Propheten seinem Bruder und überließ ihm auch den Thron in Bagdad. Dann sammelte er seine Getreuen um sich und wählte sich als neues Feldzeichen ein schwarzes Banner, und schwarz waren auch die Gewänder, die er und seine Krieger von nun an trugen. Sie zogen Richtung Abend und drangen bis tief in die Königreiche der Franken ein. Doch obwohl Hisham stets dort focht, wo die Schlacht am blutigsten war, fand kein Speer, kein Schwert und kein Pfeil sein Herz, um ihm endlich Frieden zu schenken.

Und als er begriff, dass der Tod nur jene aufsuchte, die an seiner Seite ritten, fanden seine Getreuen an einem Morgen sein Zelt leer, und niemand weiß, wohin Hisham gegangen ist. Nur manchmal erzählen Reisende, die mit knapper Not dem Wüstentod entronnen sind, sie hätten dort, wo die Wüste am tödlichsten für einen Menschen ist, wo es nicht einmal mehr Schlangen und Skorpione gibt, in der Ferne einen schwarz gewandeten Reiter gesehen. Einen alten Mann mit unendlich traurigem Gesicht, der ihnen in der Stunde zwischen Leben und Tod verraten habe, wo sie Wasser finden könnten.«

Omar war zu Ende gekommen und schwieg. Für eine Weile breitete sich eine sonderbare, fast vertraute Stille zwischen ihnen aus, als hätte Omar mit dieser kleinen Geschichte eine Tür zwischen ihnen aufgestoßen, deren Vorhandensein Robin ganz tief in sich stets gespürt, die zu sehen sie sich aber stets geweigert hatte. Alles in ihr sträubte sich gegen die Einsicht, aber sie konnte nicht anders: Sie hasste und verabscheute Omar noch immer, aber zugleich begriff sie, dass er trotz allem auch ein sehr empfindsamer Mann war, jemand, der Liebe und Vertrauen brauchte wie andere Menschen auch und der vielleicht sogar in der Lage war, das Gleiche zu geben.

»Das ist ... eine sehr traurige Geschichte«, sagte sie endlich. »Aber auch eine sehr schöne.«

Omar nickte. Er schwieg. Er sah sie immer noch nicht an.

»Warum habt Ihr sie mir erzählt?«

»Dies sind die Ruinen von Qasr al-Hir al-Gharbi, dem Palast, den Hisham einst der wunderschönen Melikae schenkte«, antwortete Omar, »Und so, wie der Zauber Melikaes einst das Herz Hishams berührt hat, so hat auch vielleicht der Zauber eines kleinen Christenmädchens das des Mannes berührt, der sich selbst bisher für hart und unberührbar gehalten hat.«

Robin schloss die Augen. Sie hasste sich dafür, dass ein Teil von ihr von Anfang an auf genau diese Worte gewartet hatte.

Omar drehte sich zu ihr herum. Er ließ die Fackel sinken und sah ihr ruhig in die Augen. »Vom allerersten Moment an, in dem er sie in einem kleinen Fischerdorf an der Küste gesehen hat.«

»Omar Khalid , Ihr seid ...«

»Ich weiß, was ich bin«, unterbrach sie Omar – weder in zornigem noch in herrischem Ton, sondern leise und fast bedauernd. Und traurig. »Ich werde mich nicht dafür entschuldigen, wenn es das ist, was du hören willst, Robin. Ich weiß, was ich getan habe, und ich weiß, was ich vielleicht noch tun werde. Nichts davon tut mir Leid. Nichts außer dem, was ich dir angetan habe. Könnte ich es ungeschehen machen, indem ich mir meine rechte Hand abschneide, glaube mir, ich würde es tun.« Er schien es wirklich ernst zu meinen. »Ich ... ich war verwirrt. Erschrocken über das, was du in mir geweckt hast, und ich wollte wohl nicht zugeben, mich in eine Sklavin und obendrein in eine Ungläubige verliebt zu haben.«

»Ihr übertreibt, Herr«, sagte Robin. »Ich bin Eurer nicht würdig. Ihr könnt Frauen haben, die ...«

»... hundertmal schöner sind als du, ich weiß. Frauen von edler Herkunft, Frauen die reich sind, oder beides. Ich kann sie mir kaufen. Die meisten kann ich mir einfach nehmen, aber dich nicht.«

»Und deshalb glaubt Ihr, in mich verliebt zu sein?«, hörte sich Robin sagen. »Vielleicht begehrt Ihr mich nur, weil Ihr alles begehrt, was Ihr nicht haben könnt.«

Ihre Worte hatten ihn nicht wütend gemacht. Er sah sie nur weiter auf diese seltsam traurige, vorwurfsvolle Art an – ein Vorwurf, der nicht ihr, sondern ihm selbst galt –, schüttelte den Kopf und seufzte wieder. Er hob die Fackel, hielt die andere Hand über die Flammen und schien nicht einmal zu spüren, wie die Hitze seine Haut versengte. Erst nach etlichen Sekunden ballte er die Hand ruckartig zur Faust und zog sie zurück.

»Ich wollte, es wäre so. Aber das ist nicht die Wahrheit. Ich wollte dich verkaufen, um mich selbst von diesem Fluch zu befreien, aber nicht einmal das ist mir gelungen. Vielleicht, weil ich es nicht wirklich wollte. Um ehrlich zu sein: Ich war froh, als der Verkauf scheiterte.«

»Weshalb er wohl auch misslungen ist«, vermutete Robin.

»Ja«, sagte Omar. »Ich hätte dich niemals Arslan ausgehändigt, und wenn er hunderttausend Denar geboten hätte. Eher ertrage ich für den Rest meines Lebens den Zorn der Assassinen.«

»Aber warum habt Ihr mir das nie gesagt?«, fragte Robin.

»Weil ich es nicht wusste«, antwortete Omar. »Ich musste erst hierher kommen, an diesen einsamsten aller Orte, mitten ins Herz der glühendsten Wüste, um zu begreifen, dass ich die gleiche Wüste in mir getragen habe und du allein die Macht hast, sie in einen blühenden Garten zu verwandeln.«

»Das habe ich nicht, Omar«, sagte Robin fast sanft. Sie schüttelte den Kopf, als er widersprechen wollte. »Ich bin nicht das, wofür Ihr mich haltet. Ich bin nur ein einfaches

468

Mädchen, nicht von hoher Geburt, weder reich noch gebildet. Was ich dem Johanniter gesagt habe, war die Wahrheit.«

»Welchen Unterschied macht das?«, erwiderte Omar. Er kam einen halben Schritt näher und verharrte mitten in der Bewegung, als er sah, wie Robin erschrocken zusammenzuckte. »Ich schwöre dir, ich werde für dich mein Leben ändern. Ich werde sicher nie ein Heiliger werden und kann nicht auf Vergebung für das hoffen, was ich getan habe, aber was in meiner Macht steht, werde ich tun. Ich habe es bereits veranlasst. Unsere Reise führt uns nicht nach Damaskus, wie alle glauben. Wir reiten direkt nach Bagdad. Der Kalif selbst hat mir gestattet, dort das Geschäft des Seidenhandels zu führen. Erinnerst du dich an die Taube, die mir in unserer letzten Nacht in Hama eine Nachricht gebracht hat?«

Robin nickte.

»Es war die Antwort des Kalifen. Der Seidenhandel ist ein Geschäft, das jeden, der es gut führt, in wenigen Jahren so reich wie einen Sultan machen kann. Fast so reich wie einen Sklavenhändler.«

»Ihr würdet damit nicht leben können«, sagte Robin. Ihre Stimme zitterte. Sie gestattete sich nicht, darüber nachzudenken, warum.

Omar wischte ihr Argument mit einer unwilligen Bewegung zur Seite. »Ich werde niemals wieder mit Sklaven handeln«, versprach er. »Wenn du es wünschst, werde ich allen Sklaven, die sich noch in meinem Besitz befinden, die Freiheit schenken. Ich werde noch mehr tun. Wenn du mich erhörst und mich zum Manne nimmst, dann verspreche ich, an jedem Jahrestag unserer Hochzeit einhundert Sklaven auf dem Markt zu kaufen, um ihnen die Freiheit zu schenken.«

Diese sonderbare Liebeserklärung traf Robin wie ein Blitz aus heiterem Himmel. Es war das erste Mal in ihrem Leben, dass ein Mann so etwas zu ihr sagte, und sie war vollkommen verwirrt.

»Ihr wollt mich mit einem Märchen beeindrucken, Omar Khalid?«, fragte sie. »Und mit Versprechen, ohne Beweise?«

»Die Geschichte von Hisham und Melikae ist kein Märchen«, antwortete Omar. »Komm.«

Mit widerstreitenden Gefühlen – sie war gleichermaßen verwirrt wie von einer sonderbaren Erregung ergriffen – folgte sie Omar aus dem ummauerten Geviert heraus. Sie gingen nicht zu den anderen zurück, sondern in einen noch weiter abseits gelegenen, zur Wüste hin offenen Teil der Festungsruine. Die Nacht machte es schwer, genau zu erkennen, wo der sandfarbene Stein aufhörte und die gleichfarbene Wüste begann. Sie hörte ein feines, wisperndes Rascheln, das nur das Geräusch der Sandkörner war, die der kaum spürbare, aber eisige Wind aneinander rieb; in ihrer Fantasie wurde es jedoch zum Flüstern längst vergangener Stimmen, die Geschichten erzählten und ein vielleicht vor Jahrhunderten erloschenes Lachen an ihr Ohr trugen. Sie folgte Omar in größerem Abstand, als nötig gewesen wäre, als könnte sie sich auf diese Weise Klarheit über ihre Gefühle verschaffen.

Schließlich blieb Omar stehen und hob seine Fackel ein wenig höher. Sofort griff der Wind nach den Flammen und spielte mit ihrem Licht, sodass ringsum Bewegung entstand und mit ihr die Illusion von Leben zurückkehrte. Er schien noch etwas zu suchen und auch Robin sah sich neugierig um. Unter ihren Füßen war jetzt Sand, kein Stein mehr; überall ragten die Reste zerborstener Säulen hervor, erhoben sich kniehohe, fast regelmäßig geformte Mauerreste, deren Kanten von Wind und Jahreszeiten rund geschliffen worden waren. Und dann hatte Omar gefunden, wonach er gesucht hatte.

Er ging noch einige Schritte, blieb dann stehen und begann, mit dem Fuß den Sand zur Seite zu scharren. Es war nur eine dünne, vergängliche Schicht, unter der ein nahezu unversehrter Mosaikfußboden zum Vorschein kam, der eine Jagdszene zeigte. Omar winkte sie heran und bedeutete ihr wortlos, sich seine Entdeckung genauer anzusehen. Seine Augen leuchteten vor Besitzerstolz, als sie es tat.

Nach einigen Minuten ehrfürchtigen Staunens führte Omar sie weiter durch die einst blühenden Gärten von Qasr al-Hir al-Gharbi, die den Kampf gegen die Wüste schon vor langer Zeit verloren hatten. Sie bewegten sich immer noch schweigend, als fürchtete Omar, diesen heiligen Ort durch den Klang seiner Stimme zu entweihen. Schließlich erreichten sie einen gut doppelt mannshohen Felsbrocken. An dieser von der Natur geschaffenen Mauer wuchs – geschützt vor Wüstenwind und Sand – ein Busch.

Im Licht der Fackel konnte Robin kleine, blutrote Rosenblüten an dem Busch erkennen und unter den dornigen Zweigen, von der Zeit gezeichnet und verwittert, ein geborstenes Marmorbecken. Aus winzigen Rissen im Fels, die teils natürlichen Ursprunges, teils künstlich erweitert worden waren, tropfte Wasser; ein unglaublicher Schatz in dieser Einöde aus Hitze, Wüstensand und Trockenheit.

»Aber du hast gesagt, hier gäbe es kein Wasser«, murmelte Robin.

Omar lächelte wissend. »Man kann dieses Wasser nicht trinken«, sagte er. »Außerdem weiß niemand davon. Niemand außer mir – und jetzt dir. Bewahre dieses Geheimnis für dich, wenn du nicht willst, dass dieser Ort seinen Zauber verliert.«

Robin begriff, was er meinte. Diese winzige Quelle stellte vielleicht den größten Schatz dar, den es in diesem Teil der Welt geben mochte. Aber sie sah nur Spuren von Feuchtigkeit auf dem Stein, hier ein flüchtiges Glitzern, dort einen einsamen Tropfen, der sich mühsam seinen Weg nach unten suchte – vermutlich lieferte die Quelle nicht einmal genug Wasser, um einen einzigen Menschen am Leben zu erhalten. Sie war wertlos für eine Karawane und doch würde das Wissen um ihre Existenz den Untergang dieses Ortes bedeuten.

»Das hier ist die Stelle, an der Melikae gestorben ist«, sagte Omar. Er hob die Fackel noch ein wenig höher, sodass das Licht sich auf dem Wasser im Inneren des Marmorbeckens brach. Es schimmerte dunkelrot.

471

»Von der Stunde ihres Todes an ist das Wasser, das aus dem Felsen tropft, so rot wie Blut geworden«, fuhr Omar fort. »Der Garten ist verdorrt, nur dieser eine Busch ist stehen geblieben. Aber auch seine Blüten vergehen binnen einer Stunde, wenn du sie pflückst.«

Tatsächlich war die Innenseite des einst weißen Marmors blutig rot verfärbt und an seinem Grund hatte sich rotes, schlammiges Wasser abgesetzt. Robin konnte einen eisigen Schauer nicht unterdrücken, der nichts mit der Nachtkälte und dem Wind zu tun hatte. Eine schwache Stimme in ihr versuchte ihr klar zu machen, dass es eine natürliche Erklärung für dieses Phänomen geben könnte, aber sie hörte nicht hin. In diesem Moment hatten Logik und Vernunft keinerlei Gewicht, war das Becken mit dem so unheimlich verfärbten Wasser für sie der Beweis, dass Omar die Wahrheit gesprochen hatte.

Beklommen stellte sie sich vor, dass Melikae vielleicht genau an der Stelle gestorben war, an der sie jetzt gerade stand. Vor ihrem geistigen Auge entstanden die prachtvollen Gärten, die es hier einst gegeben haben musste. Das Wispern des Windes wurde endgültig zum Lachen spielender Kinder in der Ferne, der matte Schein der Lagerfeuer hinter ihr zum prachtvollen Glanz der Feste, die hier gefeiert worden waren – und dann wurde auch Omar zu Hisham, dem Mann, der alle Schätze der Welt aufgegeben hatte, um einen noch größeren zu erlangen.

»Warum hast du mir diese Geschichte erzählt?«, fragte sie traurig.

»Weißt du das denn wirklich nicht?«

Natürlich wusste sie es. Gegen ihren Willen sah sie Omar plötzlich mit anderen Augen. »Und du ...« Sie verbesserte sich. »Ihr ... würdet wirklich alles für mich tun?«, fragte sie.

Omar nickte. »Ich schwöre, dir keinen Wunsch abzuschlagen. Ganz egal, was es ist.«

In seiner Stimme war mit einem Male ein Unterton von Trauer und Bitterkeit, den sie im ersten Moment nicht verstand. Erst als sie sich selbst ihre Bitte äußern hörte, wurde ihr klar, dass er ganz genau diese Worte erwartet hatte. »Dann wünsche ich mir, frei zu sein und gehen zu dürfen, wohin ich will.«

Omar schwieg. Der Wind frischte auf und eine einzelne starke Böe ließ die Fackel in seiner Hand so stark flackern, dass sie zu erlöschen drohte. Das zuckende rote Licht ließ den Schmerz auf seinem Gesicht jäh hervortreten. Nach einem langen, endlos währenden inneren Kampf, so leise, dass sie seine Worte mehr erahnte als wirklich verstand, und ohne sie anzusehen, sagte er schließlich: »Ich will deinem Glück nicht im Wege stehen, selbst wenn ich mein eigenes Unglück damit besiegele.«

»Ihr meint, ich ... ich bin frei?«, fragte Robin ungläubig.

»Ja«, stieß Omar hervor. Er kämpfte sichtlich um seine Fassung. »Aber noch nicht sofort. Es wäre dein sicherer Tod, wenn ich dich jetzt ziehen ließe. Doch sobald wir in Palmyra angekommen sind, werde ich dich mit allem ausstatten, damit du so weiterreisen kannst, wie es einer Prinzessin geziemt, und wohin immer du willst. Ich ... werde dich von einer Eskorte begleiten lassen, die dich in eine christliche Stadt geleitet.«

Robin war sprachlos. Seine Worte hatten sie getroffen wie ein Schlag. Nach allem, was ihr in den letzten Tagen und Wochen widerfahren war, war das das Letzte, womit sie gerechnet hätte. Und doch spürte sie, dass Omar Khalid sein Angebot nicht vorgebracht hatte, um sie zu quälen und sich hinterher an ihrer um so tieferen Enttäuschung zu weiden.

Es war sein voller Ernst, so schmerzhaft für ihn diese Entscheidung auch war. Plötzlich wurde ihr klar, was sie bedeutete: Er schenkte nicht nur einfach einer Sklavin die Freiheit, er besiegelte auch sein eigenes Schicksal. Omar Khalid setzte damit endgültig alles aufs Spiel, was er jemals erreicht und jemals besessen hatte. Von einem wohlhabenden, einflussreichen und gefürchteten Mann war er bereits zu einem Flüchtling geworden, der sich mit Söldnern und Wegelagerern abgab, vom Herrn über Hunderte von Sklaven zu dem über eine Karawane, die sich auf einer verzweifelten Flucht vor einem Feind befand, vor dem man nicht fliehen konnte.

Er hatte all das weggegeben, um das Herz einer Frau zu gewinnen, die er sich einfach hätte nehmen können. Und nun, wo er am Ende war, verlor er auch noch das, um dessentwillen er dieses Opfer gebracht hatte. Sie versuchte sich bewusst an all das Schreckliche zu erinnern, das er getan hatte, all das Leid, das von ihm ausgegangen war, all den Hass und die Wut, die sie ihm entgegengebracht hatte. Nichts davon wurde durch das ungeschehen gemacht, was sie gerade gehört hatte, und trotzdem war alles, was sie in diesem Moment für diesen großen, gebrochenen Mann empfand, Mitleid.

18. KAPITEL

Saila weckte sie mit dem ersten Licht des neuen Morgens. Robin war gleichzeitig kalt und heiß. Die Sonne stand noch nicht hoch genug, um über den Mauern der verfallenen Festung sichtbar zu sein, aber es lag bereits ein Hauch trockener Hitze über dem Land. Ihr Gesicht fühlte sich schon wieder warm an und ihre Lippen waren so spröde und rissig wie zuvor. Dennoch war die grausame Kälte durch Robins dünne Decke und ihre Kleider gekrochen und hatte sich so tief in ihre Knochen eingenistet, dass sie zitternd die Arme um den Körper schlang und sich die Decke wie einen zweiten Mantel über die Schultern legte, als sie sich aufrichtete.

Rings um sie herum erklangen die vertrauten Geräusche des Lagers, und Robin sah sich blinzelnd um, versuchte die letzte Benommenheit des Schlafs abzuschütteln. Die meisten Männer waren bereits damit beschäftigt, die Kamele zu beladen, die letzten Feuer zu löschen und, so gut es ging, die Spuren ihrer Anwesenheit zu tilgen. Sie ließ ihren Blick weiterwandern, entdeckte Harun, der nicht weit entfernt mit dem Rücken gegen einen Mauerrest gelehnt dasaß und immer noch schnarchte; sie lächelte flüchtig und sah sich weiter um. Erst nach einigen weiteren Augenblicken wurde ihr klar, dass sie nach Omar suchte.

Die Erkenntnis erschreckte sie, sodass sie hastig den Kopf senkte. Neben ihr, in dem feinkörnigen roten Sand, der auch das Innere des Burghofes wie eine fingerdicke Schicht bedeckte, lag eine blutrote Rose.

»Allah!«, keuchte Saila.

Robin sah verwirrt auf und erblickte nackten Schrecken im Gesicht der Araberin, die abwechselnd sie und die Rose anstarrte.

»Was hast du?«, fragte sie.

Sie wollte die Hand nach der Rose ausstrecken, aber Saila griff rasch nach ihrem Arm und zog ihn energisch zurück. Überrascht von ihrer eigenen Geste, rutschte sie auf den Knien ein kleines Stück von Robin fort, ohne den angstvollen Blick von der Blume zu wenden. Robin wagte es nicht, ein zweites Mal danach zu greifen. »Was soll das?«, fragte sie.

Bevor sie antwortete, sah Saila sich rasch nach allen Seiten um, als hätte sie Angst, dass jemand ihre Worte hören konnte. »Diese Rose«, sagte sie. »Woher kommt sie? Wer hat sie dorthin gelegt?« Sie sog hörbar die Luft ein. »Sie ... sie stammt doch nicht von Melikaes Rosenbusch, oder?«

Statt zu antworten, betrachtete Robin sich die einzelne Rose genauer. Jemand musste sie sorgsam dort in den Sand gelegt haben, wie eine Blüte, die ein liebender Gatte seiner Frau morgens im Schlaf auf das Kopfkissen bettet; sogar sämtliche Dornen waren vom Stängel entfernt worden. Wieder dachte sie an Omar, und plötzlich war sie nicht mehr ganz sicher, dass er sein Versprechen tatsächlich halten und sie freilassen würde, sobald sie Palmyra erreichten. Sonderbarerweise empfand sie bei diesem Gedanken keinen Zorn, nicht einmal Enttäuschung.

»Verflucht sei der Narr, der diese Rose gebrochen hat«, sagte Saila. »Er beschwört Unglück auf uns alle herab.«

»Aber es ist doch nur eine Blume«, sagte Robin.

»Dies ist ein besonderer Ort«, beharrte Saila. »In der Wüste, und ganz besonders an einem Ort wie diesem, haben die Dschinn große Macht. Niemand, der sie bestiehlt, kann ihrem Zorn entgehen – ganz gleich, ob es nun ein Edelstein oder nur eine Rose ist. Wer immer das getan hat, ist ein Narr, oder er sucht den Tod.«

In diesem Moment tauchte Nemeth hinter ihr auf, die eine Schale mit kaltem Hirsebrei und etwas Wasser brachte. Als sie Robin das kärgliche Frühstück reichte, fiel auch ihr Blick auf die Rose, aber sie erschrak nicht, sondern betrachtete sie nur stirnrunzelnd. Sie fragte sich offenbar, wo diese Blume hier, mitten in der Wüste, herkam. Robin griff jedoch rasch nach der Blume und verbarg sie unter ihrem Gewand.

Mit einem vorwurfsvollen Blick stand Saila rasch auf, rief ihre Tochter und entfernte sich. Robin sah ihr verstört hinterher und ertappte sich dabei, wie ihre Hand wie von selbst nach der Stelle tastete, an der sie die unscheinbare Blume unter ihre Kleider geschoben hatte. Es war ein sonderbares Gefühl. Wohl ahnte sie, dass diese Liebesgabe eher Unglück als Glück bringen musste, und dennoch ... sie hatte noch nie ein solches Geschenk bekommen. Nicht einmal von Salim.

Schuldbewusst verjagte sie auch diesen Gedanken und konzentrierte sich für die nächsten Minuten ganz auf ihr kärgliches Frühstück. Bis sie fertig war, waren sämtliche Kamele ringsum – einschließlich ihres eigenen, um das sich Saila und Nemeth kümmerten – beladen und bereit zum Aufbruch, und endlich sah sie auch Omar. Der Sklavenhändler eilte mit schnellen Schritten auf sie zu. Aber er schien sie gar nicht zu bemerken, sondern blickte starr an ihr vorbei und marschierte mit offensichtlichem Zorn auf Harun zu, der als Einziger im Lager noch immer schlief. Omar weckte ihn mit einem Fußtritt, der einen normalen Mann zur Seite geschleudert hätte, Harun aber nur zu einem Grunzen und einer unwilligen Bewegung im Schlaf veranlasste. Erst als Omar ihm einen zweiten und noch unsanfteren Tritt versetzte, schlug er widerwillig die Augen auf und blinzelte verschlafen zu dem Sklavenhändler hoch.

»Ist das Frühstück schon fertig?«, fragte er.

»Wir brechen auf«, knurrte Omar. »Du kannst aber auch gern hier bleiben. Vielleicht kommt ja ein Dschinn vorbei und lädt dich zu einem Festmahl ein.«

Harun blinzelte noch verwirrter, und Omar drehte sich auf der Stelle herum und marschierte wieder davon. Auch jetzt vermied er es fast zwanghaft, in ihre Richtung zu sehen.

In aller Eile verließ die Karawane die Ruinenstadt. Robin fand nicht einmal mehr die Zeit, ihre Schale mit Sand auszuwaschen, wie es unterwegs üblich war, sondern verstaute sie hastig in den Satteltaschen des Kamels und stieg in den Sattel. Sie ritt jetzt nicht mehr auf die sonderbare Weise, die Harun ihr am ersten Tag beigebracht hatte, sondern saß wie ein Mann im Sattel.

Als sie durch das Tor kamen, durch das sie am vergangenen Abend diesen verwunschenen Ort aufgesucht hatten, sah sie sich noch einmal um. Harun war noch damit beschäftigt, sein Kamel zu beladen, aber auch er hatte es sichtbar eilig. Mit einiger Mühe würde er die Karawane sicher wieder einholen. Robin war erleichtert. Der übergewichtige Araber war ihr – auch wenn sie ihn nicht gerade als Freund bezeichnen würde – in den letzten Tagen mehr und mehr ans Herz gewachsen. Man wurde bescheiden, wenn man kaum mehr Menschen um sich wusste, denen man vertrauen konnte.

Gerade als Robin sich ernsthafte Sorgen um ihn zu machen begann, tauchte Harun auf seinem Kamel unter dem Tor auf. Er hatte sich umgezogen. Statt albern wie ein herausgeputzter Papagei saß er nun, vollkommen in Schwarz gekleidet, im Sattel seines Kameles. Mit seiner hofnarrenhaften Aufmachung schien auch jegliches linkische Gehabe von ihm abgefallen zu sein. Robin konnte sich nicht daran erinnern, Harun al Dhin jemals so selbstverständlich und in perfekter Haltung auf seinem Kamel sitzen gesehen zu haben. Obwohl er ein gutes Stück zurücklag, holte er doch schnell auf und wurde erst langsamer, als er das Ende der Karawane erreicht hatte. Auch dann noch ließ er sein Tier ein wenig schneller traben als die anderen, sodass er allmählich wieder an ihre Seite gelangte. Ein sonderbar spöttisches Lächeln lag auf seinem Gesicht, als er an ihr vorbeiritt und

478

dann – wortlos – seinen angestammten Platz zwei Kamel-längen vor ihr wieder einnahm.

Der Rest des Vormittages verlief ereignislos. Sie bewegten sich weiter in einer Richtung, von der Robin längst nicht mehr wusste, ob sie Süden oder Norden, Osten oder Westen war. Ohnehin war es ganz egal, in welche Richtung man sah, der Anblick war überall gleich: Gewellte, regelmäßige Sand-dünen von rötlich-brauner Farbe, aus denen nur hier und da ein verwitterter Felsen aus bröckelndem Stein ragte, und eine Sonne, die mit jedem Moment erbarmungsloser von einem wolkenlosen Himmel herabbrannte.

Sie waren etwa zwei Stunden geritten, als Omar den Befehl gab, abzusteigen und die Tiere am Zügel zu neh-men. Innerlich seufzte Robin tief – der einzige Einwand, den sie sich gestattete. Das Gehen in diesem glühend heißen, fast staubfeinen Sand, der beständig unter ihren Füßen nach-gab und zur Seite rutschte, war ungemein anstrengend. Man ermüdete auf diese Weise viel schneller, und der Sand war tückisch; manchmal geriet eine ganze Düne einfach ins Rut-schen und floss wie Wasser unter den Füßen hinweg. Robin war durchaus nicht die Einzige, die gelegentlich um ihr Gleichgewicht kämpfen musste oder auch stürzte. Dennoch billigte sie Omars Entscheidung ohne jedes weitere Murren.

Sie mussten die Kräfte der Kamele schonen, selbst wenn sie ihre eigenen dabei über die Maßen strapazierten. Omar hatte ihr zwar versichert, dass die Assassinen sie unmöglich bis hierher verfolgen würden, aber die Karawane musste dennoch so schnell wie möglich aus dieser Wüste heraus. Anderthalb Tage noch bis Palmyra, hatte er gesagt. Das klang nach wenig, aber anderthalb Tage in dieser Hölle, das waren anderthalb Ewigkeiten.

Als die Sonne senkrecht am Himmel stand, legten sie eine kurze Rast ein. Sie hatten einen lang gezogenen Wüs-tenkamm erreicht, von dem aus der Blick ungehindert über viele Meilen in die ewig gleich bleibende Einöde reichte, und Robin wunderte sich ein bisschen, dass sie hier oben lagerten, statt unten im Dünental. Dann wurde ihr klar, dass es keinen Unterschied machte. Es gab ja nichts, um sich vor der Sonnenglut zu verstecken. Dort unten im Tal zwischen den Sanddünen war es genauso unerträglich heiß wie hier oben.

Sie sah sich nach Nemeth um, weil sie nicht allein sein wollte, aber das Mädchen und seine Mutter hatten sich ein gutes Stück von ihr entfernt in den Sand gesetzt. Sie musste Sailas Gesicht nicht einmal sehen, um zu wissen, dass das kein Zufall war. Dass sie es sich mit der Araberin abermals verdorben hatte, schmerzte Robin. In den letzten Tagen hatte sich ein noch scheues, aber spürbares Vertrauensverhältnis zwischen ihnen entwickelt, das nun schon wieder zerstört war. Robin verstand nicht so recht, warum. Außerdem fragte sie sich, warum Omar ihr versichert hatte, er sei der Einzige, der das Geheimnis des Busches kannte, dieses lebendige Symbol der großen Liebe zwischen Melikae und Hisham – wo sogar Saila darum wusste.

Fast ohne ihr Zutun griff Robins Hand unter ihr Kleid und zog die Rosenblüte hervor.

Sie erstarrte.

Die Rose war verwelkt. Der Stiel hatte sich braun verfärbt und war schrumpelig geworden, und die Blätter, am Morgen noch blutrot und von leuchtender Farbe, waren so ausgetrocknet und mürbe, dass sie unter ihren Fingern zerbrachen wie ganz feines Glas. Aber das war doch unmöglich! Selbst in dieser glühenden Wüste konnte eine Blume nicht so schnell vertrocknen und zu Staub zerfallen!

Sie erinnerte sich wieder an Sailas Worte vom Morgen und schauderte. Sie weigerte sich immer noch, an die Dschinn, an Flüche und Geister zu glauben, aber die verwelkte Rosenblüte in ihrer Hand sprach eine ganze andere Sprache.

»Was hast du da?« Robin fuhr erschrocken zusammen, als sie Haruns Stimme hörte, und schloss instinktiv die Hand um die Rose. Es knisterte, als sie zwischen ihren Fingern endgültig zu Staub zerfiel.

480

»Nichts«, sagte sie.

»Wenn es nichts ist, warum verbirgst du es dann in deiner Hand?«, fragte Harun al Dhin lächelnd.

Verwirrt und ein bisschen schuldbewusst öffnete Robin die zur Faust geschlossene Rechte. Nur ein wenig rötlich-brauner Staub rieselte in den Sand hinab und schien von ihm aufgesogen zu werden. Harun runzelte die Stirn und ließ sich wortlos und mit untergeschlagenen Beinen unmittelbar neben Robin zu Boden sinken.

»Ich beginne allmählich an Omars Verstand zu zweifeln«, sagte er. »Dieser Wahnsinnige führt uns immer tiefer in die Wüste hinein.«

»Vielleicht ist er nicht ganz so wahnsinnig, wie Ihr glaubt«, murmelte Robin. Eine innere Stimme mahnte sie, nicht weiterzusprechen. Omar hatte ihr ein Geheimnis anvertraut, und auch wenn er vermutlich niemals erfahren würde, dass sie es Harun al Dhin gegenüber preisgab, so käme sie sich trotzdem wie eine Verräterin vor. Aber es war bereits zu spät.

»Wie meinst du das?«, fragte Harun.

Robin druckste einen Moment herum. Sie wollte Omar nicht verraten, aber sie hatte auch das Gefühl, Harun al Dhin eine Antwort schuldig zu sein. »Er hat gesagt, dass die Assassinen uns nicht hierher folgen können«, antwortete sie ausweichend – was voll und ganz der Wahrheit entsprach, ohne Omars Geheimnis vollends zu offenbaren.

»So?«, sagte Harun. »Hat er das?«

»Ihre Pferde können nicht so tief in die Wüste vordringen.«

»Das stimmt«, erwiderte Harun. Nach einer winzigen Pause und in leicht verändertem Ton fügte er hinzu: »Jedenfalls nicht, wenn sie auch noch den Rückweg schaffen wollen.«

Seine Worte beunruhigten Robin. »Ihr meint, dass sie …«

»Ich weiß nicht viel über Assassinen«, unterbrach sie Harun. »Aber so viel schon: Wenn sie von ihrem Herrn einen

481

Befehl erhalten, dann führen sie ihn aus, und wenn es ihr Leben kostet. Sie würden nicht zögern, uns auch hierher zu folgen, selbst wenn sie ganz genau wüssten, dass sie nicht mehr zurückkehren könnten.« Er schwieg einen Moment, als er jedoch bemerkte, wie sehr Robin diese Worte erschreckt hatten, zauberte er ein beruhigendes Lächeln auf seine Züge. »Hab keine Angst. Ich glaube nicht, dass sie das tun. Nach allem, was ich über Sheik Sinan gehört habe, ist er ein harter Mann, aber kein Dummkopf. Er würde kaum das Leben eines Dutzends Männer opfern, nur um eines kleinen Diebes und Betrügers habhaft zu werden, den er früher oder später sowieso ergreift.«

»Wieso?«

Harun hob die Schultern. »Omar kann nicht immer in dieser Wüste bleiben, oder? Irgendwann, in irgendeiner Stadt, wird er wieder auftauchen. Und dort werden ihn die Assassinen erwarten.«

Das sollte Robin zweifellos beruhigen, aber die Worte bewirkten eher das Gegenteil. Auch Omar war kein Dummkopf. Er musste wissen, dass er den Assassinen auf Dauer nicht entkommen konnte. Umso größer war das Opfer, das er zu bringen bereit war, und umso schlechter fühlte sich Robin. Sie verstand sich selbst nicht mehr. Sie hatte Angst vor diesen unergründlichen Gefühlen für einen Mann, für den sie nichts als Hass und Verachtung empfinden sollte. Sie musste mit irgendjemandem darüber sprechen.

Gerade, als sie dazu ansetzte, sich Harun zu offenbaren, entstand an der Spitze der Karawane Unruhe. Harun sah alarmiert hoch, und auch Robin blickte konzentriert in die gleiche Richtung. Einige Männer waren aufgesprungen, liefen durcheinander oder gestikulierten mit den Armen. »Khamsin! Khamsin!«

»Khamsin? Was bedeutet das?«, fragte Robin. Sie hatte dieses Wort noch nie gehört.

Harun al Dhin offenbar schon, denn er wirkte plötzlich angespannt, alarmiert. »Wind«, murmelte er.

482

»Wind?«

Harun schüttelte den Kopf, ohne sie anzusehen. »Nicht irgendein Wind«, antwortete er. »Es ist ein heißer Wüstenwind, der manchmal tagelang weht und schon so mancher Karawane zum Verhängnis geworden ist.« Er hob den Arm und deutete auf den Himmel im Süden. Der Horizont hatte sich graubraun verfärbt. »Er kommt.«

Omar kam von der Spitze der Karawane herangeritten. »Alles auf die Kamele!«, befahl er. »Schnell! Wir müssen den Felskamm erreichen. Wenn uns der Sturm hier überrascht, sind wir verloren.«

Robin sah nicht einmal einen Felsen. In der Richtung, in die Omars ausgestreckter Arm deutete, erkannte sie nur weitere endlose Sanddünen sowie einen lang gezogenen, dünnen Strich. Dennoch beeilte sie sich, auf ihr Kamel zu klettern und das Tier unsanft zum Aufstehen zu bewegen. Niemand sprach jetzt mehr davon, die Kräfte der Kamele zu schonen. Die Männer schrien weiter dieses unheimliche Wort *Khamsin!*, und die Angst, die dabei in ihren Stimmen mitschwang, war unüberhörbar.

Auch Harun war auf sein Kamel gesprungen, machte aber noch keine Anstalten loszureiten, sondern winkte ihr ungeduldig zu. »Bleib immer bei mir. Ganz egal, was passiert, weiche nicht von meiner Seite!«

Robin nickte, zugleich aber sagte sie: »Ich muss mich um Nemeth kümmern.«

Harun verdrehte die Augen. »O Allah, ich werde nie wieder behaupten, dass ein Kamel stur ist, oder ein Esel. Nicht, seit ich dich kennen gelernt habe. Aber um des Propheten willen – dann passe ich eben auf euch beide auf. Und jetzt los. Wir haben keinen Augenblick zu verlieren!«

Und damit hatte er kein bisschen übertrieben. Sie ritten los. Omar, der wieder an der Spitze der Karawane ritt und das Tempo vorgab, sprengte in einer Geschwindigkeit dahin, die einem Rennpferd alle Ehre gemacht hätte, und die meisten anderen Kamele hielten ohne Probleme mit ihm Schritt.

Auch die Tiere waren erschöpft und durstig, aber sie schienen die Gefahr, die aus dem Süden auf sie zukam, ebenso deutlich zu spüren wie ihre Reiter. Zwei oder drei Lastkamele und einer von Mussas Kriegern fielen nach und nach zurück, doch niemand machte auch nur den Versuch, ihm zu helfen oder gar auf sie zu warten. Einmal drehte sich Robin um, um nach ihnen Ausschau zu halten. Als sie sie entdeckte, winzige Punkte, waren sie sicherlich schon eine Meile entfernt, und dicht hinter ihnen tobte eine braun-graue, unheimliche Masse heran. Es sah weniger wie ein Sturm aus, eher als hätte sich die Wüste erhoben und wäre nun zu einer Wand geworden, die mit täuschender Langsamkeit auf sie zukam. Langsam, aber unaufhaltsam.

Dennoch fasste sie neue Hoffnung, als sie wieder nach vorn sah und den Horizont mit Blicken abtastete. Sie konnte den Felsenkamm, von dem Omar Khalid gesprochen hatte, nun ebenfalls sehen. Entsetzlich weit noch entfernt, bestimmt vier oder fünf Meilen, wenn nicht mehr, und eingebettet in die endlosen roten Wogen der Wüste, wirkte er klein und selbstverloren: nicht wie etwas, das ihnen Schutz bieten konnte, sondern etwas, das selber Schutz brauchte. Dennoch erschien er ihr wie ein letzter Hoffnungsschimmer. Sie versuchte, ihr Kamel noch mehr anzutreiben, aber das Tier warf nur unwillig den Kopf in den Nacken und gab ein lang gezogenes Blöken von sich. Seine hässlichen Beine arbeiteten in rasendem Takt, und Robin musste sich mit aller Kraft am Sattelknauf festhalten, um nicht abgeworfen zu werden, was vermutlich ihren sicheren Tod bedeutet hätte.

Als sie sich dem Sandsteinfelsen bis auf eine Meile genähert hatten, drehte sie sich noch einmal halb im Sattel herum und sah zurück. Sie erschrak. Der Sturm hatte sie fast erreicht. Vielmehr die massive Wand, die die Wüste und den Horizont sowie einen Teil des Himmels verschlungen hatte und langsam hinter ihnen heranrollte. Der Himmel darüber war schwarz, längst nicht mehr graubraun, und sie glaubte, dünne, verästelte Blitze darin zucken zu sehen. Sie hörte ein

484

unheimliches Grollen und Dröhnen, nicht das Geräusch eines Sturmes, sondern einen Laut, der an berstende Steine oder ein einstürzendes Gebirge erinnerte. In den stampfenden Rhythmus der Kamelhufe, der ihre Zähne schmerzhaft aufeinander schlagen ließ, hatte sich ein dumpfes Vibrieren und Zittern gemischt, als erbebe die Erde selbst unter der Wut dieses Höllensturmes.

Das Ende der Karawane war nicht mehr zu sehen. Die ehemals dicht geschlossene Kette war weit auseinander gefallen, und dort, wo die letzten zwei oder drei Tiere sein sollten, rollte eine brüllende braun-rote Masse, die genau in diesem Augenblick einen weiteren Reiter verschlang.

»*Schneller!*«, brüllte Harun neben ihr. »Bei Allah, reite schneller, Mädchen, oder du bist verloren!«

Der Wind, das Donnern der Kamelhufe und die erschrockenen Schreie der verängstigten Männer verschluckten seine Worte nahezu. Selbst wenn sie es versucht hätte – sie hätte gar nicht schneller reiten können. Das Kamel griff bereits so rasch aus, wie es überhaupt möglich war, und Robin brauchte ihre ganze Kraft und Geschicklichkeit, um sich im Sattel zu halten, der mittlerweile ruckartig hin und her schwankte. Irgendwie brachte sie die Kraft auf, den Kopf zu drehen und nach Nemeth und ihrer Mutter zu sehen. Ihr Kamel befand sich nur wenige Schritte schräg hinter ihr – aber es fiel schon merklich zurück. Das Gewicht zweier Reiter, und sei der Unterschied noch so gering, begann sich bemerkbar zu machen. Robin schrie deshalb Saila verzweifelt zu, was Harun gerade ihr herübergerufen hatte, doch die Worte wurden ihr von den Lippen gerissen, noch bevor sie selbst sie hören konnte.

Verzweifelt starrte sie die Felswand an. Sie war jetzt ganz nahe, vielleicht noch hundertfünfzig, zweihundert Schritte entfernt, wenige Augenblicke nur bei dem rasenden Trab, in den die Kamele verfallen waren. Die ersten Männer hatten den Schutz des verwitterten gelb-braunen Sandsteins bereits erreicht, zwangen ihre Kamele zu Boden oder sprangen aus

485

den Sätteln, noch bevor die Tiere ganz angehalten hatten, um sich im Schutz ihrer Körper zusammenzukauern. Ein paar der Lastkamele rannten blindlings weiter, halb wahnsinnig vor Furcht, und etliche der Reittiere mussten mit Gewalt dazu gezwungen werden, anzuhalten. Robin beobachtete voller Entsetzen, wie einer von Mussas Söldnern sein Schwert zog und seinem Tier die Sehnen an den Hinterläufen durchhackte, damit es zusammenbrach. Harun, der neben ihr ritt, schrie und gestikulierte wieder in ihre Richtung, ohne dass Robin etwas verstehen konnte. Er saß weit nach vorne gebeugt im Kamelsattel, und sie hatte das sichere Gefühl, dass sein Tier noch wesentlich schneller hätte laufen können, wenn er es nur zugelassen hätte.

Der Verzweiflung nahe, drehte sie noch einmal den Kopf, um nach Saila und Nemeth zu sehen. Sie vollendete die Bewegung genau in dem Moment, als die brüllende braunrote Wand hinter ihr das Kamel der beiden verschlang. Und noch bevor ihr auch nur die Zeit geblieben wäre, einen Entsetzensschrei hervorzustoßen, hatte der Sturm auch sie eingeholt.

Dann ging die Welt unter.

Später, als alles vorbei war, sollte sie begreifen, dass sie nur von einem schwachen Ausläufer des Sandsturmes gestreift worden waren. Doch schon diese bloße Vorahnung der wirklichen Kraft des Khamsin reichte, um ihr die schlimmsten Augenblicke ihres bisherigen Lebens zu bescheren.

Einen Sekundenbruchteil auf den anderen wurde es dunkel um sie herum, finsterer und lichtloser als in der schwärzesten Nacht, nur dass diese Dunkelheit nicht schwarz, sondern rot war und aus reiner tobender Bewegung bestand. Sie konnte nicht mehr atmen. Sand hieb ihr wie eine Faust ins Gesicht, verstopfte ihre Nasenlöcher, drang zwischen ihre zusammengepressten Zähne, fand binnen eines einzigen Augenblickes jeden noch so winzigen Spalt in ihrer Kleidung. Ihre Augen waren verklebt und brannten von dem staubfeinen, heißen Sand und zu dem heftigen Schaukeln des Kameles unter ihr gesellte sich eine zweite, noch viel stärkere Kraft, die wütend an ihr zerrte. Sie wollte schreien, aber hätte sie die Lippen auch nur einen Spalt breit geöffnet, wäre sie auf der Stelle von dem Sand um sie herum erstickt worden.

Robin benutzte die Zügel schon lange nicht mehr, um das Tier zu lenken, sondern klammerte sich nur noch mit verzweifelter Kraft daran fest und betete, dass das Kamel von selbst seinen Weg in den Schutz der Felswand finden würde. Weder sie noch der Himmel, noch irgendetwas rings um sie herum waren zu sehen. In dem tobenden dunkelroten Chaos konnte sie kaum noch den Hals des Kamels erkennen, und alles, was sie noch zu hören vermochte, war ein ungeheures tiefes Grollen und Dröhnen, die Stimme des Sturms, die in ihren Ohren zum wütenden Zorngebrüll der Dschinn anschwoll, vor denen Saila so viel Angst hatte. Hätte sie die Rose noch gehabt, sie hätte sie weggeworfen, um sie der Wüste zurückzugeben.

Mit einem Mal strauchelte ihr Kamel, ein besonders heftiger Ruck brachte Robin endgültig aus dem Gleichgewicht und sie stürzte fast zwei Meter tief in den Sand hinab. Etwas Riesiges, Bedrohliches huschte rechts an ihr vorbei und schien wie die Hand eines Giganten nach ihr zu schlagen, verfehlte sie um Haaresbreite, und sie ahnte mehr, als dass sie sah, wie ihr Kamel noch zwei, drei Schritte weiter lief und dann erschöpft zu Boden sank. Blindlings, ohne zu wissen, was sie tat, kroch Robin auf Händen und Knien zu dem Tier hin und rollte sich in der Deckung seines Körpers zu einem Ball zusammen.

Irgendwie fand sie der Wind noch immer. Ihre Kehle war mit Sand gefüllt. Sie musste ununterbrochen husten und jeder Atemzug bereitete ihr Höllenqualen. Sie hatte entsetzlichen Durst, aber sie wagte es nicht, auch nur die Hand zu heben, um nach dem Wasserschlauch am Sattel des Kamels zu greifen. Robin wusste nicht, wie lange es dauerte. Vermutlich nur wenige Minuten, doch sie dehnten sich für sie zu einer Ewigkeit. Irgendwann jedoch war es vorbei, und das Ende kam so unvermittelt und schnell, wie der Sturm sie verschlungen hatte. Ein letztes gewaltiges Aufheulen der tobenden Dschinn, die Omar mit seiner Freveltat entfesselt hatte, und plötzlich war der Himmel wieder strahlend blau und die Luft beinahe windstill. Die gigantische rot-braune Mauer, hinter der die Welt einfach aufhörte, befand sich plötzlich jenseits der Karawane und entfernte sich scheinbar so behäbig, wie sie gekommen war.

Als Robin sich hochstemmte und sich den Sand aus den Augen wischte, bot sich ihr ein Anblick des Schreckens. Was noch von der Karawane übrig war, war weit auseinander gerissen und willkürlich verstreut worden. Männer und Tiere lagen im Sand oder irrten ziellos umher. Der Großteil ihrer Ausrüstung war auf einen Bereich von sicherlich mehr als einer Meile im Durchmesser verstreut, soweit er nicht ganz verschwunden war. Sie bemerkte mindestens zwei von Mussas Männern, die reglos am Fuße der Felswand lagen, wo sie der Sturm gepackt und einfach gegen den Stein geschleudert hatte, dazu noch drei oder vier Kamele, die verletzt waren und vor Schmerz blökten. Es war unmöglich zu sagen, wie viele Opfer der Sturm wirklich gefordert hatte, aber es waren unzählige.

Jemand berührte sie an der Schulter. Robin fuhr mit einem unterdrückten Schrei herum. Es war Omar, dessen Kleider in Fetzen hingen und dessen Gesicht blutüberströmt war. »Bist du verletzt?«, stieß er hervor. »Ist dir etwas geschehen?«

»Nein«, murmelte Robin. Sie war nicht ganz sicher, ob sie das Wort wirklich herausbrachte; in ihren eigenen Ohren hörte es sich wie ein unverständliches Krächzen an. Ihre Kehle war noch so wund, dass ihr jeder Atemzug Schmerz bereitete, und als sie krampfhaft schluckte, schmeckte sie Blut.

Omar sah noch einen Moment lang besorgt auf sie herab, dann griff er wortlos unter seinen Mantel, zog einen Wasserschlauch hervor und setzte ihn Robin an die Lippen. Gierig trank sie die kostbare Flüssigkeit, verschluckte sich prompt und hustete in dem ebenso qualvollen wie vergeblichen Bemühen, die wenigen Tropfen, die sie gerade zu sich genommen hatte, nicht auf der Stelle wieder auszuspucken. Omar ließ sich neben ihr in die Hocke sinken, wartete geduldig, bis sie wieder zu Atem gekommen war, und hielt ihr den Schlauch abermals an die Lippen. Als Robin den Kopf schüttelte und ihn wegschieben wollte, ergriff Omar einfach ihre Handgelenke, hielt ihre Arme ohne die geringste Mühe fest und zwang sie mit sanfter Gewalt, den Schlauch bis auf den letzten Tropfen zu leeren.

»Danke«, würgte Robin hervor. Sie fuhr sich mit der Zungenspitze über die Lippen, die trocken wie Sandpapier waren und entsetzlich wehtaten. Obwohl sie gerade fast eine ganze Tagesration Wasser getrunken hatte, war sie genauso durstig wie zuvor. Ihr Körper fühlte sich ausgedörrt an. Sie hatte kaum die Kraft aufzustehen und wollte nach dem Sattel greifen, um sich daran in die Höhe zu ziehen. Schon streckte Omar den Arm aus, und sie ließ sich von ihm helfen, ohne auch nur den Versuch zu machen, sich dagegen zu wehren.

»Was ist mit Eurem Gesicht?«, fragte sie.

Omar strich sich mit der Hand über die Stirn und betrachtete offenbar überrascht das Blut, das an seinen Fingerspitzen klebte. »Nichts«, sagte er. »Ein Kratzer. Kann ich dich einen Moment allein lassen?«

Robin nickte. Omar sah sie noch einen weiteren Herzschlag lang durchdringend an, als müsste er sich davon überzeugen, dass es auch wirklich so war. Dann drehte er sich mit einem Ruck herum und verschwand, um anderenorts nach dem Rechten zu sehen. Auch Robin wandte sich hastig ab. Es nutzte nichts, es zu leugnen: Sie war erleichtert, Omar unversehrt gesehen zu haben.

Was aber war mit Nemeth und Saila, und mit Harun?

Sie entdeckte Saila und ihre Tochter nur wenige Schritte hinter sich. Die beiden hatten den Schutz des Felsens erreicht und saßen, reichlich mitgenommen und sichtbar am Ende ihrer Kräfte, im Sand. Wenigstens schienen sie nicht verletzt zu sein. Als Robin zu ihnen lief, hob Nemeth den Blick und schenkte ihr ein mattes Lächeln. Sie hielt einen fast leeren Wasserschlauch in den Händen und in dem rot-braunen Staub, der ihr Gesicht wie eine Maske bedeckte, hatten Wassertropfen dunkel eingetrocknete Spuren hinterlassen. Robin machte mitten im Schritt kehrt, ging zu ihrem Kamel zurück und holte ihren eigenen, noch prall gefüllten Schlauch. Als sie ihn Saila hinhielt, schüttelte diese den Kopf.

»Trink!«, sagte Robin.

Saila sah sie ausdruckslos an und verneinte abermals. Daraufhin machte Robin eine auffordernde, fast herrische Bewegung und sagte noch einmal und schärfer: »Trink! Ich befehle es!«

Einen ganz kurzen Moment lang sah es so aus, als wollte Saila bei ihrer Weigerung bleiben. Dann aber griff sie mit zitternden Händen nach dem dünnen Beutel aus Ziegenleder, öffnete ihn und trank einen winzigen Schluck. Robin schüttelte den Kopf, als sie ihn ihr zurückgeben wollte. »Behaltet es«, sagte sie. »Ich kann so viel Wasser bekommen, wie ich will.«

Sie lächelte Nemeth noch einmal aufmunternd zu, dann ging sie zu ihrem Tier zurück und untersuchte es, so gut sie konnte. Sie verstand überhaupt nichts von Kamelen, aber das Tier wies zumindest keine äußerlichen Verletzungen auf, und zur Abwechslung versuchte es nicht einmal, ihr die Finger abzubeißen, als sie nach den Zügeln griff und seinen Kopf herabzog, um ihn zu begutachten. So weit sie es beurteilen konnte, war das Tier tatsächlich unversehrt geblieben.

Zahlreiche andere jedoch nicht. Robin drehte sich langsam einmal im Kreis und betrachtete niedergeschlagen das, was von ihrer Karawane übrig geblieben war. Es war zu früh, um wirklich etwas zu sagen, aber sie schätzte, dass sie ein Viertel der Tiere und vermutlich die Hälfte ihrer Ladung verloren hatten. Zahlreiche Männer waren verletzt und wie viel Wasser ihnen geblieben war, das wagte Robin nicht einmal zu schätzen.

Von Harun war nirgends eine Spur zu entdecken. Robin versuchte, sich mit dem Gedanken zu trösten, dass Harun al Dhin zu jenen gehörte, die schon auf sich aufzupassen verstanden und immer irgendwie durchkamen, aber es blieb ein nagender Zweifel. Schließlich begann sie, nach Harun zu suchen, rief seinen Namen und lief aufgeregt am Fuße des Sandsteinfelsens hin und her.

Aber so laut sie auch nach ihm rief, Harun al Dhin blieb verschwunden. Der Sturm hatte ihn verschluckt.

19. Kapitel

Es verging mehr als eine Stunde, bis Omar und Mussa die Reste der Karawane wieder zusammengebracht und eine erste Bestandsaufnahme gemacht hatten. In Anbetracht dessen, was hätte passieren können, fiel sie geradezu harmlos aus, aber sie war erschreckend genug: Zwei von Omars und sechs von Mussas Kriegern waren tot oder einfach verschwunden, und dasselbe galt für mehr als ein Dutzend Kamele. Von den Übriggebliebenen – ob Mensch oder Tier – waren zahlreiche verletzt, einige davon so schwer, dass nicht sicher war, ob sie die Reise fortsetzen konnten. Darüber hinaus hatte der Sturm mehr als die Hälfte ihrer Wasservorräte und fast ihre gesamten Lebensmittel mit sich gerissen. War das der Preis, den Omar für die gebrochene Rose von Melikaes Brunnen bezahlen musste?

Immer wieder sah Robin sich nach Harun um, aber sie konnte ihn nirgends entdecken. Sie war ganz sicher, Harun al Dhin noch in ihrer unmittelbaren Nähe gesehen zu haben, ganz kurz bevor der Sturm über sie hereingebrochen war. Selbst wenn der Khamsin ihn mit all seiner Kraft erfasst hätte, hätte sein Körper irgendwo in der näheren Umgebung sein müssen. Doch weder von seinem Reittier noch von ihm war die geringste Spur zu entdecken.

Robin versuchte, sich mit dem Gedanken zu trösten, dass es nach diesem Höllensturm von nichts und niemandem eine Spur geben konnte. Vielleicht hatte er hinter der nächsten Düne Schutz gesucht oder einen Felsvorsprung entdeckt, den sie von hier aus nicht sehen konnte. Bei aller Angst, die sie empfand, erschien ihr der Gedanke, dass Harun al Dhin ausgerechnet einem Sandsturm zum Opfer gefallen sein sollte, einfach absurd.

»Du siehst besorgt aus, meine Liebe«, sagte eine Stimme hinter ihr.

Robin drehte sich um und sah in Omars Gesicht hoch. Der Sklavenhändler sah sie mit tiefer Anteilnahme an und Robin spürte sofort wieder das Nagen ihres schlechten Gewissens. »Harun«, sagte sie nur.

»Er ist verschwunden, ich weiß«, antwortete Omar leise. »Er ist nicht der Einzige.«

»Aber er kann nicht tot sein«, murmelte Robin. Erst der Klang ihrer eigenen Stimme machte ihr klar, wie nahe sie der Verzweiflung war.

»Glaube mir, mein Kind, hier in der Wüste ist der Unterschied zwischen Leben und Tod nicht einmal so groß wie …«

Er brach ab. Im ersten Moment dachte Robin, er hätte den Satz bewusst nicht zu Ende gesprochen. Dann aber sah sie wieder in sein Gesicht, und ihr wurde klar, dass etwas nicht stimmte. Omar hatte den Kopf in den Nacken gelegt und blickte nach oben, zum Rand des Felsenkamms hinauf. Robin drehte sich auf der Stelle herum und sah in dieselbe Richtung.

Die Klippe war nicht mehr leer. Über ihnen, wie aus dem Nichts aufgetaucht, stand eine Reihe schwarz gewandeter Reiter. Und sie musste Omar nicht fragen, um zu wissen, um wen es sich bei diesen Männern handelte.

Die Assassinen hatten sie gefunden.

Einen Augenblick lang war sie vor Schrecken wie gelähmt. Es kam ihr vor, als liefe das Geschehen plötzlich unnatürlich langsam ab, während ihre Gedanken geradezu rasten. Das Auftauchen der Männer, vor denen sie so lange, so weit, und unter so entsetzlichen Entbehrungen davongelaufen waren, kam ihr im ersten Augenblick nicht nur absurd, sondern einfach ... ungerecht vor. So unfair konnte das Schicksal nicht sein! Es konnte sie doch nicht all das erleiden und überstehen lassen, nur um sie im allerletzten Augenblick doch noch so hart zu treffen.

Omar, der wie sie einen Herzschlag lang reglos dagestanden und die Reihe der schwarz gekleideten Reiter angestarrt hatte, sog scharf die Luft zwischen den Zähnen ein, drehte sich halb herum – und fuhr noch einmal und noch heftiger zusammen.

Als Robin sich ebenfalls umwandte, konnte sie ihn verstehen. Nicht nur auf der Klippe über ihnen, sondern auch auf dem Dünenkamm hinter ihnen war eine lang auseinander gezogene Reihe vollkommen in Schwarz gekleideter Reiter erschienen. Auch ihre Pferde waren ausnahmslos schwarz. Ein gutes Drittel der Assassinen löste in diesem Moment kurze, sonderbar geschwungene Bögen von den Sätteln und legte Pfeile auf. Die restlichen Männer zogen Säbel oder brachten lange, mit schwarzem Pferdehaar geschmückte Speere in Angriffsposition. Alles ging in unheimlicher Lautlosigkeit vonstatten. Nicht einmal das Schnauben eines Pferdes oder ein Hufscharren waren zu hören und auch auf ihrer Seite herrschte ein fast atemloses Schweigen.

»Auf dein Kamel!«, befahl Omar. Er sprach nicht laut, sondern in jenem gehetzten Flüsterton, der nur wenige Schritte weit zu hören war, aber so zwingend klang, dass sie unwillkürlich gehorchte. Mit einem einzigen Satz kletterte sie auf den Rücken des Tieres und schlug ihm die flache Hand auf den Hals, woraufhin sich das Kamel mit einem unwilligen Ruck erhob.

Ihr Aufsitzen schien ein Signal zu sein. Nahezu alle Söldner sowie die meisten von Omars Kriegern, stiegen ebenfalls auf ihre Tiere und zogen ihre Waffen. Es war nicht nötig, dass Omar einen Befehl gab oder Mussa seine Söldner einwies. Die Männer stellten sich rasch und auf routinierte Weise am Fuße der Felswand zu einem dicht gestaffelten Halbkreis auf und machten sich zur Verteidigung bereit. Niemand ver-

suchte zu fliehen – und wohin auch? Es gab kein Davonlaufen mehr. Ihre Flucht war hier zu Ende, so oder so.

Omar bedeutete ihr, hinter den Kriegern Schutz zu
suchen, und Robin drehte gehorsam ihr Kamel herum, verhielt aber dann noch einmal und sah sich nach Nemeth und
ihrer Mutter um. Die beiden befanden sich jedoch schon auf
halbem Wege zu der Gruppe der Verteidiger, sodass Robin
und Omar die Letzten waren, die am Fuße der Felswand
ankamen. Die Männer öffneten respektvoll ihre Reihen.
Omar nahm seinen Platz in der vordersten Reihe ein, winkte seinem Leibwächter zu, sich neben ihn zu stellen, und
befahl Robin, bis ganz an den Felsen hin zurückzuweichen.
Wie in Trance gehorchte sie.

Dann richtete sie sich etwas im Sattel auf und beschatte-
te die Augen mit der Hand, um wieder zu den Assassinen
hinzusehen. Die Reihe der unheimlichen, fast substanzlos
erscheinenden Schatten hatte sich nicht bewegt und dennoch
erregte eine der nachtfarbenen Gestalten Robins besondere
Aufmerksamkeit. Sie wusste nicht, was an dieser Gestalt sie
in den Bann zog ...

Es war ein großer, breitschultriger Mann auf einem riesigen pechschwarzen Hengst, auf dessen Brust ein goldener
Funke blitzte. Robin blinzelte und fuhr sich mit der Hand
über die Augen. Sie brannten und waren noch gerötet vom
Sand. Sie musste sich täuschen.

Und in wenigen Augenblicken würde sie sowieso Klarheit
haben, dachte sie bitter. Die Assassinen erwachten aus ihrer
Erstarrung. Ihr Anführer hob seinen Säbel über den Kopf
und deutete dann mit der Waffe auf Omar, wie es ihr schien.
Außer dem leisen Klirren von Waffen und dem Knirschen
von Sattelleder und harten Pferdehufen auf Sand blieb die
Gruppe der Angreifer unheimlich still, auch als sie sich erst
langsam, dann immer schneller werdend in Bewegung setzte. Mehr denn je sahen sie wie Geister aus, die die Wüste ausgespien hatte. Selbst ihre Pferde verhielten sich vollkommen ruhig. Man hörte kein Wiehern, kein Schnauben, nur

das schneller werdende Trommeln der Hufe. Im Sattel spürte Robin die Vibrationen, die durch den Sand liefen, als die schwarze Woge den Hügelkamm herunterschwappte und auf sie zuraste. Der stattliche Reiter, den Robin für ihren Anführer hielt, war jetzt zwischen den anderen verschwunden.

»Bleibt hinter mir«, sagte Robin, an Saila und Nemeth gewandt, die ihr Kamel unmittelbar an den Felsen herangelenkt hatten. Das Tier war nervös und hatte Angst.

Ein peitschender Laut und das Sirren zahlreicher Pfeile machte es ihr unmöglich, Sailas Antwort zu verstehen. Unwillkürlich duckte sie sich, als die ersten Pfeile heranzischten, und griff dorthin, wo sie als »Bruder Robin« ihr Schwert getragen hätte. Im selben Moment spannte sie den linken Arm an und hob ihn ein wenig, so als hätte sie dort einen Schild. Doch sie war weder bewaffnet, noch gab es irgendeinen Schutz außer des dünnen Mantels, den sie trug.

Von dieser Salve blieb sie verschont. Etliche Pfeile fanden ihr Ziel und streckten eine Hand voll von Mussas Kriegern nieder. Doch die Bogenschützen der Assassinen schienen längst nicht so gut zu sein, wie sie nach all den Geschichten über sie befürchtet hatte. Bei weitem nicht jeder Pfeil war ein Treffer, und anderseits fiel Robin auf, wie häufig gleich mehrere Pfeile dasselbe Ziel trafen, sodass Mussas Söldner von jeweils zwei oder drei Geschossen aus den Sätteln geschleudert wurden. Sie war sich nicht sicher, ob das Zufall oder eine besondere Strategie war, um ihr Ziel mit Sicherheit auszuschalten. Doch gleich wie, es gab Omar und seinen Männern Gelegenheit, ihrerseits ihre Bögen zu ziehen und den Angriff zu erwidern.

Mehr als nur ein Assassine stürzte getroffen aus dem Sattel oder fiel schwer zu Boden, als sein Pferd von einem Pfeil durchbohrt wurde. Und Robin bemerkte auch noch etwas anderes: Die Pferde der Angreifer waren in denkbar schlechtem Zustand. Einige von ihnen strauchelten beim Ritt die Düne hinab, andere wurden von ihren Reitern mit Gewalt in den Angriff getrieben. Die Hufe der Tiere versanken tief im

Sand, und Robin sah, wie ein Pferd einfach zusammenbrach, ohne von einem Pfeil getroffen worden zu sein. Die Assassinen hatten das Unmögliche vollbracht und sie eingeholt, aber sie mussten dabei fast ihre gesamte Kraft und vor allem die ihrer Pferde aufgebraucht haben.

Als die vordersten Reihen der beiden ungleichen Gruppen aufeinander trafen, wurde Robin schlagartig bewusst, in welcher Gefahr sie sich befand. Sowohl Omar als auch sie waren bisher ganz selbstverständlich davon ausgegangen, dass ihr keine Gefahr drohte – immerhin waren diese Assassinen hier, um eine ganz besondere Beute zu machen, nämlich sie. Aber wie sollten sie wissen, wer sie war? Robin trug Männerkleidung und hatte noch dazu gerade mit Omar geredet, wie jemand, der ihm sehr vertraut war. Sie war ein hervorragendes Ziel für jeden Pfeil oder jeden Speer, noch dazu, wo sie unbewaffnet war.

»Bleibt, wo ihr seid!«, schrie sie Saila zu. »Sie werden euch nichts tun, aber versucht nicht zu fliehen!«

Robin schlug dem Kamel mit der flachen Hand aufs Hinterteil und riss mit der anderen die Zügel herum. Das Tier reagierte nicht wie das Schlachtross, das sie gewohnt war, sondern mit einem ärgerlichen Blöken. Eher schwerfällig drehte es sich dann herum und setzte sich in Bewegung. Robin, die zwei Jahre lang mit Begeisterung den Reiterkampf geübt hatte, ging wie von einer inneren Kraft getrieben in den Gegenangriff über; auch wenn sie keine Waffe und nicht einmal einen Schild hatte, war das wahrscheinlich immer noch besser, als tatenlos dazusitzen und darauf zu warten, von einem Pfeil getroffen zu werden.

Eingedenk dessen, was Salim sie gelehrt hatte, sprengte sie nicht blindlings los, sondern suchte sich schon aus der Entfernung einen Gegner. Sie überlegte, wie sie sich den Vorteil, auf dem Kamel viel höher zu sitzen, dem Assassinen gegenüber zunutze machen konnte; noch dazu würde der Mann kaum damit rechnen, von einem unbewaffneten Angreifer attackiert zu werden.

Unmittelbar neben ihr sank einer von Mussas Söldnern, von einem Pfeil am Hals getroffen, aus dem Sattel, und im buchstäblich allerletzten Augenblick bemerkte auch der Assassine, auf den sie es abgesehen hatte, die neue Gefahr. Er riss sein Pferd mit einem brutalen Ruck herum und hob gleichzeitig seinen Speer. Robin duckte sich blitzschnell unter der Waffe weg, doch nicht schnell genug. Der Stahl ritzte ihren linken Arm. Der Schmerz fühlte sich unwirklich an, und sie spürte, wie warmes Blut an ihrem Oberarm herunterlief.

Dann prallten beide Tiere aufeinander. Das Pferd wurde zur Seite geschleudert und begrub seinen Reiter unter sich, aber auch Robins Kamel geriet ins Straucheln und stürzte. Ehe Robin mit zu Boden gerissen wurde, stieß sie sich mit aller Kraft aus dem Sattel, landete zusammengekrümmt im weichen Wüstensand und schnellte, indem sie den Schwung ihres Sprungs nutzte, wieder in den Stand. Ohne innezuhalten stürmte sie auf den gestürzten Reiter zu; schließlich hatte Salim sie gelehrt, mit leeren Händen zu kämpfen. Sie glaubte zwar nicht, dass sie einem gut ausgebildeten und trainierten Krieger, wie es die Assassinen zweifellos waren, gewachsen sein würde, aber was sie dachte und was sie tat, das waren plötzlich zweierlei Dinge.

Zunächst schien ihr das Schicksal auch gewogen zu sein. Das verletzte Pferd hatte sich aufgerappelt und humpelte davon, aber der Reiter lag reglos und mit verdrehten Gliedern im Sand. Er war ohnmächtig oder tot. Robin bückte sich nach seinem Speer, hob ihn auf und ging dann ein zweites Mal in die Knie, um den Krummsäbel des Assassinen an sich zu nehmen. Rings um sie herum tobte die Schlacht bereits mit aller Gewalt. Sie sah eine Bewegung aus den Augenwinkeln, duckte sich und spürte den Luftzug, mit dem das Schwert über sie hinwegzischte. Ohne nachzudenken, stieß sie dem Angreifer das stumpfe Ende des Speeres in den Unterleib, machte einen halben Schritt zur Seite, um ein weiteres Mal, jetzt mit dem Speerschaft, zuzuschlagen. Erst als der Angrei-

498

fer bewusstlos zu Boden ging, stellte sie fest, dass es kein Assassine gewesen war, sondern einer von Mussas Söldnern.

Doch ihr blieb keine Zeit, Bedauern zu empfinden. Immer mehr und mehr Assassinen schienen wie aus dem Nichts ringsumher aufzutauchen. Die Verteidiger, mittlerweile hoffnungslos in der Unterzahl und auch in keinem wesentlich besseren Zustand als die Angreifer, hatten keine Chance. Binnen weniger Augenblicke war die Hälfte der Söldner und nahezu Omars gesamte Wachtruppe ausgeschaltet. Dasselbe Schicksal würde auch ihr widerfahren: Gleich drei der vollkommen in Schwarz gekleideten Angreifer stürmten auf sie zu.

Robin schleuderte dem Ersten ihren Speer entgegen – er ging fehl, als der Mann einen blitzschnellen Ausfallschritt nach links machte –, bückte sich wieder nach dem bewusstlosen Reiter und versuchte, seinen Schild aufzuheben. Aber diesmal war sie zu langsam. Gerade als sie die Hand durch die Schlaufe steckte und sich wieder aufrichten wollte, war einer der Assassinen heran und versetzte ihr einen harten Tritt gegen die Schulter.

Robin schrie vor Schmerz auf, fiel rücklings in den Sand und ließ das Schwert los. Der Assassine war über ihr – und dann verschwunden. Statt ihr seinen Speer in die Brust zu stoßen, was er ohne weiteres gekonnt hätte, rannte er einfach weiter, um sich einen anderen Feind zu suchen. Und auch die beiden anderen schienen jegliches Interesse an ihr verloren zu haben.

Zwei hämmernde Herzschläge lang blieb Robin verwirrt auf dem Rücken liegen und fragte sich, wieso sie überhaupt noch lebte – und dann hörte sie das schrille, entsetzte Schreien eines Kindes!

Blitzschnell war sie auf den Füßen, wirbelte herum und schrie vor Entsetzen auf.

Der Kampf war fast zu Ende. Überall lagen Männer im Sand, die von Pfeilen niedergestreckt oder von Schwerthieben getötet worden waren, und nur die wenigsten von ihnen trugen das matte Schwarz der Assassinen. Nur ganz dicht an der Felswand hatte sich noch eine kleine Gruppe Verteidiger zusammengeschart – und mitten unter ihnen entdeckte sie Mussa, der Nemeth ergriffen hatte und sie als lebenden Schild vor sich hielt.

Der Beduine schrie irgendetwas, das sie nicht verstand. Sein Dolch lag auf der Kehle des Kindes und für einen kurzen, entsetzlichen Augenblick glaubte Robin erneut zu fühlen, wie kalter Stahl durch ihre eigene Kehle schnitt. Die Zeit schien plötzlich langsamer zu vergehen, ihre Glieder wurden von unsichtbaren Fesseln gehalten, während ihre Gedanken immer schneller und umso hilfloser rasten. Verzweifelt rannte sie los – und wusste zugleich, dass sie keine Chance hatte, Mussa rechtzeitig zu erreichen.

Irgendetwas traf sie so wuchtig in die Seite, dass sie stolperte und mit einer zweiten Gestalt verknäult in den Sand stürzte. Die Sonne über ihr schien zu blinzeln, als zwei Pfeile dicht über sie hinwegzischten, und noch im Fallen verfolgte Robin hilflos die Spur der Geschosse und begriff, dass sie auf Mussa gezielt waren, der sich hinter das Mädchen duckte. Eine Linie aus hellrotem, leuchtendem Blut rann an der Kehle des Kindes hinab, dann schlug Robin so wuchtig in den Sand, dass sie einen Moment lang benommen liegen blieb.

Der Schatten, der Robin zu Boden gerissen hatte, regte sich. Es war niemand anders als Omar. Noch während sie vergeblich versuchte, die Kontrolle über ihren Körper zurückzuerlangen, sprang er hoch. In einer fließenden Bewegung glitt seine Hand zum Gürtel und schnellte dann vor. Sonnenlicht brach sich auf Metall und nur einen Augenblick später ertönte ein gurgelnder, halb erstickter Schrei. Robin hob mühsam den Kopf, blinzelte sich den Sand aus den Augen und sah, wie Nemeth – wimmernd vor Angst, aber anscheinend unverletzt – aus der Höhe des Kamelsattels herab in den Sand fiel, während Mussa schwankend dasaß und beide Hände um seinen Hals gekrampft hatte. Zwischen seinen Fingern ragte der Griff des Dolches hervor, den Omar geschleudert hatte. Er versuchte etwas zu sagen, aber über seine Lippen kam nur blutiger Schaum. Einen Moment lang saß er noch da, starrte Omar aus hervorquellenden Augen ebenso ungläubig wie entsetzt an, dann kippte er langsam zur Seite, seine Arme sanken herab und in der nächsten Sekunde schlug er schwer in den Sand.

Endlich kam auch Robin wieder auf die Beine. Sie sah, wie Omar seinen Säbel aus dem Gürtel riss und sich ins Kampfgetümmel stürzte und wie sich schon wieder zwei Assassinen zu ihr umwandten und im selben Augenblick bereits das Interesse an ihr verloren. Auch wenn sie es sich nicht erklären konnte – die Männer schienen ganz genau zu wissen, wer sie war.

Nichts davon spielte im Augenblick eine Rolle. Ohne auch nur einen Gedanken an die Gefahr zu verschwenden, in die sie sich begab, rannte sie zu Nemeth und fiel neben dem Kind auf die Knie; fast gleichzeitig kam auch Saila angelaufen. Sie humpelte und auch ihr Gesicht war blutig – sie schien jedoch nicht schwer verletzt zu sein.

Nemeth begann leise zu wimmern, als Robin sie an der Schulter berührte. Sie wollte sie herumdrehen, aber ein einziger Blick aus Sailas Augen ließ sie innehalten. Mit klopfendem Herzen sah sie zu, wie Saila ihre Tochter auf die Arme nahm und dann wie ein kleines Kind an die Brust presste.

»Ist sie ...?«

Saila schüttelte den Kopf. Sie sah sie nicht an. »Sie lebt«, sagte sie. »Allah hat sie verschont.«

Wieder befielen Robin bei den Worten Sailas leise Schuldgefühle, hatte sie doch ihr Versprechen, die beiden beschützen zu wollen, nicht einlösen können. Sie drehte sich auf den Knien herum, um nach Omar und den anderen zu sehen. Der Kampf war nahezu vorüber. Er war gnadenlos gewesen, aber wie bei jedem Hinterhalt hatte die eigentliche Schlacht nur Augenblicke gedauert. Nur Omar und eine Hand voll Krieger verteidigten sich noch. Der ehemals weiße Sand ringsum war von Hufen zerwühlt, und von dunklen Flecken, zerbrochenen Waffen, toten Menschen und Tieren übersät. Erst jetzt wurde ihr bewusst, dass etliche der reglosen Körper die weiten, schwarzen Gewänder der Assassinen trugen, aber die überwiegende Zahl waren Söldner oder die Männer aus Omars Leibwache.

Auch Omar selbst war verwundet. Aus seinem Oberschenkel ragte der abgebrochene Schaft eines Pfeils, und sein Gesicht war blutüberströmt. Dennoch dachte er nicht daran, sich in sein Schicksal zu ergeben, sondern erwehrte sich gerade in dem Moment, in dem Robin sich herumdrehte, mit zwei wuchtigen Schwerthieben der Angriffe eines Assassinen. Mit einem Fußtritt schleuderte er den Mann zu Boden und humpelte mit schmerzverzerrtem Gesicht zurück, als gleich zwei weitere Angreifer auf ihn eindrangen.

Dann, ganz plötzlich, war es vorbei. Wie auf ein unhörbares Zeichen hin senkten die Assassinen ihre Speere und Schwerter, und wichen ein paar Schritte von den Verteidigern zurück.

»Worauf wartet Ihr?«, schrie Omar. Wütend schwang er seinen Säbel, machte einen Schritt nach vorn und versuchte, nach einem der Assassinen zu schlagen. Der schwarzgewandete Angreifer wich mit einer fast spielerischen Bewegung aus und Omar fand nur mit Mühe sein Gleichgewicht wieder. Sein verletztes Bein war kaum noch in der Lage, das Gewicht seines Körpers zu tragen.

»Kommt nur her!«, schrie Omar. »Was ist mit euch, ihr Feiglinge? Habt ihr Angst, einen verwundeten Mann anzugreifen? Erschöpft sich euer Mut darin, aus dem Hinterhalt zu morden?«

Die Assassinen wichen ein weiteres Stück zurück und dann teilten sich ihre Reihen, um einem einzelnen Reiter auf einem riesigen pechschwarzen Hengst Platz zu machen. Robin erkannte auf Anhieb den schwarz gekleideten Hünen wieder, den sie schon zuvor als den Anführer des Assassinenheeres eingestuft hatte. Auf der Brust seines Pferdes blitzte ein goldenes Schmuckstück, dessen Anblick den Schatten einer Erinnerung in ihr wach rief, ohne dass sie den Gedanken fassen konnte.

Auch Omar hatte den schwarzen Riesen entdeckt und humpelte mit zusammengebissenen Zähnen einen weiteren Schritt in seine Richtung. »Komm her, du Aasgeier!«, schrie er. »Wagst du es, zu kämpfen wie ein Mann, oder ziehst du es vor, mich von deinen Meuchelmördern niedermachen zu lassen und dabei zuzusehen?«

Der Reiter hielt an. Zwei, drei endlos scheinende Herzschläge lang blickte er nur wortlos auf Omar hinab. Sein Gesicht war schwarz verhüllt wie das all seiner Männer, und trotzdem schien Robin irgendetwas daran vertraut zu sein. Etwas, das ... aber das war Unsinn. Sie verscheuchte den Gedanken.

Der Anführer der Assassinen hob die Hand und Robin sah ungläubig zu, wie sich eine weitere Gestalt aus den dünn gewordenen Reihen der Verteidiger löste, direkt hinter Omar trat und mit seinem Krummschwert ausholte. Es war niemand anders als Omars eigener Leibwächter!

Jemand stieß einen Warnschrei aus, und Omar versuchte noch herumzuwirbeln, aber es war zu spät. Noch bevor er die Bewegung halb zu Ende gebracht hatte, traf ihn der Säbel mit der Breitseite am Kopf. Omar brach zusammen, und auch die wenigen Überlebenden aus Mussas Söldnerheer sowie Omars Wache ließen endgültig ihre Waffen fallen und ergaben sich in ihr Schicksal. Voller Entsetzen und Hass starrten sie Omars Leibwächter – den Verräter! – an, aber niemand wagte es, seine Waffe gegen ihn zu erheben oder auch nur einen Laut zu sagen.

Auf einen weiteren Wink des Berittenen hin sammelten die Assassinen rasch die fallengelassenen Waffen der Verteidiger ein und trieben sie vor sich her, bis sie mit den Rücken gegen die Felswand dastanden. Der schwarze Riese im Sattel sah schweigend und reglos zu, dann saß er ganz

503

langsam ab, wandte sich um und kam auf Robin zu. Voller Unglauben, ja entsetzt, sog sie die Luft ein, als er die linke Hand hob und das Tuch löste, hinter dem sich bisher sein Gesicht verborgen hatte. Und dennoch war sie nicht wirklich überrascht.

»Harun?!?«, hauchte sie.

»Die korrekte Anrede müsste lauten: Sheik Harun Rashid al Dhin Sinan«, verbesserte sie Harun lächelnd. »Aber wir kennen uns jetzt schon so lange, dass wir auch ruhig bei Harun bleiben können, wenn du möchtest.« Er weidete sich einige Momente lang ganz offen an Robins fassungslosem Gesichtsausdruck, dann machte er eine halbe Drehung und winkte Omars Leibwächter heran. Der Krieger näherte sich gehorsam und deutete eine Verbeugung an, und plötzlich fiel Robin auf, wie wenig er sich von den anderen Assassinen unterschied.

»Das hast du gut gemacht, Faruk«, sagte Harun. »Gib Acht, dass niemand Omar Khalid etwas zuleide tut. Ich will noch mit ihm reden.«

Der Verräter drehte sich rasch herum und ging zu dem bewusstlosen Omar zurück. Harun wandte sich mit einer Lässigkeit, die seinem bisherigen Auftreten Hohn sprach, wieder zu Robin um.

»Sheik Sinan?«, wiederholte Robin schleppend, und immer noch in einem Ton tiefsten Unglaubens. »Du bist ... Ihr seid der ... der Alte vom Berge?«

Harun lächelte. »Tatsächlich bin ich in einem Alter, in dem man nicht mehr gerne über selbiges spricht, Wüstenrose«, sagte er. »Aber ja, es ist wahr. Manchmal nennt man mich auch so.«

»Dann warst du ... ich meine ... Ihr ...«

Harun griff unter seinen breiten Gürtel und zog einen Sesamkringel darunter hervor. Grinsend biss er ein Stück davon ab und kaute lautstark. »Sie schmecken eigentlich ganz gut«, murmelte er mit vollem Mund. »Wenn auch ein wenig trocken.«

504

Robin löste den Blick mühsam von Haruns Gesicht und starrte den Sesamkringel zwischen seinen Fingern an. Langsam, ganz allmählich nur, begann sie zu begreifen.

»Was glaubst du, wie zwei Sesamkringel und ein Dolch wie von Geisterhand wohl in ein bewachtes Zimmer kommen? Ich selbst habe sie auf die Fensterbank gelegt. Ein Risiko, wie ich eingestehen muss, aber ein kalkuliertes, und ich wusste, dass Omar schließlich nur Augen für dich hatte.« Er seufzte. »Ich dachte allerdings, wenigstens du hättest an jenem Abend begriffen, wer ich wirklich bin. Schließlich trägst du meinen Ring.«

»Aber wie ...« Robin schüttelte hilflos den Kopf. »Ich meine ... warum ...?«

Harun vertilgte den Rest seines Sesamkringels und ließ sich vor ihr in die Hocke sinken. Sein Blick glitt flüchtig über Saila und das weinende Kind, das sie in den Armen trug. »Ich hoffe doch, sie sind unversehrt«, sagte er.

Robin nickte. Harun maß sie nun mit einem langen und besorgten Blick. Eine steile Falte erschien zwischen seinen sorgsam gezupften Augenbrauen, als er ihren zerfetzten Ärmel und das Blut darunter gewahrte. Zu Robins Erleichterung stellte er jedoch keine entsprechende Frage, sondern sagte: »Ich fürchte, es wird noch lange dauern, bis Aisha aus dir eine Tänzerin macht – falls es ihr überhaupt je gelingt. Du warst einfach zu lange mit diesen ungewaschenen Rittern zusammen.«

Robin ignorierte seine Worte. »Warum ich? Was wollt Ihr ... ausgerechnet von mir?«, murmelte sie.

»Der Ring«, entgegnete Sheik Sinan ernst.

»Der Ring?« Robin hob zögernd die Hand und drehte den goldenen Ring an ihrem Finger. Ihr eigenes Blut war in die eingravierten Schriftzeichen gedrungen und hob die verschlungenen Buchstaben deutlicher hervor, sodass sie ihr plötzlich wie ein Fluch vorkamen. »Aber was ... bedeutet das?«

»Dort steht mein Name«, antwortete Harun. Er lächelte flüchtig. »Und da du diesen Ring trägst, musst du wohl mein

Eigentum sein. Niemand würde es wagen, ihn zu fälschen, glaube mir.«

»Aber ...«

»Und du hast es die ganze Zeit über gewusst, nicht wahr?«

Harun und Robin wandten im selben Moment die Köpfe um. Ein ärgerlicher Ausdruck huschte über Haruns Gesicht, während Robin etwas länger brauchte, um die Stimme als die Omars zu erkennen.

»Omar?« Sie stand auf. Harun machte eine Bewegung, wie um sie daran zu hindern, zuckte aber dann nur mit den Schultern und erhob sich ebenfalls. Wieder fiel ihr auf, wie unglaublich elegant und lautlos sich dieser Koloss von einem Mann zu bewegen imstande war; nur dass seine Eleganz jetzt von einer anderen Art zu sein schien als die, die ihr schon in Omar Khalids Haus an ihm aufgefallen war.

Omar hatte sich zitternd auf die Knie hochgestemmt, als sie und Harun zu ihm traten. Er streifte Harun nur mit einem flüchtigen Blick und starrte dann Robin an. Sein Gesicht war eine Maske aus Schmerz und Leid und das, was sie in seinen Augen las, ließ sie innerlich erschauern.

»Du hast es die ganze Zeit über gewusst, nicht wahr?«, wiederholte er bitter. »Ihr kennt euch. Ihr habt euch schon immer gekannt. Ist es nicht so? Hat es dich amüsiert?«

»Was?«, flüsterte Robin.

»Gestern Nacht. Hast du still vor dich hingelacht, nachdem ich gegangen bin? Hast du dich über den Narren lustig gemacht, der vor dir im Staub gekrochen ist und bereit war, sein Leben für dich wegzuwerfen?«

»Aber ich wusste doch nicht ...«, setzte Robin an.

»Hör auf!«, unterbrach sie Omar. Er deutete mit seiner blutverschmierten Hand auf die Toten, die den Sand ringsum bedeckten. »Ich hoffe, du bist zufrieden. Die wenigen, die treu zu mir gestanden haben, sind tot, aber du lebst, und das, obwohl du Männerkleidung getragen hast und von den anderen nicht zu unterscheiden warst. Sie haben dich verschont. Mach mir nichts vor!«

506

Robin schwieg betroffen. Sie wollte widersprechen, aber sie fand nicht die richtigen Worte. Zugleich war sie auch zutiefst verletzt, dass der Mann, der ihr ewige Liebe geschworen hatte, ihr einen solchen Verrat zutraute. Andererseits – wie konnte er etwas anderes vermuten? Sie wusste ja längst selbst nicht mehr, was und vor allem wem sie noch glauben konnte.

Harun hatte bis jetzt schweigend zugehört. Nun trat er an Omars Seite und sah mitleidlos auf ihn herab. »Für einen Mann, der versucht hat, mir mein eigenes Eigentum zu verkaufen, der nun vor mir am Boden liegt wie ein Wurm, den ich unter dem Absatz meines Stiefels schon zur Hälfte zerquetscht habe, für einen solchen Mann nimmst du den Mund immer noch ganz schön voll, finde ich. Was ist das – Mut oder einfach nur Unverfrorenheit? Oder Verzweiflung?«

Statt zu antworten, griff Omar blitzschnell nach dem Dolch, den er unter seinem Gürtel verborgen trug. Noch ehe er dazu kam, Harun anzugreifen, machte der vermeintlich so schwerfällige Mann einen Schritt zur Seite und trat Omar aus der gleichen Bewegung heraus mit solcher Gewalt vor die Hand, dass Robin hören konnte, wie Knochen brachen. Der Dolch flog in hohem Bogen davon, und Omar krümmte sich wimmernd und presste die gebrochene Hand gegen den Leib.

»Soll ich ihn töten?«, fragte Faruk.

Harun winkte ab und beugte sich spöttisch zu Omar hinunter. »Das Morden solltest du den Mördern überlassen, mein Freund«, sagte er. »Ich erdumme mich schließlich auch nicht, mich im Sklavenhandel zu versuchen. Ein sehr weiser Mann hat einmal gesagt, jeder werde mit der Fähigkeit geboren, eine einzige Sache außerordentlich gut zu können, aber die Tragödie des Lebens sei, dass die meisten niemals herausfinden, was ihre Begabung ist. Ich bin von Allah mit gleich zwei Gaben gesegnet und deshalb wohl ein Auserwählter. Ich vermag es, zu täuschen sowie Männer durch meine Worte so sehr an mich zu binden, dass sie alles für mich zu tun bereit sind. Ich glaube, deine Gabe besteht darin, in Windeseile Karawanen zu organisieren. Dein schneller Aufbruch aus Hama hat selbst mich überrascht, das muss ich gestehen.«

Omar blickte verbittert auf die Toten, die den Sand ringsum bedeckten. »Das sehe ich.«

»Weißt du, dein großer Fehler war, nicht zu glauben, dass wir Assassinen ...«, Harun zögerte einen Moment, als müsste er nach den richtigen Worten suchen, »... *anders* sind. Du konntest den Sultan täuschen und du wärest sicher auch den ebenso fanatischen wie hoffnungslos fantasielosen Templern entkommen. Was du nicht bedacht hast, das war, dass ein Assassinenführer keinen Moment zögert, seine Männer in den sicheren Tod zu schicken, wenn es ihre Aufgabe erfordert – und sie keinen Moment, diesem Befehl zu folgen. Sie alle wurden einzig und allein auserwählt, um für ihre Aufgabe zu sterben, denn sie wissen, dass sie mit den unendlichen Freuden des Paradieses dafür belohnt werden.«

»Aber Ihr ... Ihr werdet alle sterben«, murmelte Robin. »Eure Pferde ...«

Harun unterbrach sie mit einem Lächeln. »Das war ein kluger Plan, ich gestehe es. Unsere Pferde haben uns bis hierher gebracht, aber sehr viel weiter werden sie wohl nicht durchhalten. Von hier aus gibt es kein Zurück mehr.«

»Aber wozu dann das alles?«, murmelte Robin.

Harun alias Sheik Rashid Sinan lächelte breit. »Kein Zurück mehr zu Pferde, das ist wahr«, sagte er. »Aber jetzt haben wir genug Kamele und Wasserschläuche, um wieder nach Masyaf zurückkehren zu können. Und dennoch ... hättet ihr nur einen halben Tag mehr Vorsprung gehabt, dann wäret ihr meinen Männern vielleicht entkommen. Der Sandsturm hätte eure Spuren getilgt – und hätte er statt ein paar Stunden einen Tag gedauert, dann wären meine Männer darin zugrunde gegangen.« Er wandte sich wieder an Omar. »Du siehst, du hättest entkommen können. Doch Allah wollte es nicht.«

»Verspotte mich nicht und missbrauche nicht Allahs Namen«, zischte Omar. Sein Gesicht hatte nun auch jeden

Rest an Farbe verloren. Er zitterte, und kalter Schweiß bedeckte seine Stirn. Seine Hand musste entsetzlich schmerzen. »Bringt es endlich zu Ende und gebt Eurem verräterischen Freund den Befehl, mich zu töten.«

Harun deutete ein Kopfschütteln an. »Du wirst uns begleiten«, sagte er. »Ich werde später über dein Schicksal entscheiden. Vor einem Mann, der von Kindesbeinen an mit Geschichten über die Schatten und ihre Allmacht aufgewachsen ist und es dennoch wagt, uns herauszufordern, vor einem solchen Mann habe ich Respekt. Und vor allem war ich schon immer der Meinung, dass jeder Mann eine zweite Chance verdient. Du hattest einmal die Gelegenheit, einen gewaltigen Fehler zu begehen, und du hast sie ergriffen. Ergreifst du sie ein zweites Mal, bist du tot.« Er richtete sich auf. »Versorgt seine Wunden, und begrabt unsere Toten.«

»Und die Gefangenen?«, fragte Faruk.

»Tötet sie«, sagte Harun. »Für Männer, die lieber ihre Waffen fortwerfen, als ihr Leben für die Sache ihres Herrn zu opfern, habe ich keine Verwendung. Ich wünsche, dass wir in einer Stunde für den Aufbruch bereit sind.«

20. Kapitel

Zwei Tage später ritt das spärliche Trüppchen, das von der Karawane noch übrig geblieben war, durch einen schmalen Bergpass in ein kleines Dorf ein, dessen Häuser aus hellem Sandstein erbaut waren. Das Erste, was Robin sah, waren flache, mitunter mit niedrigen Kuppeln oder kleinen Zinnenkronen geschmückte Dächer. Sie hatte keine Ahnung, wo sie hier waren, ja, sie hätte nicht einmal zu sagen vermocht, in welche Richtung sie geritten waren oder wie weit und wie schnell. Ihr Trupp war auf weniger als ein Drittel seiner ursprünglichen Größe zusammengeschrumpft, wobei die Zusammensetzung jedoch gewechselt hatte.

Sie waren tatsächlich nach weniger als einer Stunde aufgebrochen, und noch im Laufe desselben Tages waren die Pferde der Assassinen eines nach dem anderen zusammengebrochen, sodass die Männer nach und nach auf die erbeuteten Kamele übergewechselt waren. Nur Harun selbst ritt noch eine Zeit lang sein gewaltiges schwarzes Schlachtross, doch auch die Kräfte dieses prachtvollen Tieres schwanden zusehends. Während des zurückliegenden Tages hatte Harun nicht mehr in seinem Sattel gesessen, sondern war ebenfalls auf ein Kamel gestiegen und hatte das Pferd am Zügel neben sich hergeführt. Zwei- oder dreimal hatten sie angehalten und gewartet, bis die Flanken des Tieres aufhörten zu zittern und von seinen Nüstern kein schaumiger Schweiß mehr tropfte.

Nach der Erbarmungslosigkeit, mit der Harun vor zwei Tagen befohlen hatte, die Gefangenen zu töten, war es Robin

510

fast absurd vorgekommen, dass sich dieser riesige, harte Mann so sanft und mitfühlend um sein Pferd kümmerte wie eine Mutter um ihr Kind. Aber sie hatte ihn nicht darauf angesprochen, und auch Harun hatte es während der gesamten Reise bei ein paar Belanglosigkeiten und einem gelegentlichen Lächeln belassen. Ihre bohrenden Fragen nach dem Ring, seiner Bedeutung und vor allem seiner Herkunft hatte er ebenso übergangen wie ihre Bitte, sich um Nemeth und ihre Mutter kümmern zu dürfen. Die beiden gehörten, ebenso wie Omar, zu den Nachzüglern der Karawane, die nun das Dorf erreichten. Robin war die ganze Zeit über streng von ihnen getrennt worden und hatte auch während der Nacht in einem eigenen Zelt geschlafen, das von drei schweigsamen Assassinenkriegern bewacht wurde.

Sie fragte sich, was aus den anderen Männern geworden war. Am Abend des ersten Tages ihrer Reise hatten sie sich aufgeteilt. Die wenigen Pferde, die noch überlebt hatten, die Verwundeten sowie fast die Hälfte der unverletzt gebliebenen Krieger waren am Rande eines ausgetrockneten Wadis zurückgeblieben, damit Männer und Tiere wieder zu Kräften kommen konnten. Doch Robin versuchte vergeblich eine Antwort auf die Frage zu finden, wie sie sich erholen sollten, ohne Schatten, ohne ausreichendes Wasser, ohne Hilfe. Keiner der Männer hatte aufbegehrt, es auch nur gewagt, zu murren oder missbilligend zu blicken, als der Alte vom Berge ihnen seine Entscheidung mitteilte, aber sie war ziemlich sicher, dass die meisten von ihnen wussten, dass sie zurückgelassen wurden, um zu sterben. Vielleicht würde Harun ja einen Trupp mit frischen Tieren, Wasser und Verpflegung zu ihnen schicken, sobald sie die geheimnisvolle Bergfestung der Assassinen erreicht hatten. Aber irgendwie glaubte sie nicht daran.

»Ich habe Durst«, beschwerte sie sich.

Harun, der wie üblich nur ein Stück neben ihr ritt, löste seinen Wasserschlauch vom Sattel und schwenkte ihn bedauernd hin und her. Er war leer. »Es tut mir Leid, meine Wüs-

511

tenrose«, sagte er. »Diesmal kann ich dir mein Wasser nicht geben. Aber der Weg ist nicht mehr weit.«

Robin fuhr sich mit der Zungenspitze über die Lippen, die noch rissiger und trockener waren als zwei Tage zuvor. Wenn sie sein Ende lebend erreichen wollten, durfte der Weg nicht mehr weit sein. Haruns Plan, seine Männer ihre Pferde zuschanden reiten zu lassen, um mit Omars Kamelen und seinen Wasservorräten an ihr Ziel zu gelangen, mochte grausam und unmenschlich, aber auch klug ausgedacht gewesen sein. Und er wäre sicherlich auch aufgegangen, wären sie nicht in den Sandsturm geraten, wo ein großer Teil ihres Wasservorrats verloren gegangen war. Die Hälfte davon hatte Harun obendrein den Männern gelassen, die in der Wüste zurückgeblieben waren. Robin hatte am Abend zuvor den letzten Schluck Wasser getrunken, und den anderen erging es vermutlich noch schlimmer. Vielleicht hatte das Schicksal in einem Akt besonders schwarzen Humors ja vor, sie am Ende dieses schrecklichen Weges doch noch verdursten zu lassen.

»Und wenn nicht?«, murmelte sie. »Versprichst du mir etwas, Harun?«

»Was immer du willst, Tochter der Morgenröte«, antwortete Harun.

»Falls wir verdursten, verrätst du mir dann vorher endlich, was du mit mir vorhattest?«

Harun lachte. Es klang böse, obwohl es vermutlich nicht seine Absicht war, denn auch seine Kehle war ausgedörrt und rau. »Nun, immerhin bist du mein Eigentum«, sagte er. »Und ich denke, dass ein Mann für eine so hübsche und vielseitige junge Frau, wie du es bist, immer eine Verwendung findet. Auch wenn sie nur eine Ungläubige ist.« Er lachte wieder und diesmal klang es sogar ehrlich amüsiert. »Aber so weit wird es nicht kommen. Wir sind fast da. Siehst du?«

Robin zwang sich, den Kopf zu heben und den Blick seinem ausgestreckten Arm folgen zu lassen. Das vor ihnen liegende Bergdorf bestand nur aus einer Hand voll Häuser, und die Sonne stand senkrecht über dem Tal, sodass es einen Moment dauerte, bis sich ihre Augen an das grelle Gegenlicht gewöhnt hatten. Dann aber begriff sie, was Harun ihr zeigen wollte.

Über ihnen lag Masyaf, die Festung der Assassinen. Sie erhob sich auf dem kahlen, nahezu unbesteigbaren Felsen unmittelbar über dem Dorf. Mit ihren hohen, verwinkelten Mauern sowie den vorspringenden Türmen und Erkern beherrschte sie das Tal in weitem Umkreis. Sie war aus hellem Sandstein gebaut und Banner aus schwarzem Tuch, ohne irgendein Emblem, wehten über ihren Zinnen. Trotz der hellen Farbe des Steins wirkte sie düster und bedrohlich, und Robin musste unwillkürlich an das Märchen vom Kalifen Hisham denken, das Omar ihr erzählt hatte. Auch seine Reiter hatten schwarze Banner getragen. Auch seine Festung hatte das Land in weitem Umkreis beherrscht.

Unwillkürlich drehte sie sich auf dem Rücken ihres Kameles herum und versuchte, einen Blick auf Omar zu erhaschen. Er war fast ans Ende der Karawane zurückgefallen. Noch aus dieser großen Entfernung konnte sie sehen, wie blass und kraftlos er auf dem Sattel hin und her schwankte.

Robin hatte trotz der Abschirmung durch die Assassinen mitbekommen, dass er die Nacht zuvor starkes Fieber bekommen hatte. Sie hoffte, dass es auf der Festung einen Heilkundigen gab, der sich um ihn kümmerte. Aber sie wusste auch, dass sie sich jede entsprechende Frage an Harun sparen konnte.

»Warum bitten wir nicht die Leute hier um Wasser?«, fragte sie. »Schließlich seid Ihr doch ihr Scheich, oder etwa nicht?«

Harun nickte. »Sheik Sinan, der Alte vom Berge, das ist richtig«, antwortete er mit sonderbarer Betonung. »Und eben darum werde ich diese Menschen hier nicht um Hilfe bitten. Ich dachte, dass du das verstehst.«

Das tat Robin sogar. Sie hätte sich im Gegenteil gewundert, wäre Harun auf die Idee gekommen, die Karawane anhalten zu lassen, damit die halb verdursteten Menschen und Tiere endlich Wasser bekamen. Harun war nicht nur irgendein Herrscher, sondern nach allem, was sie bisher gesehen und gehört hatte, ein Mann, dessen Macht vor allem durch seinen Ruf begründet war – und darauf, dass ihn die Menschen eher für einen Geist als für einen Menschen hielten. Schon sein Stolz musste es ihm verbieten, um Hilfe zu bitten.

Aber Stolz war eine sonderbare Sache. Manchmal konnte er hilfreich sein, meistens aber war er einfach hinderlich – und in diesem Fall sogar lebensgefährlich. Auch wenn sie wusste, dass Entfernungen im sonderbaren Licht dieses Landes manchmal täuschten, konnte es nicht mehr weit bis zur Festung hinauf sein; vielleicht eine halbe Stunde, wahrscheinlich weniger. Und dennoch war sie nicht sicher, ob alle Männer diese letzte Etappe ihrer Flucht vor der Wüste durchstehen würden.

Der Anblick der Bergfestung war ihr unheimlich, und sie riss den Blick davon los, um die Dorfbewohner, die ihnen entgegengekommen waren, zu mustern. Es waren nicht viele und die meisten von ihnen waren Kinder; überraschend viele Kinder, wenn man in Betracht zog, dass das Dorf aus kaum mehr als zwei Dutzend, noch dazu recht kleiner, gedrungener Häuser bestand, die sich regelrecht schutzsuchend in den Schatten der düsteren Burg duckten. Robin schätzte, dass es mindestens dreißig Jungen und Mädchen waren, die ihnen johlend entgegengelaufen kamen, den abgekämpften Reitern zuwinkten oder ihnen Scherzworte zuriefen. Andere wieder standen einfach nur da und musterten neugierig die schweigende Karawane abgekämpfter Gestalten. Nicht auf einem einzigen Gesicht entdeckte sie Furcht, nur Neugier oder auch Freude über die Abwechslung, und ihr fiel auch auf, wie wohlgenährt, sauber und gut gekleidet die Kinder ausnahmslos waren. Ganz

514

und gar nicht das, was sie am Fuße von Masyaf erwartet hätte, der Felsenfestung des Alten vom Berge und seiner Assassinen, um die sich so viele düstere Legenden und blutige Geschichten rankten.

Auch das Dorf selbst machte einen erstaunlich gepflegten, ja wohlhabenden Eindruck. Die Häuser, obwohl klein, waren in gutem Zustand und umgeben von Obstgärten mit weiß blühenden Aprikosenbäumen, bunten Ziersträuchern und Granatapfelbäumen. Es gab gleich zwei Brunnen, die den Ort und die ihn umgebenden Felder mit ausreichend Wasser versorgten, und am Wegesrand grasten Ziegen. Ein kurzes Stück des Weges folgte ihnen ein Trupp struppiger, aber gut genährter Hunde, die die Kamele und ihre Reiter nicht aus Hunger, sondern vermutlich aus purer Langeweile verfolgten und währenddessen ständig ankläfften.

Die Luft war geschwängert von Blütenduft sowie von einem anderen, leicht süßlichen Aroma, das Robin von irgendwoher bekannt vorkam, ohne dass sie es genau hätte einordnen können. Neben den Kindern waren auch einige Erwachsene aus den Häusern getreten, doch im Gegensatz zu diesen versuchte niemand, sich der Karawane zu nähern oder einen der Männer anzusprechen. Sie kamen keinem Haus nahe genug, dass sie die Gesichter dieser Menschen wirklich in Ruhe hätte mustern können, und doch hatte sie das Gefühl, dass die Blicke dieser Menschen ihnen zwar durchaus freundlich, zugleich aber auch mit einer gewissen Reserviertheit folgten. Sheik Sinan, dachte sie, war mit Sicherheit kein unbeliebter Herrscher, ebenso wenig wie einer, der die Nähe zu seinen Untertanen suchte.

Quälend langsam zog das Dorf an ihnen vorüber. Robin musste all ihre Willenskraft aufbieten, um nicht einfach aus dem Sattel zu springen und loszurennen, als sie einen der beiden Brunnen passierten und sie das frische Wasser sah, mit dem der darüber hängende Eimer gefüllt war. Sie nahm an, dass das Oberhaupt der Assassinen sie vermutlich nicht einmal daran hindern würde, aber er würde es als ein Zeichen von Schwäche auslegen, und noch war Robins Stolz stärker als ihr Durst.

Wie schon etliche Male in ihrem Leben verfluchte sie sich schon bald für ihre eigene Tapferkeit. Vom Dorf bis zu dem steinigen, steilen Pfad, der zum eigentlichen Tor der Festung hinaufführte, war es noch eine gute Viertelstunde. Er war so schmal, dass er nur für jeweils ein Kamel oder einen Reiter Platz bot, und wand sich in zahllosen, scheinbar vollkommen willkürlichen und sinnlosen Kehren und Serpentinen den sandfarbenen Felsen hinauf. An einigen Stellen wurde er von aus kräftigen hölzernen Balken gezimmerten Brücken unterbrochen, unter denen steile und scheinbar bodenlose Schlünde aufklafften. Manchmal war die Neigung so stark, dass selbst eine Bergziege Mühe gehabt hätte, den Pfad zu erklimmen; wie Haruns Pferd oder gar die Kamele die Wegstrecke schafften, blieb Robin ein Rätsel.

Sie hatte es aufgegeben, das Verstreichen der Zeit schätzen zu wollen. Vielleicht dauerte es nur wenige Minuten, vielleicht doch eine halbe Ewigkeit, ehe sie den kleinen Absatz erreichten, hinter dem das eigentliche Tor lag. Sie hatte erwartet, dass ihnen Diener oder zumindest Wachen entgegeneilten, doch die Festung wirkte auch aus der Nähe betrachtet ebenso gespenstisch und unheimlich wie von weitem.

Kein Mensch zeigte sich. Niemand rief ihnen ein Willkommen zu. Selbst das beständige Heulen des Windes, der sich an zahllosen Felsvorsprüngen und Graten brach und sie den ganzen Weg hier heraufbegleitet hatte wie ein Chor verdammter Seelen, schien verstummt. Doch als sich Harun dem geschlossenen Tor näherte, erscholl ein einzelner hoher Glockenton, und die beiden wuchtigen Flügel öffneten sich vor ihnen, wie von Geisterhand bewegt.

Dahinter lag kein Hof, sondern ein halbrunder hoher Tunnel, der offensichtlich direkt aus dem gewachsenen Fels herausgemeißelt war.

516

Harun glitt vor ihr aus dem Sattel. Seine Bewegungen waren noch immer kraftvoll, obgleich sie viel von ihrer Eleganz und Leichtigkeit eingebüßt hatten; ein Anblick, der Robin eigentlich mit grimmiger Befriedigung hätte erfüllen müssen. In den letzten Tagen hatte sie sich mehr als einmal allen Ernstes gefragt, ob dieser Mann nicht tatsächlich etwas von einem Dschinn an sich hatte, denn seine Kräfte schienen im wahrsten Sinne des Wortes unerschöpflich. Als sie ihn jetzt beobachtete, bedrückte es sie nur noch mehr, denn er machte ihr klar, in welch bemitleidenswertem Zustand sie alle sich befanden. Sie gestand sich ein, dass sie selbst zu müde war, um noch Hass zu empfinden.

»Steig ab«, befahl Harun. Er streckte den Arm aus, um ihr zu helfen. Aber Robin schüttelte nur trotzig den Kopf, schwang das rechte Bein über den Sattel und versuchte, vom Kamel abzuspringen, noch ehe das Tier sich niederließ.

Vollkommen entkräftet, verlor sie den Halt, kippte nach vorne und wäre auf den harten Felsboden gestürzt, hätte Harun sie nicht aufgefangen. Sorgsam stellte er sie auf die Beine und ließ seine gewaltigen Hände auf ihren Hüften liegen, bis er sich mit einem fragenden Blick in ihre Augen davon überzeugt hatte, dass sie aus eigener Kraft stehen konnte.

»Wir kennen uns jetzt lange genug, Robin«, sagte er. »Du musst mir nicht beweisen, wie tapfer du bist.«

Tapfer! Robin hätte gelacht, hätte sie noch die Kraft dazu gehabt. Nein, sie war nicht tapfer. Hätte sie auch nur noch einen Funken wirklichen Muts in sich gehabt, dann hätte sie längst einen Dolch genommen und ihrem Leben ein Ende bereitet. Sie machte sich mit einer trotzigen Bewegung aus Haruns Griff los, drehte sich herum und wollte die Hand nach dem Zügel des Kamels ausstrecken, aber der Alte vom Berge schüttelte nur den Kopf und deutete auf den Tunneleingang hinter sich.

»Den Rest müssen wir zu Fuß gehen«, sagte er. »Wir lassen die Tiere hier. Man wird sich um sie kümmern.«

517

Unbeschadet dessen, was er gerade gesagt hatte, nahm er sein Pferd am Zügel und trat dicht vor Robin in den düsteren Tunnel, der in sanfter Neigung bergauf führte. Das Pferd musste den Kopf senken, um nicht gegen die raue Decke zu stoßen. Robin wusste, welches Unbehagen es Pferden bereitete, auf so hartem Boden zu gehen. Die Selbstverständlichkeit, mit der es dennoch nach oben trottete, verriet ihr, dass es diesen Weg schon sehr oft gegangen war.

Sie musste all ihre Kräfte zusammenraffen, um mit Harun überhaupt Schritt zu halten. Die Steigung, die ihr am Anfang sanft vorgekommen war, nahm rasch zu und schon nach wenigen Schritten blieb das Tageslicht hinter ihnen zurück. Danach bewegten sie sich durch wattiges Halbdunkel, das nur von schmalen Streifen flirrenden Sonnenlichtes durchbrochen wurde. Es drang durch kaum handflächengroße Löcher in der Decke ein, durch die alle Geräusche verstärkt und mit einem verzerrten Echo zurückgeworfen wurden.

Der süßliche Duft, der ihr schon unten im Dorf aufgefallen war, wurde zunehmend intensiver und irgendetwas daran erinnerte sie plötzlich unangenehm an den Geruch verwesender Leichen. Anstelle des heulenden Windes, der sie mit dem Klang weinender Seelen hier heraufbegleitet hatte, vernahm sie nun andere, fremdartige und ausnahmslos beunruhigende Laute, die in einem nicht erkennbaren Rhythmus an- und abschwollen.

Immer wieder versuchte sie, sich bewusst zu machen, dass sie Fieber hatte und vermutlich halluzinierte, dass dieser Tunnel nichts anderes als eben ein Tunnel war und keinerlei Gefahr enthielt außer vielleicht der, sich an einem unvorhergesehenen Hindernis zu stoßen. Aber einer anderen Stimme in ihr, die stärker war als die Stimme der Vernunft, gelang es, sie in einen Zustand immer stärker werdender Panik zu versetzen. Dies war nicht irgendein Burgzugang, und es war nicht irgendeine Festung, in deren Herz er führte. Dies war Masyaf, die sagenumwobene Bergfestung des nicht minder sagenumwobenen Sheiks der Assassinen. Obwohl sie selbst jetzt kaum etwas über diesen geheimnisvollen Clan wusste, so überzeugte sie doch allein die Erinnerung an die Angst, die sie in den Augen der Menschen gelesen hatte, wenn nur der Name des Alten erwähnt wurde, dass am Ende dieses lichtlosen Durchbruchs nichts anderes als der Schlund zur Hölle auf sie wartete.

Vorerst jedoch war es nur ein schmaler Hof, über dem sich der Mauerkranz der inneren Burg erhob. Nachdem sie durch fast vollkommene Dunkelheit gegangen waren, blinzelte Robin unsicher in das ungewohnte, gnadenlos grelle Licht, mit dem sich die Sonnenstrahlen auf dem sandfarbenen Stein brachen, und ihre Augen füllten sich sogleich mit Tränen. Drinnen im Tunnel war die Luft stickig gewesen und unangenehm warm, hier draußen war es nahezu unerträglich heiß. Der Durst, den sie in den letzten Minuten nahezu vergessen hatte, sprang sie plötzlich wie ein Raubtier an, und sie schluckte ein paar Mal trocken.

Die Knie drohten unter ihr nachzugeben. Sie machte einen raschen Schritt, um nicht tatsächlich zu stürzen, streckte die linke Hand aus und stützte sich am rauen Fels der Mauer ab. Wie durch einen rasch dichter werdenden Nebelschleier sah sie, wie Harun sein Pferd losließ und sich zu ihr umwandte, um ihr einen besorgten Blick zuzuwerfen, und ein vielleicht allerletztes Mal regte sich ihr Stolz. Trotzig nahm sie die Hand von der Mauer, straffte die Schultern und erwiderte Haruns Blick so herausfordernd, dass er schließlich nur ein Achselzucken andeutete und sich wieder abwandte.

Erneut wurden ihre Knie weich. Robin machte einen weiteren Schritt zurück und zur Seite, lehnte sich mit Rücken und Hinterkopf gegen den warmen Sandstein und spürte, wie ihre Lider schwer zu werden begannen. Ihre Kräfte waren aufgebraucht, endgültig und unwiderruflich, und nun, wo sie

519

ihr Ziel erreicht hatten, forderte ihr Körper mit aller Macht, was ihm zustand. Die Festung begann vor ihren Augen zu verschwimmen. Alles drehte sich um sie.

»Du hast mir jetzt bewiesen, dass du ebenso viel zu leisten vermagst wie der tapferste meiner Krieger, Ungläubige. Bestehst du darauf, das Spiel auf die Spitze zu treiben, oder lässt du dich von mir in den Schatten und zu einem großen Krug kalten Wassers bringen, bevor du zusammenbrichst?«

Sie setzte zu einer Antwort an, brachte aber nur ein unverständliches Krächzen hervor, und fuhr sich mit ihrer trockenen Zungenspitze über noch trockenere Lippen, ehe sie erneut ansetzte: »Ich will ... auf Nemeth warten.«

»Nemeth?« Harun legte fragend den Kopf auf die Seite. »Bist du sicher, dass du nicht Omar meinst?«

Nein, sie war ganz und gar nicht sicher. Aber sie hatte nicht mehr die Kraft, die Antwort auch nur in Gedanken zu formulieren, geschweige denn, sie auszusprechen. Müde schüttelte sie den Kopf, lehnte die Schulter wieder gegen die Wand und drehte sich zur Seite, sodass sie den Ausgang des Tunnels beobachten konnte.

Auf dieser Seite gab es kein Tor, sondern nur ein massives Rollgatter, das ganz nach oben gezogen worden war. In einer langen, weit auseinander gezogenen Kette traten die Männer heraus, die es bis hierher geschafft hatten; ein zerschlagener, bemitleidenswerter Haufen taumelnder Gestalten, von denen einige kaum noch die Kraft hatten, sich auf den Beinen zu halten.

Von der Armee Furcht einflößender, schwarzer Geister, als die sie ihr vor zwei Tagen in der Wüste vorgekommen waren, war nichts mehr geblieben. Wenn die Männer in der gleichen Reihenfolge aus dem Tunnel traten, in der sich die Karawane durch das Dorf und den Felsenpfad hinaufbewegt hatte, dann würden Nemeth, Saila und Omar zu den Letzten gehören, die den Hof betraten. Robin versuchte, die schwarzen Gestalten zu zählen, die neben ihr aus dem Tunnel kamen, aber ihre Augen versagten ihr den Dienst. Sie spürte noch, wie ihre Sinne schwanden, aber nicht mehr, wie ihre Knie unter dem Gewicht ihres Körpers nachgaben und sie stürzte, und schon gar nicht mehr, wie Harun im letzten Augenblick vorsprang und sie auffing.

21. KAPITEL

Jemand fächelte ihr kühle Luft ins Gesicht. Vielleicht zum ersten Mal seit einer Million Jahren oder mehr lag sie nicht auf hartem Stein oder scheuerndem Sand, als sie erwachte, sondern auf einem weichen, kühlen Stoff, und sie roch keinen verbrannten Fels oder die Ausdünstungen eines Kamels, sondern süßen Blumenduft. Und schon im nächsten Moment war ihr klar, dass sie sich im Paradies befand. Das musste so sein, denn etwas berührte kühl und feucht ihre Lippen, und dann benetzte Wasser – *Wasser!* – ihren ausgedörrten Gaumen. Ganz zweifellos war sie gestorben, und Gott hatte entschieden, dass sie in ihrem kurzen Leben genug gelitten und erduldet hatte, um mit den ewigen Freuden des Paradieses belohnt zu werden.

Robin öffnete die Augen, blinzelte und sah dann noch einmal und genauer hin. Das unbeschreiblich köstliche Gefühl kalten Wassers auf ihren gerissenen Lippen blieb. Aber wenn das hier wirklich das Paradies war, dann musste der Wächter vorne an seinem Tor entweder sehr unaufmerksam sein oder die ganze Geschichte lief nach anderen Spielregeln ab, als sie und der Rest der Welt bisher angenommen hatten. Das halb verschleierte Gesicht, das auf sie herabsah, gehörte weder Petrus noch dem Erzengel Gabriel, sondern niemand anders als Aisha.

Robin fuhr mit einem Ruck hoch, aber die Araberin drückte sie mit sanfter Gewalt auf das Kissen zurück, auf dem sie erwacht war. Erneut begann sie, mit einem kleinen

Schwamm ihre Lippen zu betupfen. Alles in Robin schrie danach, ihr diesen Schwamm aus den Händen zu reißen und ihn zur Gänze in den Mund zu stecken, um ihn bis auf den letzten Tropfen auszusaugen. Aber sie beherrschte sich und beließ es stattdessen dabei, die wenigen kostbaren Tropfen zu genießen, die den Weg über ihre Lippen fanden und ihren Gaumen und ihre ausgedörrte Zunge benetzten.

»Du bekommst gleich Wasser«, sagte Aisha. »Aber du musst ein wenig Geduld haben. Du dummes Ding!« Sie schüttelte den Kopf, und ihre Augenbrauen zogen sich tadelnd zusammen. »Wer hat dir gesagt, dass du draußen in der Sonne stehen bleiben sollst? Was hattest du vor – dich umzubringen?«

Robin zog es vor, nicht auf diese Frage zu antworten und auch nicht darüber nachzudenken. Vermutlich wäre die Antwort ein Ja gewesen.

»Wo ist …?«

Aisha zog das Schwämmchen zurück, als Robin zu sprechen versuchte, drehte es herum und betrachtete es einen Moment stirnrunzelnd. Robins Durst erwachte zu unmäßiger Gier, als sie das Schwämmchen sah, das dunkel vor Wasser war; doch dann erschrak sie, denn auch ihr eigenes Blut und kleine Hautfetzchen waren daran haften geblieben. Zum ersten Mal seit Tagen fragte sie sich, welchen Anblick sie wohl bieten mochte.

»Wenn du nach diesem Kind, an das du ja zweifellos dein Herz verschenkt hast, und nach seiner Mutter fragen wolltest«, antwortete Aisha, während sie den Schwamm auf ein kleines Tischchen neben dem Bett legte und mit der anderen Hand nach einem Stapel säuberlich zusammengefalteter weißer Tücher griff, der neben einer bis an den Rand mit Wasser gefüllten Schale darauf stand, »dann kann ich dich beruhigen. Sie sind in Sicherheit, und es geht ihnen wesentlich besser als dir. Im Gegensatz zu dir waren sie nämlich nicht so närrisch, mit aller Gewalt herausfinden zu wollen, wie viel ein Mensch aushält, bevor ihn die Sonne tötet.«

Sie tauchte das Tuch ins Wasser, wrang es mit quälend langsamen Bewegungen über der Schale wieder aus und betupfte dann Robins Stirn und Wangen. Es war wie die Berührung eines Engels. Robin schloss die Augen und genoss für einen Moment nichts anderes als die herrliche Kühle.

»Wenn du mir versprichst, nicht zu gierig zu schlucken, bekommst du jetzt Wasser«, versprach Aisha.

Robin nickte. Sie hoffte, dass sie ihr Wort halten würde. Aisha sah sie so misstrauisch an, als hätte sie ihre Gedanken gelesen, die in diesem Moment wohl deutlich sichtbar auf ihrem Gesicht geschrieben standen. Und anstatt ihr einen Becher mit Wasser zu reichen, wie Robin gehofft hatte, gestattete sie ihr nur, einen Zipfel des Tuches in den Mund zu stecken und auszusaugen. Erst als sie Zunge und Gaumen hinlänglich befeuchtet hatte, nahm sie ihr das Tuch ab und setzte einen kleinen silbernen Becher an ihre Lippen.

Trotz aller guten Vorsätze trank Robin so hastig, dass sie sich prompt verschluckte und ins Husten geriet. Aisha schüttelte tadelnd den Kopf, nahm das Tuch und wischte ihr das verschüttete Wasser von Kinn und Hals. Anschließend schob sie ihr den Arm unter Nacken und Schultern, damit sie sich aufrichten und so bequemer trinken konnte. Robin leerte den Becher mit kleineren, noch immer gierigen Schlucken.

»Mehr!«, verlangte sie.

Aisha schüttelte den Kopf und stellte den Becher neben die bis zum Rand gefüllte Wasserschale auf dem Tisch. »Gleich«, sagte sie. »Nur ein paar Augenblicke.« Sie seufzte tief. Ein sonderbar milder Ausdruck erschien in ihren wunderschönen Augen, etwas, das Robin noch nie darin gesehen und das zu erblicken sie bis zu diesem Moment auch für vollkommen ausgeschlossen gehalten hätte. »Nach allem, was mein Herr mir über dich erzählt hat, warst du sehr, sehr tapfer. Aber auch sehr dumm. Dabei bist du doch fast noch ein Kind.«

524

»Immerhin bin ich erwachsen genug, dass sich so genannte erwachsene Männer um mich schlagen«, antwortete Robin.

Aisha ließ ein helles Lachen erklingen. »Oh, glaub mir, meine Kleine«, sagte sie. »Wenn es um Frauen geht, dann benehmen sich so genannte erwachsene Männer oft genug wie Kinder.« Sie lachte noch immer, sah Robin einen Moment lang abschätzend an und füllte den Becher ein zweites Mal mit Wasser, um ihn ihr zu reichen.

Robin leerte ihn ebenso gierig und schnell wie den ersten und sogleich spürte sie, wie ihr Magen zu rebellieren begann. Ihr Körper schrie noch immer nach Wasser – und würde vermutlich auch bis in alle Ewigkeit nicht mehr damit aufhören. Aber wenn sie zu schnell und vor allem zu hastig trank, dann würde sie die kostbare Flüssigkeit möglicherweise wieder von sich geben, und allein der Gedanke an die damit verbundene Peinlichkeit hielt sie davon ab, auf der Stelle nach einem dritten Becher zu verlangen. Aisha hätte ihn ihr vermutlich sowieso nicht gewährt.

Stattdessen stemmte sie sich mühsam auf die Ellbogen hoch und schwang dann sehr behutsam die Beine von dem Bett, in dem sie aufgewacht war. Sie wartete darauf, dass ihr schwindelig wurde, aber als das nicht geschah, hob sie vorsichtig den Kopf und sah sich um.

Sie hätte selbst nicht sagen können, was sie erwartet hatte: Das Zimmer war auf jeden Fall eine Enttäuschung. Es war winzig, hatte nur ein schmales Fenster, das von nichts anderem als weißem Sonnenlicht erfüllt war, und enthielt mit Ausnahme des Bettes, auf dem sie erwacht war, des kleinen Tischchens daneben und eines einzelnen Schemels keinerlei Mobiliar. Die Tür war verschlossen, und sie konnte, zumindest auf dieser Seite, keinen Riegel erkennen.

»Wo bin ich?«, fragte sie.

»In dem ersten Raum mit Schatten und einem Bett, den wir gefunden haben.« Offensichtlich hatte Aisha nur auf eine Frage gewartet, in deren Antwort sie einen Tadel unterbringen konnte. »Keine Sorge – deine Gemächer werden ein wenig komfortabler sein.«

Robin sah sie fragend an, aber der warme, fast mütterliche Ausdruck in Aishas Augen war schon wieder verschwunden. Sie war nicht einmal mehr wirklich sicher, ob er tatsächlich da gewesen war.

»Und wie lange ...?«

Wieder schüttelte Aisha den Kopf. »Nicht sehr lange«, sagte sie. »Keine Sorge – du hast nicht viel verpasst. Allenfalls das Morgengebet. Aber ich nehme ohnehin nicht an, dass du daran teilnehmen wolltest.«

Es dauerte einen kurzen Moment, bis Robin ganz begriff, was sie gerade gehört hatte. »Morgengebet? War ich etwa ...?«

»Du warst ohnmächtig, und danach hast du geschlafen, ja«, bestätigte Aisha. »Wir haben die ganze Nacht abwechselnd an deinem Lager Wache gehalten.«

»Wir?«

Aisha nickte. »Dein zukünftiger Gemahl und ich«, antwortete sie. Ihre Stimme wurde eindeutig spöttisch, als sie fortfuhr: »Aber keine Angst. Ich war die meiste Zeit anwesend und habe über deine Tugend gewacht.«

»Mein ... zukünftiger Gemahl?«, wiederholte Robin vorsichtig.

Die Araberin stand auf. Die winzigen Goldplättchen, die den Schleier vor ihrem zerstörten Gesicht verzierten, klimperten im Takt der Bewegung. »Hast du wirklich schon vergessen, warum du hierher gebracht wurdest? Der Herr über diese Festung hat gewiss nicht seines und das Leben so vieler Männer aufs Spiel gesetzt, weil er eine neue Küchensklavin gesucht hat.« Sie machte eine einladende Handbewegung. »Wer kräftig genug ist, so viele Fragen zu stellen, der wird wohl auch Treppen steigen können, nehme ich an?«

Robin schluckte die scharfe Antwort, die ihr auf der Zunge lag, herunter und erhob sich vorsichtig. Bislang hatte sie sich gesträubt zu glauben, dass sie tatsächlich einen halben Tag und die ganze Nacht hier gelegen haben sollte, aber anscheinend hatte Aisha die Wahrheit gesagt. Sie fühlte sich noch immer matt und ein wenig unsicher auf den Beinen und jede Faser ihres Körpers schmerzte, aber ihre Kräfte waren zurückgekehrt. Die Erschöpfung, die sie nun spürte, und vermutlich auch noch für viele Tage spüren würde, war eher wohliger Art. »Wohin bringst du mich?«

»In Eure neuen Gemächer, Gebieterin«, antwortete Aisha spöttisch.

Ihre neuen Gemächer ... Robin fröstelte. Den *Harem*, hatte Aisha wohl gemeint. Robin gestand sich ein, dass sie nicht genau wusste, was sie unter diesem Begriff zu verstehen hatte. Doch hatte sie so viele Halbwahrheiten, Geschichten und Andeutungen darüber gehört, dass sie ihn schon jetzt fürchtete. Nach einem letzten, sehnsüchtigen Blick auf die Schale mit Wasser nickte sie andeutungsweise in Aishas Richtung und folgte ihr.

Die Tür führte auf einen kleinen, von einem hüfthohen steinernen Geländer umgebenen Balkon hinaus. Zumindest in einem Punkt hatte Aisha die Unwahrheit gesagt: Dies war ganz bestimmt nicht das erste Zimmer mit einem Dach und einem Bett, das sie gefunden hatte, denn es befand sich in einem abgelegenen Teil der Bergfestung. Weit unter ihr lag der Hof, auf den sie und die anderen aus dem Tunnel getreten waren. Es war nur ein schmaler Graben zwischen den unterschiedlich hohen Wällen der Festung, die, von hier aus betrachtet, einen viel wehrhafteren Eindruck machte als von außen.

Robin, in deren Brust trotz allem noch das Herz eines Ritters schlug, der Gebäude stets nach Gesichtspunkten von Verteidigung und Wehrhaftigkeit betrachtete, erkannte sofort, dass dieser Graben für jeden Angreifer, dem es gelang, den äußeren Wall zu überrennen oder sich durch den Tunnel Einlass zu verschaffen, zur tödlichen Falle werden musste. Die Zinnen des Festungswalls waren hoch und mit Schießscharten versehen, deren Schussfeld sich gegenseitig überlappte. Soweit sie es von hier oben aus beurteilen konnte, gab es nur einen einzigen, äußerst stark befestigten Eingang zur inneren Burg. Masyaf, dachte sie, war nicht nur eine sagenumwobene Festung, sondern auch eine, die kaum zu erobern war.

»Du hast später noch Zeit genug, dich umzusehen«, drang Aishas Stimme in ihre Gedanken. Sie klang leicht ungeduldig. »Jetzt komm. Wir haben nicht mehr allzu viel Zeit, wenn wir dich bis zum Abend in einen halbwegs ansehnlichen Zustand versetzen sollen.«

Robin war nicht sonderlich erpicht darauf, in einen ansehnlichen Zustand versetzt zu werden – nicht, nachdem sie nun wusste, wozu diese Zeremonie dienen sollte. Aber der kurze Blick in die Runde hatte ihr nicht nur viel über Masyaf verraten, sondern ihr vor allem eines gezeigt: Auch wenn Aisha und sie die einzigen lebenden Wesen in weitem Umkreis zu sein schienen – denn sie konnte weder Wächter noch einen der schwarz gekleideten Krieger hinter den Zinnen oder unten auf dem Hof erkennen –, so wäre der Versuch einer Flucht in diesem Moment und von diesem Ort aus doch vollkommen aussichtslos. Sie hob müde die Schultern und hoffte, dass Aisha diese Geste als Fügsamkeit in ihr Schicksal auslegte. In Wahrheit war sie jetzt mehr denn je entschlossen, von diesem unheimlichen Ort zu fliehen.

Vorerst jedoch führte sie Aisha über eine schmale, aus dem natürlich gewachsenen Felsen gemeißelte Treppe hinauf. Sie erreichten einen hellen, säulengeschmückten Kreuzgang und von dort aus einen massigen Turm. Jetzt stieß sie zum ersten Mal auch wieder auf Haruns Krieger. Zwei der Männer standen völlig reglos vor dem einzigen, niedrigen Tor des Turmes, trotz der mörderischen Hitze in ihre schwarzen Gewänder gehüllt und mit verschleierten Gesichtern. Selbst jetzt, wo ihr ihre Sinne keine bösen Streiche mehr spielten und sie nicht mehr halb wahnsinnig vor Angst und Durst war, kamen ihr die beiden Assassinen noch immer mehr wie Gespenster denn wie lebende Menschen vor.

Auf einen Wink Aishas hin öffnete eine der Wachen die Tür, um sich unverzüglich wieder auf ihren Posten zurückzuziehen. Der Mann sah nicht in ihre Richtung, als Aisha durch das Tor trat und Robin mit einem ungeduldigen Wedeln der Hand aufforderte, ihr zu folgen.

»Du brauchst keine Angst zu haben«, sagte sie. »Zu diesem Turm haben allein die Frauen des Scheichs und ihre Dienerinnen Zugang. Kein Mann kommt jemals hierher. Nicht einmal Sheik Sinan selbst.«

Robin war im ersten Moment irritiert. Dann aber begriff sie, dass Aisha die Blicke, mit denen sie die beiden Männer gemustert hatte, nicht verborgen geblieben waren. Sie hatte sie jedoch offensichtlich vollkommen falsch gedeutet. Gut. Ihr sollte es recht sein. Ohne zu antworten, trat sie hinter Aisha durch das Tor und folgte ihr eine schmale, gewendelte Treppe hinauf. Kühles Halbdunkel hüllte sie ein, als die Wächter hinter ihnen die Tür wieder schlossen.

Auch hier stammte das einzige Licht von schmalen, schräg nach oben durch die Wände getriebenen Schlitzen, durch die flirrende Sonnenstrahlen hereinfielen. Robin begriff, dass dieser Turm einzig nach Verteidigungsgesichtspunkten erbaut war und seine Architekten keinen besonderen Wert auf Komfort gelegt hatten. Die Treppe führte zu mindestens einem halben Dutzend Etagen hinauf, zu der jeweils eine einzelne Tür Zugang bot, die sie allesamt passierten. Nur ein einziges Mal ging eine dieser Türen in eine andere Richtung. Sie war nicht ganz geschlossen, sodass Robin einen flüchtigen Blick auf den Wehrgang der angrenzenden Mauer erhaschte, aber nicht erkennen konnte, was dahinter lag.

Es war sehr still. Der Turm hatte entweder keine anderen Bewohner oder seine Mauern waren so dick, dass sie jedes Geräusch verschluckten wie ein Schwamm ein paar Tropfen Feuchtigkeit.

Endlich erreichten sie ihr Ziel, das im obersten Stockwerk des Turmes liegen musste. Aisha zog einen großen, kunstvoll geschmiedeten Schlüssel unter ihrem Gewand hervor. Robin fuhr bei diesem Anblick ganz leicht zusammen, denn mehr noch als alles andere machte er ihr klar, dass sie wieder eine Gefangene war. Schließlich öffnete Aisha die Tür und bedeutete Robin mit einer übertriebenen Geste, an ihr vorbeizugehen.

Robin hatte ein kleines Zimmer erwartet, eine Zelle, allenfalls einen Raum, wie sie ihn in Omar Khalids Sklavenhaus bewohnt hatte, doch das genaue Gegenteil war der Fall. Die gesamte Etage schien nur aus einem einzigen großen Zimmer zu bestehen, an dessen Decke mehrere duftige Vorhänge in lauschigen Bögen befestigt waren, mit denen man es vermutlich unterteilen konnte. Es war sehr hell hier drinnen. Auf der einen Seite, die zum Hof hin lag, gab es eine Reihe großer Fenster. Sie hatten keine Gitter, und das war zwanzig oder gar dreißig Meter über dem Boden auch gar nicht notwendig, da allein schon die Höhe der Fenster jeden Fluchtversuch ausschloss. Robin war dennoch erleichtert beim Anblick der unvergitterten Fenster. Dafür bedauerte sie es umso mehr, dass sich in der nach außen hin gelegenen Seite nur tief ins Mauerwerk eingelassene Schießscharten befanden.

»Ich verstehe immer weniger, was unser Herr an dir findet«, sagte Aisha kopfschüttelnd, als Robin an ihr vorbeiging. »Du hast zwar keine nennenswerten Höcker, aber dafür stinkst du wie ein Kamel.« Ein abfälliges Lächeln huschte ihr über das Gesicht. »Ach ja, ich vergaß ja, wo du aufgewachsen bist. In eurem so genannten Ritterorden gilt es ja als Tugend, ungewaschen zu sein und zu stinken, nicht wahr?«

Robin schluckte die Antwort herunter, zu der sie schon angesetzt hatte. Aishas Spott war ihr umso unverständlicher, als sich die Araberin gerade noch so mütterlich besorgt gezeigt hatte. Was wollte sie nur damit erreichen?

»Worauf wartest du?«, fragte Aisha ungeduldig, als sie sich nicht rührte, sondern sie nur wortlos ansah.

»Was soll ich denn hier?«, fragte Robin. »Ist das euer ... Harem?«

Aisha sah sie einen kurzen Moment lang verblüfft an, dann begann sie schallend zu lachen. Ganz offensichtlich hatte Robin eine ziemlich dumme Frage gestellt.

»Nein«, sagte sie. »Jemand in deinem Zustand käme nicht einmal in die Nähe des Harems.« Sie schüttelte den Kopf. »Ginge es nach mir, wärest du überhaupt nicht hier, gleich ob gewaschen oder ungewaschen. Aber es steht mir nicht zu, die Entscheidungen meines Herrn in Zweifel zu ziehen.« Sie seufzte, und ihre Stimme wurde fast wehleidig. »Mir obliegt nur die Aufgabe, dich in einen halbwegs vorzeigbaren Zustand zu versetzen. Auch wenn ich nicht weiß, warum Allah mich einer solch schweren Prüfung unterzieht, denn ich fürchte, ich werde daran scheitern.«

Robin war inzwischen zu dem Entschluss gekommen, dass es nicht lohnte, auf Aishas Sticheleien einzugehen. Die Araberin spielte eine Rolle, das hatte sie mittlerweile begriffen. Ihr war nur noch nicht klar, wann sie ihr wahres Gesicht offenbart hatte: Vorhin, als sie sie wie eine Mutter ihr krankes Kind in den Arm genommen und zärtlich ihr Gesicht abgetupft hatte, oder jetzt, als es ihr so offensichtliche Freude bereitete, an ihr herumzumäkeln. Statt zu antworten und Aisha einmal mehr die Gelegenheit zu einer Stichelei zu geben, machte sie einen großen Schritt an ihr vorbei und ließ den Blick durch den Raum schweifen.

Im Gegensatz zu seiner erstaunlichen Größe fehlte nahezu jegliches Mobiliar. Den Boden bedeckte ein kunstvolles Mosaik und die dünnen, prachtvoll verzierten Vorhänge, die in wolkigen Bögen unter der Decke schwebten, wären in ihrer Heimat ein Vermögen wert gewesen. Dafür fehlten allerdings Bilder, Teppiche oder anderes Schmuckwerk an den Wänden; sie waren im schlichten sandfarbenen Ton des Gesteins belassen worden, als wollten sie den Betrachter nicht vergessen lassen, dass er sich in einer uneinnehmbaren Festung befand.

So war es denn auch kein Wunder, dass sie weder eine Fluchtmöglichkeit entdeckte noch irgendetwas, was sich

531

als Waffe hätte benutzen lassen. Ihr Blick glitt suchend über einen Tisch und zwei niedrige, lehnenlose Hocker, die vor einem der großen Fenster standen, und blieb schließlich auf etwas haften, was wie eine große steinerne Pferdetränke aussah. Was ein solch riesiger Steintrog im vierten oder fünften Stock für einen Sinn machen sollte, konnte sie sich beim besten Willen nicht vorstellen. Das einzig Rätselhafte, was ihr sonst noch auffiel, war ein dichter, bauschiger Vorhang, der einen Bereich an der Südseite abtrennte.

Als sie jenseits des Vorhangs ein Geräusch wahrnahm, wäre sie am liebsten gleich dort hingeeilt, um ihm sein Geheimnis zu entreißen – aber sie ahnte, dass Aisha das nicht gestatten würde. Sie hatte durchaus nicht vergessen, wie fest Haruns Leibsklavin zuzupacken verstand; wahrscheinlich hatte sie trotz aller gegenteiligen Beteuerungen über die Rolle der Frauen in diesem Land eine ähnliche Kampfausbildung genossen wie die Schatten, die das Leben des Sheiks mit ihrem eigenen zu schützen bereit waren.

Statt ihre Neugier zu befriedigen, trat sie mit schnellen Schritten an eines der Fenster und blickte hinaus. Was sie sah, ließ sie vor Erstaunen den Atem anhalten. Nach dem wehrhaften Äußeren Masyafs hatte sie erwartet, auch in seinem Inneren etwas Ähnliches zu erblicken: ein verschachteltes Labyrinth aus Türmen, Erkern, Zinnen, Wehrgängen und Schießscharten, einzig dazu bestimmt, dem Ansturm jedes nur vorstellbaren Feindes zu trotzen.

Doch der Anblick, der sich ihr bot, war das genaue Gegenteil. Die Fenster führten auf den großen, asymmetrisch angelegten Innenhof der Burg hinaus, aber es war nicht wirklich ein Hof, sondern ein blühender Garten, in dem Palmen und bunte Büsche wuchsen, Wildblumen in allen nur erdenklichen Farben und Arten, blühende Sträucher und uralte, Früchte tragende Bäume. Ein betörender Duft wehte zu ihr hinauf, sie hörte Vögel singen und das unendlich süße Geräusch von plätscherndem Wasser, das von den künstlich angelegten Bächen und Springbrunnen dort unten heraufdrang. Der Garten war verlassen, aber es gehörte nicht viel Fantasie dazu, sich lustwandelnde Menschen darin vorzustellen, verliebte Paare, die Hand in Hand gingen, spielende Kinder oder einfach nur Müßiggänger, die das Übermaß an Leben und Farbe genossen, das hier, im Herzen der heißesten und tödlichsten Wüste, die sie sich nur vorstellen konnte, auf sie wartete.

Selbst die Mauern und Gebäude, die diesen Garten Eden einschlossen, standen im deutlichen Kontrast zu den düsteren Außenbereichen Masyafs. Sie waren hoch und endeten in zinnenbesetzten Kronen, aber das war auch schon die einzige Ähnlichkeit. Es gab zahlreiche Fenster, Balkone und luftige Säulengänge und alles war aus weißem Marmor gefertigt, der in der Sonne schimmerte wie frisch gefallener Schnee. Robin hörte Aishas Schritte hinter sich, aber sie blieb einfach stehen und betrachtete das unglaubliche Bild unter sich. Sie wagte nicht zu blinzeln, aus Angst, das Trugbild könnte verschwunden sein, wenn sie die Lider wieder hob.

»Gefällt dir, was du siehst?«, fragte Aisha.

Robin machte sich erst gar nicht die Mühe zu antworten. Sie wagte es nicht, den Zauber des Moments zu stören.

»Jetzt verstehst du vielleicht besser, wieso Haruns Männer ihm so treu ergeben sind«, murmelte Aisha. »Welcher Mann gäbe nicht seine Seele, um in diesem Paradies leben zu können?«

So verstört und entkräftet Robin noch war – so konnte sie nicht anders, als Aisha innerlich zuzustimmen. Trotzdem fragte sie: »Was hat er davon, wenn er genau dieses Leben verliert?«

Aisha schüttelte heftig den Kopf. Robin spürte die Bewegung, obwohl sie nicht in ihre Richtung sah. »Du verstehst nichts, Ungläubige«, behauptete sie. Es klang nicht abfällig, sondern wie eine unabänderliche Feststellung. »Das ist nur ein Vorgeschmack dessen, was auf die Söhne Ismaels wartet, wenn ihr Leben auf dieser Welt zu Ende geht. Das Paradies und immer während Freude.«

533

Und das glaubst du wirklich? dachte Robin. Der Anblick berührte sie noch immer zutiefst, und dennoch hatten Aishas Worte den Zauber gebrochen. Plötzlich tat ihr die Araberin nur noch Leid. Begriff sie denn nicht, welch fürchterlicher Täuschung sie aufsaß und dass der Garten dort unten, so wunderbar er auch war, nichts anderes als eine blühende Oase inmitten der Wüste war? Haruns Versprechen war nicht mehr wert als der Sand, durch den sie in den letzten Tagen geritten waren.

Mit einem Mal befiel sie eine Traurigkeit und sie trat vom Fenster zurück. Der Zauber des Augenblicks war zerstört. »Was erwartet dein Herr von mir?«, fragte sie Aisha.

»Zuallererst einmal, dass du dich wäschst«, antwortete Aisha.

Robin schüttelte den Kopf. »Ich meine es ernst, Aisha«, beharrte sie. »Ich werde niemals seine Gemahlin werden.«

»Ich meine es auch ernst«, erwiderte Aisha. »Denn er wird schreiend davonlaufen, wenn er dich so sieht. Und das wollen wir doch beide nicht, oder?«

Mit einer herrischen Geste schnitt sie ihr jede weitere Entgegnung ab und klatschte in die Hände. Robin war nicht überrascht, als der Vorhang auf der anderen Seite des Zimmers zur Seite geschlagen wurde und zwei verschleierte Frauen dahinter heraustraten. Eine von ihnen trug ein Tablett mit einem goldenen Krug und einem Trinkgefäß aus dem gleichen Material, daneben eine Schale mit Obst, die Arme der anderen waren mit sauberen, kostbaren Kleidern beladen.

Freudig überrascht war sie, als sie die dritte Gestalt erkannte, die einen Moment später hinter dem Vorhang heraustrat und mit hüpfenden Schritten an den beiden Sklavinnen vorbeieilte. »Nemeth!«, rief sie.

Das Mädchen lachte hell auf, beschleunigte seine Schritte und warf sich mit solchem Ungestüm in Robins ausgebreitete Arme, dass es sie fast von den Füßen gerissen hätte. Im letzten Moment erst fand Robin das Gleichgewicht wieder, dann presste sie Nemeth lachend an sich.

534

»Ich bin ja so froh, dich zu sehen!«, sagte sie. »Und dir geht es auch wirklich gut? Dir fehlt nichts?«

»Niemand hat mir etwas getan«, versicherte Nemeth. Ihre Augen leuchteten glücklich. »Im Gegenteil. Harun ist der netteste Mensch, den du dir vorstellen kannst, und du wirst nicht glauben, wer ...«

»Das reicht jetzt«, unterbrach sie Aisha. Robin sah verwirrt zu Haruns Leibsklavin hoch, doch Aisha deutete sogleich eine besänftigende Geste an, und ihre Augen, der einzige Teil ihres Gesichtes, der über dem goldverzierten Schleier sichtbar war, lächelten. »Wir haben wirklich noch eine Menge vor uns. Du musst etwas trinken. Und vor allem essen, damit dir nicht die Kräfte versagen und du ohnmächtig wirst, wenn du ins heiße Bad steigst.«

»Bad?«, wiederholte Robin verständnislos.

Aisha nickte, und Nemeth fügte mit einem leisen, ein wenig schadenfrohen Kichern hinzu: »Sie hat Recht, weißt du? Du riechst wirklich ein bisschen wie ein Kamel.«

»Hast du schon einmal gehört, wie ein Kamel schreit, wenn man es an den Ohren hochzieht?«, erwiderte Robin und setzte eine übertrieben drohende Miene auf. Nemeth antwortete nur mit einem weiteren Kichern, aber Aishas Stirn umwölkte sich ärgerlich.

»Genug mit dem Unsinn«, sagte sie. Sie deutete mit einer unwilligen Geste auf den Tisch, auf dem die Sklavin mittlerweile ihre Last abgeladen hatte. »Iss. Und trink. Aber schling nicht.«

Das ließ sich Robin nicht zweimal sagen. Auch wenn in den letzten Minuten so viele unterschiedliche Eindrücke und Überraschungen auf sie eingestürmt waren, dass sie das qualvolle Brennen in ihrer Kehle beinahe vergessen hatte; so meldete sich jetzt ihr Durst mit aller Macht zurück. Sie beherrschte sich, so gut es ging. Aisha runzelte missbilligend die Stirn, während Robin – zuerst gierig, dann etwas zurückhaltender – die gesamte Obstschale leerte. Dabei spülte sie mit Unmengen von Wasser nach und war selbst dann noch

535

durstig, als der Krug bis auf den letzten Tropfen geleert
war. Sie warf Aisha einen bettelnden Blick zu, den diese
jedoch nur mit einem Kopfschütteln beantwortete. Im Stillen musste sie der Araberin Recht geben. Sie fühlte sich jetzt
schon, als müsste sie jeden Moment platzen, und wenn sie
noch mehr aß oder trank, würde ihr das ganz bestimmt nicht
gut bekommen.

Erst als sie sowohl die Obstschale als auch den Krug vollkommen geleert hatte, fiel ihr wieder auf, dass Nemeth auf
der anderen Seite des Tisches Platz genommen hatte und sie
die ganze Zeit über angeblickt hatte. Schuldbewusst sah sie
auf die leere Obstschale hinab und wollte etwas sagen, aber
das Mädchen schien ihre Worte vorausgeahnt zu haben und
schüttelte hastig den Kopf.

»Das macht nichts«, sagte sie. »Wir bekommen hier genug
zu essen.«

»Ist das wahr?«, vergewisserte sich Robin.

»Ganz bestimmt«, versicherte Nemeth in lebhaftem Ton.
»Stell dir nur vor, es gibt hier immer so viel zu essen, wie du
nur haben willst, frisches Obst, und Fleisch, und Gemüse,
und klares, kaltes Wasser, sogar genug, dass man darin baden
kann!«

»Ach?«, sagte Robin.

»Ja«, fügte Aisha hinzu. »Und daran führt nun auch wirklich kein Weg mehr vorbei.«

»Also gut«, murrte Robin. »Aber dein Gebieter wird nicht
besonders erfreut sein, wenn mir etwas zustößt.«

»Zustößt?« Aisha zog die linke Augenbraue hoch.

»Soviel ich weiß, sind mehr Leute an den Folgen eines
Bades gestorben als je in irgendeinem Krieg«, antwortete sie.
Das war zwar hierzulande eine vollkommen sinnlose Be-
merkung und nur dazu angetan, Aisha zu reizen. In Bezug
auf Robins Heimat jedoch kein völliger Unsinn, wenn man
bedachte, wie rasch man sich dort mit nassem Haar einen
Schnupfen oder gar eine Lungenentzündung holen konnte.
Doch wie sollte sie das einem Menschen erklären, der ver-

mutlich nicht einmal wusste, was das Wort *Kälte* tagsüber überhaupt bedeutete?

Aisha ersparte sich eine Antwort und gebot Robin mit einer unwilligen Geste aufzustehen. »Zieh dich aus«, verlangte sie.

»Wie?«

»Du sollst die Lumpen ablegen, die du da trägst«, sagte Aisha. »Ich werde sie verbrennen lassen. Komm!«

Während Robin begann, ihre Kleider abzulegen, führte Aisha sie zu dem steinernen Trog, der in der Mitte des Zimmers stand. Als sie näher kamen, entdeckte Robin an seinen Außenseiten hübsche Figuren, die man in den Stein gemeißelt hatte: Männer und Frauen, die bequem lagen und speisten. Über den Köpfen der Speisenden rankten sich Weinreben und auf einer Seite waren kantige Buchstaben in den Stein hineingehämmert worden, deren Bedeutung Robin jedoch fremd war; sie vermutete, dass es sich um Latein handelte, denn sie sahen völlig anders aus als die verschlungenen arabischen Schriftzeichen, die sie in Hama gesehen hatte. Der Trog war zu einem guten Viertel mit Wasser gefüllt, das vor Hitze dampfte, und daneben standen einige Krüge mit offensichtlich kaltem Wasser, deren bloßer Anblick unangenehme Erinnerungen in Robin weckte.

»Wieso ist das Wasser heiß?«, fragte sie.

»Nun, es gehört zu den Vorzügen von Burgen, die hoch über Tälern liegen«, antwortete Aisha spitz, »dass man seine Gäste schon von weitem kommen sieht und Vorbereitungen treffen kann. Bei einigen ist das allerdings nicht nötig. Man kann sie riechen.«

Robin fühlte, wie Wut in ihr aufstieg; sie fand, dass Aisha den Scherz allmählich übertrieb. Widerwillig legte sie auch noch den Rest ihrer Kleider ab und versuchte ihre Blöße mit den Händen zu bedecken. Aisha schüttelte dazu nur den Kopf und versetzte dem Kleiderstapel neben Robin einen Tritt. »Bringt das weg!«, befahl sie den beiden Sklavinnen. »Und verbrennt es.«

537

In Anbetracht der prachtvollen Kleider, die die beiden Frauen auf der anderen Seite des Troges abgelegt hatten, empfand Robin ein flüchtiges Bedauern. In den zurückliegenden beiden Jahren hatte sie sich daran gewöhnt, fast ununterbrochen Männerkleidung zu tragen. Vor allem war sie viel praktischer als Frauenkleider – und sie war ein Teil des Lebens geworden, das Robin geführt hatte. Ein Teil dessen, was sie inzwischen war.

»Worauf wartest du?«, fragte Aisha.

Robin blickte zweifelnd auf das dampfend heiße Wasser hinab. »Soll ich etwa ... da hineinsteigen?«, fragte sie.

Aisha zog die Augenbrauen zusammen. »Selbstverständlich«, antwortete sie. »Hast du etwa noch nie eine Badewanne gesehen, du Dummkopf?«

»Nein«, antwortete Robin wahrheitsgemäß. Sie hatte oft und gerne gebadet, aber stets nur in Bächen oder Flüssen, allenfalls in einem Zuber, in dem Salim sie mit kaltem Wasser übergossen hatte, niemals jedoch in einem Gefäß wie diesem, in dem sie vermutlich gekocht werden sollte wie ein Fisch.

Aisha verdrehte die Augen. »Dann wird es Zeit, dass du es lernst.« Ohne viel Federlesens ergriff sie Robin am Arm und zwang sie mit erstaunlicher Kraft, in das immer noch dampfend heiße Wasser zu steigen.

Das Gefühl war anders, als sie erwartet hatte. Im allerersten Moment dachte sie, dass das heiße Wasser sie verbrühen würde, doch wenige Sekunden später schon empfand sie es als ungemein wohltuend. Verwirrt ließ sie sich weiter in das nach Kräutern und Rosenöl duftende Wasser sinken und biss die Zähne zusammen, als sich all die unzähligen kleinen Kratzer und Schrammen, die sie sich während ihres Ritts durch die Wüste zugezogen hatte, schmerzhaft in Erinnerung brachten. Auf Aishas Geheiß hin gab Nemeth getrocknete Blütenblätter und eine ölige Essenz, von der ein betäubend schwerer Duft ausging, ins Wasser. Zum ersten Mal im Leben begann sie zu begreifen, was das Wort *Luxus* bedeutete.

538

Aisha schickte die beiden Sklavinnen fort und verschwand dann für einen Moment hinter dem Vorhang. Als sie zurückkam, hatte sie sich umgezogen. Sie trug jetzt ein knappes Kleid mit kurzen Ärmeln und bunten Stickereien; Robin verspürte einen flüchtigen Stich von Neid, als sie sah, wie perfekt sich Aishas schlanker Körper darunter abzeichnete.

Sie war deutlich fraulicher als Robin, ohne dabei füllig zu sein, und wieder, wie schon beim ersten Mal, als sie die Araberin gesehen hatte, beneidete sie sie für einen Moment um diesen Körper. Ihr eigener Leib, den sie durch das leicht ölige Wasser hindurch betrachtete, hielt einem Vergleich nicht Stand. Ihre Brüste waren klein und flach, ihre Hüften schmal und ihre Schultern- und Oberarmmuskeln sowie ihre Waden durch die unzähligen Stunden, die sie mit Salim geritten und das Kämpfen gelernt hatte, viel zu muskulös. Kein Wunder, dass man sie zwei Jahre lang ohne weiteres für einen jungen Mann gehalten hatte. Sie verstand immer weniger, wieso Harun ausgerechnet sie begehrte, wo er eine doch solch unvergleichliche Schönheit wie Aisha haben konnte.

»Du solltest deine Kleider ebenfalls ausziehen«, sagte Aisha, an Nemeth gewandt. »Ich werde sie auch verbrennen lassen.«

»Aber das ist das einzige Kleid, das ich habe!«, protestierte Nemeth.

»Zieh dich aus!«, befahl Aisha, schärfer und diesmal mit einem ärgerlichen Blick.

Das Mädchen hielt ihm nur einen Herzschlag lang Stand, dann begann es schüchtern, sich ebenfalls zu entkleiden. Dabei sah sie unsicher von Robin zu Aisha und wieder zurück. Robin fuhr leicht zusammen, als sie sah, wie dünn und ausgemergelt Nemeth war. Die Entbehrungen des Rittes durch die Wüste waren an ihr nicht spurlos vorübergegangen, so wenig wie die Tage, die sie in Omars Sklavenverlies verbracht hatte. Man konnte jede einzelne Rippe durch ihre Haut schimmern sehen und ihr Körper war über und über mit Schrammen, blauen Flecken sowie verschorften Wunden bedeckt. Jetzt, als sie Nemeth nackt und zitternd vor Unsicherheit und Scham vor sich stehen sah, begriff sie erst, welches Wunder es im Grunde war, dass das Kind die Flucht durch die Wüste überhaupt lebend überstanden hatte.

Auch Aisha betrachtete Nemeth lange und eingehend, und was sie sah, schien ihr genauso wenig zu gefallen wie Robin. Sie maß Nemeth scheinbar endlos lang mit gerunzelter Stirn, dann verschwand sie mit schnellen Schritten hinter dem Vorhang. Als sie zurückkam, hielt sie ein zusammengerolltes weißes Bündel in den Händen. »Du kannst ins Wasser steigen, sobald die Ungläubige mit dem Bad fertig ist«, sagte sie. »Und danach ziehst du das hier an.«

Sie warf Nemeth das Bündel zu. Das Mädchen fing es geschickt auf und schien im ersten Moment nicht genau zu wissen, was es damit anfangen sollte. Dann aber riss sie ungläubig und erfreut zugleich die Augen auf. Was Aisha ihr zugeworfen hatte, war ein prachtvolles, eng geschnittenes Kleid aus einem weißen Stoff, der unter den schräg hereinfallenden Strahlen der Sonne schimmerte wie Porzellan. Saum und Ärmel waren mit feinen Goldstickereien verziert, und um die Taille zog sich eine aufgestickte Bordüre aus ebenfalls goldenen Rosen, Blättern und Blüten.

»Das ... das ist wirklich ... für mich?«, flüsterte sie ungläubig.

»Jetzt bilde dir nicht zu viel darauf ein«, murrte Aisha. »Mir ist es ja gleich, wie du herumläufst. Aber die Dienerin der zukünftigen Lieblingsfrau unseres Herrschers sollte nicht wie eine Bettlerin aussehen.«

Robin musste sich beherrschen, damit sich kein Lächeln auf ihre Lippen stahl, während Nemeth die Worte gar nicht gehört zu haben schien. Bewundernd starrte sie das weiße Kleid in ihrer Hand an und strich immer wieder mit den Fingerspitzen darüber, als müsste sie es anfassen, um auch zu glauben, was sie sah.

»Jetzt hör auf, mit deinen schmutzigen Fingern daran herumzukneten«, sagte Aisha. »Das Kleid wird deinen Geruch schon noch früh genug annehmen.«

Als Robin sah, wie verstört Nemeth plötzlich wirkte, schüttelte sie ärgerlich den Kopf. »Gib es auf, Aisha«, sagte sie. »Du bist nicht so hartherzig, wie du tust.«

Der Zorn, der jetzt in Aishas Augen aufblitzte, war echt, als sie zu Robin herumfuhr. »Aber du anscheinend noch dümmer, als ich geglaubt habe!«, schnappte sie. »Glaubst du, ich tue das alles hier, weil es mir Spaß macht?« Sie machte eine wedelnde Handbewegung zum Fenster. »Du hast die Aprikosenbäume dort draußen gesehen und den Duft ihrer Blüten gerochen, oder? Vielleicht ist es in dem Land, aus dem du kommst, ja so üblich, dass eine Frau wie ein Stallbursche stinkt. Bei uns jedenfalls nicht. Hier hast du nun die Wahl, wie eine liebliche Blüte zu duften, die die Sinne der Männer betört.«

Robin hatte sich vorgenommen, nicht mehr auf Aishas ständige Nörgelei an ihrem Äußeren, ihrem Benehmen und ihrem Geruch einzugehen, und das warme Wasser und die Entspannung taten das ihre, sodass sie sich wohlig entspannt gefühlt hatte. Jetzt aber spürte sie plötzlich eine unterschwellig drohende Gefahr, etwas, was Aisha nicht auszusprechen wagte, wovor sie sie aber vielleicht mit diesen Worten warnen wollte.

»Ich habe noch nie besonderen Wert darauf gelegt, die Sinne irgendwelcher Männer zu betören«, murmelte sie.

Statt etwas zu entgegnen, bemerkte Robin, wie Aisha einen flüchtigen, verschwörerischen Blick mit Nemeth tauschte. Und Nemeth, die Aishas Blick erwidert hatte, drehte sich rasch wieder um und begann leise zu kichern.

»Genug jetzt!«, sagte Aisha streng. Sie bedeutete Robin mit einer Geste, aufzustehen.

Am liebsten hätte sie die Aufforderung einfach nicht beachtet. Ihr Körper schrie nach Ruhe, und das warme Wasser mit den Essenzen ließ ihre Glieder noch schwerer werden. Erst als Aisha die Hand ausstreckte und Robin unzweifelhaft klar machte, dass sie sie nötigenfalls auch mit Gewalt aus dem Becken zerren würde, stemmte sie sich umständlich hoch und kletterte ungeschickt heraus. Das Wasser, das sie dabei verspritzte, machte den Mosaikfußboden so schlüpfrig, dass sie um ein Haar gestürzt wäre, was Nemeth zu einem weiteren, schadenfrohen Kichern veranlasste.

Was folgte, war für Robin ebenso erniedrigend wie neu und wohltuend. Aisha und auch Nemeth schrubbten ihr mit einem rauen Tuch die Glieder trocken. Abgestorbene Haut und Schorf lösten sich in kleinen weißen sowie rot-braunen Kringeln und einige der gerade erst im Verheilen begriffenen Wunden brachen wieder auf und begannen zu bluten.

Aisha nahm wenig Rücksicht darauf. Erst als Robin vollkommen trocken war, kümmerte sie sich um ihre Verletzungen, tupfte das Blut weg oder legte schmale weiße Verbände an, wo es nötig war. Robin ließ alles klaglos mit sich geschehen. Sie fühlte sich schläfrig. Wie durch einen Schleier und als ob es gar nicht mit ihr, sondern mit einer Fremden geschähe, bemerkte sie, wie Aisha sie in einen langen Mantel aus weichem Stoff hüllte und dann zum Fenster führte, um im hellen Sonnenschein ihr Haar trocken zu bürsten.

Aisha sparte dabei nicht mit Komplimenten, sowohl was die Farbe als auch was die Länge ihres Haars und dessen feine Struktur anging – und das, obwohl sie unter ihrem Schleier selbst eine Haarpracht trug, die Robin mit einem Gefühl von blankem Neid erfüllte. Es fiel ihr zunehmend schwerer, sich auf die Worte der Araberin zu konzentrieren. Alles drehte sich um sie auf eine angenehme, einlullende Art, gegen die sie sich nun nicht mehr wehrte. Halb benebelt fragte sie sich, ob es einfach nur die Entspannung war, mit der ihr Körper nach den Strapazen der letzten Tage auf das warme Bad reagierte, um ihr die dringend benötigte Ruhe zu verschaffen.

Auf diese Weise verging sicher eine halbe Stunde. Aisha, deren Stimme immer mehr und mehr zu einem Teil der natürlichen Nebengeräusche zu werden schien, bürstete Robins Haar geduldig und so lange, bis es trocken war. Schließlich schimmerte es tatsächlich ein wenig wie gesponnenes Gold im Sonnenlicht. Dann führte sie sie zurück zum Tisch, wo Nemeth mehr als ein Dutzend kleiner Fläschchen, Tiegel und Schalen voller Puder und Farbe sowie allen nur vorstellbaren Schminkutensilien aufgebaut hatte.

Der Anblick durchbrach die Benommenheit ein wenig, die von Robin Besitz ergriffen hatte, denn er erinnerte sie nachhaltig wieder daran, warum sie eigentlich hier war und weshalb sich Aisha solche Mühe mit ihrem Äußeren gab.

»Warum tut ihr das?«, murmelte sie.

»Damit du deinem zukünftigen Gemahl gefällst«, antwortete Aisha. »Soweit ich weiß, kennt er dich mehr in Männerkleidern und mit einem Messer in der Hand als in dem Körper, den Allah dir bei deiner Geburt geschenkt hat.«

»Ich werde das nicht tun.« Robins Stimme war kaum mehr als ein Flüstern. Sie fühlte sich immer benommener, nicht jedoch schläfrig. Vielmehr befand sie sich in einer Stimmung, in der ihr eigentlich alles gleich war, in der sie nichts mehr erschrecken noch erfreuen konnte. Es war ein weiches Dahinschweben, in dem alles, was ihr je widerfahren war und vielleicht noch mit ihr geschehen würde, zunehmend an Bedeutung verlor.

»Du ... hast mir etwas gegeben, nicht wahr?«, murmelte sie.

Aisha schüttelte den Kopf. »Du unterschätzt die Wirkung der Strapazen, die du in den letzten Tagen durchlitten hast. Anders als wir bist du die Wüste nicht gewöhnt – es ist ein Wunder, dass du die letzten Tage überhaupt so unbeschadet überstanden hast.«

»Das ist keine Antwort auf meine Frage«, stellte Robin fest. Sie war nicht ganz sicher, ob Aisha sie tatsächlich anlächelte oder nicht. Es spielte auch keine Rolle.

»Es wäre nicht im Sinne deines künftigen Gemahls«, sagte die Araberin mild, »wenn du ihm nicht bei vollem Verstand gegenübertreten würdest.«

»Ich werde Harun trotzdem nicht heiraten«, murmelte Robin. Sie war nicht einmal sicher, ob sie es wirklich sagte oder sich nur *vorstellte,* es zu sagen.

Es war ihr fast unmöglich, irgendetwas anderes zu tun, als fast teilnahmslos abzuwarten, während Aisha die Schminkutensilien zur Hand nahm und sich damit mit ebenso geduldigen wie geübten Bewegungen an ihrem Gesicht zu schaffen machte. Einmal zuckte sie zusammen und sog scharf die Luft ein, als sie ihr mit einem kleinen Lappen über die gerissenen Lippen tupfte. Aber der Schmerz verging so schnell, wie er gekommen war, und auch er schien irgendwie nicht zu ihr zu gehören, sodass er sie nicht wirklich berührte.

Irgendwann war Aisha fertig und anscheinend zufrieden mit dem Ergebnis ihrer Bemühungen. Sie musterte Robin noch einmal kritisch, stand dann auf und verschwand wieder hinter dem Vorhang, um mit einem großen Spiegel aus poliertem Silber zurückzukommen. Wortlos hielt sie ihn so hin, dass Robin, nachdem sie aufgestanden war, sich selbst darin betrachten konnte.

Es war nicht das erste Mal, dass sie Mühe hatte, in der Gestalt im Spiegel sich selbst zu erkennen, aber vielleicht war ihr die Veränderung noch nie so dramatisch vorgekommen wie jetzt. Sie hatte sich selbst nicht gesehen, als sie am vergangenen Tage die Festung betreten hatte. Doch es gehörte nicht viel Fantasie dazu, sich vorzustellen, welchen Anblick sie geboten hatte, ausgezehrt, von der Hitze verbrannt, halb verhungert und mehr als halb verdurstet, in Fetzen gehüllt, die längst die Farbe der Wüste angenommen hatten, durch die sie geritten waren.

Von alledem war jetzt nichts, aber auch gar nichts mehr zu entdecken. Aisha hatte ein wahres Wunder vollbracht. Robin trug eine weite, rote Hose, mit goldenen Blüten und Blättern bestickt, sowie einen Gürtel, der aus filigran gearbeiteten

Kettengliedern in Form ineinander geschlungener Rosen bestand. Dazu ein gleichfarbiges Oberteil und um die dünne Narbe an ihrem Hals zu verdecken, hatte Aisha ihr einen hauchzarten roten Seidenschal umgelegt. Sie trug zierliche rote Pantoffeln an den Füßen und jeder Schritt wurde vom leisen Klingeln goldener Glöckchen begleitet, die als Schmuck an einer dünnen Fußkette um ihre rechte Fessel hingen.

Ihr Gesicht schließlich schien vollends das einer Fremden zu sein. Irgendwie war es Aisha gelungen, sowohl die Spuren des Sonnenbrandes als auch all die winzig kleinen Schrammen und Kratzer so zu überschminken, dass sie tatsächlich verschwunden zu sein schienen. Und selbst ihre Lippen sahen nicht mehr aus wie vereiterte Narben auf dem Handrücken eines uralten Mannes, sondern glänzten nun in einem weichen, sinnlichen Rotton.

»Das ist …«, begann sie. Ihre Stimme versagte. Sie hatte nie zu denen gehört, die in ihr eigenes Spiegelbild verliebt waren, und trotzdem war es ihr jetzt unmöglich, sich davon loszureißen. Der Anblick weckte einen Schmerz in ihr, von dem sie geglaubt hatte, ihn irgendwann im Laufe der zurückliegenden Zeit überwunden zu haben. Auch wenn sie es sich nie selbst eingestanden hatte: Wie oft hatte sie sich insgeheim gewünscht, dass Salim sie so sehen könnte, nicht als verkleideter Ritter, nicht in schmutzigen Kutten oder Kettenhemden, sondern als das, was sie trotz allem immer noch war: als Frau.

»Du bist wunderschön«, sagte Nemeth hinter ihr.

Das war zu viel. Robin versuchte, sich mit verzweifelter Kraft dagegen zu wehren, aber es gelang ihr nicht. Ihre Augen füllten sich mit Tränen und ihre Kehle zog sich zu einem bitteren Kloß zusammen, der ihr das Atmen fast unmöglich machte.

»Jetzt sieh dir an, was du angerichtet hast, du dummes Kind!«, schimpfte Aisha. »Sie wird noch ihre ganze Schminke ruinieren! Was soll ich jetzt tun? Ich kann von vorne anfangen!«

»Das wird wohl nicht nötig sein«, sagte eine Männerstimme.

Robin fuhr wie von einem Skorpion gestochen herum und riss entsetzt die Augen auf. Ihr Herz machte einen Sprung bis in ihren Hals hinauf und sowohl die Tränen als auch die Erinnerung an Salim, aber auch die verlockende Benommenheit waren hinweggefegt.

Hinter dem Vorhang, hinter dem anfangs Nemeth und die Sklavinnen gewartet hatten und Aisha ein paar Mal verschwunden war, war die massige Gestalt Sheik Sinans hervorgetreten.

»Du hast wunderbare Arbeit geleistet, meine Liebe«, lobte Harun. »Und die paar Tränen machen ein solches Gesicht höchstens noch schöner.«

Robin spürte, wie sie am ganzen Leib zu zittern begann. War Harun *die ganze Zeit über* dort gewesen? Hatte er alles gehört, und vor allem – *gesehen?*

»Es tut mir Leid, Gebieter«, sagte Aisha. »Bitte verzeiht mir, aber ...«

Harun unterbrach sie mit einer wedelnden Geste seiner linken, schwer beringten Hand. »Da ist nichts, was dir Leid tun müsste«, sagte er. »Wie gesagt: Ich bin sehr zufrieden. Wenn man bedenkt, wie sie heute Morgen noch ausgesehen hat, hast du mehr als ein Wunder vollbracht. Aber nun geh und lass uns allein. Und du«, fügte er mit einem Lächeln in Nemeths Richtung hinzu, »auch.«

»Aber wieso?«, fragte Nemeth verständnislos.

Haruns Lächeln wurde noch etwas milder. »Weil es bei uns üblich ist, dass man eine Braut und ihren Bräutigam allein lässt, zumindest am Abend ihrer Vermählung«, antwortete er.

Vermählung?! Kaltes Entsetzen packte Robin. Sie wich einen Schritt zurück und blieb erst unfreiwillig stehen, als sie gegen den Tisch stieß. Sie würde diesen Mann nicht heiraten. Sie wollte lieber sterben, ehe sie zuließ, dass er sie auch nur berührte!

Aisha nickte gehorsam und zog sich zurück. Nemeth zögerte noch einen Moment und warf Robin einen fast Hilfe suchenden Blick zu, aber sie konnte dem Mädchen nicht helfen. *Sie* war es, die in diesem Moment Hilfe brauchte. Aber es war niemand da.

Harun wartete, bis auch das Fischermädchen den Raum verlassen hatte. Dann machte er einen Schritt auf Robin zu, blieb aber sofort wieder stehen, als sie erschrocken zusammenfuhr und sich an der Tischkante entlang zur Seite schob. Für einen ganz kurzen Moment hatte sie das Gefühl, eine zweite Gestalt hinter Harun zu erblicken. Dann aber sah sie etwas, das ihr Herz noch härter schlagen und ihre Verzweiflung noch tiefer werden ließ: Der mit einem Vorhang abgeteilte Bereich des Raumes hinter Sheik Sinan war keineswegs leer. Vielmehr beherbergte er ein gewaltiges, mit seidenen Kissen und bunt bestickten Decken und Laken bedecktes Himmelbett, das zu allem Überfluss auch noch mit Rosenblüten bestreut war. Der Anblick einer Streckbank oder irgendeines anderen Foltergerätes hätte sie in diesem Moment nicht in tiefere Verzweiflung stürzen können.

»Niemals«, sagte sie. Nur dieses eine Wort, aber Harun verstand wohl, was sie meinte, denn er blieb, wo er war, und ein bedauernder Ausdruck mischte sich in das Lächeln, mit dem er sie die ganze Zeit über betrachtet hatte.

»Man hat mir nicht zu viel von dir erzählt«, sagte er in einem Ton, der ebenso nachdenklich wie die Wahl seiner Worte sonderbar war. »Du bist sehr tapfer. Wenn es irgendetwas gibt, was deinen Mut noch übertrifft, dann ist es dein Stolz, nicht wahr?«

Robin wusste nicht, was sie darauf sagen sollte. Ihr Herz klopfte immer noch bis zum Hals. Ihre Finger zitterten. Schritt für Schritt schob sie sich weiter an der Tischkante entlang, fuhr plötzlich herum und war mit drei, vier weit ausgreifenden Schritten beim Fenster und mit einem Fuß schon auf der niedrigen Brüstung.

»Komm keinen Schritt näher!«, warnte sie. Ihre Stimme bebte, und sie konnte selbst die Angst darin hören, aber auch eine Entschlossenheit, die Harun ebenso spüren musste wie sie.

»Du meinst es wirklich ernst, scheint mir«, sagte Harun bedauernd.

»Ja«, antwortete Robin. »Ich sterbe lieber, bevor ich zulasse, dass Ihr mich auch nur anrührt.«

»Aber das hatte ich niemals vor, mein liebes Kind«, sagte der Alte vom Berge sanft.

Robin blinzelte. Im allerersten Moment war sie nicht sicher, ob sie ihn wirklich verstanden hatte. Dann aber war sie überzeugt davon, dass es sich bei diesen Worten nur um eine neue Grausamkeit handeln konnte, eine List, um sie vom Fenster wegzulocken.

»Nein, natürlich nicht«, sagte sie spöttisch. »Ihr habt lediglich das Leben Dutzender Eurer Männer riskiert, Euch mit dem mächtigsten Sklavenhändler von Hama angelegt und einen kleinen Krieg vom Zaun gebrochen, um meiner habhaft zu werden.« Ihre Stimme war plötzlich voll bitterem Hohn. Sie wusste selbst nicht, woher sie die Kraft dazu nahm. »Und das alles nur, weil Ihr *nichts* von mir wollt!«

Harun lachte. »Oh, mein liebes Kind«, sagte er. »Es ist mir durchaus ernst gewesen, als ich dich mit einer Leopardin verglichen habe. Aber weißt du, mit dem Alter kommt manchmal auch die Weisheit und es würde mir niemals einfallen, mit einer säbelschwingenden Wilden ein Bett zu teilen.«

»Aber warum habt Ihr mich dann ...?«

»Vielmehr war es der Wunsch meines Sohnes, dich zu heiraten«, fuhr Harun fort. Es schien ihm immer schwerer zu fallen, nicht vor Lachen einfach laut herauszuplatzen. Und dann tat er es doch, lange, schallend und ausdauernd, als er den Ausdruck vollkommener und fassungsloser Verblüffung auf Robins Gesicht bemerkte.

»Euer ... *Sohn?*«, hauchte sie. »Ich ... ich verstehe nicht ...«

»Ja, das scheint mir auch so«, sagte Harun. »Auch wenn du es selbst nicht weißt, Robin, aber du musst wohl so etwas wie eine Berühmtheit sein. Die Kunde von dem Bauernmädchen, das sich selbst von einem Schnitt durch die Kehle nicht davon abhalten ließ, sich in den Templerorden einzuschleichen und all diese tapferen und klugen Ritter dergestalt an der Nase herumzuführen, dass sie am Ende sogar an einem Kreuzzug teilnehmen durfte, ist bis ans Ohr meines Sohnes gedrungen. Und da er genauso ist, wie auch ich früher war, bevor es Allah gefallen hat, mich an diesen Ort zu bringen, und ich – zugegeben – an Gewicht ein wenig ...«, er hüstelte verlegen, »... zugelegt habe, gab es für ihn natürlich fortan keinen größeren Wunsch, als dieses Weib zu seiner Frau zu nehmen.« Er machte eine wegwerfende Handbewegung. »Aber was rede ich. Ich glaube, ihr kennt euch schon.«

Und damit trat er endgültig zur Seite und gab den Blick auf den abgetrennten Raum hinter dem Vorhang frei. Und auf eine ganz in Schwarz gekleidete Gestalt, die bisher hinter ihm verborgen gewesen war.

Robins Herz machte keinen weiteren Sprung bis in ihren Hals hinauf. Es blieb einfach stehen.

Jedenfalls schien es ihr so. Sie war nicht fähig, zu denken, irgendetwas zu tun, nicht einmal zu atmen. Endlose Augenblicke lang stand sie einfach da und starrte den schlanken, bronzehäutigen Tuareg-Krieger an. Salim seinerseits erwiderte ihren Blick ebenso reglos, mit unbewegtem Gesicht und genau wie sie, ohne zu atmen oder zu blinzeln. Nur in seinen Augen konnte sie die Andeutung eines Lächelns erkennen.

»Salim?«, flüsterte sie.

Salim rührte sich immer noch nicht. Er starrte sie nur an.

»Salim?«, flüsterte sie noch einmal. Hatte Harun sich eine neue Grausamkeit für sie ausgedacht, war dies ein weiteres, böses Spiel, das er sich mit ihr erlaubte? Oder war es vielmehr sie selbst, die sich nicht gestattete, zu glauben, was ihre Augen ihr zeigten?

»Nun, immerhin scheinst du dich noch an seinen Namen zu erinnern«, sagte Harun spöttisch. Sein Blick wanderte zwischen Robin und seinem Sohn (*seinem Sohn?*) hin und her, und unter dem schwarzen Gewand hüpfte sein Bauch sichtbar auf und ab, so schwer fiel es ihm, nicht erneut vor Lachen laut und schallend herauszuplatzen. »Aber weißt du, mein liebes Kind, das hier ist keines unserer Märchen, in dem du dreimal den Namen eines Dschinns rufen musst, damit er erscheint.«

Nicht, dass Robin verstanden hätte, was er damit meinte, oder ihm auch nur zuhörte. Salim. Es war Salim. Sie täuschte sich nicht. Es war kein böser Zauber. Keine weitere Grausamkeit. Der schlanke Krieger, der hinter Harun hervorgetreten war, war kein anderer als Salim, der Mensch auf der Welt, der ihr mehr bedeutete als alles andere.

Langsam löste sie sich von ihrem Platz am Fenster und ging auf den Tuareg zu. Salim kam ihr nicht entgegen, sagte nichts und rührte keine Miene. Nur die Wärme in seinen Augen nahm zu und mit jedem Schritt, den Robin sich ihm näherte, schlug ihr Herz heftiger, zitterten ihre Hände und Knie stärker.

»Aber ... aber wieso sein ... sein Sohn?«, flüsterte sie ungläubig.

Es war Harun, der antwortete. »Oh, er ist nur einer von vielen«, gestand er. »Um ehrlich zu sein, ich weiß selbst nicht genau, wie vielen. Aber er ist mir zweifellos näher als die anderen.«

»Aber du bist doch ... ein Sklave«, murmelte sie fassungslos. Sie hatte das Gefühl, Unsinn zu reden. Sie plapperte einfach nur, um etwas zu sagen, ohne wirklich zu wissen, was sie sagte. »Bruder Abbés Sklave.«

»Der Orden der Tempelritter und wir sind schon seit langem in Freundschaft verbunden«, erklärte Harun mit leicht gereiztem Ton. Vielleicht war er es nicht gewohnt, dass jemand, mit dem er sprach, nicht einmal in seine Richtung sah. »Es lag nur nahe, dass ich denjenigen meiner Söhne, der eines Tages womöglich mein Nachfolger wird, ins Land der Ungläubigen schicke, damit er bei unseren Verbündeten ihre Lebensweise und ihre Art zu denken kennen lernt. Es war allerdings nicht vorgesehen, dass er sich in ein Bauernmädchen verliebt. Und schon gar nicht in eine Wildkatze.«

Zwei Schritte vor Salim blieb Robin stehen, maß ihren alten Freund mit einem langen Blick von Kopf bis Fuß, als traute sie sich immer noch nicht zu glauben, was sie sah, und hob schließlich die linke Hand, an deren Mittelfinger der schmale, goldene Ring des Sarazenen blitzte. »Dann ist das hier ...?«

»Alles, was er dir geben konnte, als ihr draußen auf dem Meer getrennt wurdet«, antwortete Harun an Salims Stelle. »Für dich mag es nur ein Schmuckstück gewesen sein, eine Erinnerung, aber glaube mir, kein Schwert, kein Schild und keine Rüstung hätte dich besser zu beschützen vermocht.«

»Soll das heißen ...«, Robin sog scharf die Luft ein, »... soll das heißen, du hast die ganze Zeit über gewusst, wo ich bin?«, flüsterte sie.

»Schon von dem Moment an, in dem die Fischer dich aus dem Meer gezogen haben«, gestand Harun.

Wieso schwieg Salim noch immer?, dachte sie. Wieso *sagte* er nichts?

»Aber du ...«

»Nicht einmal ich kann zaubern oder die Zeit zurückdrehen«, unterbrach Harun sie. »Masyaf ist weit von Hama entfernt. Ich bin sofort aufgebrochen, als ich erfahren habe, was geschehen ist, aber Omar Khalid war schneller.« Er hob die Schultern. »Vielleicht ist es gut so, wie es gekommen ist. Allahs Wege sind verschlungen.«

»Aber ... aber du ...«

»Aber nun«, sagte wiederum Harun, »ist es, glaube ich, an der Zeit, meiner eigenen Ermahnung zu folgen und euch allein zu lassen. Vielleicht findest du ja deine Sprache wieder und kannst mehr sagen als *aber du*, wenn ihr allein seid.« Er schüttelte den Kopf. »Ich werde dich jetzt jenem Tunichtgut von einem Sohn überlassen, der dich aus rätselhaften Gründen das Kämpfen gelehrt hat wie einen Mann. Kein Wunder, dass ich als dein Tanzlehrer bei dem Versuch, aus dir wieder eine Dame zu machen, nur versagen konnte. Soll er doch sehen, wie er mit einem solchen Mannweib zurecht kommt, nachdem er seit Wochen Heiden wie Moslems im ganzen Land aufgescheucht hat, nur um es wiederzusehen.«

Er wartete noch einen Moment lang vergebens auf eine Antwort, dann zuckte er mit einem enttäuschten Gesichtsausdruck die Schultern und ging. Robin nahm es kaum wahr. Erst als die Tür mit einem dumpfen Laut ins Schloss fiel, erwachte sie ganz allmählich aus ihrer Erstarrung. Und plötzlich geschah etwas Seltsames. Mit einem Mal war ihr klar, wo sie war. Wer sie war. Zum allerersten Mal im Leben stand sie Salim ganz augenscheinlich als Frau gegenüber, eingehüllt in die prachtvollsten Kleider, die sie sich nur vorstellen konnte. Doch plötzlich war ihr die Situation, der Moment, den sie wie nichts anderes herbeigesehnt und für den sie ihr Leben gegeben hätte, fast peinlich.

Auch Salim wirkte irgendwie beklommen, beinahe schüchtern. Er starrte sie an wie eine Fremde.

»Du hättest mir ein Zeichen schicken können«, sagte sie.

Salim schüttelte traurig den Kopf. »Ich habe es versucht«, antwortete er.

Allein der Klang seiner Stimme, so vertraut und doch so unendlich lang vermisst, ließ sie erschauern. Sie standen sich zwei Schritte gegenüber und doch hatte weder sie noch er die Kraft, diese Distanz zu überwinden. Vielleicht, weil sie Robin plötzlich wie etwas Heiliges vorkam, etwas unendlich Kostbares, genau wie der ganze Augenblick, der nie wiederkommen würde.

»Ich habe überall an der Küste nach dir gesucht«, sagte er. »Aber alles, was ich gefunden habe, war ein verlassenes und offenbar ausgeraubtes Dorf, in dem der zerrissene Wappenrock eines Templers lag.«

»Aber Harun ...«

»Hat mich zu sich bringen lassen«, unterbrach sie Salim. Er sprach leise, flüsterte fast, und im Tonfall einer Verteidigung. Wieder schüttelte er bedauernd den Kopf und plötzlich schien er nicht mehr die Kraft zu haben, Robins Blick Stand zu halten.

»*Er* wusste offensichtlich, wer du warst und wo du warst«, fuhr er nach einer Weile leise fort. »Glaub mir, ich wäre sofort nach Hama geeilt, um dich zu befreien, aber mein Vater hat es nicht zugelassen.«

Als Robin auch darauf nicht antwortete, hob er die Schultern. »Er hatte wohl Angst vor einer Falle, da er nicht wollte, dass die Verbindung zwischen den Templern und den Assassinen bekannt wird. Deshalb hat er seine alte Verkleidung als Tanzlehrer wieder angenommen, um dir in Omar Khalids Haus nahe zu sein. Den Rest der Geschichte kennst du ja. Aber er hat die Wahrheit gesagt: Du warst keinen Moment in Gefahr. Seit du Omars Haus betreten hast, standest du unter dem Schutz meines Vaters und aller seiner Krieger.«

»Davon habe ich aber nicht viel bemerkt«, bekannte Robin ärgerlich. »Schließlich hätte ich spätestens bei meiner Flucht und diesem Sklavenaufstand ein bisschen Hilfe gebrauchen können.«

»Aber die hattest du doch«, sagte Salim verwundert. »Oder meinst du etwa, du wärst mit all den Sklaven sonst auch nur unbemerkt auf den Hof hinausgelangt? Fast wäre dabei sogar die Tarnung deines treusten Leibwächters aufgeflogen.«

»Mein treuster Leibwächter?«, fragte Robin verwundert. »Meinst du etwa deinen Vater?«

Salim schüttelte halb bejahend und halb verneinend den Kopf. »Den auch. Aber in diesem speziellen Fall meine ich den Mann, der mit einem Wurfstern den Bluthund tötete, der

553

dich zerfleischt hätte, wenn du auf deiner Flucht vor Omar wirklich auf dich alleine gestellt gewesen wärst.« Er lachte leise auf. »Was hätte ich dafür gegeben, wenn Faruk dich in diesem Moment gleich nach Masyaf hätte bringen dürfen! Aber mein Vater hatte beschlossen, Arslan zu schicken, um dich auszulösen und dabei mehr über die Pläne der Johanniter zu erfahren.«

Faruk ihr treuester Leibwächter? Robin war wie vor den Kopf geschlagen. In ihr tobten die unterschiedlichsten Gefühle, während ihr Verstand verzweifelt versuchte, so etwas wie Ordnung in das Chaos ihrer Gedanken zu bringen. Aber da gab es etwas, das die ganze Zeit in ihr genagt hatte, seit sie Salim hinter Harun stehend entdeckt hatte – und das sie jetzt einfach klären musste, auch wenn sie damit alles zu zerstören drohte, was vom Zauber des Augenblicks noch geblieben war.

»Warum hast du es mir nie gesagt?«, fragte Robin. Es fiel ihr schwer, zu sprechen. Das war nicht das, was sie sagen wollte. Es war nicht das, was sie in diesem Moment sagen *sollte*. »All die endlosen Stunden. Zwei Jahre lang. Und ich habe dich für einen Sklaven gehalten.«

»Mehr oder weniger war ich das auch«, antwortete Salim. »Mein Vater und die Templer haben vor langen Jahren ein Bündnis gegen Sultan Saladin geschlossen. Er ist ihr gemeinsamer Feind, musst du wissen. Auch wenn Bruder Abbé und die anderen es nie zugeben würden: Sie wissen genau, dass er vielleicht in der Lage wäre, das Königreich der Christen zu vernichten und auch die Burg meines Vaters zu schleifen.«

»Und deine Verkleidung als Tuareg?«

»Oh, das ist keine Verkleidung.« Salims Finger strichen nervös über das schwarzblaue Gewand, das er trug, und sein Blick irrte überall hin, nur nicht in Robins Richtung. »Meine Mutter war eine Tuareg-Prinzessin, und ich wurde sowohl in den Zelten der Tuareg als auch auf den Burgen der Assassinen erzogen.«

»Wie praktisch«, sagte Robin. Warum klang ihre Stimme so bitter? Ihre Brust wollte zerspringen vor Freude, aber irgendetwas in ihr erlaubte ihr dieses Gefühl zugleich auch nicht. »Und wie passe ich in eure Politik? Ich bin keine Prinzessin. Nur ein kleines Bauernmädchen – und eine Betrügerin.«

»Eine Betrügerin?« Salim runzelte die Stirn. »Spielst du damit etwa auf Omar Khalid an – und auf das, was sich zwischen euch entwickelt hat in der Zeit in Hama und während eurer gemeinsamen Flucht vor den Männern meines Vaters?«

Robin starrte ihn einen Moment lang fassungslos an. »Dein Vater scheint dich ja hervorragend informiert zu haben.«

»Ich wollte im Bilde sein, wie es dir im Haus des Sklavenhändlers ergeht«, sagte Salim mit fast ausdrucksloser Stimme. »Ich musste einfach wissen, ob du dort in Gefahr bist ...« Er lachte traurig auf. »Aber das scheint ja ganz und gar nicht der Fall gewesen zu sein. Ganz im Gegenteil. Wie es aussiehst, hast du dich mit Omar Khalid prächtig amüsiert.«

»Mach dich nicht lächerlich«, sagte Robin heftig. »Nennst du es etwa amüsieren, wenn ich zusehen muss, wie Dutzende unschuldiger Menschen bestialisch gequält werden, nur weil einer aus ihrer Mitte einen hartherzigen und hochmütigen Sklavenhändler betrügen wollte? Nennst du es etwa amüsieren, wenn ich weggeschlossen werde wie ein teures Spielzeug, um anschließend meistbietend als Sklavin verkauft zu werden? Nein, Salim. Ich habe mich nicht amüsiert. Aber ich habe auch lernen müssen, dass selbst ein grausamer Mann wie Omar Khalid von großer Sanftmut und Poesie sein kann.«

»Sanftmut und Poesie?«, fragte Salim ungläubig. »Ist das etwa alles, was dir zu dem Sklavenhändler einfällt?«

»Aber, nein«, sagte Robin sanft, und dann schüttelte sie den Kopf. »Es ist nur so ... dein Vater versprach, ihm eine zweite Chance zu geben ... und ich finde, er hätte sie verdient, nach allem, was er auch an Gutem getan hat. Ich werde ihm nie vergessen, dass er Nemeth gerettet hat, indem er seinen Verbündeten, diesen ekelhaften Mussa, mit einem Messerwurf niederstreckte.«

»Und jetzt fragst du dich ...?«

»Jetzt frage ich mich, ob dein Vater zu seinem Wort stehen wird.«

Salim nickte langsam. »Wenn er sein Wort gegeben hat, wird er es auch halten. Vielleicht nicht unbedingt aus Menschlichkeit ... Aber es könnte sein, dass er noch ... Pläne mit ihm hat.« Er stockte und sein Blick flackerte so unruhig und auf eine Weise, wie Robin es noch nie bei ihm bemerkt hatte. »Doch wie steht es mit dir? Wird der Sklavenhändler auch von dir eine zweite Chance bekommen?«

Robin spürte, wie sich ihre Augen gegen ihren Willen mit Tränen füllten. »Aber, Salim. Du solltest es besser wissen. Ich ...« Sie brach ab und starrte aus dem Fenster hinaus, auf den Garten Eden unter ihnen, der ein Paradies versprach, das es für sie nicht geben würde – weder hier noch irgendwo anders –, wenn sie es nicht endlich schaffte, ihr Herz sprechen zu lassen statt ihres verwirrten Verstands, der nicht mehr ein und aus wusste nach all dem Durcheinander der letzten Wochen.

»Was sollte ich besser wissen?«, fragte Salim schließlich.

»Dass ... dass zwischen Omar und mir nichts weiter war als Verzweiflung, die nach einem Ausweg suchte, wo keiner war. Und ich bitte dich, Salim, ich bitte dich wirklich: Lass es dabei bewenden. Lass uns nicht mehr über Omar reden, sondern lieber über das, was uns das Schicksal hier in diesem Augenblick schenkt ...«

Salim starrte sie eine Weile schweigend an. Sein Gesicht glich in diesem Moment einer Bronzestatue, die Robin erst vor kurzem im Haus des Sklavenhändlers gesehen hatte und die für sie der Inbegriff der Ausdruckslosigkeit gewesen war. Doch schließlich nickte er und lächelte auf diese unbeschreiblich scheue und gleichzeitig selbstsichere Art, die sie an ihm kannte – und so liebte.

»Vielleicht ist es wirklich das Schicksal, das uns diesen Augenblick schenkt«, sagte er. »Vielleicht ist es aber auch nichts weiter als die Macht meines Vaters, die uns hier zusammengeführt hat.«

»Dein Vater.« Robin nickte langsam, während sie an Harun dachte, diesen Mann mit den vielen Gesichtern, der so fröhlich sein konnte, so perfekt den Gecken zu spielen vermochte – und doch ein grausamer und weithin gefürchteter Herrscher war. »Welche Rolle spielt er in diesem Spiel?«

Salim schürzte die Lippen und deutete ein Achselzucken an. »Mein Vater wünscht, dass wir beide ein Paar werden«, erklärte er trocken, »um das Bündnis mit den Templern noch weiter zu stärken. Das ist wichtig, weißt du, denn alles deutet darauf hin, dass es schon bald wieder einen neuen Krieg zwischen dem leprakranken und schwachen König Balduin und Sultan Saladin geben könnte. Die Templer haben noch Großes mit dir vor, und Bruder Abbé war über die Maßen erleichtert, als er von deiner Rettung erfuhr – wobei er übrigens alles getan hat, um die Johanniter von deiner Spur abzubringen, denn sie könnten mit ihren Ränkespielen dir und den Templern mehr Schaden zufügen als selbst Sultan Saladin.« Wieder hob er die Schultern und bemühte sich, ein möglichst gleichgültiges Gesicht aufzusetzen. »Ach so, und ganz nebenbei liebe ich dich auch noch.«

»Ach?«, fragte Robin spitz. »Was hat man dir denn geboten, um ein flachbrüstiges Mannweib mit pferdeäpfelfarbenem Haar zu heiraten?«

Einen Atemzug lang wirkte Salim fast verletzt, aber dann grinste er plötzlich breit, suchte das erste Mal wieder den Blick ihrer Augen und sagte: »Es tut mir Leid, Robin. Ich hatte Unrecht mit diesem Vergleich. Ein Bad und die heiße Sonne der Wüste sind deinem Haar gut bekommen, wie man sieht.« Sein Grinsen wurde noch breiter. »Ich finde, es hat

557

jetzt die liebreizende Farbe von Pferdeäpfeln, den man mit einem ganzen Krug Honig übergossen hat.«

Robin starrte ihn eine geschlagene Sekunde lang fassungslos an – und dann versetzte sie ihm eine schallende Ohrfeige. Mit einem einzigen Satz war sie endgültig bei ihm, schlang die Arme um seinen Hals und erstickte seinen überraschten Ausruf mit einem Kuss von solcher Inbrunst, dass ihre gesprungenen Lippen zu schmerzen begannen.

Aber was machte das schon?

Philip Pullman

Ausgezeichnet mit dem renommierten Whitebread-Preis.

978-3-453-50307-6

978-3-453-50321-2

978-3-453-50373-1

»Diese packende, fesselnde Fantasy-Geschichte lässt nicht wieder los!«
Welt am Sonntag

»Tolkiens Enkel.«
Die Zeit

HEYNE